曹禺戏剧选

曹禺 著

北京出版集团
北京十月文艺出版社

目录
CONTENTS

雷雨   1

日出   151

原野   303

北京人   451

──时间和地点──

○ 序　幕
冬天的一个下午。
——在教堂附属医院的一间特别客厅内。

○ 第一幕
十年前,一个夏天,郁热的早晨。
——周公馆的客厅内(即序幕的客厅,景与前大致相同)。

○ 第二幕
景同前。
——当天的下午。

○ 第三幕
在鲁家,一个小套间。
——当天夜晚十时许。

○ 第四幕
周家的客厅(与第一幕同)。
——当天半夜两点钟。

○ 尾　声
又回到十年后,一个冬天的下午。
——景同序幕。
(由第一幕至第四幕为时仅一天)

——登场人物——

姑奶奶甲（教堂尼姑）

姑奶奶乙

姊姊——十五岁。

弟弟——十二岁。

周朴园——某煤矿公司董事长，五十五岁。

周繁漪——其妻，三十五岁。

周萍——其前妻生子，年二十八。

周冲——繁漪生子，年十七。

鲁贵——周宅仆人，年四十八。

鲁侍萍——其妻，某校女佣，年四十七。

鲁大海——侍萍前夫之子，煤矿工人，年二十七。

鲁四凤——鲁贵与侍萍之女，年十八，周宅使女。

周宅仆人等：仆人甲，仆人乙……老仆。

序　幕

　　景——一间宽大的客厅。冬天，下午三点钟，在某教堂附设医院内。

　　屋中间是两扇棕色的门，通外面；门身很笨重，上面雕着半西洋化的旧花纹，门前垂着满是斑点，褪色的厚帷幔，深紫色的；织成的图案已经脱了线，中间有一块已经破了一个洞。右边——左右以台上演员为准——有一扇门，通着现在的病房。门面的漆已蚀了去。金黄的铜门钮放着暗涩的光，配起那高而宽，有黄花纹的灰门框，和门上凹凸不平，古式的西洋木饰，令人猜想这屋子的前主多半是中国的老留学生，回国后又富贵过一时的。这门前也挂着一条半旧、深紫的绒幔，半拉开，破成碎条的幔角拖在地上。左边也开一道门，两扇的，通着外间饭厅，由那里可以直通楼上，或者从饭厅走出外面，这两扇门较中间的还华丽，颜色更深老；偶尔有人穿过，它好沉重地在门轨上转动，会发着一种久磨擦的滑声，像一个经过多少世故，很沉默、很温和的老人。这前面，没有帷幔，门上脱落，残蚀的轮廓同漆饰都很明显。靠中间门的右面，墙凹进去如一个神像的壁龛，凹进去的空隙是棱角形的，画着半圆。壁龛的上大半满嵌着细狭而高长的法国窗户，每棱角一扇长窗，很玲珑的；下面只是一块较地板略起的半圆平面，可以放着东西，可以坐；这前面整个地遮上一面有折纹的厚绒垂幔，拉拢了，壁龛可以完全掩盖上，看不见窗户同阳光，屋子里阴沉沉的，有些气闷。开幕时，这帷幔是关上的。

　　墙的颜色是深褐，年久失修，暗得褪了色。屋内所有的陈设都很富丽，但现在都呈现着衰败的景色。——右墙近前是一个壁炉，沿炉嵌着长方的大理石，正前面镶着星形彩色的石块；壁炉上面没有一件陈设，空空地，只悬着一个钉在十字架上的耶稣。现在壁炉里燃着煤火，火焰熊熊地，照着炉前的一张旧圈椅，映出一片红光，这样，一丝丝的温暖，使这古老的房屋还有一些生气。壁炉旁边搁放一个粗制的煤斗同木柴。右边门左侧，挂一张画轴；再左，近后方，墙角抹成三四尺的平面，倚的那里，斜放着一个半人高的旧式紫檀小衣柜，柜门的角上都包着铜片。柜上放着一个暖水壶，两只白饭碗，都搁在旧黄铜盘上。柜前铺一张长方的小地毯；在上面，和柜平行的，放一条很矮的紫檀长几，以前大概是用来摆设瓷器、古董一类的精巧的小东西，现在堆着一叠叠的雪白桌布、白床单等物，刚洗好，还没有放进衣柜去。在正面，柜与壁龛中间立一只圆凳。壁龛之左（中门的右面），是一只长方的红木菜桌。上面放着两个旧烛台，墙上是张大而旧的古油画，中门左面立一只有玻璃的精巧的紫檀柜。里面原来放古董，但现在是空空的，这柜前有一条狭长的矮凳。离左墙角不远，与角成九十度，斜放着一个宽大深色的沙发，沙发后是只长桌，前面是一条短几，都没有放着东西。沙发左面立一个黄色的站灯，左墙靠墙略凹进，与左后墙成一直角。凹进处有一只茶几，墙上低悬一张小油画。茶几旁，再略向前才是左边通饭厅的门。屋子中间有一张地毯。上面对放着，但是略斜地，两张大沙发；中间是个圆桌，铺着白桌布。

〔开幕时，外面远处有钟声。教堂内合唱颂主歌同大风琴声，最好是 Bach: High Mass in B Minor Benedictus qui venait Domini Nomini——屋内寂静无人。

〔移时，中间门沉重地缓缓推开，姑奶奶甲（寺院尼姑）进来，她的服饰如在天主教堂里常见的尼姑一样，头束着雪白布巾，蓬起来像荷兰乡姑，穿一套深蓝的粗布制袍，衣袍几乎拖在地面。她胸前悬着一个十字架，腰间悬一串钥匙，走起路来铿铿地响着。她安静地走进来，脸上很平和的。她转过身子向着门外。

姑　甲　（和蔼地）请进来吧。

〔一位苍白的老年人走进来，穿着很考究的旧皮大衣。进门脱下帽子，头发斑白，眼睛沉静而忧郁，他的下颔有苍白的短须，脸上满是皱纹。他戴着一副金边眼镜，进门后，也取下来，放在眼镜盒内，手有些颤。他搓弄一下子，衰弱地咳嗽两声。外面乐声止。

姑　甲　（微笑）外面冷得很！
老　人　（点头）嗯——（关心地）她现在还好么？
姑　甲　（同情地）好。
老　人　（沉默一时，指着头）她这儿呢？
姑　甲　（怜悯地）那——还是那样。（低低地叹一口气）
老　人　（沉静地）我想也是不容易治的。
姑　甲　（矜怜地）您先坐一坐，暖和一下，再看她吧。
老　人　（摇头）不。（走向右边病房）
姑　甲　（走向前）您走错了，这屋子是鲁奶奶的病房。您的太太在楼上呢。
老　人　（停住，失神地）我——我知道，（指着右边病房）我现在可以看看她么？
姑　甲　（和气地）我不知道。鲁奶奶的病房是另一位姑奶奶管，我看您先到楼上看看，回头再来看这位老太太好不好？
老　人　（迷惘地）嗯，也好。
姑　甲　您跟我上楼吧。
　　　　〔姑甲领着老人进左面的饭厅下。
　　　　〔屋内静一时。外面有脚步声。姑乙领两个小孩进。姑乙除了年轻些，比较活泼些，一切都与姑甲相同。进来的小孩是姊弟，都穿着冬天的新衣服，脸色都红得像个苹果，整个是胖圆圆的。姊姊有十五岁，梳两个小辫，在背后摆着；弟弟戴上一顶红绒帽。两个都高兴地走进来，二人在一起，姊姊是较沉着些。走进来的时节姊姊在前面。
姑　乙　（和悦地）进来，弟弟。（弟弟进来望着姊姊，两个人只呵手）外头冷，是吧。姐姐，你跟弟弟在这儿坐一坐好不好？
姊　姊　（微笑）嗯。
弟　弟　（拉着姊姊的手，窃语）姐姐，妈呢？
姑　乙　你妈看完病就来，弟弟坐在这儿暖和一下，好吧？
　　　　〔弟弟的眼望姊姊。
姊　姊　（很懂事地）弟弟，这儿我来过，就坐这儿吧，我给你讲笑话。

〔弟弟好奇地四面看。

姑　乙　（有兴趣地望着他们）对了，叫姐姐给你讲笑话，（指着火）坐在火旁边讲，两个人一块儿。

弟　弟　不，我要坐这个小凳子！（指中门左柜前的小矮凳）

姑　乙　（和气地）也好，你们就坐这儿。可是（小声地）弟弟，你得乖乖地坐着，不要闹！楼上有病人——（指右边病房）这旁边也有病人。

姊　姊　（很乖地点头）嗯。
弟　弟
弟　弟　（忽然，向姑乙）我妈就回来吧？

姑　乙　对了，就来。你们坐下，（姊弟二人共坐矮凳上，望着姑乙）不要动！（望着他们）我先进去，就来。

〔姊弟点头，姑乙进右边病房，下。
〔弟弟忽然站起来。

弟　弟　（向姊）她是谁？为什么穿这样衣服？

姊　姊　（很世故地）尼姑，在医院看护病人的。弟弟，你坐下。

弟　弟　（不理她）姐姐，你看，你看！（自傲地）你看妈给我买的新手套。

姊　姊　（瞧不起地）看见了，你坐坐吧。（拉弟弟坐下，二人又很规矩地坐着）

〔姑甲由左边厅进。直向右角衣柜走去，没看见屋内的人。

弟　弟　（又站起，低声，向姊）又一个，姐姐！

姊　姊　（低声）嘘！别说话。（又拉弟弟坐下）

〔姑甲打开右面的衣柜，将长几上的白床单、白桌布等物一叠叠放在衣柜里。
〔姑乙由右边病房进。见姑甲，二人沉静地点一点头，姑乙助姑甲放置洗物。

姑　乙　（向姑甲，简截地）完了？

姑　甲　（不明白）谁？

姑　乙　（明快地，指楼上）楼上的。

姑　甲　（怜悯地）完了，她现在又睡着了。

姑　乙　（好奇地询问）没有打人么？

姑　甲　没有，就是大笑了一场，把玻璃又打破了。

7

姑　乙　（呼出一口气）那还好。

姑　甲　（向姑乙）她呢？

姑　乙　你说楼下的？（指右面病房）她总是那样，哭的时候多，不说话，我来了一年，没听见过她说一句话。

弟　弟　（低声，急促地）姐姐，你给我讲笑话。

姊　姊　（低声）不，弟弟，听她们说话。

姑　甲　（怜悯地）可怜，她在这儿九年了，比楼上的只晚了一年，可是两个人都没有好。——（欣喜地）对了，刚才楼上的周先生来了。

姑　乙　（奇怪地）怎么？

姑　甲　今天是旧年腊月三十。

姑　乙　（惊讶地）哦，今天三十？——那么今天楼下的也会出来，到这房子里来。

姑　甲　怎么，她也出来？

姑　乙　嗯，（多话地）每到腊月三十，楼下的就会出来，到这屋子里；在这窗户前面站着。

姑　甲　干什么？

姑　乙　大概是望她儿子回来吧，她的儿子十年前一天晚上跑了，就没有回来。可怜，她的丈夫也不在了——（低声地）听说就在周先生家里当差，——一天晚上喝酒喝得太多，死了的。

姑　甲　（自己以为明白地）所以周先生每次来看他太太来，总要问一问楼下的。——我想，过一会儿周先生会下楼来见她来的。

姑　乙　（虔诚地）圣母保佑他。（又放洗物）

弟　弟　（低声，请求）姐姐，你给我就讲半个笑话好不好？

姊　姊　（听着有兴趣，忙摇头，压迫地，低声）弟弟！

姑　乙　（又想起一段）奇怪，周家有这么好的房子，为什么卖给医院呢？

姑　甲　（沉静地）不大清楚。——听说这屋子有一天夜里连男带女死过三个人。

姑　乙　（惊讶）真的？

姑　甲　嗯。

姑　乙　（自然想到）那么周先生为什么偏把有病的太太放在楼上，不把她搬出去呢?

姑　甲　说是呢,不过他太太就在这楼上发的神经病,她自己说什么也不肯搬出去。

姑　乙　哦。

〔弟弟忽然站起。

弟　弟　(抗议地,高声)姐姐,我不爱听这个。

姊　姊　(劝止他,低声)好弟弟。

弟　弟　(命令地,更高声)不,姐姐,我要你给我讲笑话!

〔姑甲、姑乙回头望他们。

姑　甲　(惊奇地)这是谁的孩子?我进来,没有看见他们。

姑　乙　一位看病的太太的,我领他们进来坐一坐。

姑　甲　(小心地)别把他们放在这儿。——万一把他们吓着。

姑　乙　没有地方;外头冷,医院都满了。

姑　甲　我看你还是找他们的妈来吧。万一楼上的跑下来,说不定吓坏了他们!

姑　乙　(顺从地)也好。(向姊弟,他们两个都瞪着眼望着她们)姐姐,你们在这儿好好地再等一下,我就找你们的妈来。

姊　姊　(有礼地)好,谢谢你!

〔姑乙由中门出。

弟　弟　(怀着希望)姐姐,妈就来么?

姊　姊　(还在怪他)嗯。

弟　弟　(高兴地)妈来了!我们就回家。(拍掌)回家吃年饭。

姊　姊　弟弟,不要闹,坐下。(推弟弟坐)

姑　甲　(关上柜门向姊弟)弟弟,你同姐姐安安静静地坐一会儿,我上楼去了。

〔姑甲由左面饭厅下。

弟　弟　(忽然发生兴趣,立起)姐姐,她干什么去了?

姊　姊　(觉得这是不值一问的问题)自然是找楼上的去了。

弟　弟　(急切地)谁是楼上的?

姊　姊　(低声)一个疯子。

9

弟　弟　（直觉地臆断）男的吧？

姊　姊　（肯定地）不，女的——一个有钱的太太。

弟　弟　（忽然）楼下的呢？

姊　姊　（也肯定地）也是一个疯子。——（知道弟弟会愈问愈多）你不要再问了。

弟　弟　（好奇地）姐姐，刚才他们说这屋子死过三个人。

姊　姊　（心虚地）嗯——弟弟，我给你讲笑话吧！有一年，一个国王——

弟　弟　（已引上兴趣）不，你给我讲讲这三个人怎么会死的？这三个人是谁？

姊　姊　（胆怯）我不知道。

弟　弟　（不信，伶俐地）嗯！——你知道，你不愿意告诉我。

姊　姊　（不得已地）你别在这屋子里问，这屋子闹鬼。

　　　　〔楼上忽然有乱摔东西的声音，铁链声，足步声，女人狂笑，怪叫声。

弟　弟　（略惧）你听！

姊　姊　（拉着弟弟手紧紧地）弟弟！（姊弟抬头，紧张地望着天花板）

　　　　〔声止。

弟　弟　（安定下来，很明白地）姐姐，这一定是楼上的！

姊　姊　（害怕）我们走吧。

弟　弟　（倔强）不，你不告诉我这屋子怎么死了三个人，我不走。

姊　姊　你不要闹，回头妈知道打你！

弟　弟　（不在乎地）嗯！

　　　　〔右边门开，一位头发斑白的老妇人颤巍巍地走进来，在屋中停一停，眼睛像是瞎了。慢吞吞地踱到窗前，由帷幔隙中望一望，又踱至台上，像是谛听什么似的。姊弟都紧张地望着她。

弟　弟　（平常的声音）这是谁？

姊　姊　（低声）嘘！别说话。她是疯子。

弟　弟　（低声，秘密地）这大概是楼下的。

姊　姊　（声颤）我，我不知道。（老妇人躯干无力，渐向下倒）弟弟，你看，她向下倒。

10

弟　弟　（胆大地）我们拉她一把。

姊　姊　不，你别去！

〔老妇人突然歪下去，侧面跪倒在舞台中。台渐暗，外面远处合唱声又起。

弟　弟　（拉姊向前，看老太婆）姐姐，你告诉我，这屋子是怎么回事？这些疯子干什么？

姊　姊　（惧怕地）不，你问她，（指老妇人）她知道。

弟　弟　（催促地）不，姐姐，你告诉我，这屋子怎么死了三个人，这三个人是谁？

姊　姊　（急迫地）我告诉你问她呢，她一定都知道！

〔老妇人渐渐倒在地下，舞台全暗，听见远处合唱弥撒和大风琴声。

〔弟弟声：（很清楚地）姐姐，你去问她。

〔姊姊声：（低声）不，你问她，（幕落）你问她！

〔大弥撒声。

第一幕

开幕时舞台全黑,隔十秒钟,渐明。

景——大致和序幕相同,但是全屋的气象是比较华丽的。这是十年前一个夏天的上午,在周宅的客厅里。

壁龛的帷幔还是深掩着,里面放着艳丽的盆花。中间的门开着,隔一层铁纱门,从纱门望出去,花园的树木绿荫荫的,并且听见蝉在叫。右边的衣服柜,铺上一张黄桌布,上面放着许多小巧的摆饰,最显明的是一张旧相片,很不调和地和这些精致东西放在一起。柜前面狭长的矮几,放着华贵的烟具同一些零碎物件。右边炉上有一个钟同鲜花盆,墙上,挂一幅油画。炉前有两把圈椅,背朝着墙。中间靠左的玻璃柜放满了古玩,前面的小矮凳有绿花的椅垫,左角的长沙发还不旧,上面放着三四个缎制的厚垫子。沙发前的矮几排置烟具等物,台中两个小沙发同圆桌都很华丽,圆桌上放着吕宋烟盒和扇子。

所有的帷幕都是崭新的,一切都是兴旺的气象,屋里家具非常洁净,有金属的地方都放着光彩。屋中很气闷,郁热逼人,空气低压着。外面没有阳光,天空灰暗,是将要落暴雨的神气。

〔开幕时,四凤在靠中墙的长方桌旁,背着观众滤药,她不时地摇着一把蒲扇,一面在揩汗。鲁贵(她的父亲)在沙发旁擦着矮几上零碎的银家具,很吃力地;额上冒着汗珠。

〔四凤约有十七八岁,脸上红润,是个健康的少女。她整个的身体都很发育,手很白很大,走起路来,过于发育的乳房很显明地在衣服底下颤动着。她穿一件旧的白纺绸上衣,粗山东绸的裤子,一双略旧的布鞋。她全身都非常整洁,举动虽然很活泼,因为经过两年在周家的训练,她说话很大方,很爽快,却很有分寸。她的一双大而有长睫毛的水灵灵的眼睛能够很灵敏地转动,也能敛一敛眉头,很庄严地注视着。她有大的嘴,嘴唇自然红艳艳的,很宽,很厚,当着她笑的时候,牙齿整齐地露出来，嘴旁也显着一对笑窝。然而她面部整个轮廓是很庄重地显露着诚恳。她的面色不十分白，天气热，鼻尖微微有点汗，她时时用手绢揩着。她很爱笑，她知道自己是好看的，但是她现在皱着眉头。

〔她的父亲——鲁贵——约莫有四十多岁的样子，神气萎缩，最令人注目的是粗而乱的眉毛同肿眼皮。他的嘴唇，松弛地垂下来，和他眼下凹进去的黑圈，都表示着极端的肉欲放纵。他的身体较胖，面上的肌肉宽弛地不肯动，但是总能很卑贱地谄笑着，和许多大家的仆人一样。他很懂事，尤其是很懂礼节。他的背略有点伛偻，似乎永远欠着身子向他的主人答应着"是"。他的眼睛锐利，常常贪婪地窥视着，如一只狼；他很能计算的。虽然这样，他的胆量不算大；全部看去，他还是萎缩的。他穿的虽然华丽，但是不整齐。现在他用一条抹布擦着东西，脚下是他刚刷好的黄皮鞋。时而，他用自己的衣襟揩脸上的油汗。

鲁　贵　（喘着气）四凤！
鲁四凤　（只做不听见，依然滤她的汤药）
鲁　贵　四凤！
鲁四凤　（看了她的父亲一眼）呵，真热。（走向右边的衣柜旁，寻一把芭蕉扇，又走回中间的茶几旁扇着）
鲁　贵　（望着她，停下工作）四凤，你听见了没有？
鲁四凤　（烦厌地，冷冷地看着她的父亲）是！爸！干什么？
鲁　贵　我问你听见我刚才说的话了么？
鲁四凤　都知道了。
鲁　贵　（一向是这样被女儿看待的，只好是抗议似的）妈的，这孩子！
鲁四凤　（回过头来，脸正向观众）您少说闲话吧！（挥扇，嘘出一口气）呵！天气这样闷热，回头多半下雨。（忽然）老爷出门穿的皮鞋，您擦好了没有？（到鲁贵面前，拿起一只皮鞋不经意地笑着）这是您擦的！这么随随便便抹了两下，——老爷的脾气您可知道。
鲁　贵　（一把抢过鞋来）我的事用不着你管。（将鞋扔在地上）四凤，你听着，

13

　　　　　我再跟你说一遍，回头见着你妈，别忘了把新衣服都拿出来给她瞧瞧。
鲁四凤　（不耐烦地）听见了。
鲁　贵　（自傲地）叫她想想，还是你爸爸混事有眼力，还是她有眼力。
鲁四凤　（轻蔑地笑）自然您有眼力啊！
鲁　贵　你还别忘了告诉你妈，你在这儿周公馆吃得好，喝得好，就是白天侍候太太少爷，晚上还是听她的话，回家睡觉。
鲁四凤　那倒不用告诉，妈自然会问的。
鲁　贵　（得意）还有啦，钱，（贪婪地笑着）你手下也有许多钱啦！
鲁四凤　钱！？
鲁　贵　这两年的工钱，赏钱，还有（慢慢地）那零零碎碎的，他们……
鲁四凤　（赶紧接下去，不愿听他要说的话）那您不是一块两块都要走了么？喝了！赌了！
鲁　贵　（笑，掩饰自己）你看，你看，你又那样。急，急，急什么？我不跟你要钱。喂，我说，我说的是——（低声）他——不是也不断地塞给你钱花么？
鲁四凤　（惊讶地）他？谁呀？
鲁　贵　（索性说出来）大少爷。
鲁四凤　（红脸，声略高，走到鲁贵面前）谁说大少爷给我钱？爸爸，您别又穷疯了，胡说乱道的。
鲁　贵　（鄙笑着）好，好，好，没有，没有。反正这两年你不是存点钱么？（鄙吝地）我不是跟你要钱，你放心。我说啊，你等你妈来，把这些钱也给她瞧瞧，叫她也开开眼。
鲁四凤　哼，妈不像您，见钱就忘了命。（回到中间茶桌滤药）
鲁　贵　（坐在长沙发上）钱不钱，你没有你爸爸成么？你要不到这儿周家大公馆帮主儿，这两年尽听你妈妈的话，你能每天吃着喝着，这大热天还穿得上小纺绸么？
鲁四凤　（回过头）哼，妈是个本分人，念过书的，讲脸，舍不得把自己的女儿叫人家使唤。
鲁　贵　什么脸不脸？又是你妈的那一套！你是谁家的小姐？——妈

14

的，底下人的女儿，帮了人就失了身份啦。

鲁四凤　（气得只看父亲，忽然厌恶地）爸，您看您那一脸的油，——您把老爷的鞋再擦擦吧。

鲁　贵　（沤沤地）讲脸呢，又学你妈的那点穷骨头，你看她，她要脸！跑他妈的八百里外，女学堂里当老妈，为着一月八块钱，两年才回一趟家。这叫本分，还念过书呢；简直是没出息。

鲁四凤　（忍气）爸爸，您留几句回家说吧，这是人家周公馆！

鲁　贵　咦，周公馆也挡不住我跟我的女儿谈家务啊！我跟你说，你的妈……

鲁四凤　（突然）我可忍了好半天了。我跟您先说下，妈可是好容易才回一趟家。这次，也是看哥哥跟我来的。您要是再给她一个不痛快，我就把您这两年做的事都告诉哥哥。

鲁　贵　我，我，我做了什么事啦？（觉得在女儿面前失了身份）喝点，赌点，玩点，这三样，我快五十的人啦，还怕他么？

鲁四凤　他才懒得管您这些事呢！——可是他每月从矿上寄给妈用的钱，您偷偷地花了，他知道了，就不会答应您！

鲁　贵　那他敢怎么样，（高声地）他妈嫁给我，我就是他爸爸。

鲁四凤　（羞愧）小声点！这有什么喊头。——太太在楼上养病呢。

鲁　贵　哼！（滔滔地）我跟你说，我娶你妈，我还抱老大的委屈呢。你看我这么个机灵人，这周家上上下下几十口子，哪一个不说我鲁贵呱呱叫。来这里不到两个月，我的女儿就在这公馆找上事，就说你哥哥，没有我，能在周家的矿上当工人么？叫你妈说，她成么？——这样，你哥同你妈还是一个劲儿地不赞成我。这次回来，你妈要还是那副寡妇脸子，我就当你哥哥的面上不认她，说不定就离了她，别看她替我养个女儿，外带来你这个倒霉蛋的哥哥。

鲁四凤　（不愿听）哦，爸爸。

鲁　贵　哼，（骂得高兴了）谁知道哪个王八蛋养的儿子。

鲁四凤　哥哥哪点对不起您，您这样骂他干什么？

鲁　贵　他哪一点对得起我？当大兵，拉包月车，干机器匠，念书上

15

学，哪一行他是好好地干过？好容易我荐他到了周家的矿上去，他又跟工头闹起来，把人家打啦。

鲁四凤　（小心地）我听说，不是我们老爷先叫矿上的警察开了枪，他才领着工人动的手么？

鲁　贵　反正这孩子混蛋，吃人家的钱粮，就得听人家的话。好好地，要罢工，现在又得靠我这老面子跟老爷求情啦！

鲁四凤　您听错了吧，哥哥说他今天自己要见老爷，不是找您求情来的。

鲁　贵　（得意）可是谁叫我是他的爸爸呢，我不能不管啦。

鲁四凤　（轻蔑地看着她的父亲，叹了一口气）好，您歇歇吧，我要上楼给太太送药去了。（端起药碗向左边饭厅走）

鲁　贵　你先停一停，我再说一句话。

鲁四凤　（打岔）开午饭了，老爷的普洱茶先泡好了没有？

鲁　贵　那用不着我，他们小当差早伺候到了。

鲁四凤　（闪避地）哦，好极了，那我走了。

鲁　贵　（拦住她）四凤，你别忙，我跟你商量点事。

鲁四凤　什么？

鲁　贵　你听啊，昨天不是老爷的生日么？大少爷也赏给我四块钱。

鲁四凤　好极了，（口快地）我要是大少爷，我一个子也不给您。

鲁　贵　（鄙笑）你这话对极了！四块钱，够干什么的，还了点账，就干了。

鲁四凤　（伶俐地笑着）那回头您跟哥哥要吧。

鲁　贵　四凤，别——你爸爸什么时候借钱不还账？现在你手下方便，随便匀给我七块八块好么？

鲁四凤　我没有钱。（停一下放下药碗）您真是还账了么？

鲁　贵　（赌咒）我跟我的亲生女儿说瞎话是王八蛋！

鲁四凤　您别骗我，说了实在的，我也好替您想想法。

鲁　贵　真的!?——说起来这不怪我。昨天那几个零钱，大账还不够，小账剩点零，所以我就要了两把，也许赢了钱，不都还了么？谁知运气不好，连喝带输，还倒欠了十来块。

鲁四凤　这是真的?

鲁　贵　(真心地)这可一句瞎话也没有。

鲁四凤　(故意揶揄地)那我实实在在地告诉您,我也没有钱!(说毕就要拿起药碗)

鲁　贵　(着急)凤儿,你这孩子是什么心思?你可是我的亲生孩子。

鲁四凤　(嘲笑地)亲生的女儿也没有法子把自己卖了,替您老人家还赌账啊!

鲁　贵　(严重地)孩子,你可放明白点,你妈疼你,只在嘴上,我可是把你的什么要紧的事情,都处处替你想。

鲁四凤　(明白地,但是不知他闹的什么把戏)您心里又要说什么?

鲁　贵　(停一停,四面望了一望,更近地逼着四凤,伴笑)我说,大少爷常跟我提过你,大少爷,他说——

鲁四凤　(管不住自己)大少爷!大少爷!你疯了!——我走了,太太就要叫我呢。

鲁　贵　别走,我问你一句,前天!我看见大少爷买衣料,——

鲁四凤　(沉下脸)怎么样?(冷冷地看着鲁贵)

鲁　贵　(打量四凤周身)嗯——(慢慢地拿起四凤的手)你这手上的戒指,(笑着)不也是他送给你的么?

鲁四凤　(厌恶地)您说话的神气真叫我心里想吐。

鲁　贵　(有点气,痛快地)你不必这样假门假事,你是我的女儿。(忽然贪婪地笑着)一个当差的女儿,收人家点东西,用人家一点钱,没有什么说不过去的。这不要紧,我都明白。

鲁四凤　好吧,那么你说吧,究竟要多少钱用?

鲁　贵　不多,三十块钱就成了。

鲁四凤　哦?(恶意地)那你就跟这位大少爷要去吧。我走了。

鲁　贵　(恼羞)好孩子,你以为我真装糊涂,不知道你同这混账大少爷做的事么?

鲁四凤　(惹怒)您是父亲么?父亲有跟女儿这样说话的么?

鲁　贵　(恶相地)我是你的爸爸,我就要管你。我问你,前天晚上——

鲁四凤　前天晚上?

鲁　贵　我不在家,你半夜才回来,以前你干什么?

鲁四凤　(掩饰)我替太太找东西呢。

鲁　贵　为什么那么晚才回家?

鲁四凤　(轻蔑地)您这样的父亲没有资格来问我。

鲁　贵　好文明词!你就说不上你上哪儿去呢。

鲁四凤　那有什么说不上!

鲁　贵　什么?说!

鲁四凤　那是太太听说老爷刚回来,又要我检老爷的衣服。

鲁　贵　哦,(低声,恐吓地)可是半夜送你回家的那位是谁?坐着汽车,醉醺醺,只对你说胡话的那位是谁呀?(得意地微笑)

鲁四凤　(惊吓)那,那——

鲁　贵　(大笑)哦,你不用说了,那是我们鲁家的阔女婿!——哼,我们两间半破瓦房居然来了坐汽车的男朋友,找我这当差的女儿啦!(突然严厉)我问你,他是谁?你说。

鲁四凤　他,他是——

〔鲁大海进——四凤的哥哥,鲁贵的半子——他身体魁伟,粗黑的眉毛几乎遮盖着他的锐利的眼,两颊微微地向内凹。显着颧骨异常突出,正同他的尖长的下巴一样地表现他的性格的倔强。他有一张大而薄的嘴唇,正和他的妹妹带着南方的热烈的、厚而红的嘴唇成强烈的对照。他说话微微有点口吃,但是在他的感情激昂的时候,他词锋是锐利的。现在他刚从六百里外的煤矿回来,矿里罢了工,他是煽动者之一,几月来的精神的紧张,使他现在露出有点疲乏的神色,胡须乱蓬蓬的,看去几乎老得像鲁贵的弟弟,只有逼近地观察他,才觉出他的眼神同声音,还正是和他的妹妹一样年轻,一样地热,都是火山的爆发,满蓄着精力的白热的人物。他穿了一件工人的蓝布褂子,油渍的草帽在手里,一双黑皮鞋,有一只鞋带早不知失在哪里。进门的时候,他略微有点不自在,把胸膛敞开一部分,笨拙地又扣上一两个扣子。他说话很简短,表面是冷冷的。

鲁大海　凤儿!

鲁四凤　哥哥！

鲁　贵　（向四凤）你说呀！装什么哑巴。

鲁四凤　（看大海，有意义地开话头）哥哥！

鲁　贵　（不顾地）你哥哥来也得说呀。

鲁大海　怎么回事？

鲁　贵　（看一看大海，又回头）你先别管。

鲁四凤　哥哥，没什么要紧的事。（向鲁贵）好吧，爸，我们回头商量，好吧？

鲁　贵　（了解地）回头商量？（肯定一下，再盯四凤一眼）那么，就这么办。（回头看大海傲慢地）咦，你怎么随随便便跑进来啦？

鲁大海　（简单地）在门房等了半天，一个人也不理我，我就进来啦。

鲁　贵　大海，你究竟是矿上打粗的工人，连一点大公馆的规矩也不懂。

鲁四凤　人家不是周家的底下人。

鲁　贵　（很有理由地）他在矿上吃的也是周家的饭哪。

鲁大海　（冷冷地）他在哪儿？

鲁　贵　（故意地）他，谁是他？

鲁大海　董事长。

鲁　贵　（教训的样子）老爷就是老爷，什么董事长，上我们这儿就得叫老爷。

鲁大海　好，你给我问他一声，说矿上有个工人代表要见见他。

鲁　贵　我看，你先回家去。（有把握地）矿上的事有你爸爸在这儿替你张罗。回头跟你妈、妹妹聚两天，等你妈去，你回到矿上，事情还是有的。

鲁大海　你说我们一块儿在矿上罢完工，我一个人要你说情，自己再回去？

鲁　贵　那也没有什么难看啊。

鲁大海　（没有办法）好，你先给我问他一声。我有点旁的事，要先跟他谈谈。

鲁四凤　（希望他走）爸，你看老爷的客走了没有，你再领着哥哥见老爷。

19

鲁　贵　（摇头）哼，我怕他不会见你吧。

鲁大海　（理直气壮）他应当见我，我也是矿上工人的代表。前天，我们一块在这儿的公司见过他一次。

鲁　贵　（犹疑地）那我先给你问问去。

鲁四凤　你去吧。

〔鲁贵走到老爷书房门口。

鲁　贵　（转过来）他要是见你，你可少说粗话，听见了没有？（鲁贵很老练地走着阔当差的步伐，进了书房）

鲁大海　（目送鲁贵进了书房）哼，他忘了他还是个人。

鲁四凤　哥哥，你别这样说，（略顿，嗟叹地）无论如何，他总是我们的父亲。

鲁大海　（望着四凤）他是你的，我并不认识他。

鲁四凤　（胆怯地望着哥哥忽然想起，跑到书房门口，望了一望）你说话顶好声音小点，老爷就在里面旁边的屋子里呢！

鲁大海　（轻蔑地望着四凤）好。妈也快回来了，我看你把周家的事辞了，好好回家去。

鲁四凤　（惊讶）为什么？

鲁大海　（简短地）这不是你住的地方。

鲁四凤　为什么？

鲁大海　我——恨他们。

鲁四凤　哦！

鲁大海　（刻毒地）周家的人多半不是好东西。这两年我在矿上看见了他们所做的事。（略顿，缓缓地）我恨他们。

鲁四凤　你看见什么？

鲁大海　凤儿，你不要看这样威武的房子，阴沉沉地都是矿上埋死的苦工人给换来的！

鲁四凤　你别胡说，这屋子听说直闹鬼呢。

鲁大海　（忽然）刚才我看见一个年轻人，在花园里躺着，脸色发白，闭着眼睛，像是要死的样子，听说这就是周家的大少爷，我们董事长的儿子。啊，报应，报应。

鲁四凤　（气）你，——（忽然）他待人顶好，你知道么？
鲁大海　他父亲做尽了坏人弄钱，他自然可以行善。
鲁四凤　（看大海）两年我不见你，你变了。
鲁大海　我在矿上干了两年，我没有变，我看你变了。
鲁四凤　你的话我有点不懂，你好像——有点像二少爷说话似的。
鲁大海　你是要骂我么？"少爷"？哼，在世界上没有这两个字！
　　　　〔鲁贵由左边书房进。
鲁　贵　（向大海）好容易老爷的客刚走，我正要说话，接着又来一个。我看，我们先下去坐坐吧。
鲁大海　那我还是自己进去。
鲁　贵　（拦住他）干什么？
鲁四凤　不，不。
鲁大海　也好，不要叫他看见我们工人不懂礼节。
鲁　贵　你看你这点穷骨头。老头说不见就不见，在下房再等一等，算什么？我跟你走，这么大院子，你别胡闯乱闯走错了。（走向中门，回头）四凤，你先别走，我就回来，你听见没有？
鲁四凤　你去吧。
　　　　〔鲁贵、大海同下。
鲁四凤　（厌倦地摸着前额，自语）哦，妈呀！
　　　　〔外面花园里听见一个年轻的轻快的声音，唤着"四凤！"疾步中夹杂着跳跃，渐渐移近中间门口。
鲁四凤　（有点惊慌）哦，二少爷。
　　　　〔门口的声音。
　　　　〔声：四凤！四凤！你在哪儿？
　　　　〔四凤慌忙躲在沙发背后。
　　　　〔声：四凤，你在这屋子里么？
　　　　〔周冲进。他身体很小，却有着大的心，也有着一切孩子似的空想。他年轻，才十七岁，他已经幻想过许多许多不可能的事实，他是在美的梦里活着的。现在他的眼睛欣喜地闪动着，脸色通红，冒着汗，他在笑。左腋下挟着一只球拍，右手正用白

21

毛巾擦汗，他穿着打球的白衣服。他低声唤着四凤。

周　冲　四凤！四凤！（四面望一望）咦，她上哪儿去了？（蹑足走向右边的饭厅，开开门，低声）四凤你出来，四凤，我告诉你一件事。四凤，一件喜事。（他又轻轻地走到书房门口，更低声）四凤。

〔里面的声音：（严峻地）是冲儿么？

周　冲　（胆怯地）是我，爸爸。

〔里面的声音：你在干什么？

周　冲　嗯，我叫四凤呢。

〔里面的声音：（命令地）快去，她不在这儿。

〔周冲把头由门口缩回来，做了一个鬼脸。

周　冲　咦，奇怪。

〔他失望地向右边的饭厅走去，一路低低唤着四凤。

鲁四凤　（看见周冲已走，呼出一口气）他走了！（焦灼地望着通花园的门）

〔鲁贵由中门进。

鲁　贵　（向四凤）刚才是谁在喊你？

鲁四凤　二少爷。

鲁　贵　他叫你干什么？

鲁四凤　谁知道。

鲁　贵　（责备地）你为什么不理他？

鲁四凤　哦，我，（擦眼泪）——不是您叫我等着么？

鲁　贵　（安慰地）怎么，你哭了么？

鲁四凤　我没哭。

鲁　贵　孩子，哭什么，这有什么难过？（仿佛在做戏）谁叫我们穷呢？穷人没有什么讲究。没法子，什么事都忍着点，谁都知道我的孩子是个好孩子。

鲁四凤　（抬起头）得了，您痛痛快快说话好不好。

鲁　贵　（不好意思）你看，刚才我走到下房，这些王八蛋就跑到公馆跟我要账，当着上上下下的人，我看没有二十块钱，简直圆不下这个脸。

鲁四凤　（拿出钱来）我的都在这儿。这是我回头预备给妈买衣服的，现在

　　　　　　你先拿去用吧。
鲁　贵　（伴辞）那你不是没有花的了么？
鲁四凤　得了，您别这样客气啦。
鲁　贵　（笑着接下钱，数）只十二块？
鲁四凤　（坦白地）现钱我只有这么一点。
鲁　贵　那么，这堵着周公馆跟我要账的，怎么打发呢？
鲁四凤　（忍着气）您叫他们晚上到我们家里要吧。回头，见着妈，再想别的法子，这钱，您留着自己用吧。
鲁　贵　（高兴地）这给我啦，那我只当着你这是孝敬父亲的。——哦，好孩子，我早知道你是个孝顺孩子。
鲁四凤　（没有办法）这样，您让我上楼去吧。
鲁　贵　你看，谁管过你啦。去吧，跟太太说一声，说鲁贵直惦记太太的病。
鲁四凤　知道，忘不了。（拿药走）
鲁　贵　（得意）对了，四凤，我还告诉你一件事。
鲁四凤　您留着以后再说吧，我可得给太太送药去了。
鲁　贵　（暗示着）你看，这是你自己的事。（假笑）
鲁四凤　（沉下脸）我又有什么事？（放下药碗）好，我们今天都算清楚再走。
鲁　贵　你瞧瞧，又急了。真快成小姐了，耍脾气倒是呱呱叫啊。
鲁四凤　我沉得住气，您尽管说吧。
鲁　贵　孩子，你别这样，（正经地）我劝你小心点。
鲁四凤　（嘲弄地）我现在钱也没有了，还用得着小心干什么？
鲁　贵　我跟你说，太太这两天的神气有点不大对的。
鲁四凤　太太的神气不对有我的什么？
鲁　贵　我怕太太看见你才有点不痛快。
鲁四凤　为什么？
鲁　贵　为什么？我先提你个醒。老爷比太太岁数大得多，太太跟老爷不好。大少爷不是这位太太生的，他比太太的岁数差得也有限。
鲁四凤　这我都知道。

鲁　贵　可是太太疼大少爷比疼自己的孩子还热,还好。
鲁四凤　当后娘只好这样。
鲁　贵　你知道这屋子为什么晚上没有人来,老爷在矿上的时候,就是白天也是一个人也没有么?
鲁四凤　不是半夜里闹鬼么?
鲁　贵　你知道这鬼是什么样儿么?
鲁四凤　我只听说到从前这屋子里常听见叹气的声音,有时哭,有时笑的,听说这屋子死过人,屈死鬼。
鲁　贵　鬼!一点也不错,——我可偷偷地看见啦。
鲁四凤　什么,您看见,您看见什么?鬼?
鲁　贵　(自负地)那是你爸爸的造化。
鲁四凤　您说。
鲁　贵　那时你还没有来,老爷在矿上,那么大,阴森森的院子,只有太太,二少爷,大少爷住。那时这屋子就闹鬼,二少爷小孩,胆小,叫我在他门口睡。那时是秋天,半夜里二少爷忽然把我叫起来,说客厅又闹鬼,叫我一个人去看看。二少爷的脸发青,我也直发毛。可是我是刚来的底下人,少爷说了,我怎么好不去呢?
鲁四凤　您去了没有?
鲁　贵　我喝了两口烧酒,穿过荷花池,就偷偷地钻到这门外的走廊旁边,就听见这屋子里啾啾地像一个女鬼在哭。哭得惨!心里越怕,越想看。我就硬着头皮从这窗缝里,向里一望。
鲁四凤　(喘气)您瞧见什么?
鲁　贵　就在这张桌上点着一支要灭不灭的洋蜡烛,我恍恍惚惚地看见两个穿着黑衣裳的鬼,并排地坐着,像是一男一女,背朝着我,那个女鬼像是靠着男鬼的身边哭,那个男鬼低着头直叹气。
鲁四凤　哦,这屋子有鬼是真的。
鲁　贵　可不是?我就是乘着酒劲儿,朝着窗户缝,轻轻地咳嗽一声。就看这两个鬼飕一下子分开了,都向我这边望:这一下子他们的脸清清楚楚地正对着我,这我可真见了鬼了。

鲁四凤　鬼么？什么样？（停一下，鲁贵四面望一望）谁？
鲁　贵　我这才看见那个女鬼呀，（回头，低声）——是我们的太太。
鲁四凤　太太？——那个男的呢？
鲁　贵　那个男鬼，你别怕，——就是大少爷。
鲁四凤　他？
鲁　贵　就是他，他同他的后娘就在这屋子里闹鬼呢。
鲁四凤　我不信，您看错了吧？
鲁　贵　你别骗自己。所以孩子，你看开点，别糊涂，周家的人就是那么一回事。
鲁四凤　（摇头）不，不对，他不会这样。
鲁　贵　你忘了，大少爷比太太只小六七岁。
鲁四凤　我不信，不，不像。
鲁　贵　好，信不信都在你，反正我先告诉你，太太的神气现在对你不大对，就是因为你，因为你同——
鲁四凤　（不愿意他说出真有这件事）太太知道您在门口，一定不会饶您的。
鲁　贵　是啊，我吓了一身汗，我没等他们出来，我就跑了。
鲁四凤　那么，二少爷以后就不问您？
鲁　贵　他问我，我说我没有看见什么就算了。
鲁四凤　哼，太太那么一个人不会算了吧？
鲁　贵　她当然厉害，拿话套了我十几回，我一句话也没有漏出来，这两年过去，说不定他们以为那晚上真是鬼在咳嗽呢。
鲁四凤　（自语）不，不，我不信——就是有了这样的事，他也会告诉我的。
鲁　贵　你说大少爷会告诉你。你想想，你是谁？他是谁？你没有个好爸爸，给人家当底下人，人家当真心地待你？你又做你的小姐梦啦，你，就凭你……
鲁四凤　（突然闷气地喊了一声）您别说了！（忽然站起来）妈今天回家，您看我太快活么？您说这些瞎话——这些瞎话！哦，您一边去吧。
鲁　贵　你看你，告诉你真话，叫你聪明点。你反而生气了，唉，你呀！（很不经意地扫四凤一眼，他傲然地，好像满意自己这段话的效果，觉得自己是比一切人都聪明似的。他走到茶几旁，从烟筒里，抽出一支烟，预备点上，忽然想起这是周公馆，于是改了主张，很熟练地偷了几支烟卷同雪茄，放在自己的旧得露出黄铜底镀银的烟盒里）

鲁四凤　（厌恶地望着鲁贵做完他的偷窃的勾当，轻蔑地）哦，就这么一点事么？那么，我知道了。

〔四凤拿起药碗就走。

鲁　贵　你别走，我的话没说完。

鲁四凤　没说完？

鲁　贵　这刚到正题。

鲁四凤　对不起您老人家，我不愿意听了。（反身就走）

鲁　贵　（拉住她的手）你得听！

鲁四凤　放开我！（急）——我喊啦。

鲁　贵　我告诉你这一句话，你再闹。（对着四凤的耳朵）回头你妈就到这儿来找你。（放手）

鲁四凤　（变色）什么？

鲁　贵　你妈一下火车，就到这儿公馆来。

鲁四凤　妈不愿意我在公馆里帮人，您为什么叫她到这儿来找我？我每天晚上，回家的时候自然会看见她，您叫她到这儿来干什么？

鲁　贵　不是我，四凤小姐，是太太要我找她来的。

鲁四凤　太太要她来？

鲁　贵　嗯，（神秘地）奇怪不是，没亲没故。你看太太偏要请她来谈一谈。

鲁四凤　哦，天！您别吞吞吐吐地好么？

鲁　贵　你知道太太为什么一个人在楼上，做诗写字，装着病不下来？

鲁四凤　老爷一回家，太太向来是这样。

鲁　贵　这次不对吧？

鲁四凤　那么，您快说出来。

鲁　贵　你一点不觉得？——大少爷没提过什么？

鲁四凤　我知道这半年多，他跟太太不常说话的。

鲁　贵　真的么？——那么太太对你呢？

鲁四凤　这几天比往日特别地好。
鲁　贵　那就对了！——我告诉你，太太知道我不愿意你离开这儿。这次，她自己要对你妈说，叫她带着你卷铺盖，滚蛋！
鲁四凤　（低声）她要我走——可是——为什么？
鲁　贵　哼！那你自己明白吧。——还有——
鲁四凤　（低声）要妈来干什么？
鲁　贵　对了，她要告诉你妈一件很要紧的事。
鲁四凤　（突然明白）哦，爸爸，无论如何，我在这儿的事，不能让妈知道的。（悔惧交集，大恸）哦，爸爸，您想，妈前年离开我的时候，她嘱咐过您，好好地看着我，不许您送我到公馆帮人。您不听，您要我来。妈不知道这些事，妈疼我，妈爱我，我是妈的好孩子，我死也不能叫妈知道这儿这些事情。（扑在桌上）我的妈呀！
鲁　贵　孩子！（他知道他的戏到什么情形应当怎么做，他轻轻地抚着四凤）你看现在才是爸爸好了吧，爸疼你，不要怕！不要怕！她不敢怎么样，她不会辞你的。
鲁四凤　她为什么不？她恨我，她恨我。
鲁　贵　她恨你。可是，哼，她不会不知道这儿有一个人叫她怕的。
鲁四凤　她会怕谁？
鲁　贵　哼，她怕你的爸爸！你忘了我告诉你那两个鬼哪。你爸爸会抓鬼。昨天晚上我替你告假，她说你妈来的时候，要我叫你妈来。我看她那两天的神气，我就猜了一半，我顺便就把那天半夜的事提了两句，她是机灵人，不会不懂的。——哼，她要是跟我装蒜，现在老爷在家，我们就是个麻烦；我知道她是个厉害人，可是谁欺负了我的女儿，我就跟谁拼了。
鲁四凤　爸爸，（抬起头）您可不要胡来！
鲁　贵　这家除了老头，我谁也看不上眼。别着急，有你爸爸。再说，也许是我瞎猜，她原来就许没有这意思。她外面倒是跟我说，因为听说你妈会读书写字，才想见见谈谈。
鲁四凤　（忽然谛听）爸，别说话，我听见好像有人在饭厅（指左边）咳嗽似

27

的。

鲁　贵　（听一下）别是太太吧？（走到通饭厅的门前，由锁眼窥视，忙回来）可不是她，奇怪，她下楼来了。

鲁四凤　（擦眼泪）爸爸，擦干了么？

鲁　贵　别慌，别露相，什么话也别提。我走了。

鲁四凤　嗯，妈来了，您先告诉我一声。

鲁　贵　对了，见着你妈，就当什么都不知道，听见了没有？（走到中门，又回头）别忘了，跟太太说鲁贵惦记着太太的病。

〔鲁贵慌忙由中门下。四凤端着药碗向饭厅门，至门前，周蘩漪进。她一望就知道是个果敢阴鸷的女人。她的脸色苍白，只有嘴唇微红，她的大而灰暗的眼睛同高鼻梁令人觉得有些可怕。但是眉目间看出来她是忧郁的，在那静静的长的睫毛的下面，有时为心中的郁积的火燃烧着，她的眼光会充满了一个年轻妇人失望后的痛苦与怨望。她的嘴角向后略弯，显出一个受抑制的女人在管制着自己。她那雪白细长的手，时常在她轻轻咳嗽的时候，按着自己瘦弱的胸。直等自己喘出一口气来，她才摸摸自己涨得红红的面颊，喘出一口气。她是一个中国旧式女人，有她的文弱，她的哀静，她的明慧，——她对诗文的爱好，但是她也有更原始的一点野性：在她的心，她的胆量，她的狂热的思想，在她莫明其妙的决断时忽然来的力量。整个地来看她，她似乎是一个水晶，只能给男人精神的安慰，她的明亮的前额表现出深沉的理解，像只是可以供清谈的；但是当她陷于情感的冥想中，忽然愉快地笑着；当着她见着她所爱的，红晕的颜色为快乐散布在脸上，两颊的笑窝也显露出来的时节，你才觉得出她是能被人爱的，应当被人爱的，你才知道她到底是一个女人，跟一切年轻的女人一样。她会爱你如一只饿了三天的狗咬着它最喜欢的骨头，她恨起你来也会像只恶狗狺狺地，不，多不声不响地恨恨地吃了你的。然而她的外形是沉静的，忧烦的，她会如秋天傍晚的树叶轻轻落在你的身旁，她觉得自己的夏天已经过去，西天的晚霞早暗下来了。

〔她通身是黑色。旗袍镶着灰银色的花边。她拿着一把团扇，挂在手指下，走进来。她的眼眶略微有点塌进，很自然地望着四凤。

鲁四凤　（奇怪地）太太！怎么您下楼来啦？我正预备给您送药去呢！

周蘩漪　（咳）老爷在书房里么？

鲁四凤　老爷在书房里会客呢。

周蘩漪　谁来？

鲁四凤　刚才是盖新房子的工程师，现在不知道是谁。您预备见他？

周蘩漪　不。——老妈子告诉我说，这房子已经卖给一个教堂做医院，是么？

鲁四凤　是的，老爷叫把小东西都收一收，大家具有些已经搬到新房子里去了。

周蘩漪　谁说要搬房子？

鲁四凤　老爷回来就催着要搬。

周蘩漪　（停一下，忽然）怎么不告诉我一声？

鲁四凤　老爷说太太不舒服，怕您听着嫌麻烦。

周蘩漪　（又停一下，看看四面）两礼拜没下来，这屋子改了样子了。

鲁四凤　是的，老爷说原来的样子不好看，又把您添的新家具搬了几件走。这是老爷自己摆的。

周蘩漪　（看看右面的衣柜）这是他顶喜欢的衣柜，又拿来了。（叹气）什么事自然要依着他，他是什么都不肯将就的。（咳，坐下）

鲁四凤　太太，您脸上像是发烧，您还是到楼上歇着吧。

周蘩漪　不，楼上太热。（咳）

鲁四凤　老爷说太太的病很重，嘱咐过请您好好地在楼上躺着。

周蘩漪　我不愿意躺在床上。——喂，我忘了，老爷哪一天从矿上回来的？

鲁四凤　前天晚上。老爷见着您发烧很厉害，叫我们别惊醒您，就一个人在楼下睡的。

周蘩漪　白天我像是没见过老爷来。

鲁四凤　嗯，这两天老爷天天忙着跟矿上的董事们开会，到晚上才上楼

29

看您。可是您又把门锁上了。

周蘩漪 （不经意地）哦，哦——怎么，楼下也这么闷热。

鲁四凤 对了，闷得很。一早晨黑云就遮满了天，也许今儿个会下一场大雨。

周蘩漪 你换一把大点的团扇，我简直有点喘不过气来。

〔四凤拿一把团扇给她，她望着四凤，又故意地转过头去。

周蘩漪 怎么这两天没见着大少爷？

鲁四凤 大概是很忙。

周蘩漪 听说他也要到矿上去是么？

鲁四凤 我不知道。

周蘩漪 你没有听见说么？

鲁四凤 倒是伺候大少爷的下人这两天尽忙着给他检衣裳。

周蘩漪 你父亲干什么呢？

鲁四凤 大概给老爷买檀香去啦。——他说，他问太太的病。

周蘩漪 他倒是惦记着我。（停一下忽然）他现在还没起来么？

鲁四凤 谁？

周蘩漪 （没有想到四凤这样问，忙收敛一下）嗯，——自然是大少爷。

鲁四凤 我不知道。

周蘩漪 （看了她一眼）嗯？

鲁四凤 这一早晨我没有见着他。

周蘩漪 他昨天晚上什么时候回来的？

鲁四凤 （红脸）您想，我每天晚上总是回家睡觉，我怎么知道。

周蘩漪 （不自主地，尖酸）哦，你每天晚上回家睡！（觉得失言）老爷回来，家里没有人会伺候他，你怎么天天要回家呢？

鲁四凤 太太，不是您吩咐过，叫我回去睡么？

周蘩漪 那时是老爷不在家。

鲁四凤 我怕老爷念经吃素，不喜欢我们伺候他，听说老爷一向是讨厌女人家的。

周蘩漪 哦，（看四凤，想着自己的经历）嗯，（低语）难说得很。（忽而抬起头来，眼睛张开）这么说，他在这几天就走，究竟到什么地方去呢？

鲁四凤　（胆怯地）您说的是大少爷？

周蘩漪　（斜着看四凤）嗯！

鲁四凤　我没听见。（嗫嚅地）他，他总是两三点钟回家，我早晨像是听见我父亲叨叨说下半夜给他开的门来着。

周蘩漪　他又喝醉了么？

鲁四凤　我不清楚。——（想找一个新题目）太太，您吃药吧。

周蘩漪　谁说我要吃药？

鲁四凤　老爷吩咐的。

周蘩漪　我并没请医生，哪里来的药？

鲁四凤　老爷说您犯的是肝郁，今天早上想起从前您吃的老方子，就叫抓一副。说太太一醒，就给您煎上。

周蘩漪　煎好了没有？

鲁四凤　煎好了，凉在这儿好半天啦。

〔四凤端过药碗来。

鲁四凤　您喝吧。

周蘩漪　（喝一口）苦得很。谁煎的？

鲁四凤　我。

周蘩漪　太不好喝，倒了它吧！

鲁四凤　倒了它？

周蘩漪　嗯？好，（想起朴园严厉的脸）要不，你先把它放在那儿。不，（厌恶）你还是倒了它。

鲁四凤　（犹豫）嗯。

周蘩漪　这些年喝这种苦药，我大概是喝够了。

鲁四凤　（拿着药碗）您忍一忍喝了吧。还是苦药能够治病。

周蘩漪　（心里忽然恨起她来）谁要你劝我？倒掉！（自己觉得失了身份）这次老爷回来，我听老妈子说瘦了。

鲁四凤　嗯，瘦多了，也黑多了。听说矿上正在罢工，老爷很着急的。

周蘩漪　老爷很不高兴么？

鲁四凤　老爷还是那样。除了会客，念念经，打打坐，在家里一句话也不说。

31

周繁漪　没有跟少爷们说话么?

鲁四凤　见了大少爷只点一点头,没说话,倒是问了二少爷学堂的事。——对了,二少爷今天早上还问您的病呢。

周繁漪　我现在不怎么愿意说话,你告诉他我很好就是了。——回头叫账房拿四十块钱给二少爷,说这是给他买书的钱。

鲁四凤　二少爷总想见见您。

周繁漪　那就叫他到楼上来见我。——(站起来,踱了两步)哦,这老房子永远是这样闷气,家具都发了霉,人们也都是鬼里鬼气的!

鲁四凤　(想想)太太,今天我想跟您告假。

周繁漪　是你母亲从济南回来么?——嗯,你父亲说过来着。

〔花园里,周冲又在喊:四凤!四凤!

周繁漪　你去看看,二少爷在喊你。

〔周冲在喊:四凤。

鲁四凤　在这儿。

〔周冲由中门进,穿一套白西服上身。

周　冲　(进门只看见四凤)四凤,我找你一早晨。(看见繁漪)妈,怎么您下楼来了?

周繁漪　冲儿,你的脸怎么这样红?

周　冲　我刚同一个同学打网球。(亲热地)我正有许多话要跟您说。您好一点儿没有?(坐在繁漪身旁)这两天我到楼上看您,您怎么总把门关上?

周繁漪　我想清静清静。你看我的气色怎么样?四凤,你给二少爷拿一瓶汽水。你看你的脸通红。

〔四凤由饭厅门口下。

周　冲　(高兴地)谢谢您。让我看看您。我看您很好,没有一点病。为什么他们总说您有病呢?您一个人躲在房里头,您看,父亲回家三天,您都没有见着他。

周繁漪　(忧郁地看着周冲)我心里不舒服。

周　冲　哦,妈,不要这样。父亲对不起您,可是他老了,我是您的将来,我要娶一个顶好的人,妈,您跟我们一块住,那我们一定会叫您快活的。

周蘩漪 （脸上闪出一丝微笑的影子）快活？（忽然）冲儿，你是十七了吧？

周　冲 （喜欢他的母亲有时这样奇突）妈，您看，您要再忘了我的岁数，我一定得跟您生气啦！

周蘩漪 妈不是个好母亲。有时候自己都忘了自己在哪儿。（沉思）——哦，十八年了，在这老房子里，你看，妈老了吧？

周　冲 不，妈，您想什么？

周蘩漪 我不想什么。

周　冲 妈，您知道我们要搬家么？新房子。父亲昨天对我说后天就搬过去。

周蘩漪 你知道父亲为什么要搬房子？

周　冲 您想父亲哪一次做事先告诉过我们？——不过我想他老了，他说过以后要不做矿上的事，加上这旧房子不吉利。——哦，妈，您不知道这房子闹鬼么？前年秋天，半夜里，我像是听见什么似的。

周蘩漪 你不要再说了。

周　冲 妈，您也信这些话么？

周蘩漪 我不相信，不过这老房子很怪，我很喜欢它，我总觉得这房子有点灵气，它拉着我，不让我走。

周　冲 （忽然高兴地）妈。——

〔四凤拿汽水上。

鲁四凤 二少爷。

周　冲 （站起来）谢谢你。（四凤红脸）

〔四凤倒汽水。

周　冲 你给太太再拿一个杯子来，好么？（四凤下）

周蘩漪 （目不转睛地看着他们）冲儿，你们为什么这样客气？

周　冲 （喝水）妈，我就想告诉您，那是因为，——（四凤进）——回头我告诉您。妈，您给我画的扇面呢？

周蘩漪 你忘了我不是病了么？

周　冲 对了，您原谅我。我，我，——怎么这屋子这样热？

周蘩漪　大概是窗户没有开。

周　冲　让我来开。

鲁四凤　老爷说过不叫开，说外面比屋里热。

周蘩漪　不，四凤，开开它。他在外头一去就是两年不回家，这屋子里的死气他是不知道的。（四凤拉开壁龛前的帷幔）

周　冲　（见四凤很费力地移动窗前的花盆）四凤，你不要动。让我来。（走过去）

鲁四凤　我一个人成，二少爷。

周　冲　（争执着）让我。（二人拿起花盆，放下时压了四凤的手，四凤轻轻叫了一声痛）怎么样？四凤？（拿着她的手）

鲁四凤　（抽出自己的手）没有什么，二少爷。

周　冲　不要紧，我给你拿点橡皮膏。

周蘩漪　冲儿，不用了。——（转头向四凤）你到厨房去看一看，问问给老爷做的素菜都做完了没有？

〔四凤由中门下，周冲望着她下去。

周蘩漪　冲儿，（周冲回来）坐下。你说吧。

周　冲　（看着蘩漪，带了希冀和快乐的神色）妈，我这两天很快活。

周蘩漪　在这家里，你能快活，自然是好现象。

周　冲　妈，我一向什么都不肯瞒过您，您不是一个平常的母亲，您最大胆，最有想象，又，最同情我的思想的。

周蘩漪　那我很欢喜。

周　冲　妈，我要告诉您一件事，——不，我要跟您商量一件事。

周蘩漪　你先说给我听听。

周　冲　妈，（神秘地）您不说我么？

周蘩漪　我不说你，孩子，你说吧。

周　冲　（高兴地）哦，妈——（又停下了，迟疑着）不，不，不，我不说了。

周蘩漪　（笑了）为什么？

周　冲　我，我怕您生气。（停）我说了以后，你还是一样地喜欢我么？

周蘩漪　傻孩子，妈永远是喜欢你的。

周　冲　（笑）我的好妈妈。真的，您还喜欢我？不生气？

周蘩漪　嗯，真的——你说吧。

周　冲　妈，说完以后我还不许您笑话我。
周蘩漪　嗯，我不笑话你。
周　冲　真的？
周蘩漪　真的！
周　冲　妈，我现在喜欢一个人。
周蘩漪　哦！（证实了她的疑惧）哦！
周　冲　（望着蘩漪的凝视的眼睛）妈，您看，您的神气又好像说我不应该似的。
周蘩漪　不，不，你这句话叫我想起来，——叫我觉得我自己……——哦，不，不，不。你说吧。这个女孩子是谁？
周　冲　她是世界上最——（看一看蘩漪）不，妈，您看您又要笑话我。反正她是我认为最满意的女孩子。她心地单纯，她懂得活着的快乐，她知道同情，她明白劳动有意义。最好的，她不是小姐堆里娇生惯养出来的人。
周蘩漪　可是你不是喜欢受过教育的人么？她念过书么？
周　冲　自然没念过书。这是她，也可说是她唯一的缺点，然而这并不怪她。
周蘩漪　哦。（眼睛暗下来，不得不问下一句，沉重地）冲儿，你说的不是——四凤？
周　冲　是，妈妈。——妈，我知道旁人会笑话我，您不会不同情我的。
周蘩漪　（惊愕，停，自语）怎么，我自己的孩子也……
周　冲　（焦灼）您不愿意么？您以为我做错了么？
周蘩漪　不，不，那倒不。我怕她这样的孩子不会给你幸福的。
周　冲　不，她是个聪明有感情的人，并且她懂得我。
周蘩漪　你不怕父亲不满意你么？
周　冲　这是我自己的事情。
周蘩漪　别人知道了说闲话呢？
周　冲　那我更不放在心上。
周蘩漪　这倒像我自己的孩子。不过我怕你走错了。第一，她始终是个没受过教育的下等人。你要是喜欢她，她当然以为这是她的幸

35

运。

周　冲　妈，您以为她没有主张么？

周繁漪　冲儿，你把什么人都看得太高了。

周　冲　妈，我认为您这句话对她用是不合适的。她是最纯洁，最有主张的好孩子，昨天我跟她求婚——

周繁漪　（更惊愕）什么？求婚？（这两个字叫她想笑）你跟她求婚？

周　冲　（很正经地，不喜欢母亲这样的态度）不，妈，您不要笑！她拒绝我了。——可是我很高兴，这样我觉得她更高贵了。她说她不愿意嫁给我。

周繁漪　哦，拒绝！（这两个字也觉得十分可笑）她还"拒绝"你。——哼，我明白她。

周　冲　你以为她不答应我，是故意地虚伪么？不，不，她说，她心里另外有一个人。

周繁漪　她没有说谁？

周　冲　我没有问。总是她的邻居，常见的人吧。——不过真的爱情免不了波折，我爱她，她会渐渐地明白我，喜欢我的。

周繁漪　我的儿子要娶也不能娶她。

周　冲　妈妈，您为什么这样厌恶她？四凤是个好女孩子，她背地总是很佩服您，敬重您的。

周繁漪　你现在预备怎么样？

周　冲　我预备把这个意思告诉父亲。

周繁漪　你忘了你父亲是什么样一个人啦！

周　冲　我一定要告诉他的。我将来并不一定跟她结婚。如果她不愿意我，我仍然是尊重她，帮助她的。但是我希望她现在受教育，我希望父亲允许我把我的教育费分给她一半上学。

周繁漪　你真是个孩子。

周　冲　（不高兴地）我不是孩子。我不是孩子。

周繁漪　你父亲一句话就把你所有的梦打破了。

周　冲　我不相信。——（有点沮丧）得了，妈，我们不谈这个吧。哦，昨天我见着哥哥，他说他这次可要到矿上去做事了，他明天就走，他说他太忙，他叫我告诉您一声，他不上楼见您了。您不会怪他吧？
周蘩漪　为什么？怪他？
周　冲　我总觉得您同哥哥的感情不如以前那样似的。妈，您想，他自幼就没有母亲，性情自然容易古怪。我想他的母亲一定也感情很盛的，哥哥就是一个很有感情的人。
周蘩漪　你父亲回来了，你少说哥哥的母亲，免得你父亲又板起脸，叫一家子不高兴。
周　冲　妈，可是哥哥现在真有点怪，他喝酒喝得很多，脾气很暴，有时他还到外国教堂去，不知干什么？
周蘩漪　他还怎么样？
周　冲　前三天他喝得太醉了。他拉着我的手，跟我说，他恨他自己，说了许多我不大明白的话。
周蘩漪　哦！
周　冲　最后他忽然说，他从前爱过一个他决不应该爱的女人！
周蘩漪　（自语）从前？
周　冲　说完就大哭，当时就逼着我，要我离开他的屋子。
周蘩漪　他还说什么话来么？
周　冲　没有，他很寂寞的样子，我替他很难过，他到现在为什么还不结婚呢？
周蘩漪　（喃喃地）谁知道呢？谁知道呢？
周　冲　（听见门外脚步的声音，回头看）咦，哥哥进来了。

〔中门大开，周萍进。他约莫有二十八九，颜色苍白，躯干比他的弟弟略微长些。他的面目清秀，甚至于可以说美，但不是一看就使女人醉心的那种男子。他有宽而黑的眉毛，有厚的耳垂，粗大的手掌，乍一看，有时会令人觉得他有些戆气的；不过，若是你再长久地同他坐一坐，会感到他的气味不是你所想的那样纯朴可喜，他是经过了雕琢的，虽然性格上那些粗涩的滓渣经过了教育的提炼，成为精细而优美了；但是一种可以炼钢熔铁，火炽的，不成形的原始人生活中所有的那种"蛮"力,也就因为郁闷,长久离开了空气的原因,成为怀疑的,怯弱的,莫名其妙的了。和他谈两三句话,便知道这也是一个美丽的空形,如生在田野的麦苗移植在暖室里,虽然也开花结实,但是空虚脆弱,经不起现实的风霜。在他灰暗的眼神里,你看见了不定,犹疑,怯弱同冲突。当他的眼神暗下来,瞳仁微微地在闪烁的时候,你知道他在审阅自己的内心过误,而又怕人窥探出他是这样无能,只讨生活于自己的内心的小圈子里。但是你以为他是做不出惊人的事情,没有男子的胆量么?不,在他感情的潮涌起来的时候,——哦,你单看他眼角间一条时时刻刻地变动的刺激人的圆线,极冲动而敏锐的红而厚的嘴唇,你便知道在这种时候,他会贸然地做出自己终身诅咒的事,而他生活是不会有计划的。他的唇角松弛地垂下来。一点疲乏会使他眸子发呆,叫你觉得他不能克制自己,也不能有规律地终身做一件事。然而他明白自己的病,他在改,不,不如说在悔,永远地在悔恨自己过去由直觉铸成的错误;因为当着一个新的冲动来时,他的热情,他的欲望,整个如潮水似的冲上来,淹没了他。他一星星的理智,只是一段枯枝卷在漩涡里,他昏迷似的做出自己认为不应该做的事。这样很自然地一个大错跟着一个更大的错。所以他是有道德观念的,有情爱的,但同时又是渴望着生活,觉得自己是个有肉体的人。于是他痛苦了,他恨自己,他羡慕一切没有顾忌,敢做坏事的人,于是他会同情鲁贵。他又钦羡一切能抱着一件事业向前做,能依循着一般人所谓的"道德"生活下去,为"模范市民""模范家长"的人,于是他佩服他的父亲。他的父亲在他的见闻里,除了一点倔强冷酷,——但是这个也是他喜欢的,因为这两种性格他都没有——是一个无瑕的男子。他觉得他在那一方面欺骗他的父亲是不对了,并不是因为他怎么爱他的父亲(固然他不能说不爱他),他觉得这样是卑鄙,像老鼠在狮子睡着的时候偷咬一口的行为,同时如一切好内省而又冲动的人,在他的直觉过去，理智冷回来的时候，他更刻毒地恨自己，更深地觉得这是反人性，一切的犯了罪的痛苦都牵到自己身上。他要把自己拯救起来，他需要新的力，无论是什么，只要能帮助他，把他由冲突的苦海中救出来，他愿意找。他见着四凤，当时就觉得她新鲜，她的"活"！他发现他最需要的那一点东西，是充满地流动着在四凤的身里。她有"青春"，有"美"，有充溢着的血，固然他也看到她是粗，但是他直觉到这才是他要的，渐渐地他厌恶一切忧郁过分的女人，忧郁已经蚀尽了他的心；他也恨一切经些教育陶冶的女人（因为她们会提醒他的缺点），同一切细致的情绪，他觉得"腻"！〔然而这种感情的波纹是在他心里隐约地流荡着，潜伏着；他自己只是顺着自己之情感的流在走，他不能用理智再冷酷地剖析自己，他怕，他有时是怕看自己心内的残疾的。现在他不得不爱四凤了，他要死心塌地地爱她，他想这样忘了自己。当然他也明白，他这次的爱不只是为求自己心灵的药，他还有一个地方是渴。但是在这一层他并不感觉得从前的冲突，他想好好地待她，心里觉得这样也说得过去了。经过她那有处女香的温热的气息后，豁然地他觉出心地的清朗，他看见了自己心内的太阳，他想："能拯救他的女人大概是她吧！"于是就把生命交给这个女孩子，然而昔日的记忆如巨大的铁掌抓住了他的心，不时地，尤其是在蘩漪面前，他感觉一丝一丝刺心的疚痛；于是他要离开这个地方——这个能引起人的无边噩梦似的老房子，走到任何地方。而在未打开这个狭的笼之先，四凤不能了解也不能安慰他的疚伤的时候，便不自主地纵于酒，于热烈的狂欢，于一切外面的刺激之中。于是他精神颓丧，永远成了不安定的神情。

〔现在他穿一件藏青的绸袍，西服裤，漆皮鞋，没有修脸。整个是不整齐，他打着呵欠。

周　冲　哥哥。

周　萍　你在这儿。

周蘩漪　（觉得没有理她）萍！

周　萍　哦？（低了头，又抬起）您——您也在这儿。

周蘩漪　我刚下楼来。

周　萍　（转头问周冲）父亲没有出去吧？

周　冲　没有，你预备见他么？

周　萍　我想在临走以前跟父亲谈一次。（一直走向书房）

周　冲　你不要去。

周　萍　他老人家干什么呢？

周　冲　他大概跟一个人谈公事。我刚才见着他，他说他一会儿会到这儿来，叫我们在这儿等他。

周　萍　那我先回到我屋子里写封信。（要走）

周　冲　不，哥哥，母亲说好久不见你。你不愿意一齐坐一坐，谈谈么？

周蘩漪　你看，你让哥哥歇一歇，他愿意一个人坐着的。

周　萍　（有些烦）那也不见得，我总怕父亲回来，您很忙，所以——

周　冲　你不知道母亲病了么？

周蘩漪　你哥哥怎么会把我的病放在心上？

周　冲　妈！

周　萍　您好一点了么？

周蘩漪　谢谢你，我刚刚下楼。

周　萍　对了，我预备明天离开家里到矿上去。

周蘩漪　哦，（停）好得很。——什么时候回来呢？

周　萍　不一定，也许两年，也许三年。哦，这屋子怎么闷气得很。

周　冲　窗户已经打开了。——我想，大概是大雨要来了。

周蘩漪　（停一停）你在矿上做什么呢？

周　冲　妈，你忘了，哥哥是专门学矿科的。

周蘩漪　这是理由么，萍？

周　萍　（拿起报纸看，遮掩自己）说不出来，像是家里住得太久了，烦得很。

周蘩漪　（笑）我怕你是胆小吧？

周　萍　怎么讲？

周蘩漪　这屋子曾经闹过鬼,你忘了。
周　萍　没有忘。但是这儿我住厌了。
周蘩漪　(笑)假若我是你,这周围的人我都会厌恶,我也离开这个死地方的。
周　冲　妈,我不要您这样说话。
周　萍　(忧郁地)哼,我自己对自己都恨不够,我还配说厌恶别人?——(叹一口气)弟弟,我想回屋去了。(起立)
　　　　〔书房门开。
周　冲　别走,这大概是爸爸来了。
　　　　〔里面的声音:(书房门开一半,周朴园进,向内露着半个身子说话)我的意思是这么办,没有问题了,很好,再见吧,不送。
　　　　〔门大开,周朴园进,他约莫有五六十岁,鬓发已经斑白,戴着椭圆形的金边眼镜,一对沉鸷的眼在底下闪烁着。像一切起家立业的人物,他的威严在儿孙面前格外显得峻厉。他穿的衣服,还是二十年前的新装,一件团花的官纱大褂,底下是白纺绸的衬衫,长衫的领扣松散着,露着颈上的肉。他的衣服很舒展地贴在身上,整洁,没有一丝尘垢。他有些胖,背微微地伛偻,面色苍白,腮肉松弛地垂下来,眼眶略微下陷,眸子闪闪地放着光彩,时常也倦息地闭着眼皮。他的脸带着多年的世故和劳碌,一种冷峭的目光和偶然在嘴角逼出的冷笑,看出他平日的专横,自是和倔强。年轻时一切的冒失,狂妄已经为脸上的皱纹深深遮盖着,再也寻不着一点痕迹,只有他的半白的头发还保持昔日的丰采,很润泽地分梳到后面。在阳光底下,他的脸呈着银白色,一般人说这就是贵人的特征。所以他才有这样大的矿产。他的下颏的胡须已经灰白,常用一只象牙的小梳梳理。他的大指套着一个扳指。
　　　　〔他现在精神很饱满,沉重地走出来。
周　萍
周　冲　(同时)爸。

41

周　冲　客走了？

周朴园　（点头，转向蘩漪）你怎么今天下楼来了，完全好了么？

周蘩漪　病原来不很重——回来身体好么？

周朴园　还好。——你应当再到楼上去休息。冲儿，你看你母亲的气色比以前怎么样？

周　冲　母亲原来就没有什么病。

周朴园　（不喜欢儿子们这样答复老人的话，沉重地，眼翻上来）谁告诉你的？我不在的时候，你常来问你母亲的病么？（坐在沙发上）

周蘩漪　（怕他又来教训）朴园，你的样子像有点瘦了似的。——矿上的罢工究竟怎么样？

周朴园　昨天早上已经复工，不成问题。

周　冲　爸爸，怎么鲁大海还在这儿等着要见您呢？

周朴园　谁是鲁大海？

周　冲　鲁贵的儿子。前年荐进去，这次当代表的。

周朴园　这个人！我想这个人有背景，厂方已经把他开除了。

周　冲　开除！爸爸，这个人脑筋很清楚，我方才跟这个人谈了一回。代表罢工的工人并不见得就该开除。

周朴园　哼，现在一般青年人，跟工人谈谈，说两三句不关痛痒、同情的话，像是一件很时髦的事情！

周　冲　我以为这些人替自己的一群努力，我们应当同情的。并且我们这样享福，同他们争饭吃，是不对的。这不是时髦不时髦的事。

周朴园　（眼翻上来）你知道社会是什么？你读过几本关于社会经济的书？我记得我在德国念书的时候，对于这方面，我自命比你这种半瓶醋的社会思想要彻底得多！

周　冲　（被压制下去，然而）爸，我听说矿上对于这次受伤的工人不给一点抚恤金。

周朴园　（头扬起来）我认为你这次说话说得太多。（向蘩漪）这两年他学得很像你了。（看钟）十分钟后我还有一个客来，嗯，你们关于自己有什么话说么？

周　萍　爸，刚才我就想见您。
周朴园　哦，什么事？
周　萍　我想明天就到矿上去。
周朴园　这边公司的事，你交代完了么？
周　萍　差不多完了。我想请父亲给我点实在的事情做，我不想看看就完事。
周朴园　（停一下，看周萍）苦的事你成么？要做就做到底。我不愿意我的儿子叫旁人说闲话的。
周　萍　这两年在这儿做事太舒服，心里很想在内地乡下走走。
周朴园　让我想想。——（停）你可以明天起身，做哪一类事情，到了矿上我再打电报给你。
〔四凤由饭厅门入，端了碗普洱茶。
周　冲　（犹豫地）爸爸。
周朴园　（知道他又有新花样）嗯，你？
周　冲　我现在想跟爸爸商量一件很重要的事。
周朴园　什么？
周　冲　（低下头）我想把我的学费的一部分分出来。
周朴园　哦。
周　冲　（鼓起勇气）把我的学费拿出一部分送给——
〔四凤端茶，放朴园前。
周朴园　四凤，——（向周冲）你先等一等。——（向四凤）叫你给太太煎的药呢？
鲁四凤　煎好了。
周朴园　为什么不拿来？
鲁四凤　（看蘩漪，不说话）
周蘩漪　（觉出四周的征兆有些恶相）她刚才给我倒来了，我没有喝。
周朴园　为什么？（停，向四凤）药呢？
周蘩漪　（快说）倒了，我叫四凤倒了。
周朴园　（慢）倒了？哦？（更慢）倒了！——（向四凤）药还有么？
鲁四凤　药罐里还有一点。

43

周朴园　（低而缓地）倒了来。

周蘩漪　（反抗地）我不愿意喝这种苦东西。

周朴园　（向四凤，高声）倒了来。

　　　　〔四凤走到左面倒药。

周　冲　爸，妈不愿意，您何必这样强迫呢？

周朴园　你同你母亲都不知道自己的病在哪儿。（向蘩漪低声）你喝了，就会完全好的。（见四凤犹豫，指药）送到太太那里去。

周蘩漪　（顺忍地）好，先放在这儿。

周朴园　（不高兴地）不。你最好现在喝了它吧。

周蘩漪　（忽然）四凤，你把它拿走。

周朴园　（忽然严厉地）喝了它，不要任性，当着这么大的孩子。

周蘩漪　（声颤）我不想喝。

周朴园　冲儿，你把药端到母亲面前去。

周　冲　（反抗地）爸！

周朴园　（怒视）去！

　　　　〔周冲只好把药端到蘩漪面前。

周朴园　说，请母亲喝。

周　冲　（拿着药碗，手发颤，回头，高声）爸，您不要这样。

周朴园　（高声地）我要你说。

周　萍　（低头，至周冲前，低声）听父亲的话吧，父亲的脾气你是知道的。

周　冲　（无法，含着泪，向着母亲）您喝吧，为我喝一点吧，要不然，父亲的气是不会消的。

周蘩漪　（恳求地）哦，留着我晚上喝不成么？

周朴园　（冷峻地）蘩漪，当了母亲的人，处处应当替孩子着想，就是自己不保重身体，也应当替孩子做个服从的榜样。

周蘩漪　（四面看一看，望望朴园，又望望周萍。拿起药，落下眼泪，忽而又放下）哦，不！我喝不下！

周朴园　萍儿，劝你母亲喝下去。

周　萍　爸！我——

周朴园　去，走到母亲面前！跪下，劝你的母亲。

〔周萍走至蘩漪前。

周　萍　（求恕地）哦，爸爸！

周朴园　（高声）跪下！

〔周萍望蘩漪和周冲；蘩漪泪痕满面，周冲身体发抖。

周朴园　叫你跪下！

〔周萍正向下跪。

周蘩漪　（望着周萍，不等周萍跪下，急促地）我喝，我现在喝！（拿碗，喝了两口，气得眼泪又涌出来，她望朴园的峻厉的眼和苦恼着的周萍，咽下愤恨，一气喝下）哦……（哭着，由右边饭厅跑下）

〔半晌。

周朴园　（看表）还有三分钟。（向周冲）你刚才说的事呢？

周　冲　（抬头，慢慢地）什么？

周朴园　你说把你的学费分出一部分？——嗯，是怎么样？

周　冲　（低声）我现在没有什么事情啦。

周朴园　真没有什么新鲜的问题啦么？

周　冲　（哭声）没有什么，没有什么，——妈的话是对的。（跑向饭厅）

周朴园　冲儿，上哪儿去？

周　冲　到楼上去看看妈。

周朴园　就这么跑了么？

周　冲　（抑制着自己，走回去）是，爸，我要走了，您有事吩咐么？

周朴园　去吧。

〔周冲向饭厅走了两步。

周朴园　回来。

周　冲　爸爸。

周朴园　你告诉你的母亲，说我已经请德国的克大夫来，给她看病。

周　冲　妈不是已经吃了您的药了么？

周朴园　我看你的母亲，精神有点失常，病像是不轻。（回头向周萍）我看，你也是一样。

周　萍　爸，我想下去，歇一回。

周朴园　不，你不要走。我有话跟你说。（向周冲）你告诉她，说克大夫是个有名的脑病专家，我在德国认识的。来了，叫她一定看一看，听见了没有？

周　冲　听见了。（走了两步）爸，没有事啦？
周朴园　上去吧。
　　　　〔周冲由饭厅下。
周朴园　（回头向四凤）四凤，我记得我告诉过你，这个房子你们没有事就得走的。
鲁四凤　是，老爷。（也由饭厅下）
　　　　〔鲁贵由书房上。
鲁　贵　（见着老爷，便不自主地好像说不出话来）老，老，老爷。客，客来了！
周朴园　哦，先请到大客厅里去。
鲁　贵　是，老爷。（鲁贵下）
周朴园　怎么这窗户谁开开了？
周　萍　弟弟跟我开的。
周朴园　关上，（擦眼镜）这屋子不要底下人随便进来，回头我预备一个人在这里休息的。
周　萍　是。
周朴园　（擦着眼镜，看周围的家具）这间屋子的家具多半是你生母顶喜欢的东西。我从南边移到北边，搬了多少次家，总是不肯丢下的。（戴上眼镜，咳嗽一声）这屋子摆的样子，我愿意总是三十年前的老样子，这叫我的眼看着舒服一点。（踱到桌前，看桌上的相片）你的生母永远喜欢夏天把窗户关上的。
周　萍　（强笑着）不过，爸爸，纪念母亲也不必——
周朴园　（突然抬起头来）我听人说你现在做了一件很对不起自己的事情。
周　萍　（惊）什——什么？
周朴园　（低声走到周萍的面前）你知道你现在做的事是对不起你的父亲么？并且——（停）——对不起你的母亲么？
周　萍　（失措）爸爸。
周朴园　（仁慈地，拿着周萍的手）你是我的长子，我不愿意当着人谈这件事。（停，喘一口气严厉地）我听说我在外边的时候，你这两年来在家里很不规矩。

周　萍　（更惊恐）爸，没有的事，没有，没有。
周朴园　一个人敢做一件事就要当一件事。
周　萍　（失色）爸！
周朴园　公司的人说你总是在跳舞场里鬼混，尤其是这两三个月，喝酒，赌钱，整夜地不回家。
周　萍　哦,（喘出一口气）您说的是——
周朴园　这些事是真的么？（半响）说实话！
周　萍　真的，爸爸。（红了脸）
周朴园　将近三十的人应当懂得"自爱"！——你还记得你的名为什么叫萍吗？
周　萍　记得。
周朴园　你自己说一遍。
周　萍　那是因为母亲叫侍萍，母亲临死，自己替我起的名字。
周朴园　那我请你为你的生母，你把现在的行为完全改过来。
周　萍　是，爸爸，那是我一时的荒唐。
　　　　〔鲁贵由书房上。
鲁　贵　老，老，老爷。客，——等，等，等了好半天啦。
周朴园　知道。
　　　　〔鲁贵退。
周朴园　我的家庭是我认为最圆满，最有秩序的家庭，我的儿子我也认为都还是健全的子弟，我教育出来的孩子，我绝对不愿叫任何人说他们一点闲话的。
周　萍　是，爸爸。
周朴园　来人啦。（自语）哦，我有点累啦。
　　　　〔周萍扶他至沙发坐。
　　　　〔鲁贵上。
鲁　贵　老爷。
周朴园　你请客到这边来坐。
鲁　贵　是，老爷。

47

周　萍　不，——爸，您歇一会吧。
周朴园　不，你不要管。(向鲁贵)去，请进来。
鲁　贵　是，老爷。
　　　　〔鲁贵下，朴园拿出一支雪茄，萍为他点上，朴园徐徐抽烟，端坐。

　　　　　　　　　　　　　　　　　　——幕　落

第二幕

〔午饭后，天气很阴沉，更郁热，湿潮的空气，低压着在屋内的人，使人成为烦躁的了。周萍一个人由饭厅走上来，望望花园，冷清清的，没有一个人。偷偷走到书房门口，书房里是空的，也没有人。忽然想起父亲在别的地方会客，他放下心，又走到窗户前开窗门，看看外面绿荫荫的树丛。低低地吹出一种奇怪的哨声，中间他低沉地叫了两三声"四凤！"不一时，好像听见远处有哨声在回应，渐移渐近，他又缓缓地叫一声"凤儿！"门外有一个女人的声音，"萍，是你么？"萍就把窗门关上。

〔四凤由外面轻轻地跑进来。

周　萍　（回头，望着中门，四凤正从中门进，低声，热烈地）凤儿！（走近，拉着她的手）

鲁四凤　不，（推开他）不，不。（谛听，四面望）看看，有人！

周　萍　没有，凤，你坐下。（推她到沙发坐下）

鲁四凤　（不安地）老爷呢？

周　萍　在大客厅会客呢。

鲁四凤　（坐下，叹一口长气。望着）总是这样偷偷摸摸的。

周　萍　嗯。

鲁四凤　你连叫我都不敢叫。

周　萍　所以我要离开这儿哪。

鲁四凤　（想一下）哦，太太怪可怜的。为什么老爷回来，头一次见太太就发这么大的脾气？

周　萍　父亲就是这个样，他的话，向来不能改的。他的意见就是法律。

鲁四凤　（怯懦地）我——我怕得很。

周　萍　怕什么？

鲁四凤　我怕万一老爷知道了，我怕。有一天，你说过，要把我们的事情告诉老爷的。

周　萍　（摇头，深沉地）可怕的事不在这儿。

鲁四凤　还有什么？

49

周　萍　（忽然地）你没有听见什么话？

鲁四凤　什么？（停）没有。

周　萍　关于我，你没有听见什么？

鲁四凤　没有。

周　萍　从来没听见过什么？

鲁四凤　（不愿提）没有——你说什么？

周　萍　那——没什么！没什么！

鲁四凤　（真挚地）我信你，我相信你以后永远不会骗我。这我就够了。——刚才，我听你说，你明天就要到矿上去。

周　萍　我昨天晚上已经跟你说过了。

鲁四凤　（爽直地）你为什么不带我去？

周　萍　因为……（笑）因为我不想带你去。

鲁四凤　这边的事我早晚是要走的。——太太，说不定今天要辞掉我。

周　萍　（没想到）她要辞掉你，——为什么？

鲁四凤　你不要问。

周　萍　不，我要知道。

鲁四凤　自然因为我做错了事。我想，太太大概没有这个意思。也许是我瞎猜。（停）萍，你带我去好不好？

周　萍　不。

鲁四凤　（温柔地）萍，我好好地侍候你，你要这么一个人。我给你缝衣服，烧饭做菜，我都做得好，只要你叫我跟你在一块儿。

周　萍　哦，我还要一个女人，跟着我，侍候我，叫我享福？难道，这些年，在家里，这种生活我还不够么？

鲁四凤　我知道你一个人在外头是不成的。

周　萍　凤，你看不出来，现在我怎么能带你出去？——你这不是孩子话吗？

鲁四凤　萍，你带我走！我不连累你，要是外面因为我，说你的坏话，我立刻就走。你——你不要怕。

周　萍　（急躁地）凤，你以为我这么自私自利么？你不应该这么想我。——哼，我怕，我怕什么？（管不住自己）这些年，我做出这许多的……哼,我的心都死了,我恨极了我自己。现在我的心刚刚有点生气了,我能放开胆子喜欢一个女人,我反而怕人家骂?哼,让大家说吧,周家大少爷看上他家里面的女下人,怕什么,我喜欢她。

鲁四凤　（安慰地）萍,不要难过。你做了什么,我也不怨你的。（想）
周　萍　（平静下来）你现在想什么?
鲁四凤　我想,你走了以后,我怎么样。
周　萍　你等着我。
鲁四凤　（苦笑）可是你忘了一个人。
周　萍　谁?
鲁四凤　他总不放松我。
周　萍　哦,他呀——他又怎么样?
鲁四凤　他又把前一月的话跟我提了。
周　萍　他说,他要你?
鲁四凤　不,他问我肯嫁他不肯。
周　萍　你呢?
鲁四凤　我先没有说什么,后来他逼着问我,我只好告诉他实话。
周　萍　实话?
鲁四凤　我没有说旁的。我只提我已经许了人家。
周　萍　他没有问旁的?
鲁四凤　没有,他倒说,他要供给我上学。
周　萍　上学?（笑）他真呆气!——可是,谁知道,你听了他的话,也许很喜欢的。
鲁四凤　你知道我不喜欢,我愿意老陪着你。
周　萍　可是我已经快三十了,你才十八,我也不比他的将来有希望,并且我做过许多见不得人的事。
鲁四凤　萍,你不要同我瞎扯,我现在心里很难过。你得想出法子,他是个孩子,老是这样装着腔,对付他,我实在不喜欢。你又不许我跟他说明白。
周　萍　我没有叫你不跟他说。

鲁四凤　可是你每次见我跟他在一块儿，你的神气，偏偏——
周　萍　我的神气那自然是不快活的。我看见我最喜欢的女人时常跟别人在一块儿。哪怕他是我的弟弟，我也不情愿的。
鲁四凤　你看你又扯到别处。萍，你不要扯，你现在到底对我怎么样？你要跟我说明白。
周　萍　我对你怎么样？（他笑了。他不愿意说，他觉女人们都有些呆气，这一句话似乎有一个女人也这样问过他，他心里隐隐有些痛）要我说出来？（笑）那么，你要我怎么说呢？
鲁四凤　（苦恼地）萍，你别这样待我好不好？你明明知道我现在什么都是你的，你还——你还这样欺负人。
周　萍　（他不喜欢这样，同时又以为她究竟有些不明白）哦！（叹一口气）天哪！
鲁四凤　萍，我父亲只会跟人要钱，我哥哥瞧不起我，说我没有志气，我母亲如果知道了这件事，她一定恨我。哦，萍，没有你就没有我。我父亲，我哥哥，我母亲，他们也许有一天会不理我，你不能够的，你不能够的。（抽咽）
周　萍　四凤，不，不，别这样，你让我好好地想一想。
鲁四凤　我的妈最疼我，我的妈不愿意我在公馆里做事，我怕她万一看出我的谎话，知道我在这里做了事，并且同你……如果你又不是真心的，……那我——那我就伤了我妈的心了。（哭）还有……
周　萍　不，凤，你不该这样疑心我。我告诉你，今天晚上我预备到你那里去。
鲁四凤　不，我妈今天回来。
周　萍　那么，我们在外面会一会好么？
鲁四凤　不成，我妈晚上一定会跟我谈话的。
周　萍　不过，我明天早车就要走了。
鲁四凤　你真不预备带我走么？
周　萍　孩子！那怎么成？
鲁四凤　那么，你——你叫我想想。
周　萍　我先要一个人离开家，过后，再想法子，跟父亲说明白，把你

鲁四凤　（看着他）也好，那么今天晚上你只好到我家里来。我想，那两间房子，爸爸跟妈一定在外房睡，哥哥总是不在家睡觉，我的房子在半夜里一定是空的。

周　萍　那么，我来还是先吹哨，（吹一声）你听得清楚吧？

鲁四凤　嗯，我要是叫你来，我的窗上一定有个红灯，要是没有灯，那你千万不要来。

周　萍　不要来？

鲁四凤　那就是我改了主意，家里一定有许多人。

周　萍　好，就这样。十一点钟。

鲁四凤　嗯，十一点。

〔鲁贵由中门上，见四凤和周萍在这里，突然停止，故意地做出懂事的假笑。

鲁　贵　哦！（向四凤）我正要找你。（向周萍）大少爷，您刚吃完饭？

鲁四凤　找我有什么事？

鲁　贵　你妈来了。

鲁四凤　（喜形于色）妈来了，在哪儿？

鲁　贵　在门房，跟你哥哥刚见面，说着话呢。

〔四凤跑向中门。

周　萍　四凤，见着你妈，给我问问好。

鲁四凤　谢谢您，回头见。（四凤下）

鲁　贵　大少爷，您是明天起身么？

周　萍　嗯。

鲁　贵　让我送送您。

周　萍　不用，谢谢你。

鲁　贵　平时总是您心好，照顾着我们。您这一走，我同我这丫头都得惦记着您了。

周　萍　（笑）你又没钱了吧？

鲁　贵　（奸笑）大少爷，您这可是开玩笑了。——我说的是实话，四凤知道，我总是背后说大少爷好的。

周　萍　好吧。——你没有事么?

鲁　贵　没事,没事,我只跟您商量点闲拌儿。您知道,四凤的妈来了,楼上的太太要见她……

〔繁漪由饭厅门上,鲁贵一眼看见,话说成一半,又吞进去。

鲁　贵　哦,太太下来了!太太,您病完全好啦?(繁漪点一点头)鲁贵直惦记着。

周繁漪　好,你下去吧。

〔鲁贵鞠躬由中门下。

周繁漪　(向周萍)他上哪儿去了?

周　萍　(莫明其妙)谁?

周繁漪　你父亲。

周　萍　他有事情,见客,一会儿就回来。弟弟呢?

周繁漪　他只会哭,他走了。

周　萍　(怕和她一同在这间屋里)哦。(停)我要走了,我现在要收拾东西去。

(走向饭厅)

周繁漪　回来,(周萍停步)我请你略微坐一坐。

周　萍　什么事。

周繁漪　(阴沉地)有话说。

周　萍　(看出她的神色)你像是有很重要的话跟我谈似的。

周繁漪　嗯。

周　萍　说吧。

周繁漪　我希望你明白方才的情形。这不是一天的事情。

周　萍　(躲避地)父亲一向是那样,他说一句就是一句的。

周繁漪　可是人家说一句,我就要听一句,那是违背我的本性的。

周　萍　我明白你。(强笑)那么你顶好不听他的话就得了。

周繁漪　萍,我盼望你还是从前那样诚恳的人。顶好不要学着现在一般青年人玩世不恭的态度。你知道我没有你在我面前,这样,我已经很苦了。

周　萍　所以我就要走了。不要叫我们见着,互相提醒我们最后悔的事情。

周繁漪　我不后悔，我向来做事没有后悔过。

周　萍　（不得已地）我想，我很明白地对你表示过。这些日子我没有见你，我想你很明白。

周繁漪　很明白。

周　萍　那么，我是个最糊涂，最不明白的人。我后悔，我认为我生平做错一件大事。我对不起自己，对不起弟弟，更对不起父亲。

周繁漪　（低沉地）但是你最对不起的人有一个，你反而轻轻地忘了。

周　萍　我最对不起的人，自然也有，但是我不必同你说。

周繁漪　（冷笑）那不是她！你最对不起的是我，是你曾经引诱过的后母！

周　萍　（有些怕她）你疯了。

周繁漪　你欠了我一笔债，你对我负着责任；你不能看见了新的世界，就一个人跑。

周　萍　我认为你用的这些字眼，简直可怕。这种字句不是在父亲这样——这样体面的家庭里说的。

周繁漪　（气极）父亲，父亲，你撇开你的父亲吧！体面？你也说体面？（冷笑）我在这样的体面家庭已经十八年啦。周家家庭里所出的罪恶，我听过，我见过，我做过。我始终不是你们周家的人。我做的事，我自己负责任。不像你们的祖父，叔祖，同你们的好父亲，偷偷做出许多可怕的事情，祸移在人身上，外面还是一副道德面孔，慈善家，社会上的好人物。

周　萍　繁漪，大家庭自然免不了不良分子，不过我们这一支，除了我……

周繁漪　都一样，你父亲是第一个伪君子，他从前就引诱过一个良家的姑娘。

周　萍　你不要乱说话。

周繁漪　萍，你再听清楚点，你就是你父亲的私生子！

周　萍　（惊异而无主地）你瞎说，你有什么证据？

周繁漪　请你问你的体面父亲，这是他十五年前喝醉了的时候告诉我的。（指桌上相片）你就是这年轻的姑娘生的小孩。她因为你父亲

55

又不要她，就自己投河死了。

周　萍　你，你，你简直……——好，好，（强笑）我都承认。你预备怎么样？你要跟我说什么？

周繁漪　你父亲对不起我，他用同样手段把我骗到你们家来，我逃不开，生了冲儿。十几年来像刚才一样的凶横，把我渐渐地磨成了石头样的死人。你突然从家乡出来，是你，是你把我引到一条母亲不像母亲，情妇不像情妇的路上去。是你引诱的我！

周　萍　引诱！我请你不要用这两个字好不好？你知道当时的情形怎么样？

周繁漪　你忘记了在这屋子里，半夜，我哭的时候，你叹息着说的话么？你说你恨你的父亲，你说过，你愿他死，就是犯了灭伦的罪也干。

周　萍　你忘了。那是我年轻，我的热叫我说出来这样糊涂的话。

周繁漪　你忘了，我虽然比你只大几岁，那时，我总还是你的母亲，你知道你不该对我说这种话么？

周　萍　哦——（叹一口气）总之，你不该嫁到周家来，周家的空气满是罪恶。

周繁漪　对了，罪恶，罪恶。你的祖宗就不曾清白过，你们家里永远是不干净。

周　萍　年轻人一时糊涂，做错了的事，你就不肯原谅么？（苦恼地皱着眉）

周繁漪　这不是原谅不原谅的问题，我已经预备好棺材，安安静静地等死，一个人偏把我救活了又不理我，撇得我枯死，慢慢地渴死。让你说，我该怎么办？

周　萍　那，那我也不知道，你来说吧！

周繁漪　（一字一字地）我希望你不要走。

周　萍　怎么，你要我陪着你，在这样的家庭，每天想着过去的罪恶，这样活活地闷死么？

周繁漪　你既然知道这家庭可以闷死人，你怎么肯一个人走，把我放在家里？

周　萍　你没有权利说这种话,你是冲弟弟的母亲。
周繁漪　我不是!我不是!自从我把我的性命,名誉,交给你,我什么都不顾了。我不是他的母亲,不是,不是,我也不是周朴园的妻子。
周　萍　(冷冷地)如果你以为你不是父亲的妻子,我自己还承认我是我父亲的儿子。
周繁漪　(不曾想到他会说这一句话,呆了一下)哦,你是你的父亲的儿子。——这些月,你特别不来看我,是怕你的父亲?
周　萍　也可以说是怕他,才这样的吧。
周繁漪　你这一次到矿上去,也是学着你父亲的英雄榜样,把一个真正明白你,爱你的人丢开不管么?
周　萍　这么解释也未尝不可。
周繁漪　(冷冷地)这么说,你到底是你父亲的儿子。(笑)父亲的儿子?(狂笑)父亲的儿子?(狂笑,忽然冷静严厉地)哼,都是些没有用,胆小怕事,不值得人为他牺牲的东西!我恨着我早没有知道你!
周　萍　那么你现在知道了!我对不起你,我已经同你详细解释过,我厌恶这种不自然的关系。我告诉你,我厌恶。我负起我的责任,我承认我那时的错,然而叫我犯了那样的错,你也不能完全没有责任。你是我认为最聪明,最能了解人的女子,所以我想,你最后会原谅我。我的态度,你现在骂我玩世不恭也好,不负责任也好,我告诉你,我盼望这一次的谈话是我们最末一次谈话了。(走向饭厅门)
周繁漪　(沉重的语气)站着。(周萍立住)我希望你明白我刚才说的话,我不是请求你。我盼望你用你的心,想一想,过去我们在这屋子说的,(停,难过)许多,许多的话。一个女子,你记着,不能受两代的欺侮,你可以想一想。
周　萍　我已经想得很透彻,我自己这些天的痛苦,我想你不是不知道,好,请你让我走吧。

〔周萍由饭厅下,繁漪的眼泪一颗颗地流在腮上,她走到镜台前,照着自己苍白色的有皱纹的脸,便嘤嘤地扑在镜台上哭起来。
〔鲁贵偷偷地由中门走进来,看见太太在哭。

鲁　贵　（低声）太太!
周蘩漪　（突然站起）你来干什么?
鲁　贵　鲁妈来了好半天啦。
周蘩漪　谁?谁来好半天啦?
鲁　贵　我家里的,太太不是说过要我叫她来见么?
周蘩漪　你为什么不早点来告诉我?
鲁　贵　（假笑）我倒是想着,可是我（低声）刚才瞧见太太跟大少爷说话,所以就没敢惊动您。
周蘩漪　啊,你,你刚才在——
鲁　贵　我?我在大客厅伺候老爷见客呢!（故意地不明白）太太有什么事么?
周蘩漪　没什么,那么你叫鲁妈进来吧。
鲁　贵　（谄笑）我们家里是个下等人,说话粗里粗气,您可别见怪。
周蘩漪　都是一样的人。我不过想见一见,跟她谈谈闲话。
鲁　贵　是,那是太太的恩典。对了,老爷刚才跟我说,怕明天要下大雨,请太太把老爷的那一件旧雨衣拿出来,说不定老爷就要出去。
周蘩漪　四凤给老爷检的衣裳,四凤不会拿么?
鲁　贵　我也是这么说啊,您不是不舒服?可是老爷吩咐,不要四凤,还是要太太自己拿。
周蘩漪　那么,我一会儿拿来。
鲁　贵　不,是老爷吩咐,说现在就要拿出来。
周蘩漪　哦,好,我就去吧。——你现在叫鲁妈进来,叫她在这房里等一等。
鲁　贵　是,太太。
〔鲁贵下。蘩漪的脸更显得苍白,她在极力压制自己的烦郁。
周蘩漪　（把窗户打开,吸一口气,自语）热极了,闷极了,这里真是再也不能住的。我希望我今天变成火山的口,热烈烈地冒一次,什么我都烧个干净，那时我就再掉在冰川里，冻成死灰，一生只热热地烧一次，也就算够了。我过去的是完了，希望大概也是死了的。哼，什么我都预备好了，来吧，恨我的人，来吧，叫我失望的人，叫我忌妒的人，都来吧，我在等候着你们。（望着空空的前面，继而垂下头去。鲁贵上）

鲁　贵　刚才小当差来，说老爷催着要。
周繁漪　（抬头）好，你先去吧。我叫陈妈送去。

〔繁漪由饭厅下，鲁贵由中门下。移时鲁妈——即鲁侍萍——与四凤上。鲁妈的年纪约有四十七岁的光景，鬓发已经有点斑白，面貌白净，看上去也只有三十八九岁的样子。她的眼有些呆滞，时而呆呆地望着前面，但是在那秀长的睫毛，和她圆大的眸子间，还寻得出她少年时静慧的神韵。她的衣服朴素而有身份，旧蓝布裤褂，很洁净地穿在身上。远远地看着，依然像大家户里落魄的妇人。她的高贵的气质和她的丈夫的鄙俗，好小，恰成一个强烈的对比。

〔她的头还包着一条白布手巾，怕是坐火车围着避土的，她说话总爱微微地笑，尤其因为刚见着两年未见的亲女儿，神色还是快慰地闪着快乐的光彩。她的声音很低，很沉稳，语音像一个南方人曾经和北方人相处很久，夹杂着许多模糊、轻快的南方音，但是她的字句说得很清楚。她的牙齿非常齐整，笑的时候在嘴角旁露出一对深深的笑窝，叫我们想起来四凤笑时口旁一对浅浅的窝影。

〔鲁妈拉着女儿的手，四凤就像个小鸟偎在她身边走进来。后面跟着鲁贵，提着一个旧包袱。他骄傲地笑着，比起来，这母子的单纯的欢欣，他更是粗鄙了。

鲁四凤　太太呢？
鲁　贵　就下来。
鲁四凤　妈，您坐下。（鲁妈坐）您累么？
鲁　妈　不累。
鲁四凤　（高兴地）妈，您坐一坐。我给您倒一杯冰镇的凉水。

鲁侍萍　不，不要走，我不热。

鲁　贵　凤儿，你给你妈拿一瓶汽水来，(向鲁妈)这儿公馆什么没有？一到夏天，柠檬水、果子露、西瓜汤、橘子、香蕉、鲜荔枝，你要什么，就有什么。

鲁侍萍　不，不，你别听你爸爸的话。这是人家的东西。你在我身旁跟我多坐一会，回头跟我同——同这位周太太谈谈，比喝什么都强。

鲁　贵　太太就会下来，你看你，那块白包头，总舍不得拿下来。

鲁侍萍　(和蔼地笑着)真的，说了那么半天。(笑望着四凤)连我在火车上搭的白手巾都忘了解啦。(要解它)

鲁四凤　(笑着)妈，您让我替您解开吧。(走过去解。这里，鲁贵走到小茶几旁，又偷偷地把烟放在自己的烟盒里)

鲁侍萍　(解下白手巾)你看我的脸脏么？火车上尽是土，你看我的头发，不要叫人家笑。

鲁四凤　不，不，一点都不脏。两年没见您，您还是那个样。

鲁侍萍　哦，凤儿，你看我的记性。谈了这半天，我忘记把你顶喜欢的东西给你拿出来啦。

鲁四凤　什么？妈。

鲁侍萍　(由身上拿出一个小包来)你看，你一定喜欢的。

鲁四凤　不，您先别给我看，让我猜猜。

鲁侍萍　好，你猜吧。

鲁四凤　小石娃娃？

鲁侍萍　(摇头)不对，你太大了。

鲁四凤　小粉扑子。

鲁侍萍　(摇头)给你那个有什么用？

鲁四凤　哦，那一定是小针线盒。

鲁侍萍　(笑)差不多。

鲁四凤　那您叫我打开吧。(忙打开纸包)哦，妈！顶针，银顶针！爸，您看，您看！(给鲁贵看)

鲁　贵　(随声说)好！好！

鲁四凤　这顶针太好看了，上面还镶着宝石。

鲁　贵　什么？（走两步，拿来细看）给我看看。

鲁侍萍　这是学校校长的太太送给我的。校长丢了个要紧的钱包，叫我拾着了，还给他。校长的太太就非要送给我东西，拿出一大堆小首饰，叫我挑，送给我的女儿。我就检出这一件，拿来送给你，你看好不好？

鲁四凤　好，妈，我正要这个呢。

鲁　贵　咦，哼，（把顶针交给四凤）得了吧，这宝石是假的，你挑的真好。

鲁四凤　（见着母亲特别欢喜说话，轻蔑地）哼，您呀，真宝石到了您的手里也是假的。

鲁侍萍　凤儿，不许这样跟爸爸说话。

鲁四凤　（撒娇）妈，您不知道，您不在这儿，爸爸就拿我一个人撒气，尽欺负我。

鲁　贵　（看不惯他妻女这样"乡气"，于是轻蔑地）你看你们这点穷相，走到大家公馆，不来看看人家的阔排场，尽在一边闲扯。四凤，你先把你这两年做的衣裳给你妈看看。

鲁四凤　（白眼）妈不稀罕这个。

鲁　贵　你不也有点首饰么？你拿出来给你妈开开眼。看看还是我对，还是把女儿关在家里对？

鲁侍萍　（向鲁贵）我走的时候嘱咐过你，这两年写信的时候也总不断地提醒过你，我说过我不愿意把我的女儿送到一个阔公馆，叫人家使唤。你偏——（忽然觉得这不是谈家事的地方，回头向四凤）你哥哥呢？

鲁四凤　不是在门房里等着我们么？

鲁　贵　不是等着你们，人家等着见老爷呢。（向鲁妈）去年我叫人给你捎个信，告诉你大海也当了矿上的工头，那都是我在这儿嘀咕上的。

鲁四凤　（厌恶她父亲又表白自己的本领）爸爸，您看哥哥去吧。他的脾气有点不好，怕他等急了，跟张爷刘爷们闹起来。

鲁　贵　真他妈的。这孩子的狗脾气我倒忘了，（走向中门，回头）你们好好

61

在这屋子坐一会，别乱动，太太一会儿就下来。

〔鲁贵下。母女见鲁贵走后，如同犯人望见看守走了一样，舒展地吐出一口气来。母女二人相对凄然地笑了一笑，刹那间，她们脸上又浮出欢欣，这次是由衷心升起来愉快的笑。

鲁侍萍 （伸出手来，向四凤）哦，孩子，让我看看你。

〔四凤走到母亲面前。跪下。

鲁四凤 妈，您不怪我吧？您不怪我这次没听您的话，跑到周公馆做事吧？

鲁侍萍 不，不，做了就做了。——不过为什么这两年你一个字也不告诉我，我下车走到家里，才听见张大婶告诉我，说我的女儿在这儿。

鲁四凤 妈，我怕您生气，我怕您难过，我不敢告诉您。——其实，妈，我们也不是什么富贵人家，就是像我这样帮人，我想也没有什么关系。

鲁侍萍 不，你以为妈怕穷么？怕人家笑我们穷么？不，孩子，妈最知道认命，妈最看得开，不过，孩子，我怕你太年轻，容易一阵子犯糊涂，妈受过苦，妈知道的。你不懂，你不知道这世界太——人的心太——（叹一口气）好，我们先不提这个。（站起来）这家的太太真怪！她要见我干什么？

鲁四凤 嗯，嗯，是啊。（她的恐惧来了，但是她愿意向好的一面想）不，妈，这边太太没有多少朋友，她听说妈也会写字，念书，也许觉着很相近，所以想请妈来谈谈。

鲁侍萍 （不信地）哦？（慢慢看这屋子的摆设，指着有镜台的柜）这屋子倒是很雅致的。就是家具太旧了点。这是——？

鲁四凤 这是老爷用的红木书桌，现在做摆饰用了。听说这是三十年前的老东西，老爷偏偏喜欢用，到哪儿带到哪儿。

鲁侍萍 那个（指着有镜台的柜）是什么？

鲁四凤 那也是件老东西，从前的第一个太太，就是大少爷的母亲，顶爱的东西。您看，从前的家具多笨哪。

鲁侍萍 咦，奇怪。——为什么窗户还关上呢？

鲁四凤　您也觉奇怪不是？这是我们老爷的怪脾气，夏天反而要关窗户。

鲁侍萍　（回想）凤儿，这屋子我像是在哪儿见过似的。

鲁四凤　（笑）真的？您大概是想我想的梦里到过这儿。

鲁侍萍　对了，梦似的。——奇怪，这地方怪得很，这地方忽然叫我想起了许多许多事情。（低下头坐下）

鲁四凤　（慌）妈，您怎么脸上发白？您别是受了暑，我给您拿一杯冷水吧？

鲁侍萍　不，不是，你别去——我怕得很，这屋子有鬼怪！

鲁四凤　妈，您怎么啦？

鲁侍萍　我怕得很，忽然我把三十年前的事情一件一件地都想起来了，已经忘了许多年的人又在我心里转。四凤，你摸摸我的手。

鲁四凤　（摸鲁妈的手）冰凉，妈，您可别吓坏我。我胆子小，妈，妈，——这屋子从前可闹过鬼的！

鲁侍萍　孩子，你别怕，妈不怎么样。不过，四凤，我好像我的魂来过这儿似的。

鲁四凤　妈，您别瞎说啦，您怎么来过？他们二十年前才搬到这儿北方来，那时候，您不是还在南方？

鲁侍萍　不，不，我来过。这些家具，我想不起来——我在哪儿见过。

鲁四凤　妈，您的眼不要直瞪瞪地望着，我怕。

鲁侍萍　别怕，孩子，别怕。孩子。（声音愈低，她用力地想，她整个的人，缩缩到记忆的最下层深处）

鲁四凤　妈，您看那个柜干什么？那就是从前死了的第一个太太的东西。

鲁侍萍　（突然低声颤颤地向四凤）凤儿，你去看，你去看，那只柜子靠右第三个抽屉里，有没有一只小孩穿的绣花虎头鞋。

鲁四凤　妈，您怎么啦？不要这样疑神疑鬼的。

鲁侍萍　凤儿，你去，你去看一看。我心里有点怯，我有点走不动，你去！

鲁四凤　好，我去看。

〔她走到柜前，拉开抽斗，看。

鲁侍萍　（急问）有没有？
鲁四凤　没有，妈。
鲁侍萍　你看清楚了？
鲁四凤　没有，里面空空的就是些茶碗。
鲁侍萍　哦，那大概是我在做梦了。
鲁四凤　（怜惜她的母亲）别多说话了，妈，静一静吧。妈，您在外受了委屈了，（落泪）从前，您不是这样神魂颠倒的。可怜的妈呀（抱着她）好一点了么？
鲁侍萍　不要紧的。——刚才我在门房听见这家里还有两位少爷？
鲁四凤　嗯妈，都很好，都很和气的。
鲁侍萍　（自言自语地）不，我的女儿说什么也不能在这儿多待。不成。不成。
鲁四凤　妈，您说什么？这儿上上下下都待我很好。妈，这里老爷太太向来不骂底下人，两位少爷都很和气的。这周家不但是活着的人心好，就是死了的人样子也是挺厚道的。
鲁侍萍　周？这家里姓周？
鲁四凤　妈，您看您，您刚才不是问着周家的门进来的么，怎么会忘了？（笑）妈，我明白了，您还是路上受热了。我先给你拿着周家第一个太太的相片，给您看。我再给你拿点水来喝。

〔四凤在镜台上拿了相片过来，站在鲁妈背后，给她看。

鲁侍萍　（拿着相片，看）哦！（惊愕得说不出话来，手发颤）
鲁四凤　（站在鲁妈背后）您看她多好看，这就是大少爷的母亲，笑得多美，他们说还有点像我呢。可惜，她死了，要不然，——（觉得鲁妈头向前倒）哦，妈，您怎么啦？您怎么？
鲁侍萍　不，不，我头晕，我想喝水。
鲁四凤　（慌，捂着鲁妈的手指，搓她的头）妈，您到这边来！（扶鲁妈到一个大的沙发前，鲁妈手里还紧紧地拿着相片）妈，您在这儿躺一躺。我给您拿水去。

〔四凤由饭厅门忙跑下。

鲁侍萍　哦，天哪。我是死了的人！这是真的么？这张相片？这些家具？怎么会？——哦，天底下地方大得很，怎么？熬过这几十年偏偏又把我这个可怜的孩子，放回到他——他的家里？哦，好不公平的天哪！（哭泣）

〔四凤拿水上，鲁妈忙擦眼泪。

鲁四凤　（持水杯，向鲁妈）妈，您喝一口，不，再喝几口。（鲁妈饮）好一点了么？

鲁侍萍　嗯，好，好啦。孩子，你现在就跟我回家。

鲁四凤　（惊讶）妈，您怎么啦？

〔由饭厅传出蘩漪喊"四凤"的声音。

鲁侍萍　谁喊你？

鲁四凤　太太。

〔蘩漪声：四凤！

鲁四凤　哎。

〔蘩漪声：四凤，你来，老爷的雨衣你给放在哪儿啦？

鲁四凤　（喊）我就来。（向鲁妈）妈等一等，我就回来。

鲁侍萍　好，你去吧。

〔四凤下。鲁妈周围望望，走到柜前，抚摸着她从前的家具，低头沉思。忽然听见屋外花园里走路的声音，她转过身来，等候着。

〔鲁贵由中门上。

鲁　贵　四凤呢？

鲁侍萍　这儿的太太叫了去啦。

鲁　贵　你回头告诉太太，说找着雨衣，老爷自己到这儿来穿，还要跟太太说几句话。

鲁侍萍　老爷要到这屋里来？

鲁　贵　嗯，你告诉清楚了，别回头老爷来到这儿，太太不在，老头儿又发脾气了。

鲁侍萍　你跟太太说吧。

鲁　贵　这上上下下许多底下人都得我支派，我忙不开，我可不能等。

65

鲁侍萍　我要回家去，我不见太太了。
鲁　贵　为什么？这次太太叫你来，我告诉你，就许有点什么很要紧的事跟你谈谈。
鲁侍萍　我预备带着凤儿回去，叫她辞了这儿的事。
鲁　贵　什么？你看你这点——
〔蘩漪由饭厅上。
鲁　贵　太太。
周蘩漪　（向门内）四凤，你先把那两套也拿出来，问问老爷要哪一件。（里面答应）哦，（吐出一口气，向鲁妈）这就是四凤的妈吧？叫你久等了。
鲁　贵　等太太是应当的。太太准她来给您请安就是老大的面子。
〔四凤由饭厅出，拿雨衣进。
周蘩漪　请坐！你来了好半天啦。（鲁妈只在打量着，没有坐下）
鲁侍萍　不多一会，太太。
鲁四凤　太太。把这三件雨衣都送给老爷那边去么？
鲁　贵　老爷说就放在这儿，老爷自己来拿，还请太太等一会，老爷见您有话说呢。
周蘩漪　知道了。（向四凤）你先到厨房，把晚饭的菜看看，告诉厨房一下。
鲁四凤　是，太太。（望着鲁贵，又疑惧地望着蘩漪由中门下）
周蘩漪　鲁贵，告诉老爷，说我同四凤的母亲谈话，回头再请他到这儿来。
鲁　贵　是，太太。（但不走）
周蘩漪　（见鲁贵不走）你有什么事么？
鲁　贵　太太，今天早上老爷吩咐德国克大夫来。
周蘩漪　二少爷告诉过我了。
鲁　贵　老爷刚才吩咐，说来了就请太太去看。
周蘩漪　我知道了。好，你去吧。
〔鲁贵由中门下。
周蘩漪　（向鲁妈）坐下谈，不要客气。（自己坐在沙发上）

66

鲁侍萍　（坐在旁边一张椅子上）我刚下火车，就听见太太这边吩咐，要我来见见您。

周繁漪　我常听四凤提到你，说你念过书，从前也是很好的门第。

鲁侍萍　（不愿提起从前的事）四凤这孩子很傻，不懂规矩，这两年叫您多生气啦。

周繁漪　不，她非常聪明，我也很喜欢她。这孩子不应当叫她伺候人，应当替她找一个正当的出路。

鲁侍萍　太太多夸奖她了。我倒是不愿意这孩子帮人。

周繁漪　这一点我很明白。我知道你是个知书达礼的人，一见面，彼此都觉得性情是直爽的，所以我就不妨把请你来的原因现在跟你说一说。

鲁侍萍　（忍不住）太太，是不是我这小孩平时的举动有点叫人说闲话？

周繁漪　（笑着，故为很肯定地说）不，不是。

　　　　〔鲁贵由中门上。

鲁　贵　太太。

周繁漪　什么事？

鲁　贵　克大夫已经来了，刚才汽车夫接来的，现时在小客厅等着呢。

周繁漪　我有客。

鲁　贵　客？——老爷说请太太就去。

周繁漪　我知道，你先去吧。

　　　　〔鲁贵下。

周繁漪　（向鲁妈）我先把我家里的情形说一说。第一我家里的女人很少。

鲁侍萍　是，太太。

周繁漪　我一个人是个女人，两个少爷，一位老爷，除了一两个老妈子以外，其余用的都是男下人。

鲁侍萍　是，太太，我明白。

周繁漪　四凤的年纪很轻，哦，她才十九岁，是不是？

鲁侍萍　不，十八。

周繁漪　那就对了，我记得好像她比我的孩子是大一岁的样子。这样年轻的孩子，在外边做事，又生得很秀气的。

67

鲁侍萍　太太，如果四凤有不检点的地方，请您千万不要瞒我。
周蘩漪　不，不，(又笑了)她很好的。我只是说说这个情形。我自己有一个儿子，他才十七岁，——恐怕刚才你在花园见过——一个不十分懂事的孩子。

〔鲁贵自书房门上。

鲁　贵　老爷催着太太去看病。
周蘩漪　没有人陪着克大夫么？
鲁　贵　王局长刚走，老爷自己在陪着呢。
鲁侍萍　太太，您先看去。我在这儿等着不要紧。
周蘩漪　不，我话还没说完。(向鲁贵)你跟老爷说，说我没病，我自己并没要请医生来。
鲁　贵　是，太太。(但不走)
周蘩漪　(看鲁贵)你在干什么？
鲁　贵　我等太太还有什么旁的事要吩咐。
周蘩漪　(忽然想起来)有，你跟老爷回完话之后，你出去叫一个电灯匠来，刚才我听说花园藤萝架上的旧电线落下来了，走电，叫他赶快收拾一下，不要电了人。
鲁　贵　是，太太。

〔鲁贵由中门下。

周蘩漪　(见鲁妈立起)鲁奶奶，你还是坐呀。哦，这屋子又闷热起来啦。(走到窗户，把窗户打开，回来，坐)这些天我就看着我这孩子奇怪，谁知这两天，他忽然跟我说他很喜欢四凤。
鲁侍萍　什么？
周蘩漪　也许预备要帮助她学费，叫她上学。
鲁侍萍　太太，这是笑话。
周蘩漪　我这孩子还想四凤嫁给他。
鲁侍萍　太太，请您不必往下说，我都明白了。
周蘩漪　(追一步)四凤比我的孩子大，四凤又是很聪明的女孩子，这种情形——
鲁侍萍　(不喜欢蘩漪的暧昧的口气)我的女儿，我总相信是个懂事，明白大

	体的孩子。我向来不愿意她到大公馆帮人，可是我信得过，我的女儿就帮这儿两年，她总不会做出一点糊涂事的。
周繁漪	鲁奶奶，我也知道四凤是个明白的孩子，不过有了这种不幸的情形，我的意思，是非常容易叫人发生误会的。
鲁侍萍	（叹气）今天我到这儿来是万没想到的事，回头我就预备把她带走，现在我就请太太准了她的长假。
周繁漪	哦，哦，——如果你以为这样办好，我也觉得很妥当的。不过有一层，我怕，我的孩子有点傻气，他还是会找到你家里见四凤的。
鲁侍萍	您放心。我后悔得很，我不该把这个孩子一个人交给她父亲管的。明天，我准离开此地，我会远远地带她走，不会见着周家的人。太太，我想现在带着我的女儿走。
周繁漪	那么，也好，回头我叫账房把工钱算出来。她自己的东西，我可以派人送去，我有一箱子旧衣服，也可以带着去，留着她以后在家里穿。
鲁侍萍	（自语）凤儿，我的可怜的孩子！（坐在沙发上落泪）天哪。
周繁漪	（走到鲁妈面前）不要伤心，鲁奶奶。如果钱上有什么问题，尽管到我这儿来，一定有办法。好好地带她回去，有你这样一个母亲教育她，自然比在这儿好的。
	〔朴园由书房上。
周朴园	繁漪！
	〔繁漪抬头。鲁妈站起，忙躲在一旁，神色大变，观察他。
周朴园	你怎么还不去？
周繁漪	（故意地）上哪儿？
周朴园	克大夫在等着你，你不知道？
周繁漪	克大夫？谁是克大夫？
周朴园	给你从前看病的克大夫。
周繁漪	我的药喝够了，我不预备再喝了。
周朴园	那么你的病……
周繁漪	我没有病。

周朴园　（忍耐）克大夫是我在德国的好朋友，对于妇科很有研究。你的神经有点失常，他一定治得好。

周蘩漪　谁说我的神经失常？你们为什么这样咒我，我没有病，我没有病，我告诉你，我没有病！

周朴园　（冷酷地）你当着人这样胡喊乱闹，你自己有病，偏偏要讳病忌医，不肯叫医生治，这不就是神经上的病态么？

周蘩漪　哼，我假若是有病，也不是医生治得好的。（向饭厅门走）

周朴园　（大声喊）站住！你上哪儿去？

周蘩漪　（不在意地）到楼上去。

周朴园　（命令地）你应当听话。

周蘩漪　（好像不明白地）哦！（停，不经意地打量他）你看你！（尖声笑两声）你简直叫我想笑。（轻蔑地笑）你忘了你自己是怎么样一个人啦！（又大笑，由饭厅跑下，重重地关上门）

周朴园　来人！

〔仆人上。

仆　人　老爷！

周朴园　太太现在在楼上。你叫大少爷陪着克大夫到楼上去给太太看病。

仆　人　是，老爷。

周朴园　你告诉大少爷，太太现在神经病很重，叫他小心点，叫楼上老妈子好好地看着太太。

仆　人　是，老爷。

周朴园　还有，叫大少爷告诉克大夫，说我有点累，不陪他了。

仆　人　是，老爷。

〔仆人下。朴园点着一支吕宋烟，看见桌上的雨衣。

周朴园　（向鲁妈）这是太太找出来的雨衣吗？

鲁侍萍　（看着他）大概是的。

周朴园　（拿起看看）不对，不对，这都是新的。我要我的旧雨衣，你回头跟太太说。

鲁侍萍　嗯。

周朴园　（看她不走）你不知道这间房子底下人不准随便进来么？

鲁侍萍　（看着他）不知道，老爷。

周朴园　你是新来的下人？

鲁侍萍　不是的，我找我的女儿来的。

周朴园　你的女儿？

鲁侍萍　四凤是我的女儿。

周朴园　那你走错屋子了。

鲁侍萍　哦。——老爷没有事了？

周朴园　（指窗）窗户谁叫打开的？

鲁侍萍　哦。（很自然地走到窗前，关上窗户，慢慢地走向中门）

周朴园　（看她关好窗户，忽然觉得她很奇怪）你站一站，（鲁妈停）你——你贵姓？

鲁侍萍　我姓鲁。

周朴园　姓鲁。你的口音不像北方人。

鲁侍萍　对了，我不是，我是江苏的。

周朴园　你好像有点无锡口音。

鲁侍萍　我自小就在无锡长大的。

周朴园　（沉思）无锡？嗯，无锡，（忽而）你在无锡是什么时候？

鲁侍萍　光绪二十年，离现在有三十多年了。

周朴园　哦，三十年前你在无锡？

鲁侍萍　是的，三十多年前呢，那时候我记得我们还没有用洋火呢。

周朴园　（沉思）三十多年前，是的，很远啦，我想想，我大概是二十多岁的时候。那时候我还在无锡呢。

鲁侍萍　老爷是那个地方的人？

周朴园　嗯，（沉吟）无锡是个好地方。

鲁侍萍　哦，好地方。

周朴园　你三十年前在无锡么？

鲁侍萍　是，老爷。

周朴园　三十年前，在无锡有一件很出名的事情——

鲁侍萍　哦。

周朴园　你知道么？

71

鲁侍萍 也许记得，不知道老爷说的是哪一件？
周朴园 哦，很远的，提起来大家都忘了。
鲁侍萍 说不定，也许记得的。
周朴园 我问过许多那个时候到过无锡的人，我想打听打听。可是那个时候在无锡的人，到现在不是老了就是死了，活着的多半是不知道的，或者忘了。
鲁侍萍 如若老爷想打听的话，无论什么事，无锡那边我还有认识的人，虽然许久不通音信，托他们打听点事情总还可以的。
周朴园 我派人到无锡打听过。——不过也许凑巧你会知道。三十年前在无锡有一家姓梅的。
鲁侍萍 姓梅的？
周朴园 梅家的一个年轻小姐，很贤慧，也很规矩，有一天夜里，忽然地投水死了，后来，后来，——你知道么？
鲁侍萍 不敢说。
周朴园 哦。
鲁侍萍 我倒认识一个年轻的姑娘姓梅的。
周朴园 哦？你说说看。
鲁侍萍 可是她不是小姐，她也不贤慧，并且听说是不大规矩的。
周朴园 也许，也许你弄错了，不过你不妨说说看。
鲁侍萍 这个梅姑娘倒是有一天晚上跳的河，可是不是一个，她手里抱着一个刚生下三天的男孩。听人说她生前是不规矩的。
周朴园 （苦痛）哦！
鲁侍萍 她是个下等人，不很守本分的。听说她跟那时周公馆的少爷有点不清白，生了两个儿子。生了第二个，才过三天，忽然周少爷不要她了，大孩子就放在周公馆，刚生的孩子她抱在怀里，在年三十夜里投河死的。
周朴园 （汗涔涔地）哦。
鲁侍萍 她不是小姐，她是无锡周公馆梅妈的女儿，她叫侍萍。
周朴园 （抬起头来）你姓什么？
鲁侍萍 我姓鲁，老爷。

周朴园　（喘出一口气，沉思地）侍萍，侍萍，对了。这个女孩子的尸首，说是有一个穷人见着埋了。你可以打听得她的坟在哪儿么？

鲁侍萍　老爷问这些闲事干什么？

周朴园　这个人跟我们有点亲戚。

鲁侍萍　亲戚？

周朴园　嗯，——我们想把她的坟墓修一修。

鲁侍萍　哦——那用不着了。

周朴园　怎么？

鲁侍萍　这个人现在还活着。

周朴园　（惊愕）什么？

鲁侍萍　她没有死。

周朴园　她还在？不会吧？我看见她河边上的衣服，里面有她的绝命书。

鲁侍萍　不过她被一个慈善的人救活了。

周朴园　哦，救活啦？

鲁侍萍　以后无锡的人是没见着她，以为她那夜晚死了。

周朴园　那么，她呢？

鲁侍萍　一个人在外乡活着。

周朴园　那个小孩呢？

鲁侍萍　也活着。

周朴园　（忽然立起）你是谁？

鲁侍萍　我是这儿四凤的妈，老爷。

周朴园　哦。

鲁侍萍　她现在老了，嫁给一个下等人，又生了个女孩，境况很不好。

周朴园　你知道她现在在哪儿？

鲁侍萍　我前几天还见着她！

周朴园　什么？她就在这儿？此地？

鲁侍萍　嗯，就在此地。

周朴园　哦！

鲁侍萍　老爷，您想见一见她么。

周朴园　不，不。谢谢你。
鲁侍萍　她的命很苦。离开了周家，周家少爷就娶了一位有钱有门第的小姐。她一个单身人，无亲无故，带着一个孩子在外乡什么事都做。讨饭，缝衣服，当老妈，在学校里伺候人。
周朴园　她为什么不再找到周家？
鲁侍萍　大概她是不愿意吧？为着她自己的孩子她嫁过两次。
周朴园　嗯，以后她又嫁过两次。
鲁侍萍　嗯，都是很下等的人。她遇人都很不如意，老爷想帮一帮她么？
周朴园　好，你先下去。让我想一想。
鲁侍萍　老爷，没有事了？（望着朴园，眼泪要涌出）老爷，您那雨衣，我怎么说？
周朴园　你去告诉四凤，叫她把我樟木箱子里那件旧雨衣拿出来，顺便把那箱子里的几件旧衬衣也检出来。
鲁侍萍　旧衬衣？
周朴园　你告诉她在我那顶老的箱子里，纺绸的衬衣，没有领子的。
鲁侍萍　老爷那种绸衬衣不是一共有五件？您要哪一件？
周朴园　要哪一件？
鲁侍萍　不是有一件，在右袖襟上有个烧破的窟窿，后来用丝线绣成一朵梅花补上的？还有一件——
周朴园　（惊愕）梅花？
鲁侍萍　还有一件绸衬衣，左袖襟也绣着一朵梅花，旁边还绣着一个萍字。还有一件，——
周朴园　（徐徐立起）哦，你，你，你是——
鲁侍萍　我是从前伺候过老爷的下人。
周朴园　哦，侍萍！（低声）怎么，是你？
鲁侍萍　你自然想不到，侍萍的相貌有一天也会老得连你都不认识了。
周朴园　你——侍萍？（不觉地望望柜上的相片，又望鲁妈）
鲁侍萍　朴园，你找侍萍么？侍萍在这儿。
周朴园　（忽然严厉地）你来干什么？

鲁侍萍　不是我要来的。
周朴园　谁指使你来的？
鲁侍萍　（悲愤）命！不公平的命指使我来的。
周朴园　（冷冷地）三十年的工夫你还是找到这儿来了。
鲁侍萍　（愤怨）我没有找你，我没有找你，我以为你早死了。我今天没想到到这儿来，这是天要我在这儿又碰见你。
周朴园　你可以冷静点。现在你我都是有子女的人，如果你觉得心里有委屈，这么大年纪，我们先可以不必哭哭啼啼的。
鲁侍萍　哭？哼，我的眼泪早哭干了，我没有委屈，我有的是恨，是悔，是三十年一天一天我自己受的苦。你大概已经忘了你做的事了！三十年前，过年三十的晚上我生下你的第二个儿子才三天，你为了要赶紧娶那位有钱有门第的小姐，你们逼着我冒着大雪出去，要我离开你们周家的门。
周朴园　从前的旧恩怨，过了几十年，又何必再提呢？
鲁侍萍　那是因为周大少爷一帆风顺，现在也是社会上的好人物。可是自从我被你们家赶出来以后，我没有死成，我把我的母亲可给气死了，我亲生的两个孩子你们家里逼着我留在你们家里。
周朴园　你的第二个孩子你不是已经抱走了么？
鲁侍萍　那是你们老太太看着孩子快死了，才叫我带走的。（自语）哦，天哪，我觉得我像在做梦。
周朴园　我看过去的事不必再提起来吧。
鲁侍萍　我要提，我要提，我闷了三十年了！你结了婚，就搬了家，我以为这一辈子也见不着你了；谁知道我自己的孩子偏偏命定要跑到周家来，又做我从前在你们家里做过的事。
周朴园　怪不得四凤这样像你。
鲁侍萍　我伺候你，我的孩子再伺候你生的少爷们。这是我的报应，我的报应。
周朴园　你静一静。把脑子放清醒点。你不要以为我的心是死了，你以为一个人做了一件于心不忍的事就会忘了么？你看这些家具都是你从前顶喜欢的东西，多少年我总是留着，为着纪念你。

鲁侍萍　（低头）哦。

周朴园　你的生日——四月十八——每年我总记得。一切都照着你是正式嫁过周家的人看，甚至于你因为生萍儿，受了病，总要关窗户，这些习惯我都保留着，为的是不忘你，弥补我的罪过。

鲁侍萍　（叹一口气）现在我们都是上了年纪的人，这些傻话请你也不必说了。

周朴园　那更好了。那么我们可以明明白白地谈一谈。

鲁侍萍　不过我觉得没有什么可谈的。

周朴园　话很多。我看你的性情好像没有大改，——鲁贵像是个很不老实的人。

鲁侍萍　你不要怕。他永远不会知道的。

周朴园　那双方面都好。再有，我要问你的，你自己带走的儿子在哪儿？

鲁侍萍　他在你的矿上做工。

周朴园　我问，他现在在哪儿？

鲁侍萍　就在门房等着见你呢。

周朴园　什么？鲁大海？他！我的儿子？

鲁侍萍　他的脚趾头因为你的不小心，现在还是少一个的。

周朴园　（冷笑）这么说，我自己的骨肉在矿上鼓动罢工，反对我！

鲁侍萍　他跟你现在完完全全是两样的人。

周朴园　（沉静）他还是我的儿子。

鲁侍萍　你不要以为他还会认你做父亲。

周朴园　（忽然）好！痛痛快快地！你现在要多少钱吧？

鲁侍萍　什么？

周朴园　留着你养老。

鲁侍萍　（苦笑）哼，你还以为我是故意来敲诈你，才来的么？

周朴园　也好，我们暂且不提这一层。那么，我先说我的意思。你听着，鲁贵我现在要辞退的，四凤也要回家。不过——

鲁侍萍　你不要怕，你以为我会用这种关系来敲诈你么？你放心，我不会的。大后天我就带着四凤回到我原来的地方。这是一场梦，

　　　　　这地方我绝对不会再住下去。
周朴园　好得很,那么一切路费,用费,都归我担负。
鲁侍萍　什么?
周朴园　这于我的心也安一点。
鲁侍萍　你?(笑)三十年我一个人都过了,现在我反而要你的钱?
周朴园　好,好,好,那么,你现在要什么?
鲁侍萍　(停一停)我,我要点东西。
周朴园　什么?说吧?
鲁侍萍　(泪满眼)我——我——我只要见见我的萍儿。
周朴园　你想见他?
鲁侍萍　嗯,他在哪儿?
周朴园　他现在在楼上陪着他的母亲看病。我叫他,他就可以下来见你。不过是——
鲁侍萍　不过是什么?
周朴园　他很大了。
鲁侍萍　(追忆)他大概是二十八了吧?我记得他比大海只大一岁。
周朴园　并且他以为他母亲早就死了的。
鲁侍萍　哦,你以为我会哭哭啼啼地叫他认母亲么?我不会那样傻的。我难道不知道这样的母亲只给自己的儿子丢人么?我明白他的地位,他的教育,不容他承认这样的母亲。这些年我也学乖了,我只想看看他,他究竟是我生的孩子。你不要怕,我就是告诉他,白白地增加他的烦恼,他自己也不愿意认我的。
周朴园　那么,我们就这样解决了。我叫他下来,你看一看他,以后鲁家的人永远不许再到周家来。
鲁侍萍　好,我希望这一生不至于再见你。
周朴园　(由衣内取出皮夹的支票签好)很好,这是一张五千块钱的支票,你可以先拿去用。算是弥补我一点罪过。
鲁侍萍　(接过支票)谢谢你。(慢慢撕碎支票)
周朴园　侍萍。

77

鲁侍萍　我这些年的苦不是你拿钱算得清的。
周朴园　可是你——
　　　　〔外面争吵声。鲁大海的声音："放开我，我要进去。"三四男仆声："不成，不成，老爷睡觉呢。"门外有男仆等与鲁大海挣扎声。
周朴园　(走至中门)来人！(仆人由中门进)谁在吵？
仆　人　就是那个工人鲁大海！他不讲理，非见老爷不可。
周朴园　哦。(沉吟)那你就叫他进来吧。等一等，叫人到楼上请大少爷下来，我有话问他。
仆　人　是，老爷。
　　　　〔仆人由中门下。
周朴园　(向鲁妈)侍萍，你不要太固执。这一点钱你不收下，将来你会后悔的。
鲁侍萍　(望着他，一句话也不说)
　　　　〔仆人领鲁大海进，大海站在左边，三四仆人立一旁。
鲁大海　(见鲁妈)妈，您还在这儿？
周朴园　(打量鲁大海)你叫什么名字？
鲁大海　(大笑)董事长，您不要同我摆架子，您难道不知道我是谁么？
周朴园　你？我只知道你是罢工闹得最凶的工人代表。
鲁大海　对了，一点儿也不错，所以才来拜望拜望您。
周朴园　你有什么事吧？
鲁大海　董事长当然知道我是为什么来的。
周朴园　(摇头)我不知道。
鲁大海　我们老远从矿上来，今天我又在您府上大门房里从早上六点钟一直等到现在，我就是要问问董事长，对于我们工人的条件，究竟是允许不允许？
周朴园　哦，——那么，那三个代表呢？
鲁大海　我跟你说吧，他们现在正在联络旁的工会呢。
周朴园　哦，——他们没有告诉你旁的事情么？
鲁大海　告诉不告诉于你没有关系。——我问你，你的意思，忽而软，忽而硬，究竟是怎么回子事？

〔周萍由饭厅上，见有人，即想退回。

周朴园　（看周萍）不要走，萍儿！（视鲁妈，鲁妈知周萍为其子，眼泪汪汪地望着他）
周　萍　是，爸爸。
周朴园　（指身侧）萍儿，你站在这儿。（向大海）你这么只凭意气是不能交涉事情的。
鲁大海　哼，你们的手段，我都明白。你们这样拖延时候，不过是想去花钱收买少数不要脸的败类，暂时把我们骗在这儿。
周朴园　你的见地也不是没有道理。
鲁大海　可是你完全错了。我们这次罢工是有团结的，有组织的。我们代表这次来并不是来求你们。你听清楚，不求你们。你们允许就允许；不允许，我们一直罢工到底，我们知道你们不到两个月整个地就要关门的。
周朴园　你以为你们那些代表们，那些领袖们都可靠吗？
鲁大海　至少比你们只认识洋钱的结合要可靠得多。
周朴园　那么我给你一件东西看。

〔朴园在桌上找电报，仆人递给他；此时周冲偷偷由左书房进，在旁谛听。

周朴园　（给大海电报）这是昨天从矿上来的电报。
鲁大海　（拿过去读）什么？他们又上工了。（放下电报）不会，不会。
周朴园　矿上的工人已经在昨天早上复工，你当代表的反而不知道么？
鲁大海　（惊，怒）怎么矿上警察开枪打死三十个工人就白打了么？（又看电报，忽然笑起来）哼，这是假的。你们自己假作的电报来离间我们的。（笑）哼，你们这种卑鄙无赖的行为！
周　萍　（忍不住）你是谁？敢在这儿胡说？
周朴园　萍儿！没有你的话。（低声向大海）你就这样相信你那同来的几个代表么？
鲁大海　你不用多说，我明白你这些话的用意。
周朴园　好，那我把那复工的合同给你瞧瞧。
鲁大海　（笑）你不要骗小孩子，复工的合同没有我们代表的签字是不生

79

效力的。

周朴园　哦，(向仆人)合同！(仆人由桌上拿合同递他)你看，这是他们三个人签字的合同。

鲁大海　(看合同)什么？(慢慢地，低声)他们三个人签了字。他们怎么会不告诉我，自己就签了字呢？他们就这样把我不理啦。

周朴园　对了，傻小子，没有经验只会胡喊是不成的。

鲁大海　那三个代表呢？

周朴园　昨天晚车就回去了。

鲁大海　(如梦初醒)他们三个就骗了我了，这三个没有骨头的东西，他们就把矿上的工人们卖了。哼，你们这些不要脸的董事长，你们的钱这次又灵了。

周　萍　(怒)你混账！

周朴园　不许多说话。(回头向大海)鲁大海，你现在没有资格跟我说话——矿上已经把你开除了。

鲁大海　开除了!？

周　冲　爸爸，这是不公平的。

周朴园　(向周冲)你少多嘴，出去！

〔周冲由中门气下。

鲁大海　哦，好，好，(切齿)你的手段我早就领教过，只要你能弄钱，你什么都做得出来。你叫警察杀了矿上许多工人，你还——

周朴园　你胡说！

鲁侍萍　(至大海前)别说了，走吧。

鲁大海　哼，你的来历我都知道，你从前在哈尔滨包修江桥，故意叫江堤出险，——

周朴园　(厉声)下去！

〔仆人等拉他，说："走！走！"

鲁大海　(对仆人)你们这些混账东西，放开我。我要说，你故意淹死了两千二百个小工，每一个小工的性命你扣三百块钱！姓周的，你发的是绝子绝孙的昧心财！你现在还——

周　萍　(忍不住气，走到大海面前，重重地打他两个嘴巴)你这种混账东西！

〔大海立刻要还手，但是被周宅的仆人们拉住。

周　　萍　打他。

鲁大海　（向周萍高声）你，你！（正要骂，仆人一起打大海。大海头流血。鲁妈哭喊着护大海）

周朴园　（厉声）不要打人！

〔仆人们停止打大海，仍拉着大海的手。

鲁大海　放开我，你们这一群强盗！

周　　萍　（向仆人们）把他拉下去。

鲁侍萍　（大哭起来）哦，这真是一群强盗！（走至周萍面前，抽咽）你是萍，——凭，——凭什么打我的儿子？

周　　萍　你是谁？

鲁侍萍　我是你的——你打的这个人的妈。

鲁大海　妈，别理这东西，您小心吃了他们的亏。

鲁侍萍　（呆呆地看着周萍的脸，忽而又大哭起来）大海，走吧，我们走吧。（抱着大海受伤的头哭）

〔大海为仆人拥下，鲁妈亦下。台上只有朴园与周萍。

周　　萍　（过意不去地）父亲。

周朴园　你太莽撞了。

周　　萍　可是这个人不应该乱侮辱父亲的名誉啊。

〔半晌。

周朴园　克大夫给你母亲看过了么？

周　　萍　看完了，没有什么。

周朴园　哦，（沉吟，忽然）来人！

〔仆人由中门上。

周朴园　你告诉太太，叫她把鲁贵跟四凤的工钱算清楚，我已经把他们辞了。

仆　　人　是，老爷。

周　　萍　怎么？他们两个怎么样了？

周朴园　你不知道刚才这个工人也姓鲁，他就是四凤的哥哥么？

周　　萍　哦，这个人就是四凤的哥哥？不过，爸爸——

81

周朴园　（向下人）跟太太说，叫账房给鲁贵同四凤多算两个月的工钱，叫他们今天就去。去吧。

〔仆人由饭厅下。

周　萍　爸爸，不过四凤同鲁贵在家里都很好。很忠诚的。

周朴园　哦，（呵欠）我很累了。我预备到书房歇一下。你叫他们送一碗浓一点的普洱茶来。

周　萍　是，爸爸。

〔朴园由书房下。

周　萍　（叹一口气）嗨！（急向中门下，周冲适由中门上）

周　冲　（着急地）哥哥，四凤呢？

周　萍　我不知道。

周　冲　是父亲要辞退四凤么？

周　萍　嗯，还有鲁贵。

周　冲　即便是她的哥哥得罪了父亲，我们不是把人家打了么？为什么欺负这么一个女孩子干什么？

周　萍　你可问父亲去。

周　冲　这太不讲理了。

周　萍　我也这样想。

周　冲　父亲在哪儿？

周　萍　在书房里。

〔周冲至书房，周萍在屋里踱来踱去。四凤由中门走进，颜色苍白，泪还垂在眼角。

周　萍　（忙走至四凤前）四凤，我对不起你，我实在不认识他。

鲁四凤　（用手摇一摇，满腹说不出的话）

周　萍　可是你哥哥也不应该那样乱说话。

鲁四凤　不必提了，错得很。（即向饭厅去）

周　萍　你干什么去？

鲁四凤　我收拾我自己的东西去。再见吧，明天你走，我怕不能看你了。

周　萍　不，你不要去。（拦住她）

鲁四凤　不，不，你放开我。你不知道我们已经叫你们辞了么？
周　萍　（难过）凤，你——你饶恕我么？
鲁四凤　不，你不要这样。我并不怨你，我知道早晚是有这么一天的，不过，今天晚上你千万不要来找我。
周　萍　可是，以后呢？
鲁四凤　那——再说吧！
周　萍　不，四凤，我要见你，今天晚上，我一定要见你，我有许多话要同你说。四凤，你……
鲁四凤　不，无论如何，你不要来。
周　萍　那你想旁的法子来见我。
鲁四凤　没有旁的法子。你难道看不出这是什么情形么？
周　萍　要这样，我是一定要来的。
鲁四凤　不，不，你不要胡闹。你千万不……
　　　　〔蘩漪由饭厅上。
鲁四凤　哦，太太。
周蘩漪　你们在这儿啊！（向四凤）等一会儿，你的父亲叫电灯匠就回来。什么东西，我可以交给他带回去。也许我派人给你送去。——你家住在什么地方？
鲁四凤　杏花巷十号。
周蘩漪　你不要难过，没事可以常来找我。送给你的衣服，我回头叫人送到你那里去。是杏花巷十号吧？
鲁四凤　是，谢谢太太。
　　　　〔鲁妈在外面叫：四凤！四凤！
鲁四凤　妈，我在这儿。
　　　　〔鲁妈由中门上。
鲁侍萍　四凤，收拾收拾零碎的东西，我们先走吧。快下大雨了。
　　　　〔风声，雷声渐起。
鲁四凤　是，妈妈。
鲁侍萍　（向蘩漪）太太我们走了。（向四凤）四凤，你跟太太谢谢。
鲁四凤　（向太太请安）太太，谢谢！（含着眼泪看周萍，周萍缓缓地转过头去）

83

〔鲁妈与四凤由中门下，风雷声更大。

周繁漪　萍，你刚才同四凤说的什么？
周　萍　你没有权利问。
周繁漪　萍，你不要以为她会了解你。
周　萍　你这是什么意思？
周繁漪　你不要再骗我，我问你，你说要到哪儿去？
周　萍　用不着你问。请你自己放尊重一点。
周繁漪　你说，你今天晚上预备上哪儿去？
周　萍　我——（突然）我找她。你怎么样？
周繁漪　（恫吓地）你知道她是谁，你是谁么？
周　萍　我不知道。我只知道我现在真喜欢她，她也喜欢我。过去这些日子，我知道你早明白得很，现在你既然愿意说破，我当然不必瞒你。
周繁漪　你受过这样高等教育的人现在同这么一个底下人的女儿，这是一个下等女人——
周　萍　（爆烈）你胡说！你不配说她下等，你不配！她不像你，她——
周繁漪　（冷笑）小心，小心！你不要把一个失望的女人逼得太狠了，她是什么事都做得出来的。
周　萍　我已经打算好了。
周繁漪　好，你去吧！小心，现在（望窗外，自语，暗示着恶兆地）风暴就要起来了！
周　萍　（领悟地）谢谢你，我知道。
　　　　〔朴园由书房上。
周朴园　你们在这儿说什么？
周　萍　我正跟母亲说刚才的事情呢。
周朴园　他们走了么？
周繁漪　走了。
周朴园　繁漪，冲儿又叫我说哭了，你叫他出来，安慰安慰他。
周繁漪　（走到书房门口）冲儿。冲儿！（不听见里面答应的声音，便走进去）
　　　　〔外面风雷大作。

周朴园 （走到窗前望外面，风声甚烈，花盆落地打碎的声音）萍儿，花盆叫大风吹倒了，你叫下人快把这窗关上。大概是暴雨就要下来了。

周　萍 是，爸爸！（由中门下）

〔朴园在窗前，望着外面的闪电。

——幕　落

第三幕

——杏花巷十号，在鲁贵家里。

下面是鲁家屋外的情形：

车站的钟打了十下，杏花巷的老少还沿着那白天蒸发着臭气，只有半夜才从租界区域吹来一阵好凉风的水塘边上乘凉。虽然方才落了一阵暴雨，天气还是郁热难堪，天空黑漆漆地布满了恶相的黑云，人们都像晒在太阳下的小草，虽然半夜里沾了点露水，心里还是热燥燥的，期望着再来一次的雷雨。倒是躲在池塘芦苇根下的青蛙叫得起劲，一直不停，闲人谈话的声音有一阵没一阵地。无星的天空时而打着没有雷的闪电，蓝森森地一晃，闪露出来池塘边的垂柳在水面颤动着。闪光过去，还是黑黝黝的一片。

渐渐乘凉的人散了，四周围静下来，雷又隐隐地响着，青蛙像是吓得不敢多叫，风又吹起来，柳叶沙沙地。在深巷里，野狗寂寞地狂吠着。

以后闪电更亮得蓝森森地可怕，雷也更凶恶似的隆隆地滚着，四周却更沉闷地静下来，偶尔听见几声青蛙叫和更大的木梆声，野狗的吠声更稀少，狂雨就快要来了。

最后暴风暴雨，一直到闭幕。

不过观众看见的还是四凤的屋子，（即鲁贵两间房的内屋）前面的叙述除了声音只能由屋子中间一扇木窗户显出来。

在四凤的屋子里面呢：

鲁家现在才吃完晚饭，每个人的心绪都是烦恶的。各人有各人的心思，在一个屋角，鲁大海一个人在擦什么东西。鲁妈同四凤一句话也不说，大家静默着。鲁妈低着头在屋子中间的圆桌旁收拾筷子碗，鲁贵坐在左边一张破靠椅上，喝得醉醺醺地，眼睛发了红丝，像个猴子，半身倚着靠背，望着鲁妈打着噎。他的赤脚忽然放在椅子上，忽然又平拖在地上，两条腿像人字似的排开。他穿一件白汗衫，半臂已经汗透了，贴在身上，他不住地摇着芭蕉扇。

四凤在中间窗户前面站着：背朝着观众，面向窗外不安地望着，窗外池塘边有乘凉的人们说着闲话，有青蛙的叫声。她时而不安地像听见了什么似的，时而又转过头看了看鲁贵，又烦厌地迅速转过去。在她旁边靠左墙是一张搭好的木板床，上面铺着凉席，一床很干净的夹被，一个凉草枕和一把蒲扇，很整齐地放在上面。

屋子很小，像一切穷人的房子，屋顶低低地压在头上。床头上挂着一张烟草公司的广告画，在左边的墙上贴着过年时贴上的旧画，已经破烂许多地方。靠着鲁贵坐的唯一的一张椅子立了一张小方桌，上面有镜子，梳子，女人用的几件平常的化妆品，那大概就是四凤的梳妆台了。在左墙有一条板凳，在中间圆桌旁边孤零零地立着一个圆凳子，在右边四凤的床下正排着两三双很时髦的鞋。鞋的下头，有一只箱子，上面铺着一块白布，放着一个瓷壶同两三个粗的碗。小圆桌上放着一盏洋油灯，上面罩一个鲜红美丽的纸灯罩；还有几件零碎的小东西；在暗淡的灯影里，零碎的小东西虽看不清楚，却依然令人觉得这大概是一个女人的住房。

这屋子有两个门，在左边——就是有木床的一边——开着一个小门，外面挂着一幅强烈的有花的红幔帐。里面存着煤，一两件旧家具，四凤为着自己换衣服用的。右边有一个破旧的木门，通着鲁家的外间，外面是鲁贵住的地方，是今晚鲁贵夫妇睡的处所。那外间屋的门就通着池塘边泥泞的小道。这里间与外间相通的木门，旁边侧立一副铺板。

〔开幕时正是鲁贵兴致淋漓地刚刚倒完了半咒骂式的家庭训话。屋内都是沉默而紧张的。沉闷中听得出池塘边唱着淫荡的春曲，掺杂着乘凉人们的谈话。各人在想各人的心思，低着头不作声。鲁贵满身是汗，因为喝酒喝得太多，说话也过于费了力气，嘴里流着涎水，脸红得吓人，他好像很得意自己在家里面的位置同威风，拿着那把破芭蕉扇，挥着，舞着，指着。为汗水浸透了似的肥脑袋探向前面，眼睛迷腾腾地，在各个人的身上扫来扫去。

〔大海依旧擦他的手枪，两个女人都不作声，等着鲁贵继续嘶喊。这时青蛙同卖唱的叫声传了过来。
〔四凤立在窗户前,偶尔深深地叹着气。

鲁　贵　（咳嗽起来）他妈的!（一口痰吐在地上,兴奋地问着）你们想,你们哪一个对得起我?（向四凤同大海）你们不要不愿意听,你们哪一个人不是我辛辛苦苦养到大,可是现在你们哪一件事做的对得起我?（先向左,对大海）你说?（忽向右,对四凤）你说?（对着站在中间圆桌旁的鲁妈,胜利地）你也说说,这都是你的好孩子啊!（啪,又一口痰）
〔静默。听外面胡琴同唱声。

鲁大海　（向四凤）这是谁?快十点半还在唱?
鲁四凤　（随意地）一个瞎子同他老婆,每天在这儿卖唱的。（挥着扇,微微叹一口气）

鲁　贵　我是一辈子犯小人,不走运。刚在周家混了两年,孩子都安置好了,就叫你（指鲁妈）连累下去了。你回家一次就出一次事。刚才是怎么回事?我叫完电灯匠回公馆,凤儿的事没有了,连我的老根子也拔了。妈的,你不来,（指鲁妈）我能倒这样的霉?（又一口痰）

鲁大海　（放下手枪）你要骂我就骂我。别指东说西,欺负妈好说话。

鲁　贵　我骂你?你是少爷!我骂你?你连人家有钱的人都当着面骂了,我敢骂你?

鲁大海　（不耐烦）你喝了不到两盅酒,就叨叨叨,叨叨叨,这半点钟你够不够?

鲁　贵　够?哼,我一肚子的冤屈,一肚子的火,我没个够!当初你爸爸也不是没叫人伺候过,吃喝玩乐,我哪一样没讲究过!自从娶了你的妈,我是家败人亡,一天不如一天。一天不如一天……

鲁四凤　那不是你自己赌钱输光的!
鲁大海　你别理他。让他说。
鲁　贵　（只顾嘴头说得畅快,如同自己是唯一的牺牲者一样）我告诉你,我是家败人亡,一天不如一天。我受人家的气,受你们的气。现在好,连想受人家的气也不成了,我跟你们一块儿饿着肚子等死。你们想想,你们是哪一件事对得起我?(忽而觉得自己的腿没处放,面向鲁妈)侍萍,把那凳子拿过来。我放放大腿。

鲁大海　(看着鲁妈,叫她不要管)妈!

〔然而鲁妈还是拿了那唯一的圆凳子过来,放在鲁贵的脚下。他把腿放好。

鲁　贵　(望着大海)可是这怪谁?你把人家骂了,人家一气,当然就把我们辞了。谁叫我是你的爸爸呢?大海,你心里想想,我这么大年纪,要跟着你饿死;我要是饿死,你是哪一点对得起我?我问问你,我要是这样死了?

鲁大海　(忍不住,立起,大声)你死就死了,你算老几!

鲁　贵　(吓醒了一点)妈的,这孩子!

鲁侍萍　大海!　　　　　　　　　　　　(同时惊恐地喊出)

鲁四凤　哥哥!

鲁　贵　(看见大海那副魁梧的身体,同手里拿着的枪,心里有点怕,笑着)你看看,这孩子这点小脾气!——(又接着说)咳,说回来,这也不能就怪大海,周家的人从上到下就没有一个好东西。我伺候他们两年,他们那点出息我哪一样不知道?反正有钱的人顶方便,做了坏事,外面比做了好事装得还体面;文明词越用得多,心里头越男盗女娼。王八蛋!别看今天我走的时候,老爷太太装模做样地跟我尽打官话,好东西,明儿见!他们家里这点出息当我不知道?

鲁四凤　(怕他胡闹)爸!你可,你可千万别去周家!

鲁　贵　(不觉骄傲起来)哼,明天,我把周家太太大少爷这点老底子给它一个宣布,就连老头这老王八蛋也得给我跪下磕头。忘恩负义的东西!(得意地咳嗽起来)他妈的!(啪地又一口痰吐在地上,向四凤)茶呢?

鲁四凤　爸,你真是喝醉了么?刚才不给你放在桌子上么?

鲁　贵　(端起杯子,对四凤)这是白水,小姐!(泼在地上)

鲁四凤　(冷冷地)本来是白水,没有茶。

89

鲁　贵　（因为她打断他的兴头，向四凤）混账。我吃完饭总要喝杯好茶，你还不知道么？

鲁大海　（故意地）哦，爸爸吃完饭还要喝茶的。（向四凤）四凤，你怎么不把那一两四块八的龙井沏上，尽叫爸爸生气。

鲁四凤　龙井？家里连茶叶末也没有。

鲁大海　（向鲁贵）听见了没有？你就将就将就喝杯开水吧，别这样穷讲究啦。（拿一杯白开水，放在他身旁桌上，走开）

鲁　贵　这是我的家。你要看着不顺眼，你可以滚开。

鲁大海　（上前）你，你——

鲁侍萍　（阻大海）别，别，好孩子。看在妈的份上，别同他闹。

鲁　贵　你自己觉得挺不错，你到家不到两天，就闹这么大的乱子，我没有说你，你还要打我么？你给我滚！

鲁大海　（忍着）妈，他这样子我实在看不下去。妈，我走了。

鲁侍萍　胡说。就要下雨，你上哪儿去？

鲁大海　我有点事。办不好，也许到车厂拉车去。

鲁侍萍　大海，你——

鲁　贵　走，走，让他走。这孩子就是这点穷骨头。叫他滚，滚，滚！

鲁大海　你小心点。你少惹我的火。

鲁　贵　（赖皮）你妈在这儿。你敢把你的爹怎么样？你这杂种！

鲁大海　什么，你骂谁？

鲁　贵　我骂你。你这——

鲁侍萍　（向鲁贵）你别不要脸，你少说话！

鲁　贵　我不要脸？我没有在家养私孩子，还带着个（指大海）嫁人。

鲁侍萍　（心痛极）哦，天！

鲁大海　（抽出手枪）我——我打死你这老东西！（对鲁贵）

〔鲁贵叫，站起。急到里间，僵立不动。

鲁　贵　（喊）枪，枪，枪。

鲁四凤　（跑到大海的面前，抱着他的手）哥哥。

鲁侍萍　大海，你放下。

鲁大海　（对鲁贵）你跟妈说，说自己错了，以后永远不再乱说话，乱骂

90

鲁　贵　　人。
鲁　贵　　哦——
鲁大海　（进一步）说呀！
鲁　贵　　（被胁）你，你——你先放下。
鲁大海　（气愤地）不，你先说。
鲁　贵　　好。（向鲁妈）我说错了，我以后永远不乱说，不骂人了。
鲁大海　（指那唯一的圆椅）还坐在那儿！
鲁　贵　　（颓唐地坐在椅上，低着头咕噜着）这小杂种！
鲁大海　哼，你不值得我卖这么大的力气。
鲁侍萍　放下。大海，你把手枪放下。
鲁大海　（放下手枪，笑）妈，妈您别怕，我是吓唬吓唬他。
鲁侍萍　给我。你这手枪是哪儿弄来的？
鲁大海　从矿上带来的，警察打我们的时候掉的，我拾起来了。
鲁侍萍　你现在带在身上干什么？
鲁大海　不干什么。
鲁侍萍　不，你要说。
鲁大海　（狞笑）没有什么，周家逼着我，没有路走，这就是一条路。
鲁侍萍　胡说，交给我。
鲁大海　（不肯）妈！
鲁侍萍　刚才吃饭的时候我跟你说过，周家的事算完了，我们姓鲁的永远不提他们了。
鲁大海　（低声，缓慢地）可是我在矿上流的血呢？周家大少爷刚才打在我脸上的巴掌呢？就完了么？
鲁侍萍　嗯，完了。这一本账算不清楚，报复是完不了的。什么都是天定，妈愿意你多受点苦。
鲁大海　那是妈自己，我——
鲁侍萍　（高声）大海，你是我最爱的孩子，你听着，我从来不用这样的口气对你说过话。你要是伤害了周家的人，不管是那里的老爷或者少爷，你只要伤害了他们，我是一辈子也不认你的。
鲁大海　可是妈——（恳求）

91

鲁侍萍　（肯定地）你知道妈的脾气，你若要做了妈最怕你做的事情，妈就死在你的面前。

鲁大海　（长叹一口气）哦！妈，您——（仰头望，又低下头来）那我会恨——恨他们一辈子。

鲁侍萍　（叹一口气）天，那就不能怪我了。（向大海）把手枪给我。（大海不肯交给我！（走近大海，把手枪拿了过来）

鲁大海　（痛苦）妈，您——

鲁四凤　哥哥，你给妈！

鲁大海　那么您拿去吧。不过您搁的地方得告诉我。

鲁侍萍　好，我放在这个箱子里。（把手枪放在床头的木箱里）可是（对大海）明天一早我就报告警察，把枪交给他。

鲁　贵　对极了，这才是正理。

鲁大海　你少说话！

鲁侍萍　大海。不要这样同父亲说话。

鲁大海　（看鲁贵，又转头）好，妈，我走了。我要看车厂子里有认识人没有。

鲁侍萍　好，你去。不过，你可得准回来。一家人不许这样怄气。

鲁大海　嗯。就回来。

　　　　〔大海由左边与外间通的房门下，听见他关外房的大门的声音。鲁贵立起来看着大海走出去，怀着怨气又回来站在圆桌旁。

鲁　贵　（自言自语）这个小王八蛋！（问鲁妈）刚才我叫你买茶叶，你为什么不买？

鲁侍萍　没有闲钱。

鲁　贵　可是，四凤，我的钱呢？——刚才你们从公馆领来的工钱呢？

鲁四凤　您说周公馆多给的两个月的工钱？

鲁　贵　对了，一共连新加旧六十块钱。

鲁四凤　（知道早晚也要告诉他）嗯，是的，还给人啦。

鲁　贵　什么，你还给人啦？

鲁四凤　刚才赵三又来堵门要你的赌账，妈就把那个钱都还给他了。

鲁　贵　（问鲁妈）六十块钱？都还了账啦？

鲁侍萍　嗯，把你这次的赌账算是还清了。
鲁　贵　（急了）妈的，我的家就是叫你们这样败了的，现在是还账的时候么？
鲁侍萍　（沉静地）都还清了好。这儿的家我预备不要了。
鲁　贵　这儿的家你不要么？
鲁侍萍　我想，大后天就回济南去。
鲁　贵　你回济南，我跟四凤在这儿，这个家也得要啊。
鲁侍萍　这次我带着四凤一块儿走，不叫她一个人在这儿了。
鲁　贵　（对四凤笑）四凤，你听你妈要带着你走。
鲁侍萍　上次我走的时候，我不知道我的事情怎么样。外面人地生疏，在这儿四凤有邻居张大婶照应她，我自然不带她走。现在我那边的事已经定了。四凤在这儿又没有事，我为什么不带她走？
鲁四凤　（惊）您，您真要带我走？
鲁侍萍　（沉痛地）嗯，妈以后说什么也不离开你了。
鲁　贵　不成，这我们得好好商量商量。
鲁侍萍　这有什么可商量的？你要愿意去，大后天一块儿走也可以。不过那儿是找不着你这一帮赌钱的朋友的。
鲁　贵　我自然不到那儿去。可是你要带四凤到那儿干什么？
鲁侍萍　女孩子当然随着妈走，从前那是没有法子。
鲁　贵　（滔滔地）四凤跟我有吃有穿，见的是场面人。你带着她，活受罪，干什么？
鲁侍萍　（对他没有办法）跟你也说不明白。你问问她愿意跟我还是愿意跟你？
鲁　贵　自然是愿意跟我。
鲁侍萍　你问她！
鲁　贵　（自信一定胜利）四凤，你过来，你听清楚了。你愿意怎么样？随你。跟你妈，还是跟我？（四凤转过身来，满脸的眼泪）咦，这孩子，你哭什么？
鲁侍萍　哦，凤儿，我的可怜的孩子。
鲁　贵　说呀，这不是大姑娘上轿，说呀？

鲁侍萍　（安慰地）哦，凤儿，告诉我，刚才你答应得好好地，愿意跟着妈走，现在又怎么哪？告诉我，好孩子。老实地告诉妈，妈还是喜欢你。

鲁　贵　你说你让她走，她心里不高兴。我知道，她舍不得这个地方。（笑）

鲁四凤　（向鲁贵）去！（向鲁妈）别问我，妈，我心里难过。妈，我的妈，我是跟您走的。妈呀！（抽咽，扑在鲁妈的怀里）

鲁侍萍　哦，我的孩子，我的孩子今天受了委屈了。

鲁　贵　你看看，这孩子一身小姐气，她要跟你不是受罪么？

鲁侍萍　（向鲁贵）你少说话，（对四凤）妈命不好，妈对不起你，别难过！以后跟妈在一块儿。没有人会欺负你，哦，我的心肝孩子。

〔大海由左边上。

鲁大海　妈，张家大婶回来了。我刚才在路上碰见的。

鲁侍萍　你，你提到我们卖家具的事么？

鲁大海　嗯，提了。她说，她能想法子。

鲁侍萍　车厂上找着认识的人么？

鲁大海　有，我还要出去，找一个保人。

鲁侍萍　那么我们一同出去吧。四凤，你等着我，我就回来！

鲁大海　（对鲁贵）再见，你酒醒了点么？（向鲁妈）今天晚上我恐怕不回家睡觉。

〔大海、鲁妈同下。

鲁　贵　（目送他们出去）哼，这东西！（见四凤立在窗前，便向她）你妈走了，四凤。你说吧，你预备怎么样呢？

鲁四凤　（不理他，叹一口气，听外面的青蛙声同雷声）

鲁　贵　（蔑视）你看，你这点心思还不浅。

鲁四凤　（掩饰）什么心思？天气热，闷得难受。

鲁　贵　你不要骗我，你吃完饭眼神直瞪瞪的，你在想什么？

鲁四凤　我不想什么。

鲁　贵　（故意伤感地）凤儿，你是我的明白孩子。我就有你这一个亲女儿，你跟你妈一走，那就剩我一个人在这儿哪。

鲁四凤　您别说了，我心里乱得很。(外面打闪)您听，远远又打雷。
鲁　贵　孩子，别打岔，你真预备跟妈回济南么？
鲁四凤　嗯。(吐一口气)
鲁　贵　(无聊地唱)"花开花谢年年有。人过了个青春不再来！"哎。(忽然地)四凤，人活着就是两三年好日子，好机会一错过就完了。
鲁四凤　您，您去吧。我困了。
鲁　贵　(徐徐诱进)周家的事你不要怕。有了我，明天我们还是得回去。你真走得开，(暗指地)你放得下这儿这样好的地方么？你放得下周家——
鲁四凤　(怕他)您不要乱说了。您睡去吧！外边乘凉的人都散了。您为什么不睡去？
鲁　贵　你不要胡思乱想。(说真心话)这世界上没有一个人靠得住，只有钱是真的。唉，偏偏你同你母亲不知道钱的好处。
鲁四凤　听，我像是听见有人来敲门。
　　　　〔外面敲门声。
鲁　贵　快十一点，这会有谁？
鲁四凤　爸爸，您让我去看。
鲁　贵　别，让我出去。
　　　　〔鲁贵开左门一半。
鲁　贵　谁？
　　　　〔外面的声音：这儿姓鲁么？
鲁　贵　是啊，干什么？
　　　　〔外面的声音：找人。
鲁　贵　你是谁？
　　　　〔外面的声音：我姓周。
鲁　贵　(喜形于色)你看，来了不是？周家的人来了。
鲁四凤　(惊骇着，忙说)不，爸爸，您说我们都出去了。
鲁　贵　咦，(乖巧地看她一眼)这叫什么话？
　　　　〔鲁贵下。
鲁四凤　(把屋子略微整理一下，不用的东西放在左边帐后的小屋里，立在右边角上，等候

95

着客进来）

〔这时，听见周冲同鲁贵说话的声音，一时鲁贵同周冲上。

周　　冲　（见着四凤高兴地）四凤！

鲁四凤　（奇怪地望着）二少爷！

鲁　　贵　（谄笑）您别见笑，我们这儿穷地方。

周　　冲　（笑）这地方真不好找。外边有一片水，很好的。

鲁　　贵　二少爷。您先坐下。四凤，（指圆椅）你把那张好椅子拿过来。

周　　冲　（见四凤不说话）四凤，怎么，你不舒服么？

鲁四凤　没有。——（规规矩矩地）二少爷，你到这里来干什么？要是太太知道了，你——

周　　冲　这是太太叫我来的。

鲁　　贵　（明白了一半）太太要您来的？

周　　冲　嗯，我自己也想来看看你们。（问四凤）你哥哥同母亲呢？

鲁　　贵　他们出去了。

鲁四凤　你怎么知道这个地方？

周　　冲　（天真地）母亲告诉我的。没想到这地方还有一大片水，一下雨真滑，黑天要是不小心，真容易摔下去。

鲁　　贵　二少爷，您没摔着么？

周　　冲　（稀罕地）没有。我坐着家里的车，很有趣的。（四面望望这屋子的摆设，很高兴地笑着，看四凤）哦，你原来在这儿！

鲁四凤　我看你赶快回家吧。

鲁　　贵　什么？

周　　冲　（忽然）对了，我忘了我为什么来的了。妈跟我说，你们离开我们家，她很不放心；她怕你们一时找不着事情，叫我送给你母亲一百块钱。（拿出钱）

鲁四凤　什么？

鲁　　贵　（以为周家的人怕得罪他，得意地笑着，对四凤）你看人家多厚道，到底是人家有钱的人。

鲁四凤　不，二少爷，你替我谢谢太太，我们还好过日子。拿回去吧。

鲁　　贵　（向四凤）你看你，哪有你这么说话的？太太叫二少爷亲自送来，

鲁 贵　这点意思我们好意思不领下么？（收下钞票）你回头跟太太回一声，我们都挺好的。请太太放心，谢谢太太。
鲁四凤　（固执地）爸爸，这不成。
鲁 贵　你小孩子知道什么？
鲁四凤　您要收下，妈跟哥哥一定不答应。
鲁 贵　（不理她，向周冲）谢谢您老远跑一趟。我先给您买点鲜货吃，您同四凤在屋子里坐一坐，我失陪了。
鲁四凤　爸，您别走！不成。
鲁 贵　别尽说话，你先给二少爷倒一碗茶。我就回来。
　　　　〔鲁贵忙下。
周 冲　（不由衷地）让他走了也好。
鲁四凤　（厌恶地）唉，真是下作！——（不愿意地）谁叫你送钱来了？
周 冲　你，你，你像是不愿意见我似的。为什么呢？我以后不再乱说话了。
鲁四凤　（找话说）老爷吃过饭了么？
周 冲　刚刚吃过。老爷在发脾气，母亲没吃完就跑到楼上生气。我劝了她半天，要不我还不会这样晚来。
鲁四凤　（故意不在心地）大少爷呢？
周 冲　我没有见着他，我知道他很难过，他又在自己房里喝酒，大概是喝醉了。
鲁四凤　哦！（叹一口气）——你为什么不叫底下人替你来？何必自己跑到这穷人住的地方来？
周 冲　（诚恳地）你现在怨了我们吧！——（羞愧地）今天的事，我真觉得对不起你们，你千万不要以为哥哥是个坏人。他现在很后悔，你不知道他，他还很喜欢你。
鲁四凤　二少爷，我现在已经不是周家的用人了。
周 冲　然而我们永远不可以算是顶好的朋友么？
鲁四凤　我预备跟我妈回济南去。
周 冲　不，你先不要走。早晚你同你父亲还可以回去的。我们搬了新房子，我的父亲也许回到矿上去，那时你就回来，那时候我该

97

多么高兴！

鲁四凤　你的心真好。

周　冲　四凤，你不要为这一点小事来忧愁。世界大得很，你应当读书，你就知道世界上有过许多人跟我们一样地忍受着痛苦，慢慢地苦干，以后又得到快乐。

鲁四凤　唉，女人究竟是女人！（忽然）你听，（蛙鸣）蛤蟆怎么不睡觉，半夜三更的还叫呢？

周　冲　不，你不是个平常的女人，你有力量，你能吃苦，我们都还年轻，我们将来一定在这世界为着人类谋幸福。我恨这不平等的社会，我恨只讲强权的人，我讨厌我的父亲，我们都是被压迫的人，我们是一样。——

鲁四凤　二少爷，您渴了吧，我给您倒一杯茶。（站起倒茶）

周　冲　不，不要。

鲁四凤　不，让我再伺候伺候您。

周　冲　你不要这样说话，现在的世界是不该存在的。我从来没有把你当作我的底下人，你是我的凤姐姐，你是我引路的人，我们的真世界不在这儿。

鲁四凤　哦，你真会说话。

周　冲　有时我就忘了现在，（梦幻地）忘了家，忘了你，忘了母亲，并且忘了我自己。我想，我像是在一个冬天的早晨，非常明亮的天空，……在无边的海上……哦，有一条轻得像海燕似的小帆船，在海风吹得紧，海上的空气闻得出有点腥，有点咸的时候，白色的帆张得满满的，像一只鹰的翅膀斜贴在海面上飞，飞，向着天边飞。那时天边上只淡淡地浮着两三片白云，我们坐在船头，望着前面，前面就是我们的世界。

鲁四凤　我们？

周　冲　对了，我同你，我们可以飞，飞到一个真真干净、快乐的地方，那里没有争执，没有虚伪，没有不平等的，没有……（头微仰，好像眼前就是那么一个所在，忽然）你说好么？

鲁四凤　你想得真好。

周　冲　（亲切地）你愿意同我一块儿去么，就是带着他也可以的。

鲁四凤　谁？

周　冲　你昨天告诉我的，你说你的心已经许给了他，那个人他一定也像你，他一定是个可爱的人。

〔大海进。

鲁四凤　哥哥。

鲁大海　（冷冷地）这是怎么回事？

周　冲　鲁先生！

鲁四凤　周家二少爷来看我们来了。

鲁大海　哦——我没想到你们现在在这儿？父亲呢？

鲁四凤　出去买东西去啦。

鲁大海　（向周冲）奇怪得很！这么晚！周少爷会到我们这个穷地方来——看我们。

周　冲　我正想见你呢。你，你愿意——跟我拉拉手么？（把右手伸出去）

鲁大海　（乖戾地）我不懂得外国规矩。

周　冲　（把手又缩回来）那么，让我说，我觉得我心里对你很抱歉的。

鲁大海　什么事？

周　冲　（红脸）今天下午，你在我们家里——

鲁大海　（勃然）请你少提那桩事。

鲁四凤　哥哥，你不要这样。人家是好心好意来安慰我们。

鲁大海　少爷，我们用不着你的安慰，我们生成一副穷骨头，用不着你半夜的时候到这儿来安慰我们。

周　冲　你大概是误会了我的意思。

鲁大海　（清楚地）我没有误会。我家里没有第三个人，我妹妹在这儿，你在这儿，这是什么意思？

周　冲　我没想到你这么想。

鲁大海　可是谁都这样想。（回头向四凤）出去。

鲁四凤　哥哥！

鲁大海　你先出去，我有几句话要同二少爷说。（见四凤不走）出去！

〔四凤慢慢地由左门出去。

鲁大海　二少爷，我们谈过话，我知道你在你们家里还算是明白点的；不过你记着，以后你要再到这儿来，来——安慰我们，（突然凶暴地）我就打断你的腿。

周　冲　打断我的腿？

鲁大海　（肯定的神态）嗯！

周　冲　（笑）我想一个人无论怎样总不会拒绝别人的同情吧。

鲁大海　同情不是你同我的事，也要看看地位才成。

周　冲　大海，我觉得你有时候有些偏见太重，有钱的人并不是罪人，难道说就不能同你们接近么？

鲁大海　你太年轻，多说你也不明白。痛痛快快地告诉你吧，你就不应当到这儿来，这儿不是你来的地方。

周　冲　为什么？——你今早还说过，你愿意做我的朋友，我想四凤也愿意做我的朋友，那么我就不可以来帮点忙么？

鲁大海　少爷，你不要以为这样就是仁慈。我听说，你想叫四凤念书？是么？四凤是我的妹妹，我知道她！她不过是一个没有定性平平常常的女孩子，也是想穿丝袜子，想坐汽车的。

周　冲　那你看错了她。

鲁大海　我没有看错。你们有钱人的世界，她多看一眼，她就得多一番烦恼。你们的汽车，你们的跳舞，你们闲在的日子，这两年已经把她的眼睛看迷了，她忘了她是从哪里来的，她现在回到她自己的家里看什么都不顺眼啦。可是她是个穷人的孩子，她的将来是给一个工人当老婆，洗衣服，做饭，捡煤渣。哼，上学，念书，嫁给一个阔人当太太，那是一个小姐的梦！这些在我们穷人连想都想不起的。

周　冲　你的话固然有点道理，可是——

鲁大海　所以如果矿主的少爷真替四凤着想，那我就请少爷从今以后不要同她往来。

周　冲　我认为你的偏见太多，你不能说我的父亲是个矿主，你就要——

鲁大海　现在我警告你，（瞪起眼睛来）……

周　冲　警告？

鲁大海　如果什么时候我再看见你跑到我家里，再同我的妹妹在一块，我一定——（笑，忽然态度和善些下去）好，我盼望没有这事情发生，少爷，时候不早了，我们要睡觉了。

周　冲　你，你那样说话，——是我想不到的，我没想到我的父亲的话还是对的。

鲁大海　（阴沉地）哼，（爆发）你的父亲是个老混蛋！

周　冲　什么？

鲁大海　你的哥哥是——

〔四凤由左门跑进。

鲁四凤　你，你别说了！（指大海）我看你，你简直变成个怪物！

鲁大海　你，你简直是个糊涂虫！

鲁四凤　我不跟你说话了！（向周冲）你走吧，你走吧，不要同他说啦。

周　冲　（无奈地，看看大海）好，我走。（向四凤）我觉得很对不起你，来到这儿，更叫你不快活。

鲁四凤　不要提了，二少爷，你走吧，这不是你待的地方。

周　冲　好，我走！（向大海）再见，我原谅你，（温和地）我还是愿意做你的朋友。（伸出手来）你愿意同我拉一拉手么？

〔大海没有理他，把身子转进去。

鲁四凤　哼！

〔周冲也不再说什么，即将走下。

〔鲁贵由左门上，捧着水果，酒瓶，同酒菜，脸更红，步伐有点错乱。

鲁　贵　（见周冲要走）怎么？

鲁大海　让开点，他要走了。

鲁　贵　别，别，二少爷为什么刚来就走？

鲁四凤　（愤愤）你问哥哥去！

鲁　贵　（明白了一半，忽然笑向着周冲）别理他，您坐一会儿。

周　冲　不，我是要走了。

鲁　贵　那二少爷吃点什么再走，我老远地给您买的鲜货，吃点，喝两盅再走。

周　　冲　　不，不早了，我要回家了。

鲁大海　　（向四凤，指鲁贵的食物）他从哪儿弄来的钱买这些东西？

鲁　　贵　　（转过头向大海）我自己的，你爸爸赚的钱。

鲁四凤　　不，爸爸，这是周家的钱！你又胡花了！（回头向大海）刚才周太太送给妈一百块钱。妈不在，爸爸不听我的话收下了。

鲁　　贵　　（狠狠地看四凤一眼，解释地，向大海说）人家二少爷亲自送来的。我不收还像话么？

鲁大海　　（走到周冲面前）什么，你刚才是给我们送钱来的。

鲁四凤　　（向大海）你现在才明白！

鲁　　贵　　（向大海——脸上露了卑下的颜色）你看，人家周家都是好人。

鲁大海　　（掉过脸来向鲁贵）把钱给我！

鲁　　贵　　（疑惧地）干什么？

鲁大海　　你给不给？（声色俱厉）不给，你可记得住放在箱子里的是什么东西么？

鲁　　贵　　（恐惧地）我给，我给！（把钞票掏出来交给大海）钱在这儿，一百块。

鲁大海　　（数一遍）什么，少十块。

鲁　　贵　　（强笑着）我，我，我花了。

周　　冲　　（不愿再看他们）再见吧，我走了。

鲁大海　　（拉住他）你别走，你以为我们能上你这样的当么？

周　　冲　　这句话怎么讲？

鲁大海　　我有钱，我有钱，我口袋里刚刚剩下十块钱。（拿出零票同现洋，放在一块）刚刚十块。你拿走吧，我们不需要你们可怜我们。

鲁　　贵　　这不像话！

周　　冲　　你这个人真有点儿不懂人情。

鲁大海　　对了，我不懂人情，我不懂你们这种虚伪，这种假慈悲，我不懂……

鲁四凤　　哥哥！

鲁大海　　拿走。我要你给我滚，给我滚蛋。

周　　冲　　（他的整个的幻想被打散了一半，失望地立了一会，忽然拿起钱）好，我走；

我走，我错了。

鲁大海　我告诉你，以后你们周家无论哪一个再来，我就打死他，不管是谁！

周　冲　谢谢你。我想周家除了我不会再有人这么糊涂的，再见吧！（向右门下）

鲁　贵　大海。

鲁大海　（大声）叫他滚！

鲁　贵　好好好，我给您点灯，外屋黑！

周　冲　谢谢你。

〔二人由右门下。

鲁四凤　二少爷！（跑下）

鲁大海　四凤，四凤，你别去！（见四凤已下）这个糊涂孩子！

〔鲁妈由右门上。

鲁大海　妈。您知道周家二少爷来了。

鲁侍萍　嗯，我看见一辆洋车在门口，我不知道是谁来，我没敢进来。

鲁大海　您知道刚才我把他赶了么？

鲁侍萍　（沉重地点一点头）知道，我刚才在门口听了一会。

鲁大海　周家的太太送了您一百块钱。

鲁侍萍　哼！（愤然）不用她给钱，我会带着女儿走的。

鲁大海　您走？带着四凤走？

鲁侍萍　嗯，明天就走。

鲁大海　明天？

鲁侍萍　我改主意了，明天。

鲁大海　好极啦！那我就不必说旁的话了。

鲁侍萍　什么？

鲁大海　（暗晦地）没有什么，我回来的时候看见四凤跟这位二少爷谈天。

鲁侍萍　（不自主地）谈什么？

鲁大海　（暗示地）不知道，像是很亲热似的。

鲁侍萍　（惊）哦？……（自语）这个糊涂孩子。

鲁大海　妈，您见着张大婶怎么样？

鲁侍萍　卖家具，已经商量好了。
鲁大海　好，妈，我走了。
鲁侍萍　你上哪儿去？
鲁大海　(孤独地)钱完了，我也许拉一晚上车。
鲁侍萍　干什么？不，用不着，妈这儿有钱，你在家睡觉。
鲁大海　不，您留着自己用吧，我走了。
　　　　〔大海由右门下。
鲁侍萍　(喊)大海，大海！
　　　　〔四凤上。
鲁四凤　妈，(不安地)您回来了。
鲁侍萍　你忙着送周家的少爷，没有顾到看见我。
鲁四凤　(解释地)二少爷是他母亲叫他来的。
鲁侍萍　我听见你哥哥说，你们谈了半天的话吧？
鲁四凤　您说我跟周家二少爷？
鲁侍萍　嗯，他谈了些什么？
鲁四凤　没有什么！——平平常常的话。
鲁侍萍　凤儿，真的？
鲁四凤　您听哥哥说了些什么话？哥哥是一点人情也不懂。
鲁侍萍　(严肃地)凤儿，(看着她，拉着她的手)你看看我，我是你的妈。是不是？
鲁四凤　妈，您怎么啦？
鲁侍萍　凤，妈是不是顶疼你？
鲁四凤　妈，您为什么说这些话？
鲁侍萍　我问你，妈是不是天底下最可怜、没有人疼的一个苦老婆子？
鲁四凤　不，妈，您别这样说话，我疼您。
鲁侍萍　凤儿，那我求你一件事。
鲁四凤　妈，您说啦，您说什么事！
鲁侍萍　你得告诉我，周家的少爷究竟跟你——怎么样了？
鲁四凤　哥总是瞎说八道的——他跟您说了什么？
鲁侍萍　不是哥，他没说什么，妈要问你！

〔远处隐雷。

鲁四凤　妈，您为什么问这个？我不跟您说过吗？一点也没什么。妈，没什么！

〔远处隐雷。

鲁侍萍　你听，外面打着雷。妈妈是个可怜人，我的女儿在这些事上不能再骗我！

鲁四凤　(顿)妈，我不骗您！我不是跟您说过，这两年——

〔鲁贵的声音：(在外屋)侍萍，快来睡觉吧，不早了。

鲁侍萍　别管我，你先睡你的。

〔鲁贵：你来！

鲁侍萍　你别管我！——(对四凤)你说什么？

鲁四凤　我不是跟你说过，这两年，我天天晚上——回家的？

鲁侍萍　孩子，你可要说实话，妈经不起再大的事啦。

鲁四凤　妈，(抽咽)妈，您为什么不信您自己的女儿呢？(扑在鲁妈怀里大哭，鲁妈抱着她)

鲁侍萍　(落眼泪)凤儿，可怜的孩子，不是我不相信你，我太爱你，我生怕外人欺负了你，(沉痛地)我太不敢相信世界上的人了。傻孩子，你不懂妈的心，妈的苦多少年是说不出来的，你妈就是在年轻的时候没有人来提醒，——可怜，妈就是一步走错，就步步走错了。孩子，我就生了你这么一个女儿，我的女儿不能再像她妈似的。人的心都靠不住，我并不是说人坏，我就是恨人性太弱，太容易变了。孩子，你是我的，你是我唯一的宝贝，你永远疼我！你要是再骗我，那就是杀了我了，我的苦命的孩子！

鲁四凤　不，妈，不，我以后永远是妈的了。

鲁侍萍　(忽然)凤儿，我在这儿一天担心一天，我们明天一定走，离开这儿。

鲁四凤　(立起)什么，明天就走？

鲁侍萍　(果断地)嗯。我改主意了，我们明天就走。永远不回这儿来了。

鲁四凤　我们永远不回到这儿来了。妈，不，为什么这么早就走？

105

鲁侍萍　孩子，你要干什么？

鲁四凤　（踌躇地）我，我——

鲁侍萍　不愿意早一点儿跟妈走？

鲁四凤　（叹一口气，苦笑）也好，我们明天走吧。

鲁侍萍　（忽然疑心地）孩子，你还有什么事瞒着我。

鲁四凤　（擦着眼泪）妈，没有什么。

鲁侍萍　（慈祥地）好孩子，你记住妈刚才说的话么？

鲁四凤　记得住！

鲁侍萍　凤儿，我要你永远不见周家的人！

鲁四凤　好，妈！

鲁侍萍　（沉重地）不，要起誓。

〔四凤畏怯地望着鲁妈的严厉的脸。

鲁四凤　哦，这何必呢？

鲁侍萍　（依然严肃地）不，你要说。

鲁四凤　（跪下）妈，（扑在鲁妈身上）不，妈，我——我说不了。

鲁侍萍　（眼泪流下来）你愿意让妈伤心么？你忘记妈三年前为着你的病几乎死了么？现在你——（回头泣）

鲁四凤　妈，我说，我说。

鲁侍萍　（立起）你就这样跪下说。

鲁四凤　妈，我答应您以后我永远不见周家的人。

〔雷声轰地滚过去。

鲁侍萍　孩子，天上在打着雷，你要是以后忘了妈的话，见了周家的人呢？

鲁四凤　（畏怯地）妈，我不会的，我不会的。

鲁侍萍　孩子，你要说，你要说。假若你忘了妈的话，——

〔外面的雷声。

鲁四凤　（不顾一切地）那——那天上的雷劈了我。（扑在鲁妈怀里）哦，我的妈呀！（哭出声）

〔雷声轰地滚过去。

鲁侍萍　（抱着女儿，大哭）可怜的孩子，妈不好，妈造的孽，妈对不起你，

是妈对不起你。(泣)

〔鲁贵由右门上。脱去短衫,他只有一件线坎肩,满身肥肉,脸上冒着油,唱着春调,眼迷迷地望着鲁妈同四凤。

鲁　贵　(向鲁妈)这么晚还不睡?你说点子什么?
鲁侍萍　你别管,你一个人去睡吧。我今天晚上就跟四凤一块儿睡了。
鲁　贵　什么?
鲁四凤　不,妈,您去吧。让我一个人在这儿。
鲁　贵　侍萍,凤儿这孩子难过一天了,你搅她干什么?
鲁侍萍　孩子,你真不要妈陪着你么?
鲁四凤　妈,您让我一个人在屋子里歇着吧。
鲁　贵　来吧,干什么?你叫这孩子好好地歇一会儿吧;她总是一个人睡的。我先走了。

〔鲁贵下。

鲁侍萍　也好,凤儿,你好好地睡,过一会儿我再来看你。
鲁四凤　嗯,妈!

〔鲁妈下。

〔四凤把右边门关上,隔壁鲁贵又唱"花开花谢年年有,人过了个青春不再来"的春调。她到圆桌前面,把洋灯的火捻小了,这时听见外面的蛙声同狗叫。她坐在床边,换了一双拖鞋,立起解开几个扣子,走两步,却又回来坐在床边,深深地叹一口气倒在床上。外屋鲁贵还低声在唱,母亲像是低声在劝他不要闹。屋外敲着一声一声的梆子。四凤又由床上坐起,拿起蒲扇用力地挥着。闷极了,她把窗户打开,立在窗前,散开自己的头发,深深吸一口长气,轻轻只把窗户关上一半。她还是烦,她想起许多许多的事。她拿手绢擦一擦脸上的汗,走到圆桌旁,又听见鲁贵说话同唱的声音。她苦闷地叫了一声"天!"忽然拿起酒瓶,放在口里喝一口。她摸摸自己的胸,觉得心里在发烧,便在桌旁坐下。

〔鲁贵由左门上,赤足,拖着鞋。

鲁　贵　你怎么还不睡?

鲁四凤　（望望他）嗯。
鲁　贵　（看她还拿着酒瓶）谁叫你喝酒啦？（拿起酒瓶同酒菜，笑着）快睡吧。
鲁四凤　（失神地）嗯。
鲁　贵　（走到门口）不早了，你妈都睡着了。
　　　　〔鲁贵下。
　　　　〔四凤到右门口，把门关上，立在右门旁一会，听见鲁贵同鲁妈说话的声音，走到圆桌旁，长叹一声，低而重地捶着桌子，扑在桌上抽咽。"天哪！"外面有口哨声，远远地。四凤突然立起，畏惧地屏住气息谛听，忽然把桌上的灯转明，跑到窗前，开窗探头向外望，过后她立刻关上，背倚着窗户，惧怕，胸间起伏不定粗重地呼吸。但是口哨的声音更清楚，她把一张红纸罩了灯，放在窗前，她的脸发白，在喘。口哨愈近，远远一阵雷，她怕了，她又把灯拿回去。她把灯转暗，倚在桌上谛听着。窗外面有脚步的声音，一两声咳嗽。四凤轻轻走到窗前，脸向着观众，倚在窗上。
　　　　〔外面的声音：（敲着窗户）

鲁四凤　（颤声）哦！
　　　　〔外面的声音：（敲着窗户，低声）喂！开！开！
鲁四凤　谁？
　　　　〔外面的声音：（含糊地）你猜！
鲁四凤　（颤声）你，你来干什么？
　　　　〔外面的声音：（暗晦地）你猜猜！
鲁四凤　我现在不能见你。（脸色灰白，声音打着颤）
　　　　〔外面的声音：（含糊的笑声）这是你心里的话么？
鲁四凤　（急切地）我妈在家里。
　　　　〔外面的声音：（带着诱意）不用骗我！她睡着了。
鲁四凤　（关心地）你小心，我哥哥恨透了你。
　　　　〔外面的声音：（漠然）他不在家，我知道。
鲁四凤　（转身，背向观众）你走！
　　　　〔外面的声音：我不！（外面向里用力推窗门，四凤用力挡住）

鲁四凤　（焦急地）不，不，你不要进来。

　　　　〔外面的声音：（低声）四凤，我求你，你开开！

鲁四凤　不，不！已经到了半夜，我的衣服都脱了。

　　　　〔外面的声音：（急迫地）什么，你衣服脱了？

鲁四凤　（点头）嗯，我已经在床上睡着了！

　　　　〔外面的声音：（颤声）那……那……我就……我（叹一口长气）——

鲁四凤　（恳求地）那你不要进来吧，好不好？

　　　　〔外面的声音：（转了口气）好，也好，我就走，（又急切地）可是你先打开窗门，叫我……

鲁四凤　不，不，你赶快走！

　　　　〔外面的声音：（急切地恳求）不，四凤，你只叫我……啊……只叫我亲一回吧。

鲁四凤　（苦痛地）啊，大少爷，这不是你的公馆，你饶了我吧。

　　　　〔外面的声音：（怨恨地）那么你忘了我了，你不再想……

鲁四凤　（决心地）对了。（转过身，面向观众，苦痛地）我忘了你了。你走吧。

　　　　〔外面的声音：（忽然地）是不是刚才我的弟弟来了？

鲁四凤　嗯，（踌躇地）……他……他……他来了！

　　　　〔外面的声音：（尖酸地）哦！（长长叹一口气）那就怪不得你，你现在这样了。

鲁四凤　（没有办法）你明明知道我是不喜欢他的。

　　　　〔外面的声音：（狠毒地）哼，没有心肝，只要你变了心，小心我……（冷笑）

鲁四凤　谁变了心？

　　　　〔外面的声音：（恶躁地）那你为什么不打开门，让我进来？你不知道我是真爱你么？我没有你不成么？

鲁四凤　（哀诉地）哦，大少爷，你别再缠我好不好？今天一天你替我们闹出许多事，你还不够么？

　　　　〔外面的声音：（真挚地）那我知道错了，不过，现在我要见你，对了，我要见你。

109

鲁四凤　（叹一口气）好，那明天说吧！明天我依你，什么都成！
　　　　〔外面的声音：（恳切地）明天？
鲁四凤　（苦笑，眼泪落了下来，擦眼泪）明天！对了，明天。
　　　　〔外面的声音：（犹疑地）明天，真的？
鲁四凤　嗯，真的，我没有骗过你。
　　　　〔外面的声音：好吧，就这样吧，明天，你不要冤我。
　　　　〔足步声。
鲁四凤　你走了？
　　　　〔外面的声音：嗯，走了。
　　　　〔足步声渐远。
鲁四凤　（心里一块石头落下来，自语）他走了！哦，（摸自己的胸）这样闷，这样热。（把窗户打开，立窗前，风吹进来，她摸自己火热的面孔，深深叹一口气）唉！
　　　　〔周萍忽然立在窗口。
鲁四凤　哦，妈呀！（忙关窗门，周萍已推开一点，二人挣扎）
周　萍　（手推着窗门）这次你赶不走我了。
鲁四凤　（用力关）你……你……你走！（二人一推一拒相持中）
　　　　〔周萍到底越过窗进来，他满身泥污，右半脸沾着鲜红的血。
周　萍　你看我还是进来了。
鲁四凤　（退后）你又喝醉了！
周　萍　不，（乞怜地）四凤，你为什么躲我？你今天变了，我明天一早就走，你骗我，你要我明天见你。我能见你就是这一点时候，你为什么害怕不敢见我？（右半血脸转过来）
鲁四凤　（怕）你的脸怎么啦？（指周萍的血脸）
周　萍　（摸脸，一手的血）为着找你，我路上摔的。（挨近四凤）
鲁四凤　不，不，你走吧，我求你，你走吧。
周　萍　（奇怪地笑着）不，我得好好地看看你。（拉住她的手）
　　　　〔雷声大作。
鲁四凤　（躲开）不，你听，雷，雷，你给我关上窗户。
　　　　〔周萍关上窗户。

110

周　萍　（挨近）你怕什么？

鲁四凤　（颤声）我怕你，（退后）你的样子难看，你的脸满是血。……我不认识你……你是……

周　萍　（怪样地笑）你以为我是谁？傻孩子？（拉她的手）

〔外面有女人叹气的声音，敲窗户。

鲁四凤　（推开他）你听，这是什么？像是有人在敲窗户。

周　萍　（听）胡说，没有什么！

鲁四凤　有，有，你听，像有个女人在叹气。

周　萍　（听）没有，没有，（忽然笑）你大概见了鬼。

〔雷声大作，一声霹雳。

鲁四凤　（低声）哦，妈。（跑到周萍怀里）我怕！（躲在角落里）

〔雷声轰轰，大雨下，舞台渐暗。一阵风吹开窗户，外面黑黝黝的。忽然一片蓝森森的闪电，照见了蘩漪的惨白发死青的脸露在窗台上面。她像个死尸，任着一条一条的雨水向散乱的头发上淋她。痉挛地不出声地苦笑，泪水流到眼角下，望着里面只顾拥抱的人们。闪电止了，窗外又是黑漆漆的。再闪时，见她伸进手，拉着窗扇，慢慢地由外面关上。雷更隆隆地响着，屋子整个黑下来。黑暗里，只听见四凤低声说话。

鲁四凤　（低声）你抱紧我，我怕极了。

〔舞台黑暗一时，只露着圆桌上的洋灯，和窗外蓝森森的闪电。听见屋外大海叫门的声音，大海进门的声音。舞台渐明，周萍坐在圆椅上，四凤在旁立，床上微乱。

周　萍　（谛听）这是谁？

鲁四凤　你别作声！

〔鲁妈的声音：怎么回来了，大海？

〔大海的声音：雨下得太大，车厂的房子塌了。

鲁四凤　（低声而急促地）哥哥来了，你走，你赶快走。

〔周萍忙至窗前，推窗。

周　萍　（推不动）奇怪！

鲁四凤　怎么？

111

周　萍　（急迫地）窗户外面有人关上了。

鲁四凤　（怕）真的，那会是谁？

周　萍　（再推）不成，开不动。

鲁四凤　你别作声音，他们就在门口。

〔大海的声音：铺板呢？

〔鲁妈的声音：在四凤屋里。

鲁四凤　哦，萍，他们要进来。你藏，你藏起来。

〔四凤正引周萍入左门，大海持灯推门进。

鲁大海　（慢，嘘声）什么？（见四凤同周萍，二人俱僵立不动，静默，哑声）妈，您快进来，我见了鬼！

〔鲁妈急进。

鲁侍萍　（喑哑）天！

鲁四凤　（见鲁妈进，即由右门跑出，苦痛地）啊！

〔鲁妈扶着门闩。几乎晕倒。

鲁大海　哦，原来是你！（拾起桌上铁刀，奔向周萍，鲁妈用力拉着他的衣襟）

鲁侍萍　大海，你别动，你动，妈就死在你的面前。

鲁大海　您放下我，您放下我！（急得跺脚）

鲁侍萍　（见周萍惊立不动，顿足）糊涂东西，你还不跑？

〔周萍由右门跑下。

鲁大海　（喊）抓住他！爸，抓住他！（大海被母亲拖着，他想追，把她在地上拖了几步）

鲁侍萍　（见周萍已跑远，坐在地上发呆）哦，天！

鲁大海　（跺足）妈！妈！你好糊涂！

〔鲁贵上。

鲁　贵　他走了？咦，可是四凤呢？

鲁大海　不要脸的东西，她跑了。

鲁侍萍　哦，我的孩子，我的孩子，外面的河涨了水，我的孩子。你千万别糊涂！四凤！（跑）

鲁大海　（拉着她）你上哪儿？

鲁侍萍　这么大的雨她跑出去，我要找她。

鲁大海　好，我也去。
鲁侍萍　我等不了！（跑下，喊"四凤！"声音愈走愈远）
　　〔鲁贵忽然也戴上帽子跑出，大海一人立在圆桌前不动，他走到箱子那里，把手枪取出来，看一看。揣在怀里，快步走下。外面是暴风雨的声音，同鲁妈喊四凤的声音。

——幕急落

第四幕

景——周宅客厅内。半夜两点钟的光景。

〔开幕时,周朴园一人坐在沙发上,读文件;旁边燃着一个立灯,四周是黑暗的。
〔外面还隐隐滚着雷声,雨声淅沥可闻,窗前帷幕垂下来了,中间的门紧紧地掩了,由门上玻璃望出去,花园的景物都掩埋在黑暗里,除了偶尔天空闪过一片耀目的电光,蓝森森的看见树同电线杆,一瞬又是黑漆漆的。

周朴园　（放下文件,呵欠,疲倦地伸一伸腰）来人啦！（取眼镜,擦目,声略高）来人！（擦着眼镜,走到左边饭厅门口,又恢复平常的声调）这儿有人么？（外面闪电,停,走到右边柜前,按铃。无意中又望见侍萍的相片,拿起,戴上眼镜看）

〔仆人上。

仆　人　老爷！
周朴园　我叫了你半天。
仆　人　外面下雨,听不见。
周朴园　（指钟）钟怎么停了？
仆　人　（解释地）每次总是四凤上的,今天她走了,这件事就忘了。
周朴园　什么时候了？
仆　人　嗯,——大概有两点钟了。
周朴园　刚才我叫账房汇一笔钱到济南去,他们弄清楚了没有？
仆　人　您说寄给济南一个,一个姓鲁的,是么？
周朴园　嗯。
仆　人　预备好了。

〔外面闪电,朴园回头望花园。

周朴园　藤萝架那边的电线,太太叫人来修理了么？
仆　人　叫了,电灯匠说下着大雨不好修理,明天再来。

周朴园　那不危险么?

仆　人　可不是么?刚才大少爷的狗走过那儿,碰着那根电线,就给电死了。现在那儿已经用绳子圈起来,没有人走那儿。

周朴园　哦。——什么,现在几点了?

仆　人　两点多了。老爷要睡觉么?

周朴园　你请太太下来。

仆　人　太太睡觉了。

周朴园　(无意地)二少爷呢?

仆　人　早睡了。

周朴园　那么,你看看大少爷。

仆　人　大少爷吃完饭出去,还没有回来。

　　　　〔沉默半晌。

周朴园　(走回沙发前坐下,寂寞地)怎么这屋子一个人也没有?

仆　人　是,老爷,一个人也没有。

周朴园　今天早上没有一个客来。

仆　人　是,老爷。外面下着很大的雨,有家的都在家里待着。

周朴园　(呵欠,感到更深的空洞)家里的人也只有我一个人还在醒着。

仆　人　是,差不多都睡了。

周朴园　好,你去吧。

仆　人　您不要什么东西么?

周朴园　我不要什么。

　　　　〔仆人由中门下。朴园站起来,在厅中来回沉闷地踱着,又停在右边柜前,拿起侍萍的相片。开了中间的灯。
　　　　〔周冲由饭厅上。

周　冲　(没想到父亲在这儿)爸!

周朴园　(露喜色)你——你没有睡?

周　冲　嗯。

周朴园　找我么?

周　冲　不,我以为母亲在这儿。

周朴园　(失望)哦——你母亲在楼上。

周　冲　没有吧，我在她的门上敲了半天，她的门锁着。——是的，那也许。——爸，我走了。

周朴园　冲儿，（周冲立）不要走。

周　冲　爸，您有事？

周朴园　没有。（慈爱地）你现在怎么还不睡？

周　冲　（服从地）是，爸，我睡晚了，我就睡。

周朴园　你今天吃完饭把克大夫给的药吃了么？

周　冲　吃了。

周朴园　打了球没有？

周　冲　嗯。

周朴园　快活么？

周　冲　嗯。

周朴园　（立起，拉起他的手）为什么，你怕我么？

周　冲　是，爸爸。

周朴园　（干涩地）你像是有点不满意我，是么？

周　冲　（窘迫）我，我说不出来，爸。

　　　　〔半晌。

　　　　〔朴园走回沙发，坐下叹一口气。招周冲来，周冲走近。

周朴园　（寂寞地）今天——呃，爸爸有一点觉得自己老了。（停）你知道么？

周　冲　（冷淡地）不，不知道，爸。

周朴园　（忽然）你怕你爸爸有一天死了，没有人照拂你，你不怕么？

周　冲　（无表情地）嗯，怕。

周朴园　（想自己的儿子亲近他，可亲地）你今天早上说要拿你的学费帮一个人，你说说看，我也许答应你。

周　冲　（悔怨地）那是我糊涂，以后我不会这样说话了。

　　　　〔半晌。

周朴园　（恳求地）后天我们就搬新房子，你不喜欢么？

周　冲　嗯。

　　　　〔半晌。

周朴园　（责备地望着周冲）你对我说话很少。

周　冲　（无神地）嗯，我——我说不出，您平时总像不愿意见我们似的。（嗫嚅地）您今天有点奇怪，我——我——

周朴园　（不愿他向下说）嗯，你去吧！

周　冲　是，爸爸。

　　　　　〔周冲由饭厅下。

　　　　　〔朴园失望地看着他儿子下去，立起，拿起侍萍的照片，寂寞地呆望着四周。关上立灯，面向书房。

　　　　　〔蘩漪由中门上。不作声地走进来，雨衣上的水还在往下滴，发鬟有些湿。颜色是很惨白，整个面部像石膏的塑像。高而白的鼻梁，薄而红的嘴唇死死地刻在脸上，如刻在一个严峻的假面上，整个脸庞是无表情的，只有她的眼睛烧着心内的疯狂的火，然而也是冷酷的，爱和恨烧尽了女人一切的仪态，她像是厌弃了一切，只有计算着如何报复的心念在心中起伏。

　　　　　〔她看见朴园，他惊愕地望着她。

周蘩漪　（毫不奇怪地）还没有睡？（立在中门前，不动）

周朴园　你？（走近她，粗而低的声音）你上哪儿去了？（望着她，停）冲儿找你一晚上。

周蘩漪　（平常地）我出去走走。

周朴园　这样大的雨，你出去走？

周蘩漪　嗯，——（忽然报复地）我有神经病。

周朴园　我问你，你刚才在哪儿？

周蘩漪　（厌恶地）你不用管。

周朴园　（打量她）你的衣服都湿了，还不脱了它？

周蘩漪　（冷冷地，有意义地）我心里发热，我要在外面冰一冰。

周朴园　（不耐烦地）不要胡言乱语的，你刚才究竟上哪儿去了？

周蘩漪　（无神地望着他，清楚地）在你的家里！

周朴园　（烦恶地）在我的家里？

周蘩漪　（觉得报复的快感，微笑）嗯，在花园里赏雨。

周朴园　一夜晚？

周繁漪　（快意地）嗯，淋了一夜晚。
　　　　〔半晌，朴园惊疑地望着她，繁漪像一座石像地仍站在门前。
周朴园　繁漪，我看你上楼去歇一歇吧。
周繁漪　（冷冷地）不，不，（忽然）你拿的什么？（轻蔑地）哼，又是那个女人的相片！（伸手拿）
周朴园　你可以不看，萍儿母亲的。
周繁漪　（抢过去了，前走了两步，就向灯下看）萍儿的母亲很好看。
　　　　〔朴园没有理她，在沙发上坐下。
周繁漪　我问你，是不是？
周朴园　嗯。
周繁漪　样子很温存的。
周朴园　（眼睛望着前面）
周繁漪　她很聪明。
周朴园　（冥想）嗯。
周繁漪　（高兴地）真年轻。
周朴园　（不自觉地）不，老了。
周繁漪　（想起）她不是早死了么？
周朴园　嗯，对了，她早死了。
周繁漪　（放下相片）奇怪，我像是在哪儿见过似的。
周朴园　（抬起头，疑惑地）不，不会吧。——你在哪儿见过她吗？
周繁漪　（忽然）她的名字很雅致，侍萍，侍萍，就是有点丫头气。
周朴园　好，我看你睡去吧。（立起，把相片拿起来）
周繁漪　拿这个做什么？
周朴园　后天搬家，我怕掉了。
周繁漪　不，不，（从他手中取过来）放在这儿一晚上，（怪样地笑）不会掉的，我替你守着她。（放在桌上）
周朴园　不要装疯！你现在有点胡闹！
周繁漪　我是疯了。请你不用管我。
周朴园　（愠怒）好，你上楼去吧，我要一个人在这儿歇一歇。
周繁漪　不，我要一个人在这儿歇一歇，我要你给我出去。

118

周朴园　（严肃地）蘩漪，你走，我叫你上楼去！

周蘩漪　（轻蔑地）不，我不愿意。我告诉你，（暴躁地）我不愿意。

〔半晌。

周朴园　（低声）你要注意这儿（指头），记着克大夫的话，他要你静静地，少说话。明天克大夫还来，我已经替你请好了。

周蘩漪　谢谢你！（望着前面）明天？哼！

〔周萍低头由饭厅走出，神色忧郁，走向书房。

周朴园　萍儿。

周　萍　（抬头，惊讶）爸！您还没有睡。

周朴园　（责备地）怎么，现在才回来？

周　萍　不，爸，我早回来，我出去买东西去了。

周朴园　你现在做什么？

周　萍　我到书房，看看爸写的介绍信在那儿没有。

周朴园　你不是明天早车走么？

周　萍　我忽然想起今天夜晚两点半有一趟车，我预备现在就走。

周蘩漪　（忽然）现在？

周　萍　嗯。

周蘩漪　（有意义地）心里就这样急么？

周　萍　是，母亲。

周朴园　（慈爱地）外面下着大雨，半夜走不大方便吧？

周　萍　这时走，明天日初到，找人方便些。

周朴园　信就在书房书桌上，你要现在走也好。

〔周萍点头，走向书房。

周朴园　你不用去！（向蘩漪）你到书房把信替他拿来。

周蘩漪　（看朴园，不信任地）嗯！

〔蘩漪进书房。

周朴园　（望蘩漪出，谨慎地）她不愿上楼，回头你先陪她到楼上去，叫底下人好好地伺候她睡觉。

周　萍　（无法地）是，爸爸。

周朴园　（更小心）你过来！（周萍走近，低声）告诉底下人，叫他们小心点，（烦

119

恶地）我看她的病更重，刚才她忽然一个人出去了。

周　萍　出去了？

周朴园　嗯。（严重地）在外面淋了一夜晚的雨，说话也非常奇怪，我怕这不是好现象。——（觉得恶兆来了似的）我老了，我愿意家里平平安安地……

周　萍　（不安地）我想爸爸只要把事不看得太严重了，事情就会过去的。

周朴园　（畏缩地）不，不，有些事简直是想不到的。天意很——有点古怪，今天一天叫我忽然悟到为人太——太冒险，太——太荒唐，（疲倦地）我累得很。（如释重负）今天大概是过去了。（自慰地）我想以后——不该，再有什么风波。（不寒而栗地）不，不该！

〔繁漪持信上。

周繁漪　（嫌恶地）信在这儿！

周朴园　（如梦初醒，向周萍）好，你走吧，我也想睡了。（振起喜色）嗯！后天我们一定搬新房子，（向繁漪）你好好地休息两天。

周繁漪　（盼望他走）嗯，好。

〔朴园由书房下。

周繁漪　（见朴园走出，阴沉地）这么说你是一定要走了。

周　萍　（声略带愤）嗯。

周繁漪　（忽然急躁地）刚才你父亲对你说什么？

周　萍　（闪避地）他说要我陪你上楼去，请你睡觉。

周繁漪　（冷笑）他应当叫几个人把我拉上去，关起来。

周　萍　（故意装做不明白）你这是什么意思？

周繁漪　（迸发）你不用瞒我。我知道，我知道，（辛酸地）他说我是神经病，疯子，我知道他，要你这样看我，他要什么人都这样看我。

周　萍　（心悸）不，你不要这样想。

周繁漪　（奇怪的神色）你？你也骗我？（低声，阴郁地）我从你们的眼神看出来，你们父子都愿我快成疯子！（刻毒地）你们——父亲同儿子——偷偷在我背后说冷话，说我，笑我，在我背后计算着我。

周　萍　（镇静自己）你不要神经过敏，我送你上楼去。

120

周繁漪　（突然地，高声）我不要你送，走开！（抑制着，恨恶地，低声）我还用不着你父亲偷偷地，背着我，叫你小心，送一个疯子上楼。

周　萍　（抑制着自己的烦嫌）那么，你把信给我，让我自己走吧。

周繁漪　（不明白地）你上哪儿？

周　萍　（不得已地）我要走，我要收拾收拾我的东西。

周繁漪　（忽然冷静地）我问你，你今天晚上上哪儿去了？

周　萍　（敌对地）你不用问，你自己知道。

周繁漪　（低声，恐吓地）到底你还是到她那儿去了。

〔半晌，繁漪望周萍，周萍低头。

周　萍　（断然，阴沉地）嗯，我去了，我去了，（挑战地）你要怎么样？

周繁漪　（软下来）不怎么样。（强笑）今天下午的话我说错了，你不要怪我。我只问你走了以后，你预备把她怎么样？

周　萍　以后？——（贸然地）我娶她！

周繁漪　（突如其来地）娶她？

周　萍　（决定地）嗯。

周繁漪　（刺心地）父亲呢？

周　萍　（淡然）以后再说。

周繁漪　（神秘地）萍，我现在给你一个机会。

周　萍　（不明白）什么？

周繁漪　（劝诱地）如果今天你不走，你父亲那儿我可以替你想法子。

周　萍　不必，这件事我认为光明正大，我可以跟任何人谈。——她——她不过就是穷点。

周繁漪　（愤然）你现在说话很像你的弟弟。——（忧郁地）萍！

周　萍　干什么？

周繁漪　（阴郁地）你知道你走了以后，我会怎么样？

周　萍　不知道。

周繁漪　（恐惧地）你看看你的父亲，你难道想象不出？

周　萍　我不明白你的话。

周繁漪　（指自己的头）就在这儿，你不知道么？

周　萍　（似懂非懂地）怎么讲？

周繁漪　（好像在叙述别人的事情）第一，那位专家，克大夫免不了会天天来的，要我吃药，逼我吃药。吃药，吃药，吃药！渐渐伺候着我的人一定多，守着我，像看个怪物似的守着我。他们——

周　萍　（烦）我劝你，不要这样胡想，好不好？

周繁漪　（不顾地）他们渐渐学会了你父亲的话，"小心，小心点，她有点疯病！"到处都偷偷地在我背后低着声音说话，叽咕着。慢慢地无论谁都要小心点，不敢见我，最后铁链子锁着我，那我真就成了疯子了。

周　萍　（无办法）唉！（看表）不早了，给我信吧，我还要收拾东西呢。

周繁漪　（恳求地）萍，这不是不可能的。（乞怜地）萍，你想一想，你就一点——就一点无动于衷么？

周　萍　你——（故意恶狠地）你自己要走这一条路，我有什么办法？

周繁漪　（愤怒地）什么，你忘记你自己的母亲也是被你父亲气死的么？

周　萍　（一了百了，更狠毒地激怒地）我母亲不像你，她懂得爱！她爱她自己的儿子，她没有对不起我父亲。

周繁漪　（爆发，眼睛射出疯狂的火）你有权利说这种话么？你忘了就在这屋子，三年前的你么？你忘了你自己才是个罪人；你忘了，我们——（突停，压制自己，冷笑）哦，这是过去的事，我不提了。

　　　　〔周萍低头，身发颤，坐沙发上，悔恨抓着他的心，面上筋肉成不自然的拘挛。

周繁漪　（她转向他，哭声，失望地说着）哦，萍，好了。这一次我求你，最后一次求你。我从来不肯对人这样低声下气说话，现在我求你可怜可怜我，这家我再也忍受不住了。（哀婉地诉出）今天这一天我受的罪过你都看见了，这样子以后不是一天，是整月，整年地，以至到我死，才算完。他厌恶我，你的父亲；他知道我明白他的底细，他怕我。他愿意人人看我是怪物，是疯子，萍！——

周　萍　（心乱）你，你别说了。

周繁漪　（急迫地）萍，我没有亲戚，没有朋友，没有一个可信的人，我现在求你，你先不要走——

周　萍　（躲闪地）不，不成。
周蘩漪　（恳求地）即使你要走，你带我也离开这儿——
周　萍　（恐惧地）什么？你简直胡说！
周蘩漪　（恳求地）不，不，你带我走，——带我离开这儿，（不顾一切地）日后，甚至于你要把四凤接来——一块儿住，我都可以，只要，（热烈地）只要你不离开我。
周　萍　（惊惧地望着她，退后，半响，颤声）我——我怕你真疯了！
周蘩漪　（安慰地）不，你不要这样说话。只有我明白你，我知道你的弱点，你也知道我的。你什么我都清楚。（诱惑地笑，向周萍奇怪地招着手，更诱惑地笑）你过来，你——你怕什么？
周　萍　（望着她，忍不住地狂喊出来）哦，我不要你这样笑！（更重）不要你这样对我笑！（苦恼地打着自己的头）哦，我恨我自己，我恨，我恨我为什么要活着。
周蘩漪　（酸楚地）我这样累你么？然而你知道我活不到几年了。
周　萍　（痛苦地）你难道不知道这种关系谁听着都厌恶么？你明白我每天喝酒胡闹就因为自己恨——恨我自己么？
周蘩漪　（冷冷地）我跟你说过多少遍，我不这样看，我的良心不是这样做的。（郑重地）萍，今天我做错了，如果你现在听我的话，不离开家，我可以再叫四凤回来。
周　萍　什么？
周蘩漪　（清清楚楚地）叫她回来还来得及。
周　萍　（走到她面前，声沉重，慢说）你给我滚开！
周蘩漪　（顿，又缓缓地）什么？
周　萍　你现在不像明白人，你上楼睡觉去吧。
周蘩漪　（明白自己的命运）那么，完了。
周　萍　（疲倦地）嗯，你去吧。
周蘩漪　（绝望，沉郁地）刚才我在鲁家看见你同四凤。
周　萍　（惊）什么，你刚才是到鲁家去了？
周蘩漪　（坐下）嗯，我在他们家附近站了半天。
周　萍　（悔惧）什么时候你在那里？

周蘩漪　（低头）我看着你从窗户进去。

周　萍　（急切）你呢？

周蘩漪　（无神地望着前面）就走到窗户前面站着。

周　萍　那么有一个女人叹气的声音是你么？

周蘩漪　嗯。

周　萍　后来，你又在那里站多半天？

周蘩漪　（慢而清朗地）大概是直等到你走。

周　萍　哦！（走到她身旁，低声）那窗户是你关上的，是么？

周蘩漪　（更低的声音，阴沉地）嗯，我。

周　萍　（恨极，恶毒地）你是我想不到的一个怪物！

周蘩漪　（抬起头）什么？

周　萍　（暴烈地）你真是一个疯子！

周蘩漪　（无表情地望着他）你要怎么样？

周　萍　（狠恶地）我要你死！再见吧！

　　　　〔周萍由饭厅急走下，门猝然地关上。

周蘩漪　（呆滞地坐一下，望着饭厅的门。瞥见侍萍的相片，拿在手上，低声，阴郁地）这是你的孩子！（缓缓扯下硬卡片贴的相纸，一片一片地撕碎。沉静地立起来，走了两步）奇怪，心里静得很！

　　　　〔中门轻轻推开，蘩漪回头，鲁贵缓缓地走进来。他的狡黠的眼睛，望着她笑着。

鲁　贵　（鞠躬，身略弯）太太，您好。

周蘩漪　（略惊）你来做什么？

鲁　贵　（假笑）给您请安来了。我在门口等了半天。

周蘩漪　（镇静）哦，你刚才在门口？

鲁　贵　（低声）对了。（更秘密地）我看见大少爷正跟您打架，我——（假笑）我就没敢进来。

周蘩漪　（沉静地，不为所迫）你原来要做什么？

鲁　贵　（有把握地）原来我倒是想报告给太太，说大少爷今天晚上喝醉了，跑到我们家里去。现在太太既然是也去了，那我就不必多说了。

周繁漪　（嫌恶地）你现在想怎么样？

鲁　贵　（倨傲地）我想见见老爷。

周繁漪　老爷睡觉了，你要见他什么事？

鲁　贵　没有什么，要是太太愿意办，不找老爷也可以。——（着重，有意义地）都看太太要怎么样。

周繁漪　（半响，忍下来）你说吧，我也许可以帮你的忙。

鲁　贵　（重复一遍，狡黠地）要是太太愿意做主，不叫我见老爷，多麻烦，（假笑）那就大家都省事了。

周繁漪　（仍不露声色）什么，你说吧。

鲁　贵　（谄媚地）太太做了主，那就是您积德了。——我们只是求太太还赏饭吃。

周繁漪　（不高兴地）你，你以为我——（转缓和）好，那也没有什么。

鲁　贵　（得意地）谢谢太太。（伶俐地）那么就请太太赏个准日子吧。

周繁漪　（爽快地）你们在搬了新房子后一天来吧。

鲁　贵　（行礼）谢谢太太恩典！（忽然）我忘了，太太，您没见着二少爷么？

周繁漪　没有。

鲁　贵　您刚才不是叫二少爷赏给我们一百块钱么？

周繁漪　（烦厌地）嗯？

鲁　贵　（婉转地）可是，可是都叫我们少爷回了。

周繁漪　你们少爷？

鲁　贵　（解释地）就是大海——我那个狗食的儿子。

周繁漪　怎么样？

鲁　贵　（很文雅地）我们的侍萍，实在还不知道呢。

周繁漪　（惊，低声）侍萍？（沉下脸）谁是侍萍？

鲁　贵　（以为自己被轻视了，侮慢地）侍萍就是侍萍，我的家里的——，就是鲁妈。

周繁漪　你说鲁妈，她叫侍萍？

鲁　贵　（自夸地）她也念过书。名字是很雅气的。

周繁漪　"侍萍"，那两个字怎么写，你知道么？

125

鲁　贵　我，我，(为难，勉强笑出来)我记不得了。反正那个萍字跟大少爷名字的萍我记得是一样的。

周蘩漪　哦！(忽然把地上撕破的相片碎片拿起来对上，给他看)你看看，这个人你认识不认识？

鲁　贵　(看了一会，抬起头)不认识，太太。

周蘩漪　(急切地)你认识的人没有一个像她的么？(略停)你想想看，往近处想。

鲁　贵　(摇头)没有一个，太太，没有一个。(突然疑惧地)太太，您怎么？

周蘩漪　(回思，自己疑惑)多半我是胡思乱想。(坐下)

鲁　贵　(贪婪地)啊，太太，您刚才不是赏我们一百块么？可是我们大海又把钱回了，您想，——

〔中门渐渐推开。

鲁　贵　(回头)谁？

〔大海由中门进，衣服俱湿，脸色阴沉，眼不安地向四面望，疲倦、憎恨在他举动里显明地露出来。蘩漪惊讶地望着他。

鲁大海　(向鲁贵)你在这儿！

鲁　贵　(讨厌他的儿子)嗯，你怎么进来的？

鲁大海　(冰冷地)铁门关着，叫不开，我爬墙进来的。

鲁　贵　你现在来这儿干什么？你为什么不看看你妈，找四凤怎么样了？

鲁大海　(用一块湿手巾擦着脸上的雨水)四凤没找着，妈在门外等着呢。(沉重地)你看见四凤了么？

鲁　贵　(轻蔑)没有，我没有看见。(觉得大海小题大做，烦恶地皱着眉毛)不要管她，她一会儿就会回家。(走近大海)你跟我回去。周家的事情也妥了，都完了，走吧！

鲁大海　我不走。

鲁　贵　你要干什么？

鲁大海　你也别走，——你先给我把这儿大少爷叫出来，我找不着他。

鲁　贵　(疑惧地，摸着自己的下巴)你要怎么样？我刚弄好，你是又要惹祸？

鲁大海　（冷静地）没有什么，我只想跟他谈谈。

鲁　贵　（不信地）我看你不对，你大概又要——

鲁大海　（暴躁地，抓着鲁贵的领口）你找不找？

鲁　贵　（怯弱地）我找，我找，你先放下我。

鲁大海　好，（放开他）你去吧。

鲁　贵　大海，你，你得答应我，你可是就跟大少爷说两句话，你不会——

鲁大海　嗯，我告诉你，我不是打架来的。

鲁　贵　真的？

鲁大海　（可怕地走到鲁贵的面前，低声）你去不去？

鲁　贵　我，我，大海，你，你——

周蘩漪　（镇静地）鲁贵，你去叫他出来，我在这儿，不要紧的。

鲁　贵　也好，（向大海）可是我请完大少爷，我就从那门走了，我，（笑）我有点事。

鲁大海　（命令地）你叫他们把门开开，让妈进来，领她在房里避一避雨。

鲁　贵　好，好，（向饭厅下）完了，我可有事。我就走了。

鲁大海　站住！（走前一步，低声）你进去，要是不找他出来就一人跑了，你可小心我回头在家里，——哼！

鲁　贵　（生气）你，你，你——（低声，自语）这个小王八蛋！（没法子，走进饭厅下）

周蘩漪　（立起）你是谁？

鲁大海　（粗鲁地）四凤的哥哥。

周蘩漪　（柔声）你是到这儿来找她么？你要见我们大少爷么？

鲁大海　嗯。

周蘩漪　（眼色阴沉地）我怕他会不见你。

鲁大海　（冷静地）那倒许。

周蘩漪　（缓缓地）听说他现在就要上车。

鲁大海　（回头）什么！

周蘩漪　（阴沉的暗示）他现在就要走。

鲁大海　（愤怒地）他要跑了，他——

127

周蘩漪　嗯，他——
　　　　〔周萍由饭厅上，脸上有些慌，他看见大海，勉强地点一点头，声音略有点颤，他极力在镇静自己。
周　萍　（向大海）哦！
鲁大海　好。你还在这儿，（回头）你叫这位太太走开，我有话要跟你一个人说。
周　萍　（望着蘩漪，她不动，再走到她面前）请您上楼去吧。
周蘩漪　好！（昂首由饭厅下）
　　　　〔半晌。二人都紧紧地握着拳，大海愤愤地望着他，二人不动。
周　萍　（耐不住，声略颤）没想到你现在到这儿来。
鲁大海　（阴沉沉）听说你要走。
周　萍　（惊，略镇静，强笑）不过现在也赶得上，你来得还是时候，你预备怎么样？我已经准备好了。
鲁大海　（狠恶地笑一笑）你准备好了？
周　萍　（沉郁地望着他）嗯。
鲁大海　（走到他面前）你！（用力地击着周萍的脸，方才的创伤又破，血向下流）
周　萍　（握着拳抑制自己）你，你，——（忍下去，由袋内抽出白绸手绢擦脸上的血）
鲁大海　（切齿地）哼？现在你要跑了！
　　　　〔半晌。
周　萍　（压下自己的怒气，辩白地，故意用低沉的声音）我早有这个计划。
鲁大海　（恶狠地笑）早有这个计划？
周　萍　（平静下来）我以为我们中间误会太多。
鲁大海　误会？（看自己手上的血，擦在身上）我对你没有误会，我知道你是没有血性，只顾自己的一个十足的混蛋。
周　萍　（柔和地）我们两次见面，都是我性子最坏的时候，叫你得着一个最坏的印象。
鲁大海　（轻蔑地）不用推脱，你是个少爷，你心地混账，你们都是吃饭太容易，有劲儿不知道怎样使，就拿着穷人家的女儿开开心，完了事可以不负一点儿责任。
周　萍　（看出大海的神气，失望地）现在我想辩白是没有用的。我知道你是有目的而来的。(平静地)你把你的枪或者刀拿出来吧。我愿意任你收拾我。

鲁大海　(侮蔑地)你会这样大方,——在你家里,你很聪明!哼,可是你不值得我这样,我现在还不愿意拿我这条有用的命换你这半死的东西。

周　萍　(直视大海,有勇气地)我想你以为我现在是怕你。你错了,与其说我怕你,不如说我怕我自己;我现在做错了一件事,我不愿做错第二件事。

鲁大海　(嘲笑地)我看像你这种人,活着就错了。刚才要不是我的母亲,我当时就宰了你!(恐吓地)现在你的命还在我的手心里。

周　萍　我死了,那是我的福气。(辛酸地)你以为我怕死,我不,我不,我恨活着,我欢迎你来。我够了,我是活厌了的人。

鲁大海　(厌恨地)哦,你——活厌了,可是你还拉着我年轻的糊涂妹妹陪着你,陪着你。

周　萍　(无法,强笑)你说我自私么?你以为我是真没有心肝,跟她开开心就完了么?你问问你的妹妹,她知道我是真爱她。她现在就是我能活着的一点生机。

鲁大海　你倒说得很好!(突然)那你为什么——为什么不娶她?

周　萍　(略顿)那就是我最恨的事情。我的环境太坏。你想想我这样的家庭怎么允许有这样的事。

鲁大海　(辛辣地)哦,所以你就可以一面表示你是真心爱她,跟她做出什么不要脸的事都可以,一面你还得想着你的家庭,你的董事长爸爸。他们叫你随便就丢掉她,再娶一个门当户对的阔小姐来配你,对不对?

周　萍　(忍耐不下)我要你问问四凤,她知道我这次出去,是离开了家庭,设法脱离了父亲,有机会好跟她结婚的。

鲁大海　(嘲弄)你推得很好。那么像你深更半夜的,刚才跑到我家里,你怎样推脱呢?

周　萍　(迸发,激烈地)我所说的话不是推脱,我也用不着跟你推托,我现在看你是四凤的哥哥,我才这样说。我爱四凤,她也爱我,

129

我们都年轻，我们都是人，两个人天天在一起，结果免不了有点荒唐。然而我相信我以后会对得起她，我会娶她做我的太太，我没有一点亏心的地方。

鲁大海　这么，你反而很有理了。可是，董事长大少爷，谁相信你会爱上一个工人的妹妹，一个当老妈子的穷女儿？

周　萍　（略顿，嗫嚅）那，那——那我也可以告诉你。有一个女人逼着我，激成我这样的。

鲁大海　（紧张地，低声）什么，还有一个女人？

周　萍　嗯，就是你刚才见过的那位太太。

鲁大海　她？

周　萍　（苦恼地）她是我的后母！——哦，我压在心里多少年，我当谁也不敢说——她念过书，她受了很好的教育，她，她，——她看见我就跟我发生感情，她要我——（突停）那自然我也要负一部分责任。

鲁大海　四凤知道么？

周　萍　她知道，我知道她知道。（含着苦痛的眼泪，苦闷地）那时我太糊涂，以后我越过越怕，越恨，越厌恶。我恨这种不自然的关系，你懂么？我要离开她，然而她不放松我。她拉着我，不放我。她是个鬼，她什么都不顾忌。我真活厌了，你明白么？我喝酒，胡闹，我只要离开她，我死都愿意。她叫我恨一切受过好教育，外面都装得很正经的女人。过后我见着四凤，四凤叫我明白，叫我又活了一年。

鲁大海　（不觉吐出一口气）哦。

周　萍　这些话多少年我对谁也说不出的，然而——（缓慢地）奇怪，我忽然跟你说了。

鲁大海　（阴沉地）那大概是你父亲的报应。

周　萍　（没想到，厌恶地）你，你胡说！（觉得方才太冲动，对一个这么不相识的人说出心中的话。半响，镇静下，自己想方才脱口说出的原因，忽然，慢慢地）我告诉你，因为我认你是四凤的哥哥，我要你相信我的诚心，我没有一点骗她。

鲁大海　（略露善意）那么你真预备要四凤么？你知道四凤是个傻孩子，她不会再嫁第二个人。

周　萍　（诚恳地）嗯，我今天走了，过一二个月，我就来接她。

鲁大海　可是董事长少爷，这样的话叫人相信么？

周　萍　（由衣袋取出一封信）你可以看这封信，这是我刚才写给她的，就说的这件事。

鲁大海　（故意闪避地）用不着给我看，我——没有工夫！

周　萍　（半晌，抬头）那我现在再没有什么旁的保证，你口袋里那件杀人的家伙是我的担保。你再不相信我，我现在人还是在你手里。

鲁大海　（辛酸地）周大少爷，你想想这样我就完了么？（恶狠地）你觉得我真愿意我的妹妹嫁给你这种东西么？（忽然拿出自己的手枪来）

周　萍　（惊慌）你要怎么样？

鲁大海　（恨恶地）我要杀了你。你父亲虽坏，看着还顺眼。你真是世界上最用不着，最没有劲的东西。

周　萍　哦。好，你来吧！（骇惧地闭上目）

鲁大海　可是——（叹一口气，递手枪与周萍）你还是拿去吧。这是你们矿上的东西。

周　萍　（莫明其妙地）怎么？（接下枪）

鲁大海　（苦闷地）没有什么。老太太们最糊涂。我知道我的妈。我妹妹是她的命，只要你能够多叫四凤好好地活着，我只好不提什么了。

　　　　〔萍还想说话，大海挥手，叫他不必再说，周萍沉郁地到桌前把枪放好。

鲁大海　（命令地）那么请你把我的妹妹叫出来吧。

周　萍　（奇怪）什么？

鲁大海　四凤啊——她自然在你这儿。

周　萍　没有，没有。我以为她在你们家里呢。

鲁大海　（疑惑地）那奇怪，我同我妈在雨里找了她两个钟头，不见她。我想自然在这儿。

周　萍　（担心）她在雨里走了两个钟头，她——她没有到旁的地方去

131

么?

鲁大海　（肯定地）半夜里她会到哪儿去?

周　萍　（突然恐惧）啊，她不会——（坐下呆望）

鲁大海　（明白）你以为——不，她不会，（轻蔑地）不，我想她没有这个胆量。

周　萍　（颤抖地）不，她会的。你不知道她。她爱脸，她性子强，她——不过她应当先见我，她（仿佛已经看见她溺在河里）不该这样冒失。

〔半晌。

鲁大海　（忽然）哼，你装得好，你想骗过我，你?——她在你这儿！她在你这儿！

〔外面远处口哨声。

周　萍　（以手止之）不，你不要嚷。（哨声近，喜色）她，她来了！我听见她！

鲁大海　什么?

周　萍　这是她的声音，我们每次见面，是这样的。

鲁大海　她在哪儿?

鲁大海　大概就在花园里?

〔周萍开窗吹哨，应声更近。

周　萍　（回头，眼含着眼泪，笑）她来了！

〔中门敲门声。

周　萍　（向大海）你先暂时在旁边屋子躲一躲，她没想到你在这儿。我想她再受不得惊了。

〔忙引大海至饭厅门，大海下。

〔外面的声音：（低）萍！

周　萍　（忙跑至中门）凤儿！（开门）进来！

〔四凤由中门进，头发散乱，衣服湿透，眼泪同雨水流在脸上，眼角粘着淋滴的鬓发，衣裳贴着皮肤，雨后的寒冷逼着她发抖，她的牙齿上下地震战着。她见周萍如同失路的孩子再见着母亲，呆呆地望着他。

鲁四凤　萍！

周　萍　（感动地）凤。

鲁四凤　（胆怯地）没有人吧。

周　萍　（难过，怜悯地）没有。（拉着她的手）

鲁四凤　（放开胆）哦！萍！（抱着周萍抽咽）

周　萍　（如许久未见她）你怎么，你怎么会这样？你怎么会找着我？（止不住地）你怎么进来的？

鲁四凤　我从小门偷进来的。

周　萍　凤，你的手冰凉，你先换一换衣服。

鲁四凤　不，萍，（抽咽）让我先看看你。

周　萍　（引她到沙发，坐在自己一旁，热烈地）你，你上哪儿去了，凤？

鲁四凤　（看看他，含着眼泪微笑）萍，你还在这儿，我好像隔了多年一样。

周　萍　（顺手拿起沙发上的一床紫线毯给她围上）我可怜的凤儿，你怎么这样傻，你上哪儿去了？我的傻孩子！

鲁四凤　（擦着眼泪，拉着周萍的手，周萍蹲在旁边）我一个人在雨里跑，不知道自己在哪儿。天上打着雷，前面我只看见模模糊糊的一片；我什么都忘了，我像是听见妈在喊我，可是我怕，我拼命地跑，我想找着我们门口那一条河跳。

周　萍　（紧握着四凤的手）凤！

鲁四凤　——可是不知怎么绕来绕去我总找不着。

周　萍　哦，凤，我对不起你，原谅我，是我叫你这样，你原谅我，你不要怨我。

鲁四凤　萍，我怎么也不会怨你的。我糊糊涂涂又碰到这儿，走到花园那电线杆底下，我忽然想死了。我知道一碰那根电线，我就可以什么都忘了。我爱我的母亲，我怕我刚才对她起的誓，我怕她说我这么一声坏女儿，我情愿不活着。可是，我刚要碰那根电线，我忽然看见你窗户的灯，我想到你在屋子里。哦，萍，我突然觉得，我不能这样就死，我不能一个人死，我丢不了你。我想起来，世界大得很，我们可以走，我们只要一块儿离开这儿。萍啊，你——

周　萍　（沉重地）我们一块儿离开这儿？

鲁四凤　（急切地）就是这一条路，萍，我现在已经没有家,（辛酸地）哥哥恨死我，母亲我是没有脸见的。我现在什么都没有，我没有亲戚，没有朋友，我只有你，萍,（哀告地）你明天带我去吧。

〔半晌。

周　萍　（沉重地摇着头）不，不——

鲁四凤　（失望地）萍。

周　萍　（望着她，沉重地）不，不——我们现在就走。

鲁四凤　（不相信地）现在就走？

周　萍　（怜惜地）嗯，我原来打算一个人现在走，以后再来接你，不过现在不必了。

鲁四凤　（不信地）真的，一块儿走么？

周　萍　嗯，真的。

鲁四凤　（狂喜地，扔下线毯，立起，亲周萍的一手，一面擦着眼泪）真的，真的，真的，萍，你是我的救星，你是天底下顶好的人，你是我——哦，我爱你！（在他身下流泪）

周　萍　（感动地，用手绢擦着眼泪）凤，以后我们永远在一块儿了，不分开了。

鲁四凤　（自慰地，在周萍的怀里）嗯，我们离开这儿了，不分开了。

周　萍　（约束自己）好，凤，走以前我们先见见一个人。见完他我们就走。

鲁四凤　一个人？

周　萍　你哥哥。

鲁四凤　哥哥？

周　萍　他找你，他就在饭厅里头。

鲁四凤　（恐惧地）不，不，你不要见他，他恨你，他会害你的。走吧，我们就走吧。

周　萍　（安慰地）我已经见过他。——我们现在一定要见他一面,（不可挽回地）不然我们也走不了的。

鲁四凤　（胆怯）可是，萍，你——

〔周萍走到饭厅门口，开门。

周　　萍　（叫）鲁大海！鲁大海！——咦，他不在这儿，奇怪，也许他从饭厅的门出去了。（望着四凤）

鲁四凤　（走到周萍面前，哀告地）萍。不要管他，我们走吧。（拉他向中门走）我们就这样走吧。

〔四凤拉周萍至中门，中门开，鲁妈与大海进。

〔两点钟内鲁妈的样子另变了一个人。声音因为在雨里叫喊哭号已经喑哑，眼皮失望地向下垂，前额的皱纹很深地刻在上面，过度的刺激使着她变成了呆滞，整个激成刻板的痛苦的模型。她的衣服像是已烘干了一部分，头发还有些湿，鬓角凌乱地贴着湿的头发。她的手在颤，很小心地走进来。

鲁四凤　（惊惧）妈！（畏缩）

〔略顿，鲁妈哀怜地望着四凤。

鲁侍萍　（伸出手向四凤，哀痛地）凤儿，来！

〔四凤跑至母亲面前，跪下。

鲁四凤　妈！（抱着母亲的膝）

鲁侍萍　（抚摸四凤的头顶，痛惜地）孩子，我的可怜的孩子。

鲁四凤　（泣不成声地）妈，饶了我吧，饶了我吧，我忘了您的话了。

鲁侍萍　（扶起四凤）你为什么早不告诉我？

鲁四凤　（低头）我疼您，妈，我怕，我不愿意有一点叫您不喜欢我，看不起我，我不敢告诉您。

鲁侍萍　（沉痛地）这还是你的妈太糊涂了，我早该想到的。（酸苦地）然而天，这谁又料得到，天底下会有这种事，偏偏又叫我的孩子们遇着呢？哦，你们妈的命太苦，我们的命也太苦了。

鲁大海　（冷淡地）妈，我们走吧，四凤先跟我们回去。——我已经跟他（指周萍）商量好了，他先走，以后他再接四凤。

鲁侍萍　（迷惑地）谁说的？谁说的？

鲁大海　（冷冷地望着鲁妈）妈，我知道您的意思，自然只有这么办。所以，周家的事我以后也不提了，让他们去吧。

鲁侍萍　（迷惑，坐下）什么？让他们去？

周　　萍　（嗫嚅）鲁奶奶，请您相信我，我一定好好地待她，我们现在决

135

定就走。

鲁侍萍　（拉着四凤的手，颤抖地）凤，你，你要跟他走？
鲁四凤　（低头，不得已紧握着鲁妈的手）妈，我只好先离开您了。
鲁侍萍　（忍不住）你们不能够在一块儿！
鲁大海　（奇怪地）妈，您怎么？
鲁侍萍　（站起）不，不成！
鲁四凤　（着急）妈！
鲁侍萍　（不顾她，拉着她的手）我们走吧。（向大海）你出去叫一辆洋车，四凤大概走不动了。我们走，赶快走。
鲁四凤　（死命地退缩）妈，您不能这样做。
鲁侍萍　不，不成！（呆滞地，单调地）走，走。
鲁四凤　（哀求）妈，您愿您的女儿急得要死在您的眼前么？
周　萍　（走向鲁妈前）鲁奶奶，我知道我对不起您。不过我能尽我的力量补我的错，现在事情已经做到这一步，您——
鲁大海　妈，（不懂地）您这一次，我可不明白了！
鲁侍萍　（不得已，严厉地）你先去雇车去！（向四凤）凤儿，你听着，我情愿你没有，我不能叫你跟他在一块儿。——走吧！

　　　　〔大海刚至门口，四凤喊一声。

鲁四凤　（喊）啊，妈，妈！（晕倒在母亲怀里）
鲁侍萍　（抱着四凤）我的孩子，你——
周　萍　（急）她晕过去了。

　　　　〔鲁妈接着她的前额，低声唤"四凤"忍不住地泣下。
　　　　〔周萍向饭厅跑。

鲁大海　不用去——不要紧，一点凉水就好。她小时就这样。

　　　　〔周萍拿凉水洒在地面上，四凤渐醒，面呈死白色。

鲁侍萍　（拿凉水灌四凤）凤儿，好孩子。你回来，你回来。——我的苦命的孩子。
鲁四凤　（口渐张眼睛开，喘出一口气）啊，妈！
鲁侍萍　（安慰地）孩子，你不要怪妈心狠，妈的苦说不出。
鲁四凤　（叹出一口气）妈！

鲁侍萍　什么？凤儿。
鲁四凤　我，我不能不告诉你，萍！
周　萍　凤，你好点了没有？
鲁四凤　萍，我，总是瞒着你；也不肯告诉您（乞怜地望着鲁妈）妈，您——
鲁侍萍　什么，孩子，快说。
鲁四凤　（抽咽）我，我——（放胆）我跟他现在已经有……（大哭）
鲁侍萍　（切迫地）怎样，你说你有——（过受打击，不动）
周　萍　（拉起四凤的手）四凤！怎么，真的，你——
鲁四凤　（哭）嗯。
周　萍　（悲喜交集）什么时候？什么时候？
鲁四凤　（低头）大概已经三个月。
周　萍　（快慰地）哦，四凤，你为什么不告诉我，我，我的——
鲁侍萍　（低声）天哪。
周　萍　（走向鲁）鲁奶奶，您无论如何不要再固执哪，都是我错了：我求您！（跪下）我求您放了她吧。我敢保我以后对得起她，对得起您。
鲁四凤　（立起，走到鲁妈面前跪下）妈，您可怜可怜我们，答应我们，让我们走吧。
鲁侍萍　（不作声，坐着，发痴）我是在做梦。我的儿女，我自己生的儿女，三十年工夫——哦，天哪，（掩面哭，挥手）你们走吧，我不认得你们。（转过头去）
周　萍　谢谢您！（立起）我们走吧。凤！（四凤起）
鲁侍萍　（回头，不自主地）不，不能够！
　　　　〔四凤又跪下。
鲁四凤　（哀求）妈，您，您是怎么？我的心定了。不管他是富，是穷，不管他是谁，我是他的了。我心里第一个许了他，我看得见的只有他，妈，我现在到了这一步：他到哪儿我也到哪儿；他是什么，我也跟他是什么。妈，您难道不明白，我——
鲁侍萍　（指手令她不要向下说，苦痛地）孩子。
鲁大海　妈，妹妹既然是闹到这样，让她去了也好。

137

周　萍　（阴沉地）鲁奶奶，您心里要是一定不放她，我们只好不顺从您的话，自己走了。凤！

鲁四凤　（摇头）萍！（还望着鲁妈）妈！

鲁侍萍　（沉重的悲伤，低声）啊，天知道谁犯了罪，谁造的这种孽！——他们都是可怜的孩子，不知道自己做的是什么。天哪，如果要罚，也罚在我一个人身上；我一个人有罪，我先走错了一步。（伤心地）如今我明白了，我明白了，事情已经做了的，不必再怨这不公平的天；人犯了一次罪过，第二次也就自然地跟着来。——（摸着四凤的头）他们是我的干净孩子，他们应当好好地活着，享着福。冤孽是在我心里头，苦也应当我一个人尝。他们快活，谁晓得就是罪过？他们年轻，他们自己并没有成心做了什么错。（立起，望着天）今天晚上，是我让他们一块儿走，这罪过我知道，可是罪过我现在替他们犯了；所有的罪孽都是我一个人惹的，我的儿女们都是好孩子，心地干净的，那么，天，真有了什么，也就让我一个人担待吧。（回过头）凤儿，——

鲁四凤　（不安地）妈，您心里难过，——我不明白您说的什么。

鲁侍萍　（回转头。和蔼地）没有什么。（微笑）你起来，凤儿，你们一块儿走吧。

鲁四凤　（立起，感动地，抱着她的母亲）妈！

周　萍　去，（看表）不早了，还只有二十五分钟，叫他们把汽车开出来，走吧。

鲁侍萍　（沉静地）不，你们这次走，是在黑地里走，不要惊动旁人。（向大海）大海，你叫车去，我要回去，你送他们到车站。

鲁大海　嗯。

〔大海由中门下。

鲁侍萍　（向四凤哀婉地）过来，我的孩子，让我好好地亲一亲。（四凤过来抱母；鲁妈向周萍）你也来，让我也看你一下。（周萍至前，低头，鲁妈望他擦眼泪）好，你们走吧——我要你们两个在未走以前答应我一件事。

周　萍　您说吧。

138

鲁侍萍　你们不答应，我还是不要四凤走的。

鲁四凤　妈，您说吧，我答应。

鲁侍萍　（看他们两人）你们这次走，最好越走越远，不要回头。今天离开，你们无论生死，永远也不许见我。

鲁四凤　（难过）妈，那不——

周　萍　（眼色，低声）她现在很难过，才说这样的话，过后，她就会好了的。

鲁四凤　嗯，也好，——妈，那我们走吧。

〔四凤跪下，向鲁妈叩头，四凤落泪，鲁妈竭力忍着。

鲁侍萍　（挥手）走吧！

周　萍　我们从饭厅里出去吧，饭厅里还放着我几件东西。

〔三人——周萍，四凤，鲁妈——走到饭厅门口，饭厅门开。蘩漪走出，三人俱惊视。

鲁四凤　（失声）太太！

周蘩漪　（沉稳地）咦，你们到哪儿去？外面还打着雷呢！

周　萍　（向蘩漪）怎么你一个人在外面偷听！

周蘩漪　嗯，不只我，还有人呢。（向饭厅上）出来呀，你！

〔周冲由饭厅上，畏缩地。

鲁四凤　（惊愕）二少爷！

周　冲　（不安地）四凤！

周　萍　（不高兴，向弟）弟弟，你怎么这样不懂事？

周　冲　（莫明其妙地）妈叫我来的，我不知道你们这是干什么。

周蘩漪　（冷冷地）现在你就明白了。

周　萍　（焦躁，向蘩漪）你这是干什么？

周蘩漪　（嘲弄地）我叫你弟弟来给你们送行。

周　萍　（气愤）你真卑——

周　冲　哥哥！

周　萍　弟弟，我对不起！——（突向蘩漪）不过世界上没有像你这样的母亲！

周　冲　（迷惑地）妈，这是怎么回事？

139

周蘩漪　你看哪！（向四凤）四凤，你预备上哪儿去？

鲁四凤　（嗫嚅）我……我？……

周　萍　不要说一句瞎话。告诉他们，挺起胸来告诉他们，说我们预备一块儿走。

周　冲　（明白）什么，四凤，你预备跟他一块儿走？

鲁四凤　嗯，二少爷，我，我是——

周　冲　（半质问地）你为什么早不告诉我？

鲁四凤　我不是不告诉你；我跟你说过，叫你不要找我，因为我——我已经不是个好女人。

周　萍　（向四凤）不，你为什么说自己不好？你告诉他们！（指蘩漪）告诉他们，说你就要嫁我！

周　冲　（略惊）四凤，你——

周蘩漪　（向周冲）现在你明白了。（周冲低头）

周　萍　（突向蘩漪，刻毒地）你真没有一点心肝！你以为你的儿子会替——会破坏么？弟弟，你说，你现在有什么意思，你说，你预备对我怎么样？说！哥哥都会原谅你。

〔周冲望蘩漪，又望四凤，自己低头。

周蘩漪　冲儿，说呀！（半晌，急促）冲儿，你为什么不说话呀？你为什么不抓着四凤问？你为什么不抓着你哥哥说话呀？（又顿。众人俱看周冲，周冲不语）冲儿你说呀，你怎么，你难道是个死人？哑巴？是个糊涂孩子？你难道见着自己心上喜欢的人叫人抢去，一点儿都不动气么？

周　冲　（抬头，羔羊似的）不，不，妈！（又望四凤，低头）只要四凤愿意，我没有一句话可说。

周　萍　（走到周冲面前，拉着他的手）哦，我的好弟弟，我的明白弟弟！

周　冲　（疑惑地，思考地）不，不，我忽然发现……我觉得……我好像我并不是真爱四凤；（渺渺茫茫地）以前——我，我，我——大概是胡闹！

周　萍　（感激地）不过，弟弟——

周　冲　（望着周萍热烈的神色，退缩地）不，你把她带走吧，只要你好好地待她！

周繁漪　（整个幻灭，失望）哦，你呀！（忽然，气愤）你不是我的儿子；你不像我，你——你简直是条死猪！

周　冲　（受侮地）妈！

周　萍　（惊）你是怎么回事？

周繁漪　（昏乱地）你真没有点男子气，我要是你，我就打了她，烧了她，杀了她。你真是糊涂虫，没有一点生气的。你还是你父亲养的，你父亲的小绵羊。我看错你了——你不是我的，你不是我的儿子。

周　萍　（不平地）你是冲弟弟的母亲么？你这样说话。

周繁漪　（痛苦地）萍，你说，你说出来；我不怕，你告诉他，我现在已经不是他的母亲？

周　冲　（难过地）妈，您怎么？

周繁漪　（丢弃了拘束）我叫他来的时候，我早已忘了我自己，（向周冲，半疯狂地）你不要以为我是你的母亲，（高声）你的母亲早死了，早叫你父亲压死了，闷死了。现在我不是你的母亲。她是见着周萍又活了的女人，（不顾一切地）她也是要一个男人真爱她，要真真活着的女人！

周　冲　（心痛地）哦，妈。

周　萍　（眼色向周冲）她病了。（向繁漪）你跟我上楼去吧！你大概是该歇一歇。

周繁漪　胡说！我没有病，我没有病，我神经上没有一点病。你们不要以为我说胡话。（揩眼泪，哀痛地）我忍了多少年了，我在这个死地方，监狱似的周公馆，陪着一个阎王十八年了，我的心并没有死；你的父亲只叫我生了冲儿，然而我的心，我这个人还是我的。（指周萍）就只有他才要了我整个的人，可是他现在不要我，又不要我了。

周　冲　（痛极）妈，我最爱的妈，您这是怎么回事？

周　萍　你先不要管她，她在发疯！

周繁漪　（激烈地）不要学你的父亲。没有疯——我这是没有疯！我要你

141

说，我要你告诉他们——这是我最后的一口气！

周　　萍　（狼狈地）你叫我说什么？我看你上楼睡去吧。

周蘩漪　（冷笑）你不要装！你告诉他们，我并不是你的后母。

〔大家俱惊，略顿。

周　　冲　（无可奈何地）妈！

周蘩漪　（不顾地）告诉他们，告诉四凤，告诉她！

鲁四凤　（忍不住）妈呀！（投入鲁妈怀）

周　　萍　（望着弟弟，转向蘩漪）你这是何苦！过去的事你何必说呢？叫弟弟一生不快活。

周蘩漪　（失了母性，喊着）我没有孩子，我没有丈夫，我没有家，我什么都没有，我只要你说：我——我是你的。

周　　萍　（苦恼）哦，弟弟！你看弟弟可怜的样子，你要是有一点母亲的心——

周蘩漪　（报复地）你现在也学会你的父亲了，你这虚伪的东西，你记着，是你才欺骗了你的弟弟，是你欺骗我，是你才欺骗了你的父亲！

周　　萍　（愤怒）你胡说，我没有，我没有欺骗他！父亲是个好人，父亲一生是有道德的，（蘩漪冷笑）——（向四凤）不要理她，她疯了，我们走吧。

周蘩漪　不用走，大门锁了。你父亲就下来，我派人叫他来的。

鲁侍萍　哦，太太！

周　　萍　你这是干什么？

周蘩漪　（冷冷地）我要你父亲见见他将来的好媳妇你们再走。（喊）朴园，朴园！……

周　　冲　妈，您不要！

周　　萍　（走到蘩漪面前）疯子，你敢再喊！

〔蘩漪跑到书房门口，喊。

鲁侍萍　（慌）四凤，我们出去。

周蘩漪　不，他来了！

〔朴园由书房进，大家俱不动，静寂若死。

周朴园　（在门口）你叫什么？你还不上楼去睡。
周繁漪　（倨傲地）我请你见见你的好亲戚。
周朴园　（见鲁妈，四凤在一起，惊）啊，你，你——你们这是做什么？
周繁漪　（拉四凤向朴园）这是你的媳妇，你见见。（指着朴园向四凤）叫他爸爸！（指着鲁妈向朴园）你也认识认识这位老太太。
鲁侍萍　太太！
周繁漪　萍，过来！当着你的父亲，过来，给这个妈叩头。
周　萍　（难堪）爸爸，我，我——
周朴园　（明白地）怎么——（向鲁妈）侍萍，你到底还是回来了。
周繁漪　（惊）什么？
鲁侍萍　（慌）不，不，您弄错了。
周朴园　（悔恨地）侍萍，我想你也会回来的。
鲁侍萍　不，不！（低头）啊！天！
周繁漪　（惊愕地）侍萍？什么，她是侍萍？
周朴园　嗯。（烦厌地）繁你不必再故意地问我，她就是萍儿的母亲，三十年前死了的。
周繁漪　天哪！
〔半晌。四凤苦闷地叫了一声，看着她的母亲，鲁妈苦痛地低着头。周萍脑筋昏乱，迷惑地望着父亲，同鲁妈。这时繁漪渐渐移到周冲身边，现在她突然发现一个更悲惨的命运，逐渐地使她同情周萍，她觉出自己方才的疯狂，这使她很快地恢复原来平常母亲的情感。她不自主地愧恨地望着自己的冲儿。
周朴园　（沉痛地）萍儿，你过来。你的生母并没有死，她还在世上。
周　萍　（半狂地）不是她！爸，您告诉我，不是她！
周朴园　（严厉地）混账！萍儿，不许胡说。她没有什么好身世，也是你的母亲。
周　萍　（痛苦万分）哦，爸！
周朴园　（尊重地）不要以为你跟四凤同母，觉得脸上不好看，你就忘了人伦天性。
鲁四凤　（向母痛苦地）哦，妈！

143

周朴园　（沉重地）萍儿，你原谅我。我一生就做错了这一件事。我万没有想到她今天还在，今天找到这儿。我想这只能说是天命。（向鲁妈叹口气）我老了，刚才我叫你走，我很后悔，我预备寄给你两万块钱。现在你既然来了，我想萍儿是个孝顺孩子，他会好好地侍奉你。我对不起你的地方，他会补上的。

周　萍　（向鲁妈）您——您是我的——

鲁侍萍　（不自主地）萍——（回头抽咽）

周朴园　跪下，萍儿！不要以为自己是在做梦，这是你的生母。

鲁四凤　（昏乱地）妈，这不会是真的。

鲁侍萍　（不语，抽咽）

周繁漪　（笑向周萍，悔恨地）萍，我，我万想不到是——是这样，萍——

周　萍　（怪笑，向朴园）父亲！（怪笑，向鲁妈）母亲！（看四凤，指她）你——

鲁四凤　（与周萍互视怪笑，忽然忍不住）啊，天！（由中门跑下）

〔周萍扑在沙发上，鲁妈死气沉沉地立着。

周繁漪　（急喊）四凤！四凤！（转向周冲）冲儿，她的样子不大对，你赶快出去看她。

〔周冲由中门跑下，喊四凤。

周朴园　（至周萍前）萍儿，这是怎么回事？

周　萍　（突然）爸，您不该生我！（跑，由饭厅下）

〔远处听见四凤的惨叫声，周冲狂呼四凤，过后周冲也发出惨叫。

鲁侍萍　（同时叫）四凤，你怎么啦！
周繁漪　　　　　　我的孩子，我的冲儿！

〔二人同由中门跑出。

周朴园　（急走至窗前拉开窗幕，颤声）怎么？怎么？

〔仆人由中门跑上。

仆　人　（喘）老爷！

周朴园　快说，怎么啦？

仆　人　（急不成声）四凤……死了……

周朴园　（急）二少爷呢？

仆　人　也……也死了。

周朴园　（颤声）不，不，怎……么？

仆　人　四凤碰着那条走电的电线。二少爷不知道，赶紧拉了一把，两个人一块儿中电死了。

周朴园　（几晕）这不会。这，这——这不能够，不能够！

〔朴园与仆人跑下。

〔周萍由饭厅出，颜色惨白，但是神气沉静地。他走到那张放大海的手枪的桌前，抽开抽屉，取出手枪，手微颤，慢慢走进右边书房。

〔外面人声嘈乱，哭声，叫声，吵声，混成一片。鲁妈由中门上，脸更呆滞，如石膏人像。老年仆人跟在后面，拿着电筒。

〔鲁妈一声不响地立在台中。

老　仆　（安慰地）老太太，您别发呆！这不成，您得哭，您得好好哭一场。

鲁侍萍　（无神地）我哭不出来！

老仆人　这是天意，没有法子。——可是您自己得哭。

鲁侍萍　不，我想静一静。（呆立）

〔中门大开，许多仆人围着蘩漪，蘩漪不知是在哭在笑。

仆　人　（在外面）进去吧，太太，别看哪。

周蘩漪　（为人拥至中门，倚门怪笑）冲儿，你这么张着嘴？你的样子怎么直对我笑？——冲儿，你这个糊涂孩子。

周朴园　（走在中门中，眼泪在面上）蘩漪，进来！我的手发木，你也别看了。

老　仆　太太，进来吧。人已经叫电火烧焦了，没有法子办了。

周蘩漪　（进来，干哭）冲儿，我的好孩子。刚才还是好好的，你怎么会死，你怎么会死得这样惨？（呆立）

周朴园　（已进来）你要静一静。（擦眼泪）

周蘩漪　（狂笑）冲儿，你该死，该死！你有了这样的母亲，你该死！

〔外面仆人与大海打架声。

周朴园　这是谁？谁在这时候打架。

〔老仆下间，立时另一仆人上。

周朴园　外面是怎么回事？

145

仆　人	今天早上那个鲁大海,他这时又来了,跟我们打架。
周朴园	叫他进来!
仆　人	老爷,他连踢带打地伤了我们好几个,他已经从小门跑了。
周朴园	跑了?
仆　人	是,老爷。
周朴园	(略顿,忽然)追他去,给我追他去。
仆　人	是,老爷。

〔仆人一齐下。屋中只有朴园、鲁妈、蘩漪三人。

周朴园	(哀伤地)我丢了一个儿子,不能再丢第二个了。

〔三人都坐下来。

鲁侍萍	都去吧!让他去了也好,我知道这孩子。他恨你,我知道他不会回来见你的。
周朴园	(寂静,自己觉得奇怪)年轻的反而走我们前头了,现在就剩下我们这些老——(忽然)萍儿呢?大少爷呢?萍儿,萍儿!(无人应)来人呀!来人!(无人应)你们给我找呀,我的大儿子呢?

〔书房枪声,屋内死一般的静默。

周蘩漪	(忽然)啊!(跑下书房,朴园呆立不动,立时蘩漪狂喊跑出)他……他……
周朴园	他……他……

〔朴园与蘩漪一同跑下,进书房。
〔鲁妈立起,向书房颠踬了两步,至台中,渐向下倒,跪在地上,如序幕结尾老妇人倒下的样子。
〔舞台渐暗,奏序幕之音乐(High Mass-Bach),若在远处奏起,至完全黑暗时最响,与序幕末尾音乐声同。幕落,即开,接尾声。

尾 声

〔开幕时舞台黑暗。只听见远处教堂合唱弥撒声同大风琴声,序幕姊弟的声音:
〔弟弟声:姐姐,你去问她。
〔姊姊声:(低声)不,弟弟你问她,你问她。
〔舞台渐明,景同序幕,又回到十年后腊月三十日的下午。老妇(鲁妈)还在台中歪倒着,姊弟在旁。

姊 姊　你问她,她知道。
弟 弟　我不,我怕,你,你去。(推姊姊,外面合唱声止)
　　　　〔姑乙由中门进,见老妇倒地上,大惊愕,忙扶起她。
姑 乙　(扶她)起来吧,鲁奶奶!起来吧!(扶她至右边火炉旁坐,忙走至姊弟前,安慰地)弟弟,你没有吓着吧!快去吧,妈就在外边等着你们。姐姐,你领弟弟去吧。
姊 姊　谢谢您,姑奶奶。(替弟弟穿衣服)
姑 乙　外面冷得很,你们都把衣服穿好。
姊 姊　嗯,再见!
姑 乙　再见。
　　　　〔姊领弟弟出中门。
　　　　〔姑乙忙走到壁炉前,照护老妇人。
　　　　〔姑甲由右门饭厅进。
姑 乙　嘘,(指鲁妈)她出来了。
姑 甲　(低声)周先生就下来看她,你照护照护。我要出去。
姑 乙　好,你等一等,(从墙角拿一把雨伞)外头怕要下雪,你要这一把伞吧。
姑 甲　(和蔼地)谢谢你。(拿着雨伞由中门出去)
　　　　〔老人由左边厅出,立门口,望着。
姑 乙　(指鲁妈,向老翁)她在这儿!

147

老　人　哦！

〔半响。

老　人　（关心地，向姑乙）她现在怎么样？
姑　乙　（轻叹）还是那样！
老　人　吃饭还好么？
姑　乙　不多。
老　人　（指头）她这儿？
姑　乙　（摇头）不，还是不认识人。

〔半响。

姑　乙　楼上您的太太，看见了？
老　人　（呆滞地）嗯。
姑　乙　（鼓励地）这两人，她倒好。
老　人　是的。——（指鲁妈）这些天没有人看她么？
姑　乙　您说她的儿子，是么？
老　人　嗯。一个姓鲁叫大海的。
姑　乙　（同情地）没有。可怜，她就是想着儿子。每到节期总在窗前望一晚上。
老　人　（叹气，绝望地，自语）我怕，我怕他是死了。
姑　乙　（希望地）不会吧？
老　人　（摇头）我找了十年了，——没有一点影子。
姑　乙　唉，我想她的儿子回家，她一定会明白的。
老　人　（走到炉前，低头）侍萍！

〔老妇回头，呆呆地望着他，若不认识，起来，面上无一丝表情，一时，她走向前窗。

老　人　（低声）侍萍！侍——
姑　乙　（向老人摆手，低声）让她走，不要叫她！

〔老妇至窗前，慢吞吞地拉开帷幔，痴呆地望着窗外。
〔老人绝望地转过头，望着炉中的火光，外面忽而闹着小孩们的欢笑声，同足步声。中门大开，姊弟进。

姊　姊　（向弟）在这儿？一定在这儿？

弟　弟	（落泪，点着头）嗯！嗯！
姑　乙	（喜欢他们来打破这沉静）弟弟，你怎么哭了？
弟　弟	（抽咽）我的手套丢了！外面下雪，我的手套，我的新手套丢了。
姑　乙	不要嚷，弟弟，我给你找。
姊　姊	弟弟，我们找。

〔三个人在左角找手套。

姑　乙	（向姊）有么？
姊　姊	没有！
弟　弟	（钻到沙发背后，忽然跳出来）在这儿，在这儿！（舞着手套）妈，在这儿！（跑出去）
姑　乙	（羡慕地）好了，去吧。
姊　姊	谢谢，姑奶奶！

〔姊由中门下，姑乙关上门。

〔半晌。

老　人	（抬头）什么？外头又下雪了？
姑　乙	（沉静地点头）嗯。

〔老人又望一望立在窗前的老妇，转身坐在炉旁的圈椅上，呆呆地望着火，这时姑乙在左边长沙发上坐下，拿了一本《圣经》读着。

〔舞台渐暗。

——幕　落

目次

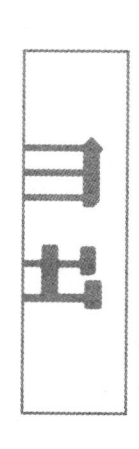

——时间和地点——

○ 第一幕
在××旅馆的一间华丽的休息室内。
——早春，某日早五点。

○ 第二幕
景同第一幕。
——当日晚五点。

○ 第三幕
在三等妓院内。
——一星期后晚十一时半。

○ 第四幕
景同第一幕。
——时间紧接第三幕，翌日晨四时许。

——登场人物——

陈白露——在××旅馆住着的一个女人，二十三岁。

方达生——陈白露从前的"朋友"，二十五岁。

张乔治——留学生，三十一岁。

王福升——旅馆的茶房。

潘月亭——××银行经理，五十四岁。

顾八奶奶——一个有钱的孀妇，四十四岁。

李石清——××银行的秘书，四十二岁。

李太太——其妻，三十四岁。

黄省三——××银行的小书记。

黑　三（即男甲）——一个地痞。

胡　四——一个游手好闲的"面首"，二十七岁。

小东西——一个刚到城里不久的女孩子，十五六岁。

（第三幕登场人物另见该幕人物表内）

第一幕

是××大旅馆一间华丽的休息室,正中门通甬道,右——左右以台上演员为准,与观众左右相反——通寝室,左通客厅,靠后偏右角划开一片长方形的圆线状窗户。为着窗外紧紧地压贴着一所所的大楼,所以虽在白昼,有着宽阔的窗,屋里也嫌过于阴暗。除了在早上斜射过来的朝日使这间屋有些光明之外,整天是见不着一线自然的光亮的。

屋内一切陈设俱是畸形的,现代式的,生硬而肤浅,刺激人的好奇心,但并不给人舒适之感。正中立着烟几,围着它横地竖地摆着方的、圆的、立体的、圆锥形的小凳和沙发。上面凌乱地放些颜色杂乱的坐垫。沿着那不见棱角的窗户是一条水浪纹的沙发。在左边有立柜,食物柜,和一张小几,上面放着些女人临时用的化妆品。墙上挂着几张很荒唐的裸体画片,月份牌和旅馆章程。地下零零散散的是报纸,画报,酒瓶和烟蒂头。在沙发上、立柜上搁放许多女人的衣帽、围巾、手套等物。间或也许有一两件男人的衣服在里面。食柜上杂乱地陈列着许多酒瓶,玻璃杯,暖壶,茶碗。右角立一架阅读灯,灯旁有一张圆形小几,嵌着一层一层的玻璃,放些烟具和女人爱的零碎东西,如西洋人形、米老鼠之类。

〔正中悬一架银熠熠的钟,指着五点半,是夜色将尽的时候。幕开时,室内只有沙发旁的阅读灯射出一圈光明。窗前的黄幔幕垂下来,屋内的陈设看不十分清晰,一切丑恶和凌乱还藏在黑暗里。

〔缓慢的脚步声由甬道传进来。正中的门呀地开了一半。一只秀美的手伸进来拧开中间的灯,室内豁然明亮。陈白露走进来。她穿着极薄的晚礼服,颜色鲜艳刺激,多褶的裙裾和上面两条粉飘带,拖在地面如一片云彩。她发际插一朵红花,乌黑的头发烫成小姑娘似的鬈髻,垂在耳际。她的眼明媚动人,举动机警,一种嘲讽的笑总挂在嘴角。神色不时地露出倦怠和厌恶;

这种生活的倦怠是她那种漂泊人特有的性质。她爱生活，她也厌恶生活。生活对于她是一串习惯的桎梏，她不再想真实的感情的慰藉。这些年的漂泊教聪明了她，世上并没有她在女孩儿时代所幻梦的爱情。生活是铁一般的真实，有它自来的残忍！习惯，自己所习惯的种种生活的方式，是最狠心的桎梏，使你即使怎样羡慕着自由，怎样憧憬着在情爱里伟大的牺牲（如小说电影中时常夸张地来叙述的），也难以飞出自己的生活的狭之笼。因为她试验过，她曾经如一个未经世故的傻女孩子，带着如望万花筒那样的惊奇，和一个画儿似的男人飞出这笼；终于，像寓言中那习惯于金丝笼的鸟，已失掉在自由的树林里盘旋的能力和兴趣，又回到自己的丑恶的生活圈子里。当然她并不甘心这样生活下去，她很骄傲，她生怕旁人刺痛她的自尊心。但她只有等待，等待着有一天幸运会来叩她的门，她能意外地得一笔财富，使她能独立地生活着。然而也许有一天她所等待的叩门声突然在深夜响了，她走去打开门，发现那来客，是那穿着黑衣服的，不做一声地走进来。她也会毫无留恋地和他同去，为着她知道生活中意外的幸福或快乐毕竟总是意外，而平庸，痛苦，死亡永不会放开人的。

〔她现在拖着疲乏的步向台中走。右手的食指和中指盖着嘴，打了个呵欠。

陈白露　（走了两步，回过头）进来吧！（掷下皮包，一手倚着当中沙发的靠背。蹙着眉，脱下银色的高跟鞋，一面提住气息，一面快意地揉抚着自己尖瘦的脚。真的，好容易到了家，索性靠在柔软的沙发上舒展一下。"咦！"忽然她发现背后的那个人并没有跟进来。她套上鞋，倏地站起，转过身，一只腿还跪在沙发上，笑着向着房门）咦！你怎么还不进来呀？（果然，有个人进来了。约莫有二十七八岁的光景，脸色不好看，皱着眉，穿一身半旧的西服。不知是疲倦，还是厌恶，他望着房内乱糟糟的陈设，就一言不发地立在房门口。但是女人误会了意思，她眼盯住他，看出他是一副惊疑的神色）走进来点！怕什么呀！

方达生　（冷冷地）不怕什么！（忽然不安地）你这屋子没有人吧？

陈白露　（看看四周，故意地）谁知道？（望着他）大概是没有人吧！
方达生　（厌恶地）真讨厌。这个地方到处都是人。
陈白露　（有心来难为他，自然也因为他的态度使她不愉快）有人又怎样？住在这个地方还怕人？
方达生　（望望女人，又周围地嗅嗅）这几年，你原来住在这么个地方！
陈白露　（挑衅地）怎么，这个地方不好么？
方达生　（慢声）嗯——（不得已地）好！好！
陈白露　（笑着看男人那样呆呆地失了神）你怎么不脱衣服？
方达生　（突然收敛起来）哦，哦，哦，——衣服？（想不起话来）是的，我没有脱，脱衣服。
陈白露　（笑出声，看他怪好玩的）我知道你没有脱。我问你为什么这样客气，不肯自己脱大衣？
方达生　（找不出理由，有点窘迫）也许，也许是因为不大习惯进门就脱大衣。（忽然）嗯——是不是这屋子有点冷？
陈白露　冷？——冷么？我觉得热得很呢。
方达生　（想法躲开她的注意）你看，你大概是没有关好窗户吧？
陈白露　（摇头）不会。（走到窗前，拉开幔子，露出那流线状的窗户）你看，关得好好的。（望着窗外，忽然惊喜地）喂，你看！你快来看！
方达生　（不知为什么，慌忙跑到她面前）什么？
陈白露　（用手在窗上的玻璃划一下）你看，霜！霜！
方达生　（扫了兴会）你说的是霜啊！你呀，真——（底下的话自然是脱不了嫌她有点心浮气躁，但他没有说，只摇摇头）
陈白露　（动了好奇心）怎么，春天来了，还有霜呢。
方达生　（对她没有办法，对小孩似的）嗯，奇怪吧！
陈白露　（兴高采烈地）我顶喜欢霜啦！你记得我小的时候就喜欢霜。你看霜多美，多好看！（孩子似的，忽然指着窗）你看，你看，这个像我么？
方达生　什么？（伸头过去）哪个？
陈白露　（急切地指指点点）我说的是这窗户上的霜，这一块，（男人偏看错了地方）不，这一块，你看，这不是一对眼睛！这高的是鼻子，凹

　　　　　　的是嘴，这一片是头发。(拍着手)你看，这头发，这头发简直就是我！
方达生　　(着意地比较，寻找那相似之点，但是——)我看，嗯——(很老实地)并不大像。
陈白露　　(没想到)谁说不像？(孩子似的执拗着，撒着娇)像！像！像！我说像！它就像！
方达生　　(逆来顺受)好，像，像，像得很。
陈白露　　(得意)啊。你说像呢！(又发现了新大陆)喂，你看，你看，这个人头像你，这个像你。
方达生　　(指自己)像我？
陈白露　　(奇怪他会这样地问)嗯，自然啦，就是这个。
方达生　　(如同一个瞎子)哪儿？
陈白露　　这块！这块！就是这一块。
方达生　　(看了一会，摸了自己的脸，实在觉不出一点相似处，简单地)我，我看不大出来。
陈白露　　(败兴地)你这个人！还是跟从前一样的别扭，简直是没有办法。
方达生　　是么？(忽然微笑)今天我看了你一夜晚，就刚才这一点还像从前的你。
陈白露　　怎么？
方达生　　(露出愉快的颜色)还有从前那点孩子气。
陈白露　　你……你说从前？(低声地)还有从前那点孩子气？(她仿佛回忆着，蹙起眉头，她打一个寒战，现实又像一只铁掌把她抓回来)
方达生　　嗯，怎么？你怎么？
陈白露　　(方才那一阵兴奋如一阵风吹过去，她突然地显着老了许多。我们看见她额上隐隐有些皱纹，看不见几秒钟前那种娇痴可喜的神态，叹一口气，很苍老地)达生，我从前有过这么一个时期，是一个孩子么？
方达生　　(明白她的心情，鼓励地)只要你肯跟我走，你现在还是孩子，过真正的自由的生活。
陈白露　　(摇头，久经世故地)哼，哪儿有自由？
方达生　　什么，你——(他住了嘴，知道这不是劝告的事。他拿出一条手帕，仿佛擦鼻

涕那样动作一下，他望到别处。四面看看屋子）

陈白露　（又恢复平日所习惯那种漠然的态度）你看什么？

方达生　（笑了笑，放下帽子）不看什么，你住的地方，很，很——（指指周围，又说不出什么来，忽然找出一句不关轻重而又能掩饰自己情绪的称誉）很讲究。

陈白露　（明白男人的话并不是诚意的）嗯，讲究么？（顺手把脚下一个靠枕拿起来，放在沙发上，把一个酒瓶轻轻踢进沙发底下，不在意地）住得过去就是了。（瞌睡虫似乎钻进女人的鼻孔里，不自主地来一个呵欠。传染病似的接着男人也打一个呵欠。女人向男人笑笑。男人像个刚哭完的小孩，用手背揉着眼睛）你累了么？

方达生　还好。

陈白露　想睡觉么？

方达生　还好。——方才是你一个人同他们那些人在跳，我一起首就坐着。

陈白露　你为什么不一起玩玩？

方达生　（冷冷地）我告诉过你，我不会跳舞，并且我也不愿意那么发疯似的乱蹦跶。

陈白露　（笑得有些不自然）发疯，对了！我天天过的是这样发疯的生活。（远远鸡喔喔地叫了一声）你听！鸡叫了。

方达生　奇怪，怎么这个地方会有鸡叫？

陈白露　附近就是一个市场。（看表，忽然抬起头）你猜，现在是几点钟了？

方达生　（扬颈想想）大概有五点半，就要天亮了。我在那舞场里，五分钟总看一次表。

陈白露　（奚落地）就那么着急么？

方达生　（爽直地）你知道我现在在乡下住久了；在那种热闹地方总有点不耐烦。

陈白露　（理着自己的头发）现在呢？

方达生　（吐出一口气）自然比较安心一点。我想这里既然没有人，我可以跟你说几句话。

陈白露　可是（手掩着口，又欠伸着）现在就要天亮了。（忽然）咦，为什么你不坐下？

方达生　（拘谨地）你——你并没有坐。

陈白露　（笑起来，露出一半齐整洁白的牙齿）你真是书呆子，乡下人，到我这里来的朋友没有等我让座的。（走到他面前，轻轻地推他坐在一张沙发上）坐下。（回头，走到墙边小柜前）渴得很，让我先喝一口水再陪着你，好？（倒水，拿起烟盒）抽烟么？

方达生　（瞪她一眼）方才告诉过你，我不会抽烟。

陈白露　（善意地讥讽着他）可怜——你真是个好人！（自己很熟练地燃上香烟，悠悠然呼出淡蓝色的氤氲）

方达生　（望着女人巧妙地吐出烟圈，忽然，忍不住地叹一声，同情而忧伤地）真的我想不到，竹均，你居然会变——

陈白露　（放下烟）等一等，你叫我什么？

方达生　（吃了一惊）你的名字，你不愿意听么？

陈白露　（回忆地）竹均，竹均，仿佛有多少年没有人这么叫我了。达生，你再叫我一遍。

方达生　（受感动地）怎么，竹均——

陈白露　（回味男人叫的情调）甜得很，也苦得很。你再这样叫我一声。

方达生　（莫明其妙女人的意思）哦，竹均，你不知道我心里头——（忽然）这里真没有人么？

陈白露　没有人，当然没有人。

方达生　（难过地）我看你现在这个样子。你不知道我的心，我的心里头是多么——

〔——但是由右面寝室里蹒跚出来一个人，穿着礼服，硬领散开翘起来，领花拖在前面。他摇摇荡荡的，一只袖管没有穿，在它前后摆动着。他们一同回过头，那客人毫不以为意地立在门前，一手高高扶着门框，头歪得像架上熟透了的金瓜，脸通红，一绺一绺的头发搭下来。一副白金眼镜挂在鼻尖上，他翻着白眼由镜子上面望过去，牛吼似的打着噎。

进来的客人　（神秘地，低声）嘘！（放正眼镜，摇摇晃晃地指点着）

陈白露　（大吃一惊倒吸一口气）Georgy！

进来的Georgy　（更神秘地，摆手）嘘！（他们当然不说话了，于是他飘飘然地走到方达生面前，低声）什么，心里？（指着他）啊！你说你心里头是多么——怎么？（亲昵地对着女人）白露，这个人是谁呀？

方达生　（不愉快而又不知应该怎么样）竹均，他是谁？这个人是谁？

进来的乔治　（仿佛是问他自己）竹均？（向男人）你弄错了，她叫白露。她是这儿顶红、顶红的人，她是我的，嗯，是我所最崇拜的——

陈白露　（没有办法）怎么，你喝醉了！

张乔治　（指自己）我？（摇头）我没有喝醉！（摇摇摆摆地指着女人）是你喝醉了！（又指着那男人）是你喝醉了！（男人望望白露的脸，回过头，脸上更不好看，但进来的客人偏指着男人说）你看你，你看你那眼直瞪瞪的，喝得糊里糊涂的样子！Pah（轻慢似的把雪白的手掌翻过来向外一甩，这是他最得意的姿势，接着又是一个噎）我，我真有点看不下去。

陈白露　（这次是她真看不下去了）你到这里来干什么？

方达生　（大了胆）对了，你到这里来干什么？（两只质问的眼睛盯着他）

张乔治　（还是醉醺醺地）嗯，我累了，我要睡觉，（闪电似的来了一个理由）咦！你们不是也到这儿来的么？

陈白露　（直瞪瞪地看着他，急了）这是我的家，我自然要回来。

张乔治　（不大肯相信）你的家？（小孩子不信人的顽皮腔调，先高后低的）嗯？

陈白露　（更急了）你刚从我的卧室出来，你这是什么意思？

张乔治　什么？（更不相信地）我刚才是从你的卧室出来？这不对，——不对，我没有，（摇头）没有。（摸索自己的前额）可是你们先让我想想，……（望着天仿佛在想）

陈白露　（哭不得，笑不得，望着男人）他还要想想！

张乔治　（摆着手，仿佛是叫他们先沉沉气）慢慢地，你们等等，不要着急。让我慢慢，慢慢地想想。（于是他模糊地追忆着他怎样走进旅馆，迈进她的门，瞥见了那舒适的床，怎样东转西，脱下衣服，一跤跌倒在一团柔软的巢窠里。他的唇上下颤动，仿佛念念有词；做出种种手势来追忆方才的情况。这样想了一刻，才低声地）于是我就喝了，我就转，转了我又喝，我就转，转呀转，转呀转的，……后来——（停顿了，想不起来）后来？哦，于是我就上了电梯,——哦,对了,对了,(很高兴地,敲着前额)我就进了这间屋子,……不,不对,我还更进一层,走到里面。于是我就脱了衣服,倒在床上。于是我就这么躺着,背向着天,脑袋朝下。于是我就觉得恶心,于是我就哇啦哇啦地——(拍脑袋,放开平常的声音说)对了,那就对了。我可不是从你的卧室走出来?

陈白露　(严厉地)Georgy,你今天晚上简直是发疯了。

张乔治　(食指抵住嘴唇,好莱坞明星的样子)嘘!(耳语)我告诉你,你放心。我并没有发疯。我先是在你床上睡着了,并且我喝得有点多,我似乎在你床上——(高声)糟了,我又要吐。(堵住嘴)哦,Pardon me, Mademoiselle,对不起小姐。(走一步,又回转身)哦先生,请你原谅。Pardon, Monsieur(狠狠地跳了两步,回过头,举起两手,如同自己是个闻名的演员对许多热烈的观众,做最后下台的姿势,那样一次再次地摇着手,鞠着躬)再见吧,二位。Good night! Good night! My lady and gentleman! Oh, good-bye, au revoir, Madame; et monsieur, I—I—I shall—I shall—(哇的一声,再也忍不住了,他堵住嘴,忙跑出门。门关上,就听见他呕吐的声音;似乎有人扶着他,他哼哼叽叽地走远了)

〔白露望望男人,没有办法地坐下。

方达生　(说不出地厌恶)这个东西是谁?

陈白露　(嘘出一口气)这是此地的高等出产,你看他好玩不?

方达生　好玩!这简直是鬼!我不明白你为什么跟这样的东西来往?他是谁?他怎么会跟你这么亲近?

陈白露　(夹起烟,坐下来)你要知道么?这是此地最优秀的产品,一个外国留学生,他说他得过什么博士硕士一类的东西,洋名George,在外国他叫乔治张,在中国他叫张乔治。回国来听说当过几任科长,现在口袋里很有几个钱。

方达生　(走近她)可是你为什么跟这么个东西认识,难道你觉不出这是个讨厌的废物?

陈白露　(掸了掸烟灰)我没有告诉你么?他口袋里有几个钱。

方达生　有钱你就要……

161

陈白露　（爽性替他说出来）有钱自然可以认识我，从前我在舞场做事的时候，他很追过我一阵。

方达生　（明白站在他面前的女人已经不是他从前所想的）那就怪不得他对你那样了。（低下头）

陈白露　你真是个乡下人，太认真，在此地多住几天你就明白活着就是那么一回事。每个人都这样，你为什么这样小气？好了，现在好了，没有人啦，你跟我谈你要谈的话吧。

方达生　（从深思醒过来）我刚才对你说什么？

陈白露　你真有点记性坏。（明快地）你刚才说心里头怎么啦！这位张乔治先生就来了。

方达生　（沉吟，叹一口气）对了，"心里头"，"心里头"，我就是这么一个人，永远在心里头活着。可是竹均，（诚恳地）我看你是这个样子，你真不知道我心里头是多么——（门呀地开了，他停住了嘴）大概是张先生又来了。

〔进来的是旅馆的茶役，一副狡猾的面孔，带着谄媚卑屈的神气。

王福升　不是张先生，是我。（赔着笑脸）陈小姐，您早回来了。

陈白露　你有什么事？

王福升　方才张先生您看见了。

陈白露　嗯，怎么样？

王福升　我扶他另外开一间房子睡了。

陈白露　（不愉快）他爱上哪里，就上哪里，你告诉我做什么！

王福升　说的是呀。张先生说十分对不起您，喝醉了，跑到您房里来，把您的床吐，吐，——

陈白露　啊，他吐了我一床？

王福升　是，陈小姐您别着急，我这就给您收拾。（白露起来，他拦住她）您也别进去，省得看着别扭。

陈白露　这个东西，简直——也好，你去吧。

王福升　是。（又回转来）今天您一晚上不在家，来的客人可真不少。李五爷，方科长，刘四爷都来过。潘经理看了您三趟。还有顾家八

|||奶奶来了电话说请您明天——嗯，今天晚上到她公馆去玩玩。
陈白露　我知道。回头你打个电话，请她下午先到这儿来玩玩。
王福升　胡四爷还说，过一会儿要到这儿来看看您。
陈白露　他愿意来就叫他来。我这里，哪一类的人都欢迎。
王福升　还有报馆的，张总编辑——
陈白露　知道。今天他有空也请他过来玩玩。
王福升　对了，潘经理今天晚上找了您三趟。现在他——
陈白露　（不耐烦）知道，知道，你刚才说过了。
王福升　可是，陈小姐，这位先生今天就——
陈白露　你不用管。这位先生是我的表哥。
方达生　（莫明其妙）表哥？
陈白露　（对着福升）他一会儿就睡在这儿。
方达生　不，竹均，我不，我是一会儿就要走的。
陈白露　好吧，（没想到他这样不懂事，不高兴地）随你的便。（对福升）你不用管了，走吧，你先把我的床收拾干净。
　　　　〔福升由卧室下。
方达生　竹均，怎么你现在会变成这样——
陈白露　（口快地）这样什么？
方达生　（叫她吓回去）呃，呃，这样地好客，——呃，我说，这样地爽快。
陈白露　我原来不是很爽快么？
方达生　（不肯直接道破）哦，我不是，我不是这个意思……我说，你好像比从前大方得——
陈白露　（来得快）我从前也并不小气呀！哦，得了，你不要拿这样好听的话跟我说。我知道你心里是不是说我有点太随便，太不在乎。你大概有点疑心我很放荡，是不是？
方达生　（想掩饰）我……我……自然……我……
陈白露　（追一步）你说老实话，是不是？
方达生　（忽然来了勇气）嗯——对了。你是比以前改变多了。你简直不是我以前想的那个人。你说话，走路，态度，行为，都，都变了。我一夜晚坐在舞场来观察你。你已经不是从前那样天真的女孩子，你变了。你现在简直叫我失望，失望极了。

陈白露 （故作惊异）失望？

方达生 （痛苦）失望，嗯，失望，我没有想到我跑到这里，你已经变成这么随便的女人。

陈白露 （警告他）你是要教训我么？你知道，我是不喜欢听教训的。

方达生 我不是教训你。我是看不下去你这种样子。我在几千里外听见关于你种种的事情，我不相信。我不相信我从前最喜欢的人会叫人说得一个钱也不值。我来看你，我发现你在这么一个地方住着；一个单身的女人，自己住在旅馆里，交些个不三不四的朋友，这种行为简直是，放荡，堕落，——你要我怎么说呢？

陈白露 （立起，故意冒了火）你怎么敢当着面说我堕落！在我的屋子里，你怎么敢说对我失望！你跟我有什么关系，你敢这么教训我？

方达生 （觉得已得罪了她）自然现在我跟你没有什么关系。

陈白露 （不放松）难道从前我们有什么关系？

方达生 （嗫嚅）呃，呃，自然也不能说有。（低头）不过你应该记得你是很爱过我。并且你也知道我这一次到这里来是为什么？

陈白露 （如一块石头）为什么？我不知道！

方达生 （恳求地）我不喜欢看你这样，跟我这样装糊涂！你自然明白，我要你跟我回去。

陈白露 （睁着大眼睛）回去？回到哪儿去？你当然晓得我家里现在没有人。

方达生 不，不，我说你回到我那里，我要你，我要你嫁给我。

陈白露 （恍然大悟的样子）哦，你昨天找我原来是要给我说媒，要我嫁人啊？（方才明白的语调）嗯！——（拉长声）

方达生 （还是那个别扭劲儿）我不是给你说媒，我要你嫁给我，那就是说，我做你的丈夫，你做我的——

陈白露 得了，得了，你不用解释。"嫁人"这两个字我们女人还明白怎么讲。可是，我的老朋友，就这么爽快么？

方达生 （取出车票）车票就在这里。要走天亮以后，坐早十点的车我们就可以离开这儿。

陈白露　我瞧瞧。（拿过车票）你真买了两张，一张来回，一张单程，——哦，连卧铺都有了。（笑）你真周到。

方达生　（急煎煎地）那么你是答应了，没有问题了。（拿起帽子）

陈白露　不，等等，我只问你一句话——

方达生　什么？

陈白露　（很大方地）你有多少钱？

方达生　（没想到）我不懂你的意思。

陈白露　不懂？我问你养得活我么？（男人的字典没有这样的字，于是惊吓得说不出话来）咦？你不要这样看我！你说我不应该这么说话么？咦，我要人养活我，你难道不明白？我要舒服，你不明白么？我出门要坐汽车，应酬要穿些好衣服，我要玩，我要跳舞，你难道听不明白？

方达生　（冷酷地）竹均，你听着，你已经忘了你自己是谁了。

陈白露　你要问我自己是谁么？你听着：出身，书香门第，陈小姐；教育，爱华女校的高材生；履历，一阵子的社交明星，几个大慈善游艺会的主办委员……父亲死了，家里更穷了，做过电影明星，当过红舞女。怎么这么一套好身世，难道我不知道自己是谁？

方达生　（不屑地）你好像很自负似的。

陈白露　嗯，我为什么不呢？我一个人闯出来，自从离开了家乡，不用亲戚朋友一点帮忙，走了就走，走不了就死去。到了现在，你看我不是好好活着，我为什么不自负？

方达生　可是你以为你这样弄来的钱是名誉的么？

陈白露　可怜，达生，你真是个书呆子。你以为这些名誉的人物弄来的钱就名誉么？我这里很有几个场面上的人物，你可以瞧瞧，种种色色：银行家，实业家，做小官的都有。假若你认为他们的职业是名誉的，那我这样弄来的钱要比他们还名誉得多。

方达生　我不明白你究竟是什么意思，也许名誉的看法——

陈白露　嗯，也许名誉的看法，你跟我有些不同。我没故意害过人，我没有把人家吃的饭硬抢到自己的碗里。我同他们一样爱钱，想法子弄钱，但我弄来的钱是我牺牲过我最宝贵的东西换来的。我没有费着脑子骗过人，我没有用着方法抢过人，我的生活是别人甘心愿意来维持，因为我牺牲过我自己。我对男人尽过女子最可怜的义务，我享着女人应该享的权利！

方达生　（望着女人明灼灼的眼睛）可怕，可怕——哦，你怎么现在会一点顾忌也没有，一点羞耻的心也没有。你难道不知道金钱一迷了心，人生最可宝贵的爱情，就会像鸟儿似的从窗户飞了么？

陈白露　（略带酸辛）爱情？（停顿，掸掸烟灰，悠长地）什么是爱情？（手一挥，一口烟袅袅地把这两个字吹得无影无踪）你是个小孩子！我不跟你谈了。

方达生　（不死心）好，竹均，我看你这两年的生活已经叫你死了一半。不过我来了，我看见你这样，我不能看你这样下去。我一定要感化你，我要——

陈白露　（忍不住笑）什么，你要感化我？

方达生　好吧，你笑吧，我现在也不愿意跟你多辩了。我知道你以为我是个傻子，从那么远的路走到这里来找你，说出这一大堆傻话。不过我还愿意做一次傻请求，我想再把这件事跟你说一遍。我希望你还嫁给我，请你慎重地考虑一下，二十四小时内，希望你给我一个满意的答复。

陈白露　（故作惊吓状）二十四小时，可吓死我了。不过，如若到了你的期限，我的答复是不满意的，那么，你是否就要下动员令，逼着我嫁你么？

方达生　那，呃，那，——

陈白露　那你怎么样？

方达生　如果你不嫁给我——

陈白露　你怎么样？

方达生　（苦闷地）那——那我也许自杀。

陈白露　什么？（不高兴地）你怎么也学会这一套？

方达生　不，（觉得自己有点太时髦了）不，我不自杀。你放心，我不会为一个女人自杀的，我自己会走，我要走得远远的。

陈白露　（放下烟）对呀，这还像一个大人说的话。（立起）好了，我的傻孩

　　　　　子，那么你用不着再等二十四小时啦！
方达生　（立起以后）什么？
陈白露　（微笑）我现在就可以答复你。
方达生　（更慌了）现在？——不，你先等一等。我心里有点慌。你先不要说，我要把心稳一稳。
陈白露　（很冷静地）我先给你倒一杯凉茶，你定定心好不好？
方达生　不，用不着。
陈白露　抽一支烟。
方达生　（不高兴）我告诉过你三遍，我不会抽烟。（摸着心）得了，过去了，你说吧。
陈白露　你心稳了。
方达生　（颤声）嗯！
陈白露　那么，（替他拿帽子）你就可以走了。
方达生　什么？
陈白露　在任何情形之下，我都不会嫁给你的。
方达生　为，为什么？
陈白露　不为什么！你真傻！这类的事情说不出个什么道理来的。你难道不明白？
方达生　那么，你对我没有什么感情？
陈白露　也可以这么说吧。（达生想拉住她的手，但她飘然走到墙边）
方达生　你干什么？
陈白露　我想按电铃。
方达生　做什么？
陈白露　你真的要自杀，我好叫证人哪。
方达生　（望着白露，颓然跌在沙发里）方才的话是你真心说的话，没有一点意气作用么？
陈白露　你看我现在还像个再有意气的人么？
方达生　（立起）竹均！（拿起帽子）
陈白露　你这是做什么？
方达生　我们再见了。

陈白露　哦，再见了。（夸张的悲戚，拉住他的手）那么，我们永别了。

方达生　（几乎要流眼泪）嗯，永别了。

陈白露　（看他到门口）你真预备要走么？

方达生　（孩子似的）嗯。

陈白露　那么，你大概忘了你的来回车票。

方达生　哦！（走回来）

陈白露　（举着车票）你真要走么？

方达生　嗯，竹均！（回头，用手帕揩去忍不住的眼泪）

陈白露　（两手抓着他的肩膀）你怎么啦？傻孩子，觉得眼睛都挂了灯笼了么？你真不害羞，眼泪是我们女人的事！好了，（如哄小兄弟一样）我的可怜虫，叫我气哭了，嗯？我跟你擦擦，你看，那么大的人，多笑话！不哭了，不哭了！是吧？（男人经过了这一番抚慰，心中更委屈起来，反加抽噎出了声音。白露大笑，推着他坐下）达生，你看你让我跟你说一句实在话。你先不要这样孩子气，你想，你要走，你就能随便走么？

方达生　（抬起头）怎么？

陈白露　（举车票）这是不是你的车票？

方达生　嗯，怎么？

陈白露　你看，这一下（把车票撕成两片）好不好？这又一下（把车票撕成四片）好不好？（扔在痰盂里）我替你保存在这里头。好不好？

方达生　你，你怎么——

陈白露　你不懂？

方达生　（眉梢挂着欢喜）怎么，竹均，你又答应我了？

陈白露　不，不，你误会我的意思，我没有答应你，我方才是撕你的车票，我不是撕我的卖身契。我是一辈子卖给这个地方的。

方达生　那你为什么不让我走？

陈白露　（诚恳地）你以为世界上就是你一个人这样多情么？我不能嫁给你，难道就是我恨了你？你连跟我玩一两天，谈谈从前的事的情分都没有了么？你有点太古板，不结婚就不能做一个好朋友？难道想想我们以往的情感不能叫我们也留恋一点么？你一进门就斜眼看着我，东不是，西不是的。你说我这个不对，那个不对。你说了我，骂了我，你简直是瞧不起我，你还要我立刻嫁给你。还要我二十四小时内答复你，哦，还要我立刻跟你走。你想一个女子就是顺从得该像一只羊，也不致于可怜到这步田地啊。

方达生　（憨直地）我向来是这个样子，我不会表示爱情，你叫我跪着，说些好听的话，我是不会的。

陈白露　是啊，所以无妨你先在我这里多学学，过两天，你就会了的。好了，你愿意不愿意跟我再谈一两天？

方达生　（爽直地）可是谈些什么呢？

陈白露　话自然多得很，我可以介绍你看看这个地方，好好地招待你一下，你可以看看这里的人怎样过日子。

方达生　不，用不着，这里的人都是鬼。我不用看。并且我的行李昨天已经送到车站了。

陈白露　真送到车站么？

方达生　自然我从来不，——从来不说谎话的。

陈白露　福升。

〔茶房由卧室出。

王福升　陈小姐，您别忙，您的床就收拾好。

陈白露　不是这个，我问你，我走的时候，我叫你从东方饭店——嗯！从车站取来的行李，你拿回来了么？

王福升　您说方先生的是不是，拿回来了。我从饭店里拿回来了。

方达生　竹均，我的行李你怎么敢从我的旅馆取出来了。

陈白露　嗯，——我从你的旅馆居然就敢取出来了。你这不会说谎的笨东西。（对福升）你现在搁在哪个房间里？

王福升　东边二十四号。

陈白露　是顶好的房子么？

王福升　除了您这四间房，二十四号是这旅馆顶好的。

陈白露　好，你领着方先生去睡吧。要是方先生看着不合适，告诉我，我把我的屋子让给他。

王福升　是，陈小姐。（下）

方达生　（红了脸）可是竹均，这不像话——

陈白露　这个地方不像话的事情多得很。这一次，我要请你多瞧瞧，把你这副古板眼镜打破了，多看看就像话了。

方达生　不，竹均，这总应该斟酌一下。

陈白露　不要废话，出去！（推他）福升，福升，福升！

〔福升上。

方达生　在这样的旅馆里，我一定睡不着的。

陈白露　睡不着，我这里有安眠药，多吃两片，你就怎么也不嫌吵得慌了。你要么？

方达生　你不要开玩笑，我告诉你，我不愿看这个地方。

陈白露　不，你得看看，我要你看看。（对福升）你领着他去看房子。（一面推达生，一面说）赶快洗个澡，睡个好觉。起来，换一身干净衣服，我带你出去玩玩。走，乖乖的，不要不听话，听见了没有？ Goodnight——（远远一声鸡鸣）你听，真不早了。快点，睡去吧。

〔男人自然还是噘着嘴，倔强，但是经不得女人的手同眼睛，于是被她哄着骗着推下去。

〔她关上门。过度兴奋使她无力地倚在门框上。同时疲乏仿佛也在袭击着她，她是真有些倦意了。一夜晚的烟酒和激动吸去了她大半的精力。她打一个呵欠，手背揉着青晕更深了的眼睛。她走到桌前，燃着一支香烟。外面遥遥又一声鸡鸣。她回过头，凝望窗外漫漫浩浩一片墨影渐渐透出深蓝的颜色。如一只鸟，她轻快地飞到窗前。她悄悄地在窗上的霜屑划着痕路。丢下烟，她又笑又怕地想把脸猫似的偎在上面，"啊！"的一声，她登时又缩回去。她不甘心，她偏把手平排地都放在霜上面。冷得那样清爽！她快意地叫出来。她笑了。她索性擦掉窗上叶子大的一块霜迹，眯着一只眼由那隙缝窥出。但她想起来了，她为什么不开了窗子看天明？她正要拧转窗上铁链，忽然想着她应该关上灯，于是敏捷地跑到屋子那一端灭了亮。房屋顿时黑暗下来,只有窗子渗进一片宝蓝的光彩。望见一个女人的黑影推开了窗户。

〔外面:在阴暗的天空里,稀微的光明以无声的足步蹑着脚四处爬上来。窗外起初是乌漆一团黑,现在由深化浅。微暗天空上面很朦胧地映入对面一片楼顶棱棱角角的轮廓,上面仿佛晾着裤褂床单一类的东西,掩映出重重叠叠的黑影。她立在窗口,斜望出去,深深吸进一口凉气,不自主地打一个寒战。远处传来低沉的工厂的汽笛声,哀悼似的长号着。

〔屋内光影暧昧,不见轮廓。这时由屋的左面食物柜后悄悄爬出一个人形,倚着柜子立起,颤抖着,一面蹑足向门口走,预备乘机偷逃。白露这时觉得背后窸窸窣窣有人行走。她蓦然回转头,看过去。那人仿佛钉在那里,不能动转。

陈白露　（低声,叫不出来）有贼。

那　人　（先听见气迸出的字音）别叫,别叫!

陈白露　谁?（慌张）你是谁?

那　人　（缩做一团,喘气和抖的声音）小……姐!小……姐!

陈白露　（胆子大了点）你是干什么的?

那　人　我……我……（抽噎）

〔白露赶紧跑到墙边开灯,室内大放光明。在她面前立着一个瘦弱胆怯的小女孩子,约莫有十五六岁的样子,两根小辫垂在乳前,头发乱蓬蓬的,惊惶地睁着两个大眼睛望着白露,两行眼泪在睫毛下挂着。她穿一件满染油渍、肥大绝伦的蓝绸褂子,衣裾同袖管几乎拖曳地面。下面的裤也硕大无比,裤管总在地上摩擦着。这一身衣服使她显得异样怯弱渺小,如一个婴儿裹在巨人的袍褂里。因为寒冷和恐惧,她抖得可怜,在她亮晶晶的双眼里流露出天真和哀求。她低下头,一寸一寸地向后蹒跚,手里提着裤子,提心吊胆,怕一不谨慎,跌在地上。

陈白露　（望着这可笑又可怜的动物）哦,可怜,原来是这么一个小东西。

小东西　（惶恐而忸怩地）是,是,小姐。（小东西一跛一跛地向后退,一不小心踏在自己的裤管上,几乎跌倒）

171

陈白露　（忍不住笑——但是故意地绷起脸）啊，你怎么会想到我这里，偷东西？啊！（佯为怒态）小东西，你说！

小东西　（手弄着衣裾）我……我没有偷东西。

陈白露　（指着）那么，你这衣服偷的是谁的？

小东西　（低头估量自己的衣服）我，我偷的是我妈妈的。

陈白露　谁是你妈妈？

小东西　（望白露一眼，呆呆地撩开眼前的短发）我妈妈！——我不知道我妈妈是谁。

陈白露　（笑了——依然忖度她）你这个糊涂孩子，你怎么连你妈妈都不知道。你妈妈住在什么地方？

小东西　（指屋顶）在楼上。

陈白露　在楼上。（她恍然明白了）哦，你在楼上，可怜，谁叫你跑出来的？

小东西　（声音细得快听不见）我，我自己。

陈白露　为什么？

小东西　（胆怯）因为……他们……（低下头去）

陈白露　怎么？

小东西　（恶然）他们前天晚上——（惧怕使她说不下去）

陈白露　你说，这儿不要紧的。

小东西　他们前天晚上要我跟一个黑胖子睡在一起，我怕极了，我不肯，他们就——（抽咽）

陈白露　哦，他们打你了。

小东西　（点头）嗯，拿皮鞭子抽。昨天晚上他们又把我带到这儿来，那黑胖子又来了。我实在是怕他，我吓得叫起来了，那黑胖子气走了，他们……（抽咽）

陈白露　（泫然）他们又打你了。

小东西　（摇头，眼泪流下来）没有，隔壁有人，他们怕人听见。堵住我的嘴，掐我，拿（哭起来）……拿……拿烟签子扎我（忍住泪）您看，您看！（伸出臂膊，白露执着她的手。太虚弱了，小东西不自主地跪下去，但膝甫触地，"啊"的一声，她立刻又起来）

陈白露　（抱住她）你怎么啦？

小东西　（痛楚地）腿上扎的也是，小姐。

陈白露　天！（不敢看她的臂膊）你这只胳膊怎么会这样……（用手帕揩去自己的眼泪）

小东西　不要紧的，小姐，您不要哭。（盖上自己的臂膊）他们怕我跑，不给我衣服，叫我睡在床上。

陈白露　你跑出去的时候，他们干什么？

小东西　在隔壁抽烟打牌。我才偷偷地起来，把妈妈的衣服穿上。

陈白露　你怎么不一直跑出去？

小东西　（仿佛很懂事地）我上哪儿去？我不认识人，我没有钱。

陈白露　不过你的妈妈呢？

小东西　（傻气地）在楼上。

陈白露　不是，我说你的亲妈妈，生你的妈妈。

小东西　她？（眼眶含满了泪）她早死了。

陈白露　父亲呢？

小东西　前个月死的。

陈白露　哦！（她回过身去）——可是你怎么跑到我这里来？他们很容易找着你的。

小东西　（恐惧到了极点）不，不，不！（跪下）小姐，您修个好吧，千万不要叫他们找着我，那他们会打死我的。（拉着小姐的手）小姐，小姐，您修个好吧！（叩头）

陈白露　你起来，（把她拉起来）我没有说把你送回去，你先坐着，让我们想个法子。

小东西　谢谢您，谢谢您，小姐。（她忽然跑到门前，把门关好）

陈白露　你干什么？

小东西　我把门关严，人好进不来。

陈白露　哦——不要紧的。你先不要怕。（停）可是你方才不是想出去吗？

小东西　（点首）嗯。

陈白露　你预备上哪儿去？

173

小东西　（低声）我原先想回去。

陈白露　（奇怪）回去，还回到他们那里去？

小东西　（低头）嗯。

陈白露　为什么？

小东西　饿——我实在饿得很。我想也许他们还不知道我跑出来。我知道天亮以后他们还得打我一顿，可是过一会他们会给我一顿稀饭吃的。旁的地方连这点东西也不会给我。

陈白露　你还没有吃东西？

小东西　（天真的样子）肚子再没有东西，就会饿死的，他们不愿意我死，我知道。

陈白露　你多少时没有吃东西？（她到食物柜前）

小东西　有一天多了。他们说是要等那黑胖子喜欢之后才许我吃呢。

陈白露　好，你先吃一点饼干。

小东西　（接过来）谢谢您，小姐。（她背过脸贪婪地吃）

陈白露　你慢慢吃，不要噎着。

小东西　（忽然）就这么一点么？

陈白露　（怜悯地看着她）不要紧！你吃完了还有。——（哀矜地）饿逼得人会到这步田地么？

〔中门呀地开了。

小东西　（赶紧放下食物，在墙角躲起来）啊，小姐。

陈白露　谁？

〔福升上。

王福升　是我，福升。

小东西　小姐，（惊惧）他……他……

陈白露　不要怕，小东西，他是侍候人的茶房。

王福升　小姐，大丰银行的潘经理，昨天晚上来了三遍。

陈白露　知道，知道。

王福升　他还没有走。

陈白露　没有走？为什么不走？

王福升　这旅馆旁边不是要盖一座大楼么？潘经理这也许跟他那位秘书

	谈这件事呢。可是他说了，小姐回来，就请他去。他要见您。
陈白露	真奇怪，他们盖房子就得了，偏要半夜到这个地方来谈。
王福升	说的是呢。
陈白露	那么刚才你为什么不说？
王福升	刚才，不是那位方先生还在——
陈白露	哦，那你不要叫他来，你跟潘经理说，我要睡了。
王福升	怎么，您为什么不见见他呢，您想，人家潘经理，大银行开着——
陈白露	（讨厌这个人的啰嗦）你不要管，我不愿意见他，我不愿意见他，你听见了没有？
王福升	（卑屈的神色，诌笑着）可是，小姐，您千万别上火。（由他袋里摸出一大把账单来）您听着，您别着急！这是美丰金店六百五十四块四，永昌绸缎公司三百五十五元五毛五，旅馆二百二十九块七毛六，洪生照相馆一百一十七块零七毛，久华昌鞋店九十一块三，这一星期的汽车七十六元五——还有——
陈白露	（忍不住）不要念，不要念，我不要听啊。
王福升	可是，小姐，不是我不侍候您老人家，您叫我每天这样搪账，说好说歹，今天再没有现钱，实在下不去了。
陈白露	（叹了一口气）钱，钱，永远是钱！（哀痛地）为什么你老是用这句话来吓唬我呢！
王福升	我不敢，小姐，可是，这年头不济，市面紧，今天过了，就不知道明天还过不过——
陈白露	我从来没有跟旁人伸手要过钱，总是旁人看着过不去，自己把钱送来。
王福升	小姐身份固然要紧。可是——
陈白露	好吧，我回头就想法子吧，叫他们放心得了。
王福升	（正要出门）咦，小姐。哪里来的这么个丫头？
	〔小东西乞怜地望着白露。
陈白露	（走到小东西旁边）你不用管。
王福升	（上下打量小东西）这孩子我好像认得。小姐，我劝您少管闲事。

陈白露　怎么？

王福升　外面有人找她。

陈白露　谁？

王福升　楼上的一帮地痞们，穿黑衣服，歪戴着毡帽，尽是打手。

小东西　（吓出声音）啊，小姐，（走到福升前面，抓住他）啊，老爷。您得救救我？（正要跪下，福升闪开）

王福升　（对小东西）你别找我。

陈白露　（向福升）把门关上！锁住。

王福升　可是，小姐——

陈白露　锁上门。

王福升　（锁门）小姐，这藏不住，她妈妈跟她爸爸在这楼里到处找她呢。

陈白露　给他们一点钱，难道不成？

王福升　您又大方起来了。给他们钱？您有几万？

陈白露　怎么讲？

王福升　您这时出钱，那他们不敲个够。

陈白露　那我们就——

〔外面足步与说话声。

王福升　别作声！外面有人。（听一会）他们来了。

小东西　（失声）啊，小姐！

陈白露　（紧紧握着她的手）你要再叫，管不住自己，我就把你推出去。

小东西　（喑哑）不，小姐，不，不！

陈白露　（低声）不要说话，听着。

〔外面男甲的声音：（暴躁地）这个死丫头，一点造化也没有，放着福不享，偏要跑，真他妈的是乡下人，到底不是人揍的。

〔外面女人的声音：（尖锐的喉咙）你看金八爷叫这孩子气跑了。

〔外面男乙的声音：（迟缓低哑的）什么，金八看上了她？

〔外面女人的声音：你看这不是活财神来了。可是这没有人心的孩子，偏跑了，你看这怎么交代？这可怎么交代——

〔外面男甲的声音：（不耐烦地对着妇人咆哮）去你妈的一边去吧。孩子跑了，你不早看着，还叨叨叨，叨叨叨，到这时候，说他妈的一大堆废话。（女人不作声）喂，老三，你看，她不会跑出去吧？

〔外面男乙的声音：（老三，地痞里面的智多星，迟缓而自负地）不会的，不会的，她是穿着大妈的衣服走的，一件单褂子，这么冷的天，她上哪儿去？

〔外面女人的声音：（想得男甲的欢心。故意插进嘴）可不是，她穿我的衣服跑的。那会跑哪儿去？可是二楼一楼都说没看见，老三，你想，她会——

〔外面男丙的声音：（一个凶悍而没有一点虑谋的人）大妈，这楼的茶房说刚才见过她，那她还会跑到哪儿去？

〔外面男甲粗暴的声音：（首领的口气）那么一定就在这一层楼里，下功夫找吧。

〔外面女人声：（猖猖然）哼，反正跑不了，这个死丫头。

〔外面数男人声：{ 别着急！大妈！
一定找得着。
就在这儿，让我们分着找。

〔屋内三人屏息谛听，男女足步声渐远。

陈白露　走了么？
王福升　（啊出一口气）走了，大概是到那边去了。
陈白露　（忽然打开门）那么，让我看看。（正要探出头去，小东西拉着她的手，死命地拉她回来）
小东西　（摇头，哀求）小姐！小姐！
王福升　（推着她，关好门，摇头，警告地）不要跟他们打交道。
陈白露　（向小东西）不要怕，不要紧的。（向福升）怎么回事，难道——
王福升　别惹他们。这一帮人不好惹，好汉不吃眼前亏。
陈白露　怎么？
王福升　他们成群结党，手里都有家伙，都是吃卖命饭的。
陈白露　咦，可是他们总不能不讲理呀！把这孩子打成这样，你看，（拿起小东西臂膊）拿烟杆子扎的，流了多少血。闹急了，我就可以告他们。

177

王福升　（鄙夷地）告他们！告谁呀？他们都跟地面上的人有来往，怎么告？就是这官司打赢了，这点仇您可跟他们结得了？

陈白露　那么——难道我把这个孩子送给他们去？

小东西　（恐惧已极，喑哑声）不，小姐。（眼泪暗暗流下来，她用大袖子来揩抹）

王福升　（摇头）这个事难，我看您乖乖地把这孩子送回去。我听说这孩子打了金八爷一巴掌，金八爷火了。您不知道？

陈白露　金八爷！谁是金八爷？

小东西　（抬起头）就是那黑胖子。

王福升　（想不到白露会这样孤陋寡闻）金八爷！金八爷！这个地方的大财神，又是钱，又是势，这一帮地痞都是他手下的，您难道没听见说过？

陈白露　（慢慢倒吸一口气，惊愕地）什么，金八？是他？他怎么会跑到这旅馆来？

王福升　家里不开心，到这儿来玩玩，有了钱做什么不成。

陈白露　（低声）金八，金八。（向小东西）你的命真苦，你怎么碰上这么个阎王。——小东西，你是打了他一巴掌？

小东西　（憨态地）你说那黑胖子？——嗯。他拼命抱着我，我躲不开，我就把他打了，（仿佛这回忆是很愉快的）狠狠地在他那肥脸上打了一巴掌！

陈白露　（自语，严肃地）你把金八打了！

小东西　（看神气不对，求饶）可是，小姐，我以后再也不打他了，再也不了。

陈白露　（自语）打得好！打得好！打得痛快！

王福升　（怯惧）小姐，这件事我可先说下，没有我在内。您要大发慈悲，管这个孩子，这可是您一个人的事，可没有我。过一会，他们要问到我——

陈白露　（毅然）好，你说你没看见！

王福升　（望着小东西）没看见？

陈白露　（命令）我要你说没看见。

王福升　（不安状）可是——

陈白露　出了事由我担待。
王福升　（正希望白露说出这句话）好，好，好，由您担待。（油嘴滑舌）上有电灯，下有地板，这可是您自己说的。
陈白露　（点头）嗯，自然，我说一句算一句。现在你把潘经理请进来吧。
王福升　可是您刚才不是不要他老人家来么？
陈白露　我叫你去，你就去，少说废话——
王福升　（一字比一字声拖得长）是，——是，——是，——
　　　　〔福升不以为然地走出去。
陈白露　（向小东西）吃好了没有？
小东西　才吃了两块。
陈白露　怎么？
小东西　我……我……没有吃饱。
陈白露　你尽量地吃吧。
小东西　不，我不吃了。
陈白露　怎么？
小东西　我怕，我实在是怕得慌。（忍不住哭出声来）
陈白露　（过来安慰她）不要哭！不要哭！
小东西　小姐，你不会送我到他们那儿去吧。
陈白露　不，不会的。你别哭了，别哭了，你听，外边有人！
　　　　〔小东西立刻止住哭声。屏息凝视房门。
　　　　〔潘经理进。潘经理——一块庞然大物，短发已经斑白，行动很迟缓，然而见着白露，他的年纪，举动态度就突然来得如他自己的儿子一般年轻，而他的最小的少爷已经二十出头了。他的秃顶油亮亮的，眼睛瞢瞢的，鼻子像个狮子狗；有两撇胡子，一张大嘴，金质的牙时常在呵呵大笑的时刻，夸耀地闪烁着。他穿一件古铜色的貉绒皮袍。上面套着是缎坎肩。那上面挂着金表链和翠坠儿。他仿佛将穿好衣服，领口还未系好，上一边的领子还折在里面，一只手拿着雪茄，皱着眉却又忍不住笑。那样尴尬的神气迎着白露。
潘月亭　白露，我知道你会找我来的！我等了你一夜晚，幸亏李石清

179

来了，跟我谈谈银行的事，不然真不知道怎么过，我叫人看看你，没回来；叫人看看你，没回来。你看我请你吃饭，你不去；我请你跳舞，你不去；我请你——可是（非常得意）我知道你早晚会找我的。

陈白露　（睨视）你这么相信你的魔力么？

潘月亭　（自负地）可惜，你没有瞧见我年轻的时候，那时——（忽然向福升）你没有事，在这儿干什么，出去！

王福升　是，潘经理。

〔福升下。

潘月亭　（低声）我知道你想我，（自作多情）是不是？你想我。你说，你想我，是不是？（呵呵大笑）

陈白露　嗯！我想你——

潘月亭　是的，我知道，（指点着）你良心好。

陈白露　嗯，我想你给我办一件事。

潘月亭　（故意皱起眉头）又是办事，又是办事。——你见着我，没别的，你专门好管这些闲事。

陈白露　你怎么知道的？

潘月亭　福升全告诉我了。

陈白露　你管不管？

潘月亭　（走近小东西）原来是这么个小东西。

小东西　是，老爷。

陈白露　你看她多么可怜。——她——

潘月亭　得了，我都知道，反正总是那么一套。

陈白露　（要挟地）月亭，你管不管？

潘月亭　我管！我管！

陈白露　小东西，你还不谢谢潘经理。

〔小东西正要跪下。

潘月亭　（拦住她）得了，得了。白露，你真会跟我找麻烦。

陈白露　你听！（外面人声）他们好像就在门口。小东西你到（指右面）那屋去。

〔小东西进右屋。
〔门外男甲声：是这个门口么？
〔门外男乙声：是！

陈白露　（向潘）他们大概指着我的这个门。
潘月亭　嗯！
〔门外男甲声：别含糊，你是看见她进了这个门？
〔门外男乙声：嗯。
〔门外男甲声：没有出来？
〔门外女人声：你看你，走到门口又犹疑什么？
〔门外男丙声：不，弄清楚，别走错了门。
〔男人说话混杂声。

陈白露　月亭，你不能等他们进来，你打开门出去，叫他们滚蛋。
潘月亭　这帮人他们大概都认识我，叫他们走还容易。
陈白露　好，月亭，谢谢你，谢谢你，你真是个好人。
潘月亭　（傻笑）自从我认识你，你第一次说谢谢我。
陈白露　（揶揄地）因为你第一次当好人。
潘月亭　怎么你又挖苦我，白露，你——
陈白露　不要吵了，你打发他们走吧。
潘月亭　好。（转门钮正要开门）
陈白露　可是月亭，你当然知道这个小东西是金八看上的。
潘月亭　金八。什么？（手拿回来）
陈白露　她把金八得罪了。
潘月亭　什么，这是金八看上的人？
陈白露　福升没有告诉你？
潘月亭　没有，没有，你看你，险点做个错事。（逡巡退回）
陈白露　怎么，月亭，你改主意了。
潘月亭　白露，你不知道，金八这个家伙不大讲面子，这个东西有点太霸道。
陈白露　那么，你不管了？
潘月亭　不是我不管，是我不能管，并且这么一个乡下孩子，你又何

181

必——

陈白露　月亭，你不要拦我，你不管就不管，不要拦我。
潘月亭　你看，你看。
　　　　〔门外男丙声：（粗暴地）敲门，她一定在这儿，一定在这儿。
　　　　〔门外男甲声：怎么？
　　　　〔门外男丙声：你看，这不是大妈的手绢？那孩子不是穿着大妈衣服跑的么？
　　　　〔门外女人声：可不是，就是我的手绢。
　　　　〔门外男甲声：那一定是这个门，她一定在这里。开门，开门。
陈白露　（揶揄）你不要怕啊！（正要开门迎出）
潘月亭　（拉住白露的手）你别理他们。
　　　　〔门外人声：开门，开门，我们找人。
陈白露　月亭，你先进到那屋去，省得你为难，我要开门。
潘月亭　别，白露。
陈白露　你进去。(指左边)你进去，——我生气了。
潘月亭　好，我进去。
陈白露　快快。
　　　　〔潘进左门，白露立刻大开中门。
陈白露　（对门外）你们进来吧！你们找谁？
门外男甲　（穿着黑衣服，戴着黑帽子的）你管我找谁呢？（气汹汹地，对着后边的党羽）进来，你们都进来，搜搜吧。
陈白露　（忽然声色俱厉地）站住，都进来？谁叫你们都进来？你们吃些什么长大的？你们要是横不讲理，这个码头横不讲理的祖宗在这儿呢！(笑)你们是搜私货么？我这儿搜烟土有烟土，搜手枪有手枪，(挺起胸)不含糊你们！(指左屋)我这间屋里有五百两烟土，(指右屋)那间屋里有八十杆手枪，你们说，要什么吧？这点东西总够你们大家玩的。(门口的人一时吓住了。向门口)进来呀！诸位！(很客气地)你们怎么不进来呀？怎么那么大的人，怕什么呀！
男　丙　(懵懵地)进来就进来！这算个什么？

男　甲　　混蛋！谁叫你进来的？滚出去！

男　丙　　(颠顸地)滚就滚，这又算什么！

男　甲　　(笑)您别，别多心。您这生的是哪一家子气！我们没有事也不会到这儿来打搅。我们跑丢了一个小孩子，一个刚混事由的。我们到这儿来也是看看，怕她藏在什么地方，回头吓着您。

陈白露　　哦,(恍然)你们这一大帮人赶到我这儿来，是为找一个小姑娘呀！

男　甲　　(非常关心)那么您大概一定是看见她进来了。

陈白露　　对不起，我没有看见。

男　甲　　可是在您门口我们找着她丢的一个手绢。

陈白露　　那她要丢，我有什么法子？

男　甲　　您不知道，刚才还有人看见她进到您门里来。

陈白露　　到我的屋子来，那我可说在头里，她要偷了我的东西，你们可得赔。

男　甲　　您别打哈哈。我们说不定都是一家子的人。您也帮个忙，我看得出来，您跟金八爷一定也是——

陈白露　　金八爷？哦，你们也是八爷的朋友？

男　甲　　(笑)够不上朋友，常给他老人家办点小事。

陈白露　　那么，好极了，金八爷方才叫我告诉门口的人，叫你们滚开。

男　甲　　怎么？金八爷跟您会说——

陈白露　　(索性做到底)八爷就在这儿。

男　甲　　(疑惑)在这儿！我们刚送八爷出旅馆。

陈白露　　可是你们没看见，他又进来了。

男　甲　　又进来了？(停顿，看出她的谎)那我们得见见，我们得把这件事告诉他。(回向门口)你们说，对不对？

　　　　　〔门口人声：对，对，我们得见见。

陈白露　　(镇静)不成！八爷说不愿见人。

男　甲　　他不会不见我。我要见他，我要见。

陈白露　　不成，你不能见。

男　甲　　不能见，我也得见。(看见白露向着右边小东西藏的屋子走)八爷大概就

183

陈白露　（忽然跑到左边潘藏匿的房屋门口。故意用两手抵着门框）好，你进到那屋子去吧只要你不进这屋子来。

男　甲　哦，——八奶奶又要跟我们打哈哈，是不是？（向白露走来狞笑。凶恶地）躲开！躲开！

陈白露　你大概要做死！（回头向左门）八爷，八爷，你先出来教训教训他们这帮混账东西。

　　　　〔门开，潘披着一个睡衣出。

潘月亭　（低声指着门内）白露，吵什么，八爷睡觉了。（望着男甲）咦。黑三？是你，你这是干什么？

男　甲　哦，（想不到）潘四爷，您老人家也在这儿。

潘月亭　我刚跟八爷进来，到这儿来歇歇腿，抽口烟，你们在这儿是要造反，怎么啦？

男　甲　（嗫嚅）怎么，八爷是在这儿，（笑）——呃呃，是在这儿睡觉了？

潘月亭　怎么，你要进来谈谈么？那么，请进来坐坐吧！（大开门）我烧一口烟，叫金八起来陪陪你好么？

男　甲　（赔着笑）潘四爷跟我们开什么心？

潘月亭　不坐坐么？门口那几位不进来歇歇？不么？

男　甲　不，不，您看我们也是有公事——

潘月亭　好极了。你们要有事，那就请你们给我滚蛋，少在这里废话！

男　甲　（服从地）是，潘四爷您别生这么大的气！我们得罪的地方您可得多担待着点。（忽然回头向门口的人们）你们看什么，你们这些混蛋还不滚！他妈的这些死人！（又转过笑脸）没有法子！这一群人！回头，潘四爷，八爷醒了之后您可千万别说我们到这儿胡闹来啦。小姐，您得多替我们美言两句。刚才的事您千万一字不提。方才我对您算开的玩笑，是我该死！（自己打自己的嘴巴）该死！该死！

陈白露　好好，快滚吧。

男　甲　（谄媚）您出气了吧？好，我们走了。

　　　　〔男甲下。

陈白露　（关上门）完了，（自语）我第一次做这么一件痛快事。
潘月亭　完了，我第一次做这么一件荒唐事。
陈白露　好啦，走啦，请金八爷归位吧。
潘月亭　哼！"请神容易送神难"。用这个招牌把他们赶走了倒容易，回头见着金八，我们说不定就有乱子，出麻烦。
陈白露　今天不管明天事。反正这事好玩得很。
潘月亭　好玩？
陈白露　我看什么事都"好玩"，你说是不是？（呵欠）我真有点累了，（忽然瞥见地上的日影）喂！你看，你看！
潘月亭　什么？什么？
陈白露　太阳，太阳，——太阳都出来了。（跑到窗前）
潘月亭　（干涩地）太阳出来就出来得了，这有什么喊头。
陈白露　（对着日光，外面隐隐有雀噪声）你看，满天的云彩，满天的亮——喂，你听，麻雀！（窗外吱吱雀噪声）春天来了。（满心欢悦，手舞足蹈地）哦！我喜欢太阳，我喜欢春天，我喜欢年轻，我喜欢我自己。哦，我喜欢！（长长吸一口冷气）
潘月亭　（不感觉兴趣地）喜欢就喜欢得了，说什么！（忽然地）白露，这屋子太冷了，你要冻着，我给你关上窗户。
陈白露　（执拗地）不，我不关！我不关！
潘月亭　好，好，好，不关就不关吧。你这孩子，我真没有办法，我对我的亲生女儿也没有这么体贴过。
陈白露　（回过头来）这有什么稀奇，我要是你的亲生女儿，你还会这么体贴我？你说是不是？
潘月亭　说得好，说得透彻。（恳求）可是你关上窗户吧，我要着……着……（张嘴翕鼻，要打喷嚏的样子）着……着……阿提！（大声一个喷嚏）你，看，我已经着凉了。
陈白露　（忽从窗户回来）这个傻孩子，你怎么早不说？
潘月亭　（得意地）那么你可以关上窗户吧。
陈白露　（摇头）不，不，我给你多加衣服。来，你先坐下，你披上我的大衣，围上我的围巾，脚上盖着皮袍子，你再拿着我这个热水

185

袋，你看，这不好了么？(弄得老头奇形怪状地堆在沙发上)我真喜欢你，你真像我的父亲，哦，我可怜的老爸爸！你尽在我这儿受委屈了。

潘月亭　(推开她)白露，(要立起来)我不要你叫我老爸爸。

陈白露　(推他跌在沙发里)我喜欢叫你是我的老爸爸，我要叫你是我的老爸爸。

潘月亭　(抗议地)我不老，你为什么叫我老爸爸。

陈白露　(一面笑，一面把头猫似的偎过来擦过去)我要叫，我偏要叫，老爸爸！老爸爸！

潘月亭　(反而高兴起来)你要叫，就随你叫吧，也好，叫吧！叫得好，叫得好。(眉开眼笑地)

陈白露　(忽然)月亭，你好好地坐着。(把他身上一堆衣服拢好，又塞一塞)你这样就像我的小baby，我给你唱个摇篮歌吧。

潘月亭　(莫明其妙)摇篮歌？(摸着自己的斑白胡子)不，不好。

陈白露　那我给你念一段小说听，你听着。(拿起一本很精致的书)

潘月亭　(读着白露手里的书的名字)《日出》，不好，不好，这个名字第一个就不好。

陈白露　(撒娇)不好你也得听。

潘月亭　我不听，我不爱听。

陈白露　(又执拗起来)我要你听，我偏要你听！

潘月亭　(望着白露，满肚子委屈，叹一口气)唉，你念吧！我听，我听。

陈白露　(翻阅书本，念)"……太阳升起来了，黑暗留在后面。"

潘月亭　(欠伸)不通，不通，没有一点道理。

陈白露　(不理他，念下去)"……但是太阳不是我们的，我们要睡了。"

潘月亭　(深深一个呵欠)也不通，不过后头这一句话还有点意思。

陈白露　(不耐烦地关上书)你真讨厌。你再这样多嘴，我就拿书……(正要举书打下去)

〔右边卧室内有个小巴儿狗汪汪着，夹杂着小东西惊号的声音。

潘月亭　你听，这是什么？

〔白露立起。

〔忽然小东西由卧室拖着裤，提着鞋跑出来，巴儿狗仿佛就在她身后追赶。她惊慌地关上门，巴儿狗在门缝儿里吠着。

小东西　（喘着气，非常狼狈的样子。几乎跌倒）小姐……小姐！

陈白露　怎么？

小东西　它。……它在后面跟着我。它……它醒了。

陈白露　（失色）什么？谁？谁？

小东西　（惊喘）您的巴儿狗，您的巴儿狗醒了。（回头望）它咬我，它不叫我在屋里待着。

陈白露　（定下心）你这孩子！我真怕他们从卧室进来啦！

潘月亭　你看多麻烦！

〔外面有敲门的声音。

小东西　小姐，有人敲门。

潘月亭　别是他们又回来了？

陈白露　（走近门）谁？

〔方达生推门进。

方达生　（穿着睡衣，拖着鞋）是我，竹均。

陈白露　（惊愕）你怎么不睡，又回来了！

方达生　这个地方太吵，睡不着。方才福升告诉我，说你刚认一个干女儿。

陈白露　干女儿？

方达生　嗯。

陈白露　（明白了）哦，（指小东西）在这儿！你看，好么？这就是我的干女儿。

方达生　（有兴味地）原来是这么一个小东西。

潘月亭　（从衣服堆里立起来，红红绿绿的围巾，大氅披满一身）喂，喂，白露，你们不要谈得这么高兴，这位先生是谁呀？

陈白露　（故做惊惶状）你不知道？让我介绍介绍，这是我的表哥。

潘月亭　（惊讶）表哥？

方达生　（这才发现还有一个男人在屋子里）怎么，竹均，这一会儿这屋子怎么又——

187

陈白露 （一本正经地）咦,你不认识,这是我的爸爸。

潘月亭 （愉快地）爸爸!

方达生 （惊愕地）爸爸?

潘月亭 （对白露,玩笑地）哦,是一家人!（忽然,指着窗户）可是快关……关……（张口翕鼻,手指指点点地）关……阿提!（喷嚏）你看这一次我真着凉了。

〔三人对视小东西,傻傻地立在那里。

——幕急落

第二幕

〔景同第一幕,还是××旅馆那间华丽的休息室。

〔天快黑了,由窗户望出,外面反映着一片夕阳;屋内暗淡,几乎需要燃起灯才看得清楚。窗外很整齐地传进来小工们打地基的桩歌,由近渐远,掺杂着渐移渐远多少人的步伐和沉重的石块落地的闷塞声音。这些工人们在此处一共唱着两种打桩的歌:(他们的专门名词是"叫号")一是"小海号",一是"轴号"。现在他们正沉重地呼着"小海号",一个高亢兴奋的声音领唱,二三十人以低重而悲哀的腔调接和着。中间夹杂,当着唱声停顿时候,两三排"木夯"(木夯也是一种砸地的工具,木做的,两个人握着柄,一步一移向前砸。一排多半是四个夯,八个人)哼哼唷,哼哼唷,砸地的工作声。这种声音几乎一直在这一幕从头到尾,如一群含着愤怒的冤魂,抑郁暗塞地哼着,充满了警戒和恐吓。他们用一种原始的语言来唱出他们的忧郁,痛苦,悲哀和奋斗中的严肃,所以在下面这段夯歌——《小海号》——里找不着一个字,因为用字来表达他们的思想和情感是笨拙而不可能的事。他们每句结尾的音捎带着北方的粗悍。而他们是这样唱的:

小海号

上列谱中，每小节打二拍，第一拍表示重硪，第二拍表示轻硪。

〔唱了一半，停顿时又听见砸木夯的小工们哼唷哼唷哼唷地走过去。直到一点也听不见的时候又走回来。这时福升一个人在房里收拾桌上的烟具，非常不耐烦的样子，频频向外望出，一面流着眼泪打着呵欠。但是外面的木夯声益发有力地工作着，Heng-Heng-Hei-Heng-Hei一排一排的木夯落在湿松的土壤上发出严肃而沉闷的声音，仿佛是一队木偶兵机械似的迈着不可思议的整齐的步伐。

王福升 （捺不住了，忽然对着窗口，一连吐了三口唾沫）呸！呸！呸！Hei-Hei！总他妈的 Hei-Hei！这楼要是盖好，还不把人吵死。（窗外又听是远远举着"石硪"打地基的工人们很沉重地唱着《小海号》，他伸长耳朵对着窗外厌恶地听一会）听！听！没完了！就靠白天睡会觉，这帮死不了的唱起来没完啦！眼看着就要煞黑，还是干了唱，唱了干，真他妈的不嫌麻烦，天生吃窝窝头就咸菜的脑袋。哼，我有儿子，饿死也不干这个！呸！（又吐一口唾沫）

〔然而"叫号"的小工们越唱越响了，并且也改了调门，这次他们高亢而兴奋地唱和着《轴号》，用乐谱下一行的词，即"老阳西落，砸得好心焦，不卖点命，谁也不饶"。

轴号

上列谱中，每小节打二拍，每拍表示一轻硪。

王福升 （听了一半，他忽然坐下，把两只耳朵里塞好了的纸团取出来，挖挖耳朵，挑战地坐下来）来吧！唱吧！你Hei-Hei吧！你放开嗓子唱吧！我跟你算泡上啦，我听，你唱，他妈看谁耗过谁！（爽性闭着眼，静听起来）看谁耗过谁！

〔当然外边的人们越唱越有劲。

〔方达生进。唱声又渐远。

王福升 （觉得背后有人，立起，回过头）哦，方先生，您早起来了？

方达生 （不明白他问的意思）自然——天快黑了。

王福升 （难得有一个人在面前让他发发牢骚）不起？人怎么睡得着！就凭这帮混账，欠挨刀的小工子们——

方达生 （指窗外，叫他不要说话）嘘，你听！

王福升 （误会了意思）不要紧，我才不怕他们呢，夜晚熬一宿，我就靠白天睡会觉，他们嚷嚷嚷，嚷嚷嚷，吵了一整天，这帮饿不死的东西——

方达生 （又指指窗外，非常感觉兴趣，低声）你听，听他们唱，不要说话。

王福升 （嘿然）哦，您叫我听他们唱啊！

方达生 （不客气地）对了。

192

〔外面正唱着。"老阳西落……砸得好心焦……不卖点命……谁也不饶。"唱完最后一句，不知为什么窗外哄然一阵笑声，但立刻又听见那木偶似的步伐 Heng-Heng-Hei 地远去。

方达生 （扶窗，高兴地往下望）唱得真好听！

王福升 （莫明其妙）好听？

方达生 （叹一口气，但是愉快地）他们真快活！你看他们满脸的汗，唱得那么高兴！

王福升 （讪笑）天生的那份穷骨头嚜。要不，一辈子就会跟人打夯，卖苦力，盖起洋楼给人家住嚜？

方达生 这楼是谁盖的？

王福升 谁盖的，反正有钱的人盖的吧。大丰银行盖的，潘四爷盖的，大概连（指左边屋内）在屋里的顾八奶奶也有份，（无聊地）有钱嚜！您看，（随手一指）就盖大洋楼。（阿Q式地感慨系之）越有钱的越有钱嚜！

方达生 顾八奶奶？你说的是不是满脸擦着胭脂粉的老东西？

王福升 对了，就是她！老来俏，人老心不老，人家有钱，您看，哪个不说她年轻，好看？不说旁的，连潘四爷还恭维着她呢。您看刚才潘四爷不是陪着小姐，顾八奶奶一同到屋里（指左边）打麻将去啦么？顾八奶奶阔着得呢！

方达生 怎么？我出去一会子啦，（厌恶）这帮人现在还在这屋子里打牌，没有走？

王福升 走？上哪儿去？天快黑了，客来多了，更不走了。

方达生 （来回走了两趟）这地方真是闷气得使人讨厌，连屋子也这么黑。

王福升 哼，这屋子除了早上见点日头，整天见不着阳光，怎么不黑？

方达生 （点头）没有太阳，对了，这块地方太阳是不常照着的。

王福升 反正就是那么一回子事，有老阳儿又怎么样，白天还是照样得睡觉，到晚上才活动起来。白天死睡，晚上才飕飕地跑，我们是小鬼，我们用不着太阳。

方达生 对了，太阳不是我们的，（沉吟）那么，太阳是谁的呢？

王福升 （不懂）谁的？（傻笑）管它是谁的呢？

193

方达生　（替他接下）反正是这么一回子事，是不是？

王福升　对了，就那么一回子事，哈哈。

〔敲门声。

方达生　有人敲门。

王福升　谁？（敲门声，福升正要开门）

方达生　你等等，我不大愿意见这些人，我先到那屋去。（进右边睡房）

〔福升开中门。黄省三进。他很畏缩地走进，带着惭愧和惶恐的神气。惨白的脸没有一丝血色，嘴唇冻得发紫。他只穿了一件鹅黄色旧棉袍，上面染满油污；底下只是一条黑夹裤，绑着腿带，手里拿着一团绒线黑围巾，一对乞怜的眼睛不安地四面张望着。人瘦如柴，额上的青筋像两条小蛇似的隐隐地跳动着，是一个非常神经质而胆小的人。他笑得那样凄惨，有时令人疑惑究竟他是在笑还是在哭。他每说一句话前总要鼓起很多的气力，才敢说出来，说完了，就不自主地咳嗽两声，但声音很低。他这样谦卑，不自信，他甚至于疑心自己的声音都是为人所不耐的。其实，他的年纪不算大，然而这些年的忧虑、劳碌、失眠和营养缺乏使他衰弱有如一个老人。纵使还留着一些中年的模样，但我们会惊讶一个将近四十的人，他的背怎么会拱成一道桥，受点刺激，手便如风里的枯叶不停地颤抖起来，而鬓角堆起那样多白发了。

〔他怯畏地立在房门口，四面望着。

王福升　是你呀，你又来了！（见黄并不认识他，忽然板起脸来）你是干什么的？

黄省三　（不自信的样子，颤声）对不起！（很谦虚地笑出声来）对……对不起！（吃力地鞠着躬）我……我大概是走错门了。（咳嗽，他转过身要出去）

王福升　（一把拉住他）回来！回来！你上哪儿去？

黄省三　（被福升强迫回来，红了脸，额上青筋暴起来，自解地）先生，我是走错门了，您看，我，我不是……

王福升　你走错了门你也得回来。好，这门是你随便走错的么？

黄省三　可是，可是，先生，我已经走错了，并且我，我已经道歉了。

王福升　你不知道，旅馆里面什么样的人都有。你为什么不敲门，一直就闯进来啦？

黄省三　(神经质地笑着)我，我敲了门了，先生……

王福升　(强词夺理地)我怎么没有听见哪？

黄省三　(实在为难)先生，你要不听见，你叫我怎么办？(可怜地)要不，我给您再敲几下子门。

王福升　你混人！你究竟找谁？

黄省三　(不安地揉弄着黑围巾)我，我找李先生。

王福升　(欺凌地)姓李的多得很，谁是李先生？

黄省三　不，(忙自解释)不，我找的是五十二号。

王福升　这房子就是五十二号。

黄省三　(禁不住露出喜色)那，那我还是对了。(又向着福升，有礼貌地)我找李石清李先生。

王福升　没有来。

黄省三　(犹疑半天，才挣出这一句话)要是潘经理有工夫的话，我倒想见见潘经理。先生，请你说一声。

王福升　(估量他)潘经理，倒是有一位，可是(酸溜溜地)你？你想见潘经理？(大笑)

黄省三　(无可奈何地)我，是大丰银行的书记。

王福升　(冷淡地)书记？你祖宗也是白搭。潘四爷在这儿是串门，玩来的，向来是不见客。

黄省三　可是，(乞怜地)先生，您千万去请他老人家一趟好吧？

王福升　不在这儿！(不耐烦)告诉你潘四爷不在这儿呢！去，去，去！别讨厌，不知哪家哪院的，开了门就找人，谁知道你是干什么的？

黄省三　(一再解白)先生，我，我是大丰银行的书记，我姓黄——

王福升　(忽然对黄，指自己)你认识我不认识我？

黄省三　(看了半天)不，不敢说认识。

王福升　那，你就给我"开路"！(推他)请走！

黄省三　可是先生，我姓黄……

195

王福升　（打开门,向外推黄）去！去！去！少给我添麻烦。你要再来,我就——

黄省三　（一面被他推着,一面回头）先生,我姓黄,我叫黄省三,我从前是大丰银行的——

王福升　（得意地）我知道,你从前是书记,你姓黄,你叫黄省三,你找李先生,潘经理,大丰银行的人你都找。你到处装孙子,要找事。你当我不知道,不认识你？

黄省三　（气得手发抖）先生,你认识我,（赔着笑容）那就更好了。

王福升　（愉快地骂着他）我在这儿旅馆看见你三次,你都不认识我,就凭你这点王八记性,你还找事呢！（拉着黄,不由分说,用力向外一推）去你个蛋吧！

黄省三　（跟跄摔在门框,几乎瘫在那儿,干咳）你为什么骂人？我,我知道我穷,可是你不能骂我是王八,我不是王八,我跟你讲,我不是。你,你为什么——

王福升　（恶意地玩笑）那你问你家里去,我哪儿知道？（拍着他的肩,狞笑）好,好,你不是王八,你儿子是王八的蛋,好吧？

黄省三　（突然好像疯狂起来,他立起来,仿佛要以全身的重量压死前面这个禽兽,举起手）你这个,你这个东西,我要……

王福升　（活脱脱一个流氓,竖起眉毛,挺起胸脯,抓着黄胸前的衣服,低沉而威吓的声音）你要敢骂我一句,敢动一下子手,我就打死你！
　　　　〔半晌。

黄省三　（疯人似的眼睛,惧怕而愤怒地盯着他,他的颈子被衣服勒住挤成一道一道的青筋,手不自主地颤抖着。半天——低声,无力地）让——我——走——！让——我——走！
　　　　〔福升放开手,黄垂头走出门。外面的打夯声又"哼哼唷""哼哼唷"抑郁暗塞地哼着,充满了愤怨和不平。
　　　　〔福升施施地正向左面走,不知由哪里传来一阵急迫的铃声,他回过头,走到沙发旁,由靠近一只小桌几里取出电话机,攀着耳机,先是暴躁地问答着。

王福升　喂,你哪儿？你哪儿？你管我哪儿？……我问你哪儿？你要哪儿？你管我哪儿？……你哪儿？你说你哪儿！我不是哪儿！……怎么，你出口伤人……你怎么骂人混蛋？……啊，你骂我王八蛋？你，你才……什么？你姓金？啊，……哪，……您老人家是金八爷！……是……是……是……我就是五十二号……您别着急，我实在看不见，我不知道是您老人家。……（赔着笑）您尽管骂吧！（当然耳机里面没有客气，福升听一句点一次头，仿佛很光荣地听着对面刺耳的诟骂）是……是……您骂得对！您骂得对！

〔潘月亭由左边门进。

潘月亭 （向福升）谁？谁来电话？是李石清先生么？

王福升 （狼狈地拿着耳机，不知应付哪一面好，一面媚笑对着耳机）……是，我不敢。……是，下次我再不敢。……是，（一面摇头摆手，指着不是李石清来的电话，分明越骂越不成话了，他有些皱眉，但是——）唏……唏……我就是福升！我就是那王八蛋的福升……您千万别生气，别气病您老人家。……（似乎对面气消了些）是我混蛋……是……是，您找潘经理？（望着潘）您等一下，他老人家来了。（向潘）您的电话。（把耳机递过去，但里面又补上一句，他急忙又拿起来）是，您骂得一点也不错……是，是，是，我是王八蛋。不是人揍的。（叹一口气，再把耳机递给潘）

潘月亭 （手按着耳机上的喇叭口，低声）你这个糊涂蛋！是谁打来的？

王福升 （气得忘了是谁在骂他）谁？谁？……哦，是金八，金八爷。

潘月亭 （向福升）李石清，李先生还没有来么？

王福升 没有来。李先生没有来。

潘月亭 那么，你进去问问李太太，他先生说什么时候到这儿来？

王福升 是。（福升下）

潘月亭 （咳嗽两声）是金八爷么？……我是月亭。……是……是，你的存款不会有错的。你先维持三天，三天之后，你来提，我一定拨过去。……是……是……现在大丰银行营业还不错，我做的公债盐税，裁兵，都赚了点，你放心，三天，你在大丰存的款项一定完全归清。……什么？……笑话！……没有的事，银行并没有人大宗提款！……谁说的？……呃，呃，这都是谣言，不

197

要信他们，你看，八爷，银行现在不是在旅馆旁边又盖大丰大楼么？……为什么盖？……自然，也是繁荣市面，叫钱多活动活动的意思。你放心！现在银行的准备是巩固的……三天，看多少年的交情，你只维持三天，一切还清。……对了，(笑)八爷……公债有什么特别的消息么？……哦，哦，是……也这么听说，看涨。看涨……你没有买点么？……是，是……

王福升 (由左门进)李太太说李先生就来。(回头看)顾八奶奶，四爷在这儿。

〔顾八奶奶进——一个俗不可耐的肥胖女人。穿一件花旗袍镶着灿烂的金边，颜色鲜艳夺目，紧紧地箍在她的身上。走起路来，小鲸鱼似的；肥硕的臀峰，一起一伏，惹得人眼花缭乱，叫人想起有这一层衣服所包裹的除了肉和粗恶以外，不知还有些什么。她脸上的皱纹很多，但是她将脂粉砌成一道墙，把这些许多深深的纹路遮藏着。她总是兴高采烈地笑。笑有种种好处，一则显得年轻些，二则自己以为笑的时候仿佛很美，三则那耀眼的金牙只有在笑的当儿才完全地显露出来。于是嘴，眼睛，鼻子挤在一起，笑，笑，以至于笑得令人想哭，想呕吐，想去自杀。她的眉毛是一条线，耳垂叮当地悬着珠光宝气的钻石耳环，说起话来总是指手画脚，摇头摆尾，于是小棒槌似的指头上的宝石以及耳环，光彩四射，惹得人心发慌。由上量到下，她着实是心广体胖，结实得像一头小牛，却不知为什么，她的病很多，动不动便晕的，吐的，痛的，闹个不休。但有时也仿佛"憨态可掬"，自己以为不减旧日的风韵，那种活泼，"娇小可喜"之态委实令人佩服。胡四，她的新"面首"的耐性——有时甚至于胡四也要厌恶地掉转头去，在墙角里装疯弄傻。然而顾八奶奶是超然的，她永远分不清白人家对她的讪笑。她活着，她永远那么快乐地，那么年轻地活着，因为前年据她自己说她才三十，而今年忽然地二十八了，——然而她还有一个大学毕业的女儿。胡四高兴起来，也很捧场，总说她还看不到有那样大的年纪，于是，她在男人面前益发的"天真"起来。

〔门内有一阵说笑声，顾八奶奶推开左面的门，麻雀牌和吵闹的声音更响。她仿佛由里面逃出来，步伐极力地故做轻盈，笑着，喘着。

顾八奶奶 （对着里面）不，可累死我了，我说什么也不打了。（回过头，似乎才看见潘，妖媚地）四爷呀！怎么你一个人在这儿？

潘月亭 （鞠躬）顾八奶奶。（指着电话，表示就说完的意思。福升由中门下）

顾八奶奶 （点点头，又转向门内）不，不，王科长，我累了。不，白露，我心里真不好受，再打，我的老病就要犯了。（又回转身，一阵风似的来到潘的面前，向门内）你们让我歇歇，我心痛。

潘月亭 ……好，好，再见吧，再见。（放下电话）顾八奶奶……

顾八奶奶 （滔滔地）四爷，你呀，真不是个规矩人，放着牌不打，烟不抽，一个人在这里打电话！（低声，故意地大惊小怪，做出极端关心的机密的样子指着左边）你小心点，白露就在那边陪朋友打牌呢。（点点潘的头）你呀，又偷偷地找谁啦？你好好地告诉我，这个女人是谁？她为什么找到这里给你打电话？你们男人什么都好，又能赚钱，又能花钱的，可是就是一样，不懂得爱情，爱情的伟大，伟大的爱情，——

潘月亭 顾八奶奶是天下最多情的女人！

顾八奶奶 （很自负地）所以我顶悲观，顶痛苦，顶热烈，顶没有法子办。

潘月亭 咦，你怎么打着打着不打啦？打牌就有法子办了。

顾八奶奶 （提醒了她）哎呀，对不起，四爷，你给我倒一杯水。我得吃药。（坐下，由手提包取药）

潘月亭 （倒着水）你怎么啦？你要别的药不要？

顾八奶奶 你先别问我。快，快，给我水，等我喝完药再说。（摸着心，自己捶自己）

潘月亭 （递给她水）怎么样？白露这儿什么样的药都有。

顾八奶奶 （喝下去药）好一点！

潘月亭 （站在她旁边）要不，你吃一点白露的安眠药，你睡睡觉好不好？

顾八奶奶 （像煞有介事）不，用不着，我心痛！我刚才不打牌，就因为我忽然想起胡四这个没良心的东西，我的心又痛起来。你不信，你摸摸我的心！

潘月亭　（怕动她）我信，我信。

顾八奶奶　（坚执）你摸摸呢！

潘月亭　（不得已地把手伸出去）是，是。（应卯的样子）还好，还好。

顾八奶奶　（不高兴的神气）还好？我都快死了，我的心都要跳出来了。我找过多少医生，都说我没有病，我就不相信！我花二百块钱叫法国的杜大夫检查一下，他立刻说我有心脏病，我才觉我的心常痛，我有心病。你不相信，你再摸摸我的心，你听，它跳得扑腾扑腾的。（拉着潘的手）

潘月亭　（只好把头也伸过去听）是，是，是，（几乎倒在顾的怀里，频频点头）是扑腾扑腾的。

　　　　〔陈白露由左门进，兴致勃勃地。

陈白露　（不意地见着他们，不知说什么好）咦！月亭，你也在这儿？

　　　　〔潘立起来，走到桌前点烟卷。

顾八奶奶　（搭讪着）你看！四爷给我治病呢？

陈白露　治的是你的心病么？（回过头向着敞开的门；门内依然是说话声与麻将声）刘先生，三番让你和吧。李太太，我少陪了。要什么东西，尽管跟他们要，千万不要客气，我得陪陪我的新朋友了。

潘月亭　新朋友！

顾八奶奶　哪儿来的新朋友？

陈白露　我以为达生在这儿。

潘月亭　你说你那位姓方的表哥？

陈白露　嗯，刚才我还看见他在这儿。

顾八奶奶　白露，不就是那位一见人先直皱眉头的那位先生么？决不要再请他来！我怕他。（向窗走）

陈白露　他就住在这儿。

顾八奶奶　就在这儿？

陈白露　嗯，——达生！达生！

　　　　〔方达生由右门进。

方达生　（立门口）哦，你！你叫我干什么？

陈白露　你在干什么？你出来跟大家玩玩好不好？
方达生　我正跟小东西，你的干女儿谈话呢。（很愉快地）这个小孩很有点意思。
陈白露　你到这里来跟我们谈谈好吧。（走近达生）你来一起玩玩，不要这样不近人情。
方达生　（故意地向潘和顾左右打量，仿佛与自己说话）哦，这儿有你的爸爸，（停，又看看顾）仿佛还有你的妈妈！（忽然对白露）不，不，还是让我跟你的干女儿谈谈吧。
　　　　〔达生回转身，把门关上。
陈白露　这个人简直是没有一点办法。
潘月亭　顾太太，你看胡四这两天又不到银行办事来了。
顾八奶奶　我说过他，他就生气。四爷，您千万别放在心上，他，他呀——
潘月亭　好，我们不要提他吧。（与顾共立在窗前）你看，大丰大楼已经动了工，砸地基之后，眼看着就可以盖起来。地势好，房子只要租出去，最低总可以打一分五的利息。市面要略微好一点，两分多三分利也说不定。
顾八奶奶　白露，你听，四爷想得多有道理。四爷，你怎么说来着？市面一不怎么样，经济一怎么样，就应该怎么样？
潘月亭　我说市面一恐慌，经济一不巩固，就应该买房产。
顾八奶奶　对呀，白露，你看，我现在要不出钱盖大楼，我的市面不就不巩固了么？所以，四爷，你这次想法子盖大丰大楼是一点也不错的。有二分利，每月有三两千块钱进款，为着贴补点零用就差不多了。
　　　　〔福升上。
王福升　四爷，报馆的张先生来了。
陈白露　他忽然来找你干什么？
潘月亭　我约他来的，我想问问这两天的消息。
王福升　就请进来吧？
潘月亭　不，你请他到三十四号，先不要请他到这儿来。

王福升　小姐，董太太来了，刘小姐也来了。

陈白露　都请到那边去。她们是打牌来的，说我一会儿就过来。

王福升　是。

〔福升下。

潘月亭　顾八奶奶，好，就这么说定了，在银行那笔款子我就替你调派了。

顾八奶奶　我完全放心，交给你是不会有错的。

潘月亭　好，回来谈。

陈白露　月亭，你回来，你记得我说的事？

潘月亭　什么？

陈白露　那个小东西，我要把她当我的干女儿看。请你跟金八说说，给我们一点面子。

潘月亭　好，好，我想是可以的。

陈白露　谢谢你。

潘月亭　不用谢谢，少叫我几声"爸爸"，我就很满意了。（由中门下）

顾八奶奶　（望着潘施施走出，回过头。又滔滔地）白露，我真佩服你！我真不知道怎么夸你好。你真是个杰作，又香艳，又美丽，又浪漫，又肉感。一个人在这么个地方，到处都是朋友。就说潘四爷吧，他谁都不赞成，他说他就赞成你，潘四爷是个顶能干的好人，用个文明的词，那简直是空前绝后的头等出品：地产，股票，公债，哪一样不数他第一？我的钱就交他调派。可是你看，你一眼就看中了他，抓着他，你说个"是"，他不敢说"不"字，所以我说你是中国顶有希望的女人。

陈白露　（燃烟）我并没有抓潘四，是他自己愿意来，我有什么法子？

顾八奶奶　（想逢迎她）反正是一句话："王八看绿豆……"哦，不，这点意思不大对，……（而又很骄傲地极力掩饰）你不知道这半年我很交些新派朋友，有时新名词肚子放得多一点，常常不知道先说哪一句话好……我刚才呀是说，你们一个仿佛是薛发黎，一个就是麦唐纳，真是半斤八两，没有比你们再合适的。

陈白露　（故意地）你现在真是一天比一天会说话，我一见你就不知话该打哪头儿说,因为好听的话都叫你说尽了。

顾八奶奶　（飘飘然）真的吗?（不自主地把腿跷起来,一荡一荡地）

陈白露　可不是。

顾八奶奶　是,我自己也这么觉得。自从我的丈夫死了之后,我的话匣子就像打开了一样,忽然地我就聪明起来,什么话都能讲了。（自负而又自怜地）可是会说话又有什么用,反正也管不住男人的心。现在,白露,我才知道,男人是真没有良心。你待他怎么好也是枉然的。

陈白露　（很幽默地望着她）怎么,胡四又跟你怎么样了?

顾八奶奶　（多情地叹一口长气）谁知他怎么样了!这两天就一直看不见他的影子。我叫他来,打电话,寄信,我亲自去找他,他都是不在家。你说这个人,我为他用了这么多的钱,我待他的情分也不算薄,你看,他一不高兴,就几天不管我。

陈白露　那你当然不必再管他,这不是省你许多事。

顾八奶奶　可是……可是这也不能这么说。我觉得一个女人尽管维新,这"三从四德"的意思也应该讲究着点。所以胡四尽管待我不好,我对他总得有相当的情分。

陈白露　恭喜,恭喜!八姐。

顾八奶奶　（愕然）怎么?

陈白露　恭喜你一天比一天地活得有道理,现在你跟胡四居然要讲起"三从四德"了!

顾八奶奶　（翻着眼）咦,你当我是那不三不四,不规矩的坏女人?

陈白露　可是,我的顾八奶奶,谈"三从四德"你总得再坐一次花轿,跟胡四龙呀凤呀地规规矩矩地再配配才成呀!

顾八奶奶　（不大明白）你是说我跟胡四结婚?（大摇头）啊呀,快别提结婚吧!结婚以前他待我都这样,结婚以后那我不是破鞋,更提不上了?现在这文明结婚压根儿就没有什么用,他要变心,他就会找律师不要我。不像以前我嫁我那死了的老东西的时候,说什么我也是他的太太!花轿娶来的太太,他就得乖乖地高高在上养着我,供着我,你说离婚,不要自己花

　　　　　　轿娶来的老婆？那是白天做大梦！哼，美得你！可是，现在……（感慨系之）咳……白露，你是个聪明人，你想想结婚有什么意思？有什么意思？

陈白露　（叹一口气）结婚不结婚都没有什么意思。（思虑地）不过我常常是这么想，好好地把一个情人逼成了自己的丈夫，总觉得怪可惜似的。

顾八奶奶　（固然不大懂白露的话，但猜得出大概是那样的意思，于是——）说的也就是这个意思啊！你想吃吃饭，跳跳舞，两个人只要不结婚总是亲亲热热的，一结了婚，哼——（仿佛看见了胡四做没有良心的丈夫的神气，而不由自主地——）说到大天！这件事办不到，胡四说什么都可以，所以，他跟我求婚，我总是不依的。再，我也怕他，结了婚，现原形，而且我那位大女儿你也是知道的——

陈白露　你说你那位大学毕业的小姐吗？

顾八奶奶　就是她！

陈白露　她怎么？

顾八奶奶　（又有了道理）你不知道我这个人顶爽快，我顶不像我的女儿。我的女儿好咬文嚼字，信耶稣，好办个慈善事业，有点假模假式的。我就不然，我从前看上老邱，我满心眼里尽是老邱；现在我看中了胡四，我一肚子尽是胡四。你看，我的女儿那样，我偏偏儿这样，你看这不是有点遗传！（很得意自己又用了一个新名词，不自主地咳嗽起来）

陈白露　可是，八姐，你那位大学小姐跟你结婚又有什么关系呀？

顾八奶奶　哦，说着说着我忘了。（忽然非常机密样子，低声对着白露的耳朵，指手画脚地）我告诉你，我的女儿顶反对胡四，——其实我也明白，自然是因为怕胡四花完了我的钱，你想我嫁给胡四，我那女儿的年纪跟他，……跟他，……呃，呃，看着差不多少。你说将来叫我的女儿怎么称呼他，这不有点叫做妈的难以为情。

陈白露　（打着呵欠，自然听得有点厌烦了）然而胡四这样成天地对不起你，你何必永远忘不了他。

顾八奶奶　（很自负地）那就是爱情啰！其实我也知道他懒，死不长进，我好说歹说托潘四爷给他找事。潘四爷说市面紧，可是为着我在银行裁去十五个人——不对，大概是二十个人，不，十五个？二十个？咳，反正是十来个人吧——你看裁了那么些个人才给他挤出一个事。你看，他不是嫌钱少，就是说没意思，去了两天，现在又不常去了。懒，没出息，没有办法，——唉，天生是这么一个可怜的人！我不管他，谁管他？（发现了宇宙真理一般）哼，爱情！从前我不懂，现在我才真明白了。

陈白露　（讽刺地）哦，你明白了爱情，就无怪你这么聪明了。

顾八奶奶　我告诉你，爱情是你甘心情愿地拿出钱来叫他花，他怎么胡花你也不必心痛，——那就是爱情！——爱情！

陈白露　怪不得人家老跟我说爱情是要有代价的，现在我才完全明白这句话的意思。

顾八奶奶　是啊，所以我想还跟胡四再加点"代价"。我想找潘四爷替他在电影公司找个事。白露，我们是好姊妹，你在四爷面前替我跟他说说，我真有点不好意思再多麻烦他啦。

陈白露　哦，你说你要他当电影明星？

顾八奶奶　（热烈地）嗯，他当明星，准红！你看他哪一点不像个电影明星？身材，相貌，鼻子，眼睛，我看都不错。

陈白露　可是，你不怕旁的女人追他么。

顾八奶奶　不，这一点我最放心他。他什么都不好，就是对我死心眼，总像个小狗似的跟着我。（忽然觉得有点不大符事实）呃……呃……自然这两天他没有见我，可是这也难怪他，他要用三百块钱，我没有给他，他劝我换一辆小雪佛兰的汽车，我一时没有那么多的钱，也没买。后来，他就跟我求婚，——我告诉你，这是第十二遍了——我又没有答应他，难怪他气了。

陈白露　所以你想，你要给他做个好事，叫他平平气。

顾八奶奶　我这次可许了他了，只要他当了电影明星，我就想法子嫁给

205

　　　　　他。我跟你痛痛快快地说吧，我都想过，画报上一定登那么老大的照片，我的，胡四的，我们两个的，报纸每天登着我们蜜月的新闻。并且——

陈白露　恭喜，恭喜，恭喜你现在又觉得结婚有意思了，我得好好吃你一杯喜酒。不过，你的大学小姐呢？你怎么办？

顾八奶奶　（不以为然的口气）嗯，胡四当了电影明星就大不同了。我叫胡四在她的什么慈善游艺会，以电影明星的资格，唱个浪漫歌，（手势）跳个胡拉舞，你看，她不乐得飞飞的。

陈白露　八姐，我一定替你办，你真聪明，想得真周到，我答应你，我一定找潘四爷，明天就设法叫他入电影公司，好吧？

顾八奶奶　（感激莫明）谢谢你！谢谢你！你看，我说过你是个"空前绝后"的杰作，那是一点也不错的。

　　　　　〔福升由中门上，拿着许多账单。

王福升　哦，八奶奶在这儿？

顾八奶奶　你干什么？

王福升　我找小姐。

陈白露　是为你手里拿来那些账条么？

王福升　是，小姐。潘四爷已经把昨天那些应该付的钱都替你付了，他叫我把这些账条交给您。

陈白露　你把它烧了吧。

王福升　是……是！可是这里（正要由口袋取出）还有一把——

陈白露　还有？

王福升　要不，您听着——（正要念下去）

陈白露　你没有看见这儿有客么？

王福升　是，是。

　　　　　〔张乔治由左门上，他穿一身大礼服，持着礼帽，白手套，象牙手杖，还带着一束花，得意扬扬地走进来。

张乔治　（满腔热诚）Hello！ Hello！我一猜你们就在这间屋子！（拉手）Hello！ Hello！（那样紧紧地握着两个女人的手）

顾八奶奶　哦，博士来了！

张乔治　顾太太！（打量上下）你真是越过越漂亮了。

顾八奶奶　（眉飞色舞）真的么？博士？

张乔治　（望着白露）Oh, my！我的小露露，你今天这身衣服——

陈白露　（效他那神经的样子，替他说）Simply Beautiful！

张乔治　一点也不错！还是你聪明，你总知道我要说什么。（转过身，向着福升）By the way，哦，Boy！

王福升　也斯（Yes），死阿（sir）！

张乔治　你跟里面的人说，说我不去陪他们打牌了。

王福升　也斯，死阿！

〔福升由左门下。

陈白露　你不要这么猴儿似的，你坐下好吧。

张乔治　哦，Please，Please，excuse me，my dear Lulu。

顾八奶奶　喂，你们两个不要这么叽里呱啦地翻洋话好不好？

张乔治　Oh，I'm sorry，I'm exceedingly sorry！我是真对不起你，说外国话总好像方便一点，你不知道我现在的中国话忘了多少。现在还好呢。总算记起来了，我刚回来的时候，我几乎连一句完全中国话都说不出来，你看外国话多么厉害。

顾八奶奶　博士，还是你真有福气，到过外国，唉，外国话再怎么王道，可怜我这中国话一辈子也忘不了啦。

陈白露　Georgy，今天你为什么穿得这么整齐？

张乔治　你不知道，在衙门里做事是真麻烦。今天要参加什么典礼，明天要当什么证婚。今天部里刘司长结婚，我给他当伴郎，忽然我想到你，我简直等不了换衣服，我就要来。哦，这一束花是我送给你的，我祝你永远像今天这么美，并且也让它代表我的歉意。昨天晚上，我原来的意思，跑到你房里是——

顾八奶奶　昨天晚上你们怎么了？

陈白露　（以目示意）没有什么。

张乔治　没有什么！那好极了，我知道你向来是大量的。

顾八奶奶　博士，你这两天没跟胡四一起玩么？

张乔治　胡四？前两天我在俱乐部看见他很亲热地跟一个——

207

顾八奶奶　（急躁地）一个什么？

张乔治　跟一个狗一块走进来走进去。

顾八奶奶　这个没有良心的东西，他情愿跟一条狗走，不跟我在一起。

张乔治　怎么，你们又闹翻了么？咦，那他在门口坐在汽车里做什么？

顾八奶奶　什么！他在楼底下？门口？

张乔治　奇怪！你不知道？

顾八奶奶　博士，你真不像念书的人，你怎么早不告诉我？

张乔治　念了书不见得一定算得出来顾八奶奶想见胡四呀。

顾八奶奶　好了，我不跟你说了。我要走了。（匆匆忙忙地走到中门，回身）可是白露，你得记住我刚才托你的事。见着四爷，别忘了替我说一声。

陈白露　好吧。

顾八奶奶　博士，"古得拜！""拜——拜！"（顾下）

张乔治　（嘘出一口气）好容易这个宝贝走了。（很热烈地转向白露）白露，我告诉你一件好消息。

陈白露　什么好消息？是你太太又替你生了少爷了？

张乔治　（又是他那最得意的一甩手）Pah！岂有此理。

陈白露　那么你一定又是升了官了。

张乔治　这个喜信跟升了官也差不多少。我告诉你（拉着白露的手，亲密而愉快地）昨天下午我跟我太太离婚了，正式离婚了！

陈白露　离婚？怎么，你太太替你生了三个小孩，你忽然不要了？她辛辛苦苦替你扶养着孩子叫你好上学，你回了国几年就跟她离婚？

张乔治　咦，我给她钱；我有钱，我给她钱啦。你这个人，我没想到你这样不通人情。

陈白露　是啊，所以我现在要跟你学学，"人情"这两个字究竟怎么讲。

张乔治　不，露露，我们不谈她，忘了她。让我跟你谈谈第二个好消息。

陈白露　Georgy，今天你的好消息真多呀！

张乔治　（忽然非常温存地盯着她）露露，你知道昨天晚上我为什么到你这里

陈白露　（讪笑着他）难道你也是要跟我求婚来的？
张乔治　（惊愕）Oh, my！ My good gracious！你简直是上帝，你怎么把我心里的事都猜透了？
陈白露　（惊怪）什么？你——
张乔治　不，露露，你应该可怜可怜一个刚离过婚，没有人疼的男人，你必须答应我。
陈白露　怎么，你昨天晚上，闹成那个样子，（非常厌恶地）吐了我一床，你原来是要我嫁给你？
张乔治　那是因为我喝醉了。
陈白露　我当然知道你是喝醉了。
张乔治　那是因为我太喜欢了。我，我一刻也忘不了我就要成世界上最幸福的人，我知道你一定会嫁给我。
陈白露　奇怪，为什么你们男人们自信心都那么强？
张乔治　露露，我现在在广东路有一所房子，大兴煤矿公司我也有些股票，在大丰银行还存着几万块钱现款，自然你知道我现在还在衙门做事。将来只要我聪明一点，三四千块钱一月的收入是一点也不费事的，并且，我在外国也很不坏，我是哲学博士，经济学士，政治硕士，还有……
陈白露　（喊起来）达生，达生，你快出来。
　　　　〔方达生由右面寝室走出。
方达生　（看见他们两个坐在一起）哦，你们两个在这儿，对不起，我大概听错了。（回身）
陈白露　我是叫你，你来！你赶快把窗户打开。
张乔治　干什么？
陈白露　我要吸一点新鲜空气。这屋子忽然酸得厉害。
方达生　酸？
陈白露　可不是，你闻不出来？（转过话头）小东西呢？
方达生　在屋子里。这孩子很有意思，我非常喜欢她。
陈白露　你带她走，好吧？

方达生　自然好，我正少这么一个小妹妹。
陈白露　那我把她送给你了。
方达生　谢谢你！就这么定规了。
张乔治　喂，白露，你……你！请你也给我介绍介绍，不要这样不客气。
陈白露　咦，你们不认识？
张乔治　（看了看）很面熟，仿佛在哪儿见过似的。
方达生　可是张先生，我可认识你，你洋名乔治张，中名张乔治，你曾经得过什么硕士博士一类的东西，你当过几任科长，……
张乔治　（愣住，忽然）哦，我想起来了。我们见过，我们是老朋友了！
陈白露　（忍住笑）真的？在哪儿？
张乔治　啊，我们是老朋友了。我想起来了，五年前，我们同船一块从欧洲回来。（忽然走到达生面前，用力地握着他的手，非常热烈地）啊，这多少年了，你看这多少年了。好极了，好极了，请坐，请坐。（回头取吕宋烟）
陈白露　（低声）这是怎么一回事？
方达生　（微笑）谁知道他是怎么回事！

　　〔李石清由左门上。他原来是大丰银行一个小职员，他的狡黠和逢迎的本领使他目前升为潘月亭的秘书。他很猥琐，极力地做出他心目中大人物的气魄，却始终掩饰不住自己的穷酸相，他永远偷偷望着人的颜色，顺从而谄媚地笑着。他嘴角的笑纹呆板板地如木刻上的线条，雕在那卑猥而又不甘于贫贱的面形上。当他正颜厉色的时候，我们会发现他额上有许多经历的皱纹，一条一条的细沟，蓄满了他在人生所遭受的羞辱，穷困和酸辛。在这许多他所羡慕"既富且贵"的人物里，他是时有"自惭形秽"之感的，所以在人前，为怕人的藐视，他时而也扭捏作态无中生有地夸耀一下，然而一想起家里的老小便不由得低下头，忍气吞声受着屈辱。他恨那些在上的人，他又不得不逢迎他们。于是愤恨倒咽在肚里，只有在回家以后一起发泄在自己可怜的妻儿身上。他是这么一个讨厌而又可悯的性格，——

他有一对老鼠似的小眼睛，头发稀稀拉拉的，眉毛淡得看不出，嘴边如野地上的散兵似的只布着几根毛，扁鼻子，短下巴，张开嘴露着几颗黑牙齿，声音总是很尖锐的。他很瘦，很小，穿一件褪了颜色的碎花黄缎袍，外面套上一件崭新的黑缎子马褂。他咯噔噔地走进来，脚下的漆皮鞋，是不用鞋带的那一种，虽然旧破，也刷得很亮，腿上绑着腿带。

李石清　陈小姐！（向着张乔治）博士！（鞠躬）

张乔治　你来得正好！李先生，我得给你介绍介绍我的一个老朋友。

李石清　是，是，是。

张乔治　（向着达生）这是李石清，李先生，大丰银行的秘书，潘四爷面前顶红的人。

李石清　不敢，不敢。这位贵姓是——

张乔治　这是我从欧洲一块回来的老同学，他姓这个，姓这个——

方达生　我姓方。

张乔治　（打着脑袋）对了，你看我这个记性，姓方，方先生！

李石清　久仰！久仰！

陈白露　李先生，你小心点，李太太正找着你，说有话跟你讲。

李石清　是吗？（笑）她哪有工夫跟我说话，她正打着牌呢。

陈白露　还在打么？她早就说不肯打了。怎么？输了赢了？

李石清　我的内人打得不好，自然是输的。不过输得很有限，只三四百块钱，不——

陈白露　（替李说出）不算多。

李石清　陈小姐顶聪明了，专门会学人的口头语。（不自然地笑）其实，到陈小姐这儿打牌，输了也是快活的。

陈白露　谢谢，谢谢，不要恭维了，我担不起。

张乔治　没有见着潘经理么？

李石清　我正是找他来的。

陈白露　他大概在三十四号，你问福升就知道了。

李石清　是。陈小姐，那么我先跟您告一会假。失陪，失陪，博士。失陪，方先生。

211

〔李鞠躬点头地正要走出，顾八奶奶推着胡四由中门上。胡四毕竟是胡四。苍白的脸，高高的鼻梁，削薄的嘴唇，一口整齐的白牙齿，头发梳得光光的，嘴边上有两条极细的小胡子，偶尔笑起来那样地诱惑，尤其他那一对永远在做着"黯然消魂"之态的眼睛，看你又不看你，瞟人一眼又似乎怕人瞧见，那态度无论谁都要称为妩媚的。他不大爱笑，仿佛是很忧戚的，话也不多，但偶尔冒出一两句，便可吓得举座失色，因为人再也想不出在这样一副美丽的面形下面会藏蓄这么许多丑陋粗恶的思想和情感。但他并不掩饰自己，因为他不觉得自己是丑陋的，反之他很自负地以为自己——如许多人那样当面地称赞他——是"中国第一美男子"。他时常照镜子，理头发，整整衣服；衣服是他的第二个生命，那是神圣不可侵犯的宝物。现在他穿着西服，黑衬衫，白丝领带，藕荷色带着杂色斑点的衣服，裁得奇形怪样的时髦。手里持着一只很短很精致的小藤杖和银亮亮的链子。

〔他带着一副从容不迫的神气，脸上向来没有一丝表情，不惊愕，不客气，见人也并不招呼，那样"神秘"——这是顾八奶奶对他的评语——地走进来。

李石清　顾八奶奶，(很熟稔地)胡四爷。

顾八奶奶　(对李)你给我拉他进来。

李石清　又怎么了？

胡　四　(看了顾一会，回过头对李说，若无其事的样子)别管她。

李石清　对不起，我要见潘经理，失陪，失陪。

〔李下。

顾八奶奶　(一个天真未凿的女孩子似的，撒着娇。当然看得出来她在模仿着白露)你跟我来！我不让你看，我不让你看嚜！(一手推进胡四，骄傲地立在自己的俘虏和朋友前面，一半对着胡四，一半对着其余的人，胜利地)我不许你看，你就不能看！你听着不听着？

胡　四　(厌恶而又毫无办法)好！好！好！我听着。可是你瞧你！(皱起眉甩开她的手，指着袖管，已经被顾八奶奶馒头似的手握成许多皱纹。她放下手，故意做

　　　　　　不在意的笑）好好的衣服！（用手掸了掸衣服，整理自己的领带）

顾八奶奶　（似笑非笑。急于把这点难堪掩饰过，但在人面前又不得不生着气）你瞧你！

陈白露　　你们这是怎么回事？

胡　四　　没什么。（乖觉地觉出事态可以闹得很无趣，便一手拉起顾的手，嫣然地笑出来）你瞧你！（下面的话自然是"你急什么？"但他没有说，却一手理起油亮亮的头发。两个人不得已地互相笑了，顾当时平了气）

顾八奶奶　（又和好地，对白露）你看我们成天打架，我们好玩不？

陈白露　　当着人就这么闹，你们简直成了小孩子了。

顾八奶奶　我们本来就是一对小孩子嚜！（向胡四）你说是不是？我问你，你刚才为什么偏要看那个女人？有什么美？又粗，又胖，又俗气，又没有一点教育，又没有一点聪明伶俐劲儿，又没有……

胡　四　　得了，得了，你老说什么？（自己先坐下，取出手帕擦擦脸，又拿出一面小镜子照照）你看，我不是听你的话进来了么？（忽然看见张乔治，欠欠身）咦，博士，你早来了。

张乔治　　胡四，好久没见，你这两天滚到什么地方玩去了？

胡　四　　没有什么新鲜玩意。到俱乐部泡泡，舞场里"蹭蹭"（跟女人混混的意思），没有意思，没劲儿。

顾八奶奶　哼，你多半又叫什么坏女人把你迷住了。

胡　四　　你瞧你！（毫不在意，慢吞吞地）你要说有就有。

顾八奶奶　（急了）我可并没说你一定有。

胡　四　　（还是那副不在乎的表情）那不就得了。

　　　　　〔福升由左门上。

王福升　　小姐，点心预备好了，摆在五十一号，您先看看，好么？

陈白露　　（正和方达生谈话，转身）好，我就去。

王福升　　是。（复由左门下）

陈白露　　胡四，你见过我的新客人么？（胡四懒懒地探起身）方先生，新到这儿来，我的表哥。（向达生）这是胡四，中国第一美男子。

顾八奶奶　（正和张乔治谈话，回过头，非常高兴地）你不要这么夸他，他更要跟我耍脾气了。

213

陈白露　好，你们好好地谈吧，我要到那屋子去看看就回来。(由左下)
胡　四　(不知不觉地又理理头发，回头向穿衣镜照照，对着方达生半天，忽然冒出一句)久仰，久仰，您多照应着点。
方达生　(不知答些什么好)哦，哦。
胡　四　您很面熟。
方达生　是么？
胡　四　您多大？
方达生　(没想到)什么？
胡　四　你很漂亮，很拿得出去，在这个地方一定行得通。博士，你看，方二爷像不像我那位朋友黄韵秋？(上下打量方达生)
张乔治　黄韵秋？
胡　四　大舞台唱青衣的。
方达生　(厌恶)我看你大概是个唱花旦的。
胡　四　好眼力，不敢，会一点。顾八奶奶就是我的徒弟，白露也跟我学过。
方达生　(自语)这个东西！
　　　　〔半晌。
胡　四　(莫明其妙，忽然很正经地)博士，你饿不饿？
张乔治　(愕然)我？——不饿！
顾八奶奶　(也奇怪胡四为什么忽然冒出这一句)你——饿了？
胡　四　我。(看看达生)不，(摇头)——也不饿。
　　　　〔半晌。
方达生　(望望这三个人，叹气)对不起，我想在外边走走。
张乔治　不过，方先生，你——
方达生　我不陪了。
　　　　〔达生由中门下。三人望他下场，三个人互递眼色。
胡　四　这个家伙怎么一脑门子的官司？
顾八奶奶　白露大概是玩腻了，所以不知在哪儿叫来这么一个小疯子来开开心。
张乔治　奇怪，这个人我又好像不大认识似的。

胡　　四　（燃纸烟）博士，我现在会开汽车了。

顾八奶奶　对了，博士，你没有看见他开汽车，开得快着得呢。

胡　　四　博士，现在有人邀我进电影公司，要我当小生。你看我现在骑马，游水，跳舞，穿洋服，一点一点地学起来，博士，你看我这一身的洋服穿得怎么样，很有点意思啦吧？

张乔治　还将就，还将就。不过洋服最低限度要在香港做，价钱至少也要一百七十元一套。

胡　　四　（望着顾）你听见没有？你要我到大丰银行做事，干一个月还不够我一套西服钱呢？

顾八奶奶　你不要不知足，李石清一天忙到黑，一个月才二百块，那还是白露的情分，跟潘四爷说好了才成的。

胡　　四　那是他贱骨头，谁也不能卖得这么贱。

〔白露由左上。

陈白露　（立在门口）点心预备好了。来吧！你们都进来吃吧。今天都是熟朋友。（回头看）刘小姐，你看 Georgy 来了。

张乔治　（远远望见左门里面的刘小姐，老远就伸出手，一边走着，高声嚷着）Bonjour, Bonjour, Mademoiselle（摇着手）——哦，我的刘小姐。你不必起来。我来就你！……我来就你！（嚷喝着走进去，里面欢呼声）

胡　　四　（慢吞吞地，提一下裤带，摸摸衣服，又是他那满不在乎，无精打采的样子，对着顾）起来吧！我进门就饿了。

顾八奶奶　（瞪他一眼）饿了不早说！还不快点走！（噔噔地走上前）

胡　　四　（瞟她一眼，更慢了）你瞧你！

顾八奶奶　（已走到左门口，回头看胡四还立在那里，于是伸出手招他，笑着）快点来，胡四。

胡　　四　（翻翻白眼，胜利似的）咻！

〔胡四稳稳当当地走入左门，对白露很妩媚地笑了笑。

陈白露　（四面望望）咦，达生呢？（回头，忽然见李太太在背后）哦，李太太，您不吃点东西么？……哦，那么，您请进来吧。

〔李太太上，一个十分瘦弱的女人，举止端重，衣服不甚华丽。神色温良，但罩满了忧戚，她薄薄敷一层粉，几乎没有怎么修

215

饰，仿佛很勉强地来到这里，客气而很不自在地和白露说话。

陈白露　（和蔼地）是您要找李先生说话？
李太太　是，陈小姐。
陈白露　（按电铃）你们夫妇两人感情真好，这一会儿都离不开。我真羡慕你们。
　　　　〔福升上。
陈白露　福升，你去请李先生来！说李太太等他有话说。
王福升　是。
陈白露　喂！方先生在外头么？
王福升　没有，没有看见。
陈白露　你去吧！（福升下）
陈白露　李太太，请您等一下，我有一点事。（向右门走）达生，达生！
　　　　〔小东西由白露的卧室走出来。她已和十二小时前的模样大改了，她穿着白露的玫瑰紫的旧旗袍，还是肥大，一望而知不是她自己的衣服。乌黑的头发垂下来，白净的脸抹上两块喜饼大的红胭脂，眼睛凸成金鱼的那样大。一半因为这几天哭多了，一半因为四周的新奇使她有些迷惑。她望着白露和李太太一声也不响，如同涂彩的泥娃娃立在那里。
陈白露　方先生在屋里么？
小东西　方先生？
陈白露　就是方才跟你说话那位先生。
小东西　他呀！他不在屋。
陈白露　他又跑了。（忽然对小东西）咦，谁叫你跑出来的？
小东西　（惶恐地）我！我听见您叫唤我就出来了。
陈白露　（笑问她）那么，你忘记昨天晚上那些人啦？
小东西　（立刻往里跑）是，小姐。
陈白露　回来，（小东西退回来）屋里有一个通过道的窗户，你记得关好，听见了没有？
小东西　嗯嗯。（又跑回）
　　　　〔李石清由中门进。

陈白露　站住！走过来点！（小东西就走过来。她用手帕把她的胭脂涂匀，揩去她的泪痕，仁慈地笑着）去吧！（小东西又回到右屋。白露回头）哦，李先生，你可来了！你看你太太非要找你不可，你们真亲热。

李石清　（笑）您不知道，陈小姐，我们也是一对老情人，我的太太要是一点钟不跟我说一次情话是过不得的。

陈白露　真的么？那你们尽管在这儿谈吧。我不打搅了。

　　〔白露由左门下。

李石清　（鞠躬，望着白露出了门，半响，四面看看，放下心，拉下脸，严重地）打得怎么样？输了？赢了？

李太太　（哀声地）石清，你让我回去吧？

李石清　（疑惧地）你输了？

李太太　（低头）嗯。

李石清　（有些慌）我给你一百五十块钱都输了？

李太太　（低声）还没有都输——也差不多少。

李石清　（半天，想不出办法）可是怎么能输这么些！

李太太　我心里着急，我怕输，牌更打不好了。

李石清　（不觉地气起来）着急？都是一样地打牌，你着什么急？你真，你真不见世面。

李太太　（受不了这样的委屈，落下眼泪）我不去打牌，你偏要我打牌。我不愿意来，你偏逼我到这儿来。我听你的话，我来了，陪着这帮有钱的人们打大牌——输了钱，你又——（泣出声）

李石清　（看着她，反而更气起来）哭！哭！哭！你就会哭！这个地方是你哭的么？这成什么样子？不用哭了。（不耐烦地）我这儿有的是钱，得了，得了。

李太太　我不要钱。

李石清　你要什么？

李太太　（怯弱地）我要回家。

李石清　少说废话，这儿有钱。（取出皮夹来安慰她）你看，我这儿有一百块钱，你看。先分给你八十，好不好？

李太太　你在哪儿弄来的钱？

217

李石清　你不用管。

李太太　（忽然）你的皮大氅呢？

李石清　在家里，没有穿来。

李太太　（瞥见李手内一卷钞票内夹着的一张纸）石清，你这是什么？

李石清　（抢说）这是……（但已被李太太抢去）

李太太　（望望那张纸，又交还李）你又把你的皮大衣当——

李石清　你不要这么大声嚷嚷！

李太太　唉，石清，你这是何苦！

李石清　（不高兴）你不用管，我跟你说，你不用管。

李太太　石清，我实在受不了啦。石清，你叫我回家去吧，好不好？这不是我们玩的地方，没有一个正经人，没有一句正经话——

李石清　谁说没有正经人，潘经理不就是个正经人么！你看他办学校，盖济贫院，开工厂，这还不是好人做的事？

李太太　可是你没有看见他跟这位陈小姐——

李石清　我怎么没看见。那是经理喜欢她，他有的是钞票，他爱花这样的钱，这有什么正经不正经？

李太太　好了，这都不是我们的事。（哀求地）你难道不明白，我们的进款这样少，我们不配到这个地方来陪着这位陈小姐，陪着这些有钱的人们玩么？

李石清　我跟你说过多少遍，这样的话你要说，在家里说。不要在这儿讲。省得人家听见笑话你。

李太太　（委屈地）石清，真的我的确觉得他们都有点笑话我们。

李石清　（愤恨地）谁敢笑话我们？我们一样有钱，一样地打着牌，不是百儿八十地应酬着么？

李太太　可是这是做什么呀！我们家里有一大堆孩子！小英儿正在上学，芳儿都要说人家，小五儿又在不舒服。妈妈连一件像样过冬的衣服都没有。放着这许多事情都不做，拿着我们这样造孽的钱陪他们打牌，百儿八十地应酬，你……你叫我怎么打得下去？

李石清　（低头）不用提了，不用提了。

218

李太太　你想，在银行当个小职员，一天累到死，月底领了薪水还是不够家用，也就够苦了。完了事还得陪着这些上司们玩，打牌，应酬；孩子没有上学的钱，也得应酬；到月底没有房租的钱，还得应酬；孩子生了病，没有钱找好医生治，还是得应酬——

李石清　(爆发)你不要说了！你不要再说下去了！(沉痛地)你难道看不出来我心里整天难过？你看不出我自己总觉得我是个穷汉子吗？我恨，我恨我自己为什么没有一个好父亲，生来就有钱，叫我少低头，少受气吗？我不比他们坏，这帮东西，你是知道的，并不比我好，没有脑筋，没有胆量，没有一点心肝。他们跟我不同的地方是他们生来有钱，有地位，我生来没钱没地位就是了。我告诉你，这个社会没有公理，没有平等。什么道德，服务，那是他们骗人。你按部就班地干，做到老也是穷死。只有大胆地破釜沉舟地跟他们拼，还许有翻身的那一天！

李太太　石清，你只顾拼，你怎么不想想我们自己的儿子，他们将来怎么了？

李石清　(叹一口气)孩子！哼，要不是为我们这几个可怜的孩子，我肯这么厚着脸皮拉着你，跑到这个地方来？陈白露是个什么东西？舞女不是舞女，娼妓不是娼妓，姨太太又不是姨太太，这么一个贱货！这个老混蛋看上了她，老混蛋有钱，我就得叫她小姐；她说什么，我也说什么；可是你只看见我把他们当作我的祖宗来奉承。素贞，你没有觉出有时我是怎么讨厌我自己，我这么不要脸来巴结他们，我什么人格都不要来巴结他们。我这么四十多的人，我要天天鞠着躬跟这帮王八蛋，以至于贱种像胡四这个东西混，我一个一个地都要奉承，联络。我，李石清，一个男子汉，我——(低头不语)

李太太　石清，你不要难过，不要丧气，我明白你，你在外面受了许多委屈。

李石清　不，我决不难过。(忽然慢慢抬起头来，愤恨地)哼，我要起来，我要翻过身来。我要硬得成一块石头，我要不讲一点人情。我以后不可怜人，不同情人；我只要自私，我要报仇。

李太太 报仇？谁欺负了你，你恨谁？

李石清 谁都欺负我，谁我都恨，我在这儿二十年，干到现在，受了多少肮脏气？我早晚要起来的，我要狠狠地出口气，你看，我就要起来了。

〔潘月亭由中门进。

潘月亭 石清！你回来了。

李石清 （恭谨地）早来了。我听说您正跟报馆的人谈天，所以没敢叫人请您去。

潘月亭 李太太有事么？

李石清 没有事，没有事。（对李太太）你还是进去打牌去吧。

〔李太太由左门下。

李石清 报馆有什么特别关于时局的消息么？

潘月亭 你不用管，叫你买的公债都买好了么？

李石清 买了，一共二百万，本月份。

潘月亭 成交是怎么个行市？

李石清 七七五。

潘月亭 买了之后，情形怎么样？

李石清 我怕不大好。外面有谣言，市面很紧，行市只往下落，有公债的都抛出，可是您反而——

潘月亭 我反而买进。

李石清 您自然是看涨。

潘月亭 我买进，难道我会看落？

李石清 （表示殷勤）经理，平常做存货没什么大危险，再没办法，我们收回，买回来就得了。可现在情形特别，行市一个劲儿往下跌。要是平定一点，行市还有翻回来的那一天，那您就大赚了。不过这可是由不得我们的事。

潘月亭 （拿吕宋烟）你怎么知道谣言一定可靠？

李石清 （卑屈地笑）是，是，您说这是空气？这是空户们要买进，故意造出的空气？

潘月亭 空气不空气？我想我干公债这么些年，总可以知道一点真消息。

李石清　（讨好地）不过金八的消息最灵通，我听说他老人家一点也没有买，并且——

潘月亭　（不愉快）石清先生，一个人顶好自己管自己的事，在行里，叫你做的你做，不叫你做的就少多事，少问。这是行里做事的规矩。

李石清　（被这样顶撞，自然不悦，但极力压制着自己）是，经理，我不过是说说，给您提个醒。

潘月亭　银行里面的事情，不是说说讲讲的事，并且我用不着你提醒。

李石清　是，经理。

潘月亭　你到金八爷那儿去了么？

李石清　去过了。我跟他提过这回盖大丰大楼的事情。他说银行现在怎么会有钱盖房子？后来他又讲市面太坏，地价落，他说这楼既然刚盖，最好立刻停工。

潘月亭　你没有说这房子已经订了合同，定款已经付了么？

李石清　我自然说了，我说包给一个外国公司，钱决不能退，所以金八爷在银行的存款一时实在周转不过来，请缓一两天提。

潘月亭　他怎么样？

李石清　他想了想，他说"再看吧"，看神气仿佛还免不了有变故。

潘月亭　这个流氓！一点交情也不讲！

李石清　（偷看他）哦，他还问我现在银行所有的房地产是不是已经都抵押出去了？

潘月亭　怎么，他会问你这些事情？

李石清　是，我也奇怪呢，可是我也没怎么说。

潘月亭　你对他说什么？

李石清　我说银行的房地产并没有抵押出去。（停一下。又偷看潘的脸，胆子大起来）固然我知道银行的产业早已全部押给人了。

潘月亭　（愣住）你——谁跟你说押给人了？

李石清　（抬起头）经理，您不是在前几个月把最后的一片房产由长兴里到黄仁里都给押出去了么？

221

潘月亭　笑话。这是谁说的？

李石清　经理，您不是全部都押给友华公司了么？

潘月亭　哦，哦，(走了两步)哦，石清，你从哪儿得来这个消息？(坐下)怎么，这件事会有人知道么？

李石清　(明白已抓住了潘的短处)您放心放心，没有人知道。就是我自己看见您签字的合同。

潘月亭　你在哪儿看见这个合同？

李石清　在您的抽屉里。

潘月亭　你怎么敢——

李石清　不瞒您说，(狞笑)因为我在行里觉得很奇怪，经理忽而又是盖大楼，又是买公债的，我就有一天趁您见客的那一会工夫，开了您的抽屉看看。(笑)可是，我知道我这一举是有点多事。

潘月亭　(待了半天)石清，不不——这不算什么。不算多事。(不安地笑着)互相监督也是好的。你请坐，你请坐，我们可以谈谈。

李石清　经理。您何必这么客气？

潘月亭　不，你坐坐，不要再拘束了。(坐下)你既然知道了这件事，你自然明白这件事的秘密性，这是决不可泄露出去，弄得银行本身有些不便当。

李石清　是，我知道最近银行大宗提款的不算少。

潘月亭　好了，我们是一个船上的人啦。我们应该互相帮助，团结起来。这些日子关于银行的谣言很多，他们都疑惑行里准备金是不够的。

李石清　(故意再顶一句)的的确确行里不但准备金不足，而且有点周转不灵。金八爷这次提款不就是个例子么？

潘月亭　(不安地)可是，石清——

李石清　(抢一句)可是，经理，自从您宣布银行赚了钱，把银行又要盖大丰大楼的计划宣布出去，大家提款的又平稳了些。

潘月亭　你很聪明，你明白我的用意。所以现在的大楼必须盖。哪一天盖齐不管他，这一期的建筑费拿得出去，那就是银行准备金充足，是巩固的。

李石清　然而不赚钱，行里的人是知道的。
潘月亭　所以抵押房产，同金八提款这两个消息千万不要叫人知道。这个时候，随便一个消息可以造成风波，你要小心。
李石清　我自然会小心，伺候经理我一向是谨慎，这件事我不会做错的。
潘月亭　我现在正想旁的方法。这一次公债只要买得顺当，目前我们就可以平平安安地渡过去。这关渡过去，你这点功劳我要充分酬报的。
李石清　我总是为经理服务的。呃，呃，最近我听说襄理张先生要调到旁的地方去？
潘月亭　（沉吟）是，襄理，——是啊，只要你不嫌地位小，那件事我总可以帮忙。
李石清　谢谢，谢谢，经理，您放心，我总是尽我的全力为您做事。
潘月亭　好，好。——哦，那张裁员单子你带来了么？
李石清　带来了。
潘月亭　人裁了之后，大概可以省出多少钱？
李石清　一个月只省出五百块钱左右。
潘月亭　省一点是一点。上次修理房子的工钱，你扣下了么？
李石清　扣下了，二百块钱，就在身上。
潘月亭　怎么会这么多？
李石清　多并不算多，扣到每个小工也不过才一毛钱。
潘月亭　好的，再谈吧。（向左门走了两步，忽然回过头来）哦，我想起来了，你见着金八，提到昨天晚上那个小东西的事么？
李石清　我说了，我说陈小姐很喜欢那孩子，请他讲讲面子给我们。
潘月亭　他怎么样？
李石清　他摇摇头，说根本不知道有这么一件事。
潘月亭　这个混蛋，他装不知道，简直一点交情也不讲。……好，让他去吧，反正不过是个乡下孩子。
李石清　是，经理。
　　　　〔潘下。

李石清　（走了两步，听着外面工人哼唷哼唷工作声，忽然愤愤地）你们哼唷吧，你们哼唷吧，你们就这样干一辈子吧，你们这一群傻王八蛋们。我恨，你们怎么这么老实！

〔忽然电话铃响。

李石清　（拿起耳机）喂，你哪儿？哦！你是报馆张先生。你找潘四爷，他不在这儿，……我是石清。跟我说，一样的。是什么？金八也买了这门公债了，多少！三百万！奇怪，哦，……哦，怪不得我们经理也买了呢！……是，是，本来公债等于金八自己家里的东西，操纵完全在他手里……是，是，那么要看涨了……好……我就告诉经理去，再见，张先生！再见！

〔放下耳机。沉吟一下，正预备向左门走。
〔黄省三由中门进。

黄省三　（胆小地）李……李先生。

李石清　怎么？（吃了一惊）是你！

黄省三　是，是，李先生。

李石清　又是你，谁叫你到这儿来找我的？

黄省三　（无力地）饿，家里的孩子大人没有饭吃。

李石清　（冷冷地）你到这儿就有饭吃么？这是旅馆，不是粥厂。

黄省三　李，李先生，可当的都当干净了。我实在没有法子，不然，我决不敢再找到这儿来麻烦您。

李石清　（烦恶地）哧，我跟你是亲戚？是老朋友？或者我欠你的，我从前占过你的便宜？你这一趟一趟地，我走哪儿你跟哪儿，你这算怎么回事？

黄省三　（苦笑，很凄凉地）您说哪儿的话，我都配不上。李先生，我在银行里一个月才用您十三块来钱，我这儿实在是无亲无故，您辞了我之后，我在哪儿找事去？银行现在不要我等于不叫我活着。

李石清　（烦厌地）照你这么说，银行就不能辞人啦。银行用了你，就算给你保了险，你一辈子就可以吃上银行啦，嗯？

黄省三　（又卷弄他的围巾）不，不，不是，李先生，我……我，我知道银

224

行待我不错，我不是不领情。可是……您是没有瞅见我家里那一堆孩子，活蹦乱跳的孩子，我得每天找东西给他们吃。银行辞了我，没有进款，没有米，他们都饿得直叫。并且房钱有一个半月没有付，眼看着就没有房子住。（嗫嚅地）李先生，您没有瞅见我那一堆孩子，我实在没有路走，我只好对他们——哭。

李石清　可是谁叫你们一大堆一大堆养呢？

黄省三　李先生，我在银行没做过一件错事。我总天亮就去上班，夜晚才回来，我一天干到晚，李先生——

李石清　（不耐烦）得了，得了，我知道你是个好人，你是安分守己的。可是难道不知道现在市面萧条，经济恐慌？我跟你说过多少遍，银行要裁员减薪，我并不是没有预先警告你！

黄省三　（踌躇地）李先生，银行现在不是还盖着大楼，银行里面还添人，添了新人。

李石清　那你管不着！那是银行的政策，要繁荣市面。至于裁了你，又添了新人，我想你做了这些年的事，你难道这点世故还不明白？

黄省三　我……我明白，李先生。（很凄楚地）我知道我身后面没有人挺住腰。

李石清　那就得了。

黄省三　不过我当初想，上天不负苦心人，苦干也许能补救我这个缺点。

李石清　所以银行才留你四五年，不然你会等到现在？

黄省三　（乞求）可是，李先生，我求求您，您行行好。我求您跟潘经理说说，只求他老人家再让我回去。就是再累一点，再加点工作，就是累死我，我也心甘情愿的。

李石清　你这个人真麻烦。经理会管你这样的事？你们这样的人，就是这点毛病。总把自己看得太重，换句话，就是太自私。你想潘经理这样忙，会管你这样小的事，不过，奇怪，你干了三四年，就一点存蓄也没有？

黄省三　（苦笑）存蓄？一个月十三块来钱，养一大家子人？存蓄？

李石清　我不是说你的薪水。从薪水里，自然是挤不出油水来。可是——在别的地方，你难道没有得到一点的好处？

黄省三　没有，我做事凭心，李先生。

李石清　我说——你没有从笔墨纸张里找出点好处？

黄省三　天地良心，我没有，您可以问庶务刘去。

李石清　哼，你这个傻子，这时候你还讲良心！怪不得你现在这么可怜了。好吧，你走吧。

黄省三　（着慌）可是，李先生——

李石清　有机会，再说吧。（挥挥手）现在是毫无办法。你走吧。

黄省三　李先生，您不能——

李石清　并且，我告诉你，你以后再要狗似的老跟着我，我到哪儿，你到哪儿，我就不跟你这么客气了。

黄省三　李先生，那么，事还是一点办法也没有？

李石清　快走吧！回头，一大堆太太小姐们进来，看到你跑到这儿找我，这算是怎么回事？

黄省三　好啦！（泪汪汪的，低下头）李先生，真对不起您老人家。（苦笑）一趟一趟地来麻烦您，我走啦。

李石清　你看你这个麻烦劲儿，走就走得啦。

黄省三　（长长地叹一口气，走了两步，忽然跑回来，沉痛地）可是，您叫我到哪儿去？您叫我到哪儿去？我没有家，我拉下脸跟你说吧，我的女人都跟我散了，没有饭吃，她一个人受不了这样的苦，她跟人跑了。家里有三个孩子，等着我要饭吃。我现在口袋里只有两毛钱，我身上又有病，（咳嗽）我整天地咳嗽！李先生，您叫我回到哪儿去？您叫我回到哪儿去？

李石清　（可怜他，但又厌恶他的软弱）你愿意上哪儿去，就上哪儿去吧。我跟你讲，我不是不想周济你，但是这个善门不能开，我不能为你先开了例。

黄省三　我没有求您周济我，我只求您赏给我点事情做。我为着我这群孩子，我得活着！

李石清　（想了想，翻着白眼）其实，事情很多，就看你愿意不愿意做。

黄省三　(燃着了一线希望)真的？

李石清　第一，你可以出去拉洋车去。

黄省三　(失望)我……我拉不动,(咳嗽)您知道我有病。医生说我这边的肺已经(咳)——靠不住了。

李石清　哦，那你还可以到街上要——

黄省三　(脸红,不安)李先生，我也是个念过书的人，我实在有点——

李石清　你还有点叫不出口，是么？那么你还有一条路走，这条路最容易，最痛快，——你可以到人家家里去(看见黄的嘴喃喃着)——对，你猜得对。

黄省三　哦，您说,(嘴唇颤动)您说，要我去——(只见唇动，听不见声音)

李石清　你大声说出来，这怕什么？"偷！""偷！"这有什么做不得，有钱的人的钱可以从人家手里大把地抢，你没有胆子，你怎么不能偷？

黄省三　李先生，真的我急的时候也这么想过。

李石清　哦，你也想过去偷？

黄省三　(惧怕地)可是，我怕，我怕，我下不了手。

李石清　(愤慨地)怎么你连偷的胆量都没有，那你叫我怎么办？你既没有好亲戚，又没有好朋友，又没有了不得的本领。好啦，叫你要饭，你要顾脸，你不肯做；叫你拉洋车，你没有力气，你不能做；叫你偷，你又胆小，你不敢做。你满肚子的天地良心，仁义道德，你只想凭着老实安分，养活你的妻儿老小，可是你连自己一个老婆都养不住，你简直就是个大废物，你还配养一大堆孩子！我告诉你，这个世界不是替你这样的人预备的。(指窗外)你看见窗户外面那所高楼么？那是新华百货公司十三层高楼，我看你走这一条路是最稳当的。

黄省三　(不明白)怎么走，李先生？

李石清　(走到黄面前)怎么走？(魔鬼般地狞笑着)我告诉你，你一层一层地爬上去。到了顶高的一层，你可以迈过栏杆，站在边上。你只再向空，向外多走一步，那时候你也许有点心跳，但是你只要过一秒钟，就一秒钟，你就再也不可怜了，你再也不愁吃，不愁

227

穿了。——

黄省三 （呆若木鸡，低得几乎听不见的声音）李先生，您说顶好我"自——"（忽然爆发地悲声）不，不，我不能死，李先生，我要活着！我为着我的孩子们，为我那没了妈的孩子们我得活着！我的望望，我的小云，我的——哦，这些事，我想过。可是，李先生，您得叫我活着！（拉着李的手）您得帮帮我，帮我一下！我不能死，活着再苦我也死不得，拼命我也得活下去啊！（咳嗽）

〔左门大开。里面有顾八奶奶、胡四、张乔治等的笑声。潘月亭露出半身，面向里面，说："你们先打着。我就来。"

李石清 （甩开黄的手）你放开我。有人进来，不要这样没规矩。

〔黄只得立起，倚着墙，潘进。

潘月亭 啊？
黄省三 经理！
潘月亭 石清，这是谁？他是干什么的？
黄省三 经理，我姓黄，我是大丰的书记。
李石清 他是这次被裁的书记。
潘月亭 你怎么跑到这里来，（对李）谁叫他进来的？
李石清 不知道他怎么找进来的。
黄省三 （走到潘面前，哀痛地）经理，您行行好，您要裁人也不能裁我，我有三个小孩子，我不能没有事。经理，我给您跪下，您得叫我活下去。
潘月亭 岂有此理！这个家伙，怎么能跑到这儿来找我求事。（厉声）滚开！
黄省三 可是，经理，——
李石清 起来！起来！走！走！走！（把他一推倒在地上）你要再这样麻烦，我就叫人把你打出去。

〔黄望望李，又望望潘。

潘月亭 滚，滚，快滚！真岂有此理！
黄省三 好，我起来，我起来，你们不用打我！（慢慢立起来）那么，你们不让我再活下去了！你！（指潘）你！（指李）你们两个说什么也不叫我再活下去了。(疯狂似的又哭又笑地抽咽起来)哦，我太冤了。你们好狠的心哪！你们给我一个月不过十三块来钱，可是你们左扣右扣的，一个月我实在领下的才十块二毛五。我为着这辛辛苦苦的十块二毛五，我整天地写，整天给你们伏在书桌上写；我抬不起头，喘不出一口气地写；我从早到晚地写；我背上出着冷汗，眼睛发着花，还在写；刮风下雨，我跑到银行也来写！(作势)五年哪！我的潘经理！五年的工夫，你看看，这是我！(两手捶着胸)几根骨头，一个快死的人！我告诉你们，我的左肺已经坏了，哦，医生说都烂了！(尖锐的声音，不顾一切地)我跟你说，我是快死的人，我为着我的可怜孩子，跪着来求你们。叫我还能够给你们写，写，写，——再给我一碗饭吃。把我这个不值钱的命再换几个十块二毛五。可是你们不答应我！你们不答应我！你们自己要弄钱，你们要裁员，你们一定要裁我！(更沉痛地)可是你们要这十块二毛五干什么呀！我不是白拿你们的钱，我是拿命跟你们换哪！(苦笑)并且我也拿不了你们几个十块二毛五，我就会死的。(愤恨地)你们真是没有良心哪，你们这样对待我，——是贼，是强盗，是鬼呀！你们的心简直比禽兽还不如——

潘月亭　这个混蛋，还不给我滚出去！

黄省三　(哭着)我现在不怕你们啦！我不怕你们啦！(抓着潘的衣服)我太冤了，我非要杀了——

潘月亭　(很敏捷地对着黄的胸口一拳)什么！(黄立刻倒在地下)

〔半晌。

李石清　经理，他是说他要杀他自己——他这样的人是不会动手害人的。

潘月亭　(擦擦手)没有关系，他这是晕过去了。福升！福升！

〔福升上。

潘月亭　把他拉下去。放在别的屋子里面，叫金八爷的人跟他拍拍捏捏，等他缓过来，拿三块钱给他，叫他滚蛋！

王福升　是！

〔福升把黄拖下去。

李石清　张先生来电话了。

潘月亭　说什么？

李石清　您买的公债金八买了三百万。

潘月亭　（喜形于色）我早就知道，那么，一定看涨了。

李石清　只要这个消息是确实，金八真买了，那自然是看涨。

潘月亭　（来回走）不会不确实的，不会的。

〔左门大开，张乔治、胡四、顾八奶奶、白露上，在门口立着，其他的女客在谈笑着。

张乔治　（兴高采烈，捏着雪茄）——所以我说在中国活着不容易，到处没有一块舒服的地方，不必说别的，连我的Jacky（对胡四）就是我从美国带来的那条猎狗，它吃的牛肉都成了我每天的大问题。脏，不干净，没有养分，五毛钱一磅的牛肉简直是不能吃。你看，每天四磅生牛肉搁在它面前，（伸出鼻子嗅嗅）它闻闻，连看都不看，夹着尾巴就走了。你们想，连禽兽在中国都这样感受着痛苦，又何况乎人！又何况乎像我们这样的人！（摇头摆尾，大家哄笑起来）

〔外面方达生在喊"小东西！""小东西！"

陈白露　咦，你们听，达生在喊什么？

〔方达生慌忙进来。

方达生　小东西！竹均，你瞧见小东西了吗？

陈白露　咦，在屋子里？

方达生　（不信地）在屋子里？（跑进右屋，喊）小东西！小东西！

顾八奶奶　这个小疯子！

〔达生跑出。

方达生　没有，她不见了。我刚才在楼梯上走，我就看见她跟着两三个男人一起坐电梯下去，在我眼前一晃，就不见了。我不相信，你看，跑到这儿，她果然叫人弄走了。（拿起帽子）再见！我要找她去。（达生跑下）

陈白露　（走至潘面前）月亭，这是我求你办一点事！（忽然）达生，你等等

　　　　　我！我跟你一同去！
　　　　　〔白露披起大氅就走。
潘月亭　白露！
　　　　　〔白露不顾，跑下。
张乔治　（揶揄地）哼！又是一个——
胡　四
顾八奶奶　（同时）疯子！
　　　　　〔大家哄然笑。

——幕急落

231

第三幕

——登场人物——

翠　喜——一个三十左右的老妓女。

小顺子——宝和下处的伙计。

小东西——小翠，一个才混事三天的女孩子。

卖报的——一个哑巴。

王福升——××旅馆的侍役。

胡　四——游手好闲的面首。

黑　三——小东西的养父。

方达生——一个青年。

后台的人们：

胖子和胖子的朋友们。

租唱话匣子的。

卖报的。

卖水果的，卖其他各种食物的。

婴儿的哭声。

卖唱的，拉丝弦的。

报花名的伙计。

唱"数来宝"的乞丐二人。

唱二黄的漂泊汉。

敲梆子的。

各种男女欢笑声……

卖硬面饽饽的。

闭幕前唱"叫声小亲亲"的嫖客。

低声隐泣的女人。

　　这是在一星期后的夜晚，约莫有十二点钟的光景，在各种叫卖、喧嚣、诟骂女人、打情卖笑的声浪沸油似的煮成一锅地狱的宝和下处。

　　那大门口常贴着什么"南国生就美佳人，北地天然红胭脂"一类的春联，中门框总是"情郎艳乡"或"桃源佳境"的横幅。门前两三个玉美人指指点点挤弄眉眼，轻薄的男人们走过时常故意望着墙上的乌光红油纸（上面歪歪涂了四行字："赶早×角，住客×元×，大铺×角，随便×角"），对着那些厚施脂粉的女人们乱耍个贫嘴，待到女人以为是生意经向前拉去，又一哄而散。这一条胡同蚂蚁窝似的住满了所谓"人类的渣滓"，她们都在饥饿线上奋斗着，与其他瘪着肚皮的人们不同的地方是别的可以苦眉愁眼地空着肚子，她们却必须笑着的。

　　进到院内，是一排一排的鸽笼似的小屋子，在生意好的时光，从这个洞到那个洞川流不息来往着各色各样的人：小商人，电机匠，小职员，轮船茶房，洋行侍役，和一些短打扮敞开胸前一条密密的纽襻，大模大样的大汉子。院子里可以随随便便走来走去，进了大门，一个跛了腿的男人喊，"前边！""来客！"用绳子拉的铜铃也响起来，从各个小鸽笼走出来一个一个没有一丝血色的动物，机械般地立刻簇聚起来，有时也笑着，嚷着，骚动着。"客人"们自然早已让到房子里。眼珠子东溜溜，西看看。于是由伙计用尖锐得刺痛人的耳鼓的声音喊："见客啦！见客！"那些肥的，瘦的，依次走上前去，随着伙计叫出她的花名的声音，在"客人"面前瞟瞟眼笑着闪过去。站在后面的便交头接耳地吱吱喳喳起来直到有一个动物似乎很欢喜地被某一个客人挑中了，其余的才各归各的地方。

很令人惊奇的是尽管小鸽笼里面讲情话或者做出各种丑恶的勾当，院子外面始终在叫嚣着：唱曲的姑娘，沿门唱"数来宝"的乞丐，或者哼一两段二黄的漂泊汉，租唱话匣子的，卖水果花生栗子的，抽着签子赌赢东西的，哑着声音嘶喊的卖报的，拉着丝弦逗人来唱的，卖热茶鸡蛋的……各式各色最低的卖艺人，小买卖都兜揽生意，每个人都放开喉咙沿着每个小窗户喊，有时甚至于掀开帘子进去，硬要"客人"们替他们做点生意。

但是观众只能看见一个小鸽笼——一间长隘黑秽的小房子。

屋子正面有两个门，一左一右，都通外院，各有一蓝布帘子来遮风，破敝不堪。两门之中是个幔帐，挂在与墙成直角的铁丝上；拉起来，可以把一间屋子隔成两间。客人多了，不相识的便各据一面，一样能喝茶说话，各不相扰，于是一个可怜的动物可以同时招待两帮客人，这样经济地方，又省得走路，也省电灯同炉火。现在那布幔子——上面黄斑点点，并且下面裂成犬牙状，——只堆在墙边，没有拉起。屋子里当然没有多少客人。

屋子右面放一张木床，铺着单薄的旧床单，堆叠着棉被。靠床的右中墙贴满"猪八戒招亲"，"大过年"，"胖娃娃采莲花"，和一些烟卷公司的美人画，依门倒贴一个红"福"字，说是"福倒（到）了"的意思。近床有一张破旧梳妆台，上面放一只破脸盆，一两个花碗。床下横七竖八有几双花鞋，床前搁几把椅子。

左面墙边立一张方桌，一边一把椅子，上面排置着不全的茶具和一个装烟卷的破铁筒。右面还悬着一副满染黑污的对联，左联："貌比西施重出世"，右联："容似貂蝉又临凡"，两条对子正嵌住一个照得人凹鼻子凸眼的穿衣镜，上面横挂着四个字："千金一笑"。还有一两张帆布躺椅歪歪地睡在那里。

靠左右都有窗户，用个小红布幔遮着，左窗下有一个铁炉子，燃着就要熄灭的火。靠桌立一个煤球炉子，那煤就堆在方桌下面。在左边小门上悬一个镜框，嵌着"花翠喜"三个字，那大概是这个屋子的姑娘的花名。

〔开幕时，翠喜立在左门口，背向观众，掀起门帘向外望。——翠喜大约有三十岁左右，一个已经为人欺凌蹂躏到几乎完全麻木的动物。她并不好看，人有些胖，满脸涂着粉，一双眼皮晕晕地扑一层红胭脂，头发披在肩上，前额一块块地故意掐成的紫痕，排列整齐如一串花瓣，两个太阳穴，更红紫得吓人。她穿一件绛红色的棉袍，套上一件绒坎肩；棉鞋棉裤，黑缎带扎住腿。她右手里一只烟蒂头，时而吹一下灰放在口边，时而就用那手指搔弄自己的头发。

〔她仿佛在招呼谁，笑着，叫着。

〔外面的声音揉成一团嘈杂。

〔甲声：（尖锐地）橘子大香蕉啊！人果栗子啊！

〔乙声：（有气无力地）唱话匣子！

〔丙声：（一个小姑娘，随着抑扬顿挫的丝弦）唱个小曲儿吧！

〔男女的笑声打骂声……

翠　喜　（向门外招手）明儿见，胖子！明儿见，张二爷？明儿见，陈二爷！

〔胖子和他的朋友的声音：（不清楚地）明儿见，翠喜。

翠　喜　（蓦地跺起脚，高起声音）胖子，大冷天，穿好衣裳，别冻着。

〔胖子的声音：（仿佛他又走回来，拉着翠喜的手，亲亲热热而又嘻嘻哈哈地）我的喜儿，哎哟，你比我的媳妇还疼我，来，我的喜儿！（随着语气似乎把翠喜蓦地一拉）

翠　喜　（几乎倒在帘子外那胖子的怀里，扶着门框直立起来，推开那胖子的手，又笑又喘地）缺了德的，胖子，你放开手。你回家找你媳妇吃"喳儿"①去吧，少跟我起腻！

〔胖子的一个朋友：（连连咂着嘴，故意地做出羡慕的声调）哟……哟……哟，这两小口子看劲头儿吧。胖子，你看，娘儿们直跟你上劲，你住在这儿吧。

〔胖子的声音：（故意稀里糊涂地）嗯，我的喜儿，我不走了。

翠　喜　（知道他们是拿她打趣。推着他们）去！去！去！别打哈哈。胖子，你明儿来"回头"，准来呀！两位二爷一起陪来玩呀！

〔男人们含含糊糊的声音：好，好，喜儿。

〔一个卖报的低哑的声音：看报，看晚报！看一家子喝鸦片烟的新闻，看报，看晚报，看小书记跳大河的新闻。

翠　喜　（望着卖报的，转过眼来才知道胖子一帮人已经快走出门外。忽然嚷起来）胖子，你明儿准来！你明儿要不来，你养出孩子可没有屁眼儿，你听见了没有？（笑着，翠喜一扭身，扔下烟卷头，唾一口痰，走至左面方桌前，拿起胖子放下的角票，数一数，叹口气，又放在桌子上）

翠　喜　（坐在方桌旁的椅子上）妈（语助词），一天不如一天，这事由简直混不下去了。（由桌上拾起一根烟头，点上。外面吆唤各种叫卖声，她回头向左面那间小屋子）小翠！小翠！（她走到左门口，掀起帘子）小翠，你还不起来？你再不听话——（忽然）这死心眼的孩子，我没有那么大工夫理你。

〔进来一个小矮子，短打扮，提着水壶，厚嘴唇向上翻，两个大门牙支出来，说话有些关不住风，还有点结巴。他走到方桌面前，放下水壶，数数角票，翻着白眼望翠喜。

翠　喜　你看嘛②？小顺子？
小顺子　这是那胖……胖……胖……胖子二爷给的？
翠　喜　你嫌少？人家留着洋钱"治"（买）坟地呢。
小顺子　（摇摇头）都……都交柜么？

---

① "奶头"的意思。

② "什么"的意思。

翠　喜　不都交柜，掌班的印子钱一天就一块，你给？

小顺子　可你……你……你吃嘛？

翠　喜　还用着吃？天天喝西北风就饱了。(走到煤球炉子前烤火)

小顺子　(回转身子，仿佛不大肯说)你的老……老……老头子又……又……又来了。

翠　喜　来了也不是白搭，打死我我也没有钱给他。我要是事由混得好，谁不愿意往家里捎个块儿八角，三块两块的？家里孩子大人，都喜欢！要他一趟一趟地来找我？(低头沉思，忽然)妈的，我刚在班子混事的时候，事由儿"多火棒"①，一天二十几帮客，小顺子，连你不一天也从我的屋里拿个块儿八角的？哼，(摇摇头)不成了，人过时了。

〔在窗下有一个唱"数来宝"的乞丐，打着"七块板"，右手是"五甩子"，左手甩起两块大竹板，(提提哒，提提哒，提提哒，提提哒，提提哒)用很轻快的声音唱起来。

〔乞丐：(咳一声)"嘿，紧板打，慢板量，眼前来到美人堂。美人堂前一副对，能人提笔写得详。上写白天推杯来换盏，天天晚上换新郎。(提提哒，提提哒，提提哒提哒提哒)一步两步连三步，多要卖茶少卖铺，黑脸的喝茶白脸的住；老板陪客也在行，又有瓜子又有糖，小白脸，小宝贝，搂在怀里上洋劲儿。"(用原来那样苍老的腔调)掌班的，老板们，可怜可怜我瞎子吧。

翠　喜　去，去去。别在这门口吵殃子，没有钱！(把嘴上的烟蒂头扔到门外)去，赏你一个烟卷头抽。(看见乞丐拿起烟头)咦，你看年头改良啦，瞎子看见烟卷头就伸手啦。

〔乞丐：(笑嘻嘻地)我一个眼儿瞎。回见，大老板。

小顺子　你爷……爷儿们要你带着孩子回家住。

翠　喜　(啐一口痰)回家？这大冷天回家找冻死去？孩子搁在这儿死不了。你跟瘸子说我这儿有客，回头我就出去。瘸子在门口站着

---

① "热闹"的意思。

不是么？

小顺子　让他进来，他不进来，瘸子说：他，他……嫌寒伧。

翠　喜　哼，自己养不起自己的娘儿们，活王八也当那么些年了，脸上还有什么挂不住的！

小顺子　（擦桌子）新搬来的那孩子呢？

翠　喜　你说小翠？在屋里。

小顺子　（低声）我看一会儿黑三又要来。

翠　喜　（叹一口气）你看吧！这一晚上她一个盘儿也没有卖，你看黑三来了，还不把她揍死。

〔由左面慢慢走出来小翠。

小东西　（与从前大不相同，狠了心，慢慢地，不哼一声地）揍死就揍死，反正是一条命。

翠　喜　（惊异地）哟，小翠，怎么啦？

小顺子　小翠改……改……改了词了。不怕黑三了？

小东西　（擦擦眼泪）这三天我也受够了，怕有什么用！

〔小东西神气改了，她穿着蓝布夹上衫，黑裤子，前三天的旧旗袍不知被人剥到哪儿去了。从前她脸上一团孩子气为一层严肃沉郁的神色遮盖着，她现在像一个成年的妇人。

小顺子　你这孩子也"格涩"①，放着生意不做，一天就懂得哭。娘儿们不擦个粉，不抹个胭脂，你……你想，你怎么挂得上客？

〔小东西坐在方桌旁，低头摩弄自己的衣裙，不理他。

翠　喜　（对小顺子）你别理她，这孩子天生"刺儿头"；你跟她说一百句，她是土地庙里泥胎，是个死哑巴。

〔小顺子提水壶由正左门下，半晌。

小东西　黑三就快来了吧？

翠　喜　还怕他不来？我跟你说，你到这儿三天啦，一天也没挂上个客人，可哪一天黑三又让你好好地过啦？你别想你是从大旅馆搬来，看过好客人。到这儿来，就得说这儿的规矩，你今天一天

---

① "与人不同"的意思。

又没有好生意，你看黑三那个狗杂种会饶过你？

小东西　罪也有受够的时候。

翠　喜　受够？这个罪没个够。我跟你说，咱们姐妹不是什么亲的热的，东来西往的，你在老姐姐我的屋子搭住这三天也是咱们姐儿们的缘分。我不是跟你小妹妹瞎"白货"[①]，我从前在班子的时候也是数一数二的红唱手[②]，白花花的千儿八百的洋钱也见过。可是人老珠黄不值钱，岁数大了点，熬不出来，落到这个地方，不耐心烦受着，有什么法子？我告诉你，亲妹子，你到了这个地方来了，你就不用打算再讲脸。妈那个×，四面叫人搂着三面无论谁来，管他生的熟的，说拉铺就拉铺，就得把裤子拉下来，人家爱怎么样就怎么样；叫他妈的哪儿讲脸去？

小东西　（又想哭）可……可是——

翠　喜　可是什么？男人没有一个是好东西。到这儿来的，哪个不是色催的？打打闹闹说说笑笑，有钱的大爷们玩够了，取了乐了，走了，可是谁心里委屈谁知道，半夜里想想：哪个不是父母养活的？哪个小的时候不是亲的热的妈妈的小宝贝？哪个大了不是也得生儿育女，在家里当老的？哼，都是人，谁生下就这么贱骨肉，愿意吃这碗老虎嘴里的饭？（低头，似乎要落泪）

小东西　（拿出手帕，给她）你……你擦擦眼泪。

翠　喜　我没有哭。（嘘出一口气）我好些年没有眼泪了。我跟你说，人心都是肉长的，我这是老了，早晚替家里大的小的累死了，用芦席一卷，往野地一埋就完事。你年轻，你还有的是指望。熬几年，看上个本分人，从了良，养个大小子就快活一辈子。你现在跟黑三用不着别扭，顺着他点，少受多少眼前的罪。咱们到这儿来，出不去，顶不济是死，还说到哪儿去？凭什么受这兔崽子一顿一顿的打？咱们娘儿们"恼在心里，喜在面上"，心里分就得了。他说得好听的，听着；说得不好听的，就给他一

---

① 夸口的意思。

② 妓女。

个"实棒槌灌米汤",来个寸水不进,我算是满没有听提,这才能过日子。

小东西 我……我实在过不去了。

翠　喜 这叫什么话,有什么过不去的。太阳今儿个西边落了,明儿个东边还是出来。没出息的人才嚷嚷过不去呢。妈的,(叹气)人是贱骨头,什么苦都怕挨,到了还是得过,你能说一天不过么?

〔卖报的声音:看报,看晚报,看看小书记跳大河的新闻。看报来,看小晚报,看看全家子喝鸦片烟的新闻。

小东西 你听!

〔卖报的声音:(渐远)看报,看看小书记跳大河的新闻。

翠　喜 别听这个:"尽听喇喇蛄叫,别种庄稼了。"打扮打扮回头好见客。

〔左边小门传出小孩子哭醒了的声音。

小东西 你的孩子醒了。你过去喂喂他吧。

翠　喜 嗯。

〔外面叫卖声,在门内小儿的哭声和翠喜嗯嗯地拍着孩子睡觉的声音。

〔小东西一声不响地坐在床上。

〔隔壁散出一个女人淫荡地随着四胡唱小曲的声。

叫声小亲亲

```
1 = D(或C) 4/4

6 6 6 6 2 | 1 6 5 | 6 1 1 | 5 6 i - | i 1 2 3 . 2 3 |
叫声  小亲 亲  哪, 眼瞅 着  到 五  更,  五  更 打  过
小妹妹 坐房 中  啊, 越坐 越  冷 清,  思  想 起 哥  哥

1 3 2 1 6 . 6 5 | 6 6 5 3 0 1 1 2 | 6 5 6 6 5 3 |
哥哥 就起 身  哪, 亲人  啊, 小妹妹 舍  不 得  呀,
热上 旁的 人 儿啊, 亲人  啊, 小妹妹 舍  不 得  呀,
```

```
3 2  3 6  5·3 2 | 5 5  5 2  3·2  1 ‖
一夜呀 夫妻呀 百 日的恩  哪。
狠心的 哥哥呀 太  无  情  啊。
```

〔唱了几句,忽然停住,男女欢笑声喧然。

〔小东西扑在床上抽咽起来。小顺子由正左门走进来,走到小东西面前。

小顺子 （望着小东西）我……我说,小翠……你这样……是自己……

小东西 （望了他一眼）……

小顺子 （叹一口气）小翠,你……打算怎么样?

小东西 我,没有打算。

小顺子 （厚嘴唇翻上翻下地）你怎么这么个死心眼呢? 这儿不是咱们庄稼地,卖点苦力就一样吃窝窝头过好日子。到了这个地方,你还有……有个什么讲究。你看,你看这三天叫……叫黑三打……打……打成什么样?

小东西 （忽然）为什么我爸爸就会叫铁桩子砸死呢?

小顺子 你爸爸活着,不也是臭屎壳郎,没人理;一个破砸夯的,他能怎么样?

小东西 （追思地）我也许不会苦到这一步。他比黑三有劲多了,又高又大,他要看见黑三把我下了窑子,他一拳就会把黑三打死。我爸爸是个规矩人。

小顺子 （往左右棱一棱眼）可是……这不是已就已就……他不是也死了。

小东西 （低沉地）嗯,他死了。我眼瞅着一个大铁桩子把他……把他砸死的。（忽然扑在床上）哦,爸爸!（抽咽起来）爸爸呀!

小顺子 你这孩子,你有叫爸爸的工夫,你为什么不想法挂个客?

小东西 （哭着）谁说我不想去挂……挂客? 可我去见客,客……客们都……都……都嫌我小,嫌我小,挑不上我,我有什么法子?

〔小顺子坐方桌旁。在窗外有一个人敲着破碗片按板,很有韵味地唱《秦琼发配》:"（流水）将身儿,来至在大街口,尊一声列位听从头。一非是响马兵贼寇,二非是强盗把诚投。杨

241

林他道我私通贼寇,因此上发配到登州。舍不得大老爷待我的恩情厚,舍不得衙门众班头,舍不得街坊四邻好朋友,实难舍老母白了头。儿是娘身一块肉,儿行千里母担忧。眼望着红日坠落在西山后,尊一声公差把店投。"

〔那声音:(唱完重重地将碗片铿然一击,又恢复本有的凄凉的嗓音)有钱的老爷们,可怜可怜吧。我是出门在外,困在这个地方了。大冷天的,赏个店钱吧,有钱的老爷们!

小东西 几点了?

小顺子 十二点多了。

小东西 快完事了吧?

小顺子 倒也该落灯了。可也说不定,客人也许这时候哄哄地来一大帮子。

小东西 (看了看小顺子叹一口气)熬吧,再熬一会就完了。

小顺子 (不懂)哼,不熬得客人都走了,你能睡觉?可也说不定,说不定一会来个住客,看上你,住这儿,你不就可以早点睡了么?

〔外面尖锐的声音:前边!请这边走,腾屋子。

小顺子 有客。(向里面)三姑娘,有客来了。

〔小顺子提着水壶走出去,翠喜由左屋出来。

翠 喜 你一个坐着发愣干嘛?

小东西 没有什么。你孩子睡着了?

翠 喜 睡着了。

〔外面尖锐的声音:见客啦!

翠 喜 (对小东西)去吧,看看去吧。挂上一个好住客,你也省得今天再受罪。

小东西 (机械地立起来)去吧。

〔外面尖锐的声音:见客啦,前院后院的都出来呀!见客啦!
〔小东西被翠喜推出去。
〔外面尖锐的声音:(每一个花名都停顿一下)宝兰,金桂,翠玉,海棠,黛玉,……
〔铃声响。

〔另一个声音：让屋子，让屋子。二爷这边坐。请这边坐。

〔小顺子掀开帘子，让进来福升和胡四。胡四穿着皮大衣，琵琶襟紫呢坎肩，高领碎花灰缎夹袍，花丝袜子，黑缎鞋，歪戴着西瓜帽，白衬衫袖子有寸来长甩在外边，风流潇洒地走进来。福升也是兴高采烈的，油光满面，他穿一件旧羊皮袍子，里面看得见他的号衣底襟，猜得出他是很忙地抄上衣服就跑出旅馆来的。进门来，胡四四面望望，拿出手帕掩住鼻子。

王福升　怎么？

胡　四　这屋子好大味。（一壁倚着桌角斜坐下去）

王福升　（用手在桌上一抹）瞧衣服。

胡　四　（忙站起，掸大氅）他妈的，这缺德地方。

王福升　（油嘴滑舌地）四爷，我可把您送到这个地方来了。我得回旅馆去了。

胡　四　（一把拉住他）不，不成。你得陪着我，你不能走。

王福升　我的爷爷，旅馆正忙，潘经理正请客，我得回去照应。

胡　四　你不是托别的伙友照应了么？

王福升　您叫我陪您到这儿来，这可是谁都不知道。回头叫顾八奶奶知道了，我可把话描在头里，这可是您一个人来的。

胡　四　我哪一次玩的时候连累过你？

王福升　好，那我待一会，一会我就回去。

胡　四　我一会儿也回去。

小顺子　（对福升）二爷，您好久没来了。您招呼那五姑娘都挪了地方了。您另招呼个人吧。

王福升　不，不是我，是四爷。（指胡四）我们胡四爷要到这儿来开开眼，玩玩。

小顺子　那么，叫几个您看看？

胡　四　（非常在行地）嗯，见见，先叫几个来见见。

小顺子　是，四爷。（出去）见客来，见客啦。

王福升　那么，您费半天的劲叫我陪您看看这小东西，到这儿您不要了。

243

胡　四　（翻翻白眼）为什么不？大爷花了钱，不多看几个不有点冤得慌，傻子，反正回头我们挑那孩子玩玩就得了。

〔小顺子撩开正右门的帘子，自己立在外边。

小顺子　（对着那些生物们）向里边站。

〔胡四和福升立在门口向外看。

〔另一个声音：见客啦！前院后院都来见客啦，玉兰！

〔便有个小生物在他们眼前晃晃。

胡　四　（吐舌头）老倭瓜啦。

〔另一个声音：（很快地接下去）翠玉！金桂！海棠！黛玉！

〔随着名字一个个的小生物在门口晃一下，各种各样的笑声。

胡　四　（仿佛检查牲畜一般，随着每个生物的出进做各种姿态的评断）不好，简直地不好，这个不错，可惜瘦点！（向福升丢眼色）好肥母猪！越看越不济！——这个名字倒不错，哼，可惜模样有点看不下去。

〔福升也在随和着。

〔另一个声音：翠喜！

胡　四　（望见翠喜）劲头不小。

〔另一个声音：小翠。

王福升　（低声对胡四）就是她，就是这孩子。

〔另一个声音：凤娥！小小！月卿！

小顺子　（对胡四）都齐了，四爷。有告假的，有病的，都齐了。

胡　四　（对小顺子）翠喜，小翠，这是姐儿俩？

小顺子　嗯，都是一屋子的姐妹。

胡　四　招呼这姐儿俩！

小顺子　三姑娘，八姑娘。

〔翠喜和小东西进了门。小顺子出去。

翠　喜　（非常老练地）侍候哪位？

胡　四　（指自己）我。

翠　喜　我这妹子呢？（指小东西）

胡　四　（指自己）也是我。

翠　喜　（笑嘻嘻地）这合适么？

244

王福升　这有什么不合适的。

〔小东西认出××旅馆的福升。

翠　喜　（对胡四）二爷贵姓？

胡　四　胡，胡四。

翠　喜　（朝胡四）胡四爷。（指福升）四爷，您引见引见。

胡　四　这是王八爷。

王福升　王倒姓王，可还没有八。

〔小顺子提茶壶进。由口袋拿出一包瓜子，打开放在方桌上一个铁盘里。等一个伙计奉手巾。

翠　喜　（奉瓜子）四爷，八爷，四爷您不宽宽大衣。

胡　四　不，我有点怕冷。（用手帕大撑床上的被单才坐下）

翠　喜　（向小东西）你这么愣着干嘛，（对着胡四）四爷，您得多包涵着点，这孩子是个"雏"，刚混事没有几天。

王福升　（替胡四说）没有说的。

胡　四　（拉着小东西的手）我得瞧瞧你。这孩子倒是不错，难怪金八看上她啦。

王福升　（指自己）你认识我不认识我？

小东西　（低而慢地）你磨成灰我也认识你。

王福升　（高了兴）喝，这小丫头在这儿三天，嘴头子就学这么硬了。

胡　四　（赏鉴）这孩子真是头是头，脑是脑。穿几件好衣服，不用旁人，叫我胡四给她出个衣服样子，我带她到马场俱乐部走走，这码头不出三天她准行开了。

王福升　那赶子好。可是您问她有这么大福气么？

胡　四　可是……（忽然对小东西）是你把金八爷打了么？

〔小东西狠狠地向福升身上投一眼，又低下头，一语不发。

翠　喜　四爷跟你说话啦，傻丫头。

〔小东西石头似的站在那儿。

王福升　瞧瞧，这块木头。

胡　四　（点着烟卷）奇怪，这么一点小东西怎么敢把金八打了？

王福升　要不庄稼人一辈子没出息呢？天生的那么一股子邪行劲儿。你

245

想，金八爷看上她，这不是运气来了？吃，喝，玩，穿，乐，哪一样不是要什么有什么。他妈的，（回过头对小东西）这孩子偏偏一心要守着黄花闺女，贵贱她算是不卖了。（指着小东西）可你爸爸是银行大经理？还是开个大金矿？大洋钱来了，她向外推，你说（对翠喜）这不是庄稼人的邪行劲儿？

翠　喜　咳，"是儿不死，是财不散。"这都是罡着，该她没有那份财喜。

王福升　（对小东西越看越有气）妈的，这一下子玩完了，这码头你以后还想待得住？他妈的，我要有这么一个女儿，她也跟我装这份儿蒜，把这么一个活财神爷都打走了，我就Kay了她，宰了她，活吃了她。（指指小东西）真他妈的"点煤油的副路"①。（非常得意地说出这句洋文）

胡　四　福升，你这是干什么？

王福升　我……（笑）我这是越说越有气，替这混孩子别扭得慌。

小东西　（走到那一头对福升）你到这边来。

王福升　怎么啦？（望望胡四，丢个眼色，自得地走过去）你说什么？

小东西　（硬冷地）那天在旅馆里，你把我骗出来。

王福升　怎么？

小东西　现在黑三死看着我，我一辈子回不去啦。

王福升　人家旅馆陈小姐也没有要你回去呀。

小东西　（浑身发抖）我好容易逃出来。你把我又扔在黑三手里。

王福升　小东西，妈的，我们送你到这儿来，给你找婆家，你他妈的还不知情。还埋怨人？

翠　喜　（对小东西）你这孩子又犯了病了？

小东西　（不理她）我，我恨死你。

胡　四　（走到小东西面前，故意打趣）别恨啦，疼还疼不过来呢。

〔又拉小东西的手，叫她坐在他的膝上。

小东西　（甩开胡四的手跑到福升面前）我要……（连着打他两个嘴巴，揪着福升拼命）

王福升　这东西。（想法脱开她的手）

---

① Damned-fool

翠　喜　（拉着小东西）你发疯了。
　　　　〔小顺子进来。
小顺子　怎么啦？
　　　　〔正在开门，黑三——翻穿皮袍，满面胡髭，凶恶的眼睛——进。
翠　喜　（对小东西）黑三来了！
小东西　（立刻放下手，老鼠见了猫，她仿佛瘫在那里）啊！
黑　三　（狞笑，很客气地向小东西招手）过来！
　　　　〔小东西望着房里每个人的脸，不敢走到黑三面前。寂静。
王福升　去吧！孩子！（把小东西一推）
黑　三　（更和气地）过来呀！
　　　　〔小东西慢慢走过去。
黑　三　（一把抓住小东西的小手，对胡四）您受惊。四爷！这孩子有点不大懂规矩。（对翠喜）三姑娘，你先好好陪陪四爷，跟他老人家多多上点劲。八兄弟，今天可委屈你了。
　　　　〔小东西出来。
　　　　〔狼咬着小鸡子似的黑三把小东西拉出房门。门一关上就听见：
　　　　〔黑三的声音：（狠狠地）妈的！（在小东西脸上一巴掌）妈的！（又一巴掌，小东西倒吸口气迎着他的粗重的手，"啊！""啊！"叫出来。以后听不见什么，只有——）
　　　　〔黑三的声音：（对小东西）到那屋去！走！走！
　　　　〔外面仿佛小东西又哭又不敢哭地跟着他走。
翠　喜　这是怎么说的？这孩子的脾气也是太格涩，八爷，您刚才没有撞破哪儿？这真怪过意不去的。
王福升　没有说的，没有说的。
小顺子　（笑）可不是，孩子小，小孩子脾气，二位多包涵着点。
胡　四　去你的，谁问你啦？
小顺子　是，没问我，就算我没说。（搭讪着出去）
胡　四　福升，怎么样？刚才那两下痛不痛？
王福升　没什么！这孩子连金八爷都噼啪两耳刮子，我王八爷挨这两下子打，算什么委屈。

〔外面铃声。

〔外面的声音：让屋子，来客啦。

胡　　四　　人就是那么一回子事，活着不玩玩就是个大混蛋，挨两下子打算个什么？

王福升　　走吧，四爷。我看您也该回旅馆了。

翠　　喜　　谁说的？（对福升）去！去！去！你看你这个忙劲儿。

王福升　　挨了打，还在这儿死赖皮做什么？

翠　　喜　　八爷，混事由的，都不易，得原谅着点，就原谅着点。

〔小顺子进屋。

小顺子　　二爷，迁就迁就，拉拉帐子。

〔他把左边方桌的东西移到右边，将中间的帐子拉起，于是一间屋子隔成两间。小顺子走到左边打开门，让进来方达生。方达生穿一件毛蓝布大褂，很疲乏地走进。

小顺子　　（对方达生）二爷，请您这边落落。

方达生　　嗯。

小顺子　　您有熟人提一声。

〔达生四面望望，忍不住，用手帕掩住鼻子，摇头。

小顺子　　（不信地）二爷，有熟人提一声吧。

方达生　　没，没有。（咳嗽）

小顺子　　这屋子冷点，二爷！

〔同时：在屋子的右边，胡四把翠喜拉在一旁。

胡　　四　　（低头）我跟你说一句话。

翠　　喜　　（笑着）干嘛呀！

胡　　四　　（拉住她的手）你过来呢！（低语）

翠　　喜　　（咯咯地笑）去你的吧。

胡　　四　　真的？（又低语）

翠　　喜　　（拧了胡四一把，胡四哎哟叫一声）看你馋不馋？

胡　　四　　（对翠喜挤眼）馋！（又低语）

翠　　喜　　（故做怒状）去你的！喜欢浪，坐飞艇去。

胡　　四　　怎么？

翠　喜　美得你好上天哪！
　　　　〔胡四大笑，又拧了翠喜一下，翠喜叫一声，两个人对笑起来。这时福升渐渐注意到左面的客人。
　　　　〔在左面呢，戏还同时继续着的。达生傻傻地立在那里，很窘迫的样子。最后——
小顺子　我给您叫来见见。
方达生　我走了好些家了。
小顺子　（搭讪着）二爷，闲着没事逛逛玩玩。
方达生　（自语的样子）我没有找着。
小顺子　您是——
方达生　我要找一个人。
小顺子　（莫明其妙）找人？
方达生　嗯，一个刚到这一带来不久的姑娘。
小顺子　这一带百十来家娼户……可您说出个名儿。
方达生　（为难）她，她叫，呃，呃，——这个，她没有名字。
小顺子　那可就难了。那么，多大岁数？
方达生　十五六岁。
小顺子　那倒有几个，我叫几个给你瞅瞅。
　　　　〔同时在右面，福升偷偷拉开缝由布幔帐向左一望——
王福升　（低声）四爷，四爷！方，方先生来了。
胡　四　（离开那女人）谁？
王福升　方达生。
胡　四　什么？（他跑去偷看）可不是小疯子？小疯子也会跑到这儿来啦！
　　　　〔福升忽然由右正门跑出去。胡四便立在幔帐右边偷看，翠喜走到胡四面前，仿佛问他那是谁……一些事，但他只笑着摇摇手，好奇地在那里等待左面的人说话。翠喜看见不得要领，便废然地走到镜台旁，点起一支烟，踱到正右门，斜倚着门框闲着。
　　　　〔在左边，外面是黑三的声音叫：小顺子！小顺子！
小顺子　（答声，向达生）二爷，我给您找找去。（下）
方达生　嗯。（很疲倦地坐在方桌旁）

〔一会儿，小顺子回来。

小顺子　二爷，这儿大概没有您找的人。
方达生　我没有看见，你怎么说没有？
小顺子　要不，我叫几个岁数相仿的您瞧瞧，好不好？
方达生　你去吧。

〔小顺子又出去，半晌。
〔这时在右边，由正右门又传进一个乞丐的声音，打着带铃的牛胯骨唱"数来宝"。
〔乞丐：（提提哒，提提哒，提提哒提哒提哒）"喂，毛竹打，响连声，看见头子站在门口拉走铃。拉上走铃更不错，未曾来人好见客：有翠喜，和小达，和宝兰，各的各的个赛貂蝉，拉一个铺开一个盘，拉铺还得一块钱？"（又恢复原来的苍老的声调）有钱的老爷们，老板们，赏一个子，凑个店钱吧。

翠　喜　（立在门口）讨厌，又是你。
　　　　〔乞丐：老板，可怜可怜吧，您行好，明天就从良，养个胖小子。
翠　喜　去你的，今天晚上就冻死你兔崽子。
　　　　〔在左面，黑三进来了。
黑　三　二爷！找着两个，您瞅瞅。（揪起门帘，达生立起向外望）对不对？
方达生　（看了一时）不对，不是她们，这个小孩岁数不大，圆圆的脸，大眼睛，说话愣里愣气的。
黑　三　哦，您是说刚来不几天那个？
方达生　对了，不几天，才我想也就四五天吧。
黑　三　（手势）这么高，这么瘦，圆脸盘，大脚板丫子，小圆眼，剪发。
方达生　对了，对了。
黑　三　我给您找找去，您候候。
　　　　〔黑三出去。
　　　　〔在右边，继续着：
　　　　〔乞丐：（打着牛胯骨：提提哒，提提哒，提提哒提哒提哒）"毛竹打，更不离儿，老板本是个大美人儿！曲青头发大辫子儿，尖尖下颏红嘴唇儿，未曾说话爱死人儿。（提提哒，提提哒，提提

250

哒提哒提哒)毛竹打，更不错，老板身穿华丝葛，人才好，穿的阔，未曾说话抿嘴乐，哪天都有回头客！"——老板，可怜一个子吧。

翠　喜　(故意地)我还是不给你！

〔乞丐：(嬉皮笑脸地)您不给，我还唱。

翠　喜　唱吧，谁拦你啦？

〔乞丐：(提提哒，提提哒，提哒提哒，提哒)……

〔同时在左边屋子，门开了，进来一个卖报的，单裤子，上面穿一件破棉袄，一脸胡子，规规矩矩地抽出一份报，放在方桌上，打手势要钱，行外国礼，立正，打恭，口里"呀呀"地叫着。

方达生　我，我没有零钱。

〔哑巴卖报的指指报里的文章，用手势告诉那里面有最新鲜的新闻，于是他用另外一种语言指手画脚地道出一个书记怎么没有饭吃，怎样走投无路，只得买鸦片烟，把一家的小孩子自己亲手毒死。小孩子不肯吃，怎样买红糖搅在一起，逼小孩子喝下去。全家都死了，但是鸦片烟没有了，他自己就跑出去跳大河，但是不幸被警察捉住，把他带到局子里去，说他有罪，谋杀罪，不知是死是活。同时方达生——

方达生　我看过，我看过。(但是哑巴把报塞在他手里，他只好拿起看，望着他做手势)你说一个书记……哦，你说没有饭吃，(哑巴点头)什么？哦，你说他家里还有一大堆孩子，(哑巴点头)什么？什么？(不明白，哑巴指报，叫他看他所指的字)哦，这个书记"失业"了。(哑巴点头)哦……哦，(一面看报，一面看他的手势)他就买了鸦片烟……嗯，小孩子不肯喝，……什么？(看看报)哦，他掺进红糖把鸦片烟灌给他们吃了。(叹一口气)嗯，孩子都死了。……哦，鸦片烟没有了。……(哑巴点头)哦，他自己就跑出跳大河。什么……(看报)哦，正在跳河的时候，就叫警察抓住了，(忙着看完报，对哑巴)你不要讲了，我已经读完了，警察把他带到局子里，说他有罪，有谋杀直系亲属罪，要把他监禁起来。

哑　巴　(大点头，伸出手)啊……呵……

方达生　(喃喃地)大丰的书记，潘经理的书记，——这太不公平了。(起来)

251

哑　巴　（伸手要钱）啊……啊……

〔达生给他一张角票，不让他找，哑巴又作揖，又行礼，他千恩万谢地走出去。

方达生　（拿起报读，扔在桌上，靠在椅背，望着天，叹出一口闷气）啊！

〔同时在右边：

胡　四　（一个独语）小疯子的精神病真不轻。

〔乞丐：（还是提提哒，提提哒，提提哒提哒提哒）"喂，好话说了老半天，还是老板不给咱。别瞧要饭低了头。要饭不在下九流，将门底子佛门后，圣人门口把你求。念过诗书开过讲，懂得三纲并五常，念过书识过字儿，懂得仁义礼智信儿。"——怎么着，老板。还不赏一个子么？

翠　喜　大冷天，挺难的，有钱也不给你！

〔乞丐：（接得快）"要说难，尽说难，你难我难不一般。老板难的事由儿小，我难没有路盘缠，傻子要有二百钱，不在这儿告艰难。"（提提哒，提提哒，提提哒提哒提哒）喂，——

胡　四　去，去，去！（扔出一个铜元）少在这儿麻烦。

〔乞丐：费心，老爷。（脚步声，又在旁处打着牛胯骨，唱起来）
〔福升走进来。

胡　四　（指左边）怎么样啦？

王福升　（狞笑）您看哪。（二人立帐幔旁偷看）

〔在左边：黑三同小顺子走进来。

黑　三　您看，二爷，这一定就是您的相好的。

方达生　（到门口看，大失所望）不，不是，不是她。

小顺子　可您总得说出个名字啊。

方达生　（突然）你们这儿有个叫小东西的么？

小顺子　小东西？

方达生　嗯。

小顺子　没有。

黑　三　（狞笑）这名字就"格涩"。

方达生　（拿起帽子）对不起，打搅你们了。（低头正要出门）

252

黑　三　（拦住他的去路伸出手）——

方达生　你这是干什么？

黑　三　您叫我们跑了半天，您不赏点嘛么！

方达生　（惊愕）这也要钱？

黑　三　您瞅瞅来的是什么地方，我们是喝西北风长大的？

方达生　（看看他那亡命的样子，可怜地笑笑，拿出钱来）你拿去吧！

小顺子　（忙着伸手）谢谢。

黑　三　（打开小顺子的手）您这是打哈哈，您这一点是给要饭的？

〔左面小屋内孩子哭起来，翠喜拉开中间的幔帐，走到左面，她看见达生，停下来眼盯着他。达生厌恶地回过头去，咳嗽起来，一只手掩住鼻子，一只手扔在桌上一些钱，他立刻跑出去。

〔翠喜莫明其妙地跑进左面的小屋子，又唔唔地哄着小孩睡觉。

〔黑三魔鬼般地大笑起来。

〔小顺子拉开幔帐。

黑　三　四爷！您先歇着，我给您叫小翠来陪您。

王福升　不用啦，黑三，我们该走啦。

胡　四　我们待的时候不少了。

黑　三　别价，您先玩会儿。

〔黑三忙走出去，叫：小翠！

王福升　快回去吧，您这身新衣服也该在八奶奶面前显派显派。

胡　四　（又想起他的"第一美男子"的浑号，很高兴地）你说，这身衣服我穿着不错吧？

王福升　"赶子"，我看您这身比哪一身都好。

胡　四　（不自主地又开始搔首弄姿，掸掸衣服，自满地）我看也不大离。

〔黑三进，后随小东西。

黑　三　好好地侍候四爷一会。四爷好多照应你。叫声四爷。

小东西　（一字一抽噎）四……四……四爷。

黑　三　跟王八爷赔个罪。

小东西　（望着福升）——

黑　三　说，说，下次不敢了，王八爷。

小东西　（一字一抽噎地）下……下……下次不敢。王……王……王八爷。
王福升　没有说的。没有说的。
黑　三　（得意扬扬）给四爷倒杯茶，求八爷明儿陪着四爷来回头来。
胡　四　明儿见。（起身）得了，别客气啦，没有什么说的。
　　　　〔翠喜由屋内出来。
翠　喜　谁说走？谁也不许走，四爷，您刚才怎么说的？（耳语）
胡　四　（频频点头）对，对——（坏笑）可我实在有事。今儿个不成，明儿见。
王福升　（笑）有事，明儿见吧！
黑　三　别，小孩子也得学点规矩。这是碰着四爷，好说话的，好，要碰着个刺儿头，这不连窑子都砸了。
翠　喜　（拉着胡四）那明儿你一定来？
　　　　〔胡四嘻嘻哈哈地点头。
　　　　〔这时小东西已斟好茶，正向胡四送过去。
王福升　（开玩笑）小心点，别烫着手，小姐。
小东西　（低头，走到胡四面前，眼泪汪汪地）
王福升　四爷，你瞧，小翠跟你飞眼呢。
　　　　〔小东西气得回首向福升望一眼。
胡　四　（高兴）是么？（想拧小东西的脸蛋）小东西看上了我么？
小东西　（蓦地回过头来，没想到胡四这样近靠着她，茶碗碰着胡四的手，茶水溅湿他的衣服）啊！
胡　四　你看！
黑　三　（大吼）妈的，你看你！
小东西　（吓破了胆，失手，一碗茶整个地倒在胡四的新衣服上）啊！
胡　四　（急青了脸）这个不是人揍的孩子！（连忙用手帕揩）
黑　三　（跳到小东西面前，举手就要打）你他妈的——
　　　　〔小东西躲在翠喜背后。
翠　喜　（拦住黑三）你先别打！
王福升　（也拦住黑三）黑三，先别急，人家衣服要紧。
黑　三　（忙）小顺子，赶快拿手巾来。

〔小顺子拿手巾跳进。大家一起擦衣服。只有小东西吓得立在一旁。

胡　四　（恼怒）去，去，去，别擦了！（将衣服拿在灯下看看）哼，这一身新衣服算毁了。妈的。（对福升）走！走！走！（忽然跑到小东西面前）你这贱骨头，我——（仿佛就要动手，小东西后退，他一扭身）死货！（忽然从袋里，取出一束钞票，对小东西）你瞧见这么个？大爷有的是洋钱。可就凭你这孩子，（向黑三）一个子也不值！（对小顺子）把这个拿给三姑娘盘子！（一张钞票给小顺子）这个给外边。（又一张钞票）

小顺子　谢谢。

胡　四　（点点头）走！（对福升）回旅馆。（扬长走出。福升后面跟着，小顺子也随出去）

翠　喜　（送到门外）明儿来呀，四爷！明儿来呀！（忙回屋内）

黑　三　（野兽似的盯着小东西，低低地）过来。你跟我到这屋子来！（指左面小屋）

小东西　（走了一半，两腿无力，扑腾跪下）

黑　三　（走到小东西面前，拉她）走！

翠　喜　（抱住小东西）黑三，你别打她！（哀求）这不怨她，你别打她！

〔黑三在方桌下面，抽出一条鞭子。

黑　三　你别管！

翠　喜　黑三，这孩子再挨不得打了。

黑　三　（一手推倒她）你他妈的，去你个妹子的吧。（翠喜叫一声，摸着她受了伤的手）走！（拉着小东西进屋，把门关上）

翠　喜　（忽然想起自己的孩子，跑到左小门前，敲门）开门，黑三，我的孩子在里面。开门，开门。

〔里面不应。黑三诅咒着，鞭子抽在小东西的身上，小东西仿佛咬紧了牙挨着一下一下的鞭打。

翠　喜　（慌急，乱打着门）开门，开门！你要吓着我的孩子。我的儿！

〔孩子开始哭起来。

翠　喜　（不顾一切地喊着）开门，开门，黑三，我的宝贝，你别怕！妈就来！

〔小东西忍不住痛，开始号叫，和小儿哭声闹成一片，外面有许多人看热闹，小顺子跑进来。

255

翠　喜　（疯狂的样子）你开门！（乱打着门）你开门！黑三！你再不开。我就要喊巡警了。

小顺子　黑三，外边有人找你。

〔黑三开了门提着鞭子出来，一脸的汗。

黑　三　（回头向左小门）这次先便宜你小杂种。

〔翠喜立刻跑进房里，屋里一片啼声和抽噎声。

黑　三　（向小顺子）谁，谁来找我？

小顺子　旅馆来的人。

〔外边有小铃声，半晌。

黑　三　干么？

小顺子　说金八爷有事找您。

〔另一个声音：见住客！没有住客的见住客！

黑　三　走！（向左旁小门）你出来！出来！

〔小东西很艰难地走出来。

黑　三　（用鞭子指）这一次先饶了你，外面有住客，你去见客去。他妈的，你今天晚上要是再没有客，你明日早上甭见我。听见了没有？

小东西　（抽噎着）嗯。

黑　三　去！把眼泪擦擦，见客去。

〔小东西低头出了门。

黑　三　小顺子，我去了。明儿见。

小顺子　您走吧，明儿见。

〔黑三走出去。

小顺子　三姑娘，出来吧，瘸子可等急了。你快出去见见他吧。

翠　喜　（由左小门走出）唉！这是什么日子！

〔翠喜和小顺子一同出门，屋内无人。

〔外面伙计的声音：落灯啦！落灯啦！

〔外面叫卖的声音：（寂寞地）硬面饽饽！硬面饽饽！

〔木梆一声一声地响过去。

〔另一个声音：（低声地叫出花名，因为客人们都睡了）宝兰，

〔翠玉，海棠，小翠。
〔小顺子进来把灯熄灭，由抽屉拿出洋烛头点上，屋子暗上来。
〔小顺子正要出去，小东西缓缓地走进来。
〔隔壁和对面有低低的男女笑语声。

小顺子 怎么样，挂上了么？

小东西 （摇头）没有。

小顺子 怎么？

小东西 （抽噎）那个人嫌我太小。

小顺子 （叹一口气）那你一个人先睡吧。

小东西 嗯。

小顺子 （安慰她）去他的！明天是明天的，先别想它。

〔老远翠喜哭着嚷着。
〔一个男人的声音：你走不走？你走不走？
〔翠喜的声音：你打吧！你打吧！你今天要不打死我，你不是你爸爸揍的。

小东西 （立起来）这是谁？

小顺子 三姑娘——翠喜。她男人打她呢。（由窗户望外看）可怜！这个人也是苦命，丈夫娶了她就招上了脏病瘫了，儿子两个生下来就瞎了眼，还有个老婆婆，瘫在床上，就靠着这儿弄来几个钱养一大家子人。

小东西 （又坐在那里发呆）嗯，嗯，嗯。

小顺子 她来了，（往外叫）三姑娘。

〔翠喜哭哭啼啼地走进门。

小顺子 怎么啦？

翠　喜 （自言自语）妈的，我跟你回去！今天我就跟你回去！回去咱们就散，这日子还有什么过头？（叨叨地进了左小门）

小顺子 （望她进门）唉。

〔翠喜抱着孩子由左小门走进来。

小东西 孩子睡着了？

翠　喜 （抽噎地）嗯，妹……妹……妹子，（一字一噎地）刚才，刚才，那个

257

住客……你……你，你挂上了么？

小东西　（低头）——

小顺子　（摇头）没有。

翠　喜　怎……怎么？

小顺子　又是那句话，还是嫌她人小。

翠　喜　（一手摸着小东西的脸）苦……苦命的孩子。也……也好，你今天一个人在我这个床睡吧。省得我在这儿挤。……半……半……半夜里冷，多……多……多盖着点被。别……别冻着。明天再说明天的……你……你……你自己先别病了。……落在这个地方……病……病……病了更没有人疼……疼……疼了。

小东西　（忍不住，忽然抱着翠喜大哭起来）我……我的……

翠　喜　（也忍不住抱着她）妹……妹子，你……你别哭。我……我走了。我明天……一大清早，我……我就来看你。

小东西　嗯。

翠　喜　我……我走了。

小东西　你走吧。

小顺子　你睡吧。

小东西　嗯。

〔翠喜和小顺子同下。
〔外面一个人：落灯啦！落灯啦！
〔木梆声，舞台更暗。
〔外面叫卖声：（凄凉地）硬面饽饽！硬面饽饽！
〔小东西忽然立起，很沉静地走进左面小屋内。
〔屋内无人。
〔对面屋子里男女笑声。
〔女人声：去，去，去，——七十多里地多的是小媳妇，你找我干吗？
〔男人含糊的声音：——我……
〔女人声：去，去，去，（笑）头上磨下的，好意思的么？
〔男人含糊的声音：……嗯，……

〔小东西由左屋靸着鞋出来,手里拿着一根麻绳,她仿佛瞧见什么似的在方桌前睁着大眼,点点头。她失了魂一般走到两个门的前面,一一关好,锁上。她抖擞起来,鼓起勇气到了左边小门停住。她移一把椅子,站在上面,将麻绳拴在门框上,成一个小套。又走下来。呆呆地走,……走,走了两步。忽然她停住。

小东西 (低声,咽出两个字)唉,爸爸!

〔她向那麻绳套跪下,深深地磕了三个头,立起。叹一口气,爬上椅子,将头颈伸进套里,把椅子踢倒——那样小,那样柔弱一个可怜的小生命便悬在那门框下面。

〔外面叫卖声:(荒凉地)硬面饽饽! 硬面饽饽!

〔同时外面听见木梆声之外还有:

〔一个男人淫荡地唱:(曲调见前)"叫声小亲亲,眼瞅着到五更,五更打过哥哥就起身。亲人啊,小妹妹舍不得呀,一夜呀夫妻呀百日的恩。"

〔一个女人隐泣的声音:(如在远处)呜……呜……

〔小东西挂在那里,烛影晃晃照着她的脚,靸着的鞋悄然落下一只,屋里没有一个人。

〔舞台渐暗。

——幕 落

附 记

也许末尾的刺激太重了些,我为着上演的方便,曾经把收场这样改过,现在一并记在下面——

……

……

〔小东西由左屋趿着鞋出来,手里拿一根麻绳,她仿佛瞧见什么似的在方桌前睁着大眼,点点头。她失了魂一般走到两个门的前面。——关好,锁上。她的全身发抖,噙住眼泪,惊恐地走到左边小门停住。

〔外面叫卖声:(荒凉地)硬面饽饽!硬面饽饽!

〔远远的木梆声。

〔她将一把椅子移在门下,站在上面,把麻绳拴在门框上,成一个小套,她稳一稳心,正要——但一个恐怖的寒战,她又走下来,呆呆地立在那里。

〔一个男人淫荡地唱:(低声——曲调见前)"叫声小亲亲,眼瞅着到五更,五更打过哥哥就起身。亲人啊,小妹妹舍不得呀,一夜呀夫妻呀百日的恩。"

〔一个女人隐泣的声音:(如在远处)呜……呜……

〔恍恍惚惚地小东西随着那哭声,跟跄了两步,她实在忍待不下去了,忽然扑在地上,哀哀地哭泣起来。

〔外面叫卖声:(荒凉地)硬面饽饽!硬面饽饽!

〔远远的木梆声。

〔舞台渐暗。

——幕落

第四幕

与第三幕在同一个夜晚。

半夜后,大约有四点钟的光景,在××大旅馆那间华丽的休息室内。

屋内帘幕都深深垂下来,在强烈的灯光下,那些奇形怪状的陈设刺激人的眼发昏。满屋笼漫着浓厚的氤氲和恶劣的香粉气,酒瓶歪在地上,和金子一般贵重的流质任意地倒湿了地毯,染黄了沙发的丝绒,流满了大理石的茶几。在中间,一张小沙发的脚下,香槟酒杯的碎玻璃堆在那里。墙上的银熠熠的钟正指着四时许。

左面的屋子里面还是稀里哗啦地打着牌,有时静下来,只听见一两下清脆的牌声,有时说话的,笑的,骂的,叫的,愤愤然击着牌桌的,冷笑的……和洗牌的声音搅成一片。

〔开幕时,白露一个人站在窗前,背向观众,正撩开帷幕向下望。她穿着黑丝绒的旗袍,周围沿镶洒满小黑点的深黄花边,态度严肃,通身都是黑色。

〔她独自立在窗前,屋内没有一丝动静。

〔半晌。

〔左面的门大开,立刻传出人们打牌喧笑的声音。

〔里面的男女声音:露露!露露!

〔白露没有理他们,还是那样子孤独着。

〔张乔治的声音:露露!露露!(他的背影露出来,臂膊靠着门钮,对里面的人们说话)不,不,我就来。(自负地)你看我叫她,我来!

〔张乔治走出来,穿着最讲究的西服,然而领带散着,背心的纽子没有扣好。他一手抓住香槟酒瓶,一手是酒杯,兴高采烈地向白露走过来。

张乔治　（一步三摇地走近白露,灵感忽然附了体）哦,我的小露露。（看上看下,指手画脚,仿佛吟诗一样）So Beautiful！ So charming and so melancholic！（于是翻江倒海,更来得凶猛）So beautifully bewitiching and so bewitchingly beautiful！

陈白露　（依然看着窗外,不动,仿佛没有听见他的话）嗯,你说的是什么?

张乔治　（走到她又一边）我说你真美。你今天晚上简直是美！（摇头摆尾,闭起眼说）美！美极了！你真会穿衣服,你穿得这么忧郁,穿得这么诱惑！并且你真会用香水,闻起来（用他的敏锐的鼻子连连嗅着,赞美地由鼻孔冲出一声长长的由高而低的"嗯！"）这么清淡,而又这么幽远！（活灵活现做他的戏；感动地长长吐出一口气）啊！我一闻着那香水的香味,Oh no,你的美丽的身体所发出的那种清香,就叫我想到当初我在巴黎的时候,（飘飘然神往）哦,那巴黎的夜晚！那夜晚的巴黎！（又赞美地由鼻孔冲出那一声"嗯！"）嗯！Simply beautiful！

陈白露　（依然没有回头）你喝醉了吧。

张乔治　喝醉了?今天我太高兴了！你刚才瞧见刘小姐么?她说她要嫁给我,她一定要嫁给我,可是我跟她说了,（趾高气扬的样子）我说:"你！（藐视）你要嫁给我！你居然想嫁给我！你？"她低着头,挺可怜的样子,说:（哭声）"Georgy！只要你愿意,我这方面总是没有问题的。"说着,说着,眼泪就要掉下来。可是（拉一下白露,但她并没有转过身来）你看我,我就这么看着她。（斜着眼睛昂着头向下望）我说:"你?你居然想嫁给George Chang！ Pah！（又是他的一甩手）这世界上只有陈白露才配嫁给George Chang呢！"（他等白露的笑,但是——）咦,露露,你为什么不笑?

陈白露　（态度依然）这有什么可笑的?（低沉地）你还有酒么?

张乔治　（奇怪）你还想喝?

陈白露　嗯。

张乔治　你看我多么会伺候你,这儿早就预备好了。（他倒酒的时候,由右屋听见顾八奶奶叫白露的声音。他把酒倒好,递给白露,她一口灌下,看也不看就把酒杯交给乔治）

〔顾八奶奶由右门出,她穿戴仍然鲜艳夺目,气势汹汹地走进来。

顾八奶奶 （在门口）白露，究竟你的安眠药在哪儿？（忽然看见张乔治）哟！博士，原来是你们俩偷偷地躲在这屋子说话呢。

张乔治 两个人？那我大概是喝醉了。

顾八奶奶 怎么？

张乔治 奇怪，我怎么刚才只觉得我是一个人在这屋子发疯呢？

顾八奶奶 得了，我不懂你这一套博士话。白露，快点，你的安眠药在哪儿？

陈白露 在我床边那个小柜子里。

张乔治 怎么啦，八奶奶？

顾八奶奶 （摸心）我心痛，我难过。

张乔治 又为什么？

顾八奶奶 还不是那个没良心的东西气的我。我这个人顶娇嫩了，你看这一气，三天我也睡不着。我非得拿点安眠药回家吃不可。得了，你们两个好好谈话吧。（翻身就要进门）

张乔治 别，别走。你先坐一坐跟我们谈谈。

顾八奶奶 不，不，不，我心痛得厉害，我先得吃点杜大夫的药。

张乔治 你看，你在这里吃不一样？

顾八奶奶 可是你听听我的心，又是扑腾腾扑腾腾的，（捧着自己的心，痛苦的样子）哟！我得进去躺躺。

〔忽然左门大开，又传进种种喧笑声。

〔刘小姐的声音：Georgy——

顾八奶奶 （望着立在左门口的刘小姐。眉开眼笑地）刘小姐，你还没有走，还在打着牌么？（对张乔治）好啦，刘小姐来了，你们三个人玩吧。

〔顾由右门下。

〔刘小姐：Georgy！

张乔治 （以手抵唇）嘘！（指白露，作势叫刘小姐进来，来一同谈谈。不过——）

〔刘小姐的声音：（严厉地）Georgy！！

张乔治 （作势叫她不要喊，仿佛说白露大概心里不知为什么不痛快，并且像是一个人在流眼泪，劝她还是进来一起玩玩。但是——）

263

〔刘小姐的声音：（毫不是他所说的那副可怜的样子）我不进去，我偏不进去。

张乔治　（耸耸肩表示没有办法，却还在作势劝她进来。然而——）

〔刘小姐的声音：（更严厉地）Georgy！！！你进来不进来！你来不来！

张乔治　（大概门里面的人下了很严重的哀的美顿书，里面不知做些什么表示，但是他已经诚惶诚恐地——）No，please don't！ I'm coming！我来，我来，我就来。（慌慌张张地笑着走进左门）

〔刘小姐的声音：（很低而急促的声音）我要走了，你一个人在这儿，少跟她们胡扯，听见了没有？

〔张乔治的声音：可我没有怎么跟谁胡扯呀。

〔半晌。

〔白露缓缓回过身来。神色是忧伤的，酒喝多了。晕红泛满了脸。不自主地她的头倒在深蓝色的幕帷里，她轻轻捶着胸，然而捶了两下，仿佛绝了望似的把手又甩下来。静静地泪珠由眼边流出来，她取出手帕，却又不肯擦掉，只呆呆地凝视自己的手帕。

陈白露　（深长而低微叹一口气）嗯！（她仰起头，泪水由眼角流下来，她把手帕铺在眼上）

〔外面敲门声。

陈白露　（把手帕忙取下来擦擦眼睛）谁？

〔福升声：我，小姐。

陈白露　进来。

〔福升进。他早已回到旅馆，现在又穿起他的号衣施施地走进来。

王福升　小姐。

陈白露　你来干什么？

王福升　（看见白露哭了）哦，您没有叫我？

陈白露　没有。

王福升　哦，是，是……（望着白露）小姐，您今天晚上喝多了。

陈白露　嗯，我今天想喝酒。

王福升　（四面望望）方先生不在这儿？

264

陈白露　他还没有回来。有事么？
王福升　没有什么要紧的事。刚才又来了一个电报。是给方先生的。
陈白露　跟早上打来的是一个地方么？
王福升　嗯。
陈白露　在哪儿？
王福升　（由口袋取出来）您要么？
陈白露　回头我自己交给他吧。（福升把电报交给白露）反正还早。
王福升　（看看自己的手表）早？已经四点来钟了？
陈白露　（失神地）那些人们没有走。
王福升　（望左面的房门）客人们在这儿又是吃，又是喝，有的是玩的，谁肯走？
陈白露　（悲戚地点头）哦，我这儿是他们玩的地方。
王福升　（不懂）怎么？
陈白露　可是他们玩够了呢？
王福升　呃！……呃！……自然是回家去。各人有各人的家，谁还能一辈子住旅馆？
陈白露　那他们为什么不走？
王福升　小姐，您说……呃……呃……那自然是因为他们没有玩够。
陈白露　（还是不动声色地）那么他们为什么没有玩够？
王福升　（莫明其妙，不得已地笑）那……那……那他们是没有玩够嘘，没有玩够嘘。
陈白露　（忽然走到福升面前迸发）我问你，他们为什么没有玩够！（高声）他们为什么不玩够？（更高声）他们为什么不玩够了走，回自己的家里去。滚！滚！滚！（愤怨）他们为什么不——（忽然她觉出自己失了常态，她被自己吓住了，说不完，便断在那里，低下头）

〔福升望望白露的脸，仿佛很了解的样子。他倒了一杯白水端到白露面前。

王福升　小姐。
陈白露　（看看他手里的杯子）干什么？
王福升　您大概是真喝多了。

陈白露　（接下杯子）不，不。（摇摇头低声）我大概是真玩够了。（坐下）玩够了！（沉思）我想回家去，回到我的老家去。

王福升　（惊奇）小姐，您这儿也有家？

陈白露　嗯，你的话对的。（叹一口气）各人有各人的家，谁还一辈子住旅馆？

王福升　小姐，您真有这个意思？

陈白露　嗯，我常常这么想。

王福升　（赶紧）小姐，您要是真想回老家，那您在这儿欠的那些账，那您——

陈白露　对了，我还欠了许多债。（有意义地）不过这些年难道我还没有还清？

王福升　（很事实地）小姐，您刚还了八百，您又欠了两千，您这样花法，一辈子也是还不清的。今天下午他们又来了，您看，这些账单（又从自己口袋往外拿）这一共是——

陈白露　不，不用拿，我不要看，我不要看。

王福升　可是他们说您明天下午是非还清不可的，我跟他们说好话，叫他们——

陈白露　谁叫你跟他们说好话？冤有头，债有主，我自己没求过他们，要你去求？

王福升　可是小姐，——

陈白露　我知道，我知道了。你不要再提了，钱！钱！钱！为什么你老这样子来逼我。

〔电话铃响。

王福升　（拿起耳机）喂……你哪儿！哦……我这儿是五十二号陈小姐的房间。

陈白露　谁？

王福升　（掩住喇叭）李太太，（又对耳机）哦，是是。李先生他不在这儿。他今天下午来过，可是早走了。……是……是……不过李先生刚才跟这儿潘四爷打过电话，说请他老人家候候，说一会儿还要来这儿的。要不，您一会儿再来个电话吧。再见。（放下耳机）

陈白露　什么事？
王福升　李先生的少爷病得很重，李太太催李先生赶快回去。
陈白露　嗯。好，你去吧！

〔潘月亭由中门走进来，油光满面，心里充满了喜信，眯着一对小眼睛，一张大嘴呵呵地简直拢不住，一只手举着雪茄，那一只手不住地搓弄两撇小胡子。福升让进潘月亭，由中门下。

潘月亭　露露，露露，客没有走吧。
陈白露　没有。
潘月亭　好极了。来，大家都玩一会，今天让大家玩个痛快。
陈白露　怎么？
潘月亭　我现在大概才真正走了好运，我得着喜信了。
陈白露　什么？喜信？是金八答应你提款缓一星期了？
潘月亭　不，不是，这个金八前两天就答应我了。我告诉你，公债到底还要涨，涨，大涨特涨。这一下子真把我救了！你知道，我今天早上忽然听说公债涨是金八在市面故意放空气，闹玄虚，故意造出谣言说他买了不少，叫大家也好买，其实他是自己在向外抛，造出好行市向外甩。那时候我真急了！我眼看我上了他的当，我买的公债眼看着要大落特落，我整个的钱都叫他这一下子弄得简直没有法子周转，你看我这一大堆事业，我一大家子的人，你看我这么大年纪，我要破产，我怎么不急？我告诉你，露露，我连手枪都预备好了，我放在身上，我——（咳嗽）
陈白露　（给他手帕）哦，可怜！可怜的老爸爸。
潘月亭　（高起兴）你现在真不应该再叫我老爸爸了。我现在一点不老，我听见这个消息，我年轻了二十年，我跟你说人不能没有钱，没有钱就不要活着，穷了就是犯罪，不如死。可是，露露，我现在真真有钱了，我过两天要有很多很多的钱，再过些天，说不定我还要有更多更多的钱。（忽然慷慨地）哦，我从此以后要做点慈善事业，积积德，弥补弥补。——
陈白露　不过，你们轻轻把小东西又送回到金八手里，这件事是很难弥补的。

潘月亭　（忽然想起来）哦，小东西怎么样了？你难道还没有把她找回来？

陈白露　找回来？她等于掉在海里了，我找，达生找，都没有一点影子。

潘月亭　不要紧，有钱，我有钱。我一定可以把小东西还是活蹦乱跳地找回来。叫你高兴高兴。

陈白露　（绝望地）好，好吧！哦，你知道李石清要这时候来见你么？

潘月亭　知道。他说他有好消息告诉我。可是这个东西太混账，他以为我好惹，这次我要好好地给他一点厉害看。

陈白露　怎么？

〔顾八奶奶由右门上。

顾八奶奶　露露！露露！——哟，潘四爷，这一晚上你上哪儿去了。（撒娇地）真是的，把我们甩在这儿，不理我们，你们男人们，真是的！——对了，四爷，您看胡四进了电影公司正经干多了吧。还是四爷对，四爷出了主意，荐的事总是没有错儿的。（不等潘回答，就跑到左面立柜穿衣镜前照自己，忽转向白露）露露，你看我现在气色怎么样，不难看吧？

潘月亭　（没有办法）露露，你陪八奶奶谈吧，我去到那屋看看客人去。

〔潘由左门下。

顾八奶奶　四爷，您走了。（又忙忙地）白露，我睡不着。（自怜）我越躺越难过。

陈白露　你怎么啦？

顾八奶奶　（贸然）你说他还来不来？这个没有良心的东西，他叫我在你这儿等着他，他要跟我说戏，说《坐楼杀惜》，你看快天亮了，他的魂也没有见一个。唉，（指她的红鼻头）你看两条手绢都哭湿了，（其实她在干嚎）我真，我……我，我真想叫福升问问他……

陈白露　（厌烦，不等她说完便叫）福升！福升！

〔福升由中门进。

陈白露　你知道胡四爷上哪儿去了？

王福升　不，不知道。

顾八奶奶　（噘着嘴气冲冲地）他就会说不知道。

王福升　实……（谄笑）实在是不知道。不过仿佛胡四爷说他先去——

顾八奶奶　（暴躁地）

王福升　（假笑地）　　（同时说）换衣服去了。

顾八奶奶　（急躁）换衣服！换衣服！你就会说换衣服。

陈白露　怎么？（对顾）你知道胡四干什么去了？

王福升　（谦逊地）顾八奶奶刚才问了我四五遍，怪不得她老人家听腻了，您想，她老人家脾气也是躁一点，再者她老人家……

顾八奶奶　（忽然变色）福升，我不喜欢你这么胡说乱道的什么"老人家""她老人家"的。我不愿意人家这么称呼我，我不爱听。

王福升　是，顾八奶奶。

顾八奶奶　去！去！去！我瞅你就生气，谁叫你进来给我添病的。

王福升　是，是。（福升由中门下）

顾八奶奶　（捶自己的心）你看我的心又痛起来了，胡四进了电影公司两天，越学越不正经干。我非死了不可！露露！你的安眠药我都拿去了。

陈白露　（略惊）怎么，你要吃安眠药？

顾八奶奶　嗯，我非吃了不可。

陈白露　（劝她）那你又何必呢？你还给我。（伸手）

顾八奶奶　（不明白）不，我非吃了不可，我得回家睡觉去。我睡一场好觉，气就消了。杜大夫说睡一点钟好觉，就像多吃两碗饭。我要多吃两碗饭，气气他。

陈白露　哦！（放下心）不过我先警告你，这个安眠药是很厉害的。你要吃了十片，第二天就会回老家的，你要小心点。

顾八奶奶　（拿着安眠药看）哦！吃十片就会死。

陈白露　十片就成了。

顾八奶奶　那，……那，我就……我就吃一片；不，半片；不好，三分之一，我看，对我就很可以了。

陈白露　那才好，我刚才听你的话，我以为——

顾八奶奶　哦，（忽然明白）你说我吃安眠药寻死？我才不呢。我不傻，我

269

还得乐两年呢！哼，我刚刚懂一点事，我为他……哼，胡四有一天要跟我散了，我们就散。我再找一个，我……我非气死他不可！（太费力气，颤巍巍地摇着头）

陈白露　（冷冷地望着她）你说得不累么？
顾八奶奶　可不是，我是有点累了。我得打几副牌休息休息我的脑筋。你跟我一块来吧。
陈白露　不，你先去吧！我想一个人坐一坐。

〔顾由左门下。
〔中门敲门声。

陈白露　谁？
方达生　我。（推开门进来，他还穿着他的毛蓝布大褂，神色沉郁，见着白露，微现喜色）
陈白露　你刚回来？
方达生　我回来一会，我走到你门口，我听见顾太太在里面，我就没进来。
陈白露　（望着他）怎么样？小东西找着了么？
方达生　（摇头）没有。那种地方我都一个一个去看了。但是，没有她。
陈白露　（失望）这是我早料到的。（半晌，扶他坐下）你累了么？
方达生　有一点，不过我很兴奋，我很兴奋。我在想，这两天我不断地想着个问题。
陈白露　（笑）怎么，你又想，想起来了。
方达生　嗯。没有办法，我是这么一个人，我又想起来了。尤其是今天一夜晚，叫我觉得——（忽然）我问你，人与人之间为什么要这么残忍呢？
陈白露　（笑）这就是你所想的问题么？
方达生　不，不尽然。我想的比这个问题要大，要实际得多。我奇怪，为什么你们允许金八这么一个禽兽活着？
陈白露　你这傻孩子，你还没有看清楚，现在，我告诉你，不是我们允许不允许金八活着的问题。而是金八允许我们活着不允许我们活着的问题。
方达生　我不相信金八有这么大的势力。他不过是一个人。

陈白露　你怎么知道他是一个人？

方达生　（沉思）嗯……（忽然）你见过金八么？

陈白露　我没有那么大福气。你想见他么？

方达生　（有意义地）嗯，我想见见他。

陈白露　那还不容易，金八多得很，大的，小的，不大不小的，在这个地方有时像臭虫一样，到处都是。

方达生　（沉思）对了，臭虫！金八！这两个东西都是一样的，不过臭虫的可厌，外面看得见，而金八的可怕外面是看不见的，所以他更凶更狠。

陈白露　（眼盯着达生）你仿佛有点变了。

方达生　嗯，我似乎也这么觉得。不过我应该感谢你。

陈白露　（不懂）为什么？

方达生　（严重地）是你给我这么一个机会。

陈白露　我不大明白你的话，你的口气似乎有点后悔。

方达生　（肯定地）不！我不后悔，我毫不后悔多在这里住几天。你的话是对的。我应该多观察观察这一帮东西。现在我看清楚他们了，不过我还没有看清楚你，我不明白你为什么要跟他们混？你难道看不出他们是鬼，是一群禽兽。竹均，我看你的眼，我就知道你厌恶他们，而你故意天天装出满不在意的样子，天天自己骗着自己。

陈白露　（深邃地望着他）你——

方达生　你这样看我做什么？

陈白露　（忽然——倔强地嘲讽着）你很相信你自己的聪明。

方达生　竹均，你又来了。不，我不聪明。但是我相信你的聪明。你不要瞒我，你心里痛苦，请你看在老朋友的分上，我求你不要再跟我倔强，我知道你嘴头上硬，故意说着谎，叫人相信你快乐，可是你眼神儿软，你的眼瞒不住你的恐慌，你的犹疑，不满。竹均，一个人可以欺骗别人，但欺骗不了自己，你这样会把你闷死的。

陈白露　（叹一口气）不过你叫我干什么好呢？

方达生　很简单，你跟我走，先离开这儿。
陈白露　离开这儿？
方达生　嗯，远远地离开他们。
陈白露　（仰头想）可……可……可是上哪里去呢？我这个人在热闹的时候总想着寂寞，寂寞了又常想起热闹。整天不知道自己怎么样才好。你叫我到哪里去呢？
方达生　那有一个办法：你应该结婚！你需要嫁人！你该跟我走。
陈白露　（忽然笑起来）你的拿手好戏又来了。
方达生　不，不，你不要误会，我不是跟你求婚。我并没有说我要娶你。我说我带你走，这一次我要替你找个丈夫。
陈白露　你替我找丈夫？
方达生　嗯，我替你找。你们女人只懂得嫁人，可是总不懂得嫁哪一类人。这一次，我带你去找，我要替你找一个真正的男人。你跟我走。
陈白露　（笑着）你是说一手拉着我，一手敲着锣，到处去找我的男人么？
方达生　那怕什么？竹均，你应该嫁一个真正的男人。他一定很结实，很傻气，整天地苦干，像这两天那些打夯的人一样。
陈白露　哦，你说要我嫁给一个打夯的？
方达生　那不也很好。你看他们哪一点不像个男人？竹均，你应该结婚。你应该立刻离开这儿。
陈白露　（思虑地）离开——是的。不过，结婚？（嘘出一口气）
方达生　竹均，你正年轻，为什么不试试呢？活着原来就是不断地冒险，结婚是里面最险的一段。
陈白露　（顿，忽然，把头转过去，缓缓一字一字地）可是这个险我冒过了。
方达生　（吃了一惊）什么？你试过？
陈白露　（乏味地）嗯，我试过。但是（叹一口气）一点也不险。——平淡无聊，并且想起来很可笑。
方达生　竹均，……你……你已经结过婚？
陈白露　咦，你为什么这么惊讶？难道必须等你替我去找，我才可以冒这个险么？

方达生　（低声）这个人是谁？

陈白露　（神秘地）这个人有点像你。

方达生　（起了兴趣）像我？

陈白露　嗯，像——他是个傻子。

方达生　（失望）哦。

陈白露　因为他是个诗人。（追想）这个人哪……这个人思想起来很聪明，做起事就很糊涂。让他一个人说话他最可爱，多一个人谈天他简直别扭得叫人头痛。他是个最忠心的朋友，可是个最不体贴的情人。他骂过我，而且他还打过我。

方达生　但是（怕说的样子）你爱他？

陈白露　（肯定）嗯，我爱他！他叫我离开这儿跟他结婚，我就离开这儿跟他结婚。他要我到乡下去，我就陪他到乡下去。他说"你应该生个小孩！"我就为他生个小孩。结婚以后几个月，我们过的是天堂似的日子。他最喜欢看日出，每天早上他天一亮就爬起来，叫我陪他看太阳。他真像个小孩子，那么天真！那么高兴！有时候乐得在我面前直翻跟头，他总是说："太阳出来了，黑暗就会过去的。"他永远是那么乐观，他写一本小说也叫《日出》，因为他相信一切是有希望的。

方达生　不过——以后呢？

陈白露　以后？——（低头）这有什么提头！

方达生　为什么不叫我也分一点他的希望呢。

陈白露　（望着前面）以后他就一个人追他的希望去了。

方达生　怎么讲？

陈白露　你不懂？后来，新鲜的渐渐不新鲜了，两个人处久了渐渐就觉得平淡了，无聊了。但是都还忍着；不过有一天……他忽然说我是他的累赘，我也忍不住说他简直是讨厌！从那天以后我们渐渐就不打架了，不吵嘴了，他也不骂我，也不打我了。

方达生　那不是很好么？

陈白露　不，不，你不懂。我告诉你结婚后最可怕的事情不是穷，不

273

是嫉妒，不是打架，而是平淡，无聊，厌烦。两个人互相觉得是个累赘，懒得再吵嘴打架，直盼望哪一天天塌了，等死。于是我们先只见面拉长脸，皱眉头，不说话。最后他怎么想法子叫我头痛，我也怎么想法子叫他头痛。他要走一步，我不让他走；我要动一动，他也不许我动。两个人仿佛捆在一起扔到水里，向下沉……沉……沉……

方达生　不过你们逃出来了。
陈白露　那是因为那根绳子断了。
方达生　什么？
陈白露　孩子死了。
方达生　你们就分开了？
陈白露　嗯，他也去追他的希望去了。
方达生　那么，他在哪里？
陈白露　不知道。
方达生　那他有一天也许回来看你。
陈白露　不，他决不会回来的。他现在一定工作得高兴。（低头）他会认为我现在简直已经堕落到没有法子挽救的地步。（悲痛地）哼！他早把我忘记了。
方达生　（忽然）你似乎还没有忘记他？
陈白露　嗯，我忘不了他。我到死也忘不了他。喂，你喜欢这两句话么？"太阳升起来了，黑暗留在后面；但是太阳不是我们的，我们要睡了。"你喜欢么？
方达生　我不大懂。
陈白露　这是他的小说里一个快死的老人说的。
方达生　你为什么忽然要提起这一句？
陈白露　因为我……我……我时常想着这样的人。
方达生　（忽然）我看你现在还爱他。
陈白露　（低头）嗯。
方达生　你很爱他。
陈白露　（望）嗯。——但是你为什么这么问我？

方达生　没有什么，也许我问清楚了，可以放下心。这样，我可以不必时常惦念着你了。谢谢你，竹均，你真是个爽快人。（立起来）竹均，我要去收拾东西去了。

陈白露　你就要走？这里还有你一封电报。（拿出来交给他）

方达生　（拆开看）嗯。（把电报揉成一团）

陈白露　是催你回去么？

方达生　嗯，是的。（停顿）再见吧！竹均！（伸出手）

陈白露　为什么这么忙？难道你天亮就走么？

方达生　我想天亮就离开旅馆。

陈白露　你坐哪一趟车？

方达生　不，不，我不回去。我只是想搬开。

陈白露　你不走？

方达生　不，我不回去。不过我也许不能常来看你了。

陈白露　（奇怪）为什么？这句话很神秘。

方达生　我在这里要多住些天，也许我在这里要做一点事情。

陈白露　你在这里找事做？

方达生　事情自然很多，我也许要跟金八打打交道，也许要为着小东西跑跑，也许为那小书记那一类人做点事，都难说。我只是想有许多事可做的。

陈白露　这么说，你跟他要走一条路了。

方达生　谁？

陈白露　他，——我那个诗人。

方达生　不，我不会成诗人。但是我也许真会变成一个傻子。

陈白露　（叹一口气）去吧！你们去吧！我知道我会被你们都忘记的。

方达生　（忽然）不过，竹均，你为什么不跟我走？（拉起她的手，热烈地）你跟我走！还是跟我走吧。

陈白露　可是——（空虚地望着前面）上哪儿去呢？我告诉过你，我是卖给这个地方的。

方达生　（放下手，怜恤地望着她）好吧。你，——唉，……你……你这个人太骄傲，太倔强。

275

〔敲门声。

陈白露　谁？

〔李石清推中门进。李忽然气派不同了，挺着胸脯走进来，马褂换了坎肩，前额的头发也贼亮贼亮地梳成了好几绺，眼神固然依旧那样东张西望地提防着，却来得气势汹汹，见着人客气里含着敌视，他不像以前那样对白露低声下气，他有些故为傲慢。

陈白露　哦，李先生。

〔福升随进。

李石清　（看看方达生和白露）陈小姐，（回头对门前的福升）福升，你下去叫我的汽车等着我，我也许一会儿跟潘经理谈完话就回公馆的。

王福升　是，李先——（忽然）是，襄理。不过您太太方才打电话，说——

李石清　（厌烦地）我知道了。你下去吧。

陈白露　李先生，你的少爷好一点了么？

李石清　好，好，还好。月亭在屋里么？

陈白露　月亭大概在吧。

李石清　我要跟他谈一点机密的事。

陈白露　（不愉快）是要我们出去躲躲么？

李石清　（知道自己有点过分）不，不，那倒不必。我进去找他谈也是可以的。少陪！少陪！

〔李扬长地走入左门。

陈白露　（看他走进去，嗤笑）唉！

方达生　这个人忽然——是怎么回事？

陈白露　你不知道，他当了襄理了。

方达生　（恍然）哦！（笑了笑）可怜！

陈白露　嗯，好玩得很。

〔胡四由中门进。他又换了一套衣服，更"标致"了，他一边拿着大衣，一边夹着烟卷，嘴里哼着流行调，开了中门。

胡　四　（仿佛到了自己的家，把帽子扔在沙发上，大氅也搁在那里，口里不住地吹着哨，他似乎一个人也没有看见，稳稳当当地放好衣服，走到左面立柜穿衣镜前照照自己，打着呵欠对白露说话）白露，她呢？

陈白露　谁？

胡　四　（还是那一副不动情感的嘴脸）老妖精！

陈白露　不知道。

胡　四　（又打了一个呵欠）困么？

方达生　（嫌恶）你问谁？

胡　四　哦，方——方先生。您刚回来？我们总算投缘。今天晚上见了两面。

方达生　（不理他）白露，你愿意到我屋里坐一下么？

陈白露　嗯，好。

〔两个人由中门下。

胡　四　（望着他们走出去）妈的加料货！"刺儿头"带半疯！

〔整理自己的衣服，又向那穿衣镜回回头，理两下鬓角，正预备进左门，左门开了，由里走出潘月亭和李石清。

李石清　（对潘）里面人太多，还是在这儿谈方便些。

潘月亭　好，也好。

胡　四　（很熟稔地）石清，你怎么现在还在这儿？还不回家去？

李石清　嗯，嗯。

胡　四　潘经理。

潘月亭　胡四，你快进去吧。八奶奶还等着你说戏呢！

胡　四　是，我就去。石清，你过来，我跟你先说一句话。

李石清　什么？

胡　四　（笑嘻嘻地）我昨儿个在马路上又瞧见你的媳妇了，（低声对着他的耳朵）你的媳妇长得真不错。

李石清　（一向与胡四这样惯了的，现在无法和他正颜厉色，只好半气半恼，似笑非笑地）唏！唏！岂有此理！岂有此理。

胡　四　没有什么说的，石清，回头见。

〔胡四很伶俐地由左门下。

潘月亭　请坐吧。有什么事么？

277

李石清　（坐下很得意地）自然有。

潘月亭　你说是什么？

李石清　月——（仿佛不大顺口）经理知道了市面上怎么回事么？

潘月亭　（故意地）不大清楚，你说说看。

李石清　（低声秘语）我这是从一个极秘密的地方打听出来的。我们这一次买的公债算买对了，您放心吧！金八这次真是向里收，谣言说他故意造空气，他好向外甩，完全是神经过敏，假的。这一次我们算拿准了，我刚才一算，我们现在一共是四百五十万，这一"倒腾"①说不定有三十万的赚头。

潘月亭　（唯唯否否地）是……是……是。（但是没有等李说完，他忽然插嘴）哦，我听福升说你太太——

李石清　（不屑于听这些琐碎的事）那我知道，我知道。——我跟您说，我们说不定有三十万的赚头。这还是说行市就照这样涨。要是一两天这个看涨的消息越看越真，空户们再忍痛补进，跟着一抢，凑个热闹，我跟您说，不出十天，再多赚个十万二十万，随随便便地就是一说。

潘月亭　（阻止他）是你的太太催你回去么？

李石清　不要管她，先不管她。我提议，月亭，这次行里这点公债现在我们是绝对不卖了。我告诉你，这个行市还要大涨特涨，不会涨到这一点就完事。并且（非常兴奋地）我现在劝你，月亭，我们最好明天看情形再买进，明天的行市还可以买，还是吃不了亏。

潘月亭　石清，你知道你的儿子病了么？

李石清　不要紧，不要紧。——（更紧张）我看我们还是买。对！我们就这么决定了。月亭，这是千载一时的好机会。这一次买成功了，我主张，以后行里再也不冒这样的险。说什么我们也不必拆这个烂污，以后留点信用吧。不过，这一次我们破釜沉舟干一次，明天，一大清早，我们看看行市，还是买进。

---

① 掉换的意思。

潘月亭 不过——

李石清 我们再加上五十万，凑上一个整数。我想这决不会有错的。我计算着我们应该先把行里的信用整顿一下，第一，行里的存款要——

潘月亭 石清！石清！你知道你的儿子病得很重么？

李石清 为什么你老提这些不高兴的话？

潘月亭 因为我看你太高兴了。

李石清 怎么，为什么不高兴呢！这次事我帮您做得不算不漂亮。我为什么不高兴呢！

潘月亭 哦，我忘了你这两天做了襄理了。

李石清 经理，您这句话是什么意思？

潘月亭 也没有什么意思。你知道我现在手下这点公债已经是钱了么？

李石清 自然。

潘月亭 你知道就这么一点赚头已经足足能还金八的款么？

李石清 我计算着还有富余。

潘月亭 哦，那好极了。有这点富余再加我潘四这点活动劲儿，你想想我还怕不怕人跟我捣乱？

李石清 我不大明白经理的话。

潘月亭 譬如有人说不定要宣传我银行的准备金不够？

李石清 哦？

潘月亭 或者说我把银行房产都抵押出去。

李石清 哦……

潘月亭 再不然，说我的银行这一年简直没有赚钱，眼看着要关门。

李石清 （谄笑）不过，经理，何必提这个？这不——

潘月亭 我自己自然不愿意提这个。不过说不定有人偏要提，提这个，你说这怎么办？

李石清 这话不太远了点么？

潘月亭 （冷冷地看着他）话倒是不十分远。也不过是六七天的工夫，我仿佛听见有人跟我当面说过。

李石清 经理，您这是何苦呢？圣人说过："小不忍则乱大谋。"一个做

279

大事的人多忍似乎总比不忍强。

潘月亭　（棱他一眼）我想我这两天很忍了一会。不过，我要跟你说一句实在话：我很讨厌一个自作聪明的人在我的面前多插嘴，我也不大愿意叫旁人看我好欺负，天生的狗食，以为我心甘情愿地叫人要挟。但是我最厌恶行里的同人背后骂我是个老混蛋，瞎了眼，昏了头，叫一个不学无术的三等货来做我的襄理。

李石清　（极力压制自己）我希望经理说话无妨客气一点。字眼上可以略微斟酌斟酌再用。

潘月亭　我很斟酌，很留神，我这一句一句都是不可再斟酌的客气话。

李石清　（狞笑）好了，这些名词字眼都可说无关紧要，头等货，三等货，都是这么一说，差别倒是很有限。不过，经理，我们都是多半在外做事的人，我想，大事小事，人最低应该讲点信用。

潘月亭　（看李）信用？（大笑）你要谈信用？信用我不是不讲，可是要看谁？我想我活了这么大年纪，我该明白跟哪一类人才可以讲信用，跟哪一类人就根本用不着讲信用的。

李石清　那么，经理仿佛是不预备跟我讲信用了。

潘月亭　（尖酸地）这句话真不像你这么聪明的人说的。

李石清　经理自然是比我们聪明的。

潘月亭　那倒也不见得。不过我也许明白一个很要紧的小道理，就是对那种太自作聪明的坏蛋，我有时可以绝对不讲信用的。（忽然）你知道你的太太跟你打电话了么？

李石清　（眩惑地）我知道，我知道。

潘月亭　你的少爷病得快要死了，李太太催你快回家。

李石清　（瞪眼望着潘，低声）我是要回家的。

潘月亭　那好极了。我听说你还有汽车在门口等着你。（刻薄地）坐汽车回家是很快的，回家之后，你无妨在家里多多练习自己的聪明，你这样精明强干的人不会没有事的。有了事，我看你还可以常常开开人家的抽屉，譬如说看看人家的房产是不是已经抵押出去了，调查调查人家的存款究竟有多少。……不过我可以顺便声明一下，省得你替我再多操心，我那抽屉里的文件现在都存在保险库去了。

李石清　（愤怒叫他说不出一个字）嗯！

潘月亭　（由身上取出一个信封）李先生，这是你的薪水清单。我跟你算一算。襄理的薪水一月一共是二百七十元。你做了三天，会计告诉我你已经预支了二百五十元，不过我想我们还是客气点好，我支给你一个月的全薪。现在剩下的二十块钱，请你收下，不过你今天坐的汽车账行里是不能再替你付的。

李石清　可是，潘经理——（忽然他不再多说了，狠狠地盯了潘一眼，伸出手）好，你拿来吧。（接下钱）

潘月亭　（走了两步，回过头）好，我走了，你以后没事可以常到这儿来玩玩，以后你爱称呼我什么就称呼我什么，就像方才，你叫我月亭，也可以；称兄道弟，跟我"你呀我呀"地说话也可以；现在我们是平等了！再见。

〔潘由左门下。

李石清　（一个人愣了半天，才由鼻里嗤出一两声冷笑）好！好！（拿起钞票，紧紧地握着恨恨地低声）二十块！（更低声）二十块钱。（咬牙切齿）我要宰了你呀！（电话铃响一下，他不理）我为着你这点公债，我连家都忘了，孩子的病我都没有理，我花费自己的薪水来做排场，打听消息。现在你成了功赚了钱，忽然地，不要我了。（狞笑）不要我了。你把我当成贼看，你骂了我，当面骂了我，侮辱我，瞧不起我！（刺着他的痛处，高声）啊，你瞧不起我！（打着自己的胸）你瞧不起我李石清，你这一招简直把我当作混蛋给耍了。哦，（电话铃又响了响。嘲弄自己，尖锐地笑起来）你真会挖苦我呀！哦，我是"自作聪明"！我是"不学无术"！哦，我原是个"坏蛋"！哼，叫我坏蛋你都是抬高了我，我原来是个"三等货"，（怪笑，电话铃又响了一阵）可是你以为我就这样跟你了啦？你以为我怕你，——哼，（眼睛闪出愤恨的火）今天我要宰了你，宰了你们这帮东西，我一个也不饶，一个也不饶你们的。

〔忽然中门急急敲门声。

李石清　谁？

〔李太太慌张走进，颜色更憔悴，衣服满是皱纹，泪水含在眼边。

李太太　石清！你怎么啦？你出去一天为什么现在还不回家！

李石清　（眼直瞪瞪地）我不回家！

李太太　（哭出声音）小五儿快不成了，舌头都凉了，石清。我现在同妈叫了个车送他到医院，走了三个医院，三个医院都不肯收。

李石清　不收？是治不了啦？

李太太　医院要钱。（忽然四面望望）他们要现款，都要现钱。最低的都要五十块押款。现在家里只有十五块钱，我都拿出来也不够。（抽噎）石清，你得想法子救救我们的孩子。

李石清　（摸摸自己的身上，掏出几张零碎票子）都拿去吧。

李太太　（忙数）这……这只有十七块多钱。

李石清　那……那……那有什么法子。

李太太　（擦眼泪）不过石清，（望着他）小五这孩子——

李石清　（悲愤）为什么我们要生这么一大堆孩子呢！（然而不由己地他拿起方才的钞票，紧紧握着，咽下愤恨交给李太太，辛酸地）拿去！拿去，这是二十五块"卖脸钱"。

〔李太太收下。

李太太　（急切地）不过石清，你不一块去么？

李石清　你先去，我一会来。

李太太　可是，石清——

李石清　（咆哮起来）叫你先走，你就先走。你还吵什么！快走！快走！你不要惹我！

〔叩门声。

李太太　（恳求）不过，石清——（叩门声仍响）有人来！

李石清　谁？（不答，叩门声仍响）进来！谁？（叩门声仍响）谁？他走至中门，猛然开了门。他吃了一惊。黄省三像一架骷髅立在门口，目光灼灼地望着他）

李石清　（低声）你！（冷笑）你来得真巧。

〔他幽然地进来，如同吹来了一阵阴风。他叫人想起鬼，想起从坟墓里夜半爬出来的僵尸。他的长袍早不见了。上身只是一件藏青破棉袄，领扣敞着，露出棱棱几根颈骨，底襟看得见里面污旧的棉絮，袖口很长，拖在下面。底下只穿一件单裤，两条腿在里面撑起来细得如一对黍棒。他头发非常散乱，人也更伛偻了，但他不像以前那样畏怯，他的神色阴惨，没有表情，不会笑，仿佛也不大会哭，他呆滞地望着李石清，如同中了邪魔一样。

李石清 （对李太太）你走吧。有人来了。

李太太 石清……（她向他投一道怨望的眼光，嘤嘤地哭泣走出中门）

李石清 （望她出了门，愤怒地）哼，我不走的，我不走的，我想不出办法，我死了也不走的。（来回走，忘记黄在他面前）

黄省三 经理！

李石清 （忽然立住）哦，你——你这流氓，你为什么又缠上我了？

黄省三 嗯。经理！

李石清 （疑惑地）什么，经理？谁叫你叫我经理？谁叫你叫我经理？

黄省三 （依然呆板地，背书一样）经理，我是银行的小书记。我姓黄，我叫黄省三，我一个月赚十块二毛五。我有三个孩子，经理，我有三个孩子……我一个月赚十块二毛五！我姓黄，我叫黄省三……

李石清 （看着他，忽然明白）你！你是——（然而急躁地）真！你为什么又找上我了？你知道我是谁？我是谁？你找我做什么？

黄省三 潘经理！我求你，我求你！

李石清 我不是潘经理，我不姓潘，我姓李！（指自己）你难道不认识我？不认识我这个人？

黄省三 （点头）我认识你。

李石清 谁？

黄省三 你是潘经理。

李石清 真！你这是来做什么？你为什么单拣这个时候找我来跟我开心。你找上我是做什么？

黄省三 （还是呆板地）他们不叫我死！他们不答应叫我死。

李石清 （急得失了同情）你死就死了，他们为什么不让你死？

黄省三 那些人，那些官儿们，老爷们，他们偏要放我。

283

李石清　哦，他们把你放出来了。

黄省三　他们偏说我那个时候神经失常，犯神经病，他们偏把我放出来，硬说我没有罪。(诚恳地)我求您，我求您，您行行好，您再重重地给我一拳，(指着自己的肺部)就在这儿，一下就成了，您行行好，潘经理。

李石清　真！我不是潘经理，你看清楚一点，我不姓潘，我姓李，我叫李石清，你难道不认识？

〔半响。

黄省三　(忽然嘤嘤地像一个女人哭起来)我的孩子，我的可怜的孩子们，我把你们害死了，爹爹逼你们死了。

李石清　怎么，你的孩子都——

黄省三　都上了天了。(忽然)你们为什么不让我死？(神经错乱，以为仍在法庭)我没有犯神经病！我跟您说，庭长！那时，我实在没有犯神经病！我很清楚，我自己买的鸦片烟。庭长，那钱是潘经理给我的三块钱，两块钱还了房钱，我拿一块钱买的鸦片烟。庭长，我自己买的红糖跟烟掺好，叫孩子们喝的，我亲手把他们毒死的。可是你们为什么要救我？我没有钱再买烟，你们难道就不许我跳河？你们为什么不让我死？庭长，您不要信我这些邻居的话，他们是胡说八道，我那时候很明白，我没有犯神经病。国家有法律，你们不能放我。庭长！(抓住李的手)庭长，我亲手毒死了人，毒死我的儿子，我的望望，我的小云，我的……(抱着李)我的庭长，您得要杀死我呀！

李石清　(用力解开自己)躲开我，你放下手。你这个混账东西！你看看，你到了哪儿？(用力摇撼他)你看看我是谁？

黄省三　(看李，四面望，半响，忽然)潘……潘……经理，我这是到了哪儿了？

李石清　真！死鬼，你跟我缠些什么？走，走，滚，滚，你再不滚开，我就要叫警察抓你了。

〔要按电铃。

黄省三　你别，你别叫他们。(拉着李的手)你别，别叫他们。(沉痛辛酸地)

潘，潘经理，人不能这么待人呀，人不能这么待人呀！前些日子我孩子们在，我要活着，我求你们叫我活着，可是你们偏不要我活着。现在（涕哭）他们死了，我要死了，我要死，我求你们叫我死，可是你们又偏不要我死。潘经理，我们都是人，人不能这么待人呀！（衰弱地哭了起来）

李石清　真！……你这个混蛋！你简直把我的心搅乱了。你快滚，快滚，我简直也要疯了。滚，你这个流氓，你给我滚哪。

黄省三　不，我求您，潘经理，您行行好吧。我再也活不下去了，我给您跪下，您可怜可怜我吧，您别再逼我了，（跪下）您让我走一条痛快的路吧。

李石清　（拉起他）好，我让你死，我让你死。不过你先起来，你得先认识我，我姓李，你再听一遍，我姓李，李，李，李。

黄省三　（记不起来）李？

李石清　你不记得那一天你到这儿找我？……我……我劝过你拉洋车？

黄省三　哦？

李石清　我还劝过你要饭？

黄省三　哦？

李石清　我还劝过你偷？

黄省三　哦，你还劝过我跳楼！（忽然疯狂一般欢喜，四面望，仿佛找窗户，立刻向窗户那面跑）

李石清　（一手拉住他）福升！福升！福升！

〔福升由中门进。

李石清　把他拉出去。这个人疯了。

王福升　你又来了！

〔福升抓住他向外拉，黄像小鸡一样地和他做徒然的挣扎。

黄省三　李先生，我没有疯！你得救救我，你得救救我！我没有疯啊！

〔黄被福升拉下去。

李石清　天啊！（急躁地）这个傻王八蛋，你为什么疯了？你为什么疯？你太便宜他了！

〔电话铃又急响。

李石清　（拿起耳机）喂，哪儿？报馆张先生么？哦，我是石清。什么？刚才你打电话来？没人接？哦……哦……你已经派人拿一封信送来了。哦！是的，你先别着急。……什么？消息不好？谁说的？……怎么，还是金八的人露出来的。不会吧！这两天，不是听说金八天天在收么？……什么？他一点也没有买！……怎么，这一星期看涨完全是他在造谣言！……啊？他从昨天起已经把早存的货向外甩了，……这句话是真的？（他喜欢得手都抖起来）什么？这个消息已经传出去了。……哦，哦，那么明天行市开盘就要大落。哦，你想可以落多少？……（拍着桌子）什么？第二盘就会停拍。（坐在桌子上）哦……哦……（拍着自己的屁股）你说……大丰这次公债简直叫金八坑了。……是……是，我也是这么想，我怕金八说不定就要提款。……好极了，哦，糟极了。好……好，你已经写过一封信，送到这儿。好，回头见，回头见，我就交给四爷。（他放下耳机，走到门口）

李石清　福升，福升！
　　　　〔福升上。
李石清　刚才报馆张先生派人给四爷送来一封信，你看见了没有？
王福升　早看见了。
李石清　在哪儿？
王福升　这儿。（由身上掏出来）
李石清　拿来！拿来！怎么早不说？
　　　　〔李由福升手里抢来，连忙看。
王福升　（在旁边插嘴）我刚才倒是想给四爷的，可是我瞅见四爷正在打牌，手气好，连着"和"三番，我就没送上去。
李石清　去，去！出去。少在这儿多嘴。
王福升　是，襄理。
　　　　〔福升下。
李石清　（看完信，长吸一口气，几乎是跳跃）你来得好！你来得好！你来得真是时候。
　　　　〔白露由中门上。

李石清　（满面堆着笑容）陈小姐，客还没有走么？
陈白露　他们就要走了，我来送送他们。怎么，襄理，忽然这一会红光满面的。
李石清　哼，人逢喜事精神爽，也许现在——立刻我要有一件最开心的事。
陈白露　又要升副理了么？
李石清　（狞笑）这点快活跟升了副理也差不多少。小姐要是到屋里去的时候，我就请小姐把四爷赶快请出来一会，因为现在有人送来一封信，有一件很重要很重要的事情发生，请他老人家立刻到这屋里来吩咐吩咐该怎么办好。
陈白露　奇怪，您现在忽然又非常客气起来了。
李石清　当着小姐总是应该客气一点的。（鞠躬）
　　　　〔白露由左门下。
李石清　（颤抖）哦……哦……我怎么反而稳不住了。（来回地走）
　　　　〔潘月亭由左门进。
潘月亭　哦，你还没有回家？
李石清　是，经理，我因为心里老惦念您行里的公事，所以总是不想回去。
潘月亭　你找我做什么？
李石清　（低声下气）您的牌打得怎么样？
潘月亭　（看看他）还顺遂！
李石清　我听说您现在手气很好。
潘月亭　是不坏。
李石清　您"和"了几次三番？
潘月亭　（不屑）我料到你又会找我的，不过没想到你见了我，尽说这一类的话。
李石清　您想我还是要找您，求您赏碗饭吃，——是呀，我没有钱，我是靠着银行过日子。您想，您刚才——
潘月亭　（忽然）那封信呢？
李石清　哪封信？

287

潘月亭　白露说你有一封我的信在手里。
李石清　是，您想看么？
潘月亭　哪儿来的？
李石清　报馆张先生特派人送来的。
潘月亭　快点拿来。
李石清　不过我怕您看完之后太惊讶了，我没有敢就给您送去。
潘月亭　怎么，是公债又要大涨么？
李石清　自然是公债，我刚一看，我告诉您，我简直惊讶极了。
潘月亭　好极了，一提公债就准是喜信，我这一次算看对了。好，快拿出来吧。
李石清　不过，经理，我先拆开看了。
潘月亭　什么？你怎么敢拆开了？
李石清　不过，经理，我要是不拆开，我怎么能知道是个喜信，好给您报喜呢？
潘月亭　（急想看信）好，好，好，你快拿来吧。
李石清　（慢慢掏出信）您不会生气吧。您不会说我自作聪明，故意多事吧？（一面把信由信封抽出，慢慢把信纸铺在桌上）请您一张一张地看吧。
潘月亭　（奇怪他为什么这样做排，仿佛觉出来里面很蹊跷。他不信任地望着李石清，却又急忙地拿起信纸来读）好，好。
李石清　（在他旁边插嘴，慢吞吞地）这件事我简直是想不到的不会这么巧，不会来得这么合适。我想这一定是谣言天下哪会有这样快的事。您看，我有点好插嘴，好多说几句闲话，经理，您不嫌烦么？
潘月亭　（看完了信，慌起来，再看几句）我……我不相信，这是假的。这个消息一定是不可靠的。（忙走到电话前面拨号码）喂喂，喂，你是新报馆？我姓潘，我是潘四爷呀！……我找总编辑张先生说话。快点！快点！……什么？出去了？不过他刚才……？哦，他刚出去。……你知道他上哪儿去了么？……怎么，不知道？……混蛋！你怎么不问一声？……得，得了，不用了。（放下耳机，停一下，敲着信封，忽然想起一个人，又拨圆盘号码）喂，你是会贤俱乐部

288

么？我找丁先生说话。……什么，就是金八爷的私人秘书，丁牧之，丁先生。……什么？他回家了！他怎么会这时候回家？现在不过（看自己的手表）才——

李石清　现在不过才五点多，快天亮了。

潘月亭　（望了李一眼，对着喇叭）那么他家里的电话号码呢？……哦，四三五四三，好……好……好。（放下耳机）这帮东西，求着他们，他们都不知跑到哪儿去了？（又拨圆盘号码）喂……喂……喂，你是丁宅么？（再转号码）喂……喂……喂。（再转，自语）怎么会没有人接？

李石清　自然是底下人都睡觉了。

潘月亭　（重重放下耳机）都睡死了！（颓然坐下）荒唐，荒唐！这消息一定是不可靠的。不会的，不会的。

〔李目光眈眈，不转眼地望着他。

潘月亭　露露！露露！

〔白露由左门进。

陈白露　干什么？月亭？

潘月亭　劳驾，你给我倒一杯开水。

陈白露　怎么啦？

潘月亭　我有点头痛。

〔她去倒水。

李石清　我也想这消息是不可靠的。（似乎很诚恳地）您早上不打听了许多人了么？

潘月亭　（自语）这有点开玩笑。这简直是开玩笑。

〔白露把水递给他。

陈白露　怎么，月亭？

潘月亭　（把信交给她）你看！（坐在那里发痴）

李石清　（走到潘的面前，低声）经理，其实这件事没有什么大不了的关系。公债要是落一毛两毛的，也没有什么大损失。您忘了细看看，经理，那信上真提了要落多少？

潘月亭　（霍地立起来）哦，是的，是的。露露，把信给我。（一把抢过来，忙忙

289

地看）

李石清　（在潘后面，指指点点）不，不，在这一张，在这一张，（二人低声读信）"……此消息已传布市面，明日行市定当一落千丈，决无疑义……"

陈白露　他明明说行市一定要大落特落。

潘月亭　（颓然）嗯。他的意思是说明天开了盘就要停拍。

李石清　（辩驳的样子）可是方才张先生来了信以后，他又来了电话。

潘月亭　（燃着了希望挺起腰）他后来又来了电话，哦，什么，他说什么？

李石清　他说还是没有办法。金八在后面操纵，没有一点法子。

潘月亭　（又颓然靠椅背）这个混账东西！

〔福升推中门进。

陈白露　干什么？

王福升　报馆张先生来了。

陈白露　请他进来。

王福升　他说这边人太多，不便说话，他还在十号等您。

〔潘立刻向门走。

〔与福升进门差不多同时电话铃响。李接电话。

李石清　喂，你哪儿？……我是五十二号。哦……我是石清，哦……哦，您找潘四爷？他就在这儿。（拦住要出门的潘）金八的秘书丁先生要找你说话。

潘月亭　（接耳机）喂，我月亭啊……哦，丁先生。刚才我找了你许久……是……是……是……不要紧！没什么。……什么？他要提（看着李，又止住话头）……什么，明天早上他就完全要提……喂，喂，不过我跟金八爷明明说好再缓一个星期……那他这……这简直故意地开玩笑！……（暴躁地）喂，丁先生。他不能这么不讲信用……信用！你告诉他。他说好了再缓一星期，他现在忽然……喂……喂……我要请金八爷谈一下，什么？他现在不见人？不过……喂，我问你，牧之，八爷这两天买什么公债没有？……什么……他卖都卖不完？……哦……（忽然）喂，喂，……你听着！你听着！（乱敲半天，没有回应。放下耳机）这个狗

食，他在姑娘家喝醉了，到了这么晚他才把这件事告诉我。（废然倒在椅上）

王福升　四爷，报馆张先生……
潘月亭　去，去，去！你们别再来搅我。
李石清　不过，经理，——
潘月亭　（咆哮）走！走！（对李）你走！（李走出中门。对白露）你先到那边去，让我歇歇。
陈白露　月亭，你——
潘月亭　（摇摇手）你先去看看他们，他们大概都要走了。
潘月亭　（来回徘徊，坐下立起，立起坐下）唉，没有办法，这是死路！金八简直是故意要收拾我。

〔中门呀然响。

潘月亭　（心惊肉跳）谁？谁？
李石清　还是我，经理。自作聪明的坏蛋又来了。
潘月亭　你来——你又来干什么？
李石清　我想我们两个人谈谈比三个人要痛快一点。
潘月亭　你还要谈什么？
李石清　不谈什么，三等货来看看头等货现在怎么样了。
潘月亭　（跳起来）混蛋！
李石清　（竖起眉）你混蛋！
潘月亭　给我滚！
李石清　（也厉声）你先给我滚！（半晌，冷笑）你忘了现在我们是平等了。
潘月亭　（按下气，坐下）你小心，你这样说话，你得小心。
李石清　我不用小心，我家没有一个大钱，我口袋里尽是当票我用不着小心！
潘月亭　不过你应当小心有人请你吃官司，你这穷光蛋。
李石清　穷光蛋，对了。不过你先看看你自己吧！我的潘经理。我没有债，我没有成千成万的债。我没有人逼着我要钱，我没有眼看着钱到了手，又叫人家抢了走。潘经理，你可怜可怜你自己吧。你还不及一个穷光蛋呢，我叫一个流氓耍了，我只是穷，

291

你叫一个更大的流氓要了，他要你的命。（尖酸地）哦，你是不跟一个自作聪明的坏蛋讲信用的。可是人家愿意跟你讲信用？你不讲信用，人家比你还不讲信用，你以为你聪明，人家比你还要聪明。你骂了我，你挖苦我！你侮辱我，哦，你还瞧不起我！（大声）现在我快活极了！我高兴极了！明天早上我要亲眼看着你的行里要挤兑，我亲眼看着付不出款来，我还亲眼看着那些十块八块的穷户头，（低声恶意地）也瞧不起你，侮辱你，挖苦你，骂你，咒你，——哦，他们要宰了你，吃了你呀！你害了他们！你害了他们！他们要剥你的皮，要挖你的眼睛！你现在只有死，只有死你才对得起他们，只有死，你才逃得了！

潘月亭　（暴躁地敲着桌子）不要说了！不要说了！

李石清　我要说，我要痛痛快快地说，——你这老混蛋，你这天生的狗食，你瞎了眼，昏了头，——

潘月亭　（跳了起来）我……我先宰了你再说。（要与李拼命，一把抓着李的头颈正要——）

〔白露跑出。

陈白露　月亭，月亭。你让他去吧！

李石清　（他的头颈为潘掐住，挣扎）你杀了我吧！你宰了我吧。可是金八不会饶了你，在门口……在门口……

潘月亭　（放下手）在门口，什么？

李石清　在门口黑三等着你。金八叫他来候着你。

潘月亭　为……为什么？

李石清　他怕你跑了，他叫黑三那一帮人跟着你。

〔半晌，潘垂首。

陈白露　（低声）金八，金八！怎么到处都是他？

潘月亭　（低头）他要逼死我！（忽然对李惨笑）你现在大概可以满意了吧！

李石清　（望望潘，没有说话）

〔电话铃急响。

潘月亭　白露，你先替我接一下：这多半是金八的电话。

李石清　让我接。

陈白露　不，不，我接。（已经拿起耳机，李与潘各据左右，二人都紧张地望着她）喂？谁？我是五十二号！我白露啊！哦，什么？李太太。……哦……哦……你找石清？石清就在这儿。（回首向李）李太太由医院打来的电话。

〔潘颓然坐沙发上。

李石清　（拿起耳机）我石清！你们到了医院了。哦，哦，……小五怎么？（焦急地，和方才不关心的心情恰恰相反）什么？你再说一遍，我听不清楚……什么？小五断……断……断了气了？那……（停，发一下愣）那你找医生啊！（痛苦地拍着桌子）找医生啊！不是已经带了钱么？给他们钱！你给他们钱哪！……什么？他……他在路上死……死的。……（眼泪流下来）哦，……哦，……他在路上叫着我，叫着爸爸……就……就没有气了。（他没有力量再听下去，扔下耳机，呜咽起来）哦，我的儿子啊！……哦……我的小五啊。（忽然又拿起耳机）我就来！我就来！

〔李一边抓起帽子，一边揩着眼泪望了潘一眼，潘也呆呆望了他一眼，李便由中门走出去。

陈白露　可怜！月亭，你们这是为什么？

〔远处鸡叫。

潘月亭　白露，客走了么？

陈白露　早走了，只有胡四、顾八他们还在这儿。

潘月亭　我难道会有这一天么？白露，你等等，我想跟报馆张先生再商量商量。

陈白露　月亭，你好一点了么？

潘月亭　还好，还好，我去一下，我回头就来看你。

陈白露　你就走了么？

潘月亭　不，我说回头就来的。

陈白露　好，你去吧！

〔潘由中门下。

〔远处鸡鸣声，白露走到窗前，缓缓拉开窗幔，天空微露淡蓝色。她望一望，嘘一口气又慢慢踱回来。远远鸡声又鸣，她立在台中望空冥想。

陈白露 （低声,忧郁地自己叫自己）白露,天又要亮了。

〔由左门走进了胡四和顾八奶奶。胡四烟容满面,一脸油光。他用手揩自己的脸,一面继续地说。顾八奶奶崇拜英雄一般头歪歪地望着他。

胡　四 （大概是刚推开烟盘子,香味还留连在口里,咂咂嘴,满意地嘘一口气）这一口烟还不离,真提神!（接说）底下紧接着鼓点。大锣,小锣,一块儿来:八拉达长,八拉达长,八拉达长,长长令长,八拉达,达,达……（咳嗽,吐一口痰在地上）

顾八奶奶 好好地又吐痰,你倒好好地给我说啊。（完全不觉察到白露的心情,得意地）露露,你听,你听胡四给我说《坐楼杀惜》呢。（卖弄地）这家伙点叫"急急风"。

胡　四 （烟吸多了,嗓音闭塞发哑,但非常有兴味地翻着白眼）这怎么叫"急急风",你看你这记性这还学戏呢。

顾八奶奶 （掩饰地）哦,哦,这叫"慢长锥"。

胡　四 去,去,得了吧!这不叫"慢长锥"。算了,算了,你就听家伙点就成了:（重说）八拉达长,八拉达长,八拉达长,长长令长。八拉达!（突停,有声有色,右手向下敲了三下,当作鼓板）达!达!达!（手向下一敲锣）长!（满身做工,满脸的戏,说得飞快）你瞧着,随着家伙点,那"胡子"一甩"髯口",一皱眉,一瞪眼,全身乱哆嗦。这时家伙点打"叫头",那"胡子"咬住了银牙,一手指着叫!（手几乎指到顾的鼻端）"贱人哪!……"

顾八奶奶 什么"贱人贱人"的!我不爱听胡子,我学的是花旦。

胡　四 （藐视）你学花旦?（愣一下）可你也得告诉我是哪一段呀?

顾八奶奶 （仿佛在寻思）就是那一句"忽听得……"什么来着,前面是谁唱着来着:"叫声大姐快开门"的。

胡　四 （卖弄）哦,那容易,那容易!

顾八奶奶 你给我连做派带唱先来一下。

胡　四 那还难?那还难?胡琴拉四平调:已格弄格里格弄格弄格弄,唱,（摇头摆尾）"叫声大姐快开门!"白口:"大姐,开门来!"

顾八奶奶　我要花旦。

胡　　四　别着急！紧接着，掀帘子，上花旦！（自己便扭扭捏捏地拿起手绢扮演起来）台步要轻俏，眼睛要灵活，出台口一亮相，吃的是劲儿足！就这样！（非常妩媚而诱惑的样子）已格弄格里格弄格弄格弄，（用逼尖了喉咙）"忽听得，（又用原来的声音）弄格里格弄格弄格弄弄，（浑身做工）门外有人唤，弄格弄里格弄格个弄格……"

〔远处鸡叫。

陈白露　你们听，听。

胡　　四　什么？

陈白露　鸡叫了！

〔远处鸡再鸣。

顾八奶奶　可不是鸡叫了！（忽然望到窗外）哟，天都快亮了。（对胡四）走吧！走吧！快回去睡吧。今天可在这儿玩晚了。

胡　　四　（满不在乎的样子）不过我那五百块钱的账怎么办呢？

顾八奶奶　回家就给我开一张支票叫大丰银行给你。不过——

胡　　四　（伶俐地）听你的话，下一次我再也不到那个坏女人那里去了。

顾八奶奶　好啦，别在露露面前现眼啦。你快穿衣服，走吧。你明天，哦，你今天不还要到电影厂拍戏去啦么？

胡　　四　（应声虫，一嘴的谎）是，是啊，导演说今天我不来，片子就不能拍了。

顾八奶奶　那你就赶快穿衣服，回家睡吧。我今天也跟你一块去电影厂的。

胡　　四　（吃了一惊）哦，你，你也……（但先不管这个，于是非常仔细，慢吞吞地穿衣服）

顾八奶奶　（一回转身，向白露，极自满地）露露，现在我告诉你，胡四要成大明星了。眼瞅着要红起来了，公司里说他是个空前绝后的大杰作，要他连演三套片子。过两天，电影杂志就都要登他的相片，大的，那么老大的。说不定也要登我的相片。

陈白露　你的？

顾八奶奶　嗯，我的，我跟胡四的；顾八奶奶的，顾八奶奶跟中国头等杰作大明星胡四的。因为（低声，女孩子似的羞怯，不好意思说话出

295

来）我想……我想，我现在还是答应他好。我想……我想我们后天就……就结婚。你看，露露，那好不好？

陈白露　好，好得很。不过——
顾八奶奶　露露，你给我当伴娘，一定，一定。
陈白露　（更低）好，好，不过——
顾八奶奶　什么？
陈白露　我问你，你的钱是不是现在是存在大丰银行里？
顾八奶奶　自然是存在那里头。你问这个做什么？
陈白露　不做什么！随便问问。
顾八奶奶　（望着胡四，赞美地）啊！（她把自己的皮包打开，拿出粉盒，正预备擦粉，忽然看见那药瓶）露露，你看我，我现在还要这个东西干什么？（拿出药瓶）谢谢你，这安眠药还是还给你，我不用了。
陈白露　谢谢你，（接过来）我正想跟你要回来呢。
顾八奶奶　好极了，还是你拿去用吧。
胡　四　（穿好衣服）走吧，走吧！
顾八奶奶　不，我还得擦点粉呢。
胡　四　（一把拉住她）得了吧，天快亮了，谁还看你？走吧，走吧！（拉着顾向中门走）
顾八奶奶　（得意地，对白露）你看我这个活祖宗！（被胡四拉了两步）再见啊！
胡　四　白露，再见。

〔胡四把帽子戴好，向下一捺，与顾一齐由中门走出。
〔白露一个人走到窗前，打开窗户，静默中望见对面房屋的轮廓逐渐由黑暗中爬出来，一切都和第一幕一般，外面的氛围很美，很幽静又很凄凉，老远隐隐又听得见工厂哀悼似的汽笛声，夹杂着自市场传来一两声辽远的鸡鸣，是太阳还未升出的黎明时光。
〔中门敲门声。

陈白露　（未回头）进来吧。

〔福升由中门进，微微打了一个呵欠。

陈白露　（没有转身）月亭，怎么样？有点办法没有？
王福升　小姐。

陈白露　（回转身）哦，是你。
王福升　四爷叫我过来说，他不来了。
陈白露　哦。
王福升　他说怕这一两天都不能来了。
陈白露　是，我知道。
王福升　他叫我跟您说，叫您好好保重，多多养自己的病，叫您以后凡事要小心点，爱护自己，他说……
陈白露　哦，我明白，他说不能再来看我了。
王福升　嗯，嗯，是的。不过，小姐，您为什么偏要得罪潘四爷这么有钱的人呢？……您得罪一个金八还不够，您还要——
陈白露　（摇头）你不明白，我没有得罪他。
王福升　那么，我刚才把您欠的账条顺手交给他老人家，四爷只是摇头，叹口气，一句话也没有说就走了。
陈白露　唉，你为什么又把账单给他看呢？
王福升　可是，小姐，今天的账是非还不可的，他们说闹到天也得还！一共两千五百元，少一个铜子也不行！您自己又好个面子，不愿跟人家吵啊闹啊地打官司上堂。您说这钱现在不从四爷身上想法子，难道会从天上掉下来？
陈白露　（冥想）也许会从天上掉下来的。
王福升　那就看您这几个钟头的本事吧。我福升实在不能再替您挡这门账了。
陈白露　（拿起安眠药瓶，紧紧地握着）好，你去吧。

〔福升正由中门下，左门有人乱敲门，嚷着"开门，快开门"。福升跑到左门，推开门，张乔治满脸的汗跑出来。

张乔治　（心神恍惚地）怎么，你们把门锁上做什么？
王福升　（笑）没有锁，谁锁了？
张乔治　（摸着心）白露，我做了一个梦，I dreamed a dream. 哦，可怕，可怕极了，啊,Terrible! Terrible! 啊，我梦见这一楼满是鬼，乱跳乱蹦，楼梯，饭厅，床，沙发底下，桌子上面，一个个啃着活人的脑袋，活人的胳臂，活人的大腿，又笑又闹，拿着人

297

的脑袋壳丢过来，扔过去，戛戛地乱叫。忽然轰的一声，地下起了一个雷，这个大楼塌了，你压在底下，我压在底下，许多许多人都压在底下。……

〔福升由中门下。

陈白露　Georgy，你方才干什么去啦？
张乔治　我睡觉啦。
陈白露　你没有走？
张乔治　咦，我走了，你现在还看得见我？我喝得太多了，我在那屋墙犄角一个沙发睡着了，你们就没有瞧见我，我就做了这么一个梦。Oh，Terrible！Terrible！！简直地可怕极了。
陈白露　方才你喝了不少的酒。
张乔治　对了，一点也不错，我喝得太多了，神经乱了，我才做这么一个噩梦。（打了一个呵欠）我累了，我要回去了。哦，（忽然提起精神来）我告诉你一件事……
陈白露　不，我现在求求……求你一件事。
张乔治　你说吧。你说的话没有不成的。
陈白露　有一个人……要……要跟我借三千块钱。
张乔治　哦，哦。
陈白露　我现在手下没有这些钱借给他。
张乔治　哦，哦。
陈白露　Georgy，你能不能设法代我弄三千块钱借给这个人？
张乔治　那……那……就当要……另作别论了。我这个人向来是大方的。不过也要看谁？你的朋友我不能借，因为……因为我心里忌妒他。不过要像你这样聪明的人要借这么有限几个钱花花，那自然是不成问题的。
陈白露　（勉强地）好！好！你就当作我亲自向你借的吧。
张乔治　你？露露要跟我借钱？跟张乔治借钱？
陈白露　嗯，为什么不呢？
张乔治　得了，这我绝对不相信的。露露会要这么几个钱用，No，No，I can never believe it！这我是绝不相信的。你这是故意跟我开玩笑了。(大笑) 你真会开玩笑，露露会跟我借钱，而且跟我借这么一点点的钱。啊，小露露，你真聪明，真会说笑话，世界上没有再像你这么聪明的人。好了，再见了。(拿起帽子)

陈白露　好，再见。(微笑) 你倒是非常聪明的。
张乔治　谢谢！谢谢！(走到门口) 哦，对了，我想起来了。我告诉你，到了后来，我实在缠不过她，我还是答应她了。我想，我们想明天就去结婚。不过，我说过，我是一定要你当伴娘的。
陈白露　要我当伴娘？
张乔治　自然是你，除了你找不着第二个合适的人。
陈白露　是的，我知道。好，再见。
张乔治　好，再见。就这么办。Good night！哦！ Good morning！我的小露露。(挥挥手由中门走出)

〔晨光渐渐由窗户透进来，日影先只射在屋檐上。白露把门关好，走到中间的桌旁坐下，愣一下，她立起走了两步，怜惜地望望屋内的陈设。她又走到沙发的小几旁，拿起酒瓶，倒酒。尽量地喝了几口。她立在沙发前发愣。
〔中门呀地开了，福升进。

陈白露　(低哑的声音) 你来干什么？
王福升　天亮了，老阳都出来了，您还不睡觉？
陈白露　是，我知道。
王福升　您不要打点豆浆喝了再睡么？
陈白露　不，我不要，你去吧。
王福升　(由身上取出一卷账条) 小姐！这……这是今天要还的那些账条，我……我搁在这里，您先合计合计。(把账条放在中间的桌子上)
陈白露　好！你搁在那儿吧。
王福升　您不要什么东西啦？
陈白露　(摇摇头)

〔福升背着白露很疲倦地打了一个呵欠由中门走出。
〔白露把酒喝尽，放下酒杯。走到中桌前慢慢翻着账条，看完了一张就扔在地下，桌前满铺着是乱账条。

299

陈白露 （嘘出一口气）嗯。

〔她由桌上拿起安眠药瓶，走到窗前的沙发，拔开塞，一片两片地倒出来。她不自主地停住了，她颓然跌在沙发上，愣愣地坐着。她抬头。在沙发左边一个立柜的穿衣镜里发现了自己，立起来，走到镜子前。

陈白露 （左右前后看了看里面一个美丽的妇人，又慢慢正对着镜子，摇摇头，叹气，凄然地）生得不算太难看吧。（停一下）人不算得太老吧。可是……（很悠长地嘘出一口气。她不忍再看了，她慢慢又踱到小桌前，一片一片由药瓶数出来，脸上带着微笑，声音和态度仿佛自己是个失了父母的小女孩子，一个人在墙角落的小天井里，用几个小糖球自己哄着自己，极甜蜜地而又极凄楚地怜惜着自己）一片，两片，三片，四片，五片，六片，七片，八片，九片，十片。（她紧紧地握着那十片东西，剩下的空瓶当啷一声丢在痰盂里。她把胳膊平放桌面，长长伸出去，望着前面，微微点着头，哀伤地）这——么——年——轻，这——么——美，这——么——（眼泪悄然流下来。她振起精神，立起来，拿起茶杯，背过脸，一口，两口，把药很爽快地咽下去）

〔这时阳光渐渐射过来，照在什物狼藉的地板上。天空非常明亮，外面打地基的小工们早聚集在一起，迎着阳光由远处"哼哼唷，哼哼唷"地又以整齐严肃的步伐迈到楼前。木夯一排一排地砸在土里，沉重的石碾落下，发出闷塞的回声，随着深沉的"哼哼唷，哼哼唷"的呼声是做工的人们战士似的那样整齐的脚步。他们还没有开始"叫号"。

陈白露 （扔下杯子，凝听外面的木夯声，她挺起胸走到窗前，拉开帘幕，阳光照着她的脸。她望着外面，低声地）"太阳升起来了，黑暗留在后面。（她吸进一口凉气，打了个寒战，她回转头来）但是太阳不是我们的，我们要睡了。"

〔她忽然关上灯又把窗帘都拉拢，屋内陡然暗下来，只帘幕缝隙间透出一两道阳光颤动着。她捶着胸，仿佛胸际有些痛苦窒塞。她拿起沙发上那一本《日出》，躺在沙发上，正要安静地读下去——

〔很远，很远小工们隐约唱起了夯歌——唱的是《轴号》。但听不清楚歌词。

〔外面方达生的声音：竹均！竹均！（声音走到门前）

300

〔她慌忙放下书本，立起来，走到门前，知道是他。四面望望，立刻把地上的账条拾起，团在手里，又拿起那本《日出》，匆促地走进右面卧室，她的脚步已经显得一点迟钝，进了门就锁好。

〔外面方达生：（低声）竹均！竹均！你屋里没有人吧。竹均！竹均！我要走啦！（没有人应）竹均，那我就进来啦。（外面有一两声麻雀）

〔方达生推门进。

方达生 （左右望）竹均！我告诉你——（忽察觉屋里很黑，他走到窗前把幕帷又拉开，阳光射满了一屋子。雀声吱吱地唱着）真奇怪，你为什么不让太阳进来。（他走到右面卧室门前）竹均，你听我一句，你这么下去，一定是一条死路，你听我一句，要你还是跟我走，不要再跟他们混，好不好？你看，（指窗外）外面是太阳，是春天。

〔这时小工们渐唱渐近，他们用下面的腔调在唱着"日出啊东来呀，满天（地）大红（来吧）……"

方达生 （敲门）你听！你听（狂喜地）太阳就在外面，太阳就在他们身上。你跟我来，我们要一齐做点事，跟金八拼一拼，我们还可以——（觉得里面不肯理他）竹均，你为什么不理我？（低低敲着门）你为什么不说话？你——（他回转身，叹一口气）你太聪明，你不肯做我这样的傻事。（陡然振作起来）好了，我只好先走了，竹均，我们再见。

〔里面还是不答应，他转过头去听窗外的夯歌，迎着阳光由中门昂首走出去。

〔由外面射进来满屋的太阳，窗外一切都亮得耀眼。

〔砸夯的工人们高亢而洪壮地合唱着《轴歌》，（即"日出东来，满天大红！要得吃饭，可得做工！"）沉重的石碾一下一下落在土里，那声音传到观众的耳里是一个大生命浩浩荡荡地向前推，向前进，洋洋溢溢地充塞了宇宙。

〔屋内渐渐暗淡，窗外更光明起来。

——幕徐落

301

《日出》第三幕附记

写完第三幕便察觉小东西的死太惨，太刺目了。事实是有这样的（看看每天的报纸吧），并且很多。然而为着看戏的人们这末尾的惊吓又怕过了分。我曾经将结尾改成小东西没有死成，过度的恐惧使她鼓不起勇气把头颈伸进那绳套里，终于扑在地上又哀泣起来。这样也许叫"太太小姐们"看着舒服一些。但过后我又念起那些被一帮野兽们生生逼死的多少"小东西"们，（方法自然各不相同，有些甚至于明明是死了却看起来还像活着的）我仿佛觉得她们乞怜的眼睛在黑暗的壁角里灼灼地望着我，我就不得不把太太小姐们的瞧戏问题放在一旁。我求人们睁开眼看看这一段现实，我还是不加变动，留在这里。

这一幕我自认为写得异乎寻常拙陋的，而写前材料的收集，也确实感到莫大的困难，幸亏我遇见一位爽快的朋友，（在此地我感谢他善意的帮助和同情）他大量供给我许多宝贵的资料。这一切描写都根据他所述说的北方的情形。第一幕在方达生的口里有"上海"字样，那是一时的笔误，忘记改掉，因为整个这一本戏并没有限定发生在中国某一处商埠里。

出于不得已我用了不知多少幕后的声音帮造这一幕的氛围，这是一个最令导演头痛的难题。如若幸而演出，这些效果必须有一定的时间、长短、强弱、快慢、各样不同的韵味，远近，每一个声音必须顾到理性的根据，氛围的调和，以及对意义的点醒和着重。果若有人只想打趣，单看出妓院材料的新奇，可以号召观众，便拿来乱炮乱制，我宁肯把这一幕烧成灰烬，诅咒我那一天为生活发生这一种狂想，绝不甘心把一个有严重意义的材料很轻佻地做成太太小姐们的玩意。对着那些抱一腔热情来怜悯这些可怜的动物而毫无其他企图的人们，我自然以至诚献上这个剧本，尤其那演翠喜的演员，如若有一天我有这样荣幸，遇见一位有演技天才有真切同情的人来扮演她，我现在预先对她致无限的敬意。

（原载《文季月刊》一九三六年第五期）

原野

——时间和地点——

○ 序　幕
　　原野铁道旁。
　　——立秋后一天傍晚。

○ 第一幕
　　焦阎王家正屋。
　　——序幕十日后，下午六时。

○ 第二幕
　　景同第一幕。
　　——同日，夜九时。
　　——同日，夜十一时。

○ 第三幕
　　（时间紧接第二幕）
　　第一景　黑林子，岔路口。
　　——夜一时后。
　　第二景　黑林子，林内洼地。
　　——夜二时后。
　　第三景　黑林子，林内水塘边。
　　——夜三时后。
　　第四景　黑林子，林内小破庙旁。
　　——夜四时后。
　　第五景　景同序幕，原野铁道旁。
　　——破晓，六时后。

――登场人物――

仇　虎——一个逃犯。

白傻子——小名狗蛋，在原野里牧羊的白痴。

焦大星——焦阎王的儿子。

焦花氏——焦大星新娶的媳妇。

焦　母——大星的母亲，一个瞎子。

常　五——焦家的客人。

（第三幕登场人物另见该幕人物表）

序　幕

秋天的傍晚。

大地是沉郁的，生命藏在里面。泥土散着香，禾根在土里暗暗滋长。巨树在黄昏里伸出乱发似的枝桠，秋蝉在上面有声无力地振动着翅翼。巨树有庞大的躯干，爬满年老而龟裂的木纹，矗立在莽莽苍苍的原野中，它象征着严肃、险恶、反抗与幽郁，仿佛是那被禁锢的普饶密休士，羁绊在石岩上。它背后有一片野塘，淤积油绿的雨水，偶尔塘畔簌落簌落地跳来几只青蛙，相率扑通跳进水去，冒了几个气泡；一会儿，寂静的暮色里不知从什么地方传来一阵断续的蛙声，也很寂寞的样子。巨树前，横着垫高了的路基，铺着由辽远不知名的地方引来的两根铁轨。铁轨铸得像乌金，黑黑的两条，在暮霭里闪着亮，一声不响，直伸到天际。它们带来人们的痛苦、快乐和希望。有时巨龙似的列车，喧赫地叫嚣了一阵，喷着火星乱窜的黑烟，风掣电驰地飞驶过来。但立刻又被送走了，还带走了人们的笑和眼泪。陪伴着这对铁轨的有道旁的电线杆，一根接连一根，当野风吹来时，白磁箍上的黑线不断激出微弱的呜呜的声浪。铁轨基道斜成坡，前面有墓碑似的哩石，有守路人的破旧的"看守阁"，有一些野草，并且堆着些生锈的铁轨和枕木。

在天上，怪相的黑云密匝匝遮满了天，化成各色狰狞可怖的形状，层层低压着地面。远处天际外逐渐裂成一张血湖似的破口，张着嘴，泼出幽暗的赭红，像噩梦，在乱峰怪石的黑云层堆点染成万千诡异艳怪的色彩。

地面依然昏暗暗，渐渐升起一层灰雾，是秋暮的原野，远远望见一所孤独的老屋，里面点上了红红的灯火。

大地是沉郁的。

〔开幕时，仇虎一手叉腰，背倚巨树望着天际的颜色，喘着气，一哼也不哼。青蛙忽而在塘边叫起来。他拾起一块石头向野塘掷去，很清脆地落在水里，立时蛙也吓得不响。他安了心，蹲下去坐,然而树上的"知了"又聒噪地闹起,他仰起头,厌恶地望了望,立起身,正要又取一个石块朝上——遥远一声汽笛,他回转头,听见远处火车疾驰过去,愈行愈远,夹连几声隐微的汽笛。他扔下石块,嘘出一口气,把宽大无比的皮带紧了紧,一只脚在那满沾污泥的黑腿上擦弄,脚踝上的铁镣恫吓地响起来。他陡然又记起脚上的累赘。举起身旁一块大石在铁镣上用力擂击。巨石的重量不断地落在手上,捣了腿骨,血殷殷的,他蹙着黑眉,牙根咬紧,一次一次捶击,喘着,低低地咒着。前额上渗出汗珠,流血的手擦过去。他狂喊一声,把巨石掷进塘里,喉咙哽咽像塞住铅块,失望的黑脸仰朝天,两只粗大的手掌死命乱绞,想挣断足踝上的桎梏。

〔远处仿佛有羊群奔踏过来,一个人"哦!哦!"地吆喝,赶它们回栏,羊们乱窜,哀伤地咩咩着,冲破四周的寂静。他怔住了,头朝转那声音的来向,惊愕地谛听。他蓦然跳起来,整个转过身来,面向观众,屏住气息瞩望——这是一种奇异的感觉,人会惊怪造物者怎么会想出这样一个丑陋的人形:头发像乱麻,硕大无比的怪脸,眉毛垂下来,眼烧着仇恨的火。右腿打成瘸跛,背凸起仿佛藏着一个小包袱。筋肉暴突,腿是两根铁柱。身上一件密结纽襻的蓝布褂,被有刺的铁丝戳些个窟窿,破烂处露出毛茸茸的前胸。下面围着"腰里硬"—— 一种既宽且大的黑皮带——前面有一块瓦大的铜带扣,贼亮贼亮的。他眼里闪出凶狠,狡恶,机诈与嫉恨,是个刚从地狱里逃出来的人。

〔他提起脚跟眺望,人显明地向身边来。"哦!哦!"吆喝着,"咩!咩!"羊们拥挤着,人真走近了,他由轨道跳到野塘坡下藏起。

〔不知为什么传来一种不可解的声音,念得很兴高采烈的!"漆叉卡叉,漆叉卡叉,漆叉卡叉,漆叉卡叉,吐兔图吐,吐兔图吐,吐兔图吐,吐兔图吐……"一句比一句有气力,随着似乎顿足似乎又在疾跑的音响。

〔于是白傻子涨得脸通红，挎着一筐树枝，右手背着斧头，由轨道上跳跳蹦蹦地跑来。他约莫有二十岁，胖胖的圆脸，哈巴狗的扁鼻子，一对老鼠眼睛，眨个不停。头发长得很低，几乎和他那一字眉连接一片。笑起来眼眯成一道缝。一张大嘴整天呵呵地咧着；如若见着好吃好看的东西，下颚便不自主地垂下来，时而还流出涎水。他是个白痴，无父无母，寄在一个远亲的篱下，为人看羊，斫柴，做些零碎的事情。

白傻子　（兴奋地跑进来，自己就像一列疾行的火车）漆叉卡叉，漆叉卡叉……（忽而机车喷黑烟）吐兔图吐，吐兔图吐，吐兔图吐……（忽而他翻转过来倒退，两只臂膊像一双翅膀，随着嘴里的"吐兔"，一扇一扇地——哦，火车在打倒轮，他拼命地向后退，口里更热闹地发出各色声响，这次"火车头"开足了马力。然而，不小心，一根枕木拦住了脚，扑通一声，"火车头"忽然摔倒在轨道上，好痛！他咧着嘴似哭非哭地，树枝撒了一道，斧头溜到基道下，他手搁在眼上，大嘴里哇哇地嚎一两声，但是，摸摸屁股，四面望了一下，没人问，也没人疼，并没人看见。他回头望望自己背后，把痛处揉两次，立起来，仿佛是哄小孩子，吹一口仙气，轻轻把自己屁股打一下，"好了，不痛了，去吧！"他唏唏地似乎得到安慰。于是又——）漆叉卡叉，漆叉卡叉……（不，索性放下筐子，两只胳膊是飞轮，眉飞色舞，下了基道的土坡，在通行大车的土道上奔过来，绕过去，自由得如一条龙）漆叉卡叉，吐兔图吐，吐兔图吐，吐兔图吐……（更兴奋了，他噘圆了嘴，学着机车的汽笛）呜——呜——呜。漆叉卡叉，吐兔图吐。呜——呜——呜——（冷不防，他翻了一个跟头）呜——呜——呜——（看！又翻了一个）呜——呜——呜——，漆叉卡叉，吐兔图吐，——呜——呜——（只吹了一半，远遥遥传来一声低声而隐微的机车笛，他忽而怔住，出了神。他跑上基道，横趴在枕木上，一只耳紧贴着铁轨，闭上眼，仿佛谛听着仙乐，脸上堆满了天真的喜悦）呵呵呵！（不自主地傻笑起来）

〔从基道后面立起来仇虎，他始而惊怪，继而不以为意地走到白傻子的身旁。

仇　虎　喂！（轻轻踢着白傻子的头）喂！你干什么？

白傻子　（谛听从铁轨传来远方列车疾行的声音，阖目揣摩，很幸福的样子，手拍着轮转的速律，低微地）漆叉卡叉，漆叉卡叉……（望也没有望，只不满意地伸出臂膊晃一晃）你……你不用管。

仇　　虎　（踹踹他的屁股）喂，你听什么？

白傻子　（不耐烦）别闹！（用手摆了摆）别闹！你听，火车头！（指轨道）在里面！火车！漆叉卡叉，漆叉卡叉，漆叉卡叉……（不由更满足起来，耳朵抬起来，仰着头，似乎在回味）吐兔图吐，吐兔图吐！（快乐地忘了一切，向远处望去，一个人喃喃地）嗯——火车越走越远！越走越远！吐兔图吐，吐兔图吐……（又把耳朵贴近铁轨）

仇　　虎　起来！（白傻子不听，又用脚踢他）起来！（白傻子仍不听，厉声）滚起来！
　　　　　（一脚把白傻子踹下土坡，自己几乎被铁镣绊个跟头）

白傻子　（在坡下，恍恍惚惚拾起斧头，一手抚摸踢痛了的屁股，不知所云地呆望着仇虎）你……你……你踢了我。

仇　　虎　（狞笑，点点头）嗯，我踢你！（一只脚又抬到小腿上擦痒，铁镣沉重地响着）你要怎么样？

白傻子　（看不清楚那踹人的怪物，退了一步）我……我不怎么样。

仇　　虎　（狠恶地）你看得见我么？

白傻子　（疑惧地）看……看不清。

仇　　虎　（走出巨树的暗荫，面向天际）你看！（指自己）你看清了么？

白傻子　（惊骇地注视着仇虎，死命地"阿"了一声）妈！（拖着斧头就跑）

仇　　虎　（霹雷一般）站住！
　　　　　〔白傻子瘫在那里，口里流着涎水，眼更眨个不住。

仇　　虎　（恶狠地）妈的，你跑什么？

白傻子　（解释地）我……我没有跑！

仇　　虎　（指自己，愤恨地）你看我像个什么？

白傻子　（盯着他，怯弱地）像……嗯……像——（抓抓头发）反正——（想想，摇摇头）反正不像人。

仇　　虎　（牙缝里喷出来）不像人？（迅雷似的）不像人？

白傻子　（吓住）不，你像，你像，像，像。

仇　　虎　（狞笑起来，忽然很柔和地）我难看不难看？你看我丑不丑？

白傻子　（不知从哪里来了这么一点聪明，睁大眼睛）你……你不难看，不丑。（然

309

而——）

仇　虎　（暴躁地）谁说我不丑！谁说我不丑！

白傻子　（莫明其妙）嗯，你丑！你——丑得像鬼。

仇　虎　那么，（向白傻子走去，脚下铐镣作响）鬼在喊你，丑鬼在喊你。

白傻子　（颤抖地）你别来！我……我自己过去。

仇　虎　来吧！

白傻子　（疑惧地，拖着不愿动的脚步）你……你从哪儿来的。

仇　虎　（指远方）天边！

白傻子　（指着轨道）天边？从天边？你也坐火车？（慢慢地）漆叉卡叉，吐兔图吐。（向后退，一面回头，模仿火车打倒轮）

仇　虎　（明白狞笑）嗯，"漆叉卡叉，漆叉卡叉"！（也以手做势，开起火车，向白傻子走近）吐兔图吐，吐兔图吐。（进得快，退得慢，火车碰上火车，仇虎蓦地抓着白傻子的手腕，一把拉过来）你过来吧！

白傻子　（痛楚地喊了一声，用力想挣出自己，乱嚷）哦！妈，我不跟你走，我不跟你！

仇　虎　（斜眼盯着他）好，你会"漆叉卡叉"，你看，我跟你来个（照着白傻子胸口一拳，白傻子啊地叫了一声，仇虎慢悠悠地）吐——兔——图——吐！（凶恶地）把斧头拿给我！

白傻子　（怯弱地）这……这不是我的。（却不自主把斧头递过去）

仇　虎　（抢过斧头）拿过来！

白傻子　（解释地）我……我……（翻着白眼）我没有说不给你。

仇　虎　（一手拿着斧头，指着脚镣）看见了么？

白傻子　（伸首，大点头）嗯，看见。

仇　虎　你知道这是什么？

白傻子　（看了看，抹去唇上的鼻涕，摇着头）不，不知道。

仇　虎　（指着铁镣）这是镯子——金镯子！

白傻子　（随着念）镯子——金镯子！

仇　虎　对了！（指着脚）你给我把这副金镯敲下来。（又把斧头交还他）敲下来，我要把它赏给你戴！

白傻子　给我戴？这个？（摇头）我不，我不要！

310

仇　虎　（又把斧头抢到手，举起来）你要不要？

白傻子　（眨眨眼）我……我……我要……我要！

〔仇虎蹲在轨道上，白傻子倚立土坡，仇虎正想坐下，伸出他的腿。

仇　虎　（猜疑地）等等！你要告诉旁人这副金镯子是我的，我就拿这斧头劈死你。

白傻子　（不明白，但是——）嗯，嗯，好的，好的。（又收下他的斧头）

仇　虎　（坐在轨道上，双手撑在背后的枕木上，支好半身的体重，伸开了腿，望着白傻子）你敲吧！

白傻子　（向铁镩上重重打了一下，只一下，他停住了，想一想）可……可是这斧头也……也不是你的。

仇　虎　（不耐烦）知道，知道！

白傻子　（有了理）那你不能拿这斧子劈死我。（跟着站起来）

仇　虎　（跳起，抢过他的斧头，抢起来）妈，这傻王八蛋，你给我弄不弄？

〔野地里羊群又在哀哀地呼唤。

白傻子　（惧怯地）我……我没有说不给你弄。（又接过斧头，仇虎坐下来，白傻子蹲在旁边，开始一下两下向下敲）

〔野塘里的青蛙清脆地叫了几声。

白傻子　（忽然很怪异地看着仇虎）你怎么知道我……我的外号。

仇　虎　怎么？

白傻子　这儿的人要我干活的时候，才叫我白傻子。做完了活，总叫我傻王八蛋。（很亲切地又似乎很得意地笑起来）唏！唏！唏！（在背上抓抓痒又敲下去）

仇　虎　（想不到，真认不出是他）什么，你——你叫白傻子。

白傻子　嗯，（结结巴巴）他们都不爱理我，都叫我傻王八蛋，可有时也……也叫我狗……狗蛋。你看，这两个名字哪一个好？（得不着回答，一人叨叨地）嗯，两个都叫，倒……倒也不错，可我想还是狗……狗蛋好，我妈活着就老叫我狗蛋。她说，你看，这孩子长得狗……狗头狗脑的，就叫他狗……狗蛋吧，长……长得大。你看，我……我小名原来叫……叫……（很得意地拍了自己的屁

311

股一下）叫狗蛋！唏！唏！唏！（笑起来，又抹一下子鼻涕）

仇　虎　（一直看着他）狗蛋，你叫狗蛋！

白傻子　嗯，狗蛋，你……你没猜着吧！（得意地又在背上抓抓）

仇　虎　（忽然）你还认识我不认识我？

白傻子　（望了一会，摇头）不，不认识。（放下斧头）你……你认识我？

仇　虎　（等了一刻，冷冷地）不，不认识。（忽然急躁地）快，快点敲，少说废话，使劲！

白傻子　天快黑了！我看不大清你的镯子。

仇　虎　妈的，这傻王八蛋。你把斧头给我，你给我滚。

白傻子　（站起）给你？（高举起斧头）不，不成。这斧头不是我的。这斧头是焦……焦大妈的。

仇　虎　你说什么？（也站起）

白傻子　（张口结舌）焦……焦大妈！她说，送……送晚了点，都要宰……宰了我。（摸摸自己的颈脖，想起了焦大妈，有了胆子，指着仇虎的脸）你……你要是把她的斧头抢……抢走，她也宰……宰了你！（索性吓他一下，仿佛快刀从头颈上斩过，他用手在自己的颈上一摸）喳——喳——喳！就这样，你怕不怕？

仇　虎　哦，是那个瞎老婆子？

白傻子　（更着重地）就……就是那个瞎老婆子，又狠又毒，厉害着得呢！

仇　虎　她还没有死？

白傻子　（奇怪）没有，你见过她？

仇　虎　（沉吟）见过。（忽然抓着白傻子的胳膊）那焦老头子呢？

白傻子　（瞪瞪眼）焦老头子？

仇　虎　就是她丈夫，那叫阎王，阎王的。

白傻子　（恍然）哦，你说阎王啊，焦阎王啊。（不在意地）阎王早进……进了棺材了。

仇　虎　（惊愕得说不出话来）什——么？（立起）

白傻子　他死了，埋了，入了土了。

仇　虎　（狠恶地）什么？阎王进了棺材？

白傻子　（不在心）前两年死的。

312

仇　虎　（阴郁地）死了！阎王也有一天进了棺材了。

白傻子　嗯，（不知从哪里听来的）光屁股来的光屁股走，早晚都得入土。

仇　虎　（失望地）那么，我是白来了，白来了。

白傻子　（奇怪地）你……你找阎王干……干什么？

仇　虎　（忽然回转头，愤怒地）可他——他怎么会死？他怎么会没有等我回来才死！他为什么不等我回来！（顿足，铁镣相撞，疯狂地乱响）不等我！（咬紧牙）不等我！抢了我们的地！害了我们的家！烧了我们的房子，你诬告我们是土匪，你送了我进衙门，你叫人打瘸了我的腿。为了你我在狱里整整熬了八年。你藏在这个地方，成年地想法害我们，等到我来了，你伸伸脖子死了，你会死了！

白傻子　（莫明其妙，只好——）嗯，死了！

仇　虎　（举着拳头，压下声音）偷偷地你就死了。（激昂起来）可我怎么能叫你死，叫你这么自在地死了。我告诉你，阎王，我回来了，我又回来了，阎王！杀了我们，你们就得偿命；伤了我们，我们一定还手。挖了我的眼睛，我也挖你的。你打瘸了我的腿，害苦了我们这一大堆人，你想，你在这儿挖个洞偷偷死了，哼，你想我们会让你在棺材里安得了身！哦，阎王，你想得太便宜了！

白傻子　（诧异）你一个念叨些什么？你还要斧子敲你这镯子不要？

仇　虎　（想起当前的境界）哦，哦，要……要！（暴烈地）你可敲啊！

白傻子　（连忙）嗯，嗯！（啐口唾沫，举起斧子敲）

仇　虎　那么，他的儿子呢？

白傻子　谁？

仇　虎　我说阎王的儿子，焦大星呢？

白傻子　（不大清楚）焦……焦大星？

仇　虎　就是焦大。

白傻子　（恍然）他呀！他刚娶个新媳妇，在家里抱孩子呢。

仇　虎　又娶了个媳妇。

白傻子　（龇着白牙）新媳妇长得美着呢，叫……叫金子。

仇　虎　（惊愕）金子！金子！

313

白傻子　嗯，你……你认识焦大？

仇　虎　嗯，(狞笑)老朋友了，(回想)我们从小，这么大(用手比一下)就认识。

白傻子　那我替你叫他来，(指远远那一所孤独的房屋)他就住在那房子里。(向那房屋跑)

仇　虎　(厉声)回来！

白傻子　干——干什么？

仇　虎　(伸出手)把斧头给我！

白傻子　斧头？

仇　虎　我要自己敲开我这副金镯子送给焦老婆子戴。

白傻子　(又倔强起来)可这斧头是焦——焦——焦大妈的。

仇　虎　(不等他说完，走上前去，抢斧头)给我。

白傻子　(伸缩头，向后退)我！我不。(仇虎逼过去)

仇　虎　(抢了斧头，按下白傻子的头颈，似乎要斫下去)你——你这傻王八蛋。

〔轨道右外听见一个女人说话，有个男人在旁边劝慰着。

白傻子　(挣得脸通红)有——有人！

仇　虎　(放下手倾听一刻，果然是)狗蛋，便宜你！

白傻子　(遇了大赦)我走了？

仇　虎　(又一把抓住他)走，你跟着我来！

〔仇虎拉着白傻子走向野塘左面去，白傻子狼狈地跟随着，一会儿隐隐听见斧头敲铁镣的声音。

〔由轨道左面走上两个人。女人气冲冲地，一句话不肯说，眉头藏着泼野，耳上的镀金环子铿铿地乱颤。女人长得很妖冶，乌黑的头发，厚嘴唇，长长的眉毛，一对明亮亮的黑眼睛里面蓄满魅惑和强悍。脸生得丰满，黑里透出健康的褐红；身材不十分高，却也娉娉婷婷，走起路来，顾盼自得，自来一种风流。她穿着大红的裤袄，头上梳成肥圆圆的盘髻。腕上的镀金镯子骄傲地随着她走路的颤摇摆动。她的声音很低，甚至于有些哑，然而十分入耳，诱惑。

〔男人(焦大星)约莫有三十岁上下，短打扮，满脸髭须，浓浓的黑眉，凹进去的眼，神情坦白，笑起来很直爽明朗。脸色黧黑，眉目间有些忧郁，额上时而颤跳着蛇似的青筋。左耳悬一只铜环，是他父亲——阎王——在神前为他求的。他的身体魁伟，亮晶的眼有的是宣泄不出的热情。他畏惧他的母亲，却十分爱恋自己的艳丽的妻，妻与母为他尖锐的争斗使他由苦恼而趋于怯弱。他现在毫不吃力地背着一个大包袱，稳稳地迈着大步。他穿一件深灰的裤褂，悬着银表链，戴一顶青毡帽，手里握着一根小树削成的木棍，随着焦花氏走来。

焦大星　　金子！
焦花氏　　（不理，仍然向前走）
焦大星　　（拉着她）金子，你站着。
焦花氏　　（甩开他）你干什么？
焦大星　　（恳求地）你为什么不说话。
焦花氏　　（瞋目地）说话？我还配说话？
焦大星　　（体贴地）金子，你又怎么啦？谁得罪了你？
焦花氏　　（立在轨道上）得罪了我？谁敢得罪了我！好，焦大的老婆，有谁敢得罪？
焦大星　　（放下包袱）好，你先别这么说话，咱们俩说明白，我再走。
焦花氏　　（斜眼望着他）走？你还用着走？我看你还是好好地回家找你妈去吧？
焦大星　　（明白了一半）妈又对你怎么啦？
焦花氏　　妈对我不怎么！（奚落地）哟，焦大多孝顺哪！你看，出了门那个舍不得妈丢不下妈的样子，告诉妈，吃这个，穿那个，说完了说，嘱咐，又嘱咐，就像你一出门，虎来了要把她叼了去一样。哼，你为什么不倒活几年长小了，长成（两手一比）这点，到你妈怀里吃哑儿去呢！
焦大星　　（不好意思，反而解释地）妈——妈是个瞎子啊！
焦花氏　　（头一歪，狠狠地）我知道她是个瞎子！（又嘲笑地）哟，焦大真是个孝子，妈妈长，妈妈短，给妈带这个，给妈带那个；我给你到县里请一个孝子牌坊，好不好？（故意叹口气）唉，为什么我进门

315

不就添个孩子呢?

焦大星　（吃一惊）你说什么？进门添孩子？

焦花氏　（瞟他一眼）你别吓一跳，我不是说旁的。我说进门就给你添一个大小子，生个小焦大，好叫他像你这样地也孝顺孝顺我。哼，我要有儿子，我就要生你这样的，（故意看着焦大）是不错！

焦大星　（想骂她，但又没有话）金子，你说话总是不小心，就这句话叫妈听见了又是麻烦。

焦花氏　（强悍地）哼，你怕麻烦！我不怕！说话不小心，这还是好的，有一天，我还要做给她瞅瞅。

焦大星　（关心地）你——你说你做什么？

焦花氏　（任性泼野）我做什么？我是狐狸精！她说我早晚就要养汉偷人，你看，我就做给她瞧瞧，哼，狐狸精？

焦大星　（不高兴）怎么，你偷人难道也是做给我瞧瞧。

焦花氏　你要是这么待我，我就偷——

焦大星　（立起，一把抓着焦花氏的手腕，狠狠地）你偷谁？你要偷谁？

焦花氏　（忽然笑眯眯地）别着急，我偷你，（指着她丈夫的胸）我偷你，我的小白脸，好不好？

焦大星　（忍不住笑）金子，唉，一个妈，一个你，跟你们俩我真是没有法子。

焦花氏　（翻了脸）又是妈，又是你妈。你怎么张嘴闭嘴总离不开你妈，你妈是你的影子，怎么你到哪儿，你妈也到哪儿呢？

焦大星　（坐在包袱上，叹一口长气）怪，为什么女人跟女人总玩不到一块去呢？

〔塘里青蛙又叫了几声，来了一阵风，远远传来野鸟的鸣声。

焦花氏　（忽然拉起男人的手）我问你，大星，你疼我不疼我？

焦大星　（仰着头）什么？

焦花氏　（坐在他身旁）你疼我不疼我？

焦大星　（羞涩地）我——我自然疼你。

焦花氏　（贴近一些）那么，我问你一句话，我说完了你就得告诉我。别含糊！

焦大星 可是你问——问什么话？

焦花氏 你先别管，你到底疼我不？你说不说？

焦大星 （摇摇头）好，好，我说。

焦花氏 （指着男人的脸）一是一，二是二，我问出口，你就地就得说，别犹疑！

焦大星 （急于知道）好，你快说吧。

焦花氏 要是我掉在河里，——

焦大星 嗯。

焦花氏 你妈也掉在河里，——

焦大星 （渐明白）哦。

焦花氏 你在河边上，你先救哪一个？

焦大星 （窘迫）我——我先救哪一个？

焦花氏 （眼直盯着他）嗯，你先救哪一个，是你妈，还是我？

焦大星 我……我——（抬头望望她）

焦花氏 （迫待着）嗯？快说，是你妈？还是我？

焦大星 （急了）可——可哪会有这样的事？

焦花氏 我知道是没有。（固执地）可要是有呢，要是有，你怎么办？

焦大星 （苦笑）这——这不会的。

焦花氏 你，你别含糊，我问你要真有这样的事呢？

焦大星 要真有这样的事，（望望女人）那——那——

焦花氏 那你怎么样？

焦大星 （直快地）那我两个都救，（笑着）我（手势）我左手拉着妈，我右手拉着你。

焦花氏 不，不成。我说只能救一个。那你救谁？（魅惑地）是我，还是你妈？

焦大星 （惹她）那我……那我……

焦花氏 （激怒地）你当然是救你妈，不救我。

焦大星 （老实地）不是不救你，不过妈是个——

焦花氏 （想不到）瞎子！对不对？

焦大星 （乞怜地望着她）嗯。瞎了眼自然得先救。

317

焦花氏　（噘起嘴）对了，好极了，你去吧！（怨而恨地）你眼看着我要淹死，你都不救我，你都不救我！好！好！

焦大星　（解释）可你并没有掉在河里——

焦花氏　（索性诉起委屈）好，你要我死，（气愤地）你跟你妈一样，都盼我立刻死了，好称心，你好娶第三个老婆。你情愿淹死我，不救我。

焦大星　（分辩地）可我并没有说不救你。

焦花氏　（紧问他）那么，你先救谁？

焦大星　（问题又来了）我——我先——我先——

焦花氏　（逼迫）你再说晚了，我们俩就完了。

焦大星　（冒出嘴）我——我救你。

焦花氏　（改正他）你先救我。

焦大星　（机械地）我先救你！

焦花氏　（眼里闪出胜利的光）你先救我！（追着，改了口）救我一个？

焦大星　（糊涂地）嗯。

焦花氏　（更说得清楚些）你"只"救我一个——

焦大星　（顺嘴说）嗯。

焦花氏　你"只"救我一个，不救她。

焦大星　可是，金子，那——那——

焦花氏　（逼得紧）你说了，你只救我一个，你不救她。

焦大星　（气愤地立起）你为什么要淹死我妈呢？

焦花氏　谁淹死她？你妈不是好好在家里？

焦大星　（忍不下）那你为什么老逼我说这些不好听的话呢？

焦花氏　（反抗地）嗯，我听着痛快，我听着痛快！你说，你说给我听。

焦大星　可是说什么？

焦花氏　你说"淹死她"！

焦大星　（故意避开）谁呀？

焦花氏　你说"淹死我妈"！

焦大星　（惊骇地望着她）什么，淹死——？

焦花氏　（期待得紧）你说呀，你说了我才疼你，爱你。（诱惑地）你说了，你

318

要干什么，我就干什么。你看，我先给你一个。（贴着大星的脸，热热地亲了一下）香不香？

焦大星 （呆望着她）你——嗯！

焦花氏 你说不说！来！（拉着大星）你坐下！（把他推在大包袱上）你说呀！你说淹死她！淹死我妈！

焦大星 （傻气地）我说，我不说！

焦花氏 （没想到）什么！（想翻脸，然而——笑下来，柔顺地）好，好，不说就不说吧！（忽然孩子似的语调）大星，你疼我不疼我？（随着坐在大星的膝上，紧紧抱着他的颈脖，脸贴脸，偎过来，擦过去）大星，你疼我不疼我？你爱我不爱？

焦大星 （想躲开她，但为她紧紧抱住）你别——你别这样，有——有人看见。（四面望）

焦花氏 我不怕。我跟我老头子要怎么着就怎么着。谁敢拦我？大星，我俊不俊？我美不美？

焦大星 （不觉注视她）俊！——美！

焦花氏 （蛇似的手抚摸他的脸，心和头发）你走了，你想我不想我？你要我不要我？

焦大星 （不自主地紧紧握着她的手）要！

焦花氏 （更魅惑地）你舍得我不舍得我？

焦大星 （舐舐自己的嘴唇，低哑地）我——不——舍——得。（忽然翻过身，将焦花氏抱住，要把她——，喘着）我——

焦花氏 （倏地用力推开他，笑着竖起了眉眼，慢慢地）你不舍得，你为什么不说？

焦大星 （昏眩）说——说什么？

焦花氏 （泄恨地）你说淹死她，淹死我妈。

　　〔一阵野风，吹得电线杆呜呜地响。

焦花氏 你说了我就让你。

焦大星 （喘着）好，就——就淹死她，（几乎是抽咽）就淹淹死我——

　　〔由轨道后面左方走上一位嶙峋的老女人，约莫有六十岁的样子。头发大半斑白，额角上有一块紫疤，一副非常峻削严厉的轮廓。扶着一根粗重的拐棍，张大眼睛，里面空空不是眸子，眼前似乎罩上一层白纱，直瞪瞪地望着前面，使人猜不透那一对失了眸子的眼里藏匿着什么神秘。她有着失了瞳仁的人的猜疑，性情急躁；敏锐的耳朵四方八面地谛听着。她的声音尖锐而肯定。她还穿着丈夫的孝，灰布褂，外面罩上一件黑坎肩，灰布裤，从头到尾非常整洁。她走到轨道上，一句话不说，用杖重重在铁轨上捣。

焦　　母　（冷峻地）哼！

焦花氏　（吓了一跳）妈！（不自主地推开大星，立起）

焦大星　（方才的情绪立刻消失。颤颤地）哦，妈！

焦　　母　（阴沉地）哼，狐狸精！我就知道你们在这儿！你们在说什么？

焦花氏　（惶惑地）没……没说什么，妈。

焦　　母　大星，你说！

焦大星　（低得听不见）是……是没说什么？

焦　　母　（回头，从牙缝里喷出来的话）活妖精，你丈夫叫你在家里还迷不够，还要你跑到外面来迷。大星在哪儿？你为什么不作声？

焦大星　（惶恐地）妈，在这儿。

焦　　母　（用杖指着他）死人！还不滚，还不滚到站上干事去，（狠恶地）你难道还想死在那骚娘儿们的手里！死人！你是一辈子没见过女人是什么样是怎么！你为什么不叫你媳妇把你当元宵吞到肚里呢？我活这么大年纪，我就没见过你这样的男人，你还配那死了的爸爸养活的？

焦大星　（惧怯地）妈，那么（看看焦花氏）我走了。

〔焦花氏口里嘟哝着。

焦　　母　滚！滚！快滚！别叫我生气！——（忽然）金子，你嘴里念的什么咒。

焦花氏　（遮掩）我没什么！那是风吹电线，您别这么疑东疑西的。

焦　　母　哼，（用手杖指着她，几乎戳着她的眼）你别看我瞅不见，我没有眼比有眼的还尖。大星——

焦大星　妈，在这儿。我就走。（背起大包袱）

焦花氏　大星，你去吧！

焦　母　(回头)你别管！又要你拿话来迷他。(对自己的儿子)记着在外头少交朋友，多吃饭，有了钱吃上喝上别心疼。听着！钱赚多了千万不要赌，寄给你妈，妈给你存着，将来留着你那个死了母亲的儿子用。再告诉你，别听女人的话，女人真想跟你过的，用不着你拿钱买；不想跟你过，你就是为她死了，也买不了她的心。听明白了么？

焦大星　听明白了。

焦　母　去，去。(忽然由手里扔出一袋钱，落在大星的脚下)这是我的钱，你拿去用吧。

焦大星　妈，我还有。

焦　母　拾起来拿走，不要跟我装模装样。我知道你手上那一点钱早就给金子买手镯，打了环子了。(对着焦花氏)你个活妖精。

焦大星　好，妈，我走了。您好好地保重身体，多穿衣服，门口就是火车，总少到铁道上来。

焦　母　(急躁地)知道，知道，不要废话，快走。

焦花氏　哼，妈不稀罕你说这一套，还不快走。

焦　母　谁说的？谁说不稀罕？儿子是我的，不是你的。他说得好，我爱听，要你在我面前挑拨是非？大星，滚！滚！滚！别在我耳朵前面烦得慌。快走！

焦大星　嗯！嗯，走了！(低声)金子，我走了。

〔大星向右走了四五步。

焦　母　(忽然)回来！

焦大星　干什么？

焦　母　(厉声)你回来！(大星快快地又走回来)刚才我给你的钱呢。

焦大星　(拿出来)在这儿。

焦　母　(伸手)给我，叫我再数一下。(大星又把钱袋交给她，她很敏捷地摸着里面的钱数，口里念叨着)

焦花氏　(狠狠地看她一眼)妈，您放心！大星不会给我的。

焦　母　(数好，把钱交给大星)拿去，快滚！(忽然回过头向焦花氏，低声，狠狠地)

321

哼，迷死男人的狐狸精。

〔大星一步一步地走向右去。

焦　母　你看什么？

焦花氏　谁看啦？

焦　母　天黑了没有？

焦花氏　快黑了。

焦　母　白傻子！（喊叫）白傻子！白傻子！白傻子！（无人应声）

焦花氏　您干什么？

焦　母　（自语）怪，天黑了，他该还给我们斧子了，哼，这王八蛋！又不知在哪儿死去了！——走，回家去，走！

焦花氏　（失神地）嗯，回家。（手伸过去）让我扶您。

焦　母　（甩开她的手）去！我不要你扶，假殷勤！

〔焦母向左面轨道走，焦花氏不动，立在后面。远远由右面又听见白傻子"漆叉卡叉，漆叉卡叉"起来，似乎很高兴地。

焦　母　金子！你还不走，你在干什么？

焦花氏　（看见远远白傻子的怪样，不由笑出）妈，您听，火车头来了。

焦　母　（怪癖地）你不走，你想等火车头压死你。

焦花氏　不，我说是白傻子！

焦　母　白傻子？

焦花氏　嗯。

〔"火车""吐兔图吐"地由右面轨道上跑进来，白傻子一双手疾迅地旋转，口里呜呜地吹着汽笛。

焦　母　（听见是他，严厉地）狗蛋！

白傻子　（瞥见焦母，斜着眼，火车由慢而渐渐停止）吐兔图吐，吐——兔——图——吐，吐——兔——图——吐。

焦　母　狗蛋，你滚到哪儿去了？

白傻子　（望望焦母，又望望焦花氏）我——我没有滚到哪儿去。

焦　母　斧子呢？

白傻子　（想起来，昏惑地）斧子？

焦花氏　你想什么？问你斧子在哪儿呢？

焦　母　（厉声）斧子呢？

白傻子　（惧怕地）斧子叫——叫人家抢——抢去了。

焦　母　什么？

白傻子　一个瘸——瘸子抢——抢去了。

焦　母　（低声）你过来。

白傻子　（莫明其妙地走过去）干——干什么？

焦　母　你在哪儿？

白傻子　（笑嘻嘻地）这儿！

焦　母　（照着那声音的来路一下打在白傻子的脸上）这个傻王八蛋，带我去找那个瘸子去！

白傻子　（摸着自己的脸，没想到）你打——打了我！

焦　母　嗯，我打了你！（白傻子哇地哭起来）你去不去？

白傻子　我——我去！

焦　母　走！（把拐杖举起一端，交给白傻子，他拿起，于是他在前，瞎婆子在后走向右面去）

〔一阵野风，刮得电线又呜呜的，巨树矗立在原野，叶子哗哗地响，青蛙又在塘边鼓噪起来。

〔焦花氏倚着巨树，凝望天际，这时天边的红云逐渐幻成乌云，四周景色翳翳，渐暗下去。大地更黑了。她走到轨道上，蹲坐着，拿起一块石头轻轻敲着铁轨。

〔由左面基道背后，蹑手蹑脚爬出来仇虎。他手里拿着那副敲断的铁镣，缓缓走到焦花氏的身后。

焦花氏　（察觉身旁有人，忽然站起）谁？

仇　虎　我！

焦花氏　（吓住）你是谁？

仇　虎　（搓弄铁镣，阴沉地）我！——（慢慢地）你不认识我？

焦花氏　（惊愕）不，我不认识。

仇　虎　（低哑地）金子，你连我都忘了？

焦花氏　（迫近，注视他，倒吸一口气）啊！

仇　虎　（悻悻地）金子，我可没忘了你。

323

焦花氏　什么，你——你是仇虎。

仇　虎　嗯，(恫吓地)仇虎回来了。

焦花氏　(四面望望)你回来干什么？

仇　虎　(诱惑地)我回来看你。

焦花氏　你看我？(不安地笑一下)你看我干什么——我早嫁人了。

仇　虎　(低沉地)我知道，你嫁给焦大，我的好朋友。

焦花氏　嗯。(忽然)你(半晌)从哪儿来？

仇　虎　(指着天际)远，远，老远的地方。

焦花氏　你坐火车来的？

仇　虎　嗯，(苍凉地)"吐兔图吐"，一会儿就到。

焦花氏　你怎么出来的！这儿又没有个站。

仇　虎　我从火车窗户跳出来，(指铁镣)带着这个。(锒铛一声，把铁镣扔出，落在野塘水边上)

焦花氏　(有些惧怕)怎么，你——你吃了官司了。

仇　虎　嗯！你看看！(退一步)我这副样儿，好不好？

焦花氏　(才注意到)你——你瘸了。

仇　虎　嗯，瘸了。(忽然)你心疼不心疼？

焦花氏　心疼怎么样，不心疼怎么样？

仇　虎　(狞笑)心疼你带我回家，不心疼我抢你走。

焦花氏　(忽然来了勇气，泼野地)丑八怪，回去撒泡尿自己照照，小心叫火车压死。

仇　虎　你叫我什么？

焦花氏　丑八怪，又瘸又驼的短命鬼。

仇　虎　(甜言蜜语，却说得诚恳)可金子你不知道我想你，这些年我没有死，我就为了你。

焦花氏　(不在意，笑嘻嘻)那你为什么不早回来？

仇　虎　现在回来也不晚呀。(迫近想拉她的手)

焦花氏　(甩开)滚！滚！滚！你少跟我说好听的，丑八怪。我不爱听。

仇　虎　(狡黠地)我知道你不爱听，你人规矩，可你管不着我爱说真心话。

焦花氏　（瞟他一眼）你说你的，谁管你呢？
仇　虎　（低沉地）金子，这次回来，我要带你走。
焦花氏　（睨视，叉住腰）你带我到哪儿？
仇　虎　远，远，老远的地方。
焦花氏　老远的地方？
仇　虎　嗯，坐火车还得七天七夜。那边金子铺的地，房子都会飞，张口就有人往嘴里送饭，睁眼坐着，路会往后飞，那地方天天过年，吃好的，穿好的，喝好的。
焦花氏　（眼里闪着妒羡）你不用说，你不用说，我知道，我早知道，可是，虎子，就凭你——
仇　虎　（捺住她）你别往下讲，我知道。你先看看这是什么！（由怀里掏出一个金光灿烂的戒子，上面镶着宝石，举得高高的）这是什么？
焦花氏　什么，（大惊异）金子！
仇　虎　对了，这是真金子，你看，我口袋还有。
焦花氏　（翻翻眼）你有，是你的。我不希罕这个。
仇　虎　（故意地）我知道你不希罕这个，你是个规矩人。好，去吧！（一下扔在塘里）
焦花氏　（惋惜）你——你丢了它干什么？
仇　虎　你既然不希罕这个，我还要它有什么用。
焦花氏　（笑起来）丑八怪！你真——
仇　虎　（忙接）我真想你，金子，我心里就有你这么一个人！你还要不要，我怀里还有的是。
焦花氏　（骄傲地）我不要。
仇　虎　你不要，我就都扔了它。
焦花氏　（忙阻止他）虎子，你别！
仇　虎　那么，你心疼我不心疼我？
焦花氏　怎么？
仇　虎　心疼就带我回家。
焦花氏　不呢？
仇　虎　我就跳这坑里淹死！

325

焦花氏　你——你去吧！

仇　虎　(故意相反解释)好，我就去！(跑到焦花氏后面，要往下跳)

焦花氏　(一把拉住仇虎)你要做什么？

仇　虎　(回头)你不是要我往下跳？

焦花氏　谁说的？

仇　虎　哦，你不！——那么，什么时候？

焦花氏　(翻了脸，敛住笑容)干什么？

仇　虎　(没想到)干什么？

焦花氏　嗯？

仇　虎　到——到你家去，我，我好跟你——

焦花氏　(又翻了脸)你说怎么？

仇　虎　(看出不是颜色)我说好跟你讲讲，我来的那个好，好地方啊！

焦花氏　(忽然忍不住，笑起来)哦，就这样啊！好，那么，就今天晚上。

仇　虎　今天晚上？

焦花氏　嗯，今天晚上。

仇　虎　(大笑)我知道，金子，你一小就是个规矩人。

焦花氏　(忽然听见右面有拐杖探路的声音，回过头看，惊慌地)我妈来了！丑八怪，快点跟我走。

仇　虎　不，让我先看看她，现在成了什么样。

焦花氏　不！(一把拉住仇虎)你跟我走。

〔仇虎慌慌张张地随着花氏下。

〔天大黑了，由右面走进焦母，一手拿着斧子，一手是拐杖，后面跟随白傻子。

焦　母　金子！金子！

白傻子　(有了理，兴高采烈地)我就知道那斧子不会拿走，用完了，一定把斧子放在那儿。你看，可不是！

焦　母　狗蛋，你少废话！(严厉地)金子，你记着，大星头一天不在家，今天晚上，门户要特别小心。今天就进了贼，掉了东西，(酷毒地)我就拿针戳烂你的眼，叫你跟我一样地瞎，听见了没有？

白傻子　唏！唏！唏！

焦　母　狗蛋，你笑什么？

白傻子　你……你家新媳妇早……早走了。

焦　母　（立在铁轨后巨树前，森森然）啊？早走了？

〔忽然远处一列火车驶来，轮声轧轧，响着汽笛。机车前的探路灯，像个怪物的眼，光芒万丈，由右面射入，渐行渐近。

白傻子　（跑在道旁，跳跃欢呼）火车！火车！火车来了。

〔机声更响，机车的探路灯由右面渐射满焦母的侧面。

焦　母　（立在巨树下面像一个死尸，喃喃地）哼！死不了的狐狸精，叫火车压死她！

〔原野里一列急行火车如飞地奔驰。好大的野风！探路灯正照着巨树下的焦母，看见她的白发和衣裾在疾风里乱抖。

——幕急落

第一幕

序幕后十天的傍晚，在焦大星的家里。

天色不早了，地上拖着阳光惨黄的影子。窗帘拉起来，望出去，展开一片莽莽苍苍的草原，有密云低低压着天边，黑森森的。屋内不见人，暮风吹着远处的电线杆，激出连续的凄厉的呜呜声音。外面有成群的乌鸦在天空盘旋……盘旋……不断地呼啸……风声略息，甚至于听得见鸟的翅翼在空气里急促地振激。渐渐风息了，一线阳光也隐匿下去，外面升起秋天的雾，草原上灰沉沉的。厚雾里不知隐藏着些什么，暗寂无声。偶尔有一二只乌鸦在天空飞鸣，浓雾漫没了昏黑的原野。

是一间正房，两厢都有一扇门，正中的门通着外面，开门看见近的是篱墙，远的是草原、低云和铁道附近的黑烟。中门两旁各立一窗，窗向外开，都支起来，低低地可以望见远处的天色和巨树。正中右窗上悬一帧巨阔、油渍的焦阎王半身像，穿着连长的武装，浓眉，凶恶的眼，鹰钩鼻，整齐的髭须，仿佛和善地微笑着，而满脸杀气。旁边挂着一把锈损的军刀。左门旁立一张黑香案，上面供着狰狞可怖、三首六臂金眼的菩萨，趺坐在红色的绸帘里。旁边立一焦氏祖先牌位。桌前有木鱼，有乌黑的香炉，蜡台和红拜垫，有一座巨大的铜磬，下面垫起褪色的红棉托，焦母跪拜时，敲下去，发出阴沉沉的空洞的声音，仿佛就是从那菩萨的口里响了出来的。现在香炉里燃着半股将尽的香，火熊熊燃，黑脸的菩萨照得油亮油亮。烛台的蜡早灭了，剩下一段残骸，只有那像前的神灯放出微弱的火焰。左墙巍巍然竖立一只暗红的旧式立柜，柜顶几乎触到天花板，上下共两层，每层镶着巨大的圆铜片，上面有老旧的黄锁。门上贴着残破的钟馗捉妖图。右窗前有一架纺线机，左面是摇篮，里面的孩子已经睡着了。暗黑的墙上挂着些零星物事。在后立一张方桌，围着几张椅子和长凳。

〔开幕时，远处有急促的车笛声，仿佛有一列车隐隐驶过，风在吹，乌鸦在天空成群地呼唤，屋里没有一个人。

〔渐渐由右屋传出一个男人粗哑的声音，低低唱着："正月里探妹正月正，我与那小妹妹去逛花灯。花灯是假的哟，妹子，我试试你的心哪，咦哈呀呼嘿！"中间夹着粗野低沉的笑声。
〔里面男人的声音：（沉郁地）金子！金子！你过来！
〔里面女人的声音：（低低地）我不！我不呢！
〔里面男人的声音：（粗哑地）金子！你坐这儿！（仿佛一把拉住她）
〔里面女人的声音：（挣开）你放开我！你放下手，有人来！（忽然挣脱了）有人来！
〔焦花氏由右屋走出来，前额的黑发一绺一绺地垂着，盖住半边脸，眉眼里更魅惑。她穿一件红绸袄，黑缎裤，发髻扎着红丝线，腕上的金色手镯铿铿地摆动着。

焦花氏　（回过头笑）讨厌！丑八怪！（整理自己的衣服，前额的黑发上去又垂下来）出来！（顺便用墙上的镜子照一下，怪动人的！脸上浮满了笑容，她走向左面支起的窗前，屏住气息，望望。里面的男人又唱起小调。她伶俐地走到右门口，低声地）别唱啦！外面没有人，还不滚出来！

〔由右面走出仇虎。仇虎改了打扮，黑缎袍，血红的里子，腰扎蓝线带，敞开领，扣子只系了几个，一手提着旧的绒帽，一手拈着一朵红花，一跛一跛地走出来。

焦花氏　走吧，天快黑了。
仇　虎　（抬头望望远处的密云）天黑得真早啊！
焦花氏　立了秋快一个月了，快滚！滚到你那拜把子兄弟找窝去吧，省得冬天来了冻死你这强盗。
仇　虎　找窝？这儿就是我的窝。（盯住焦花氏）你在哪儿，哪儿就是我的窝。
焦花氏　（低声地）我要走了呢？
仇　虎　（扔下帽子）跟着你走。
焦花氏　（狠狠地）死了呢？
仇　虎　（抓着焦花氏的手）陪着你死！

329

焦花氏　（故意呼痛）哟！（预备甩开手）

仇　虎　你怎么啦？

焦花氏　（意在言外）你抓得我好紧哪！

仇　虎　（手没有放松）你痛么？

焦花氏　（闪出魅惑，低声）痛！

仇　虎　（微笑）痛——？你看，我更——（用力握住她的手）

焦花氏　（痛得真大叫起来）你干什么，死鬼！

仇　虎　（从牙缝里迸出）叫你痛，叫你一辈子也忘不了我！（更重些）

焦花氏　（痛得眼泪几乎流出）死鬼，你放开手。

仇　虎　（反而更紧了些，咬着牙，一字一字地）我就这么抓紧了你，你一辈子也跑不了。你魂在哪儿，我也跟你哪儿。

焦花氏　（脸都发了青）你放开我，我要死了。丑八怪。

　　〔仇虎脸上冒着汗珠，苦痛地望着焦花氏脸上的筋肉痉挛地抽动，他慢慢地放开手。

焦花氏　（眼神冒着火。人一丝也不动）死鬼，你……

仇　虎　（慢转过身，正脸凝望着焦花氏，苦痛地）你现在疼我不疼我？

焦花氏　（咬住嘴唇。点点头）嗯！疼！（恶狠狠地望着他，慢而低地）我——就——这——么——（忽然向仇虎的脸上——）疼你！（重重打下去）滚出去！

　　〔半响。

仇　虎　（一转不动，眼盯住她，渐低下头。走到方桌旁坐下，沉思地）哼，娘儿们的心变——变得真快！

焦花氏　（立在那里，揉抚自己的手，一声不响）

仇　虎　（站起来，眼也不眨）金子？

焦花氏　（望望地，不回头）干什么？

仇　虎　（举起手上的花，斜眼望着她）这是你要的那朵花，十五里地替你找来的。（递给她）

焦花氏　（看了仇虎一眼，又回过头，不睬他）

仇　虎　拾去！（把花扔在花氏面前）我走了。（走向中门）

焦花氏　（忽然）回来，把花替我捡起来。

仇　虎　没有工夫，你自己捡。

焦花氏　（命令地）你替我捡！

仇　虎　不愿意。

焦花氏　（笑眯眯地）虎子，你真不捡？

仇　虎　嗯，不捡，你还吃了我？

焦花氏　（走到仇虎的面前，瞟着他）谁敢吃你！我问你，你要不要我？

仇　虎　我！（望焦花氏，不得已摇了摇头）我要不起你。

焦花氏　（没想到）什么？

仇　虎　（索性逼逼她）我不要你！

焦花氏　（蓦然变了脸）什么？你不要我？你不要我？可你为什么不要我？你这丑八怪，活妖精，一条腿，罗锅腰，大头鬼，短命的猴崽子，骂不死的强盗。野地里找不出第二个"Shun"鸟①，外国鸡……（拳头雨似的打在仇虎铁似的胸膛上）

仇　虎　（用手支开她，然而依然乱鼓一般地捶下来）金子，金子，你放下手！不要喊，你听，外边有人！

焦花氏　我不管！我不怕！（迅疾地，头发几乎散下来）你这丑八怪，活妖精，你不要我，你敢由你说不要我！你不要我，你为什么不要我，我打你！我打你！我跟你闹！我不管！有人我也不怕！

〔外面有人不清楚地喊：大星媳妇！大星媳妇！

仇　虎　（摔开她，跑到窗前眺望）你看，有人，有人在篱笆门那儿叫！

焦花氏　（突停）谁？（蹑足，迅疾地沿着墙走到窗前）这会儿会是谁？

仇　虎　别嚷，你听！

〔有一个仿佛喝醉了的人，用他的破锣嗓子含糊地唱着："送情郎送至在大门外，问一声我的郎，你多咱回来？回来不回给奴家一个信，免的是叫奴家挂在心怀！"

〔唱到最末一句，戛然停止，那人敲着篱笆门，喊："大星媳妇，大星媳妇！开门哪。"

仇　虎　你听，他在喊你！

焦花氏　（看不清楚，纳闷）谁呢？

---

① "Shun"鸟，北平土话，丑人的意思。

331

〔外面的人又在喊，"大星的媳妇！开门！"

焦花氏　哦，是他！这个老东西又喝多了。

仇　虎　谁？

焦花氏　常五！

仇　虎　（诧异）什么，这个老家伙还没有死。

焦花氏　就是他，（厌恶地）不知又来这儿探听什么来了。

仇　虎　探听？

焦花氏　这两天他没事就到这儿来，说不定我婆婆托他来偷偷看我一个人在家做什么啦！

仇　虎　好，金子，我进去，你先把他打发走。

焦花氏　（一把抓住他）不要紧，你先别走！（睨视）哼，就这么走了？

仇　虎　（猜出，故意地）干什么？

焦花氏　（指着地上的花）你给我把花捡起来！

仇　虎　我，我不捡。

〔外面叫门叫得紧。

焦花氏　（不动声色）你听！

〔外面的常五：（急躁地）大星媳妇，大星媳妇，焦大妈，开门！开门！我就要进来了！

仇　虎　（谛听，睨望着金子）他要进来！

焦花氏　（乖张地）你不捡，开门就让他进来抓你。

仇　虎　（猛然）你这娘儿们心好狠。

焦花氏　狠？哼，狠的还在后头啦！

仇　虎　（吃一惊）"狠的在后头！"好！这句话倒像是学着我说的。（打量她一眼）

〔外面又在叫喊。

焦花氏　（叉住腰）仇虎，你捡不捡？

仇　虎　你看，（弯下腰）我这不是……（拾起那朵花，递给焦花氏）其实，你叫我捡，我就捡又算个什么？

焦花氏　（一手抢过那朵花）我知道这不算什么。可我就是这点脾气，我说哪儿，就要做哪儿，（招手）你过来！

332

仇　虎　（走近）干什么？

焦花氏　给我插上。（仇虎替她插好花，她忽然抱住仇虎怪异地）野鬼，我的丑八怪，这十天你可害苦了我，害苦了我了！疼死了我的活冤家，你这坏了心的种，（一面说一面昏迷似的亲着仇虎的颈脖，面颊）到今天你说你怎么能不要我，不要我，现在我才知道我是活着，你怎么能不要我，我的活冤家，（长长地亲着仇虎，含糊地）嗯——

〔外面的常五：（长悠悠地）大星的媳妇哟，你在干什么啦？快开门喽！

焦花氏　（还抱着仇虎，闭着眼，慢慢推开他。蓦地回头向中门，放开嗓音，一句一句地，也长悠悠地）别忙噢！常五伯，我在念经呢，等等，我就念完喽。

〔外面的常五：（叹一口长气）

仇　虎　（翻翻眼）念经？你念的是什么经？

焦花氏　（推他）你别管，你进去，我来对付。这两天我婆婆常找他，瞎婆子不知存了什么心，说不定从他嘴里，探听出什么来，回头你好好在门口听，你看我怎么套他说话，你听着！（一面说，一面四处寻觅东西，找到绣成一半的孩子的鞋，摺好大半的锡箔筐箩，摆好了经卷，放正了椅子，都做好，一手数点东西，一面念）小黑子的鞋，——锡箔，筐箩，——往神钱，——椅子摆正……（没有弄错，向仇虎）怎么样？

仇　虎　（赞美地，举起拇指）第一！我当了皇上，你就是军师。

焦花氏　好，我开门。你进屋子当皇上去。（一溜烟由中门跑出）

〔半晌。

仇　虎　（四周望望，满腔积恨，凝视正中右窗上的焦阎王半身像。阴沉沉地牙缝里挤出来）哼，你看，你看我做什么？仇虎够交情，说回来，准回来，没有忘记你待我一件一件的好处，十年哪！仇虎等得眼睛都哭出血来，就等的是今天！阎王，你睁大了眼睛再看看我，（捶着自己的胸口）仇虎又回来了。（指像）你别斜着眼看我，我仇虎对得起你，老鬼，我一进你焦家的门，就叫你的儿媳妇在你这老脸上打了一巴掌，哼，阎王，你还觍着脸，好意思对我笑？（狠毒地）你瞧着吧，这是头一下！"狠的还在后头呢。"老鬼，把眼睁得大大地看吧，仇虎不说二句瞎话，今天我就要报答你的恩

333

典。——(忽然听到外面有人说话，回头望一下，又抬头对着焦阎王恶笑)现在我先到你儿媳妇屋里当皇上去了。嗯！

〔仇虎走进右屋。立时由中门现出焦花氏，后面随着常五。常五年约有六十岁上下，一个矮胖子，从前有过好日子，现在虽不如往日了，却也乐天知命，整日有说有笑，嘴里安闲不住。好吹嘘，记性又不好，时常自己都不知扯到那里，心里倒是爽快老实。喜欢喝两盅酒，从前的放荡行为也并不隐瞒乱说出来，他是个过了时的乡下公子哥，老了还是那副不在乎的调调儿。他的须发，很别致，头已经露了顶，手里提着一只精细的鸟笼，天色晚，用绸罩盖起来。他穿一件古铜色的破旧的缎袍，套上个肥坎肩。兴致高，性情也极随和，他待着自己的鸟儿狗儿如同自己的子女一样。

〔他喝了点晚酒，兴高采烈，迈进中门。

焦花氏　常五伯您进来！(指着方桌旁椅子)请坐吧。
常　五　不，我说说话，就走。
焦花氏　那么，您先放下您的鸟笼，歇歇。
常　五　(呵呵地)也好，先让我的鸟坐一会，叫它歇歇腿，我倒不累。(鸟笼放在桌上)
焦花氏　我给您倒一杯茶。(倒茶)
常　五　不，不用了，不用了。(忽然想了一下)可也好，就来杯白水吧，喂喂我的鸟，这鸟跟我一天，也该喝点水。(焦花氏把水递给他。他接下添到鸟笼的水盂里。一面说)你们的门真不好叫，其实一个篱门还用上什么锁，这都是你的婆婆，事儿多，没事找事。我足足叫了好半天……大星媳妇，你在干什么？你刚才说你——(忽然一个喷嚏，几乎把水弄洒，杯子放在桌上，自己笑嘻嘻地)呵，百岁！呵(又一个喷嚏)呵，千岁！(又一个)啊，万岁！你看，这三个喷嚏叫我在这儿当了皇上了。
焦花氏　(变了颜色，镇静一下，也笑嘻嘻地)您当皇上，我做您军师。
常　五　(倚老卖老)好，好，我封你为御前军师，管我的三宫六院。
焦花氏　常五伯，您冻着了，我给您拿点烧酒，驱驱寒。

334

常　五	不，用不着了，我刚喝了几盅晚酒。秋天到了，早晚气候凉。人老了，就有点挡不住这点寒气，不要紧，在屋里待一会就好。多喝了，我话多还不要紧，说不定就走不动，回不了家。
焦花氏	那怕什么？喝两盅，有了错，我叫狗蛋送您回家。
常　五	（望着焦花氏，想喝又有些犹疑，不好意思的样子）那么，你叫我喝两盅？
焦花氏	（引逗他）家里有的是好汾酒，办喜事剩下来的。常五伯，我请您喝两盅。
常　五	（很慷慨地）好，那我就喝两盅！
焦花氏	好，（预备酒杯和酒）您坐呀！
常　五	（坐在方桌旁）大星媳妇，你刚才说你……你念什么？
焦花氏	哦，刚才？我念经呢。（放下杯子）
常　五	念经？
焦花氏	嗯！（倒酒）
常　五	（由腰包掏出一把花生）巧啦，我刚买了一包大花生。（啜一口酒，剥花生）
焦花氏	（低首敛眉）常五伯，对不起您！（走到香案前，叩了一个头，跪在红垫上，喃喃祷告！敲一下磬，低低敲着木鱼，虔心唱诵）"南无阿弥多婆夜，哆他伽多夜，哆地夜他，阿弥利都婆毗。阿弥利多，悉耽婆毗，阿尔唎哆，毗迦兰帝，阿弥唎哆，毗迦兰多……"
常　五	（诧异地站了起来，走近焦花氏）你在念些什么？
焦花氏	（摇摇手，其虔诚地）"……伽弥腻，伽伽那，枳多伽利娑婆诃。"（又敲两下磬，深深拜三拜，肃穆地立起来）常五伯？
常　五	（肃然起敬）我没有来，你一个人，就念这个？
焦花氏	嗯。
常　五	这叫什么？
焦花氏	我念的是往生咒，替我们公公超度呢！
常　五	（咂咂嘴，摇头，赞叹地）好孝顺的媳妇，你想替阎王超度？
焦花氏	（祥光满面）公公在世的时候杀过人。
常　五	（爽直地笑起来）多多念吧，唉，我看不超度也罢，阎王倒也该进地狱下下油锅。

焦花氏　哟，菩萨！您这说的是什么话，我们做儿女的怎么听得下去？
常　五　得罪，得罪！大星媳妇，阎王跟我是二十年老朋友，我这倒也说的是老实话。（剥开颗花生）你婆婆还没有回来？
焦花氏　这两天下半晌就出去，到了煞黑才回来。
常　五　（有意义地）你知道她在干些什么？
焦花氏　（驯顺地）老人家的事，我们做小辈的哪敢问。（探听一下）不过我仿佛听见她老人家时常找那庙里的会看香的老姑子，就是那个能念咒害死人的老神仙。
常　五　（喝口酒）我也在那庙里看见她，奇怪，一个瞎老婆子在那里跟老姑子拜神念咒，闹些什么。唉，你们焦家人都有点猜不透，外面看着挺好，里面都不知玩的什么把戏。我就不爱看这个，——自然，金子，你除外。你是个正派人，不过你也得小心，年纪轻轻，长得又花儿似的，一个不留神，就会叫——哦，大星还没有回家。
焦花氏　（严严警备，盯着他）大星刚出门不两天，哪能就回来。
常　五　（四周望望，低声）大星的媳妇，我问你，你婆婆待你怎么样？
焦花氏　哦，（翻翻眼，心里打算）您问，我婆婆待我呀？
常　五　嗯？
焦花氏　（忽然明快地）那自然不错，待我好着得呢？亲生亲养的妈待我也不过是这样。
常　五　（咳嗽一声）可我……我总觉得你们婆媳俩有点不对付。
焦花氏　谁说的？（拿起小黑子的鞋，一针一针做起来）过着好好的日子，这是谁说的？
常　五　（又咳嗽一声，摇摇头）怪，怪，你们家里的事没法明白。你说你婆婆好，你婆婆这两天当着人也说你不错，可背后，背后总——（忽然摇摇头）我不说了，我还是不说的好。
焦花氏　（放下针线，笑着）说呀，常五伯，（眼偷偷地盯着）家务事说说讲讲有什么怕的？
常　五　（醉意渐浓）不，不，不好。说了我就是搬弄是非，长舌头，我这个人顶不愿意管人家的家务事。

焦花氏　常五伯,(走到方桌旁)您不是外人,我年纪小,刚做儿媳妇,有什么错,您不来开导开导,还有谁肯管哪？来,(斟一杯酒)常五伯,您再喝一盅。

常　五　(笑眯眯地)好,好,我喝,我自己喝。(一口灌下)

焦花氏　嗯,(期盼地)常五伯,您说我婆婆背后怎么样？

常　五　(望着她)你婆婆背后叫我——嗯,我看还是不说的好,说了你婆婆又埋怨人。

焦花氏　(停,悻悻地)好,不说就不说吧。(又走回去拿起针线)

常　五　(搭讪着)你要我说？

焦花氏　(又笑眯眯地)随便您,常五伯。

常　五　(忍不住)好,好,我说,我说(啰嗦地)这可是你叫我说的。

焦花氏　(挑她的花)常五伯,我可没有叫您说。

常　五　好,好,好,好,我自己愿意说。我告诉你,我不是搬弄是非,你婆婆背后叫我没事就看(读阴平)着你。

焦花氏　(咳嗽一声,慢慢地)哦,您看,(尖酸地)她老人家多疼我！

常　五　不是看你,你听错了,是看(读阴平)着你。她说现在你们家里忽然有点——有点不大安静。

焦花氏　哦！(领悟)不安静？

常　五　嗯,不大安静？她说她一个人,眼又瞎,看不见,很不放心。

焦花氏　家里有什么不安静？

常　五　说的是呀,我看,(四面望)怪好的,怪安静的。难道有你这贤慧媳妇,现在家里还会藏个野汉子。

焦花氏　(翻翻眼)嗯,可那也难说。

常　五　(吃了一惊)怎么？

焦花氏　(警吓)您不是第一个就信她老人家的话,跑到我们家里来搜查来了么？

常　五　(红了脸)咻,这是怎么说的。谁说信她的话,(指点着)她的话我这耳朵进去,这耳朵就出来。咻,这是怎么说的！

焦花氏　(慢慢地)您不信就好了。您是年高有德的人,您公公道道地说一句胜过我们小人说一万句。

常　五　（摸摸胡子）你说的不错，说的不错。我向来好说公道话，像你这样贤德媳妇，丈夫出了门，婆婆不在家，一个人，孤苦伶仃，在家里念经做活，真是千中不挑一，万中不挑一。

焦花氏　您多夸奖了。常五伯，您再喝一盅吧。

常　五　好，好，我自己来。

焦花氏　（故意吃了一惊）哟，酒还是凉的，您看我，真是！我给您热热去。

常　五　（更愉快）不用，不用了。这样好，这样好。金子你，真是个好儿媳妇，又聪明又懂事，又孝顺。哼，我的儿子要娶了这么个儿媳妇，盖上棺材盖我都是乐呵呵的。（又半盅酒）回头，金子，大星一会儿回来，我一定得在他面前为你说几句公道话。

焦花氏　（吃一惊）什么，您说什么？

常　五　（瞪瞪眼）我要说几句公道话呀。

焦花氏　（焦切地）您说大星一会儿就回家？

常　五　啊？你不知道？——（忽然想起）啊，（敲敲自己的脑袋）这你婆婆叫我不要告诉你的，可我又说出来了。不过这也不怪我，（自解）喝点酒，话就多，那有什么法子？

焦花氏　（冷不防）谁叫他回来的？

常　五　（冒失）自然是我！不，是你婆婆！是她托我去叫大星回家，赶快回家，——

焦花氏　您就叫他去了？

常　五　（无可奈何的神气）嗯，我有什么法儿，谁叫我天生脾气好，好说话。你叫我去，我也不是一样地去，这……这也不能怪我。

焦花氏　（压制笑）大星回家是个喜信，怎么提得上怪呢？哦，（仿佛不在意）大星没说准什么时候回来？

常　五　倒没说准，说不定是今天晚上？说不定是明天早上，也说不定就是这一会。

焦花氏　哦！（沉思）讨厌，这针真不好使！哦，我婆婆托您的时候，没求您带个什么话？

常　五　也……也没说些什么！她就说家里乱哄哄的，仿佛半夜里直进人。

焦花氏　（大惊失色）哦，进来人？（一针戳了拇指呼痛）哟！（放下针线）

常　五　怎么啦？

焦花氏　针扎了手，不要紧的！哦，（沉静地）那会是谁呢？

常　五　说的是呀！她可说要大星赶快回来，说家里要有一双眼睛，才看得明白。

焦花氏　（又拿起针线，笑笑）这不是一双眼睛？

常　五　说的是呀！你看，（指她）这不是眼？（指自己）这不是眼？反正，她说的是乱七八糟，胡说一大泡。你这个婆婆瞎了眼，疑心病就重，没有法子。

焦花氏　您看，（抬头）我婆婆是不是犯了点疯病！

常　五　（很肯定地）嗯，有！有！有点！

焦花氏　半……半夜里家里会进人，这不是疯话！

常　五　嗯，疯话！谁相信！可金子，你也得小心，年纪轻轻，长得挺俊，这里又四面不靠人家，——（忽然，咳嗽一下，四外望望，又重重咳嗽一声）

焦花氏　您干什么？

常　五　（秘密低语）你——你们这屋子有人没有？

焦花氏　（惊愕）人？

常　五　怪，这屋子怪不对的。我问你，家里藏着什么人没有？

焦花氏　（翻了脸）藏谁？青天白日，我一个妇道会藏谁？

常　五　谁说你？大星媳妇，我说你一个人在屋里不小心，说不定就有强盗偷进来。

焦花氏　强盗？哪个强盗敢偷焦阎王的家？

常　五　金子，你不知道这个强盗专找你们家里来？

焦花氏　哦，那会是谁？

常　五　（指着焦花氏的活计）谁？我问你，你手里绣的是什么？

焦花氏　小黑子的鞋。

常　五　不，我说你绣的花？

焦花氏　哦，这个？——虎！

常　五　（低声）就是他——虎回来了！

焦花氏　虎？谁呀？

常　五　你不明白，虎！仇虎回来了！

焦花氏　（佯作不知）仇虎？仇虎是干什么的？

常　五　（诧异）你不知道？仇虎？你差一点都要嫁给他，你会不知道？

焦花氏　常五伯，您喝酒就喝酒，别胡说八道的。

常　五　真的！你爸爸十来年前就把你许给仇虎！

焦花氏　哦。

常　五　后来，仇虎家倒了，吃了官司，他才改了主意，把你又许给阎王当儿媳妇，这么要紧的事，你就会不知道。

焦花氏　我爹妈活着的时候就没有提过。

常　五　我告诉你，仇虎这次回来是要跟你们焦家大小算账的。你可少惹他，你公公害得人家不轻，阎王结下的仇可得由你们解了。

焦花氏　不是大星就要回来么？

常　五　（提起鸟笼）嗯，嗯，大星回来不也是白搭，窝囊废，他哪对付得了仇虎。（忽然回过头）你见过仇虎么？

焦花氏　没，没有。您从前见过？

常　五　那还用说。我告诉你，要多丑就有多丑，罗锅腰，灶王脸，粗大个，满身黑毛。你见着他告诉我，送到侦缉队就是大洋钱，你听见了没有？

焦花氏　知道，知道。您要走了！

常　五　（走到门口，又想起，低声）你知道仇虎回来的事是谁告诉我的？

焦花氏　谁？

常　五　你婆婆。

焦花氏　（惧骇）什么，她！她怎么会知道？

常　五　她说铁路上的人告诉她的。她说仇虎就躲在这一带，侦缉队正在搜着呢？

焦花氏　哦！（小孩啼哭）常五伯，小黑子快醒了，我要看孩子，不送您老人家了。（走到摇篮那里轻轻推摇）

常　五　哦，小黑子！（也走到摇篮旁边）哼，这孩子真像他死了的妈，怪可怜相的。（打了个呵欠）我走了，啊！（走到门口）哦，金子，乘你婆

340

婆没回来，把那酒瓶里添足了凉水，别说我在你这儿喝不花钱的酒来了。我在这儿什么话也没有说，听见了没有？唏，唏，（打开门，外面笼满秋雾）呵，这是什么天气，好好地又下起雾来了。

〔常五提着鸟笼，兴高采烈地走出中门。出了门又听见他唱起"送情郎送至大门外……"。

〔孩子又不哭了，焦花氏忙走到窗前，向外望了望，立刻走到右门旁。

焦花氏　仇虎！仇虎！

〔仇虎由右门走出。

仇　虎　（愤恨地）他走了？

焦花氏　走了。（望望仇虎的脸）哦，你都听见了。

仇　虎　嗯，（阴沉地）他们知道我回来更好，（望着阎王的像）阎王你害了我一次，你还能害我两次，来吧！仇虎等死呢！

焦花氏　等死？等死？（徘徊，低声喃喃）为什么等死！为什么要等死？（摇头）不！不！不！我们，我们要——（慢慢抬头上望，忽然——）仇虎，仇虎！你看，你看……

仇　虎　什么？

焦花氏　（跑到仇虎身旁）你看！（恐怖地叫起来）你看，往上看。

仇　虎　什么？

〔外面天更暗了。

焦花氏　相片！相片！（失了颜色）他看着我，他看着我。

仇　虎　谁？

焦花氏　（低头，缩成一团）阎王，阎王的眼动起来，——他，——他活了，活了！

仇　虎　（抱着焦花氏，眼盯着昏暗里的焦阎王的相片）胡说！胡说！还不是张相片，你别瞎见鬼。

焦花氏　真的！真的！（渐渐恢复自己的意识）虎子你没看见？真的，我方才真看见他对我笑，叫我。

仇　虎　呸！（向上啐了一口）阎王，你要真活了，你走下来，仇虎倒等着你呢。（推着焦花氏）你看，他还动不动？

341

焦花氏　（偷偷抬起头望望）他……他不动了。

仇　虎　（警告）金子，你以后别这样胡喊。

焦花氏　我向来不的，不过，刚才我实在是看见——

仇　虎　金子，不要再说了。

焦花氏　虎子，我……我有点怕。虎子，你到窗户那里看看去。

仇　虎　有什么？（走到窗前望望）外面什么也看不见，雾下大了。

焦花氏　下了雾？

仇　虎　嗯，大雾。

焦花氏　（失神地）我怕得很！

仇　虎　怕什么？

焦花氏　（沉思地）我怕我婆婆叫大星回来！

仇　虎　嗯？

焦花氏　（一直沉思地）我不知道她要跟大星说些什么？

仇　虎　哼，大星还有什么说的，他从我手里把你抢过来。

焦花氏　（低头）不，不是他，这怪他爸爸，他原来并不肯要我。

仇　虎　哼！

焦花氏　虎子，你先走，你快走吧。省得他回来碰见你。

仇　虎　好，我走。可是金子你没有忘记你刚才对我说的话？

焦花氏　（抬头）什么？

仇　虎　你说你要离开这儿？

焦花氏　嗯，我要走。这儿到了秋天就下着大雾。只有我那瞎子婆婆跟我在一块，她恨我，我恨她。大星是个窝囊废，没有一点本事。他是他妈的孝顺儿子，不是我的爷儿们。

〔雾里远远有火车汽笛声，急行火车由远渐近。

仇　虎　金子，你要上哪儿？

焦花氏　远，（长长地）远远的——（托着腮）就是你说那有黄金子铺地的地方。

仇　虎　（惨笑）黄金？哪里有黄金铺地的地方，我是骗你的。

焦花氏　（摇头）不，你不知道，有的。人家告诉过我。有！我梦见过。

仇　虎　金子，大星回来——

〔雾里的火车渐行渐远，远远有一声悠长的尖锐的车笛。

焦花氏　（假想）你别说话，你听，到那个地方，就坐这个。"吐兔图吐，吐兔图吐"，坐着火车，一直开出去，开，开，开到天边外。哼，我死也不在这儿待下去了。

仇　虎　金子，你知道，大星回来——

焦花氏　（忽然）你记得我们小的时候么：有一天我梳着油亮亮两个小辫，在我家里小窗户下面纺着线等你？

仇　虎　（眼睛发着光）嗯，那时，我爸爸还活着，我天天跟着爸爸在田里看地放牛。

焦花氏　我还记得那时我纺线时唱的歌呢："大麦绿油油，红高粱漫过山头了，我从窗口还望不见你，我的心更愁了，更——"

仇　虎　（忽然硬起来）别说了，你忘了大星要回来啦么？

焦花氏　（从回忆中唤醒）哦，是，是。虎子，你快走吧！

仇　虎　金子，你是真想走么？

焦花氏　（又恢复她平时硬朗朗的态度）谁骗你？

仇　虎　那我回头还要来。

焦花氏　回头？不，那你千万别！大星就许回了家？

仇　虎　哦？

焦花氏　瞎子一定在屋里。

仇　虎　她敢怎么样？

焦花氏　敢怎么样？送你到侦缉队，怎么跑出来的再怎么送回去。

仇　虎　哼，（沉思地）瞎婆子！瞎婆子！（索性坐下）那我不走了！看她怎么样？

焦花氏　（抓着仇虎的臂膊）你干什么？

仇　虎　（忽然立起）好，我们索性回屋里坐一会，我们俩再叙叙。（拉着焦花氏的手）

焦花氏　不，你走，你别作死！

仇　虎　（回头向中门）哼，我跟瞎婆子是一尺的蝎子碰上十寸的蜈蚣，今天我们谁也不含糊谁，我得先告诉她，我仇虎就在这儿。哼，明地来了不黑地里走。跟她先说个明白，叫她也吃一副开窍顺

343

气丸，先有个底。

焦花氏　不，不，虎子，你得听我的话，听我的话，听——听——听我的——

〔中门慢慢开了，焦花氏惧怕地回过头去。焦母扶着拐杖走进来，脸上罩上一层严霜，一声不响地立在门口。她手里抱着一个小红包袱，耳朵仿佛代替了眼睛四下搜查。

焦花氏　（叹一口长气）哦，妈妈。

〔仇虎待在那里。

焦　母　（冷酷地）哼，你在念叨些什么？

〔半晌。仇虎正想大模大样地走近焦母，焦花氏忙以手示意，求他快进右门。

〔仇虎望望焦母，望望焦花氏，蹑足向右门走去。

焦　母　（忽然）站着！（仇虎又愣在那里）谁？

焦花氏　谁？（不安地笑着）还不是我！（忽然做出抱着孩子的样子，一面走，一面唱着催眠歌）嗯——嗯——嗯！听……听话呀，嗯——嗯——嗯！（恳求地望着仇虎，仇虎又想走近焦母）小宝贝要听话呀，（一面又望焦母）听话睡觉觉啊，嗯——嗯——嗯！（望仇虎）听话的宝贝有人疼啊，嗯——嗯——嗯！（望焦母）小宝贝睡觉啊，嗯——嗯——嗯！（回头看仇虎慢慢迈入右门，紧张的脸显出一丝微笑，对着仇虎的背影）好孩子真听话呀，嗯——嗯——嗯！（望着焦母）好宝贝睡着了啊，嗯——嗯——嗯。

焦　母　（谛听一刻，忽然）金子，你在干什么？

焦花氏　我在哄孩子呢！（低声，孩子渐渐睡熟了）嗯——嗯。

焦　母　哄孩子？

焦花氏　妈，声音小点。孩子刚睡着！（更低柔）嗯——嗯——嗯。

焦　母　（明白她的谎，指窗前的摇篮）哼，孩子在这边，我知道，我的祖奶奶！（正要向摇篮走去）

焦花氏　（掩饰）我刚把孩子抱过来的，您没有看见。

焦　母　（没有办法，严厉地）扯你娘的臊，你靠在桌子旁边干什么？

焦花氏　（硬朗朗地）我渴，我先喝口水。

焦　母　你渴什么，桌上没有水！

焦花氏　（没想到她知道这样清楚）哦，没——没有——可是——

焦　母　（头歪过去）满嘴瞎话的狐狸精！（冷酷地）你过来。

焦花氏　（慢吞吞地）嗯！（偏慢条斯理地把头上的花插正了）

焦　母　（走到香案前，把红包袱放在上面）过来！

焦花氏　（恶狠狠地望着焦母，低柔地）就来。

焦　母　快过来，（拐杖在地上捣得山响）过来！（坐在香案旁的椅子上）

焦花氏　（冷冷地）您要吓着孩子！（走过去）

焦　母　假慈悲。（指摇篮）他不是你的儿子。

焦花氏　嗯，妈。（拖到焦母身旁）妈，我过来了。

焦　母　（一把拉住她的手）我摸摸你。

焦花氏　（吃了一惊，但是——）您摸吧！

焦　母　你穿的什么？

焦花氏　（眼望前面）大红袄，黑缎裤，（故意说出）过节大星做的。

焦　母　（恨恶地）哦，手上是什么？

焦花氏　（斜眼）包金镯子！白银戒子，过节大星买的。

焦　母　（厌恶地）哼！（探到头上，摸着仇虎的花，忽然）哦，这是什么？

焦花氏　（不由得惊一下）哦，这个？——花，妈。

焦　母　（逼得紧）花？谁给你的？谁给你的？

焦花氏　（眼神一转）谁给的？（故意反问）哼，天上掉下来的？地里头钻出来的？（斜视）我自个儿在门口买的。

焦　母　（被她冲撞回去，却莫明其妙来了一股火）买？买这个做什么？

焦花氏　（望着她）昨儿格，我梦着大星回了家，——

焦　母　谁告诉你大星要回家？

焦花氏　谁也没告诉我，我不是说做梦做梦么？

焦　母　做梦，做什么梦？

焦花氏　大星到家门口，就跌一大跤，我才想戴个红花破破，取个吉利。

焦　母　哼，做个梦，也要戴个花！丢了它，等我死了你再戴，大星娶了你这个狐狸精，魂都没有，还要你戴上花儿叶儿地来迷他。

345

　　　　　丢了它！

焦花氏　（缓缓地）嗯！（望着焦母森然的面孔，不觉取下花来）

焦　母　（严峻地）扔在哪儿？

焦花氏　（没有办法，把花扔在脚下，狠毒地看了焦母一眼）在您脚底下。（用脚点了点）这儿！

焦　母　（倏地立起，朝着那红花狠狠地踹了又踹）你戴！你戴！（弯下腰拾起花）拿去戴去！（把踢成纷乱的花向焦花氏掷去，不想正打在焦花氏的脸上）死不要脸的贱货，叫你戴！叫你戴！戴到阴曹地府嫁阎王去。

焦花氏　（气得脸发了青，躲在一旁，咬着牙。喃喃地）我当了阎王奶奶，第一个就叫大头鬼来拘你个老不死的。

焦　母　（听不清楚）你又叨叨些什么？

焦花氏　我念叨着婆婆好，阎王爷一辈子也不请您吃上席去。

焦　母　（猜得明白）嗯，我死不了，妖精，你等着，天有多长的命，我就有多长的命。你咒不死我，我送你们进棺材。

　　　　　〔远远又有火车在原野里的铁道上轰轰地驰过，不断地响着嘹亮的汽笛。

焦花氏　妈，您听！您听！（盯住焦母）

　　　　　〔远远火车汽笛声。

焦　母　听什么？金子，你的心又飞了，想坐火车飞到天边死去。

焦花氏　谁说啦？（急于想支使她出去）您不想出去坐坐，看看火车，火车在雾里飞，好看得着呢？

焦　母　（用杖捣着地）我怎么看？我问你，我怎么看？

焦花氏　（想起，支吾着）您——您不是说您没有眼比有眼还看得准。

焦　母　（暗示地）嗯，我看得准，我看准了你是我们焦家的祸害。你的心一天变上十八个样，我告诉你，火车是一条龙，冒着毒火，早晚有一天它会吃了你，带你上西天朝佛爷去。

焦花氏　嗯，（厌恶地）您不喝口水，我给您倒碗茶？

焦　母　不用，我自己来。你少跟我装模装样，我不用你这么对我假门假事的。

焦花氏　那么，我回到我屋里去了。

焦　　母　滚吧。(焦花氏忙忙走了一半)你站着,金子,我问你一句话。

焦花氏　嗯,妈。

焦　　母　(慢慢地)你这两天晚上打的什么吆喝?

焦花氏　谁,谁打吆喝啦?

焦　　母　半夜里,你一个人在房里叽里呱啦地干什么?

焦花氏　我,我没有。

焦　　母　(疑惑地)没有?屋里面乱哄哄的,我走到门口又没有了,那是干什么?

焦花氏　哦,(似乎恍然)您说那个呀!(笑)那是耗子,半夜我起来捉耗子呢。

焦　　母　(低沉地)再以后要有耗子,你告诉我,你看见这个么?(指香案前的铁拐杖)我就用这条铁拐杖打死他。

焦花氏　嗯,妈。(要向右屋走)

焦　　母　别走。你坐下。

焦花氏　嗯。(立在那里)

焦　　母　(冷酷地)坐下。

焦花氏　我坐下了。(还立在那里)

焦　　母　(严峻地)你没有,我知道。(用拐杖捣着地,厉声)坐下。

焦花氏　(恶恶生生地望着焦母,不得已地坐下去)嗯,妈妈。

焦　　母　(露出一丝狞笑,暗示地)我告诉你一件事。

焦花氏　嗯,妈。

焦　　母　昨天晚上我做了一个噩梦——

焦花氏　哦,您也做了个噩梦?

焦　　母　(摸起锡箔,慢慢叠成元宝,一句一句地)我梦见你公公又活了,——

焦花氏　公公——活了?

焦　　母　(不慌不忙地)嗯,仿佛是他从远道回来,可是穿一件白孝衣,从上到下,满身都是血,——

焦花氏　(不安地)血?

焦　　母　嗯,血!他看见小黑子,一句话也不说,抱起来就不放手,眼泪不住地往下流。

347

焦花氏　哦。

焦　母　我向前去劝，刚一叫他，忽然他变了个老虎，野老虎——

焦花氏　(吃了一惊)老虎？

焦　母　嗯，野老虎，那仿佛见了仇人似的就把小黑子叼走了。

焦花氏　哦，这个梦凶——凶得很。

焦　母　谁说不是，"猛虎临门，家有凶神"。我看这两天家里要出事，金子，你说？

焦花氏　坐家里好好的，哪会出什么事？

焦　母　(立起来，在香案上拿起一炷高香，对金子，仿佛不在意地)金子，你知道仇虎在哪儿？

焦花氏　仇虎？

焦　母　你别装不知道，我的干儿虎子回来了，你会不知道？过来，金子，(举起香)点上。

焦花氏　(不安地，就桌上的长命灯颤巍巍地点起香，婆媳二人对着面)我倒是听说虎子回来了，可是谁晓得他躲在哪个窝里死去了！

〔香火熊熊然照在焦母死尸一样的脸上。

焦　母　金子！(一把抓住金子的腕)

焦花氏　(吓住)妈，干什么？

焦　母　(凶神一般)你的手发抖。

焦花氏　(声音有些颤)香火烫的，妈。

焦　母　他没有到我们家里来？

焦花氏　谁？妈？

焦　母　仇虎！

焦花氏　他怎敢来？(转动香火，火焰更旺)

焦　母　没有来望望你。说近些，差一点你们也是一对好夫妻。(指香炉)把香插上。

焦花氏　(一面插香，一面说)妈，您别冤枉人！丑八怪，谁要他？他来了，我就报侦缉队把他抓去。

焦　母　你说了。

焦花氏　嗯。

348

焦　母　　你公公（指右窗前的像）在上面可听见了的。

焦花氏　　嗯。

焦　母　　去吧。（焦花氏走到右门口，焦母仿佛忽然想起一件事）金子，你的生日是五月初九，是不？

焦花氏　　是。（不觉疑惑起来）干什么？

焦　母　　（温和地）你生下的时辰可是半夜子时？

焦花氏　　嗯，您问这个干什么？

焦　母　　（不理她）我问你，是不是？

焦花氏　　是，妈。

焦　母　　（恶狠地）我问问，算算你命里还有儿子不？

焦花氏　　（利嘴）没有，不用算。

焦　母　　（忽然柔和地）好，到屋里去吧，你去吧。

焦花氏　　嗯。（怪异地盯焦母一眼，转身入右门）

焦　母　　（听着焦花氏走出门，狠狠叹一口气）哼，死不了的败家精。

〔外面雾里的乌鸦在天空盘旋，盘旋，凄惨地呼噪。远远电线杆呜呜地响着。

〔焦母轻轻地走到右门口，聆听一刻，听不见什么，废然地走到香桌前。她忽然回头，朝右门愣一愣，没有人进来，她解开香案上的红包袱，里面裹着一个木刻的女人形，大眼睛，梳着盘髻，脸上涂着红胭脂，刻工粗拙，但还看得出来是焦花氏的模样。木人肚上贴着素黄纸的咒文，写有焦花氏的生辰八字，心口有朱红的鬼符，上面已扎进七口钢针。她用手摸摸木人的面庞，嘴里很神秘地不知数些什么。

焦　母　　（摸着木人的轮廓，喃喃地）也许刻得不像她，（慢慢地）哼，反正上面的生辰八字是对的。（用手掐算）五——月——初九。（点点头）半夜里——子时生的。嗯，对的，上面没有写错。（她把木人高高托在手里，举了三举，头点三下，供在香案上。磬重重响了三下，她跪在案前，叩了三下，神色森严，依然跪着，嘴里念念有词，又叩了一个头，朝着木像，低声）金子，香是你自己点的，生辰八字是你自己说的。你金子要是一旦心痛归天，可不能怪我老婆子焦氏。（又深深一拜，立起，又敲了一

349

声磬，走到香案前，举起木人，从头上拔下一根钢针，对着心口，低声狠恶地呼唤）金子，金子，（第三声"哼！"的一声将针扎进）哼，金子！（叹一口气，她仿佛非常疲乏！慢慢数着针头，扬起头）已经八针，（胜利地）就剩一针了，金子。（把木人又端端正正放在香案前面，用红包袱盖上）

　　〔外面电线杆呜呜地响，隐约有人赶着羊群走近的声音，她不言不语走进左门。

　　〔立刻焦花氏由右门蹑足走进来。

焦花氏　（低声对右门内）你先别来，听我咳嗽。

　　〔焦花氏走到中门，开门望望，外面一片大雾，看不见人。她回转身，望见桌前的红包袱，匆忙跑近掀开视。举起木人细看，立刻明白，厌恶地又放在案上。

焦花氏　（向着左门，毒恶地）哼。（把木人盖上，忽然想起右门的仇虎，轻轻咳嗽一声。仇虎随着现在右门口，正要举足向中门走，——）

　　〔焦母森严地由左门急出。

焦　母　（怕焦花氏走进来）站住！

焦花氏　（又轻咳一声，仇虎愕然，立在右门前。以手示意，叫他再进去）

焦　母　（慢慢走到中门）谁？是谁？

焦花氏　是我，妈。

焦　母　（厉声）还有谁？

焦花氏　还有？（以目示仇虎，令其毋作声）还有——（对仇虎噗哧一笑）有鬼！

焦　母　哦！

　　〔焦花氏令仇虎进门，他眈眈地望着焦母，恨恨走出。

焦　母　（没有办法，半响）我当是老虎真来了呢。

焦花氏　妈，您不进屋去歇歇么！

焦　母　不，你不用管，我要在堂屋里坐坐。

焦花氏　好，您坐吧。（不甘心地走入右门）

　　〔焦母候她出去，走到香案前，摸摸红包袱下面的木像，放了心，口里又不知数落些什么。

　　〔这时摇篮里忽而恐怖地哭起来了，她走到摇篮旁边，把孩子抱起来，悲哀地抚摸着孩子的头。

焦　母　（又轻轻拍着孩子的背）小宝贝做了梦了！嗯——嗯！梦见了老虎来咬你呀，嗯——嗯？老虎不吃小黑子的，嗯——嗯！不要怕呀，嗯——嗯，奶奶一辈子守着你啊，嗯——嗯！不要怕呀，嗯——嗯。（抱着孩子进了左屋）

〔外面仿佛羊群乱哄哄地奔踏过来，咩咩地哀叫。随着羊的乱窜声，有一个很愉快的喉咙在："达，达，打——低——！达低达低达，达打达达，达低达！低打打打打打达！达——达——低达，低打打打打打达！（更高兴）达，达，打——低——。达低达低达，打达达，达低达！低打打打打打达！"随着这抑扬顿挫的"洋号"，白傻子嘴里又打起威武的军鼓，舌头卷起嘟噜！"得——儿锵，锵，锵！得——儿锵锵锵！得——儿锵锵——得——儿锵！（拼了命）得——儿锵锵锵！得——儿锵锵锵！锵——儿锵锵——得——儿锵！"他不可一世，耀武扬威地由中门操进来。"得——锵锵，得——儿锵！"两只手抡起想象的鼓槌向下打，头上流着热汗。好忙！——进门并没有看见焦母！由左门又走进来——嘴里还得吹洋号："达，达，打——低——！"

〔忽而由身右面叫一声！

焦　母　谁？
白傻子　（大吃一惊，鼓号俱停。看见焦母。伸伸舌头，立刻转身就跑）——
焦　母　（立起）站住！谁？
白傻子　（只好愣在那里）是，是——（咽下唾沫）是我！
焦　母　我？（猜出多半是他）"我"是谁？
白傻子　（结结巴巴，急得直眨眼）狗——狗蛋！焦大妈，（说完了又要跑）
焦　母　别跑！你！你不放你的羊，你来这儿干什么！
白傻子　不，不干什么。我！（瞪着大眼）我看你家新媳妇来了。
焦　母　新媳妇有你的什么？
白傻子　（笑嘻嘻地，顺口一数落）"新媳妇好看，傻——傻子看了直打转；新媳妇丑，傻——傻子抹头往外走。"
焦　母　你也爱看好看的媳妇？

351

白傻子　（翻翻眼看着焦母）嗯！（鼻孔顿时一吸，两条青龙呼地又缩进去）

焦　母　狗蛋，你别看她，我家媳妇是个婊子，她是老虎，会吃人的。

白傻子　老虎？（不信地）嗯！我看过她！

焦　母　你看过老虎，你还来干什么？

白傻子　（鼻涕又流下来，舌尖不觉翻上去舔）那——那我来看看，她会吃我不？（又抹一下鼻涕）

焦　母　（可怜他）唉，狗蛋，你日后也要个老虎来吃你么？

白傻子　（老实地）老……虎要都是这样，我看还……还是老虎好。

焦　母　（酸辛地）傻子，别娶好看的媳妇。"好看的媳妇败了家，娶了个美人丢了妈。"

白傻子　不……不要紧，我妈早死了。

焦　母　（看看白傻子，叹一口长气）嗯，孩子们长大了，都这样，心就变了。

白傻子　嗯？

焦　母　（低声喃喃，辛痛地）忘记妈。什么辛苦都不记得了。（低头）

白傻子　（莫明其妙）你……你说什么？

焦　母　（低头，以杖叩地，忽然）没说什么。嗯，傻子！你听屋里有人说话没有。

白傻子　（伸长脖子，听了一刻，糊里糊涂地摇摇头）没……没有。

焦　母　（指右屋）不！我说西屋里。

白傻子　（肯定地）嗯，我知道啊！（还是摇头）没……没有。

焦　母　（不信地）你到那屋里去瞧瞧。

白傻子　（点点头）嗯，我知道。（走了一步）

焦　母　（一把抓住他，低声）轻轻地走，懂不懂？

白傻子　（嫌她啰嗦，不耐烦的神气）我知道啊！

焦　母　（不放心）狗蛋，你去看什么？

白傻子　嗯？——（才想起来）谁！谁知道您要我看什么？

焦　母　（低声）哼，你去看看屋里有什么旁的人没有？

白傻子　嗯，嗯，（仿佛非常明白，点头）我知道。（走到右门前，由上看到下，回转身，走两步，摇着脑袋）门……门关上了。推……推不动。

焦　母　（立起，惊愕，促急地）什么？门关上了？推不动？推开门，打进去！

白傻子　（逡巡）我怕——我——

焦　母　怕什么！出了事，有我。

白傻子　我怕老虎吃——吃了我。

　　　　〔焦母立刻抽出香案旁边通条似的铁拐杖。

焦　母　（对白傻子）你跟我来。除了金子，有旁人，你给我抓着他。

　　　　〔白傻子点头，小心翼翼地随着焦母，走到右门前，焦母举起拐杖，正要向门上捣去。

　　　　〔焦花氏由右门跑出。

焦花氏　（叫喊）妈，您在干什么？（以手抵住焦母的手）妈，您放下！您要打谁？（咳嗽）

焦　母　（察觉她有点蹊跷）贱婊子，（用力推开焦花氏）你放开手！（焦花氏摔倒墙根）

焦花氏　（喊）妈！

焦　母　傻子，你跟我来！（走进右门）

焦花氏　（咳嗽，大叫）妈！妈！

　　　　〔右屋里有焦母铁棍落地，一个人在闪避的声音。

　　　　〔焦母的声音：（咻咻然。咬牙，举起铁杖向下击）妈的！妈的！妈的！

　　　　〔右屋里有人似乎狠狠推了焦母，焦母大叫一声，踏倒。跟着那人打破窗户，由窗户口跳出去。

　　　　〔白傻子吓得只看焦花氏发愣，似乎在地上生了根。

　　　　〔焦母的声音：（叫喊）我摔着了！傻子，有人打破了窗户跑了，快追呀，傻子！抓着他，傻子！傻子……

白傻子　（不知怎么好，颤抖）嗯，嗯，我知道，我知道。（然而依然没有动）

　　　　〔焦花氏听见里面的人跑了，立刻跑近中门，仇虎已由外面跑进来。

焦花氏　（抓着仇虎的手，低声）怎么样？你摔着了没有？

仇　虎　妈的，窗户太小，打破了窗户，腿还挤破了一块。

焦花氏　她呢？

仇　虎　我推了她一把。她摔在地下。

〔里面焦母的声音：金子！金子！

焦花氏　（答应了一声，立刻要到右屋去）嗳——妈！
仇　虎　（抓着她）别去！（指着白傻子）你看！他！
白傻子　（摸着头顶，望仇虎，很低的声音，不觉喃喃地）"漆——叉——卡——叉，（更低微）吐——兔——图——吐。"
焦花氏　（与白傻子同时说）这是狗——狗蛋！
仇　虎　他认识我，你小心他。
焦花氏　我明白。

〔焦母由右门走出，脸上流着血。

焦花氏　妈！
焦　母　（不理她）傻子！傻子！傻子！

〔白傻子不敢答应。仇虎立刻由中门轻轻跑出。

焦花氏　妈！妈！
焦　母　（切齿地）贱婊子！
焦花氏　（不安地）妈，您摔破哪儿没有？
焦　母　（急躁地）傻子！傻子在这儿没有？
白傻子　（正看着焦花氏，不得已地）在——在这儿。干什么？（又望着焦花氏）
焦　母　（恨极了，切齿）狗蛋！你瞧见什么没有？
白傻子　我瞧见，瞧见（食指放在嘴里）老虎在这儿。
焦花氏　（大惊）谁说的？
焦　母　（明白白傻子的话）死婊子，你别插嘴。还有谁？傻子，你说！
白傻子　（惧怯地，看着焦花氏）还有——还有——还有一个——（焦花氏忽然跑到傻子面前，神情异外诱惑，在他的面颊上非常温柔地亲了一下，白傻子仿佛失神落魄，立在那里）
焦　母　（厉声）还有一个什么？
白傻子　（从来没有被人这样疼爱过，抚摸吻着的面颊）还有——老虎——老虎！
焦　母　狐狸精，你在干什么？
焦花氏　我没有干什么？

　　　　左屋孩子很低微地哭啼起来。

焦　母　告诉我，狗蛋！（杖捣地）你们在干些什么？

〔焦花氏又亲热地吻他一下。

焦　母　狗蛋，你死了？

白傻子　（不知所云）没——没有！老虎要吃——吃我。

〔左门孩子大哭起来。

焦花氏　妈，您听，孩子醒了。

焦　母　你别管，狗蛋，你说，还有谁？

〔门里孩子更恐怖地哭，嚎半晌，三人静听。

焦花氏　（惊愕地）妈，孩子别有了病，（故意地）妈，您问他吧，我去瞅瞅。（就要走）

焦　母　（厉声）不要你去！毒手！你别害死了我的小黑子。（向左屋走了两步）我就来，狗蛋！别走，回头我还问你。

〔焦母由左屋下，听见她哄孩子的声音。

焦花氏　（看见焦母进了门，走到方桌的长凳旁坐下，向白傻子招手，魅惑地）狗蛋！你过来！

白傻子　（莫明其妙）干——干什么？

焦花氏　你过来，（低声）我跟你说一句话。

白傻子　（食指放在口里，本能地害羞起来）干——干什么呀？（不大好意思地走过去）

焦花氏　（腾出身旁一块地方，拉着他的手）你坐在我旁边。你先把手指头放下。

白傻子　（手放下来，羞赧地瞟她一眼。呵呵地傻笑）干——干什么？（不觉手又放到了嘴里）

焦花氏　（瞪了他一眼）把手指头放下！好好地听着！我跟你说一句正经话。

白傻子　（又将食指放下）嗯，好，你说吧！（舌尖又不觉伸到鼻子下面卷舐）

焦花氏　（低柔地）狗蛋，你听着，回头大妈再问你的时候，问你看见什么人没有了，你呀，你就说——

白傻子　（眨眨眼，仿佛在研究什么，舌端在鼻下舐过来，卷过去。忽然，一个大发现，跳起来）新——新媳妇！（非常愉快地）你猜，你猜，鼻涕是什么味儿？

焦花氏　（没想到）什么？鼻涕？

白傻子　（紧张地）嗯，你说！是甜的，还是咸的？

355

焦花氏　（气了）不知道。

白傻子　（快乐得直打屁股）是咸的！咸的！你没有猜着吧，（又用舌头舔一下）咸丝丝儿的。

焦花氏　（站起来）妈的，这傻王八蛋。

白傻子　（笑嘻嘻地）唏，唏，你——你你叫我干什么？

　　〔焦大星背着包袱，提着点心，手里支着一根木棍，满脸风尘，很疲倦地迈过中门的门坎。

焦大星　（脸上露出微笑）金子！（放下包袱）

焦花氏　（平淡地）哦，是你。

焦大星　（放下点心）妈呢？（掸掸身上的土）

焦花氏　（望着他）不知道。（白傻子躲在一旁，稀奇地望着）

焦大星　（搁下木棍，用手绢把脸擦一擦）又到了家了！（抬头看焦花氏）家里怎么样？（关心地）还好么？

焦花氏　（冷峻地）大星，谁叫你回来的？

焦大星　（不自然地笑笑）没——没有谁。我自己想回来瞅瞅。

焦花氏　（忽然）说什么？家里难道还会有人跑了？

焦大星　（猜出婆媳二人又在闹气，歉然地）我不懂，金子，你又怎么？

焦花氏　不怎么，我在家里偷人养汉，美得难受。

焦大星　（避开）谁说这个啦！你说话别这样！这是咱们家，要叫妈听见——

焦花氏　叫妈听见，算什么！我都做给妈瞧啦。

焦大星　（软弱地）金子，你进了我家的门，自然不像从前当闺女那样地舒服。可我从来也没埋怨过你，我事事替你想，买东买西，你为什么一见我，尽说这些难听的话呢？

焦花氏　哼，话难听？事才难听呢！我偷人养汉又不是一天的事，你不是不明白。我嫁你那天晚上就偷人。你出了门，我就天天找汉子，轧姘头，打野食，靠男人，我——

焦大星　（痛苦地）金子，你这说的是什么？

焦花氏　我这说的是"一本正经"，我这个人你又不是不知道的，在娘家就关不住，名声就坏，可我没有要到你家里来，是你那阎王

　　　　　爸爸要的。我过了你家的门，我一个不够，两个；两个不够，三个；三个不够——

焦大星　（苦恼地）金子，唉，你这犯的是什么病！（颓然坐下）

焦花氏　我没有犯病，是那个一出门就想回来的人犯了病了；是那个回家就瞎疑心的人犯了病了；是那耳朵根子软，听什么话就相信的人犯了病了；是那个"瞎眉糊眼"，瞧见了什么就瞎猜的人犯了病了。我告诉你，我没有犯病！我没有犯病！

焦大星　真！奇怪！我疑心了什么？我瞧见了什么！我一进门，你就这样疯疯痴痴地乱说一大"泡"。你说，是我瞎疑心，还是你瞎疑心。

焦花氏　是我疑心，是我犯疑心病；我疑心我媳妇在家里偷人养汉，整天背着自己的男人不老实。

焦大星　可是谁提这个啦？是我听见什么啦？还是刚才瞧见什么啦！

焦花氏　你瞧不见，你还听不见。

焦大星　（想不出办法）那么，白傻子，你听见什么，你刚才瞧见了什么啦？

白傻子　（指自己）我——我——

焦大星　（敷衍着焦花氏）好，我刚才不在家。你说，你瞧见了什么？

白傻子　（结结巴巴）我——我刚才——瞧——瞧见——瞧见一个——

焦花氏　（忙追到白傻子的身边）去！去！去！活人的话都闹不清，还听死人的话？

白傻子　（卖功）可我刚才——是——是瞧见一个——

焦大星　（不信地）你说吧，什么呀？

白傻子　我……我瞧见一个——

焦花氏　（蓦地在白傻子脸上捆了一掌）去！去！你这傻王八蛋。

白傻子　（莫明其妙）你打我？（抚摸自己的面颊）

焦花氏　嗯，打了你，你怎么样？

白傻子　（咧开大嘴，哇一声）哦，妈呀！（哭啼啼地）你——你到底是个老虎。
　　　　　（抽咽，向中门走）

焦大星　（看着焦花氏，只好哄着白傻子，同情地）去吧，狗蛋，快走吧，赶明儿

357

别到这儿来了。

〔白傻子手背抹着眼泪,由中门走下,一时又听见羊群咩咩奔踏过去的声音。

焦花氏 （发野地）好,大星,你好!你好!你好!你不疑心!你不疑心!你回家以后,你东也问,西也问,你想从狗蛋这傻子的身上都察出来我的短。好,你们一家人都来疑心我吧,你们母子二人都来逼我,逼死我吧。（大星几次想插进嘴去,但是她不由分辩地一句一句数落）我跟你讲,姓焦的,我嫁给你,我没有享过你一天福,你妈整天折磨我,不给我好气受。现在你也来,你也信你妈的话,也来逼我。（眼泪流下,抽咽）我们今天也算算账,我前辈子欠了你家的什么?我没有还清,今生要我卖了命来还。（抹着鼻涕）哼,我又偷人,又养汉,我整天地打野食,姘人,我没有脸。我是婊子,我这还有什么活头,哦,我的天哪!（扑在桌上,捶胸顿足,恸哭起来）

焦大星 （不知怎么安慰好）可是,金子,谁说啦?谁这么说啦?不是你要问去?不是你自己要这么讲?喂,你看,我给你带来多少好东西,别哭了,好吧?

焦花氏 （还是抽咽）我不稀罕,我不看。

焦大星 可你要这么说,你要在自己身上洒血,你自己要说你偷人,养汉的——

焦花氏 （还是抽咽）我没有说,我没有说。是你妈说,你妈说的。

焦大星 （不信地）妈?妈哪对你说这么难听的话?

焦花氏 你妈看我是"眼中钉",你妈恨不得我就死,你妈硬说我半……半夜里留汉子,你妈把什么不要脸的话都骂到我头上。"婊子!贱货!败家精!偷汉婆!"这都是你妈说的,你妈说的。

焦大星 （解释）我不信,我不信我妈她会——
〔焦母由左门走出。

焦　母 （拐杖重重捣在地上,森严地）哦!（他们二人回过头）嗯!是我说的。金子,你跟你丈夫讲吧,我就是这么说的。

〔半晌。

焦大星 （惶恐地）妈！（走过去扶她）

焦花氏 （突然感到孤独，不觉立起）大星！

焦　母 （严酷地）你说吧！你痛痛快快地说吧。你在你丈夫面前狠狠地告我一状吧！金子，你说呀！你说呀！你长得好看，你又能说会道的。你丈夫今儿给你买花，明儿为你买粉，你是你丈夫的命根子，你说呀，你告我吧。我老了，没家没业的，儿子是我的家私，现在都归了你了。

焦大星 （哀诉地）妈。

焦　母 （辛酸地）我就有这么一个儿子，他就是我的家当，现在都叫你霸占了。我现在是个老婆子，瞎了眼，看不见，又好唠叨，我是你们的累赘。我知道我该死，我早就该叫你们活埋了，金子，你说吧，你告我吧，我等你开刀呢！

焦花氏 （怯惧地）妈，可我并没有说您什么？大星，你听见了，我刚才说什么，大星，你——

焦　母 （爆发，厉声）婊子！贱货！狐狸精！你迷人迷不够，你还当着我面迷他么？不要脸，脸蛋子是屁股，满嘴瞎话的败家精。当着我，妈长妈短，你灌你丈夫迷魂汤；背着我，恨不得叫大星把我害死，你当我不知道，活妖精！你别欺负你丈夫老实，你放正良心说，你昨儿夜里干什么？你刚才是干什么？你说，你为什么白天关着房门？关了门喊喊嚓嚓地是谁跟你说话？我打进房去，是哪个野王八蛋跳了窗户跑了？你说，当着你的丈夫，你跟我们也讲明白，我是怎么逼了你，欺负你？

焦花氏 谁听见我屋里有人说话？谁说我把门关上了？谁又从窗户跑了？妈，您别血口喷人！您可——

焦　母 （气得浑身发抖）这个死娘儿们，该雷劈的！（回头）狗蛋，狗蛋，你看见了，你说！

焦大星 妈，他刚走。

焦　母 他走了？（忽然）狗蛋，狗蛋！（急速地走出中门）

〔外面听见焦母连喊白傻子。

359

焦大星　金子！

焦花氏　你去信你妈的话吧！

焦大星　（低沉）你先到西屋去。

焦花氏　干什么？我不去！

焦大星　金子，你先别惹她。听我说，你先走。

焦花氏　（瞪大星一眼）好，你们说。你们母子两个商量吧。叫你们算计我吧！好，我走！我就走！（由右门下）

焦大星　喂，金子！——

　　　　　〔焦母由中门上。

焦　母　（颤巍巍地）这个傻王八蛋，又不见了，跑了。（复归正题，严峻地）好，你们夫妻俩商量好了，你们有良心就来算计我吧。（猜到方才在她背后焦花氏会叽咕些什么，尖酸地）嗯，金子，你是个正派人，刚才都是我瞎说，看你是眼中钉，故意造你的谣言。现在你丈夫来了，你可以逞逞你的威风啦！（爆发，狠恶地）金子，你个下流种！我早就跟大星说过，要小心点，你别听你爸爸的话娶金子回家来，"好看的媳妇败了家，娶了个美人就丢了妈"——

焦大星　妈，金子不在这儿。

焦　母　走了，她到哪儿去了？

焦大星　她回自己的屋子去了。

焦　母　哦，你怕她受我的气，你叫她走了。

焦大星　不是的，妈，我怕您看着她不舒服，气大，省得她在您眼前厌气。

焦　母　我问你，我怎么看？我怎么看？大星！现在你们两个都会故意气我没有眼！叫我听了好难过。——

焦大星　（忍不住）我没有这么想，您别瞎疑心。

焦　母　（勃然）我没有瞎疑心，我没有瞎疑心。哼，耳朵根子软，你媳妇的毒都传给你了。

焦大星　妈，您歇歇，别生气！她不好，她尽叫您生气。回头我就打她。

焦　母　我不生气，我替那怕老婆的男人生气呢。

焦大星　（没有办法）好，妈，我给您带来几样点心，都是您爱吃的！
焦　母　（冷笑）不用，拿去孝敬屋里那个人吧。我不稀罕。
焦大星　（叹一口气）妈，您要是处处都光存这个心，我怎么还说得了话？您想，我们家里也不算容易，老有老，小有小，丈夫成天地不在家，四外也没有什么邻舍亲戚。家里拢总不到三个半人，大家再还免不了小心眼，那——
焦　母　大星，你跟谁说话？你对谁？
焦大星　妈？（赔笑）我不敢劝您。
焦　母　哼，我小心眼？我看你也太大气了吧？
焦大星　好，好。妈，她究竟是怎么回事？您说明白呀！
焦　母　问你呀。
焦大星　（惧怕地）妈，她真……真会有什么……我不在家。
焦　母　这两天晚上，半夜，我听见门外大树底下有人说话。
焦大星　有金子？
焦　母　嗯，半夜，金子跟一个人。
焦大星　她怎么啦？
焦　母　她怎么？说着，她把那个人就拉进来了。
焦大星　拉进来？
焦　母　拉到屋里去，两个人喊喊嚓嚓了半夜。
焦大星　一直到半夜？
焦　母　半夜？一直到天亮。
焦大星　（疑信参半）那您为什么不抓着他们。
焦　母　我？（故意歪曲地讲）你把我真当作瞎子，我不知道你们这一对东西？那半夜的人不是你这个不值钱的丈夫，还是谁？
焦大星　是我？
焦　母　（反而问起他，威吓地）你为什么又瞒着我回了家。我是怎么虐待你们，要你们这样偷偷摸摸的。
焦大星　（恐怖地）那个人不是我。
焦　母　什么，（觉出他渐渐相信了，露出一丝微笑）不是你？
焦大星　嗯，不是。

361

焦　母　那么方才那个人。

焦大星　怎么方才还有一个人？

焦　母　方才那个人也不是你？

焦大星　（苦痛地）不！不！

焦　母　哦？

焦大星　（忽然）妈，您说的话是真的？

焦　母　（冷静地）真的，你当真受你的媳妇的毒了么？

焦大星　（内心如焚）她怎么会？金子怎么能这样？我为她费了多少心，生了多大气。她跟我起过誓，她以后要好好地过日子，她……她……

焦　母　（残酷地）她起誓不是放屁！刚才我就知道那个人在里面，我打进了门，他正从窗户逃走，我一手抓着他的大襟，叫那个狗娘养的一下子把我推在地下，跳出去走了。白傻子看见他，金子还跟他在门口说话，满不在意。你看，这是我脸上摔的伤，你进屋去看，窗户都破了。你看，你不在家，家里成了野汉子窝。大星，你说我怎么能不叫你回来。我告诉你，你这个小傻子，（狠狠地）你的媳妇偷了人了，你的媳妇跟人家睡了，现在没有一个不骂你，不笑话你，不说你是个——

焦大星　（疯狂一般捶击桌子）妈！妈！您别说了，别说了。我够了，我听够了。

焦　母　（也翻了脸，拐杖重重在地上捣，粗野地）那你还不把她叫出来问，逼她来问，打她来问，要她亲口招出来，招出来！（焦大星扑在桌上，全身颤抖）

〔焦花氏由右门出。

焦花氏　（厉色）你们不用叫！（立刻冷冷地）用不着你们母子喊，我自己出来了。

焦　母　好！你来得好！你来得好！大星，门后有你爸爸打人的皮鞭子。大星！你要是再心发软，我不认你是我的儿子。（走到后门，摸出皮鞭）

焦花氏　（横了心）哼！

焦　母　　好，你哼哼！大星，这是鞭子。我给你锁上门。你问她！问她！问她！（把中门锁好）

焦大星　（接下皮鞭，手发抖）金子——

焦　母　　你快问她！快问！

焦大星　妈，我问！我问！

焦　母　　叫她跪下！对着祖宗牌位！

焦花氏　怎么？

焦　母　　（雷霆）跪下！

〔焦花氏跪下。

焦大星　（拿着皮鞭，脸上冒汗）我不在家，你是做……做了那……那样的事情么？

焦　母　　你说，叫你说，败家精。

焦大星　（用鞭指着她，狠了心）你——你说。

焦　母　　（厉声）说呀！

焦花氏　（两面望望，恨恶地）哼，（冷笑）你们逼我吧，逼我吧！（忽然高声）我做了！我做了，我偷了人！养了汉！我不愿在你们焦家吃这碗厌气饭，我要找死，你们把我怎么样吧？

焦大星　（失色）怎么，你——你承认，你——

焦花氏　嗯！我认了。你妈说的，句句对，没冤枉我，我是偷了人，我进了你们家的门，我就没想好好过。你爸爸把我押来做儿媳妇，你妈从我一进门就恨上我，骂我，羞我，糟蹋我，没有把我当作人看。我告诉你，大星，你是个没有用的好人。可是，为着你这个妈，我死也不跟这样的好人过，我是偷了人，你待我再好，早晚我也要跟你散。我跟你讲吧，我不喜欢你，你是个"窝囊废""受气包"，你是叫你妈妈哄，你还不配要金子这样的媳妇。你们打我吧，你们打死我吧！我认了。可是要说到你妈呀，天底下没有比你妈再毒的妇人，再不是人的婆婆，你看她——

焦大星　　　　　金子，别说了！
　　　　　（同时）
焦　母　　　　　（气急败坏地）败家精，你还说！

焦花氏　（跑到香案前，掀开红包袱，拿起扎穿钢针的木人）大星，你看！这是她做的事。你看，她要害死我！想出这么个绝子绝孙的法子来害我。你看，你们看吧！（把木人扔在地上）

焦　母　你……你……你！大星，你还不给我打死这个淫妇，死婊子养的！打——打——打！

焦大星　（迷乱地）妈！

焦　母　（暴雷一般）打死她！打死她！

焦大星　嗯（麻痹）嗯，打！打！（举起皮鞭，想用力向焦花氏身上——但是人仿佛凝成了冰，手举在空中，泪水盈眶，呆望着焦花氏冷酷无情的眼。静默。忽然扔下鞭子，扑在母亲足下恸哭起来）哦，妈呀！

焦　母　（推开她的儿子，骂）你还是人！死种！（抡起拐杖向焦花氏所在方向打去，焦花氏一手截住）

焦花氏　（拼命）你……你敢——

焦　母　（不顾死活）我先打死你——

〔外面有人扣门甚急，大叫："开门！开门！"

焦大星　（在两个女人当中）谁？谁？

〔外面的声音：是我，我呀！

焦　母　（放下拐棍，听出声音蹊跷，停住）你？你是谁？

〔外面的声音：（狞笑）仇——虎！我是仇——虎。

焦　母　什么？虎子？

〔外面的声音：是我，干妈。

焦大星　（惊愕）怪，虎子来了？（打开中门）

〔仇虎走进，大家恐惧地互视，半晌。

焦大星　（阴沉地）虎子，你来干什么？

仇　虎　（狠毒地）给干妈请安来了。

焦　母　（低幽地）请安？——

仇　虎　（点头）嗯。

焦大星　（走到仇虎面前，喜悦地）虎子，你怎么出来的？

焦　母　（阴郁地）大星，来！跟我到这屋里来。

焦大星　（不大明白）妈？

364

焦　母　（厉声）来。

〔焦母拄起拐杖向左屋走，后随大星，母子进了左屋。
〔半晌，焦花氏恐怖地呆望着仇虎。

焦花氏　（低声）谁叫你回来的。

仇　虎　（望外，阴沉地）外面有人跟着我。

焦花氏　谁？

仇　虎　雾太大。看不出来。（忽然）你把蜡吹了。

焦花氏　（惊）怎么？（把香案前的烛火吹灭）

〔屋内黑下来，从两面窗望出，外面一片灰沉沉的雾。远远听见火车驰过，一声孤寂的汽笛。仇虎蹑足走到窗前探望。

焦花氏　（低声）怎么？你——

仇　虎　别说话，门外仿佛就有人走。你听！

焦花氏　（谛听）不，这是风。

仇　虎　哦。

焦花氏　风吹着野草。

仇　虎　（回头，望着左屋）奇怪，这半天他们在屋里做什么。

焦花氏　谁知道？

仇　虎　嗯，（阴沉地暗示）我想今天晚上要出事。

焦花氏　（点头）我觉得。

仇　虎　金子，你怕么？

焦花氏　（回首）怕？（转头望前面）不！

——幕急落

第二幕

〔同日，夜晚九点钟，依然在焦家那间正屋里。方桌上燃着一盏昏惨惨的煤油灯，黑影幢幢，庞杂地在窗棂上簇动着，在四周灰暗的墙壁上，移爬着。窗户深深掩下来，庞大的乌红柜，是一座巨无霸，森森然矗立墙边，隐隐做了这座阴暗屋宇神秘的主宰。香案前熄灭了烛火，三首六臂的菩萨藏匿在黑暗里，只有神灯一丝莹莹的火光照在油亮的黑脸上，显得狰狞可怖。

〔焦母立在香案旁，神色阴沉。盲人睁大一双不见眸子的眼眶，凝望前面，冥然不知思念什么。她默默地敲撞铜磬，声翁翁然，仿佛发自神像的巨口里。桌前立一只肥大的泥缸，里面熊熊地烧起"黄钱"——那贿赂神灵，请求他除灾降福的"鬼币"。纸灰随着火星飞扬，跳跃的火焰向上翻。红光一闪一闪，射在焦母严峻的脸上，像走马灯。影子穿梭似的在焦阎王狞恶的像上浮动，一阵黑，一阵亮，时而瞥见阎王的眼眈眈地探视下面，如同一幅煞神。

〔在这里，恐惧是一条不显形的花蛇，沿着幻想的边缘，蠕进人的血管，僵凝了里面的流质。

〔瞎子卷起黄的纸填入土缸的肚子，火焰更凶猛地飞舞起来。她喃喃念着《往生咒》文，仿佛又在祈祷，朝向着菩萨。

〔静了半晌，忽然黑暗的角落里有一稚弱的哭声，惊恐地抽咽，是小黑子在摇篮里由噩梦中吓醒，又看见一墙的黑影，更惧怕地哭噱起来。瞎祖母走到摇篮边，抱起受了惊的孩子低声抚慰。

焦　母　（轻轻拍抚孩子）不要怕呀，嗯——嗯——嗯——宝宝梦见了什么呀，嗯——嗯——嗯——。黑子，快回家呀，嗯——嗯。回家睡觉觉呀，嗯——嗯。不要怕呀，嗯——嗯。奶奶一辈子守着小孙孙呀，嗯——嗯。你就是奶奶的小命根呀，嗯——嗯——嗯——。谁也不敢来惹你呀，我的小孙孙，不要怕呀，嗯——

嗯——嗯——。（孩子先还哽咽，渐渐睡着。焦母正要放下孙儿，焦大星由左屋上。他的脸颊微红，神色不安，关上左门，又回顾一下，忽然咳嗽起来）

焦　母　（低声）谁？

焦大星　（喑哑）我，妈。（向焦母走去）

焦　母　（放下孩子）慢点走。孩子刚睡着。

焦大星　（走到摇篮旁边，望望自己的儿子）黑子好一点了么？

焦　母　（摸摸瘦小的头，关心地）小脑袋还是热烘烘的。刚才黑子又不知叫什么东西吓醒了，又嚎了半天。

焦大星　（烦恶地）哭！哭！哭！今天这孩子是怎么回事，简直像是哭我的丧。

焦　母　（又拈起一张黄纸，引起快熄的火）"猛虎临门，家有凶神。"哼，右屋里藏着个狐狸精，左屋躲着个野老虎，童男子眼最灵气，看见了这一对妖魔，魂都吓得离了壳，他怎么不哭？

〔这时左屋有男人学着女人的喉咙，忽而尖锐，忽而粗哑，惨厉地唱着《妓女告状》，一句一句，非常清晰——"初一十五庙门开，牛头马面哪两边排。……殿前的判官呀掌着生死的簿，……青脸的小鬼哟，手拿拘魂的牌……"

〔焦母不安地谛听着。大星坐在方桌旁，凝视土缸里的火焰。

焦　母　你听他又在唱。（低微）你听，他在我们家唱这个。你听！

〔里面幽幽地唱着："……阎王老爷哟当中坐，一阵哪阴风啊，吹了个女鬼来……"

焦　母　大星，他这是咒我们？

焦大星　（替仇虎辩白）他高兴，他多年没见我，今天见着了，多喝两盅，他爱唱什么，就唱什么，您管他这个做什么。

焦　母　哼，他硬说你父亲害了他一家，（低沉地）你还看不出来，他这次回来没有安着好心。

焦大星　妈，您又来了，您先别疑神疑鬼。刚才他跟我说，他住两夜就走。

焦　母　（不信地）就走？

焦大星　他是您的干儿，跟我又是从小的朋友，这次特来看看我们。我

367

们跟人无仇无冤，疑心人家要害我们干什么？

焦　母　你不懂，不用管我。大星，你听。

〔里面又幽幽然唱着："……阎王老爷当中坐，一阵哪阴风啊，吹了个女鬼来……"

焦　母　他老唱这两句，他老唱这两句。

焦大星　虎子现在无家无业，心里别扭，让他唱去。

焦　母　可是他为什么——

〔里面又从头重唱："初一十五庙门开，牛头马面哪两边排，——"

焦　母　你听，他这不是有意地——

〔小黑子又突然大嚎起来。焦母忙走到摇篮边，抚拍着孩子，里面也停止了唱声。

焦　母　（恨恶地）你听，他这是存的什么心，孩子醒了，他也不唱了。（孩子继续地哭嚎）大星，你这做爸爸的也为你的孩子烧点纸，驱驱邪，我再给孩子叫叫。

〔大星不得已立起，走到香桌旁，烧黄钱。焦母在摇篮旁，轻抚哽咽着的孩子。

焦　母　（非常悠远地，似从旷野里传送来的凄厉的声音）回家来——黑子！黑子的魂回家来——黑子！魂快回家——黑子！奶奶等着你睡——黑子！魂回家来——黑子。（孩子又不响，四周静寂，只有盲目的焦母低声呼唤，催眠一般，大星的眼盯着泥缸的火。焦母忽然——）大星，你看看黑子的眼，孩子真睡着了么？

焦大星　（抬起头，望黑子）眼阖上了。（奇怪地）这孩子的睡相怎么这样——怕人——

焦　母　怎么？

焦大星　（低声）——他仿佛死了似的。

焦　母　（贸然）放你的屁！好好的孩子，你咒他什么？（又抚黑子）黑子，你不要怕，你爸爸跟你说着玩呢。你好好在我们家里住着，供你吃，供你住。我们的家就是你的家，黑子，你住着，不要走。

焦大星　可是，妈，您看不见那小脸，眉毛狠命地皱，小嘴向下瘪。(低微)阖上了眼，真像他是——

焦　母　(恐惧地)少胡说，你今天喝多了。(想起来)也怪，刚才吃饭的时候，为什么孩子忽然地大嚷起来？

焦大星　(无神地)不知道。我直望着孩子的眼，孩子仿佛看见了什么东西似的，那么死命地干嚷。

焦　母　(忽然)我看我们赶快送他走。送他走，越早越好。

焦大星　让她就走？

焦　母　嗯。

焦大星　(哀诉地)不，妈！再等一等，您让我想一想。

焦　母　想什么？这个祸害不是早走了早好。

焦大星　可是，她现在家里什么人都没有，您要她立刻走，这……这不是——

焦　母　那我哪管得了，我只求我家里安静。今天是晚了，明天一大清早，就送他上路。

焦大星　妈，我们不能这么办。

焦　母　(冷冷地)大星，那么你要怎么办？

焦大星　妈，您不能这么赶她出去。这次是她做错了，她丢——丢了我——我们的脸，可妈您要现在就送她走，那不是逼着她走那一条路，叫她找她的那——那个人么？(苦痛地)妈，我知道她这次是真心地不——不要脸，不要脸，做了这么一件对——对不起我的事，可是，妈，难道我们就没有一点错么？难道我们——

焦　母　(厉色)混蛋！你想的是什么？你说谁？

焦大星　(犹疑)您说的不是金子？

焦　母　金子！金子！(叹一口气)这个昏虫哟！死都临到头上，这个时候你还是金子金子地想着么！大星，我告诉你，老虎都进了门了，我说的是这屋里的老虎。老虎在你屋里吃饭，老虎在你房里都跟你的——(忽然止住)大星，你今天晚上偏要喝许多酒做什么？

369

焦大星　（没有力气地）嗯，我喝了，妈。
焦　母　叫你不喝你偏要喝，今天是什么鬼催着你，脾气都变了。
焦大星　嗯，我要变变。（把拳头重重地捶在桌上）
焦　母　（温慈地）大星，我的儿子，你过来。
焦大星　（走过去）干什么，妈？
焦　母　大星，你心里难过么？
焦大星　（望望焦母，咬住唇）不，妈。
焦　母　（执大星的手）你是舍不下金子么？
焦大星　（想抽出自己的手，烦恶地）谁说的？妈。（似乎恐怕为人发见了自己的短处，更烦躁）谁说的？谁告诉您的？
焦　母　（明白她的儿子，暗暗刺激他的羞耻心）是，是的，像她这样一个烂货，淫妇，见着男人就要，（觉得大星在一旁神情苦恼，要截断她的话，然而她轻轻拍抚他的手，又慢慢地——）我要是个汉子，她走就走了，不一刀了啦她是便宜！
焦大星　（忽然抽开自己的手，警戒地）妈！
焦　母　（惊愕）大星，你——
焦大星　妈，您告诉我，那个人是谁？那个男人是谁，我得知道，我要知道。自小到大，您什么事都瞒着我，可是现在我是金子的丈夫，那个野种是谁，（迭连在桌上打）是谁！是谁？妈，您连这个都忍心瞒着我么？
焦　母　（半晌，立起，沉重地）大星，你的手发抖。
焦大星　我……我心里有火。（捶胸部）我这里满……满是火！烧得难受。
焦　母　（闭上眼，可怜）孩子，你是一根细草，你简直经不得风霜。
焦大星　可……可（喃喃地）我总应该知道他是谁，他是谁？
焦　母　（真看见了什么）孩子，你的脸怎么惨白惨白的？
焦大星　（恨恶地）妈，您要是疼我，您该告诉我。
焦　母　你的眼睛为什么发直？
焦大星　（回首）怎么，妈，您怎么知道？
焦　母　（摇头）妈瞎了眼，总看得见自己的儿子。可是（回首对大星）大星，你为什么直看着我？又像是怕看着我？

焦大星　（惊怯）妈，没有，没有。

焦　母　（肯定）你是！你是！大星，你现在想着什么？

焦大星　我……我没有想什么！

焦　母　不，大星，你又在瞒着我。我看得见你，我看见你的心，你的心是不是老早就恨我？恨着你的妈？

焦大星　不，妈。

焦　母　（阴沉地）恨着我夹在你们当中，恨我偏把这件事说穿了，叫你不能闭上眼做瞎子。

焦大星　不，妈。我恨，我就恨那一个人。可是您不肯告诉我。

焦　母　你为什么不问金子去？

焦大星　金子着了那个人的迷，她不肯说。

焦　母　她还没有说？

焦大星　（恳切地）那么，妈，您看见了，还是您告诉我！

焦　母　大星，你忘了，我是瞎子。

焦大星　（忽然立起）那么，妈，我要出去。

焦　母　（不安地）快半夜了，你上哪儿去？

焦大星　这屋子我待不下去，待不下去。

焦　母　为什么？

焦大星　（对着墙上焦阎王的像）妈，您来，您快来看！

焦　母　我看？

焦大星　嗯，您看！您看墙上的爸爸都在笑话我。

〔大星由中门跑出。

焦　母　（追着喊）大星！大星！（出中门）大星！

〔左屋里又以男人的粗嗓音低哑地唱起："初一十五庙门开，牛头马面哪两边排……阎王老爷哟当中的坐，一阵哪阴风吹了个女鬼来。"

〔老远有火车轰轰地驶过去。

〔从右屋里，走出焦花氏。焦花氏神色镇静，一绺头发由鬓角边垂下来，眼神提防着人。她提住脚跟，向左屋走。

焦花氏　（低声）虎子！虎子！

371

〔焦母由中门上。

焦　母　（严厉地）金子！
焦花氏　（极力做不在意的样子）干什么？
焦　母　你上哪儿去？
焦花氏　（退回来）我不上哪儿去。
焦　母　金子，（慢慢地）你们预备怎么样？
焦花氏　（吃了一惊）我们？
焦　母　（索性说穿）你跟虎子。
焦花氏　（狠狠地）不知道。
焦　母　你不用装，我知道是仇虎。
焦花氏　我没有装，事做得出来也就不怕知道。
焦　母　金子，他为什么一个人在屋里，不说话也不出来？
焦花氏　（翻翻眼）您问我？
焦　母　虎子心里现在打的是什么主意？他要干点什么？
焦花氏　不知道。
焦　母　（咬住牙）你不知道？你是他肚里的蛔虫，心上的——
焦花氏　（警告地）您说话留点神，撕破了脸我也会跟您说点好听的。
焦　母　（仿佛明白焦花氏为什么忽然强硬，故意地）哦，你大概知道大星刚出门。
焦花氏　嗯。
焦　母　那屋里有虎子。家里就是我一个瞎婆婆，你现在可以——
焦花氏　您别强说反话吓唬人！我知道，我们的命在您手里。
焦　母　金子，（叹了一口气）你为什么不现在就走？
焦花氏　这大夜晚？
焦　母　嗯。
焦花氏　您逼我投奔哪儿去？
焦　母　（有意义地）我随便你！
焦花氏　（觉出来一些）随便我？
焦　母　嗯，（低沉地）你走不走？
焦花氏　不！
焦　母　哼，金子，你，你难道一点人心也没有？

焦花氏　（憎恨地）婆婆，这话要问您呢！

焦　母　（被冲撞，忍下去）好，我现在不跟你斗气，我认头，这次算你胜了。可是，金子，我是个有家有业，有过儿子的人，你没有养过孩子，你猜不透一个做妈的心里黑里白日地转些什么念头。（低声下气）好了，金子，你就看看我的岁数，我这半头的白头发，你说话也就不应该让给我三分？以前就譬若我错了，我待你不好，就照你说的吧，磨你，逼你，叫你在家里不得过。可到了现在，你，你做了这样的事，闹到这步，我们焦家人并没有把你怎么样。难道，到了现在，我们焦家（头不觉转向左屋）有——有了难，你还想趁火打一次劫么？

焦花氏　（盯着焦母）妈，您别绕弯子跟我说话，我金子也不是不明白。"国有国法，家有家规。"这次我做事不体面，可我既然做了，我也想到以后我会怎么样。

焦　母　（暗示地）你知道？

焦花氏　我不是傻子。

焦　母　那么，你说说，你们以后要怎么样？

焦花氏　我们？

焦　母　嗯，你同仇虎，虎子这孩子不能白找我们一趟。

焦花氏　自然，"猛虎临门，家有凶神。"可我怎么一定就知道他要干什么？

焦　母　（劝导地）金子！你虽然现在不愿再做焦家的人，可你总也算姓过焦家的姓。现在仇虎回来，要毁我们，你难道忍心瞪眼看着，不来帮我们一把手。

焦花氏　（冷笑）您要我想法子？

焦　母　嗯，金子，你一向是有主意的。

焦花氏　大路就在眼前，为什么不走？

焦　母　（关切地）什么！你说！

焦花氏　报告侦缉队，把他枪毙。

焦　母　（明白焦花氏的反话，故作不知地）你知道我不肯这么办，虎子到底是我的干儿。

焦花氏　（尖酸地）您的干儿？哦，我忘了，您念了九年《大悲咒》，烧了十年的往生钱。真，大慈大悲观世音，我们焦家的人哪能做这样的事？

焦　母　（忍下去）嗯，这一条路我不肯。

焦花氏　那么，（很正经地）我看，我还是给您问问仇虎的生辰八字好。

焦　母　干什么？

焦花氏　（狠恶地）给您再做个木头人，叫您来扎死啊！

焦　母　（勃然）贱货，死东西，（支起自己）你——（婆媳二人对视一刻，焦母压抑下去）哦，我不发火，我还是不该发火。金子，我要跟你静下气来谈谈。

焦花氏　谈什么？您的儿子还是您的，焦家的天下原来是您的，还是归了您。您还要跟我谈什么？

焦　母　金子，你心里看我是眼中钉，我知道；我心里看你是怎么，你也明白。金子，你恨我恨得毒，可你总忘了我们两个疼的是一个。（焦花氏正要辩一句）你不用说，我知道。你说，你现在跟大星也完了，是不是？可是，金子，你跟大星总算有过夫妻的情分，他待你不错。

焦花氏　我知道。

焦　母　那么，你待他呢？

焦花氏　就可怜他一辈子没有长大，总是个在妈怀里吃咂儿的孩子。

焦　母　好，这些事过去了，我们不谈。现在我求你一件事，你帮帮我，就算是帮帮他，也就算是帮帮你自个儿。

焦花氏　什么，您说吧。

焦　母　一会儿大星回来怎么问你，你也别说虎子就是那个人。

焦花氏　哼，我怎么会告诉他。

焦　母　可是大星见了你必定问，他怎么吓唬你，你也别说。

焦花氏　怎么？

焦　母　（恐惧地）说不定他刚才跑出去借家伙。

焦花氏　什么？（不信地）他敢借家伙想杀人？他？

焦　母　哼！你？他到底还是我的种。

焦花氏 （半信半疑）哦，您说大星，他回来要找——

焦　母 金子，你别装！虎子早就告诉你——

焦花氏 他告诉我什么？

焦　母 哼，我猜透了他的心，他的心毒，他会叫你告诉大星就是他。

焦花氏 您想得怪。

焦　母 怪？他想叫大星先动手找他拼。他可以狠下心肠害——害了他的老把弟，哼，好弟兄！

焦花氏 对了！好弟兄！（森严地）好弟兄强占了人家的地——

焦　母 （低得听不见。同时）什么？

焦花氏 （紧接自己以前的话）——打断人家的腿，卖绝人家的姊妹，杀死人家的老的。

焦　母 （惊恐）什么，谁告诉你这个？

焦花氏 他都说出来了！

焦　母 （颤栗）可是，这并不是大星做的，这是阎王，阎王……（指着墙上的像，忽然改了口）阎王的坏朋友，坏朋友，造出来的谣……谣言。不，不是真的。

焦花氏 （不信地）不是真的？

焦　母 （忽然一口咬定，森厉地）嗯！不是真的。（又软下去）那么，金子，你答应了我！

焦花氏 什么？

焦　母 大星怎么逼你，你也不告诉他是谁。你帮我们也就帮了你自个儿。

焦花氏 帮我自个儿？

焦　母 嗯，你劝仇虎明天天亮走路。你可以跟他走，过去的事情我们谁也不再提。

焦花氏 你让我跟虎子走？

焦　母 嗯，我焦氏让你走。没有钱，我来帮你。

焦花氏 （翻翻眼）您还帮我？

焦　母 嗯，帮你！明天早上帮你偷偷同虎子一块走。

焦花氏 嗯，（斜眼看着她）您再偷偷报侦缉队来跟着我们。

375

焦　母　怎么？

焦花氏　仇虎离开了焦家的门，碰不着你的孙，害不着你的儿，你再一下子抓着两个，仇虎拐带，我是私奔，那个时候，还是天作保，地作保，还是找您婆婆来作保？

焦　母　(狞笑一声)金子，你真毒，你要做婆婆，比瞎子心眼还想得狠。

焦花氏　(鼻子嗤出声音)说句您不爱听的话，跟您住长了，什么事就不想，也得多担份心。

焦　母　可是，小奶奶，这次你可猜错了。我倒也是想报官，不过看见了大星，我又改了主意。我不想我的儿孙再受阎王的累，我不愿小黑子再叫仇家下代人恨。仇易结不易解，我为什么要下辈人过不了太平日子。仇虎除非死了，虎子一天不死，我们焦家一天也没有安稳日子。

焦花氏　所以您才要他死。

焦　母　没有，王法既然不能叫他死，我为什么要虎子一次比一次恨我们呢。所以你金子爱信就信，不爱信也只得信，你现在替我叫虎子来，我自己跟他说话。

焦花氏　可是，您——

焦　母　(改了主意)哦，你别去，我自己来。(向左屋叫)虎子！虎子！

焦花氏　(向左屋，低声)虎子！

焦　母　他不答应。金子，你先回你屋，我一个人叫他。(走到左门前)虎子！虎子！

〔里面虎子的声音：(慢慢地)嗯。

〔仇虎由左门上，出门就望见焦花氏，愣一下。焦花氏指指她的婆婆，叫他小心。他敌对地望了焦母一眼，挥手令焦花氏出门。

焦　母　(觉出虎子已经出来)金子，你进去吧。

焦花氏　嗯。(焦花氏由右门下)

仇　虎　(狠恶地)干妈，您的干儿子来了。

焦　母　(沉静地)虎子，(指身旁一条凳)你坐下，咱们娘儿俩谈谈。

仇　虎　(知道下面严重)好，谈谈！(坐在远处一条凳上)

焦　母　(半晌，突然)刚才你吃饱了？

仇　虎　（摸摸下巴，探视着她）吃饱了！见着干妈怎么不吃饱？
焦　母　虎子！（又指身旁一条凳）你坐下啊！
仇　虎　坐下了。（又望望她）
　　　　〔外面有辽远的火车笛声。
焦　母　不早了。
仇　虎　嗯，不早了，您怎么还不睡？
焦　母　人老了，到了夜里，人就睡不着。（极力想提起兴会）虎子，你这一向好？
仇　虎　还没有死，干妈。
焦　母　（缓和他的语气）话怎么说得不吉利。
仇　虎　哼，出门在外的人哪儿来的这么些讲究？（眼又偷看过去）
焦　母　你来！
仇　虎　怎么？（不安地走过去）
焦　母　你把手伸过来。
仇　虎　（疑惑地）干什么？
焦　母　好谈话，瞎子摸着手谈天，才放心。
仇　虎　哦，（想起从前她的习惯）您的那个老脾气还没有改。（伸手，焦母握住。仇虎顺身坐下，与焦母并肩坐在一条凳上，面对着观众）
焦　母　没改。（凝望前面）
仇　虎　您的手冰凉。
焦　母　（神秘地）干儿子，你闭上眼。
仇　虎　（望着她，猜疑地）我闭上了，干妈。
焦　母　（摇头）你没有。
仇　虎　（睁着眼，故意地）这次您猜错了，我是闭上了。
焦　母　（点点头）瞎子跟瞎子谈心才明白。（忽然）虎子，你觉得眼前豁亮么？
仇　虎　（疑惧地盯着她）嗯。
焦　母　（幽沉地）你瞧见了什么？
仇　虎　（不觉四面望望）我看不见，您呢？
焦　母　（慢慢地）嗯，我瞧见，我瞧见。干儿子，（森厉地，指前指后）我瞧

377

仇　虎　　（察觉她在说鬼话）你老人家好眼力。
焦　母　　可是你猜我还瞧见你什么？
仇　虎　　您还瞅见什么？
焦　母　　（放下手）我还瞅见你爹的魂就在你身边。
仇　虎　　哦，我爹的魂？（嘲弄地）那一定是阎王爷今天放了他的假，他对着他亲家干妈直乐。（"发笑"的意思）
焦　母　　不，不。他满脸的眼泪。我看见他（立起）在你身边，（指着）就在这儿，对着你跪着，叩头，叩头，叩头。
仇　虎　　干什么？
焦　母　　他求你保下你们仇家后代根，千万不要任性发昏，害人害了自己。可是你不听！
　　　　　〔仇虎仰望着焦母捣鬼。
焦　母　　你满脸都是杀气。哦，我看见，雾腾腾，好黑的天，啊，我看见你的头滚下去，鲜血从脖颈里喷出来。
仇　虎　　（憎恨地）干妈，您这段话比我说得还吉利。
焦　母　　虎子！（又拿起仇虎的手，警告地）你看，你的手发烫，你现在心里中了邪，你的血热，干儿，我看你得小心。
仇　虎　　（蓦地立起）干妈，您的手可发凉。（狞笑）我怕不是我血热，是您血冷，我看您也得小心。
焦　母　　虎子，（极力拉拢）你现在学得真不错，居然学会了记挂着我。
仇　虎　　（警戒地）八年的工夫，干妈，我仇虎没有一天忘记您。
焦　母　　（强硬地笑了一下）好儿子！可是虎子，（着重地）我从前待你总算好。
仇　虎　　我也没有说您现在待我坏。
焦　母　　虎子，你看看墙上挂的是谁？
仇　虎　　（咬住牙）阎王，我干爹。
焦　母　　你干爹怎么看你？
仇　虎　　他看着我笑。
焦　母　　你看你干爹呢？
仇　虎　　（攥着拳头）我想哭。

焦　母　怎么？

仇　虎　没有赶上活着跟干爹见个面，尽尽我八年心里这点孝心。

焦　母　（又不自然地笑笑）好儿子！你猜我现在心里盘算着什么？

仇　虎　自然盘算着您干儿。

焦　母　盘算你？

仇　虎　嗯！盘算！（佯笑）说不定您看干儿打着光棍，单身苦，——

焦　母　嗯？

仇　虎　（嘲弄地）您要给您干儿娶个好媳妇。

焦　母　（以为他认真说，得意地笑）虎子，你现在是心眼机灵，没有猜错，（有意义地）我是想送给你一个好媳妇。

仇　虎　（乖觉地）一个好媳妇？

焦　母　（含蓄地）那么，你走不走？

仇　虎　上哪儿？

焦　母　要车有车。

仇　虎　车不用。

焦　母　要钱有钱。

仇　虎　（斩钉截铁）钱我有。

焦　母　（觉得空气紧张）哦，（短促地）那么，你要干妈的命，干妈的命就在这儿。

仇　虎　（佯为恭谨）我不敢，干妈。您长命百岁，都死了，您不能死。

焦　母　（忍不住，沉郁地）虎子，你来个痛快。上刀山，下油锅，你要怎么样，就怎么样。干妈的老命都陪着你。

仇　虎　（眈眈探视，声音温和）干儿没有那样的心。虎子只想趁大星回家，在这儿也住两天，多孝敬孝敬您。

焦　母　（渐渐被他的森严慑住）"孝敬"？虎子，你可听明白，干妈没有亏待你。（怯惧地）你这一套话要提也只该对死了的人提，活着的人都对得起你。

仇　虎　（低幽幽）我也没说焦家有人亏待我。

焦　母　虎子，大星是你从小的好朋友。

仇　虎　大星是个傻好人，我知道。

379

焦　母　他为着你的官司,自己到衙门东托人,西送礼,钱同衣服不断地给你送。

仇　虎　他对得起我,我知道。

焦　母　就说你干妈,我为你哭得死去活来多少次。

仇　虎　是,我明白。

焦　母　你干爹也是整天托衙门的人好好照应你,叫他们把你当作自己亲生的儿子看。

仇　虎　是,我记得。

焦　母　你说话口气不大对,虎子,你这是——

仇　虎　干妈,虎子傻,说话愣头愣脑,没分寸。

焦　母　嗯,(又接下去)就说你的爸爸,死得苦——

仇　虎　(怨恨逼出来的嘲讽)哼,那老头死得可俭省,活埋了,省了一副棺材。

焦　母　(急辩)可是这不怪大星的爹,他跟洪老拼死拼活说价钱,说不妥,过了期,洪老就把你爸爸撕了票。

仇　虎　(强行抑制)我爸爸交朋友瞎了眼,那怪他自己。

焦　母　你说谁?

仇　虎　(改话)我说那洪老狗杂种。

焦　母　真是!干儿!就说你妹妹,她死得屈,十五岁的姑娘,就卖进了那种地方,活活叫人折磨死。

仇　虎　(握着拳)那也是她"命该如此"。

焦　母　可怜那孩子,就说她,怎么能怪大星的爹。大星的爹为你妹妹把那人贩子打个半死,人找不着,十五岁的姑娘活活在那种地方糟蹋了,那可有什么法子。

仇　虎　(颤栗)干妈,您别再提了。

焦　母　怕什么?

仇　虎　多提了,(阴沉地)小心您干儿的心会中邪。

焦　母　(执拗地)不,虎子,白是白,黑是黑,里外话得说明白。我不能叫你干儿心里受委屈。你说你的官司打得多冤枉,无缘无故,叫人诬赖你是土匪。

380

仇　虎　八年的工夫，我瘸了腿，丢了地。

焦　母　是，这八年，你干爹东托人，西打听，无奈天高地远，一个在东，一个在西，花钱托人也弄不出你这宝贝心肝儿子，不也是白费了干爹这一番心。

仇　虎　（狠狠地）是，我夜夜忘不了干爹待我的好处。

焦　母　（尽最后的力气来搬山，吃力地）虎子，就把你家的地做比，你也不能说你干爹心眼坏。是你爸爸好吃好赌，耍得一干二净，找到你干爹门上，你干爹拿出三倍价钱来买你们的地，你爸爸还占了两倍的便宜。

仇　虎　是我爸爸占了干爹的便宜。

焦　母　嗯！（口焦舌干，期望得着效果，说服虎子，关心地）怎么样？

仇　虎　（点点头，不在意下）嗯，怎么样？

焦　母　（疑虑地）虎子！

仇　虎　（斜视）嗯，干吗？

焦　母　（忽然不豫）虎子，我费心用力说了半天，你是口服心不服。

仇　虎　谁说我心不服。（神色更阴沉）

焦　母　那么，你到这儿来干什么？

仇　虎　我说过，（着重地）给您报恩来啦。

焦　母　（绝了望）哦！报恩？（忽然）虎子，我听说你早回来了，为什么你单等大星回来，你才来？

仇　虎　小哥俩好久没见面，等他回来再看您也是图个齐全——

焦　母　（疑惧）齐全？

仇　虎　（忙改口）嗯，热闹！热闹！

焦　母　（仿佛忽然想起）哦，这么说你是想长住在这儿？

仇　虎　嗯，侍奉您老人家到西天。（恶毒地）您什么时候归天，我什么时候走。

焦　母　（呆了半天）好孝顺！我前生修来的。

〔半晌，风吹电线呜呜的声响，像是妇人在哀怨地哭那样幽长。
〔一个老青蛙粗哑地叫了几声。

仇　虎　（仿佛无聊，逼尖了喉咙，声音幽涩，森森然地唱起）"初一十五庙门开，牛

　　　　　头马面哪两边排……"
焦　母　（怕听）别唱了，（立起）你也该睡了。
仇　虎　（望望她，又继续唱）"……判官掌着哟生死的簿……"
焦　母　（有些惶惶然）不用唱了，虎子！
仇　虎　（当作没听见）嗯，"……青面的小鬼哟拿着拘魂的牌……"（仇虎走开）
焦　母　（四周静寂如死，忽然无名恐惧起来）虎子！（高声）虎子！你在哪儿？（四处摸索）你在哪儿？
仇　虎　（冷冷地望着她）这儿，干妈。（更幽长地）"……阎王老爷哟当中坐，一阵哪阴风……"
焦　母　（恐怖和愤怒，低声）虎子，别唱了！别唱了！
仇　虎　"……吹了个女鬼来！"
焦　母　（颤抖，恨极）虎子，谁教给你唱这些东西？
仇　虎　（故意说，低沉地）我那屈死的妹子，干妈。
焦　母　哦！（不觉忽然拿起桌角边那支铁拐杖）
仇　虎　（狞笑）您还愿意听么？
焦　母　（勃然）不用了。（扶着铁杖）
仇　虎　（看见那铁家伙）哦，干妈，您现在还是那么结实。
焦　母　怎么？
仇　虎　您这支拐杖（想顺手抓来）都还用的是铁的。
焦　母　嗯！（觉得仇虎的手在抓，又轻轻夺过来）铁的！（不动声色）我好用来打野狗的。
仇　虎　（明白）野狗？
焦　母　（重申一句）打野狗的。（摸索自己的铁杖，忽然）虎子，可怜，你瘦多了。
仇　虎　（莫明其妙）我瘦？
焦　母　可你现在也还是那么结实。
仇　虎　您怎么知道？
焦　母　（慢慢拿紧拐杖，怪异地）你忘了你在金子屋里踢的我那一脚啦？
仇　虎　（警惕）哦，没有忘，干妈。您的拐杖可也不含糊。（大声狞笑起来）

焦　母　（也大声跟着笑，脸上的筋肉不自然地痉拘着，似乎很随意地）你这淘气的孩子，你过来，干儿，你还不看你干妈脸上这一块伤，——

仇　虎　（防戒着）是，我来——（正向前走——）

焦　母　（忽然立起，抓起铁杖，厉声）虎子，你在哪儿？（就要举起铁杖——）

仇　虎　（几乎同时掏出手枪对她，立刻应声）这儿，干妈。（眈眈望着焦母，二人对立不动。仇虎低哑地，一字一字由齿间迸出来）虎——子——在——这儿，干妈。

〔静默。

焦　母　（敏感地觉得对方有了准备，慢慢放下铁杖）哦！（长嘘一口气，坐下镇静地）虎子，你真想在此地住下去么？

仇　虎　（也慢慢放好枪）嗯，自然。咱们娘儿俩也该团圆团圆。

焦　母　（蓦地又起，森厉地）虎子，不成！（恨极）你明天早上给我滚蛋。

仇　虎　（嘲弄地）这么说，干妈，您不喜欢我？

焦　母　（也嘲弄地）不喜欢你？我给你娶一房媳妇，叫你称心。

仇　虎　娶一房媳妇？

焦　母　嗯，金子，我们焦家不要了，你可以带着她走。

仇　虎　我带她走？

焦　母　嗯。

仇　虎　（疑虑，蔑笑）您好大方！

焦　母　你放心，虎子，你干妈决不追究。

仇　虎　可我要不走呢？

焦　母　（暴恶地）你从哪儿来的，你还回哪儿去。我报告侦缉队来抓你。

仇　虎　抓我？

焦　母　怎么样。

仇　虎　我怕——

焦　母　你怕什么？

仇　虎　（威吓）我怕您——不——敢。

焦　母　不敢？

仇　虎　"光着脚不怕穿鞋的汉。"你忘了我身后跟着多少冤屈的鬼。我虎子是从死口逃出来的，并没打算活着回去。干妈，"狗急还

383

会跳墙",人急,就——我想不用说您心里也不会不明白。

焦　母　哦,(沉吟)那么,我的干儿,你已经打算进死口了。

仇　虎　(坚决)我打算——(忽然止住,改了语气)好,您先让我想想。

焦　母　(聆听)那么,有商量?

仇　虎　(斜眼望着她)嗯,有——商——量。

焦　母　好,我叫金子出来,趁大星没回,你们俩再合计合计。(走到右边)

仇　虎　(嘲讽地)还是您疼我,您连大星的老婆都舍得。

焦　母　金子!金子!(忽然回头,对仇虎)有一件事,你自然明白,你不会叫大星猜出来你们偷偷地一块儿走。

仇　虎　那我怎么会,我的干妈。

焦　母　虎子,你真是我的明白孩子。(回头)金子!金子!金子!
　　　　〔焦花氏由右门出。

焦花氏　干什么?

焦　母　金子,你给我烧一炷香,敬敬菩萨。我到那屋子替虎子收拾收拾铺盖。我还一个人念念经,谁也不许进来,听见了没有?

焦花氏　知道。

焦　母　(走到左门前慢慢移向仇虎所在地)虎子,我进去了,你跟她说吧。
　　　　〔焦母由左门下。仇虎、焦花氏二人望一望,半响。

仇　虎　你知道了?

焦花氏　我知道。

仇　虎　她让我们走。

焦花氏　(不信地)你想有那么便宜的事么?

仇　虎　(神秘地)也许就有。

焦花氏　(低声)虎子,我怕我们现在已经掉在她的网里了。

仇　虎　不会。哼,她送了我一次,还能送我第二次?

焦花氏　(关心地)你——你不该露面的。

仇　虎　(沉痛地)不,我该露面的。这次我明地来不暗地里走。我仇虎憋在肚里上十年的仇,我可怜的爸爸,屈死的妹妹,我这打瘸了的腿。金子,你看我现在干的是什么事。今天我再偷偷摸摸，我死了也不甘心的。

焦花氏　可是（低声）阎王死了。

仇　虎　（狠毒地）阎王死了，他有后代。

焦花氏　可阎王后代没有害你。

仇　虎　（恶狠地望着墙上的像）阎王害了我。（忽然低声，慢慢地）金子，今天夜里，你可得帮我。

焦花氏　（掩住他的嘴）虎子！

仇　虎　怎么？

焦花氏　（由眼角偷望）小心他会听见。

仇　虎　她关了门。

焦花氏　不，他还在这儿。

仇　虎　谁？

焦花氏　（悸声）阎王。（二人回头望，阎王的眼森森射在他们身上，焦花氏惧怖地）哦，虎子，（投在他怀里）你到底想我不想。

仇　虎　（热情地）金子，你——你是我的命。金子！

焦花氏　那么，我们快快地走吧，我不能再待这儿，虎子，我……我现在有点担心，我怕迟了，再迟了要出事情的。

仇　虎　（预言地）事情是要出的。

焦花氏　我知道。可是……也……许，也许要应在我们身上。（忽然，恳切地请求他）虎子，我们什么时候走？虎子，你说，你说！

仇　虎　（沉静）今天半夜。

焦花氏　那么走吧，我们走吧。

仇　虎　（眼闪着恶恨，对前面）不，办完事走！

焦花氏　可——可是晚了呢？

仇　虎　现在跑出去也没有火车。

焦花氏　火车？

仇　虎　嗯，我们办完事就走。外面下大雾，跑出去，谁也看不见，穿过了黑林子……

焦花氏　（有些怯）那黑树林？

仇　虎　嗯，黑树林，也就十来里地，天没亮，赶到车站，再见了铁

385

道，就是活路，活路！

焦花氏　（半燃希望）活路！

仇　虎　嗯，活路，那边有弟兄来接济我。

焦花氏　那么，我们走了，（盼想燃着了真希望）我们到了那老远的地方，坐着火车，（低微地，但是非常亲切而轻快地）"吐——兔——图——吐——吐——兔——图——吐——"（心已经被火车载走，她的眼望着前面）我们到了那黄金子铺的地——

仇　虎　嗯，（只好随声）那黄金子铺的地。

焦花氏　（憧憬）房子会走，人会飞……

仇　虎　嗯，嗯。

焦花氏　大人孩子天天在过年！

仇　虎　嗯，（惨然）天天过年！

焦花氏　（抓着虎子的手）虎子！

仇　虎　（忽然）不，你别动！

焦花氏　干什么？

仇　虎　你听！

焦花氏　什么？

仇　虎　有人。（低声）有人！

〔二人急跑至窗前。

焦花氏　谁？谁？（谛听，无人应）没有！没——有。（望仇虎）今天你怎么？

〔这时窗外的草原上有"布谷"低声酣快地叫。

仇　虎　（不安地望望）奇怪，我总觉得窗户外面有人，外面有人跟着我。

焦花氏　（安慰他）哪里会？哪——里——（渐为"布谷"叫声吸住）你听！你听！

仇　虎　（抓起手枪）什么？

焦花氏　不，不，不是这个。你听，这是什么！（模仿"布谷"的叫声）"咕姑，咕姑！""咕姑，咕姑！"

仇　虎　哦，（笑了笑）这个！它说："光棍好苦，快娶媳妇。"

焦花氏　（露出笑容，忘记了目前的苦难，模仿他）不，他说："娶了媳妇，更苦更苦。"

〔二人对笑起来。

焦花氏　（愉快后的不满足）以后我怕听不见"咕姑，咕姑"啦。
仇　虎　（诧异）为什么？
焦花氏　（愉快地）我们不是要走了么？
仇　虎　（忽然想起）嗯，走，对了。（阴郁地）可是今天半夜——
焦花氏　（脸上又罩上一层阴影，恐怖地）今——天——半夜——？（叹一口气）
仇　虎　怎么？
焦花氏　（哀诉地）天，黄金子铺的地方这么难到么？
仇　虎　你说——
焦花氏　（痛苦地）为什么我们必得杀了人，犯了罪，才到得了呢？
仇　虎　（疑心）金子！你——你已经怕了么？
焦花氏　（悲哀地）怕什么？（忽然坚硬地）事情做到哪儿，就是哪儿！
仇　虎　好！（伸出拇指）汉子！
焦花氏　还有多久？
仇　虎　（仰天想）我想也就只有两个钟头。
焦花氏　（低微地）两个钟头——时候是容易过的。
仇　虎　（疑虑，想试探她）可万一不容易过呢？
焦花氏　（抓着仇虎的手）虎子，我的命已经交给你了！
仇　虎　（被感动）金子，你——（眼里泛满了泪水）我觉得我的爸爸就在我身边，我的死了的妹妹也在这儿，她——他们会保佑你。
焦花氏　可是（吁一口气）为什么今天呢？
仇　虎　怎么？
焦花氏　（同情地）可怜，大星刚回来。
仇　虎　（阴沉地）嗯，等的是今天，因为他刚回来！
焦花氏　（嗫嚅）可是，虎子，为——为什么偏偏是大星呢？难道一个瞎子不就够了吗。
仇　虎　不，不！死了倒便宜她，（狠狠地）我要她活着，一个人活着！
焦花氏　（委婉地）不过大星是个好人。
仇　虎　（点头）是的，他连一个蚂蚁都不肯踩。可——（内心争战着）可是，哼，他是阎王的儿子！

387

焦花氏　（再婉转些）大，大星待你不错，你在外边，他总是跟我提你，虎子，他是你从小的好朋友，虎子！

仇　虎　（点头）是，他从前看我像他的亲哥哥。（咬住嘴唇，忽然迸出）可是现在，哼，他是阎王的儿子。

焦花氏　（耐不下）不，仇虎！不成，你不能这样对大星，他待我也不错。

仇　虎　（贸然）那我更要宰他！因为他——（低沉，苦痛地）他是阎王的儿子。

焦花氏　（忽然）那你现在为什么不动手？为什么不！

仇　虎　（挣扎，慢慢地）嗯，动手的，我要动手的。（点头）嗯，我要杀他，我一定杀了他。

焦花氏　（逼进一层）可是你没有，你没有，你的手下不去，虎子。

仇　虎　（极力否认）不，不，金子！

焦花氏　虎子，你说实话，你的心软了。

仇　虎　（望着空际）不，不，我的爸爸，（哀痛地）我的心没有软，不能软的。（低下头）

焦花氏　（哀恳地）虎子！你是个好人！我知道你心里是个好人，你放了他吧！

仇　虎　（慢慢望着前面，幽沉地）金子，这不成，这——不——成。我起过誓，我对我爸爸起过誓，（举拳向天）两代呀，两代的冤仇！我是不能饶他们的。

焦花氏　（最后的哀求）那么，虎子，你看在我的分上，你把他放过吧！

仇　虎　（疑心）看在你的分上？

焦花氏　（不顾地）就看在我的分上吧！

仇　虎　（忽然狞笑，慢慢地）哦，你现在要帮他说话啦？

焦花氏　（惊愕，看出仇虎眼里的妒恨）你——你为什么这么看我？你——

仇　虎　（蓦地抓住她的臂膊，死命握紧，前额皱起苦痛的纹）你原来为——为着他，你才——

焦花氏　（闭目咬牙，万分痛楚）你放开，虎子，你要掐死我。

仇　虎　（放下手，气喘，望得见胸间起伏，他抹去额上的汗，盯着她）你原来为着他，你才待我这样。现在你的真心才——才露出来。

焦花氏　（望着他）你怎么这样不懂人心？

仇　虎　不懂？

焦花氏　（忽然，真挚地）难道我不是人么？掐了我，我会喊痛；扎了我，我会说痒；骂了我，我会生气；难道待我好的人，我就对他没有一点人心？在他面前，我跟你说，不知为什么我真是打心窝里见着他厌气，看不上他，不喜欢他，可是背着他替他想想，就不由得可怜他，（轻微而迅快）唉，没法办他，（怜悯地笑）有时还盼着我走后还有个人来，真疼他。（看仇虎）哼，跟他做白头夫妻，现在说什么我也不干，可是像你说的，眼睁睁地要他——你想，我怎么忍心！你——虎子，你难道忍心？

仇　虎　（叹一口气）是，金子，你的话不错。大星看我是他的好朋友，什么事都不瞒。我就是现在，他对我也还是——（停止，忽然）哼，不是为着他那副忠厚的脸，哦，前两个钟头，我就——

焦花氏　（拉住仇虎的手）那么，我们先走吧，还是把他——

仇　虎　不不，那——我仇虎怎么有脸见我这死去的老小。不，不成！那，那太便宜阎王了。

焦花氏　（废然）虎子，那你怎么办呢？

仇　虎　（沉思着）我现在想，想着怎么先叫大星动了手，他先动了手，那就怪不得我了。

焦花氏　（惊愕）什么？你叫他先——先来害——害你？

仇　虎　嗯。我知道我一手就可以把他像小羊似的宰了。可是（叹一口气）我的手就——就下不去。

焦花氏　（想着仇虎说的话，惧怕地）可是，虎子，万一你不成，你叫他先就——

仇　虎　（摇头）那不会的，你放心，那不会的。

焦花氏　（忽然大怖，抱着仇虎，躲在他的怀里）不，那不成，虎子，万一，我的虎子，你——那我就太可怜了。

仇　虎　（一面安慰，一面推开她）别，别，别。金子，别这样。（忽然）金子，你听。

焦花氏　什么？（倏地推开他）

仇　虎　　有人！

焦花氏　（惧怕地）不会是大星！

仇　虎　　我们看！

〔中门开启，焦大星上。大星有些张惶，左右探望，妒恨在胸里燃烧，眼睛布满红丝，头发散乱，声音有些哑，现在总觉得人背后讪笑他，似乎事情已经由焦花氏报复似的乱说出来。他望着焦花氏，是恨恶，是爱慕不得的痛苦，两种心情在他心里搅动着，使他举动神色都有些失常。他望着屋内两个人一丝不动，他沉郁地立在门口，胸前藏着一把刀，见着焦花氏不自主地手摸上去。自己又仿佛觉出自己在做着怪异的举动，他又把手垂下来，望着这两个口悸目呆的人，自己似乎笑，又像哭的样子。仇虎望见他，本能地把手又放在那搁放枪的口袋里。

焦大星　（对仇虎）哦，原来你们两个在这儿。

仇　虎　　（望焦花氏，不语）

焦大星　（望着焦花氏）妈呢？

焦花氏　在她屋里。（低下头）

焦大星　（疑惑）你跟虎子谈些什么？

焦花氏　不谈什么。

焦大星　（跌坐在方桌旁，长呼出一口气）唉！（望着仇虎一肚子的苦痛）虎子，（觉得焦花氏在旁望着他）拿酒来！

焦花氏　（劝诫地）大星！

焦大星　拿酒来！

〔焦花氏由香案后取出酒瓶，放在桌上

焦花氏　（不安地）仇大哥，（暗告他）大星喝多了，您多照应着他一点。

仇　虎　　（点点头，眼睛关照她）不要紧，弟妹！

焦花氏　（盯着大星）大星，我走了。

焦大星　（望望焦花氏，没有答声）

仇　虎　　您——您去吧，弟妹。

〔焦花氏由右门下。

焦大星　（待她出去）虎子，你先坐下。（还没有待仇虎坐好，忽然）虎子，你刚才那么看我做什么?

仇　虎　（镇静）我没有。

焦大星　（以为焦花氏对仇虎诉委屈，把方才的丑事漏露出一些。疑忌地）那么，你看她做什么?

仇　虎　（吃了一惊）我看她?（沉重）你说弟妹?怎么?

焦大星　（苦痛地抓着自己的前额）哦，我的头，头里面乱哄哄的。（倒酒）虎子，刚才，我走了，我的妈跟你没谈什么?

仇　虎　（望望阎王的像，决然）嗯，谈谈，谈你，谈我，还谈到金子!

焦大星　（触了电）哦，金子!（立起）她说什么?她告诉你什么?

仇　虎　（不得已）什么事?

焦大星　（手在空中苦痛地乱绕，嗫嚅）金子，金子，她——她——（看见仇虎的脸没有反应）那么，她没有跟你提——提到金子今天在她屋里，在她屋里，她——（忍不住，扑在桌上低叫）虎子，你说她……她……她会对我这样，做……做出来这样的事!你说，（敲着自己的头）我怎么办?我怎么办?

仇　虎　（慢慢地）什么，你说什么?

焦大星　（望着仇虎，挥挥手，羞惭地）没有什么，没有什么，我喝多了。（又喝一杯）

仇　虎　大星!喝酒挡不了事情。

焦大星　我知道。可是你不明白，我刚才一看见她，我心里难过发冷，仿佛是死就在我头上似的。

仇　虎　（惊异）为什么?

焦大星　（嘘出一口的酒气）也——也说不上为什么。（忽而，偷偷地）喂，你看见刚才金子看我的那个神气么?

仇　虎　（低下头）没有看见。

焦大星　她——（低声）她看着我厌气，我知道。

仇　虎　为什么?

焦大星　娶了她三天，她忽然地跟我冷了，我就觉出来是怎么回事，我不敢说。我总待她好，我给她弄这个，买那个，为她吃了许多苦。今天她，她居然当——当面跟我说，说她现在另外有一个

人……她要走！（拍着桌子，辛酸地）这太——太难了，太难了。（倒酒）

仇　虎　（激动地）大星，该动手就动手，男子汉，要有种！

焦大星　没有种？（放下酒瓶，望仇虎，七分酒意）你看看我是谁！

仇　虎　（低沉地）你是谁？

焦大星　（指着墙上的像）阎王的儿子。

仇　虎　那么，你预备怎么样？

焦大星　我要把那个人找出来。

仇　虎　找出来你怎么样。

焦大星　我要（倏地取出尖刀，低沉地）杀了他！（插在桌上，举起酒杯）

仇　虎　大星，你放下酒杯！

焦大星　（不懂）干什么？

仇　虎　（大声）你放下！（阴沉地）你看看我看看我是谁。

焦大星　（放下酒杯，打量仇虎）你是谁？

仇　虎　（点头）嗯。

焦大星　（坦白地）你是我的——好朋友。（看了半天，恍然明白）哦，虎子，你要帮我；你想帮我来抓他，是不？你怕我动不下手，你怕我还是从前那个（嘲弄自己）"窝囊废"，（更痛恨地）还是那个连蚂蚁都怕踩的"受气包"？哼，这次我要给金子看看，我不是，我不是！我要一刀——你看，我要叫她瞧瞧阎王的种。

仇　虎　可是，大星，你没有明白——

焦大星　（感激地）我明白，我明白。虎子，我们是（用手比高矮）这么大的朋友，你是个血性汉子，我知道。吃了官司，瘸了腿，哼都不哼，现在你自己的事都没有完，又想把人家的事当作自己的管。

仇　虎　（不忍再往下说）我，我，大星——

焦大星　你吃了官司，我爸爸只让我看了你两次，再找你，你就解走了。上十年找不着你。今天见了你，你还是我的热诚哥儿们。可是虎子，许你待你老弟好，就不许你老弟也有点心么？虎子，这是我的一件丢——丢人的事，我不愿意别人替我了（"了"

作"了结"解）。不过我找着他，万一对付不了他，我不成了，虎子，我死后你得替我——

仇　虎　　嗯——可是——

焦大星　那你不用说，我知道。万一我有了长短，虎子，我——

仇　虎　　可你应该认认他是谁？你……你为什么不问问金子！

焦大星　（恨恨地）金子护着他，不肯说，不过我一会儿还要问她，她不说，一会儿白傻子会告诉我的。

仇　虎　　什么？你刚才找了白傻子？

焦大星　我托人找了他，他就来。白傻子回头跟我一同去找，傻子认识他。

仇　虎　　哦，（沉吟）他什么时候来？

焦大星　就来。

仇　虎　　来了呢？

焦大星　就走。

仇　虎　　那么，你喝多了，糊涂了。

焦大星　糊涂了？

仇　虎　　事情用不着那么费事，你不明白。

焦大星　（不信地）那么，你明白？

仇　虎　　嗯。

焦大星　你说说。

仇　虎　　（斜看桌上插着匕首）你先把这个要脑袋的家伙收起来，这么搁着我看着有点胆战，说不出话。

焦大星　（望着觉得仇虎开玩笑，也笑出来）唏，笑话！（顺手把匕首放在腰里）

仇　虎　　笑话？好，就当作笑话说吧。可是这个笑话不一定叫你笑。（忽然严肃地说）这个笑话，（长嘘出一口气）大星，咱哥儿俩先得喝它一盅热烧酒。（拿起酒杯）这盅酒喝下去，你我的交情，（拍大星的肩）大星……

焦大星　（莫明其妙，拿起酒杯）怎么？

仇　虎　　好，也像这酒似的，（手势做出流入肚里，蒸发化成了乌有）变成什么就算什么吧。大星，干！

焦大星 （不知用意所指，低微）干！
仇　虎 大星，从前有一对好朋友，一小就在一处，就仿佛你我一样。
焦大星 哦，也一兄一弟？
仇　虎 嗯，一兄一弟！两个都是好汉子。偏偏那小兄弟的父亲是个恶霸，仗势欺人，压迫好百姓。他看上那老大哥的父亲有一片好田产，就串通土匪，硬把老大哥的父亲架走，活埋，强占那一大片好田地。
焦大星 你说的是谁？
仇　虎 你先听着！后来那小兄弟的父亲生怕那死人的后代有强人，就暗暗打通当地的官长，诬赖死人的儿子是土匪，抓到狱里，死人的女儿就由他变卖外县，流落为娼。
焦大星 可是那个朋友，小兄弟呢？
仇　虎 他不知道，他是个"傻子"，叫他父母瞒哄，满不知情，那老大哥自然也就不肯找他。
焦大星 你……你说的跟，跟我们现在的事有什么关系呢？
仇　虎 你慢慢地听啊！后来那个老大哥不要性命，逃回来了，瘸了一条腿，（大星不觉望着仇虎的腿）嗯，就像我现在的腿一样。
焦大星 他怎么跑得回来？
仇　虎 唉！两代的冤仇在心里，劈天，天也得开。他要毁他仇人一家子。
焦大星 （猜不出用意）不要朋友了。
仇　虎 （低愤）朋友？世界上什么东西叫朋友？接二连三遭遇了这样的事，在狱里活受快上十年，上十年的地狱呀！他什么心都死了。他回来心里就有一个字。
焦大星 （为仇虎的热情吸住）什么？
仇　虎 恨！他回到那个老地方，他忽然看见他从前下了定的姑娘也嫁给他仇人的儿子。
焦大星 就那个小兄弟？
仇　虎 嗯。
焦大星 （纯真地）你这笑话越说越不像真的。

仇　虎　（翻翻眼）谁说不是真的？

焦大星　那么，那个小兄弟怎么能要她？

仇　虎　（冷冷）他不知道！

焦大星　怎么，他又不知道？

仇　虎　是啊，（望着大星）我也奇怪呢！可是他妈看他是个奶孩子，他爸当他是个姑娘。（望望大星耳上的环子，大星不自主地摸着耳环）他媳妇也不肯把真事告诉他，因为他媳妇从那天嫁他起就看不上他，嫌他。

焦大星　（同情地）什么，她也嫌他。

仇　虎　嗯，你听，那回来的人看见这小媳妇第一天，嗯，第一天，（狠心）就跟她睡了！

焦大星　什么？就……就那朋友？

仇　虎　（进出）朋友？朋友早没有了！朋友就是仇人，我告诉你，（感情沸腾，激动得几乎说不成话）他的心只有恨，他专等着他那小兄弟等了十天，他想着一刀——（迅疾地）那家伙回来了，（望着大星）两个人见了面，可是那家伙（疯狂地）是个糊涂虫！他朋友把他的媳妇都——都睡了，他还不明白，他还跟他讲朋友，论交情，他还——

焦大星　（立起，倚着桌角，愤急）什么，你——

仇　虎　（握紧拳头，狠毒地）大星，我跟你说，我仿佛就是那个老大哥，你仿佛就是——

〔焦花氏由右屋跑出来。

焦花氏　虎子，别说了，（指大星）他，他——

焦大星　（眩惑）怎么，你……是你！虎子！

仇　虎　（盯着他，阴沉地）你看明白了没有。

焦大星　不会的，不会的。金子，（抓着她的肩膀，摇撼）你说，你说，是他么？

焦花氏　（望着大星，不说话）

〔外面白傻子在喊"焦大妈！焦大妈！"打着灯笼由中门跑上。

白傻子　大妈！大妈！有人找你！（直向左屋跑）

焦大星　（一把抓住白傻子）狗蛋，你为什么早不来？你看，（指仇虎，颤抖）是——是他么？

白傻子　（望见仇虎，奇怪又在此地碰见他，仿佛遇着了老朋友，先惊后喜，张着大嘴）哦，是"漆叉卡叉"呀，是，就是他！（说完回头向左屋）焦大妈，焦大妈！（由左屋下）

〔半晌。

焦大星　（忽然举出匕首）虎子，你——

仇　虎　（防备）大星，你先来吧。

焦花氏　（靠着仇虎）大星，你——你放下刀。

焦大星　（由牙齿间迸出）金子，你，你会喜欢他！

焦花氏　嗯，（横了心）我喜欢他，我就喜欢他这一个。（闭上眼，等仇虎动手）

焦大星　（中了创伤）哦，金子，把刀给他吧。你这一句话比用刀刺了我还厉害。

仇　虎　（不由得）大星！

焦大星　（挥挥手，对仇虎）你——你先给我出去。（颓然坐在凳上）

〔白傻子由左屋出。

白傻子　（摇着头，诧异地）焦大妈，不——不在屋。

仇　虎　咦，她刚才还在屋里。

白傻子　（摇头）没！没有。

仇　虎　干什么？

白傻子　（怯惧地）不，不干什么。

仇　虎　你说！

白傻子　有！有人找她。

仇　虎　谁。

白傻子　他不叫我告诉你。

仇　虎　你跟我来。（拉着白傻子，一同由中门下）

〔半晌。

焦大星　你——你现在还有什么说的。

焦花氏　（失望的神色）没有。

焦大星　金子，你现在想怎么样吧。

焦花氏 （呆若木石）想走。

焦大星 （忽然立起）怎么，你想走？金子。（拉她的手）

焦花氏 （一个人面向大星，她更怨望，更厌恶，大星的手碰着她，有若生了癞疮一样，她喊起）你——你别碰我。

焦大星 （吃了一惊）你怎么？

焦花氏 我厌气！（忽然）你刚才为什么不动手！

焦大星 金子！

焦花氏 你这个"窝囊废"！

焦大星 哼，你不要装，你心里喜欢。

焦花氏 我不，我不。（低低地）那个时候，我横了心，你还不先动手，先动手——

焦大星 （有一线希望便想汲起已失的爱恋）金子，那么方才你说的话是假的。

焦花氏 （憎恨地）假的，天是假的，地是假的，你的媳妇跟人家睡了觉会是假的？

焦大星 （痛苦万分）哦，你这不要脸的贼东西，狐狸精。（拿起匕首，向她来）

焦花氏 （昂头）你杀。你杀，你杀不下去，你不是你爸爸的种。

〔大星走到她面前。

焦大星 （恶狠地举起匕首，睁圆了眼）金子，你看错了我。你看，（向下刺）我这一下子——

焦花氏 （觉得情形可怖，本能地用手挡着他的腕。但是已经破了手背，流出血，喊出）你真——（推开他的腕，跑）

焦大星 （脸上冒油）我真——（追去）

〔焦花氏围绕方桌躲，大星在后面赶。

焦花氏 （一面跑，一面喊）虎子，虎子！

焦大星 （一面追，一面说）你跑不了，他走了，他不要你了！

〔大星把焦花氏逼到墙角，抓着焦花氏。

焦花氏 （狂喊）虎子！虎子！

焦大星 （额上跳起青筋）你——你还喊他！你还喊——他！（举起匕首，向下——）

焦花氏 我，我的大星，你真忍心把我——（闭上眼）

397

焦大星　（俯视焦花氏的脸，下不了手，哀怜地摇头）哦，金子，是你真忍心。（慢慢把匕首平放在自己的胸前）你——你怎么这样待我？你怎么忍心做出这样的事情。

焦花氏　（慢慢睁开眼）大星，你怎么了！

焦大星　（又举起匕首，焦花氏又闭上眼）我要把你的心一刀——（忽而颓然放下刀。焦花氏望着他。哀求地）哦，金子，我求求你，你不能这样没有良心。

焦花氏　（明白他到底是那么一个人）怎么？

焦大星　（乞求地望着她）你别走。

焦花氏　我是你的媳妇，我能上哪儿去？

焦大星　我说你的心别走。

焦花氏　哦，你要——

焦大星　金子，你说成不成？金子，你不应该做出这样的事，我待你不错。金子，我求求你，过去的我不提了，你答应我，你同那个，你同他从现在起就算完，完了。

焦花氏　完了？

焦大星　嗯，完了，我明天打发他走，就当没有这么一件事。金子，我什么都可以依着你。你要衣服，我给你从城里买；要首饰，我可以托人带；你要钱，我的钱都交给你。

焦花氏　嗯，可是——

焦大星　你不知道我没有你，我没有你就是什么都没有。你不能跟我三心二意的。你说妈不好，我们想法，我们想法子。我——我可以叫她不跟你找别扭。我，我可以跟她闹。哦，我可以不理她。哦，你再不成，我们就一块走。我跟她分！分开了过都可以的。

焦花氏　可是（绝望地）你要了我，你图什么呢？

焦大星　嗯，我……我要你，你不知道我多么——

焦花氏　可是你要我干什么，我在这儿苦，我苦你不也苦，你苦，我不是也苦么？

焦大星　那么，金子，你不肯听我的。

398

焦花氏　我不是不听你的。我是替你想。我知道,你丢不开你的妈,你妈也丢不开你。你妈跟我,你明白,是死对头。今天妈为着我跟你吵,明天我为着妈也跟你吵,这么,白日夜里,她恨我,我恨她,你在中间两边讨不着好,不也太苦了么?

焦大星　那么,你一定要走?

焦花氏　我没有说。

焦大星　(痛苦地)你一定要跟他走。

焦花氏　我……我没有。

焦大星　(怨望地)你骗我。

焦花氏　(没有办法)我没有。

焦大星　(坚执)你打心里说,我要你打心里说,你对我怎么样?你别再骗我。

焦花氏　你要我从心里说。

焦大星　(烦絮地)告诉我你对我怎么样?你对我怎么样?对我怎么样?怎么样?怎么样?

焦花氏　你要我说?

焦大星　(坚执地)嗯。

焦花氏　那么,(望着大星)我爱你,我疼你。我恨不得整天搂着你,叫你;拍着你,喊你;亲你,舐你。我整夜把你放在怀里抱着你,把你搁在嘴里含着你,一年三百六十天,天天从早到晚都忘不了你,梦你,想你,念你,望你,盼你,说你,讲你……

焦大星　(拍着桌子)别说了,别说了!金子!

焦花氏　你现在听着舒服了吧。

焦大星　(望着前面)哦,天哪!为什么一个男人偏偏非要个女人整天来苦他呢。

焦花氏　问你呢。可我要是你呀——

焦大星　怎么,金子!

焦花氏　我一定把女人杀了。

焦大星　(绝望,摇头)那你不是男人。

焦花氏　那么就不理她,让她走。

399

焦大星　让她走？不，不成，金子，你不能走。你还有个孩子，没了妈的孩子。

焦花氏　那孩子不是我生的。

焦大星　那么，金子，你还有我。我要你，我是你的（咽气）爷儿们，你不能走。

焦花氏　爷儿们不是我挑的。

焦大星　那么，你不怕人说你，骂你，日后官来抓你。

焦花氏　不用讲了，你要不让我走，你还是像刚才，你拿刀来，我人还可以不走。可你不能整天拿家伙来逼我，所以我早晚还是要走的。大星，我是野地里生，野地里长，将来也许野地里死。大星，一个人活着就是一次。在焦家，我是死了的。

焦大星　那么，你什么都不顾，什么都不想了？可是金子，你总应该想想我待你这一点恩情，我待你不错，你总知道。

焦花氏　（点头）我知道。

焦大星　那么，我再求你一次。（肃穆地）这次，金子，我跪着来求你。金子，你长得这么好，你的心里总该也不能坏，你不能一点心都没有。你看，（跪下，沉痛地）我这么大的人在你面前跪下，你再想想，你刚才做了什么事，你做了妇道万不应该做的事。可是，金子，我是前生欠了你的债，我今生来还，我还是求你，求你千万不要走。你做的，我都忘了，虎子对不起我，我也忘掉，我给他钱，让他走。现在就看你，就看你！

焦花氏　不，你起来。

焦大星　（立起）怎么样。

焦花氏　（坚决）不！

焦大星　（哀痛地求她）不过，金子，你怎么会看得上他。那个丑——丑八怪，活妖精，脑袋像个大冬瓜，人像个长癞的活蛤蟆，腿又瘸，身子又——

焦花氏　那你不用说，我都知道，我喜欢他，我还是要跟他走的。

焦大星　什么，你还是跟他走？

焦花氏　嗯。

焦大星　为什么？

焦花氏　他待我好。

焦大星　（呆滞）哦！就十天？

焦花氏　（横了心）十天我已经离不开他。

焦大星　（机械地）离不开他？

焦花氏　嗯！

焦大星　（忽然疯狂地）那么，只要你在这儿，我可以叫他来，我情愿，我不在家的时候，你……你……可以跟他——（说不下去）

焦花氏　（阴郁）什么？

焦大星　为……为着你，我……情愿！

焦花氏　（爆发）你放屁！

焦大星　怎么！

焦花氏　（恨恶到了极点）你当我是个猪啦，你这个天生的王八！

焦大星　什么？

焦花氏　你这个死乌龟！

〔大星一掌掴在焦花氏的脸上。

焦大星　你！（望着焦花氏，满眼眶的泪。闭上眼，泪水流下来，痛恨自己）我太爱你了。你真不配。（睁开眼）好，金子，你想跟他走么？你走吧。

焦花氏　（不动声色）怎么样？

焦大星　我杀了他！

焦花氏　你不敢。

焦大星　我干不了，侦缉队会干了他的。

焦花氏　什么，你告了侦缉队。

焦大星　嗯，（故意咬定）告了。

焦花氏　（恨恶地）可是我们总会离开这个门的。

焦大星　嗯，只有一个法子。

焦花氏　什么？

焦大星　你们先害死我！

〔焦母由左门上。

焦　母　你们在这儿又喊喳什么？

焦花氏　（惊怪焦母由左门出）咦，您不是不在屋里么？
焦　母　谁说我不在屋里？屋里没有第二个门，我上哪儿去？
焦花氏　您没有瞅见狗蛋进去找您。
焦　母　狗蛋，哦！
焦花氏　嗯？
焦　母　虎子呢？
焦花氏　刚出去。
焦　母　谁叫他出去啦？谁放他出去啦。
　　　　〔仇虎由左门上，焦花氏、大星吃了一惊。
仇　虎　（狡黠地）没有出去，干妈，我也在屋里呢。
焦　母
焦花氏　（同时）怎么？
仇　虎　我刚才从外边回来，正看见干妈也在外边，正在爬着屋里的窗户进来，我想，老的都不嫌费事！小的怕什么麻烦，我也就爬着窗户进来了。
焦　母　哦，那么，（不自然地）也好，就让你在我屋里，我在外边，金子，你把被都弄好了么？
焦花氏　嗯。
焦　母　那么，你们都进屋睡去吧。
　　　　〔白傻子由中门忙跑进。
白傻子　大妈，大妈。
焦　母　怎么？
白傻子　常五，常五！
焦　母　不用说了。
白傻子　（怯惧地）他——他又要找您出来。
仇　虎　（明白一半）常五？
　　　　〔孩子哇的一声又从梦里大嚎起来。
焦　母　去！去！你们睡吧！睡吧！孩子又叫你们吓醒了。
　　　　〔焦花氏与焦大星入右屋，仇虎入左屋。
焦　母　（对着狗蛋）滚！这傻王八蛋！

〔光渐暗，舞台全黑。十秒钟后，舞台再亮，已经过了一小时，正是夜半。焦家的人都睡了，由左屋里传出仇虎的鼾声，右屋里大星睡着了，不断因为梦着噩梦，低低呻吟着。台上方桌的油灯捻下去，屋里更暗了，神前的灯放射昏惨惨的暗光。在黑影里焦母坐在一张凳上，拍抚着孩子。旁边搭好一张狭木板床，上面铺着被褥。焦母心里有事，方才躺在床上，又起来。外面有低低唱着的"布谷"，清脆而愉快的，但是只叫了一刻又不叫了。空中轻微地振动起辽远的电线可怖的呜呜声响。

焦 母　（谛听着左面的鼾声，一面拍着孩子）嗯！——嗯，小黑子睡觉觉。嗯——嗯——嗯。（声音更低）睡呀——睡觉觉，嗯——嗯——嗯。（立起，耳伸向左面仔细听，走两步，口里还在——）嗯——嗯——嗯。

〔中门外有人低低敲门。

焦 母　（摸到中门前）谁？

〔外面人声：我——常五。

焦 母　进来。

〔常五进，披着一件黑衣服，手提着红灯笼。

焦 母　（低声）慢点。

常 五　（怯惧地，指左边）怎么虎——虎子睡着了么？

焦 母　你听？

常 五　（听见鼾声甚熟，快慰地）他睡死了。

焦 母　（红灯反照着她的阴森森的脸）怎么样？

常 五　（回头望望）我已经报了队上。

焦 母　这次你真去了？

常 五　自然是，他——他们说就来。

焦 母　就来？

常 五　（讨好地）就来！（忽然贪鄙地）可是焦大嫂，那悬——悬的赏，那一百五十块钱。

焦 母　都归了你。

常 五　（想不到）您，您不要？

焦 母　嗯，（阴沉地）赶快只要早除了我心上这一块祸害。（忽然）怎么，

403

怎么队上还不见人来呢。

常　五　快——快了。他们说人少，办不了他。他们说顶好是个死的。省得费事。

焦　母　（忽然闪出一个主意）什么？死的他们也要？

常　五　队上说的，"死活一样"！打死他，不偿命。可是（吝啬地）死的就——一百块。

焦　母　（咬紧牙）哦，打死不偿命！

常　五　（不明白）怎么？

焦　母　常五，你先跟我出去。

常　五　出去。

焦　母　看看人来了没有？

〔常五与焦母由中门下。焦花氏由右门持烛火进，她穿一身血红色的紧身，头发散乱，眼里闪出惧人的凶光，她把手里的小包袱放在案上。慢慢走到左门旁，忽然打了一战，她回首向中门望去。正在这时，仇虎由左门出来，上身没有衣服，胸前黑茸茸的，筋肉紧张地暴出来。宽大的"腰里硬"斜插着半裹了红布的手枪，他一手拿着蓝布褂，一手轻轻向焦花氏肩上拍去。

仇　虎　（低声）嗯！

焦花氏　（吓得几乎叫起来，回头）啊！是你，可吓死我。

仇　虎　（急迫地）把蜡烛吹灭。

焦花氏　怎么，瞎子看不见。

仇　虎　有人有眼睛的。

焦花氏　哦，常五！（赶紧把烛吹灭）

仇　虎　（严肃地）好黑！（二人屏息对立）

焦花氏　（在黑暗里，急促地）事情更紧了。

仇　虎　（森厉地）我知道。他们报了侦缉队。

焦花氏　哦！（痛恨地）那么，大星说的话是真的。

仇　虎　哦，大星他也在内？

焦花氏　他说过，他说过。

仇　虎　这么说，连他也完了。

404

焦花氏　我怕我们逃不了,他说他死也不肯放了我们。

仇　虎　(警悟地)那么时候到了。

焦花氏　(拉着仇虎的手,盼望地)你是说,应该走了?

仇　虎　不,(眼里闪出惧人的凶光)该动手了。

焦花氏　(恐怖地)虎子,你真地要——

仇　虎　(点头)一辈子有几回这样的假事。(指摇篮)你把孩子抱进屋里。

焦花氏　(走至摇篮前,望着仇虎)为——为什么?

仇　虎　这孩子闹得怪,万一醒了,哭起来害事。

焦花氏　(抱起小黑子)可是虎子——

仇　虎　(挥她去)先把孩子抱进屋里。

　　　〔焦花氏抱孩子由左门下。仇虎四处搜寻,没有获得,正寻觅中,焦花氏由左门上。

焦花氏　你干什么?

仇　虎　(望着焦花氏,忽然想通,指着前面)你看见了么?

焦花氏　什么。

仇　虎　(森森然)我的父亲就在这儿。

焦花氏　(低声,急促地)虎子。

仇　虎　(仿佛看见了什么)他叫我去,他告诉我屋里有一把攮子。

焦花氏　(故作不知)一把攮子?

仇　虎　(望着焦花氏)他说就在我眼前。

焦花氏　(不自主地由怀里掏出来那把匕首)虎子,我——

仇　虎　(伸手)拿给我。

焦花氏　(先不肯,望着仇虎的脸,忽然,悍野地)好,拿去吧。快快地了!(此地"了"作"完结"解)

仇　虎　(谛听)他睡着了?

焦花氏　(低头,微细地)我——我哄他着("睡熟了"的意思)了。

仇　虎　你给我看着外面。(向右门蹑足走,低微地)大星!大星!(里面仿佛呻吟,说着呓语,对焦花氏)你听!

　　　〔里面的声音:(闷塞而急促地)……快!……快!金子(无力地)我的刀,我的刀。(痛苦地)金子!(模糊下去)金子!……

405

焦花氏　（耳语）这是他——他在梦里发呓怔。
仇　虎　好可怕的梦话。（探向右门口，低声）大星。
　　　　〔里面的声音：（幽然长叹）好黑！好黑！（恐怖地呻吟）好黑的世界！（又苦痛地叹一口长气，以后寂然）
焦花氏　（颤抖，低声）他——他像是为我们讲的。
仇　虎　大星！（内无应声）大星！（仍无应声，忽然转前向空）爹呵，你要帮我！
　　　　（立刻走进右门）
　　　　〔焦花氏在外候着，惧怖地谛听里面的声音。悄然。
　　　　〔外面还有野犬狂嚎，如一群饿狼。焦花氏不安地向外望。里面突然听见一个人窒息地喘气，继而，闷塞地跌在地上。
焦花氏　天！
　　　　〔仇虎由右屋蹒跚走入，睁着大眼，人似中了魔。
仇　虎　（手里匕首涂满污血，声音几乎听不见）完了，连他也完了。
焦花氏　（喘不出气，指着仇虎的血手）哦，你的手，你的手。
仇　虎　（举起一双颤抖的手，悔恨地）我的手，我的手。我杀过人，多少人我杀过，可是这一双手，头一次是这么发抖。（由心腔内发出一声叹息）活着不算什么，死才是真的。（恐惧地）我刚才抓着他，他忽然地醒了，眼睛那么望着我。他不是怕，他喝醉了，可是他看我，仿佛有一肚子的话，直着眼瞪着我，（慢慢点着头，同情地）我知道他心里有委屈，说不出的委屈。（突然用力）我举起攮子，他才明白他就有这么一会工夫，他忽然怕极了，看了我一眼，（低声，慢慢）可是他喉咙里面笑了，笑得那么怪，他指指心，对我点一点——（忽然横了心，厉声）我就这么一下子！哼，（声忽然几乎听不见）他连哼都没有哼，闭上眼了。（匕首扔在地上）人原来就是这么一个不值钱的东西，一把土，一块肉，一堆烂血。早晚是这么一下子，就没有了，没有了。
焦花氏　你赶快把手洗洗。
仇　虎　不用洗，这上面的血洗也洗不干净的。
焦花氏　那么就走吧。
仇　虎　（抬起头）走，（望着焦花氏）好，走！（走了两步）

焦花氏 （忽然停下）你听！

仇　虎 什么？

焦花氏 有人！（跑到窗前，仇虎随在后面）红灯笼，红灯笼，他——他们来了。

仇　虎 （在窗前）不，不，是瞎子，仿佛在她身边是，是狗蛋，他打着灯笼。

焦花氏 （点头）嗯！嗯！（忽然）瞎子，她——她走来了。

仇　虎 嗯，她要来找我。

焦花氏 （恐惧地）她一个人嘴里念叨什么？

仇　虎 （恨恶地，低声）我知道！（慢慢地）打死不偿命！打死不偿命！

焦花氏 别说话。

〔焦母由中门走进。仇虎、焦花氏两人在窗前屏息伫立，望着她森严地踱到香桌旁，擎起沉重的铁杖，走到右门前。焦花氏几乎吓得喊出。瞎子听一下，倒锁右门。焦母的脸忽然显出异常的凶恶，她轻轻拖着铁杖，向左门走。仇虎和焦花氏的眼随着焦母，焦母昂然走进了左门。

〔屋内无声，只远远听见野狗嗥嚎如鬼如狼。焦花氏望着仇虎，仇虎盯着左门。

焦花氏 （低声）怪，她进到里屋干什么？

仇　虎 （按住她的手）她要打死我。

焦花氏 （耳语）用——用什么？

仇　虎 （急促地）你没有看见她拿着那根铁拐。

焦花氏 怎么？

仇　虎 也是（两手做击下状）这么一下子。

焦花氏 （忽然想起，全身颤抖，低声急促地）那——那孩子就在你的床上。

仇　虎 （吓着）什么？那孩子——

焦花氏 （狂惧）孩子就在那——那床——

〔暮地听见里面铁杖闷塞而沉重地捣在床上，仿佛有一个小动物轻嚎了一下，便没有声音。

仇　虎　（同时）啊，天！
焦花氏

〔左屋焦母忽然尖锐地喊了一声。

焦　母　（恐怖到了极点）哦——黑子，我的黑子！（又没有声音）
仇　虎　（怵惧）晚了！
焦花氏　（忽然地）走！快走。
仇　虎　（自己也怕起来）黑子死了。
焦花氏　快穿衣服，外面一定有人。你这样出去，准叫他们看出来。

〔她为仇虎套上小褂，便忙着拿包袱，拾匕首。仇虎的衣服没有扣了一半，焦母由左门走出。她两手举起小黑子，上面盖上一层黑布褂。她的脸像一个悲哀的面具，锁住苦痛的眉头，口角垂下来，成两道深沟。她不哭，也不喊，像一座可怕的煞神站在左门门前。仇虎与焦花氏不觉怵然退后，紧紧挤在一角。

焦　母　（不像人声）虎子！（停一下，不见人应）虎子！（仍无人应，森严地）我知道你在这儿，虎子。（忽然爆发地）你的心太狠了，虎子，天不容你呀！我们焦家是对不起你，可是你这一招可报得太损德了。（痛极欲狂）你猜对了，看！孩子我亲手打死的。可是这次我送到老神仙那里再救不活，虎子，（酷恨地）我会跟着你的，你到哪儿，我会跟你到哪儿的。（森严地）虎子，现在我要从你脸前过！（一面向中门走，一面说）你要打，就打死我吧！我告诉你，（刚走到中门前）侦缉队已经在外面把枪预备好，就要进来宰你的。

〔焦母举着小黑子由中门出。二人僵立不动。外面听见焦母低声叫："狗蛋！"然而听见一种粗哑的怪声唱"初一十五庙门开，……牛头马面哪两面排……"二人回头谛听。

焦花氏　（怯惧地）谁？谁这时候唱这个？
仇　虎　（极力镇静）是狗——狗蛋。

〔外面的声音（更加惨厉）："……阎王老爷哟，当中坐，一阵哪阴风……"

焦花氏　（向上望，忽然大叫，指着）阎王的眼又动，动起来了。
仇　虎　（惊惧）什么？

焦花氏　（怕极）他要说话！

〔仇虎抽出手枪向墙上的阎王的像连发四枪，相框立刻落在地下。

焦花氏　虎子！

〔外面以为仇虎攻出，枪向里面乱射。

仇　虎　他们真来了。

〔枪声中，常五在外大喊："后面不要放！不要放，我在前面。"失了魂似的跌进中门。

常　五　（一见仇虎，吓得瘫在那里）天！（又想回身出门）

仇　虎　（一把抓着常五）你来得好！（枪对着他）来得好。（向中门喊）弟兄们，别放！（外面仍在放射。转向常五）你跟他们说，叫他们别放。

常　五　（斜对窗户，急喊）刘队长！刘队长！别放，是我，常五，常老五。

〔枪声突停。

仇　虎　告诉他，你现在在我手里，叫他们别放枪，我要出去。

常　五　（不成声）刘队长！我，我叫仇虎抓着了。我在他手里，刘队长，他拿着我，他要出去，你们千万别放枪。

仇　虎　（高喊）弟兄们，我仇虎跟你们无冤无恨，到此地来也是报我两代似海的冤仇，讲交情，弟兄们，给我让一条活路。要不卖面子，我先就拿你们的探子常五开刀。

常　五　刘队长！刘队长！

仇　虎　好，你们答应不答应？不说话？那么，你们要不答应，放一枪；答应放两枪。怎么样？

〔外面悄然无声。

仇　虎　好，你们不答声！我数十下，十下不答声，（对常五）我就不客气了。

常　五　刘队长！刘队长！

仇　虎　（开始数）一下，两下，三下，四下……

常　五　（几乎同时喊）刘队长！刘队长！我常五家里孩子大人一大堆。我要死了，我家里的人就找你抵偿，刘队长！

〔四外悄寂。

409

仇　虎　八下，九下——
常　五　刘——
　　　　〔外面发一枪。
仇　虎　一枪。
常　五　刘队长！刘——
　　　　〔外面又一枪。
仇　虎　两枪！
常　五　（嘘出一口气）啊！
仇　虎　（枪抵住常五的背）走！（对焦花氏）我们走吧。
　　　　〔焦花氏拿着包袱跟着两个男人的后面，由中门走出。
　　　　〔屋内悄无一人，半晌。忽然听见远处两声枪响，又一声，接着枪声忽密，幕渐落，快闭时，枪声更密。

——幕落

第三幕

——人物——

仇　虎——一个逃犯。

白傻子——小名狗蛋，在原野里牧羊的白痴。

焦大星——焦阎王的儿子。

焦花氏——焦大星的新媳妇。

焦　母——大星的母亲，一个瞎子。

常　五——焦家的老朋友。

各种幻相。（不说话的）

持伞提红灯的人。

焦母的人形。（举着小黑子）

洪老。

大汉甲、乙、丙。

仇　荣——仇虎的父亲。

仇姑娘——十五岁，仇虎的妹妹。

焦阎王——连长，大星的父亲。

抬土囚犯"火车头""老窝瓜""麻子爹""小寡妇"

"赛张飞""野驴"……十数人。

抬水囚犯二人。

411

　　　　　　　　　　　　　狱警。

　　　　　　　　　　　牛头、马面二人。

　　　　　　　　　　　　　　判官。

　　　　　　　　　　　青面小鬼甲、乙。

　　　　　　　　　　阎罗（地藏王）。

第 一 景

　　同日，夜半一时后，当仇虎跟焦花氏一同逃奔黑林子里。

　　林内岔路口，——森林黑幽幽，两丈外望见灰濛濛的细雾自野地升起，是一层阴暗的面纱，罩住森林里原始的残酷。森林是神秘的，在中间深邃的林丛中隐匿着乌黑的池沼，阴森森在林间透出一片粼粼的水光，怪异如夜半一个惨白女人的脸。森林充蓄原始的生命，森林向天冲，巨大的枝叶遮断天上的星辰。由池沼里反射来惨幽幽的水光，隐约看出眼前昏雾里是多少年前磨场的废墟，小圆场生满半人高的白蒿，笨重的盘磨衰颓地睡在草莽上，野草间突起小土堆，下面或是昔日磨场主人的白骨。这里盘踞着生命的恐怖，原始人想象的荒唐；于是森林里到处蹲伏着恐惧，无数的矮而胖的灌树似乎在草里伺藏着，像多少无头的战鬼，风来时，滚来滚去，如一堆一堆黑团团的肉球。右面树根下埋着一口死井，填满石块。井畔爬密了蔓草，奇形怪状的杈枝在灰雾里掩藏。举头望，不见天空，密匝匝的白杨树伸出巨大如龙鳞的树叶，风吹来时，满天响起那肃杀的"哗啦，哗啦"幽昧可怖的声音，于是树叶的隙缝间渗下来天光，闪见树干上发亮的白皮，仿佛环立着多少白衣的幽灵。右面引进来一条荒芜的草径，直通左面，中间有一条较宽的废路，引入更深邃的黑暗。在舞台的前面，下边立起参差不齐的怪石屏挡着，上边吊下来狰狞的杈枝，看进去像一个巨兽张开血腥的口。

〔开幕时,风吹过来,满天响起白杨树叶的杀声,林里黑影到处闪动着。这时雾渐散开,待到风息,昏雾又沉沉地遮掩下远方的景物。

〔风声静下来,远远听见断续的枪声,近处有些动物在蹿奔,低低地喘息。

〔焦花氏由右面荒径上踉跄走出,她背着小白包袱,树叶间漏下来的天光,闪见她满脸油亮,额上汗淋淋的。血红色的衣褂紧贴在身上,右襟扣脱开。她惊惶地喘息,像一只受伤的花豹,衣服有一处为荆棘撕裂,上面勾连着草梗和野刺。她立在当中,惶惑四顾,不知哪一条路可以引出黑林,她拿出一条大块花手绢擦抹眼前的汗珠。

焦花氏　(喘息,呼出一口长气)啊!好黑!(惊疑地)这是什么地方!(忽而看见重甸甸的黑影里闪出一条条白衣的东西,低声急促地)虎子!虎子!(等候答声,但是没有。远处发了一枪,流弹在空气里穿过,发出呜呜的啸声。她不敢再喊,她向后退,后背碰着了白皮的树干,她倐地回转身来探视。一阵疾风扫过来,满天响起那肃杀可怖,惨厉的声音,她仰头上望,身旁环立着白衣的树干,闪着光亮,四面乱抖森林野草的黑影,她惊恐地呼喊起来)虎子!虎——子!虎——子!(这阵风吹过去,树林忽而静下来,又低低而急促地)虎子!虎子!

〔静默。

〔右面传来的声音:(疲倦地叹出一口气)嗯!干什么?

焦花氏　(向前进一步)虎子!你在哪儿?

〔右面的声音:(低哑地)就在这儿。金子,你先回来。

焦花氏　(镇静自己)我看不见路,眼前没有一点亮。(却向右走)

〔右面的声音:(听是足步声,警告)你站好不用动。

焦花氏　(低声)干什么?

〔右面的声音:(低声)像是我们后边跟着人。

焦花氏　人?(大惧)跟了人!

〔右面的声音:(低沉)你看!灯!红灯!

焦花氏　(向右望)红灯?(右面忽然有人狂叫)

〔右面的声音:(连接打着那狂叫人的嘴巴)你叫,你还叫!

413

〔顿时寂静若死。

焦花氏 （急促地）怎么？怎么啦？

〔右面的声音：（镇静地）不要紧！是常五，常五想作死！（忽然对常五，低声，猎猎地）常五你叫，你再叫！妈的，（又一巴掌）你只要重重喘一口气，我一枪就干了你！

焦花氏 怎么，你还没有把他放走？

〔右面的声音：快出林子了！出林子就放他。（对常五）走！走！

〔仇虎由右面背着身走进来，右手托着枪，左手时而向后摸着那插在"腰里硬"的匕首，头不时向后瞥。仇虎到了林中，忽然显得异常调和，衣服背面有个裂口，露出黑色的肌肉。长袖撕成散条，破布束着受伤的腕，粗大的臂膊如同两条铁的柱，魁伟的背微微地伛偻。后脑勺突成直角像个猿人，由后面望他，仿佛风卷过来一根乌烟旋成的柱。回转身，才看见他的大眼睛里藏蓄着警惕和惊惧。时而，恐怖抓牢他的心灵，他忽而也如他的祖先——那原始的猿人，对着夜半的森野震战着，他的神色显出极端的不安。希望，追忆，恐怖，愤恨连续不断地袭击他的想象，使他的幻觉突然异乎常态地活动起来。在黑的原野里，我们寻不出他一丝的"丑"，反之，逐渐发现他是美的，值得人的高贵的同情的。他代表一种被重重压迫的真人，在林中重演他所遭受的不公。在序幕中那种狡恶、机诈的性质逐渐消失，正如焦花氏在这半夜的磨折里由对仇虎肉体的爱恋而升华为灵性的。

〔常五在仇虎后，正面出场。他的黑袍已经破碎，形色非常恐惧，拖着双手，呆望仇虎，蹒跚走入。

焦花氏 虎子！虎子！你在哪儿？我瞧不见你。
仇　虎 （走进来，转过头）这儿。
焦花氏 （跑到仇虎面前，抓着他）虎子，可怕死我了。
仇　虎 （一脸的汗水）金子，我觉得背后有人跟着我们。
焦花氏 那会是谁？
仇　虎 （低声）我们走哪儿，那红灯也在哪儿。

焦花氏　天，那不会是——

仇　虎　（睁大眼）你说——

〔远远有一声枪。

仇　虎　（忽然一手止住焦花氏）金子！

焦花氏　走！走！他们又跟上来了。（常五提起精神听）

仇　虎　不！不！再听听。

〔远远又一声枪。

焦花氏　他们就在后面！（拉着仇虎）赶快走。

常　五　（惧怯地）大星媳妇，这一气跑了二十来里，我……我再走不动了。

仇　虎　老鬼，你听着！（谛听）

〔远处又一枪，声更辽远。

仇　虎　（放了心）不要紧，这一帮狗越走越远，他们奔向西了。

焦花氏　（不安地）虎子，我们什么时候走出去呀？

仇　虎　快了！我想再走三里就差不多了。坐下！（坐在磨盘上，两手捧着头沉思）

常　五　仇……仇大爷，你……你们想把我带到哪儿去？

仇　虎　（抬起头）带你上西天。

常　五　大……大星媳妇，这个——你，你得替我说说，大星媳妇。

仇　虎　（爆发）老鬼！叫你不要提，不要提！

常　五　（望着焦花氏）可是大星媳妇！——

仇　虎　（倏地立起，举起枪对常五）你这个老东西！你大星大星地喊什么？

常　五　哦，叫我不提大星呀！哦！那自然就不提，不提他！可是你说要我上西天，上西天，（对焦花氏）你说说，（不自主地）我的大星媳妇！

仇　虎　（忍不下，向常五头上面立发一枪）你！

常　五　（摸着自己）我——我的头。

焦花氏　虎子，你怎么啦？你怎么又放枪？

仇　虎　我——我不知道怎么回事，一提到他——他——我就（坐下）犯糊涂，犯——

焦花氏　（撇开话头）虎子，你让常五伯回去吧？

仇　虎　嗯，（低头）我是想让他回去。

常　五　真的？

仇　虎　嗯！

常　五　现在？

仇　虎　嗯。

焦花氏　可是常五伯，大黑天，您——

常　五　（连忙）不，不要紧，我可以宿在老神仙的土庙里。（向焦花氏）那么，回头见！我——我走了。（拔脚便走向右面）

仇　虎　（忽然）站住！你说什么？你宿在哪儿？

常　五　我说庙，我宿在老神仙的庙？

焦花氏　（对常五）您——您走吧！

仇　虎　（低声）老神仙？

常　五　（莫明其妙）就是阎王老婆整天找的那个老神仙，他——他的庙。

仇　虎　（忽然怪异地笑）金子，这黑林子我们进对了。

焦花氏　怎么？

仇　虎　（森严地）瞎子一定也在这林子里。

焦花氏　嗯，我知道。

仇　虎　（仿佛看见了）我总觉得她抱着黑子，会一步一步地跟着我们。（忽然打了个冷战）说不定，那，那红灯就是她！她！

焦花氏　（望望他，又低下头）我——我早知道！

仇　虎　你怎么早不说？

焦花氏　我怕告诉你。

仇　虎　怕！怕！（强自镇静）怕什么？

焦花氏　（低声，恐怖地）她说过，孩子救不活，我们到哪儿，她也跟到哪儿。

仇　虎　（迅速对常五）庙在哪儿？

常　五　不远。就——就在旁边。

仇　虎　（迅速地）你刚才看见瞎婆子抱着黑子出了门么？

常　五　（向后退）看——看见。

仇　虎　（抓着他的胳臂）上哪儿？

常　五　（指着）上西。

仇　虎　西是哪儿？

常　五　（嗫嚅地）我看，狗蛋打着灯笼引她进——进了林子。

仇　虎　进了林子？

常　五　嗯。

仇　虎　（放了手，回头望着更深的黑林）好！好！（走到井畔）

焦花氏　常五伯，您，您走吧！（常五向右走）

常　五　（低声问焦花氏）怎么，小——小黑子死了？

焦花氏　（低声）小——小黑子——

仇　虎　（跳起，狂乱地）你们说什么，说什么？小黑子不是我害的，小黑子不是我害的。（跳到井石上，举起两手）啊，天哪！我只杀了孩子的父亲，那是报我仇门两代的冤仇！我并没有害死孩子，叫孩子那么样死！我没有！天哪！（跳下，恳求地）黑子死得惨，是他奶奶动的手，不怪我，这不怪我！（坐在井石上低头）

焦花氏　（觉得出常五惊吓的样子）常五伯，你快走吧，小心他——

常　五　（连忙）是，是，我走！

仇　虎　你说什么？

常　五　（吓住）我——我没有说什么？

仇　虎　（忽然立起）滚！快滚！

〔常五由右跑下，仇虎又坐在井石上。

焦花氏　你怎么啦？

仇　虎　我渴得很，（摸着自己的心）渴得很！（撕身上的破布）哦，哪儿可以弄来一口水，一口凉水。（撕下来布，搭脸上的汗）

焦花氏　（警告地）虎子，不要擦！不要擦！

仇　虎　（望着她）怎么？

焦花氏　小心你手上的血会擦到脸上。

仇　虎　怕什么，这血擦在哪儿不是一样叫人看出来。血洗得掉，这"心"跟谁能够洗得明白。啊，这林子好黑！没有月亮，没有星星。（叹一口气）

417

〔仇虎耳旁低微的声音：（如同第二幕末尾，大星在屋内梦呓。叹口长气，似乎在答话，幽幽然）嗯，黑啊！好黑！

仇　虎　（惊愕）你听！
焦花氏　听什么？
仇　虎　你……你没有听见——"黑——好黑！"
〔仇虎耳旁低声：（更幽幽地）好黑！好黑的世界！
仇　虎　（如若催眠，喃喃地）嗯，"好黑的世界！"（恐惧地）天啊！
焦花氏　（莫明其妙）虎子！你，你说什么？这——这是大——大星的话？
仇　虎　怎么，你——你听不见？
焦花氏　虎子，你别发糊涂！你听见了什么？
仇　虎　没有什么。心里不知为什么只发慌？我——我像是——
焦花氏　虎子，你怎么啦？你刚才为什么忽然跟常五说那一大堆子的话？
仇　虎　我，我不知道。我口渴，我刚才头发昏。
焦花氏　你为什么又提起大星，说你杀——杀了大——大星！
仇　虎　（眩惑）我……我杀了大——大星？
〔仇虎耳旁低微声：（梦呓，窒塞地喘息）……快……快！……我的刀！我的刀……
仇　虎　（喃喃地）"……我的刀！我的刀！"
焦花氏　（几乎同时说）你又跟他提起小——小黑子。
仇　虎　（低而慢地）小黑子？
〔仇虎耳旁低微声：嗯——，好黑呀！（苦痛地叹口长气）
仇　虎　（忽然跳起，向着黑暗的林丛）啊，大星，我没有害死他，小黑子不是我弄死的。大星，你不该跟着我？大星！我们俩是一小的好朋友，我现在害了你，不是我心黑，是你爹爹，你那阎王爹爹造下的孽！小黑子死得惨，是你妈动的手！我仇虎对得起你，你不能跟着我！你不能——（不知不觉拿出手枪）
焦花氏　（吓得向后退，喘息）虎子，你——你怎么？你想着什么？小黑子不是你害的，天知道，地知道！你想这个做什么？你还不想跑？我的命在你手里，虎子，自己别叫自己吓着，你别"磨烦"，

	（"迟延时间的"意思）再"磨烦"，天亮了，叫他们看见，我们两个就算完了。
仇　虎	（望着黑暗）我知道，我知道！可是（悔恨地）小黑子——
焦花氏	虎子，你还不快走！想什么？
仇　虎	走！走！这不是个好地方，咱们得赶快离开这儿。
焦花氏	（支开他的想头）天亮就可以到车站。
仇　虎	不等天亮就会到。
焦花氏	（强作高兴）我们要飞哪儿，就飞哪儿。
仇　虎	（打起精神）嗯，要飞哪儿，就飞哪儿。
焦花氏	（忽然，指着辽远的处所）你听！
仇　虎	什么！
	〔渐渐听出远处火车在林外迅疾地奔驰。
焦花氏	车，火车。
仇　虎	（谛听，点头）嗯，火车！（嘘出一口气）可离着我们还远着得呢！
焦花氏	那么，走，赶出林子。
仇　虎	嗯，走！赶出林子就是活路。
	〔一阵野风迅疾地从林间扫过，满天响起那肃杀可怖，"飒飒"的叶声，由上面漏下乱雨点般的天光，黑影在四处乱抖。
焦花氏	天！（抓紧仇虎的腕）
仇　虎	这是风！你怕？
焦花氏	（挺起头）不，乘着树上漏下来这点亮，咱们跑！（二人携手跑，走了两步，焦花氏拉住仇虎，惊惧地叫喊）站住！虎子！（退了一步）虎子，（低声）你看，前面是什么？
仇　虎	（凝定了神）树叶，草！
焦花氏	（指着）不，那一堆一堆的。
仇　虎	什么！
焦花氏	（惧恐地）那一堆一堆的黑脑袋。
仇　虎	（坚定地）那是石头。
焦花氏	（指着那些在风里抖擞矮而胖的灌树，喘息）你看，那是什么？一堆一堆的黑圆圆的肉球，乱摇乱摆，向——向我们这边滚。

419

仇　虎　瞎说，那是树！走！（二人轻悄悄地走了一步，仇虎忽然又停下。由右面隐隐传来擂鼓的声音，非常单调，起首甚微弱，逐渐响起来，一直在这个景里响个不停）别动！

焦花氏　怎么？

仇　虎　你听，这是什么？

〔鼓声单调地在林中回响。

焦花氏　（悚住）鼓！

仇　虎　（有些惧怯，低声）鼓！

焦花氏　（微弱地）庙里的鼓！

仇　虎　（回首望焦花氏）半夜里这是干什么？

焦花氏　（警惕地）瞎子进了庙了。

〔鼓声渐响。

仇　虎　这鼓打得好疹人！

焦花氏　怪！鼓越打越响了。

仇　虎　（深思）鼓能够把黑子打活了么？

焦花氏　谁知道？这是那个怪物替瞎子作法呢。

仇　虎　作什么法？

焦花氏　（喃喃）念经，打鼓，拜斗，叫魂，一会儿她会出来叫的。

仇　虎　（希望地）魂叫得回来么？

焦花氏　叫不回来还叫不死么？

仇　虎　（谛听，不自主地）这鼓！这鼓！

焦花氏　（看他奇怪）你还听什么？还不快走，走！为什么你的脚在地上生了根！

仇　虎　嗯，这个地方有点古怪！我们得走！我们得——

〔外面惨厉的声音：（远远地）回来呀！黑子！黑子你回来！

焦花氏　（低声）天，她，她出来了！

〔外面的声音：（长悠悠地）孩子！回来！我的孩子，你回来！

仇　虎　（怖惧地）她，她就离我们不远。

〔外面的声音：（几乎是嘈嚷）黑子！我的黑子！你回来！

焦花氏　（忽然向右看）灯！红灯！

仇　虎　（向右望）对。就是它，就是这个灯！

焦花氏　（一面看一面说）前面那个人拿着灯笼！（对仇虎）他们越走越近了。（对仇虎）你看前面的是谁？

仇　虎　狗——狗蛋！

〔外面的声音:（更近）回来呀,小黑子！你不能不回来！黑子！

仇　虎　（颤颤）她——她来了！

焦花氏　（抓着仇虎）来！树后边！快！

〔二人躲在树后面。

〔白傻子举着红灯笼领焦母由右走出。焦母头发散乱，衣服也被野生的荆棘刺破，她一手放在狗蛋的肩上，一手拖下来，两眼瞪视前面，泪水在眼下挂着，风过时，天光时而由树上漏下，照见一个瞎子和一个白痴并肩而行。焦母苦痛地锁住眉头，如一个悲哀的面具，白傻子还是一副颠顸的行色，眼傻傻地偷看着焦母，嘴里夹七夹八地不知念些什么。

焦　母　（声音嘶哑，震颤出一种失望的鬼音）回来，黑子，我的心肝，你回来！回来！我的肉，你快回来！（一面走，一面喊）你回来，我的小孙孙！我的小孙孙，（哭非哭，嚎非嚎的声音）你千万要回来呀！

〔白傻子领她向左面走出。

仇　虎　（由树隙露出头，恐惧）啊，这简直是到了地狱。

焦花氏　（也探出身子）走！

仇　虎　（恐惧）走？可——你听！

〔外面白傻子的声音：前边路不好走，还是回庙去，回庙去。

〔白傻子又领焦母由左上。

白傻子　你听，鼓，鼓！别……别走远！回！回不去了。

焦　母　（仍在嘶喊）回来！我的孙孙！不是奶奶害的你！回来，我的孙孙，是那个心毒的虎子，老天不容的鬼害的你。回来，我的黑子！奶奶等着你，我的孙孙，你回来！

〔白傻子领着焦母由右下。

焦花氏　（由树丛中走出，低声）虎子！她走了！出来！

〔仇虎由树丛中走出。惊惧，悔恨与原始的恐怖交替袭击他的

421

心，在这一刹那间几乎使他整个变了性格，幻觉更敏锐起来，他仿佛成了个石人，呆立在那里。

焦花氏 走！

仇　虎 走！（仍不动）

焦花氏 （催促）走啊！

仇　虎 （抬起头）你听，这是什么？

焦花氏 鼓！

仇　虎 嗯，鼓！鼓！（喃喃地仿效鼓声）"冬！冬！……"

焦花氏 你为什么不走！

仇　虎 （向左面看）你看，那面来了一个人！

焦花氏 （莫明其妙）怎么？

仇　虎 也打着个红灯笼。

焦花氏 没有，黑烘烘的，哪儿来的灯笼。

仇　虎 （坚执）有！有！怪，他还拿着一把伞。

焦花氏 伞？（不相信地）大晴天拿着个伞干什么？

仇　虎 嗯，他举着伞，提着灯笼，他朝我们这边走，这边走。（直眼望着）

焦花氏 虎子，你——你别这样，你——

仇　虎 真的，他——他来了！（更怪异地望着）

焦花氏 （怯惧地）虎子！

仇　虎 你看！

〔于是有个人形由左面悄悄移上，形容正如仇虎形容，举伞提灯笼，伞遮着上半身，看不见，只下半身露出一双蓝布的裤。那人形停住了步。

仇　虎 喂，借光！弟兄！出这林子怎么走？

焦花氏 虎子，你别吓唬我，你——你是跟谁说话？

仇　虎 你没有看见眼面前有个人？

焦花氏 没——没有。

仇　虎 （指着那执伞的人形）怪，这不是！

焦花氏 哪儿？

仇　虎 （又指）这儿！（对着那个人形）喂，弟兄，你怎么不说话？

焦花氏　（恳求）喂，虎子，你到底跟谁说话，你——你别吓唬我？
仇　虎　怎么，你看不见，就在我们眼前！
焦花氏　就在我们眼前？
仇　虎　喂，弟兄，你别挡着自己的脸，你说话！出了林子得怎么走！
焦花氏　虎子！
　　　　〔人形向仇虎身旁走去。
仇　虎　你看,（回头向焦花氏）他走过来了。（在回头的时刻，那人形已走到仇虎的面前——伞挡着前面，观众看不见他——立好。仇虎回望，正与此人打个对面。还看得不清楚，只嘘了一口气，倒退一步）喂，弟——兄！（那人形突然把红灯笼提到自己的脸上照，仇虎看个正好，仇虎忽然惨厉地怪叫，声音幽长可怖，响彻林间）啊——啊——啊——啊！
　　　　〔随着喊声，那持伞举着红灯笼的人形倏地不见。蓦然野风疾迅地吹过来，满林顿时啸起肃杀的乱响，——
焦花氏　（退后，惊惧）虎子！
仇　虎　（睁大了恐怖的眼）走！快走！
焦花氏　（在疾风中）你看见了什么？
仇　虎　（悸住）走！说不得！走！走！
　　　　〔满林乱抖着重重的黑影，闪见仇虎拉着焦花氏由中间的荒路狂奔下。
　　　　〔鼓声单调地由远处传来。

第 二 景

　　　　〔在黑林子里——夜二时半。
　　　　〔林内一块洼地，地上长着青苔，平滑细软。在中间，远远立起一片连接不断的黑黢黢的丛林，左右伸出，把当中的低地圈在里面。看得见的是林前横着一段颓圮的土坡，有野蔓乱藤爬绕在上面。右边地势略高；立一棵雷火殛死的老树，骨棱棱的枝桠直插空际，木身烧焦只剩个空壳，原来树干已为啄木鸟朝夕啄成洞穴，现在满身是眼，更显得树形古怪。树下丛生野草

423

和不知名的毒花，有秋天的虫在里面低唱。靠左地势渐低，孤孤单单地矗立一根电线杆，年久失修，有些倾斜。接连一根一根的木柱向中间远处引去，越过当中的土坡，直到看不清楚的林丛里。电线杆旁边横放几块大石，歪歪地横在洼地上。立在洼地中，可以望见漆黑的天空。惨森森的月亮，为黑云遮了一半，斜嵌在树林上，昏晕晕的白光照着中间的洼地，化成一片诡异如幽灵所居的境界。天上黑云连绵不断，如乌黑的山峦，和地上黑郁郁的树林混成一片原野的神秘。

〔风吹过来，电线微微发出呜呜的音浪。远处单调的鼓声甚为微弱，静下心来，才听得清楚。

〔仇虎由右面蹒跚跑上，喘息不停，一只鞋子已经不见，上身衣服几乎全为荆棘勾连，撕成乱条，脸上流满汗水，不时摸着腰里插好的手枪和弹袋，神色恐慌，两只疑惧的眼四处探望。

仇　虎　哦，妈啊！（用手背揩下额前的汗）我这是到了哪儿了？（望望四周）

〔焦花氏（在外面）虎子，你把路认出来了么？

仇　虎　（回头）看——看不大清楚。金子，你先来！月亮出来了，也许找得出路来。（他疲倦地靠在死树的枯干上）哦！渴！好渴！（自己咽着唾沫）

〔焦花氏由右面低首上，支着一根粗树枝。她走进来，抬头，眼惊异地望着四周和天空的昏惨惨的月色。她的头发散乱地披下来，虽然不断地向后掠，走两步又固执地坠在额前。她也满身是汗，衣服紧贴前后，几处撕成破口。眼里交流着恐惧和希望，手里还拿着小包袱，焦灼地望着仇虎。

焦花氏　（嘘出一口气，希望地）我们快走出林子了吧？
仇　虎　（还倚在树旁，望着天）谁知道，大概快了！
焦花氏　（燃着希望）快了？
仇　虎　（点头，机械地）快了！

〔忽然树上的鸟连连啄木，发出空洞的"剥剥"的声音。

仇　虎　（忽然由树旁跳起）啊？（向上望）
焦花氏　什么？什么？

仇　虎　听！（树上又发出空洞的"剥剥"的声音）

焦花氏　什么？

仇　虎　鸟！啄木鸟！

焦花氏　哦，这林子会把我们吓死的。

仇　虎　不，不，我们就要出去。你看，我们已经又走出十几里了。

焦花氏　那不早应该出去了么？

仇　虎　嗯，可——可（忽然暴躁地）我们迷了路。

焦花氏　（重复地叹息）迷了路，不认识道。

仇　虎　迷了路！迷了路！（心如火焚）上哪儿走？（四面旋转）向东？向西？向南？向北？啊，妈呀！我们上哪儿走？这大黑天，看不见路走，找不着人问。我从前走这条路的记号现在一个也找不着，走了十里，还在林子里！走了二十里，还在林子里！我们乱跑这半天，三十里也有了，可是还在这黑林子里。出不了林子，就见不了铁道；见不了铁道，就找不着活路；找不着活路，（忽然）啊！啊！啊！（一下，两下，三下把衣服撕去，露出黑茸茸的胸膛，抄起手枪，绝望地）好，来吧，你们来一个，我杀一个；来两个，我杀一双。我仇虎生下地，就受尽了你们的委屈，冤枉，欺负，我虎子生来命不济，死总要得死得值！金子，再听见枪响。我们就冲，死就死了吧。

焦花氏　虎子！（安慰地）你别急！你是渴了，我知道你的心里不自在。虎子，我们不该死的，不该死的，我们并不是坏人。虎子，你走这一条路不是人逼的么？我走这条路，不也是人逼的么？谁叫你杀了人，不是阎王逼你杀的么？谁叫我跟着你走，不也是阎王逼我做的么？我从前没有想嫁焦家，你从前也没有想害焦家，我们是一对可怜虫，谁也不能做了自己的主，我们现在就是都错了，叫老天爷替我们想想，难道这些事都得由我们担待么？

仇　虎　哼，老天爷会替有势力的人打算，不会替我们想的。

焦花氏　那么，天是没有眼睛的。

仇　虎　谁又说他有呢。（机械地）走吧！

焦花氏 走！上哪儿走？

仇　虎 （喃喃地）上哪儿走？

焦花氏 我们迷了路。

仇　虎 （绝望）迷了路！

焦花氏 （忽然，惧怕地）虎子，你听！

仇　虎 （抬头）听什么？

焦花氏 （对右面）向远处听。

仇　虎 （还不大清楚）什——么？

焦花氏 （低声）你没有听见？鼓！庙里的鼓。

仇　虎 鼓？

〔单调的鼓声渐渐响起来。

仇　虎 （愤恨地）对了，是鼓！是鼓！

焦花氏 （低声）我们连庙旁边还没有走开。

仇　虎 怎么，我们还在庙旁边打转转，还在这儿！还在这儿！

焦花氏 （忍不下）哦，妈呀！我们这是怎么着啦！（抱着仇虎，摇撼他）我们这是怎么着啦？

〔树上啄木鸟又连声"剥剥"，声音空旷怪异，二人倏地分开，仰视树梢，这时由旷野深处传来辽远的凄厉的呼声，二人惊愕地回头，渐为呼声慑住，如被催眠。

〔远处的呼声：（凄厉而悠长）回来！我的小孙孙！你快回来，我的小命根哪！回来，奶奶在等着你哟！（不像人声）回——来呀！——黑——子！你——快——回——来！

仇　虎 （慑住，喃喃地）小黑子！小黑子！

焦花氏 哦，妈呀，（低声）她——她真地跟上我们了。

仇　虎 （喃喃）小黑子！小黑子！

焦花氏 你说什么？

仇　虎 她——她又要来了。

焦花氏 （望着仇虎，惧怯地）谁？

仇　虎 她！她！（忽然向左望）你看！她！她来了。

〔由左面悄悄走上焦母的人形，两手举着小黑子。闭着眼，向

右面走，走到仇虎面前，站。

仇　虎　（惊恐，低声）你看，她又来找我！
焦花氏　虎子，你怎么，你看见了什么？
　　　　〔焦母的人形睁开了眼，瞪视焦花氏和仇虎。
仇　虎　（摇头）我——我们——没有——，我们没有——
焦花氏　你说，谁？虎子！
仇　虎　（低哑失声）瞎子同——同小黑子就在你眼前。
焦花氏　（大叫一声，跑到电线杆下面）虎子，你——你又中了邪啦。（焦母的人形直瞪仇虎）
仇　虎　（对着焦母的人形，哀求地）不是我！不——不是我！我没有打算害你的黑子，大星是我——我害的。可我——（喘息）我已经觉得够了，你别这么看着我，你别这么看着我！我并没害死你的孙孙！我说，我没有！我没有！我没有！我没有！我没有！……（愈说气力愈弱，那人形目不转睛地望着他，又悄悄向右方走下。仇虎望着她消逝，揩着眼前的汗水）哦，天哪！
焦花氏　（慢慢走向前）怎么啦？
仇　虎　她走了。
焦花氏　（忽起疑惑，抓住仇虎）虎子，你告诉我小黑子究竟怎么死的？
仇　虎　（机械地）他奶奶打死的。
焦花氏　我知道。可你叫我把黑子抱到屋里是怎么回事？
仇　虎　唔，（低沉）一网打尽，一个不留。
焦花氏　为什么？
仇　虎　焦家害我比这个毒。
焦花氏　那么你成心要把孩子放在屋里。
仇　虎　（苦痛）嗯，成心！
焦花氏　你早知道瞎子会拿棍子到你屋里去。
仇　虎　知道。
焦花氏　你是想害死黑子！
仇　虎　嗯！
焦花氏　你想到她一铁棍会把孩子打——

仇　虎　（爆发）不，不，没有，没有。我没想到，我原来只是恨瞎子！我只想把她顶疼的人亲手毁了，我再走路，可是大星死后我就不成了，那一会儿工夫，我什么心事都没有了，我忘了屋里有个黑子，我看见她走进去，妈的！（敲自己的脑袋）我就忘记黑子这段事情，等到你一提醒，可是已经"砰"一下子——（痛苦地）你看，这怪我！这怪得了我么？

焦花氏　那么，你还老想着这个做什么？

仇　虎　（苦闷地）不是我要想，是瞎子，是小黑子，是大星，是他们总在我眼前晃。你听，这鼓，这催命的鼓！它这不是叫黑子的魂，它是催我的命。

焦花氏　（想转开他的想念，大声）虎子，你忘了你的爹爹了么？

仇　虎　对！没有！

焦花氏　虎子，你还记得你的妹妹么？

仇　虎　对！没有，没有，没有！他们死得委屈，（喃喃）对！对！对！我那年迈的爹叫阎王活埋，十五岁的妹妹叫他卖，对！卖死在那个——

〔啄木鸟又"剥剥"地发出空洞的啄木声。

焦花氏　你听！这是什么？

仇　虎　（不顾她）叫他卖死在那个烟花巷。嗯，对！我在狱里做苦力，叫人骗了老婆，占了地，打瘸了腿，嗯，对！对！我仇虎是好百姓，苦汉子，受了多少欺负，冤枉，委屈，对！对！对！我现在杀他焦家一个算什么？杀他两个算什么？就杀了他全家算什么？对！对！大星死了，我为什么要担待？对！他儿子死了，我为什么要担待？对！我为什么心里犯糊涂，老想着焦家祖孙三代这三个死鬼，对！对！我自己那年迈的爹爹，头发都白了，（忽然看见右面昏黑里出现了什么，不知不觉地慢下来）人都快走不动了——

〔黑暗里，由右面冉冉飞舞过一只青蓝光焰的萤火虫，向土坡上飞去。

焦花氏　（仍想转开他的思念）虎子，你看，萤火虫，萤火虫！

428

仇　虎　（瞪目张口，望着萤火虫后面的人群，口里慢慢地）人都快走不动了，他们还串通土匪，对！对！拿来——

〔萤火虫摇摇向土坡飞，随在后面是一堆无声的人群，静悄悄地也向土坡走。前面是三个短打扮的狰狞大汉，拿着铁铲木棍，迈着大步，殿压后面是洪老，一个圆缸粗细的黑矮胖子，手摇芭蕉扇，脸上流汗，一边揩，一面喘，像是走了多少路程。中间押着一个白发的农人——仇荣——身量瘦小，伛偻着终年辛苦的背腰，惧怯地随着大汉步行，时而回头望着洪老，眼里露出哀恳乞怜的神色。单调的鼓声愈击愈响，这一堆人形随着鼓声像一群木偶在薄雾里呆板地移行。昏黄的月色照着土坡，黑云布满了天空，地上半是阴影。在土坡高处忽而渐渐显出一个背立的彪悍的人形，披着黑斗篷，底下仿佛穿着黄呢军裤，但是看不清楚。人押到坡上，洪老很恭谨地对着那背立的人形说话，洪老的脸正对观众。这时那白发的农人低头默立一旁。

焦花氏　虎子，你在看什么？

仇　虎　（低声）那——那不是洪老？他，他们来这儿是干什么？

焦花氏　（望着虎子）在哪儿？

仇　虎　土坡——土坡上。（呆望着那人群）

〔那背立的人形仿佛告诉洪老多少话，洪老连连点头。于是转过身，对着那垂首的老者举手威吓，两个大汉一起围起那老人，似乎也在逼迫。内中一个大汉在掘土挖坑，一时，由老人怀里搜出东西，由洪老交给那背立的，那背立的人摇头，把东西扔下。

焦花氏　虎子！

仇　虎　（倒吸一口气）这个老头别是我爹？可是他死了。天哪，这是怎么回事？

〔洪老继续搜索，两个壮汉叫老人背过脸，合同刑逼，老人先只垂首不语，最后似乎痛极而呼。忽然由左面跑来一个十五岁的姑娘，忍不下去，似乎狂呼而出，手里拿着字据，交与那背立的人形，哀求他释放老人。

仇　虎　哦，妈！这不是我的妹妹！妹……妹！

429

焦花氏　（拉着仇虎）虎子，你怎么啦！你忍忍！你忍忍！

〔洪老见得着字据，大喜。那小姑娘走到老人面前跪下，老人詈责她不该出来。那背立人形吩咐洪老拉开他们，叫两个大汉动手埋人。一个壮汉捉住小姑娘，那两个抓住老人的背膊，洪老狞恶地指着土坑告诉老人，小姑娘听见便哭，老人转过身来仰天大嚎，脸正向仇虎。

仇　虎　（突由催眠状态醒起，看明白，狂呼）爹！爹爹！我的爹爹！

焦花氏　虎子，（拉住他）你别中了邪，你叫谁？

仇　虎　爹！爹爹。虎子在这儿！虎子在这里！（回首对焦花氏）你放开我！（一手甩开焦花氏，抽出手枪，向土坡奔去，对着那背立的人形，暴怒地）你这个土匪，你——（忽然那背立的人形转过身来——焦阎王如同那图像所摹的刻下一般。穿着连长的军装，森厉地立在那里。惨月昏昏地射照他的脸，浓眉下两只可怖的黑眼射出惧人的凶光。仇虎愣了一下，狠毒地）阎王！

焦花氏　（在下面，吓昏了）阎王？

仇　虎　（野兽一般）我可碰着了你！（对着阎王连放三枪。那群人形倏地不见）

焦花氏　虎子！虎子！

〔黑云遮满了月光，地下又突然黑起来。

仇　虎　金子！金子！你在哪儿！

焦花氏　这儿！

仇　虎　（奔下来）你看见他们没有？

焦花氏　（恐惧）没有！

仇　虎　快走！地上又没有亮了。

〔仇虎拉着焦花氏由左面奔下。鼓仍单调地由林中传来。

第 三 景

〔在黑林子里——夜三时。

〔林内一片水塘边。水塘后面仍是暗黑的林丛，水面很宽阔，望得见天上的星云反射浮光上。天上乌云并未散开，月色却毫无遮掩。半圆的月沉沉浮在天空，薄雾笼罩地面，一切的氛围仍然是诡异幽寂,有青蛙在长着芦苇的浅水地带低声聒聒不停。水畔靠左伸出一段腐旧的木板曾经用来洗衣淘米,现在走上人便摇摇欲断。水塘右岸低低斜伸一棵古老的柳树,柳枝垂拂水面。塘前是一块草地,靠左立一排破烂的栅栏,栏门歪歪的。右边茁生人高的野蒿,蒿旁有一棵小树,几块石头。

〔远处隐隐传来微弱的单调的鼓声,风吹来,才听得略微清晰,渐渐又听不见。

〔一刻,右面野蒿里有慌乱的奔跑与痛苦的喘息声,蛙声骤而停止,仇虎和焦花氏由右面野蒿中钻出来,二人疲乏欲死,仇虎的腿上满是刺伤,血殷殷流下。他肩上背着小包袱,手里拿着一根树干,他的形状更像个野人,头发藏满草梗,汗珠向下滴,两脚赤光光,脚趾为硬石磨破,裹着破布条。黑草草的胸膛沾腻一块一块的泥土,如同一个恐怖的困兽,他的胸剧烈地起伏着。焦花氏的眼警惕地随着仇虎的足迹,她的衣袖为野蒿勾破,撕成碎条,于是腕上两副金亮亮的手镯更露得清楚,随着她的机警的行动颤栗着。奔跑使她昏晕欲倒。头发为汗水浸湿,粘连几处。她的脸像洗过一样,颈下两三个扣子解开,上衣只掩盖着胸乳,裤腿卷上去,如同涉过浅河。

〔仇虎一手拉出焦花氏,把树干扔在一旁,倚着小树的干,仰天喘息。二人的视线为蒿遮住,看不见水塘。

仇　虎　哦,天!(用手背揩擦脸上的汗)

焦花氏　(几乎晕倒,立在仇虎旁)哦,可走出来了。

仇　虎　(苦痛地摇头,闭着眼)从蒿子里算跑出来了,可是我们还在林子里!

焦花氏　(惨痛地)还在林子里!哦,妈呀!(滑倒,跌坐在石头上)

仇　虎　(忙去扶她,焦灼地)金子!金子!你怎么啦?

焦花氏　(推开他)没有什么,我就走不动了!

仇　虎　走不动?

焦花氏　我头昏,我想喝水,喝口水!

仇　虎　(失望地)水!水!

431

焦花氏　（喘息）哪里有水，就一口水，（低声）就一口水！

仇　虎　（颓然坐在一个较高的石上。两手捧着腮骨，喑哑地）哪里有水！哪里有水！（苦痛地摸着喉咙，咽着唾沫）哦，我拿一桶金子换一桶水！可——（喘息）哪儿有水？

焦花氏　（咬住牙）哦，我的脚！

仇　虎　怎么？

焦花氏　这一脚都是泡，痛得钻心。

仇　虎　（暗郁）金子！

焦花氏　什么？

仇　虎　你跟我跑出来只有苦。

焦花氏　可我——我心里是舒服的。

仇　虎　人家看我是个强盗。

焦花氏　（斩钉截铁）我是强盗婆。

仇　虎　人家逮着我就砍。

焦花氏　我给你生下儿子报你的仇。

仇　虎　可你——（感激地望着她，忽然）你为什么要跟着我？

焦花氏　（执意地）我跟你一同到那黄金子铺的地方。

仇　虎　（低头，看自己的丑陋）为什么单挑上我？

焦花氏　（肯定地）就你配去，我——（低声）配去。

仇　虎　可是世上并没有黄金铺的城。

焦花氏　有，有。你不知道，我梦见过。（忽然）你听！（远远似乎有火车疾驰的声音）

仇　虎　什么？

焦花氏　我们快出林子了！

仇　虎　怎么？

焦花氏　（浮出一丝笑的影）火车？"吐——图——突——吐！吐——图——突——吐！"你听不见？

仇　虎　（奇怪地望着她）哪里有！你在做梦。

焦花氏　谁做梦？你听！（仿佛那火车愈驰愈远的渐渐消逝的声音）"吐——图——突——吐，吐——图——突——吐！"你听，慢慢就没有了，（忽

432

对仇虎）现在就没有了。

仇　虎　（明白这些声音都是她脑内的幻相，哀怜地叹口气）嗯，金子，也许我到过那黄金铺的好地方。可（愤恨地）我就思想起我在那块地方整年整月地日里夜里受的罪，我做苦力，挑土块，挨鞭子，一直等到我腿打瘸，人得了病，解到旁处，我才逃出来。那里的弟兄跟我一样受着罪，死的死，病的病。那里黄金子倒是有，可不是我们用，我们的弟兄一个一个瘦得像个鬼，（声音渐小）像个鬼，苦，——苦，——苦……

〔塘边忽而青蛙叫起来。

焦花氏　你听！这不是蛤蟆叫！

仇　虎　（谛听）是，是蛤蟆！那么（狂喜）有水啦！

焦花氏　（叫起）水！（忽而现出野蒿所遮掩的地带，望见一片水塘，颤抖地）哦，虎子！水！水！（仇虎也跑出，焦花氏跑到塘边跪下取水，但为芦苇挡住，下不得手）

仇　虎　（颤颤地）水！水！金子，那儿有板！（指塘边的条板）上去，趴在上面喝，你喝够了我再喝。（焦花氏奔上巍巍的木板，趴在上面喝水，仇虎在塘畔芦苇旁焦灼地等候。这时由左面慢慢起一种含糊的一面"哼"一面和的多少人的工作声，观众听得见的，单调而沉闷，在月光下，传到耳里，其声诡异，不似人音。仿佛有许多冤苦的幽魂在呻喊，而又不敢放声。仇虎耳朵竖起，忽然转过身来，出神谛听）

焦花氏　（在木板上）虎子！虎子！你也来，有地方，我捧着水，你喝。

仇　虎　（目不转睛望着左面，机械地）嗯！

〔由左缓缓踱出一对一对的人形，都是囚犯的模样，灰衣赤足，汗淋淋的，有的戴着草帽，有的光着秃顶，有的执着汗巾，或者腰上挂系着铁链，或者足踝上拴着铁链，多半瘦若枯柴，每两个系在一起。二人共抬一大筐土块。约莫有十人的光景，一个个低下头，慢慢地前面"哼"后面"唉"，离着仇虎有半丈的距离，一对一对走过去。

仇　虎　（张口）天！这不是他们?!

焦花氏　（由木板走过来）虎子！虎子！你怎么不喝水！

433

仇　虎　（悚住）别说话，你听！

〔由左面又走出一对囚犯，抬着水桶，桶上浮着瓢。前面的人拿铁铲，后面的拖着铁锄头。"哼啊！""唷啊！""哼啊！""唷啊！"

焦花氏　听什么？

仇　虎　（仍然注视他们）听不见？就这样！就这样！"哼啊！""唷啊！"

焦花氏　（明白了他又生了幻相）哦，虎子！

〔由左面走出一个魁伟的大汉，光着头，胳臂肘挂着狱警的黄制服，帽子放在手里，一只手提着皮鞭，身上只穿一件背心，汗水流下来。西瓜大的光头油亮亮，凶恶的眼睛前瞻后望，时而摸着身上的手枪。回头向左瞻望，后面还有多少囚犯，在幽暗的左面低沉冤愤地"哼啊！""唷啊！"工作着，一直不停。这时前面的囚犯已把土筐放下，大家揩汗，拿帽子当扇扇。

仇　虎　哦，（望着那狱警，不寒而栗地）他！他还没有死！

焦花氏　虎子，走！走！你又看见什么？

仇　虎　（摇手）不，不。

〔在右面休息的囚犯，有坐的，有蹲的，有斜靠在土筐上的，有立在那里偷偷与同伴说话的，有低头不语的，有暗暗擦着眼泪的。这时中间有个满脸疤痕，一双长腿的壮年囚犯，看见了仇虎一个人指指点点仿佛谈他。于是那有疤痕的汉子似乎招呼仇虎，像在叫："虎子，你，你怎么不来！弟兄们都在这儿。"

仇　虎　（忽然看见了他）这不是"火车头"么？（惊喜）"火车头"，"火车头"。（那有疤痕的"火车头"连连答应招手，并且告诉其他的囚犯）我是虎子——小虎子！

焦花氏　（拉着仇虎）虎子，你——你别这样！

仇　虎　（不顾她，他看见那帮囚犯一个一个向他望，都是惊喜而悲哀的神色，有的向他招手，有的叫他不要来。仇虎举起双手，对着他们。内中有一个大鼻头的瘦个儿，举动滑稽，对他拍手作脸，叫他快来）这不是"老窝瓜"么？"老窝瓜"，你们好么？（许多人都悲哀地摇摇头，"老窝瓜"又在招手，一个小矮个满脸麻子的人劝阻他）不要紧，"麻子爹"，我不去的，我逃出来了。（忽然对

434

着那个擦眼泪的瘦弱的囚犯）喂，"小寡妇"，你怎么还是在哭呀！（"小寡妇"抬头望望他，又低头哭泣。这时忽而一个满脸髭须的黑汉子抄起一根扁担，仿佛要跑向仇虎，对他打去，旁边一个大嘴小眼睛的囚犯接住他）"赛张飞"，你还记着那段仇，要打我么？"野驴"，你不用拉他，他打不着我，我逃出来了！（愉快地）我逃出来了。（囚犯里似乎愈闹愈凶，那狱警蓦然回头，举起皮鞭向囚犯们乱抽下去。内中有人拉住狱警，指着仇虎告诉这次争吵是为了他。那狱警听见便回首盯着仇虎，仇虎惧极，反身想跑，然而狱警仿佛一声大叫，虎子便如老鼠僵立不动，那狱警以鞭指他又指后面的囚犯，意思叫他赶快回来做活，似乎在喊："滚过来！仇虎！"虎子一旁颤抖，低头）我去！我去！我去！

焦花氏　（惊极）虎子，你别去！你别去！（但是看着仇虎恐怖的眼，只得放手，呆立在那里）

〔仇虎走进囚犯群，狱警吩咐他们与仇虎上了脚铐，令一个囚犯下来执鞭催促，仇虎抬起土筐，随在后面走，一不小心，狱警呼打，那执鞭的囚犯就狠命打下。

仇　虎　（每打一下，不自主摸着背脊，喊出）啊！啊！啊！
焦花氏　（苦痛地）哦！虎子！你喊什么？你喊什么？
仇　虎　（低声对着旁边的人）他打瘸了我一条腿，又想打瘸了我第二条腿。
　　　　（前面的囚犯由右直走下，一个囚犯放下土担子，到水桶前喝水，又一个也在喝，又一个……又一个，仇虎在一旁羡慕，实在忍不下心里的渴，跑到水桶前面，拿起瓢取水。忽而那狱警似乎大吼一声，走到面前，抢过皮鞭，把瓢子打下来，向仇虎乱抽去。仇虎忽而硬起来，一声不哼。在狱警喘息间，他忽而抢下他的鞭子，向狱警打下）

仇　虎　我拼了，我打死你！我打死你！我打死你！
　　　　〔狱警忽而抽出身上的手枪，向仇虎施放，但是不见响声，枪子放不出去。

仇　虎　（狂笑）你也有这么一天，你的枪也不灵了。你还欺负我们，你还欺负我们！现在你看我的！（抽出自己腰里的手枪，那些囚犯都退在后面，缩成一团。狱警大惊，四处奔跑，仇虎连对他放了两枪，"砰！砰！"一切人形忽然不见。仇虎惊愕地瞷视四周，望望月亮，俯视自己的脚下，并无脚镣的痕迹）

435

哦，天啊！

焦花氏　（一直被仇虎独自呼号迷惑住，现在才醒，捧一口水慢慢走过来）虎子，你喝口水。

仇　虎　（机械地）喝口水？（刚想低首喝——）

　　　　〔忽然一阵风吹过来，很清晰的鼓声一下一下打入人的耳鼓，森然可畏。

仇　虎　（对着焦花氏）鼓！鼓！鼓！（忽然）什么，还在这儿，还在这儿？（大叫）我们中了邪了！（推开焦花氏捧水的手，拉住她由左面跑下）

　　　　〔鼓声在这一场单调地响着。

第 四 景

〔在黑林子里——夜四时半。

〔林内小破庙旁。四面围起黑压压的林丛，由当中望进去，深邃可怖，一条蜿蜒的草径从那黑洞似的树林里引到眼前。眼前是一片高低不平的草地，在那短短的野草下藏匿着秋虫纵情地低唱。沿着那草径筑起粗细不匀的电线杆，靠外面的还清楚，里面的很像那黑洞口里的长牙。靠右偏后立起一座颓落的半人高的小土庙，里面曾经供祀个神祇，如今完全荒废。小庙前面一尺高的小土台原为插放香火，多少年风吹雨打，逐渐夷平。小庙的土顶已经歪斜，远看，小庙像个座椅，前面的土台仿佛是个小桌，有几块石头在旁边树立着。靠左偏前是一棵直挺挺的白杨，树叶在上面萧瑟作响。树前横放一块平整的长石，上面长满青苔，不知哪年香火盛时，虔诚的香客派来石工凿成平面，为人休息的。满林树叶甚密，只正中留一线天空，而天空又为黑云遮满，不见月色，于是这里黑漆漆的，幽森可畏。偶尔风吹过来，树叶和电线的响声同时齐作，仿佛有野生的动物在林中穿过。

〔仇虎扶着焦花氏由当中深邃的草径一步一步地拖过来，两人都是一身水泥。仇虎只剩下一条短短沿边撕成犬齿的布裤，焦花氏的鞋也在水里失去，衣裙滴下水，裤子卷得更高。包袱是在手里。仇虎一手举着手枪和弹袋，一手扶着焦花氏，眼里忽然烧起反抗的怒火，浑身水淋淋的。他回头呆望着更深的黑暗，打了一个寒战。忙匆匆地走进。

仇　虎　哦！好黑，（不觉又怕起来）怎么又走进来这么个黑地方。金子，（觉得焦花氏向下溜）金子！金子！

焦花氏　（抬头，把眼前的头发掠过去）我——我真走不动了。

仇　虎　（指着眼前一块石头）那么，你坐下。（扶着她坐下）

焦花氏　（打了个寒战）好冷！（希望地）赶过了这道水也许快出林子了吧。

仇　虎　（坐下）也许吧，赶过了河，路好像平整了点似的。

焦花氏　（回头望）我们走的像是一条大路。

仇　虎　（叹一口气）反正鼓是听不见了。

焦花氏　嗯，鼓没有了，（振作地）我们就要出林子。

仇　虎　（忽然兴奋地立起）嗯，出林子，出林子！出林子赶上火车，也许——也许天还没亮。（忽然仰望天空）怪，天上又不见月亮了。

焦花氏　（不自主地也望上去）嗯，刚才好好的，怎么一会儿连个星星也没有？

仇　虎　（忽而惊吓失声）金子！

焦花氏　怎么？

仇　虎　真的，一个星星也没有。

焦花氏　我们不还有一盒洋火。

仇　虎　洋火只剩下两——两根了。

焦花氏　那么我们怎么走？怎么走？

仇　虎　嗯，（失望地）怎么走？（坐在石头）黑，黑，黑得连颗星星的亮都没有。怎么走？怎么走？

焦花氏　（喃喃地）怎么走？（忽然走到白杨树下，跪下）哦，天啊，可怜可怜我们吧，再露一会儿月亮吧，再施舍给我们一点点儿的亮吧！（衷恳地）哦，就一会儿，一小会儿，天，可怜可怜我们这一对走投无路——

仇　虎　（暴声）金子，你求什么？你求什么？天，天，天，什么天？（暴

437

焦花氏　躁地乱动着两手）没有，没有，没有！我恨这个天，我恨这个天。你别求它，叫你别求它！

焦花氏　（觉得身上有洒下来的雨点）虎子！

仇　虎　什么？

焦花氏　（慢慢地）天下了雨了。

仇　虎　你说你身上洒下来了雨点？

焦花氏　嗯，我脸上也有。

仇　虎　那是我的血，我胳膊上的血甩出来的。

焦花氏　（惊愕地）你又流了血了。

仇　虎　嗯！（暗郁地）这就是天！你求他做什么。

焦花氏　（摇头）可怜，虎子，（坐在杨树前的长石上）今天一夜把你都逼疯了。

仇　虎　（愤恨）疯？哼，我得疯！今天一天我像过了一辈子，我仇虎生来是个明白人，死也做个明白鬼。要我今天死了，我死了见了五殿阎罗，我也得问个清楚：我仇虎为什么生下来就得叫人欺负冤枉，打到阎罗宝殿，我也得跟焦家一门大小算个明白。

焦花氏　（怕他又说胡话）虎子，你听草里头！

〔草里秋虫低吟。

仇　虎　什么？

焦花氏　蛐蛐！

仇　虎　嗯。

〔远处传来"布谷"的鸣声。

焦花氏　（忽然愉快地）"咕姑，咕姑"。"咕姑，咕姑"。

仇　虎　（听了一刻，忽然，叹一口气）完了！没有了！

焦花氏　（明白他的意思所指，然而——）为什么？

〔不等问毕，一阵风吹来，电线鸣响起来，白杨树叶"哗哗"地乱嚷，风飕飕的。

焦花氏　（打寒战）哦，虎子！

仇　虎　你别怕。

焦花氏　（掩饰，打个寒战）不，好冷。（指着右面的荒址上）那——那是什么？

仇　虎　破庙。

焦花氏　虎子，我们走吧。
　　　　〔风吹过去，忽由远处幽长地呼出惨厉的声音，由远而近，又由近而远。
　　　　〔那声音：（因为辽远而有些含糊，凄厉地）回来呀，我的黑子！快回来吧！我的小黑子。
仇　虎　（突然变了声音，喑哑地）你听，你听，这是什么？这是什么？
　　　　〔那声音：（更凄寂地，渐近）回来，我的孙孙！快回来吧，我的小孙孙。
焦花氏　（惊恐）她！——她！——她！
仇　虎　她又跟上我们了。
　　　　〔那声音：（怪厉。不似人声，渐远）魂快回来，我的黑子！你魂快回来，我的心肝孙孙。
焦花氏　（忽然抱住仇虎）哦，天！
仇　虎　（颤抖）我们快——快走吧。
焦花氏　嗯，（刚走了两步，一脚踏在软而有刺的东西上，大叫起来）啊！虎子，我的脚！
仇　虎　什么？
焦花氏　脚底下，软几几的，刺！刺！乱动！
仇　虎　（由弹袋里取出洋火划燃，二人往下看）哪儿？
焦花氏　这儿！这儿！
仇　虎　（二人围着那个东西，一只火照着他们恐怖的脸）刺猬！
焦花氏　（放下心）刺猬。
　　　　〔这时由当中远处怪异地唱起一句"初一十五庙门开，"仇虎蓦回头。
仇　虎　这是谁？
焦花氏　像——像狗蛋！
　　　　〔顿时四处和唱着一群低沉幽森的声音："初一十五庙门开，"如同有多少被压迫冤屈的幽灵。
仇　虎　金子，你听，这是哪一堆人唱。
焦花氏　现在？

439

仇　虎　嗯！
焦花氏　（摇头）没有，——没有人唱。
　　　　〔接着，当中远处又在森厉可怖地唱："牛头马面两边排。"
仇　虎　谁——谁又在唱？
焦花氏　（谛听）是——是狗蛋。
　　　　〔跟随，四面又唱起多少低沉的声音，哀悼地重复着："牛头马面两边排！"这时仇虎忽而看见在右边破庙前黑暗里冉冉立起牛头和马面，如同一对泥傀儡，相对而立。
仇　虎　（惊愕，低声）这——是——什——么？
焦花氏　（不明白）什么？
仇　虎　（更低声）你没看见？
　　　　〔当中远处又唱："殿前的判官哟，掌着生死的簿。"
仇　虎　你听见了没有？
焦花氏　嗯，听见，这一定是狗蛋学的你。
　　　　〔紧接，四外阴沉沉地合唱："殿前的判官哟掌着生死的簿。"仇虎的眼里又在庙前边土台旁幻出一个披戴青纱，乌冠插着黑翅的判官，像个泥胎，悄悄地立在那里。
仇　虎　（倒呼出一口气）怎——么——回——事？
焦花氏　虎子！
仇　虎　妈呀！
　　　　〔不间断地当中远处又唱："青面的小鬼拿着拘魂的牌。"
焦花氏　（拉着仇虎）走吧！虎子！（仇虎不动）
　　　　〔立时，四边和起："青面的小鬼拿着拘魂的牌。"仇虎望见黑地里冉冉冒出一个手执拘牌的青脸的小鬼，立在土台之旁，恰如泥像。
仇　虎　哦！（揩揩头上的汗）
　　　　〔当中远处又唱，但是此次威森森地："阎王老爷哟当中坐。"
　　　　〔立刻仿佛四面八方和起那沉重而森严的句子，如若地下多少声音一齐痛苦而畏惧地低吼出来："阎王老爷哟当中坐。"似乎都等待着那最后的审判。仇虎望见一片昏黑的惨阴阴的雾里

440

渐渐显出一个头顶平天冠,两手捧着玉笏的黑脸的阎罗(地藏王),端坐小土庙之上,前面的土台成了判桌。阎罗正如庙里所见,一丝不动,塑好的泥胎。

仇　虎　(目瞪口张)哦,妈!

焦花氏　(更低的声音,为仇虎的森严态度慑吸)虎子,你——看——见——什么!

仇　虎　说,说不得。

〔当中远处幽远而悲悼地唱:"一阵阴风哟吹了个女鬼来!"

〔立刻,仿佛四面簌落簌落风声阴沉沉地吹起,四处幽长而哀伤地和唱,此次大半是女子的低声:"一阵哪阴风哟吹了个女鬼来!"随着四面的风声怨声,一个瘦小,穿着一身月白纺绸衣衫的姑娘,轻悄悄由黑暗里露出来。这姑娘的相貌和第二景的所见的毫无二致,只是更为怯弱苍白,鬓角贴上两张薄荷膏,手里拿着一根麻绳。她轻飘飘地移过去,像是一阵风,不沾尘埃,到了判桌前面跪下。

仇　虎　(惊愕)哦,我的屈死的妹妹。(焦花氏一声不响,看着仇虎,惊恐万分,不知怎样对他好)

〔于是阎罗开始审问,他的动作非常像个傀儡,判官在一旁查看手执的案卷。四方仿佛有多少无告的幽灵在呜咽哀嚎,后面有许多幽昧不明的人形移动,那绸衣的姑娘似乎哀痛地诉说自己生前的悲惨的遭遇,眼泪汪汪,告诉怎样父亲死,哥哥下了狱,自己也卖到妓院,怎样窑主客人一天一天地逼得吊死。说完深深叩头,哀请阎罗做主。

仇　虎　(含着眼泪听她申诉,不自主地泪水流下,他揩了又揩,很低)哦,妹妹!我的可怜的妹妹,你死得好惨!好委屈呀!

〔阎罗似乎对判官略略商议,便命传仇荣过审。桌前的青面小鬼将拘魂牌向里面一举,嘴里仿佛在喊些什么,立时四面八方多少幽灵哀悼地低声应和,于是由黑暗里走出另一个青面獠牙的小鬼带着白发龙钟的老农人,踱到桌前。那老头手铐脚镣,看见女儿,二人抱头大哭——无声。——判官似乎大吼一声,

441

〔两人同时跪下，那老者叩头如捣蒜，哀哀凄凄地把自己如何被阎王逼死的情形申诉个完全，说完又叩头无数。

仇　虎　（愤恨）哦，爹爹，我的苦命的爹爹！今天我们仇家人再得不到公道，那么世上就没有天理了。

〔这时忽然阎罗拍下惊堂木，对着仇虎叫了一声，仇虎抬头。所有判官、小鬼、牛头、马面、阎罗……都一齐恶森森地注视他。他几乎吓得不敢动转。四面的声音阴沉沉喊起，那青面的小鬼把拘魂牌对仇虎一举，仇虎不由自主地向他们走去。

焦花氏　虎子，虎子！你上哪儿去！（拉不住他，由他走去）

〔仇虎看见父妹，忍下眼泪，点点头便跪在案前。阎罗开始审询，四周嘁嘁喳喳有多少低低的议论。

仇　虎　（低头，声音诡异）小人仇虎身有两代似海的冤仇，前在阳世，上有老父年迈，下有弱妹幼小，都为那杂种狠心的焦连长所害，死于非命。我的老父弱妹两口，现已拘在阴曹地府，方才他们所供句句是真，无一是假。我在阳间，又被那杂种狠心的焦连长勾结那贪官污吏，陷害小人，把小人屈打成招，下狱八年，害成残废。杀了小人的老父，害死小人的弱妹，打断小人的大腿，强占小人的田产，都是那狼心狗肺的焦连长。小人仇虎此番供禀句句是真，无一是假，如若有半句瞎话，小人情愿上刀山，下油锅，单凭判官大人明断，小人决不埋怨。可是小人两代似海的仇冤，千万请阎王老爷做主，阎王老爷做主。（深深叩头）

〔阎罗突然传叫焦阎王。小鬼一呼，堂下幽灵齐声怒吼。这时焦阎王由黑暗中走出，神色非常骄悍。他依然穿着连长的制服，挂军刀，穿马靴，很威武地走到阎罗案前，并不跪下。

〔仇虎见着焦阎王，想站起动手，为判官喝住又跪下。

〔阎罗仿佛以仇虎的话询问焦阎王，焦阎王句句否认，加以驳斥。

仇　虎　（叩头）启禀阎王老爷，他的话是狡辩，一面之词。

〔焦阎王又要申说。

仇　虎　（立刻叩头）小人仇虎没有说错。
　　　　〔焦阎王又要辩白。
仇　虎　（又叩头）请阎王老爷把他立刻判罪，不要再听他的。
　　　　〔阎罗拍惊堂木令他不要说话。焦阎王走上前去，又发议论，阎罗频频点头，表示赞可。
仇　虎　（窥见连喊）阎王老爷不要信他的，你不要信他的，你不要信他的，他在阳间自己就是阎王。
　　　　〔阎罗勃然变色，令判官对仇虎的父亲、妹妹宣判。判后二人大哭，为小鬼们拖去。
仇　虎　（大愤）什么，我的爹还要上刀山，我的妹妹还要下地狱。你们这简直是——（被牛头一叉刺背，伏地不语）
　　　　〔阎罗又令判官宣判。焦阎王得意洋洋，仇虎气得浑身发抖。
仇　虎　（跳起）啊，你们还要拔我的舌头，叫他（指焦阎王），叫他上天堂。他上天堂！（暴躁地乱喊）你们这是什么法律？这是什么法律？
　　　　〔忽然马面一叉把他刺倒地下。这时焦阎王大声——听得见的——怪笑起来，每个"鬼"以至于阎罗都狞恶地得意地狂笑，声震天地。仇虎慢慢由地上抬起头来看牛头，牛头止笑，牛头的脸变成焦阎王狞恶的脸；转头看马面，马面止笑，马面也换为焦阎王狞恶的脸；转视小鬼，小鬼止笑，小鬼也化为焦阎王狞恶的脸；回转身望见判官，判官止笑，判官也改为焦阎王狞恶的脸；正面注视阎罗，阎罗止笑，阎罗就是焦阎王狞恶的自己。全场无声，仇虎环顾四面焦阎王的脸，向后退。
仇　虎　（咬牙切齿，低声）好，好，阎王！阎王！原来就是你！就是你们！我们活着受尽了你们的苦，死了，你们还想出个这么个地方来骗我们，（对着那穿军服的阎王，恶狠地）想出这个地方来骗我们！
　　　　〔突然，四面的焦阎王们又得意地大声狞笑起来，声响如滚雷。
仇　虎　（忽而抽出手枪，对准他们，连发三枪）你们这群骗子！强盗！你们笑！你们笑！你们笑！
　　　　〔一切景物又埋入黑暗里。

443

焦花氏　（苦痛地）虎子，你这是闹些什么哟？快走吧？
仇　虎　我！我！（摸着自己的头）

〔远处鸡鸣一声。

焦花氏　（惊吓）天快亮了！
仇　虎　快亮——

〔忽而由右面射来一枪，流弹呜地飞过。

焦花氏　枪！

〔继而由中间向他们身旁射一枪。

仇　虎　（谛听）糟了？侦缉大概又找着我们了。

〔忽而由右中枪声乱发。

焦花氏　哦，（抓住虎子）他们要围上我们。
仇　虎　（拉着焦花氏）冲上去！管他妈！跟他们拼！——（向前放一枪，四周枪声更密）

〔二人由左面跑下。

第 五 景

〔同序幕，原野铁道旁——破晓，六点钟的光景。

〔天空现了曙白，大地依然莽莽苍苍的一片。天际外仿佛放了一把野火，沿着阔远的天线冉冉烧起一道红光。乌云透了亮了，幻成一片淡淡的墨海，像一条火龙从海底向上翻，云海的边缘逐渐染透艳丽的金红。浮云散开，云缝里斑斑点点地露出了蔚蓝，左半个天悬着半轮晓月，如同一张薄纸。微风不断地吹着野地。

〔大地轻轻地呼吸着，巨树还那样严肃，险恶地矗立当中，仍是一个反抗的魂灵。四周草尖光熠熠的，乌黑铁道闪着亮。远处有野鸟和布谷在草里酣畅地欢鸣。

〔铁道旁哩石后面白傻子呼呼地打着鼾，侧身靠倚哩石，身旁有熄了火的纸灯笼歪歪地躺在土上。白傻子的衣服也为荆棘勾破，脸上沾腻上许多土，脚光光的，破鞋乱放在一旁。白傻子多半做着甜美的梦，脸上是平静而愉快的微笑。

〔远处鸡很畅快地叫了一声。

白傻子　（在梦里，模糊地）吐——兔——图——吐，吐——兔——图——吐……

〔远处火车笛声。

白傻子　（酣睡，含混地）漆——叉——卡——叉，漆——叉——卡——叉。

〔远处忽有枪一响，流弹由空气穿过，呜呜地。

白傻子　（吓醒，立起，揉揉眼睛，四面望望，莫明其妙，看见地上的纸灯笼，拿起来，突然想起半夜在林子领着焦母，把焦母丢在后面，以后找不着她的事。惊惧地）哦，坏了！（提着灯笼向东跑）焦大妈，狗蛋在这儿！（想想，方向不对，又向西跑）焦大妈！焦大妈！狗蛋跟灯笼在这儿。焦大妈！（没有应声，愣住，慢慢踱回铁轨当中，摸摸脑袋回想，忽然转过身，向天际喊，对着野塘）焦大妈！焦大妈！（举着灯笼说）灯笼在这儿！（拍拍自己）狗蛋也在这儿，（仍然没有应声，忽然）去你的！（顺着语气，不知地把灯笼扔入塘里）她也许死了！（才望见塘里有自己的灯笼，浮在水面，惊吓）哎呀！水！灯笼！她的灯笼！水！水！（连忙跳下铁轨基道，奔到野塘边。狗蛋在那里"扑腾扑腾"的声音）

〔常五由左面慌慌张张地走上。衣领没有系好，仿佛刚起来的样子。

常　五　（喊）焦大妈！焦大妈！焦大妈！（擦着汗，一个人念叨着）妈，我早就说过那个老神仙是个骗子手，小的在庙里没有活，老的出去叫了一夜的魂也叫不见了。念咒！打鼓！念咒！打鼓！念他妈的咒！（喊）焦大妈，念咒！打鼓！打她妈的鼓！（四处喊）焦大妈！焦大妈！（没有应声，纳闷）怪，狗蛋这孩子领她跑到哪儿去了呢？（冒叫一声）狗蛋！

白傻子　（忽然由铁轨基道跳出，下半身淋漓着水滴，右手提着浸透了的灯笼，左手拿着十日前仇虎投入塘里的铁镣。笑嘻嘻地）嗯，干什么？

常　五　（吓了一跳，似称呼又似骂）狗蛋！你怎么早不答应我。

白傻子　（唏唏地）你，你刚才就，就没有叫我。

常　五　没有叫你，你就——（忽然转了语气）焦大妈呢？

445

白傻子　（举起那水淋淋的灯笼）嗯！这儿！

常　五　干什么？

白傻子　这，这是她的灯笼。

常　五　（不耐烦）知道！个傻王八蛋！我问你，焦大妈呢？这一夜晚，你领她到哪儿去了？

白傻子　哦，哦！昨儿格夜晚！（张目阖眼）她……她叫小黑子，嗯，叫小黑子。我掌灯笼。我，我在前面，她——她在后面，她走，我——我也走，我走，她也就跟着走……

常　五　（嫌他说得啰嗦）知道！知道！

白傻子　（指手画脚）先，先是我扶她。后来她——她就扶着我。她，她越叫越高兴，她，她就不扶我，不扶我。原来我在前面走，她总是跟着我走。后来呀，我，我就——

常　五　（急不可耐）你跑了。

白傻子　（摇头）没，没有。我还是在前面走，可是我一回头，——

常　五　她怎么样？

白傻子　她没有跟着我走。就不见了，就不见了。

常　五　后来你就没有找她？

白傻子　谁说的？我找，我找，黑天野地里瞎找，找到这儿，我就——（不好意思地）我就睡着了。

常　五　个傻王八蛋，走吧？

白傻子　走？

常　五　快走！现在四面是官兵，拿着枪搜仇虎，还不快走！一枪把你打死！

白傻子　（惧怯地）又到庙里去？

常　五　到庙？庙里的神仙都叫人逮了！

白傻子　怎么？

常　五　那庙里的老家伙是个人贩子，拐人的。县里派人把他抓走了。走吧，跟你说，你也不懂。

白傻子　到哪儿？

常　五　找人！（指着白傻子手里的铁镣）咦，你从哪儿找来这个？

白傻子	你说这副镯子?水塘里捡的,(举起)你不要?
常　五	混蛋!放下!(白傻子扔在铁道里)
常　五	走!(向左走)

〔忽然由左面响了一枪又一枪。四周忽然悄寂。

白傻子	什么?
常　五	(提起脚望,惊慌地,低声)那虎子,虎子!
白傻子	(不懂)老虎?
常　五	(拉起白傻子)快走!

〔常五、白傻子二人返身右面下。

〔枪声再发,流弹呜呜飞过。焦花氏低腰由左面跑入。仇虎一面回头一面扶她向前走,仇虎驼着背,满脸汗,仿佛肩着千斤的重量。臂上肌肉愤怒地突起,两只眼暴出来,一手托着枪,插在腰里的匕首闪着光。现在他更像个野人,在和四周的仇敌争死活。看见了巨树,眉目间露出来好的计算,沉定地望着前面。焦花氏拿着包袱,痛苦地迈着艰难的步,一夜的磨难,使她胆大起来,紧张而沉着地向四面顾望。

仇　虎	(回首恨恨地)这帮狗杂种!四面围上了。
焦花氏	(喘息)虎子,走!向前走。
仇　虎	不用走,前面也是卡子!你刚才没听见四面都放枪?
焦花氏	(抓着他)可他们并不知道我们在这儿。
仇　虎	一会儿他们就来搜的。
焦花氏	(恳求)那么,还不快走!
仇　虎	(摇头)不,不走了,多走两步也是一样地——(忽然)我逃够了!
焦花氏	虎子,怕什么,我们还有枪。
仇　虎	枪是有的,可是不能——再放了。
焦花氏	(惊悸)你说子弹已经——
仇　虎	嗯,就剩下两粒了。
焦花氏	两粒?
仇　虎	在这儿只要放一枪,他们听着声音都会来的。
焦花氏	虎子,难道我们就——就在这儿完了完了!

仇　虎　不！不！不能完，我完了还有弟兄，弟兄完了，还有弟兄。我们不能子子孙孙生下来就受人欺负。你忘了我刚才跟你说的话？

焦花氏　你说——不，虎子，不能够，我不去。我不离开你。

仇　虎　金子，你去！你一个人可以逃得出去，他们并不是抓你。我，他们都认识！你先走，包袱里有钱。

焦花氏　虎子，你要我走！

仇　虎　（不顾地）走。

焦花氏　（眼泪流出来）虎子，可你叫我到哪儿去？

仇　虎　（坚硬地）我刚才告诉过你了。

焦花氏　你——你那帮朋友靠得住么？

仇　虎　他们都是我的好弟兄，干哪行的都有，告诉他们我仇虎不屑头，告诉他们我仇，仇虎走到头，没说过一句求人可怜的话。告诉他们现在仇虎不相信天，不相信地，就相信弟兄们要一块儿跟他们拼，准能活，一个人拼就会死。叫他们别怕势力，别怕难，告诉他们，我们现在要拼得出去，有一天我们的子孙会起来的。

焦花氏　虎子你说的是什么？我不走的。

仇　虎　金子！（抓住焦花氏）你忘了你跟我说的话啦？

焦花氏　（不明白）我说了什么？

仇　虎　你说我跟你这些天里头你也许，——

焦花氏　哦，那个！

仇　虎　说不定的，也许有。（忽然更迫切地）哦，金子，我信一定会有的。你要是不走，连——连这个没出世的也——也——

焦花氏　可是，虎子——

仇　虎　（忽然看见脚下的东西）金子！这是什么？

焦花氏　（惊愕）铁镣！

仇　虎　（拿起来看）嗯，老朋友！（辛酸地）我的老朋友又来了。金子，你知道，（以后一直拿着铁镣）它找我干什么吗？

焦花氏　（故作不知）那干什么？

仇　虎　这次它要找我陪它一辈子。

焦花氏　（忽然抱住仇虎）不，虎子，你不能走。

仇　虎　（怪异地看着焦花氏）我！我是不走。

焦花氏　你不走？

〔青蛙忽而由塘边鼓噪起来。

仇　虎　嗯，不走，（忽然望望巨树和野塘）怪，你还记得这块地方么？

焦花氏　记得。

仇　虎　现在又来了。

焦花氏　（悲哀）十天——像一眨巴眼。

仇　虎　嗯，一眨巴眼。那天我解开这个东西，（指铁镣）今天又要戴上了。金子，你后悔么？

焦花氏　后悔？我一辈子只有跟着你才真像活了十天。哼，后悔！

仇　虎　可是现在——

〔近处有布谷鸟酣适地唱起来。

焦花氏　你听！

仇　虎　（一丝微笑）"咕姑咕姑！"

焦花氏　虎子，你听着这个，你不想去么？

仇　虎　想去什么？

焦花氏　那黄金子铺的地方？

仇　虎　（凄然）嗯，现在那黄金子铺的地方只有你一个人配去了。

焦花氏　（大惊）你说什么？

仇　虎　（忽然举起焦花氏的包袱，坚硬地）金子，我要你走！

焦花氏　（收下包袱）虎子？

仇　虎　你走！

焦花氏　我不。

仇　虎　不走，（用下策逼她离开）我就放枪。（向天举枪）

焦花氏　干什么！

仇　虎　叫他们来。

焦花氏　不，虎子。

仇　虎　（痛苦地喊出来）走！（对天连放二枪，随把手枪扔在塘里，立时有一枪回过来）啊！金子（紧接枪声数响，俱向这边飞来）快跑！金子！

焦花氏　（喊起）哦，我的虎子。

449

仇　虎　（一手握住匕首，顿足）金子，你不走，我死也不饶你的。

焦花氏　（知道没有办法，眼泪顿时涌出，两手伸出，一面后退，一面望着仇虎）嗯，我走，我走。（枪声更密）

仇　虎　（看着焦花氏，满眶眼泪）记住，金子！孩子生下来，告诉他，他爸爸并没有叫这帮狗们逮住。告诉弟兄们仇虎不肯（举起铁镣）戴这个东西，他情愿这么——（忽用匕首向心口一扎）死的！（停在巨树，挺身不肯倒下）

焦花氏　（大叫，跑回来，抱着仇虎）虎子！我的虎子！

仇　虎　（冒着黄豆大的汗珠，咬住嘴唇）跑啊！金子，告诉弟兄们我的话。

焦花氏　（泣不可抑，匍匐在足下）哦，你，你！（枪声更近）

仇　虎　（喘息）快跑，枪近了，我看着你走。（忽然由焦花氏脑后鸣地飞过一颗流弹，中在她的左臂上，焦花氏回头，仇虎大喊）你还不——（一脚把焦花氏踢在基道下）走！

　　　　〔焦花氏滚在下面，抬头望仇虎。仇虎回首不顾。她才用手蒙着眼睛，不忍再看，由左跑下。

仇　虎　（待她离开，忽然回头望着她的背影，看她平安跑走。枪声四下更密更近，他忽然把铁镣举到眼前，狞笑而快意地——）哼！（一转身，用力把铁镣掷到远远铁轨上，铛锒一声。仇虎的尸身沉重地倒下）

　　　　　　　　　　　　　　　　　　　　　　　　　　——幕　落

北京人

──时间和地点──

- 第一幕
  中秋节。在北平曾家小花厅里。

- 第二幕
  当夜十一点的光景,曾宅小花厅里。

- 第三幕
  离第一幕约有一月,某一天,深夜三点钟,曾宅小花厅里。

──登场人物──

曾　皓——在北平落户的旧世家的老太爷，年六十三。

曾文清——他的长子，三十六。

曾思懿——他的长媳，三十八九。

曾文彩——他的女儿，三十三岁。

江　泰——他的女婿，文彩的丈夫，一个老留学生，三十七八。

曾　霆——他的孙子，文清与思懿的儿子，十七岁。

曾瑞贞——他的孙媳，霆儿的媳妇，十八岁。

愫　方——他的姨侄女，三十上下。

陈奶妈——哺养曾文清的奶妈，年六十上下。

小柱儿——陈的孙儿，年十五。

张　顺——曾家的仆人。

袁任敢——研究人类学的学者，年三十八。

袁　圆——袁的独女，十六整。

"北京人"——在袁任敢学术察勘队里一个修理卡车的巨人。

警　察

寿木商人　甲、乙、丙、丁。

第 一 幕

中秋节，将近正午的光景，在北平曾家旧宅的小花厅里，一切都还是静幽幽的，屋内悄无一人，只听见靠右墙长条案上一架方棱棱的古老苏钟迟缓低郁地迈着他"嘀嗒嘀嗒"的衰弱的步子，屋外，主人蓄养的白鸽成群地在云霄里盘旋，时而随着秋风吹下一片冷冷的鸽哨响，异常嘹亮悦耳，这银笛一般的天上音乐使久羁在暗屋里的病人也不禁抬起头来望望：从后面大花厅一排明净的敞窗望过去，正有三两朵白云悠然浮过蔚蓝的天空。

这间小花厅是上房大客厅和前后院朝东的厢房交聚的所在，屋内一共有四个出入的门路。屋右一门通大奶奶的卧室，门前悬挂一张精细无比的翠绿纱帘，屋左一门通入姑奶奶——曾文彩，嫁与留过洋的江泰先生的——睡房，门前没有挂着什么，门框较小，也比较肮脏，似乎里面的屋子也不甚讲究。小花厅的后墙几乎完全为一排狭长的纸糊的隔扇和壁橱似的小书斋占满。这排纸糊的隔扇，就是上房的侧门，占有小花厅后壁三分之二的地位。门槛离地约有一人，踏上一步石台阶，便迈入门内的大客厅里。天色好，这几扇狭长的纸糊隔扇也完全推开，可以望见上房的气象果然轩豁宽畅，正是个曾经盛极一时的大家门第。里面大客厅的门窗都开在右面，向前院的门大敞着，露出庭院中绿荫荫的枣树藤萝和白杨。此时耀目的阳光通过客厅里（即大客厅）一列明亮的窗子，洒满了一地，又反射上去，屋内阴影浮沉，如在水中，连暗淡失色的梁柱上的金粉以及天花板上脱落的藻饰也在这阳光的反照里熠熠发着光彩。相形之下，接近观众眼目的小花厅确有些昏暗。每到"秋老虎"的天气，屋主人便将这大半壁通大客厅的门扇整个掩闭，只容左后壁小书斋内一扇圆月形的纱窗漏进一些光亮，这半暗的小花厅便显得荫凉可喜。屋里老主人平日不十分喜欢离开后院的寝室的，但有时也不免到此地来养息。这小书斋居然也有个名儿，门额上主人用篆书题了"养心斋"三个大字的横匾。其实它只是小花厅的壁橱，占了小花厅后壁不到三分之一的地位，至多可以算作小花厅的耳室。书斋里正面一窗，可以望见后院老槐树的树枝，左面一门（几乎是看不见的）正通后面的庭院和曾老太爷的寝室。这耳室里沿墙是一列书箱，里面装满了线装书籍，窗前有主人心爱的楠木书案，紫檀八仙凳子，案上放着笔墨画砚，磁器古董，都是极其古雅而精致。这一代的主人们有时在这里作画吟诗，有时在这里读经清谈，有时在这里卜卜课，无味了就打瞌睡。

讲起来这小花厅原是昔日一个谈机密话的地方。当着曾家家运旺盛的时代，宾客盈门，敬德公，这位起家立业的祖先，创下了一条规矩：体己的亲友们都照例请到此地来坐候，待到他朝中归来，或者请人养心斋来密谈，或者由养心斋绕到后院的签押房里来长叙，以别于在大客厅候事的后生们。那时这已经鬓发斑白的老翁还年青，正是翩翩贵胄，意气轩昂，每日逐花问柳，养雀听歌，过着公子哥儿的太平年月。

如今过了几十年了，这间屋子依然是曾家子孙们聚谈的所在。因为一则家世的光辉和祖宗的遗爱都仿佛集中在这块地方，不肖的子孙纵不能再像往日敬德公那样光大门第，而缅怀已逝的繁华，对于这间笑谈坐息过王公大人的地方，也不免徘徊低首，不忍遽去。再则统管家务的大奶奶（敬德公的孙媳）和她丈夫就住在右边隔壁，吩咐和商量一切自然离不开这个地方。加以这间房屋四通八达，盖得十分讲究。我们现在还看得出栋梁上往日金碧辉煌的痕迹。所以至今虽然家道衰微，以至于连大客厅和西厢房都不得已让租与一个研究人类学的学者，但这一面的房屋再也不肯轻易让外人居用。这是曾家最后的一座堡垒。纵然花园的草木早已荒芜，屋内的柱梁亦有些褪色，墙壁的灰砌也大半剥蚀，但即便处处都像这样显出奄奄一息的样子，而主人也要在四面楚歌的环境中勉强挣扎、抵御的。

其实蓦一看这间屋子决不露一点寒伧模样。我们说过那沉重的苏钟就装璜得十分堂皇，钟后那扇八角形的玻璃窗也打磨得光亮（北平老式的房子，屋与屋之间也有玻璃窗），里面深掩着杏色的幔子——大奶奶的脾气素来不肯让人看见她在房里做些什么——仿佛锁藏着无限的隐秘。钟前横放一架金锦包裹的玉如意，祖传下来为子孙下定的东西。两旁摆列着盆景兰草和一对二十年前作为大奶奶陪嫁的宝石红的古瓶。条案前立一张红木方桌，有些旧损，上面铺着紫线毯，开饭时便抬出来当作饭桌。现在放着一大盘冰糖葫芦,有山楂红的,紫葡萄的,生荸荠的,胡桃仁的,山药豆的,黑枣的,梨片的,大红橘子瓣的,那鲜艳的颜色使人看着几乎忍不住流下涎水。靠方桌有两三把椅子和一只矮凳,擦得都很洁净。左墙边上倚一张半月形的紫檀木桌,放在姑奶奶房门上首,桌上有一盆佛手,几只绿绢包好的鼻烟壶,两三本古书。当中一只透明的玻璃缸,有金鱼在水藻里悠然游漾。桌前有两三把小沙发,和一个矮几,大约是留学生江泰出的主意,摆的较为别致。这面墙上悬挂一张董其昌的行书条幅,装裱颇古。近养心斋的墙角处悬一张素锦套着的七弦琴,橙黄的丝穗重重地垂下来。后面在养心斋与通大客厅的隔扇之间空着一块白墙,一幅淡远秀劲的墨竹挂在那儿,这看来似乎装裱得不久。在这幅竹子的右边立一个五尺高的乌木雕龙灯座,龙嘴衔一个四方的纱灯,灯纱是深蓝色的,画着彩色的花鸟。左边放一个白底蓝花仿明磁的大口磁缸,里面斜插了十几轴画。缸边放两张方凳,凳上正搁着一只皮箱虚掩着箱盖。

屋内静悄悄的,天空有断断续续的鸽哨响。外面长胡同里仿佛有一个人很吃力地缓缓推着北平独有的单轮水车,在磷磷不平的石铺的狭道上一直是单调地"孜妞妞,孜妞妞"地呻嘶着。这郁塞的轮轴声,由远而近,又由近而远,中间偶尔夹杂了挑担子的剃头师傅打着"唤头"(一种熟铁做成巨镊似的东西,以一巨钉自镊隙中打出,便发出"cang儿、cang儿"的金属音)如同巨蜂鸣唱一般嗡嗡的声音。间或又有磨刀剪的人吹起烂旧的喇叭"唔吼哈哈"地吼叫,冲破了单调的沉闷。

屋内悄然无人,淡琥珀色的宫瓷盆内蓄养着素心兰,静静散发着幽香,微风吹来,窗外也送进来桂花甜沁沁的气息。

〔半晌。

〔远远自大客厅通前院的门走进来曾大奶奶和张顺,他们匆匆穿过大花厅,踱入眼前这间屋子。张顺,一个三十上下的北平仆人,恭谨而又有些焦灼地随在后面。

〔曾思懿(大奶奶的名字),是一个自小便在士大夫家庭熏陶出来的女人。自命知书达礼,精明干练,整天满脸堆着笑容,心里却藏着刀,虚伪,自私,多话,从来不知自省。平素以为自己既慷慨又大方,而周围的人都是谋害她的狼鼠。嘴头上总嚷着"谦忍为怀",而心中无时不在打算占人的便宜,处处思量着"不能栽了跟头"。一向是猜忌多疑的,还偏偏误认是自己感觉的敏锐:任何一段谈话她都像听得出是恶意的攻讦,背后一定含有阴谋,计算。成天战战兢兢,好在自己造想的权诈诡秘的空气中勾心斗角。言辞间尽性矫揉造作,显露她那种谦和,孝顺,仁爱……种种一个贤良妇人应有的美德,藉此想在曾家亲友中博得一个贤惠的名声,但这些亲友们没有一个不暗暗憎厌她,狡诈的狐狸时常要露出令人齿冷的尾巴的。她绝不仁孝(她恨极那老而不死的老太爷),还夸口是稀见的儿妇,贪财若命,却好说她是第一等慷慨。暗放冷箭简直成了癖性,而偏爱赞美自己的口德,几乎是虐待眼前的子媳,但总在人前叹惜自己待人过于厚道。有人说她阴狠,又有人说她不然。骂她阴狠的,是恨她笑里藏刀,胸怀不知多么褊狭诡秘;看她不然的,是谅她胆小如鼠,怕贼,怕穷,怕死,怕一切的恶人和小小的灾难,因为瞥见墙边一棵弱草,她不知哪里来的怨毒,定要狠狠踩绝了根苗,而遇着了那能蜇噬人的蜂蛇,就立刻暗避道旁,称赞自己的涵养。总之,她自认是聪明人,能干人,利害人,有抱负的人;只可惜错嫁在一个衰微的士大夫家,怨艾自己为什么偏偏生成是一个妇道。她身材不高,兔眼睛微微有点斜。宽前额,高鼻梁,厚厚的嘴唇,牙齿向前暴突,两条乌黑的细眉像刀斩一般地涂得又齐又狠。说话时,极好暗窥看对方的神色,举止言谈都非常机警。她不到四十岁的模样,身体已经发胖,脸上仿佛有些浮肿。她穿一件浅黄色的碎花旗袍,金绣缎鞋,腋下系着一串亮闪闪的钥匙,手里拿着账单,眉宇间是恼怒的。

张　顺　(赔着笑脸)您瞅怎么办好,大奶奶?
曾思懿　(嘴唇一努)你叫他们在门房里等着去吧。

张　顺　可是他们说这账现在要付——

曾思懿　现在没有。

张　顺　他们说,（颇难为情地）他们说——

曾思懿　（眉头一皱）说什么？

张　顺　他们说漆棺材的时候，老太爷挑那个，选这个，非漆上三五十道不可，现在福建漆也漆上了，寿材也进来了，（赔笑）跟大奶奶要钱，钱就——

曾思懿　（狡黠地笑出声来）你叫他们跟老太爷要去呀，你告诉他们，棺材并不是大奶奶睡的。他们要等不及，请他们把棺材抬走，黑森森的棺材摆在家里，我还嫌晦气呢。

张　顺　（老老实实）我看借给他们点吧，大八月节的，那棺材漆都漆了，大奶奶。

曾思懿　（翻了脸）油漆店给了你多少好处，你这么帮着这些要账的混账东西说话。

张　顺　（笑脸，解释）不是，大奶奶，您瞅啊——

〔陈奶妈，一位六十多岁的老妇人，由大客厅通前院的门颤颤巍巍地走进来。她是曾家多年的用人，大奶奶的丈夫就吃她的乳水哺养大的。四十年前她就进了曾家的门，在曾家全盛的时代，她是死去老太太得力的女仆。她来自田间，心直口快，待曾家的子女有如自己的骨肉。最近因自己的儿子屡次接她回乡，她才回家小住，但不久她又念记她主人们的子女，时常带些土礼回来探望。这一次又带着自己的孙儿刚刚由乡下来拜节，虽然步伐已经欠稳，头发已经斑白，但面色却白里透红，说话声音也十分响亮，都显出她仍然是很健壮。耳微聋，脸上常浮泛着欢愉的笑容。

她的家里如今倒是十分地好过。她心地慈祥，口里唠叨，知悉曾家事最多，有话就说，曾家上上下下都有些惹她不起。她穿着一件月白色的上身，外面套了青织贡呢的坎肩，黑裤子，黑老布鞋。灰白的小髻上斜插一朵小小的红花。

张　顺　（惊讶）哟，陈奶奶，您来了。

陈奶妈　（急急忙忙，探探身算是行了礼）大奶奶，真是的，要节账也有这么要的，做买卖人也许这么要账的！（回头气呼呼地）张顺，你出去让他们滚蛋！我可没见过，大奶奶。（气得还在喘）

曾思懿　（打起一脸笑容）您什么时候来的，陈奶妈？

张　顺　（抱歉的口气）怎么啦，陈奶奶？

陈奶妈　（指着）你让他们给我滚蛋！（回头对大奶奶半笑半怒的神色）我真没有见过，可把我气着了。大奶奶，你看看可有堵着门要账的吗？（转身对张顺又怒冲冲地）你告诉他们，这是曾家大公馆。要是老太太在，这么没规没矩，送个名片就把他们押起来。别说这几个大钱，就是整千整万的银子，连我这穷老婆子都经过手，（气愤）真，他们敢堵着门口不让我进来。

曾思懿　（听出头绪，一半是玩笑，一半是讨她的欢喜，对着张顺）是啊，哪个敢这么大胆，连我们陈大奶妈都不认得？

陈奶妈　（笑逐颜开）不是这么说，大奶奶，他们认得我不认得我不关紧，他们不认识这门口，真叫人生气，这门口我刚来的时候，不是个蓝顶子，正三品都进不来。（对张顺）就你爷爷老张才，一年到头单这大小官的门包钱，就够买地，娶媳妇，生儿子，添孙子，（笑指着）冒出了你这个小兔崽子。

张　顺　（遇见了爷爷辈的，这般倚老卖老的同事，只好顺嘴胡溜，嘻嘻地）是啊，是啊，陈奶奶。

曾思懿　坐吧，陈奶妈。

陈奶妈　哼，谁认得这一群琉璃球，嘎杂子？我来的时候老太爷还在当少爷呢，（一比）大爷才这么点大，那时候——

曾思懿　（推她坐，一面劝着）坐下吧，别生气啦，陈奶妈，究竟怎么啦。

陈奶妈　哼，一到过八月节——

曾思懿　陈奶妈，他们到底对您老人家怎么啦？

陈奶妈　（听不清楚）啊？

张　顺　她耳朵聋，没听见。大奶奶，您别理她，理她没完。

陈奶妈　你说什么？

张　顺　（大声）大奶奶问您那要账的究竟怎么欺负您老人家啦？

459

陈奶妈　（听明白，立刻从衣袋取出一些白账单）您瞅，他们拦着门口就把这些单子塞在我手里，非叫我拿进来不可。

曾思懿　（拿在手里）哦，这个！

陈奶妈　（敲着手心）您瞧，这些东西哪是个东西呀！

曾思懿　（正在翻阅那帐单）哼，裱画铺也有账了。张顺，你告诉大树斋的伙计们，说大爷不在家。

陈奶妈　啊，怎么，清少爷！

曾思懿　（拿出钱来）叫他先拿二十块钱去，你可少扣人家底子钱！等大爷回来，看看这一节字画是不是裱了那么多，再给他算清。

张　顺　可是那裁缝铺的，果子局的，还有那油漆棺材的——

曾思懿　（不耐烦）回头说，回头说，等会见了老太爷再说吧。

张　顺　（指左面的门低声）大奶奶，这边姑老爷又闹了一早上啦，说他那屋过道土墙要塌了，问还收拾不收拾？

曾思懿　（沉下脸）你跟姑老爷说，不是不收拾，是收拾不起。请他老人家将就点住，老太爷正打算着卖房子呢。

张　顺　（不识相）大奶奶，下房也漏雨，昨天晚上——

曾思懿　（冷冷地）对不起，我没有钱，一会儿，我跟老太爷讲，特为给您盖所洋楼住。

〔张顺正在狼狈不堪，进退两难时，外面有——
〔人声：张爷！张爷！

张　顺　来了——
〔张顺由通大花厅的门下。

曾思懿　（转脸亲热非常）陈奶妈，您这一路上走累了，没有热着吧？

陈奶妈　（失望而又不甘心相信的神气）真格的，大奶奶，我的清少爷不在家——

曾思懿　别着急，您的清少爷（指右门）在屋里还没起来，他就要出来给他奶妈拜节呢。

陈奶妈　（笑呵呵）大奶奶，你别说笑话了，就说是奶妈，也奴是奴主是主，哪有叫快四十，都有儿媳妇的老爷给我——

曾思懿　（喜欢这样做作）那么奶妈让我先给您拜吧！

陈奶妈　（慌忙立起拉住）得，得，别折死我了，您大奶奶都是做婆婆的人，嗳，哪——（二人略略争让一会，大奶奶自然不想真拜，于是——）

曾思懿　（一笑结束）嗳，真是的。

陈奶妈　（十分高兴）是呀，我刚才听了一愣，心想进城走这么远的路就为的是——

曾思懿　（插嘴）看清少爷。

陈奶妈　（被人道中来意，愣了一下，不好意思地笑起来）您啊，真机灵，咳，我也是想看您大奶奶，愫小姐，老太爷，姑奶奶，孙少爷，孙少奶奶，您想这一大家子的人，我没看见就走——

曾思懿　怎么？

陈奶妈　我晚上就回去，我跟我儿媳妇说好的——

曾思懿　那怎么成，好容易大老远的从乡下来到北平城里一趟，哪能不住就走？

陈奶妈　（又自负又伤感）咳，四十年我都在这所房子里过了！儿子娶媳妇，我都没回去。您看，哪儿是我的家呀。大奶奶，我叫我的小孙子给您捎了点乡下玩意儿。

曾思懿　真是，陈奶妈那么客气干什么？

陈奶妈　（诚挚地）嗜，一点子东西。（一面走向那大客厅，一面笑着说）要不是我脸皮厚，这点东西早就——（遍找不见）小柱儿，小柱儿，这孩子一眨巴眼，又不知疯到哪儿去了。小柱儿！小柱儿！（喊着，喊着就走出大客厅到前院子里找去了）

〔天上鸽群的竹哨响，恬适而安闲。

〔远远在墙外卖凉货的小贩，敲着"冰盏"——那是一对小酒盅似的黄晶晶的铜器，摞在掌中，可互击作响——丁铃有声，清圆而浏亮，那声节是："叮嚓，叮嚓，叮叮嚓，嚓嚓叮叮嚓。"接着清脆的北平口音，似乎非常愉快地喊卖着："又解渴，又带凉，又加玫瑰，又加糖，不信你就闹（弄）碗尝一尝！（到了此地索性提高嗓门有调有板的唱起来）酸梅的汤儿来（读若雷）哎，另一个味的呀！"冰盏又继续簸弄着："叮嚓嚓，叮嚓嚓，嚓嚓叮叮嚓。"

〔此时曾思懿悄悄走到皮箱前,慢慢整理衣服。

曾思懿 (突然向右回头)文清,你起来了没有?

〔里面无应声。

曾思懿 文清,你的奶妈来了。

〔曾文清在右面屋内的声音:(空洞乏力)知道了,为什么不请她进来呀?

曾思懿 请她进来?一嘴的臭蒜气,到了我们屋子,臭气熏天,你受得了,我可受不了。你今天究竟走不走?出门的衣服我可都给你收拾好了。

〔声音:(慢悠悠地)鸽子都飞起来了么?

曾思懿 (不理他)我问你究竟想走不想走?

〔声音:(入了神似的)今天鸽子飞得真高啊!哨子声音都快听不见了。

曾思懿 (向右门走着)喂,你到底心里头打算什么?你究竟——

〔声音:(苦恼地拖着长声)我走,我走,我走,我是要走的。

曾思懿 (走到卧室门前掀起门帘,把门推开,仿佛突然在里面看见什么不祥之物,惊叫一声)呵,怎么你又——

〔这时大客厅里听见陈奶妈正迈步进来,放声说话,思懿连忙回头谛听,那两扇房门立刻由里面霍地关上。

〔陈奶妈携着小柱儿走进来。小柱儿年约十四五,穿一身乡下孩子过年过节才从箱子里取出来的那套新衣裳。布袜子,布鞋,扎腿,毛蓝土布的长衫,短袖肥领,下摆盖不住膝盖。长衫洗得有些褪了颜色,领后正中有一块小红补钉。衣服早缩了水——有一个地方突然凸成一个包——紧紧箍在身上,显得他圆粗粗地茁壮可爱。进门来,一对圆溜溜的黑眼珠不安地四下乱望,小胸脯挺得高高的,在衣裳下面腾腾跳动着,活像刚从林中跃出来的一只小鹿。光葫芦头上,滚圆的脸红得有些发紫,塌塌鼻子,小翘嘴,一脸憨厚的傻相。眉眼中,偶尔流露一点顽皮神色。他一手拿着一具泥土塑成的"刮打嘴"兔儿爷或猪八戒——"刮打嘴"兔儿爷是白脸空膛的,活安上唇,中系以线,下面扯着线，嘴唇就刮打刮打地乱捣起来，如果是黑脸红舌头的猪八戒，那手也是活的，扯起线来，那头顶僧帽，身披袈裟的猪八戒就会敲着木鱼打着铙，长嘴巴也仿佛念经似的"刮打"乱动，很可笑的——一手挟着一只老母鸡，提着一个蓄鸽子的长方空竹笼，后面跟随张顺，两手抱着一个大筐子，里面放着母鸡，鸡蛋，白菜，小米，芹菜等等。两个人都汗淋淋地傻站在一旁。

陈奶妈　走，走，走啊！（唠唠叨叨）这孩子，你瞧你这孩子！出了一身汗，谁叫你喝酸梅汤？立了秋再喝这些冰凉的东西非闹肚子不可。（回头对张顺）张顺，你在旁边也不说着点，由他的性！（指着）你这"刮打嘴"是谁给你买的？

小柱儿　（斜眼看了看张顺）他——张爷。

陈奶妈　（回头对张顺一半笑，一半埋怨）你别笑，你买了东西，我也不领你的情。

曾思懿　得了，别骂他了。

陈奶妈　小柱儿，你还不给大奶奶磕头。把东西放下，放下！
〔小柱儿连忙放下空鸽笼，母鸡也搁在张顺抱着的大筐子里。

曾思懿　别磕了，别磕了，老远来的，怪累的。

陈奶妈　（看着小柱儿舍不得放下那"刮打嘴"，一手抢过来）把那"刮打嘴"放下，没人抢你的。（顺手又交给张顺，张顺狼狈不堪，抱满了一大堆东西）

曾思懿　别磕了，怪麻烦的。

陈奶妈　（笑着说）你瞧这乡下孩子！教了一路上，到了城里又都忘了。（上前按着他）磕头，我的小祖宗！
〔小柱儿回头望望他的祖母，仿佛发愣，待陈奶妈放开手，他蓦地扑在地上磕了一个头，一骨碌就起来。

曾思懿　（早已拿出一个为着过节赏人的小红纸包）小柱儿，保佑你日后狗头狗脑的，长命百岁！来拿着，买点点心吃。（小柱儿傻站着）

陈奶妈　嗐，真是的，又叫您花钱。（对孙儿）拿着吧，不要紧的，这也是你奶奶的亲人给的。（小柱儿上前接在手里）谢谢呀，你，（小柱儿翻身又从张顺手里拿下他的"刮打嘴"低头傻笑）这孩子站没站相，坐没坐相，磕头也没个磕头相。大奶奶，你坐呀，嗐，路远天热！（拉出一把凳子就坐）我就一路上跟小柱儿说——

张　顺　（忍不住）陈奶奶我这儿还抱着呢！

陈奶奶　（回头大笑）您，你瞅我这记性！大奶奶，（把他拉过来一面说一面在筐里翻）乡下没什么好吃的，我就从地里摘（读若"哉"）了点韭黄，芹菜，擘兰（读若"辣"），黄瓜，青椒，豇豆，这点东西——

曾思懿　太多了，太多了。

陈奶奶　这还有点子小米，鸡蛋，俩啊老母鸡。

曾思懿　您这不简直是搬家了，真是的，大老远的带了来又不能——（回头对张顺）张顺，就拿下去吧。

陈奶奶　（对张顺）还有给你带了两个大萝卜。（乱找）

张　顺　（笑着）您别找了，早下了肚子了。

〔张顺连忙抱着那大筐由通大客厅的门走出去。

小柱儿　（秘密地）奶奶。

陈奶奶　干什么？

小柱儿　（低声）拿出来不拿出来？

陈奶奶　（莫明其妙）什么？

〔小柱儿忽然伶俐地望着他的祖母提一提那鸽笼。

陈奶奶　（突然想起来）哦！（非常着急）哪儿啦？哪儿啦？

小柱儿　（仿佛很抱歉的样子由衣下掏出一只小小的灰鸽子，顶毛高翘，羽色油润润的，周身有几颗紫点，看去异常玲珑，一望便知是个珍种）这儿！

陈奶奶　（捧起那只小鸽，快乐得连声音都有些颤动，对那鸽子）乖，我的亲儿子，你在这儿啦！怪不得我觉得少了点什么。（对大奶奶）您瞅这孩子！原来是一对的，我特意为我的清少爷"学磨"（"访求"的意思）来的。好好放在笼里，半路上他非要拿出来玩，哗的，就飞了一个。倒是我清少爷运气好，剩下的是个好看的，大奶奶，您摸摸这毛。（硬要塞在大奶奶的手中）这小心还直跳呢！

曾思懿　（本能地厌恶鸽子这一类的小生命，向后躲避，强打着笑容）好，好，好。（对右门喊）文清，陈奶奶又给你带鸽子来啦！

陈奶奶　（不由得随着喊）清少爷。

〔文清在屋内的声音：陈奶妈。

陈奶妈　（捧着鸽子，立刻就想到她的清少爷面前献宝）我进门给他看看！（说着就走）
曾思懿　（连忙）您别进去。
陈奶妈　（一愣）怎么？
曾思懿　他，他还没起。
陈奶妈　（依然兴高采烈）那怕什么的，我跟清少爷就在床边上谈谈。（又走）
曾思懿　别去吧。屋子里怪脏的。
陈奶妈　（温爱地）嗐，不要紧的。（又走）
曾思懿　（叫）文清，你衣服换好了没有？
　　〔文清在屋内应声：我正在换呢！
陈奶妈　（直爽地笑着）嗐，我这么大年纪还怕你。（走到门前推门）
　　〔文清在内：（大声）别进来，别进来。
曾思懿　（拦住她）就等会吧，他换衣服就怕见人——
陈奶妈　（有点失望）好，那就算了吧，脾气做成就改不了啦。（慈爱地）大奶奶，清少爷十六岁还是我给他换小裲裤呢。（把鸽子交给小柱儿）好，放回去吧！（但是又忍不住对着门喊）清少爷，您这一向好啊。
曾思懿　（同时拉出一个凳子）坐着说吧。
　　〔文清的声音：（亲热地）好，您老人家呢？
陈奶妈　（大声）好！（脸上又浮起光彩）我又添了一个孙女。
　　〔这时小柱儿悄悄把鸽子放入笼里。
　　〔文清的声音：恭喜您啊。
陈奶妈　（大声）可不是，胖着哪！（说完坐下）
曾思懿　他说恭喜您。
陈奶妈　嗐，恭什么喜，一个丫头子！
　　〔文清的声音：您这次得多住几天。
陈奶妈　（伸长脖子，大声）嗯，快满月了。
曾思懿　他请您多住几天。
陈奶妈　（摇头）不，我就走。
　　〔文清的声音：（没听见）啊？
陈奶妈　（立起，大声）我就走，清少爷。

465

〔文清的声音：干嘛那么忙啊？

陈奶妈　啊？

〔文清的声音：（大声）干什么那么忙？

陈奶妈　（还未听见）什么？

小柱儿　（忍不住憨笑起来）奶奶，您真聋，他问您忙什么？

陈奶妈　（喊昏了，迷惘地重复一遍）忙什么？（十分懊恼，半笑道）嗐，这么谈，可别扭死啦。得了，等他出来谈吧。大奶奶，我先到里院看看愫小姐去！

曾思懿　也好，一会儿我叫人请您。（由方桌上盘中取下一串山楂红的糖葫芦）小柱儿，你拿串糖葫芦吃。（递给他）

陈奶妈　你还不谢谢！（小柱儿傻嘻嘻地接下，就放在嘴里）又吃！又吃！（猛可从他口里抽出来）别吃！看着！（小柱儿馋滴滴地望着手中那串红艳艳的糖葫芦）把那"刮打嘴"放下，跟奶奶来！

〔小柱儿放下那"刮打嘴"，还恋恋不舍，奶奶拉着他的手，由养心斋的小门下。

曾思懿　真讨厌！（把那五颜六色的"刮打嘴"放在一边，又提起那鸽笼——）

〔文清在屋内的声音：陈奶妈！

曾思懿　出去了。

〔她的丈夫曾文清，由右边卧室门踱出——他是个在诗人也难得有的这般清俊飘逸的骨相：瘦长个儿穿着宽大的袍子，服色淡雅大方，举止谈话带着几分懒散模样。然而这是他的自然本色，一望而知淳厚，聪颖，眉宇间蕴藏着灵气。他面色苍白，宽前额，高颧骨，无色的嘴唇，看来异常敏感，凹下去的眼眸流露出失望的神色，悲哀而沉郁。时常凝视出神，青筋微微在额前边凸起。

〔他生长在北平的书香门第，下棋，赋诗，作画，很自然地在他的生活里占了很多的时间。北平的岁月是悠闲的，春天放风筝，夏夜游北海，秋天逛西山看红叶，冬天早晨在霁雪时的窗下作画。寂寞时徘徊赋诗，心境恬淡时，独坐品茗，半生都在空洞的悠忽中度过。

〔又是从小为母亲所溺爱的,早年结婚,身体孱弱,语音清虚,行动飘然。小地方看去,他绝顶聪明,儿时即有"神童"之誉。但如今三十六岁了,却故我依然,活得是那般无能力,无魂魄,终日像落掉了什么。他风趣不凡,谈吐也好,分明是个温厚可亲的性格,然而他给与人的却是那么一种沉滞懒散之感,懒于动作,懒于思想,懒于用心,懒于说话,懒于举步,懒于起床,懒于见人,懒于做任何严重费力的事情。种种对生活的厌倦和失望甚至使他懒于宣泄心中的苦痛。懒到他不想感觉自己还有感觉,懒到能使一个有眼的人看得穿:"这只是一个生命的空壳。"虽然他很温文有礼的,时而神采焕发,清奇飘逸。这是一个士大夫家庭的子弟,染受了过度的腐烂的北平士大夫文化的结果。他一半成了精神上的瘫痪。

〔他是有他的难言之痛的。

〔早年婚后的生活是寂寞的,麻痹的,偶尔在寂寞的空谷中遇见了一枝幽兰,心里不期然而有憬悟。同声同气的灵魂,常在静默中相通的,他们了解寂寞正如同宿鸟知晓归去。他们在相对无言的沉默中互相获得了哀惜和慰藉,却又生怕泄露出一丝消息,不忍互通款曲。士大夫家庭原是个可怕的桎梏,他们的生活一直是郁结不舒,如同古井里的水。他们只沉默地接受这难以挽回的不幸,在无聊的岁月中全是黑暗同龃龉,想得到一线真正的幸福而不可能。一年年忍哀耐痛地打发着这渺茫无限的寂寞日子,以至于最后他索性自暴自弃,怯弱地沉溺在一种不良的嗜好里来摧毁自己。

〔如今他已是中年人了,连那枝幽兰也行将凋落。多年瞩望的子息也奉命结婚,自己所身受的苦痛,眼看着十七岁的孩子重蹈覆辙。而且家道衰弱,以往的好年月仿佛完全过去。逐渐逼来的困窘,使这懒散惯了的灵魂,也怵目惊心,屡次决意跳出这窄狭的门槛,离开北平到更广大的人海里与世浮沉,然而从未飞过的老鸟简直失去了勇气再学习飞翔,他怕,他思虑,他莫明其妙地在家里踟蹰。他多年厌恶这个家庭,如今要分别了,他又意外无力地沉默起来，仿佛突然中了瘫痪。时间的蛀虫，已逐渐啮耗了他的心灵，他隐隐感觉到暗痛，却又寻不出在什么地方。

〔他进了屋还在扣系他的夹绸衫上的纽扣。〕

曾文清　（笑颜隐失）她真出去了？你怎么不留她一会儿？

曾思懿　（不理他）这是她送给你的鸽子。（递过去）

曾文清　（提起那只鸽笼）可怜，让她老人家走这么远的路，（望着那鸽子，赞赏地）啊，这还是个"凤头"！"短嘴"！（欣喜地）这应该是一对的，怎么——（抬头，一副铁青的脸望着他）

曾思懿　文清，你又把那灯点起来干什么？

曾文清　（乌云罩住了脸，慢慢把那鸽笼放下）

曾思懿　（叨叨地）昨儿格老头还问我你最近怎么样，那套烟灯，烟家伙扔了没有。我可告诉他早扔了。（尖厉的喉咙）怪事！怪事！苦也吃了，烟也戒了，临走，临走，你难道还想闹场乱子？

曾文清　（长叹，坐下）嗳，别管我，你让我就点着灯看看。

曾思懿　（轻蔑地）谁要管你？大家住在一起，也就顾的是这点面子，你真要你那好妹夫姑爷说中了，说你再也出不了门，做不得事，只会在家里抽两口烟，喝会子茶，玩玩鸽子，画画画，恍惚了这一辈子？

曾文清　（淡悠悠）管人家怎么说呢，我不就要走了么？

曾思懿　你要走，你给我留点面子，别再昏天黑地的。

曾文清　（苦恼地）我不是处处听了你的话么？你还要怎么样？（又呆呆望着前面）

曾思懿　（冷冷地挑剔）请你别做那副可怜相。我不是母夜叉！你别做得叫人以为我多么厉害，仿佛我天天欺负丈夫，我可背不起这个名誉。（走到箱子前面）

曾文清　（无神地凝望那笼里的鸽子）别说了，晚上我就不在家了。

曾思懿　（掀开箱盖，回头）你听明白，我可没逼你做事，你别叫人说又是我出的主意，叫你出去。回头外头有什么不舒服，叫亲戚们骂我逼丈夫出门受苦，自己享福，又是大奶奶不贤惠。（唠唠叨叨，一面整理箱中文清出门的衣服）我在你们家里的气可受够了，哼！有婆婆的时候，受婆婆的气，没有婆婆了，受媳妇的气，老的老，小的小，中间还有你这位——

曾文清 （早已厌倦，只好另外找一个题目截住她的无尽无休的话）咦，这幅墨竹挂起来了。

曾思懿 （斜着眼）挂起来了——

曾文清 （走到画前）裱得还不错。

曾思懿 （尖酸地）我看画得才好呢！真地多雅致！一个画画，一个题字，真是才子佳人，天生的一对。

曾文清 （气闷）你别无中生有，拿愫小姐开心。

曾思懿 （鄙夷地）咦，奇怪，你看你这做贼心虚的劲儿。我说你们怎么啦！愫小姐画张画也值得你这样大惊小怪的，又赋诗，又题字，又亲自送去裱。我告诉你，我不是个小气人。丈夫讨小老婆我一百个赞成。（夸张地）我要是个男人，我就讨个七八个小老婆。男人嚜！不争个酒色财气，争什么！可是有一样，（尖刻地）像愫小姐这样的人——

曾文清 （有点恼怒）你不要这样乱说人家。人家是个没出嫁的姑娘！

曾思懿 奇怪,（刁钻古怪地笑起来）你是她的什么！要你这么护着她。

曾文清 （诚挚地）人家无父无母的住在我们家里，你难道一点不怜恤人家！

曾思懿 （狡猾地把嘴唇一咧）你怜恤人家，人家可不怜恤你！（指着他说）你不要以为她一句话不说，仿佛厚厚道道，没心没意的。（精明自负）我可看得出这样的女人，（絮絮叨叨）这样女人一肚子坏水，话越少，心眼越多。人家为什么不嫁，陪着你们老太爷？人家不瘸不瞎，能写能画，为什么偏偏要当老姑娘，受活罪，陪着老头？（冷笑）我可不愿拿坏心眼乱猜人，你心里想去吧。

曾文清 （冷冷地望着她）我想不出来。

曾思懿 （爆发）你想不出来，那你是个笨蛋！

曾文清 （眉头上涌起寂寞的忧伤）唉，不要太聪明了！（低头踱到养心斋里，在画桌前，仿佛在找什么）

469

曾思懿　（更惹起她的委屈）我聪明？哼，聪明人也不会在你们家里苦待二十年了。我早就该学那些新派的太太们，自己下下馆子，看看戏，把这个家交给儿媳妇管，省得老头一看见我就皱眉头，像欠了他的阎王债似的。（自诩）嗳，我是个富贵脾气丫头命，快四十的人还得上孝顺公公，下侍候媳妇，中间还得看你老人家颜色。（端起一杯参汤）得了，得了，参汤都凉了，你老人家快喝吧。

曾文清　（一直皱着眉头，忍耐地听着，翻着，突然由书桌抽屉里抖出一幅尚未装裱的山水，急得脸通红）你看，你看，这是谁做的事？（果然那幅山水的边缘被什么动物啃成犬牙的形状，正中竟然咬破一个掌大的洞）

曾思懿　（放下杯子）怎么？

曾文清　（抖动那幅山水）你看，你看啊！

曾思懿　（幸灾乐祸，淡淡地）这别是我们姑老爷干的吧。

曾文清　（回到桌前，又查视那抽屉）这是耗子！这是耗子！（走近思懿，忍不住挥起那幅画）我早就说过，房子老，耗子多，要买点耗子药，你总是不肯。

曾思懿　老爷子，买过了。（嘲弄）现在的耗子跟从前不一样，鬼得多。放了耗子药，它就不吃，专找人心疼的东西祸害。

曾文清　（伤心）这幅画就算完了。

曾思懿　（刻薄尖酸）这有什么稀奇，叫愫小姐再画一张不结了么？

曾文清　（耐不下，大声）你——（突然想起和她解释也是枉然，一种麻木的失望之感，又蠕蠕爬上心头。他默默端详那张已经破碎的山水，木然坐下，低头沉重地）这是我画的。

曾思懿　（也有些吃惊，但仍坚持她的冷冷的语调）奇怪，一张画叫个小耗子咬了，也值得这么着急？家里这所房子、产业，成年叫外来一群大耗子啃得都空了心了，你倒像没事人似的。

曾文清　（长叹一声，把那张画扔在地上，立起来苦笑）嗳，有饭大家吃。

曾思懿　（悻悻然）有饭大家吃？你祖上留给你多少产业，你夸得下这种口。现在老头在，东西还算一半是你的，等到有一天老头归了天——

〔突然由左边屋里发出一种混浊而急躁的骂人声音，口气高傲，骂得十分顺嘴，有那种久于呼奴使婢骂惯了下人的派头。

〔左屋内的声音：滚！滚！滚！真是混账王八蛋，一群狗杂种。

曾思懿　（对文清）你听。

〔左屋内的声音：（仿佛打开窗户对后院的天井乱喊）张顺，张顺！林妈！林妈！

曾文清　（走到大花厅门口、想替他喊叫）张顺，张——

曾思懿　（嘴一努，瞪起眼睛，挑衅的样子）叫什么？（文清于是默然，思懿低声）让他叫去，成天打鸡骂狗的。（切齿而笑）哼，这是他给你送行呢！

〔左屋内的声音：（咻咻然）张顺，八月节，你们都死了！死绝了！

曾思懿　（盛气反而使她沉稳起来，狞笑）你听！

〔左屋内的声音：（拖长）张——顺！

曾文清　（忍不住又进前）张——

曾思懿　（拦住他，坚决）别叫！看我们姑老爷要发多大脾气！

〔砰朗一声，碗碟摔个粉碎，立刻有女人隐泣的声音。

〔半晌。

曾文清　（低声）妹妹刚病好，又哭起来了。

曾思懿　（轻蔑地冷笑）没本事，就知道欺负老婆。还留学生呢，狗屁！

〔屋内的声音：（随她的话后）混账王八蛋！

〔砰朗一声，又碎了些陶瓷。

〔屋内的声音：（吼叫）这一家人都死绝了？

曾思懿　（火从心上起，迈步向前）真是太把人不放在眼里了！我们家的东西不是拿钱买的是怎么？

曾文清　（拦劝，低声）思懿，不要跟他吵。

〔张顺慌忙由通大客厅门口上。

张　顺　（仓皇）是姑老爷叫我？

曾文清　快进去吧！

〔张顺忙着跑进左屋里。

曾思懿　（盛怒）"有饭大家吃"，（对文清）给这种狼虎吃了，他会感激你

471

么？什么了不起的人？赚钱舞弊，叫人四下里通缉的，躲在丈人家，就得甩姑老爷的臭架子啦？（指着门）一到过年过节他就要摔点东西纪念纪念。我真不知道——

〔曾霆——思懿和文清生的儿子——汗涔涔地由通大客厅的门很兴奋地急步走进来。

〔曾霆，这十七岁的孩子，已经做了两年多的丈夫了。他的妻比他大一岁，在他们还在奶妈的怀抱时，双方的祖父就认为门当户对，替他们缔了婚姻，日后年年祖父祖母眼巴巴地望着重孙，在曾霆入了中学的前二年，一般孩子还在幸福地抛篮球，打雪仗，斗得头破血流的时候，便挑选一个黄道吉日，要为他们了却终身大事。于是在沸天震地的锣鼓鞭炮中，这一对小人儿——他十五，她十六——如一双临刑的羔羊，昏惑而惊惧地被人笑嘻嘻地推到焰光熊熊的龙凤喜烛之前：一拜再拜三拜……从此就在一间冰冷的新房里同住了两年零七个月。重孙还没有降世，祖老太太就在他们新婚第一个月升了天，而曾霆和他的妻就一直是形同路人，十天半月说不上一句话，喑哑一般地挨着痛苦的日子，活像一对遭人虐待的牲畜。每天晚上他由书房归来，必须在祖父屋里背些《昭明文选》《龙文鞭影》之类的文章，偶尔还要临摹碑帖，对些干涩的聪明对子。打过二更他才无精打采地回到房里，昏灯下望见那为妻的依然沉默地坐着，他也就一言不发地拉开了被沉沉睡去。他原来就是过于早熟的，如今这强勉的成人生活更使他抑郁不伸，这么点的孩儿，便时常出神发愣，默想着往日偷偷读过的那些《西厢》《红楼》这一类文章毕竟都是一团美丽的谎话，事实完全不是如此。

〔进了学校七个月才使他略微有些异样，同伴们野马似的生活，使他多少恢复他应有的活泼，家人才发现这个文静的小大人原来也有些痴呆的孩子气。这突如其来的天真甚至于浮躁，不但引起家里长辈们的不满，连远房的亲属也大为惊异，因为一向是曾家的婴儿们仿佛生下来就该长满了胡须，迈着四方步的。户外生活逐渐对他是个巨大的诱惑。他开始爱风，爱日光，爱小动物，爱看人爬树打枣，甚至爱独自走到护城河畔放风筝。尤其因为最近家里来了这么一个人类学者的女儿，她居然引动他陪着做起各种顽皮的嬉戏。莫明其妙地他暗暗追随于这个明快爽利，有若男孩的女孩子身后，像在黑夜里跟从一束熊熊的火焰。她和他玩，她喋喋不休地问他不知多少难以回答的有趣的傻话。曾霆心里开始感觉生命中展开了一片新的世界，他的心里忽然奔突起来，有如一个初恋的男子——事实上他是第一次有这样的经历——他逐渐忘却他那循规蹈矩的步伐，有时居然被她的活泼激动得和她一同跳跃起来，甚至被她强逼着也羞涩涩地和她比武相扑，简直忘却他已有十七岁的年龄，如他祖父与母亲时常告诫的，是个"有家室之累"的大人了。

〔他生得文弱清秀，一若他的父亲。苍白而瘦削的脸上，深湛的黑眼睛，有若一泓澄静的古潭。现在他穿一身淡色的夹长衫，便鞋，漂白布单裤，眉尖上微微有点汗。

曾　霆　（突然瞥见他的母亲，止住脚）妈！
曾文清　从学堂回来了？
曾　霆　嗯，爹。
曾思懿　（继续她的牢骚）霆儿，你记着，再穷也别学你姑丈，有本事饿死也别吃丈人家的饭。看看住在我们家的袁伯伯，到月头给房钱，吃饭给饭钱，再古怪也有人看得起。真是没见过我们这位江姑老爷，屎坑的石头，又臭又硬！

〔前院一个女孩的声音：（愉快地）曾霆！曾霆！

曾文清　你听，谁叫你？

〔前院女孩声：曾霆，曾霆！

曾　霆　（不得已只好当着母亲答应）啊！

〔前院女孩声：（笑喊）曾霆，我的衣服脱完了，你来呀！

曾思懿　（厉声）这是谁？
曾　霆　袁伯伯的女儿。
曾思懿　她叫你干什么？
曾　霆　（有些羞涩）她，她要泼水玩。

473

曾思懿　（大吃一惊）什么，脱了衣服泼水，一个大姑娘家！

曾　霆　（解释地）她，她常这样。

曾思懿　（申斥里藏着嘲讽）你也陪着她？

曾　霆　（悪然）她，她说的。

曾思懿　（突然严峻）不许去！八月节泼凉水，发疯了！我就不喜欢袁家人这点，无法无天，把个女儿惯得一点样都没有。

〔女孩声：（高声）曾——霆！

曾　霆　（应声一半）哎！

曾思懿　（立刻截住）别答理她！

曾　霆　（想去告诉她）那么让我（刚走一步）——

曾思懿　（又扯住他）不许走！（对曾霆）你当你还小啊！十七岁！成了家的人了。你爷爷在你那么大，都养了家了！（突兀）你的媳妇回来了没有？

曾　霆　（一直很痛苦地听着她的话，微声）打了电话了。

曾思懿　她怎么说？

曾　霆　（畏缩）不是我打的，我，我托愫姨打的。

曾思懿　（怒）你为什么不打，叫你去打，你怎么不打？

〔女孩声：（几乎同时）曾霆，你藏到哪儿去了？

曾　霆　（昏惑地，不知答复哪面好）愫姨原来就要托她买檀香的。

〔女孩声：（着急）你再不答应，我可生气了。

曾思懿　（看出曾霆的心又在摇动。曾霆还没走半步，立刻气愤愤地）别动，愫姨叫她买檀香，叫她买去好了。（固执地）可我叫你自己给瑞贞打电话，你为什么不打？我问你，你为什么总是不听？不听？

曾　霆　（偷偷望一眼，又低头无语）

曾文清　（悠然长叹）他们夫妻俩没话说，就少让他说几句，何必勉强呢？凡事勉强就不好。

〔女孩声：（高声大叫）曾——霆！

曾思懿　（突然对那声音来处）讨厌！（转向文清）"勉强就不好"，什么事都叫你这么纵容坏了的，我问你，八月节大清早回娘家，这是哪家的规矩？她又不是不知道现在家里景况不好，下人少，连我也不是下厨房帮着张顺做饭。(刻薄地)哼,娘家也没有钱,可一小就养成千金小姐的脾气!(对曾霆咻咻然)你告诉她,到哪儿,说哪儿,嫁到我们这读书的世家,我们家里什么都不讲究,就讲究这点臭规矩!

〔由通大花厅的门跑进来雄赳赳的袁圆小姐,这个一生致力于人类学的学者十分钟爱的独女。她手提一桶冷水,穿着男孩儿的西式短裤,露出小牛一般茁壮的圆腿,气昂昂地来到门槛上张望。她满脸顽皮相,整天在家里翻天覆地,没有一丝儿安闲。时常和男孩儿们一同玩耍嬉戏,简直忘却自己还是个千金的女儿。她现在十六岁了,看起来,有时比这大,有时比这小。论身体的发育,十七八岁的女孩也没有她这般丰满;论她的心理,则如夏午的雨云,阴晴万变。正哭得伤心,转眼就开怀大笑,笑得高兴时忽然面颊上又挂起可笑的泪珠,活脱脱像一个莫明其妙的娃娃。但她一切都来得自然简单,率直爽朗,无论如何顽皮,绝无一丝不快的造作之感。

〔她幼年丧母,哺养教育都归思想"古怪"的父亲一手包办。人类学者的家教和世代书香的曾家是大不相同的。有时在屋里,当着袁博士正聚精会神地研究原始"北京人"的头骨的时候,在他的圆儿的想象中,小屋子早变成四十万年前民德尔冰期的森林,她持弓挟矢,光腿赤脚,半裸着上身,披起原来铺在地上的虎皮,在地板上扮起日常父亲描述得活灵活现的猿人模样。叫嚣奔腾,一如最可怕的野兽。末了一个飞石几乎投中了学者的头骨,而学者只抬起头来,莞然微笑,神色怡如也。这样的父女当然谈不上知道曾家家教中所宝贵的"人情世故"的。有一天大奶奶瞥见圆儿在郁热的夏天倾盆暴雨下立在院中淋雨,跑去好心好意地告诉她的父亲,不料一会儿这个父亲也笑嘻嘻地光着上身拿着手巾和他女儿在急雨里对淋起来。这是一对古怪的鸟儿,在大奶奶的眼里,是不吃寻常的食的。

〔她穿着短袖洋衬衣,胶鞋,短裤。头发短短的,汗淋的脸上红喷喷的。

475

袁　　圆　（指着曾霆）曾霆，你好，闹了归齐，你在这儿！（说着就提起那桶水笑嘻嘻地追赶上去，弄得曾霆十分困窘，在母亲面前，简直不知道如何是好）

曾　　霆　（大叫）水！水！（不知不觉地躲在父亲后面）

曾思懿　（惊吓）凉水浇不得！（拉住她）袁小姐我问你一句话。

袁　　圆　（回转身来笑呵呵地）什么？

曾思懿　（随嘴乱问）你父亲呢？

袁　　圆　（放下水桶，故意沉稳地）在屋里画"北京人"呢。（突然大叫一声猫捉耗子似的把曾霆捉住）你跑？看你跑到哪里？

曾　　霆　（笑得狼狈）你，你放掉我。

袁　　圆　（兴奋地）走，我们出去算账。

曾思懿　（大不高兴）袁小姐！

袁　　圆　走！

曾文清　（笑嘻嘻地）袁圆，你要一个东西不？

袁　　圆　（突想起来，不觉放掉曾霆）啊，曾伯伯，你欠了我一个大风筝，你说你有，你给我找的。

曾文清　（笑着）秋天放不起风筝的。

袁　　圆　（固执）可你答应了我，我要放，我要放！

曾文清　（微笑）我倒是给你找着一个大蜈蚣。

袁　　圆　（跳起来）在哪儿？（伸手）给我！

曾文清　（不得已）蜈蚣叫耗子咬了。

袁　　圆　（黠巧地）你骗我。

曾文清　有什么法子，耗子饿极了，蜈蚣上的浆糊都叫耗子吃光了。

袁　　圆　（顿足）你看你！（眼里要挂小灯笼）

曾文清　（安慰）别哭别哭，还有一个。

袁　　圆　（泪光中闪出一丝笑容）嗯，我不相信。

曾文清　霆儿，你到书房（指养心斋）里把那个大金鱼拿过来。

曾　　霆　（几乎是跳跃地）我拿去。

曾思懿　（吼住他）霆儿，跳什么？

〔曾霆又抑压自己的欢欣，大人似的走向书斋。

袁　　圆　（追上去）曾霆！（拉着他的手）快点，你！（把他拉到书斋里，瞥见那只五颜

六色上面有些灰尘的风筝，忍不住惊喜地大叫一声）啊，这么大！（立刻就要抢过来）

曾　霆　（脸上也浮起异常兴奋的笑容，颤抖地）你别拿，我来！（举起那风筝）

袁　圆　（争执）你别拿，我来！

曾　霆　你毛手毛脚地弄坏了。

袁　圆　（连喊）我来！我来！你爹爹为我糊的。

〔二人都在争抢着那金鱼。

曾思懿　（同时）霆儿！

曾　霆　（喘着气喊）不，不！（目不转睛望着她，兴奋而快乐地和袁圆争抢。十个苍白得几乎透明的手指握着那风筝的竹篾，被圆儿粗壮的手腕左右摇，几乎按不住那风筝）

袁　圆　（同时不住地叫）我来，我来！

曾　霆　（蓦然大叫一声，放下那风筝，呆望自己流血的手指）

袁　圆　（吃一惊）怎么？

曾思懿　（埋怨）你看！（走到他面前申斥）你看出了血了！

曾文清　（望着曾霆）扎破了？

曾　霆　（握着手指）嗯。

袁　圆　（关怀地）痛不痛？

曾　霆　（惶惑）有一点。

曾思懿　（握着曾霆）快去，上点七厘散。

袁　圆　（满有把握地）不用！（陡然低下头吮吸他手上的伤口）

曾　霆　（吃了一惊）啊！（一阵感激的兴奋在脸上掠过，他忸怩地拒绝母亲的手）妈，不用了，妈——

袁　圆　（吐出一口涎水，愉快地把他的手放开）得，还痛不痛？

曾　霆　（恶然低声）不痛了。

袁　圆　（指着那受伤的手指，仿佛对那手指说话）哼，你再痛我一斧头把你砍下来。

曾文清　（开玩笑）好凶！

袁　圆　（突然由地上提起那桶凉水）

477

曾　霆　（同时紧张）啊！
曾思懿
袁　圆　（对曾霆笑着）饶了你，这一桶水我不泼你了。（推着他）走，我们放风筝去。（曾霆立刻顺手拿起风筝）再见！曾妈妈。
　　　　〔圆儿跳跳蹦蹦地推着曾霆出了门，水洒了一地。
曾思懿　霆儿！
曾文清　（解劝地）让他们去吧！
曾思懿　你别管！（对外）霆儿！
　　　　〔霆儿只好又从外面走进来，后随那莫明其妙的袁圆。
曾　霆　（望着母亲）
曾思懿　（端起那碗参汤）把这碗参汤喝了它，你爹不喝了。
袁　圆　（圆眼一睁，惊讶地羡慕）参汤！
曾　霆　我不喝！
曾思懿　（厉声）喝掉！
曾　霆　（拿起就喝了一口，立刻吐出）真的，坏了。
曾思懿　胡说！（自己拿过来尝了一口，果然觉得口味不对，放下）哼！
　　　　〔这时袁圆顽皮地向曾霆招手，又轻悄悄颠着脚步推着曾霆的背走出。曾霆迈出门槛，袁圆只差一步——
曾思懿　（忽然）袁小姐！
袁　圆　（吃一惊）啊！（回头）
曾思懿　你过来！
袁　圆　（走过来）干什么？
曾思懿　（满脸笑容）今天我们家里，请你同你父亲一同过来过节，你对他说过了么？
袁　圆　（白眼）请我们吃中饭？
曾思懿　（异常讨好的神色）啊，特为请你这位顶好看的袁小姐。
袁　圆　（愣头愣脑）你胡扯！你们请的爸爸跟愫小姐，我知道。
曾思懿　哪个说的？
袁　圆　（自负）江姑老爷跟我都说了。
曾思懿　（和颜悦色）那么你想要新妈妈不？

袁　圆　我没妈妈,我也不要。

曾思懿　(劝导地)有妈好,你喜欢愫小姐做你的妈妈不?

袁　圆　(莫明其妙)我?

〔前院子里曾霆的声音:袁圆,快来,有风了!

袁　圆　(冷不防递给思懿一个纸包)给你!

曾思懿　(吃了一惊)什么?

袁　圆　爸爸给你的房租钱!

〔袁圆由通大客厅门跑下。

曾思懿　(鄙恶)这种孩子,真是没家教!

曾文清　(不安地)你,你跟江泰闹的什么把戏,你们要把愫方怎么样?

曾思懿　(翻翻眼)怎么样?人家要嫁人,人家不能当一辈子老姑娘,侍候你们老太爷一辈子。

曾文清　她没有说,你们怎么知道她要嫁人?

曾思懿　(嘴角又咧下来)看不出来,还猜不出来!我前生没做好事,今生可要积积德,我可不想坑人家一辈子。

曾文清　嫁人当然好,不过嫁给这种整天就懂研究死人脑袋壳的袁博士——

曾思懿　她嫁谁有你的什么?你关的什么心?(恶毒地)你老人家是想当陪房丫头一块嫁过去,好成天给人家端砚台拿纸啊,还是给人家铺床叠被,到了晚上当姨老爷啊?

曾文清　(气愤)你是人是鬼,你这样背后欺负人家?

曾思懿　(也怒)你放屁!我问你是人是鬼,用着你这样偏向着人家!

曾文清　她是个老姑娘,住在我们家里,侍候爹这些年——

曾思懿　(索性说出来)我就恨一个老姑娘死拖活赖住在我们家里,成天画图写字,陪老太爷,仿佛她一个人顶聪明。

曾文清　唉,反正我要走了,只要爹爹肯,你们——

曾思懿　他不肯也得肯,一则家里没有钱,连大客厅都租给外人,再也养不住闲亲戚,再则(斜眼望着他,刻薄地)人家自己要嫁人,你不愿意她嫁呀……

曾文清　(忍无可忍,急躁)谁说我不愿意她嫁?谁说我不愿意她嫁?谁说

479

不愿意她嫁？

曾思懿　（一眼瞥见愫小姐由养心斋的小门走进来，恰如猫弄老鼠一般，先诡笑起来）别跟我吵，我的老爷，人家愫小姐来了！

〔愫方这个名字是不足以表现进来这位苍白女子的性格的。她也就有三十岁上下的模样，出身在江南的名门世家，父亲也是个名士。名士风流，身后非常萧条；后来寡母弃世，自己的姨母派人接来，从此就遵守母亲的遗嘱，长住在北平曾家，再没有回过江南。曾老太太在时，婉顺的愫小姐是她的爱宠；这个刚强的老妇人死后，愫方又成了她姨父曾老太爷的拐杖。他走到哪里，她必须随到哪里。在老太爷日渐衰颓的暮年里，愫方是他眼前必不可少的慰藉，而愫方的将来，则渺茫如天际的白云，在悠忽的岁月中，很少人为她恳切地想一想。

〔见过她的人第一个印象便是她的"哀静"。苍白的脸上恍若一片明静的秋水，里面莹然可见清深藻丽的河床，她的心灵是深深埋着丰富的宝藏的。在心地坦白人的眼前那丰富的宝藏也坦白无余地流露出来，从不加一点修饰。她时常幽郁地望着天，诗画驱不走眼底的沉滞。像整日笼罩在一片迷离的秋雾里，谁也猜不着她心底压抑着多少苦痛与哀愁。她是异常的缄默。

〔伶仃孤独，多年寄居在亲戚家中的生活养成她一种惊人的耐性，她低着眉头，听着许多刺耳的话。只有在偶尔和文清的诗画往还中，她似乎不自知地淡淡泄出一点抑郁的情感。她充分了解这个整日在沉溺中生活着的中年人。她哀怜他甚于哀怜自己。她温厚而慷慨，时常忘却自己的幸福和健康，抚爱着和她同样不幸的人们。然而她并不懦弱，她的固执在她的无尽的耐性中时常倔强地表露出来。

〔她的服饰十分淡雅，她穿一身深蓝毛哔叽织着淡灰斑点的旧旗袍，宽大适体。她人瘦小，圆脸，大眼睛，蓦一看，怯怯的十分动人矜惜。她已过三十，依然保持昔日闺秀的幽丽，说话声音温婉动听，但多半在无言的微笑中静聆旁人的话语。

曾思懿　（对着愫小姐，满脸的笑容）你看，愫妹妹，你看他多么厉害！临走临走,都要恶凶凶地对我发一顿脾气。(又是那一套言不由衷的鬼话)不知道的,都看我这样子像是有点厉害,在家里不知道怎么恶呢!知道的,都明白我是个受气包:我天天受他(指文清)的气,受老爷子的气,受我姑奶奶姑老爷的气,(可怜的委屈样)连儿子媳妇的气我都受啊!(亲热地)真是,这一家子就是愫妹妹你,心地厚道,待我好,待我——

愫　方　(莫明其妙谛听这潮涌似的话,恬静地微笑着)

曾文清　(忍不住,接过嘴去)爹起来了?

〔思懿才停止嘴。屋里顿时安静下来。

愫　方　(安详地)姨父早起来了。(望见地上那张破碎的山水,弯身拾起)这不是表哥画的那张画?

曾思懿　(又叨叨起来)是呀,就因为这张画叫耗子咬了,他老人家跟我闹了一早上啦。

愫　方　(衷心的喜意)不要紧,我拿进去给表哥补补。

曾文清　(谦笑)算了吧,值不得。

曾思懿　(似笑非笑对文清眄视一下)不,叫愫妹妹补吧。(对愫方)你们两位一向是一唱一和的,临走了,也该留点纪念。

愫　方　(听出她的语气,不知放下好,不放下好,嗫嚅)那我,我——

曾文清　(过来解围)还是请愫妹妹动动手补补吧,怪可惜的。

曾思懿　(眼一翻)真是怪可惜。(自叹)我呀,我一直就想着也就有愫妹妹这双巧手,针线好,字画好。说句笑话,(不自然地笑起来)有时想着想着,我真恨不得拿起一把菜刀,(微笑的眼光里突然闪出可怕的恶毒)把你这两只巧手(狠重)斫下来给我按上。

愫　方　(惊恐)啊!(不觉缩进去那双苍白的手腕)

曾文清　你这叫什么笑话?

曾思懿　(得意大笑)我可是个粗枝大叶、有嘴无心的人。(拿起愫小姐的手,轻轻抚弄着)愫妹妹,你可别介意啊,我心直口快,学不来一点文绉绉的秀气样子。我常跟文清说(斜睨着文清)我要是个男人,我就不要像我这样的老婆,(更亲昵地)愫妹妹你说是不是?你说我——

481

〔正当着愫方惶惑无主，不知如何答复的时候，曾瑞贞——大奶奶的儿媳妇——提着一大包檀香木和柱香由通大客厅的门慌慌走进来。

〔曾瑞贞只有十八岁，却面容已经看得有些苍老，使人不相信她是不到二十的年轻女子。她无时不在极度的压抑中讨生活。生成一种好强的心性。反抗的根苗虽然藏在心里，在生人前，口上决不泄露一丝痕迹。眼神中望得出抑郁，不满，怨恨。嘴角总绷得紧紧的，不见一丝女人的柔媚。她不肯涂红抹粉也不愿穿鲜艳的衣裳，虽然屡次她的婆婆这样吩咐她，当她未如她的意时，为着这件事詈骂她。

〔当她无端遭她婆婆狺狺然辱骂时，她只是冷冷地对看着，她并不惧怕，仿佛是故意地对她漠然。她决不在她所厌恶的人的面前哭泣，示出自己的怯弱，虽然她心里是忧苦的。在孤寂的空房中，她念起这日后漫漫的岁月，有时痛不欲生，几要自杀，既又愤怒地想定：这幽灵似的门庭必须步出，一个女人该谋寻自己的生路。

〔当她还在十六岁的时候——想起来，仿佛隔现在是几十年——她进了中学只是二年，就糊里糊涂地被人送进了这个精神上的樊笼。在这个书香门第里，她仿佛在短短一个夜晚从少女的天真的懵懂中赶出来蓦然变成了一个充满了忧虑的成年妇人。她这样快地饱尝到做人的艰苦和忧郁的沉默，使她以往的朋友们惊叹一个少女怎会变得这样突然。她的小丈夫和她谈不上话来。她又不屑于学习那诌媚阿谀的妾妇之道来换取婆婆的欢心。她勉强做着曾家孙媳妇应守的繁缛的礼节。她心里知道长久生活在这环境中是不可能的。

〔在布满愁云一般的家庭里，只有愫姨是她的朋友。她间或在她面前默默流着眼泪，她也同情怜惜着愫姨嘤嘤隐泣时发自衷心的哀痛。但她和愫姨，是两个时代的妇女。她怀抱着希望，她逐渐看出她的将来不在这狭小的世界里，而愫姨的思想情感却跳不出曾家的围栏。她好读书。书籍使她认识现在的世界，也帮她获得几个热心为她介绍书籍以及帮助她认识其他方面的诚恳朋友。这一方面的生活她只偶尔讲与愫姨听，曾家其他的人是完全不知道的。

〔这些天她的面色不好，为着突如其来的一种身体上的变化，她的心里激荡着可怕的矛盾。她寝馈不安，为着一个未来的小小的生命，更深切地感到自己懵懵懂懂在这个家庭是怎样不幸，更想不明白为什么嫁与这个小人，目前又将糊糊涂涂为这个小人添了一个更小的生命。为着这个不可解决的疑难，她时常出门，她日夜愁思要想出一个解决的方法。

〔她进门有些犹疑。她晓得她穿暗淡的衣服先使婆婆看着不快。

曾瑞贞　妈，爹！
曾思懿　（嘲弄地）居然打电话把您请回来啦。我正在跟愫姨说，想叫辆汽车催请呢。
曾瑞贞　我，我身上有点不舒服。
曾思懿　（刁钻古怪地尖声笑道）难道这儿不是家，我就不能侍候您少奶奶啦？
愫　方　（替瑞贞说话）表嫂，她是有点不舒服。
曾思懿　好了没有？
曾瑞贞　（低声）好了。
曾思懿　（狠狠地看了她一眼）请吧，我怕你！快敬祖宗去吧。
曾瑞贞　嗯。（就转身向养心斋走）
曾思懿　（满面笑容对愫方）我这个人就是心软，顶不会当婆婆了，一看——（突然转身对瑞贞）喂，瑞贞，你怎么连你爹都不叫一声就走了。
曾瑞贞　叫过了。
曾思懿　（嫌她顶撞，顿时沉下脸对文清）你听见了？（不容文清答声，立刻转对瑞贞）我没听见。
曾瑞贞　（冷冷望着她，转身对文清）爹爹！
曾文清　（不忍）快走，快走吧！
曾思懿　（对瑞贞）愫姨呢？

483

曾瑞贞　(机械地)愫姨。
曾思懿　(对愫方又似谦和又似示威地阴笑)你看我们这位少奶奶简直是一点规矩也不懂。(转对瑞贞,非常慈祥的样子)你还不谢谢愫姨,愫姨疼你,刚才电话是愫姨打的。
曾瑞贞　谢谢愫姨。
曾思懿　你知道霆儿从学校回来了么?
曾瑞贞　知道。
曾思懿　你看见他跟袁小姐放风筝了么?
曾瑞贞　(低声)看见了。
曾思懿　(对愫方指着瑞贞)您瞅,有这种傻人不?知道了,也看见了。(忽然转对瑞贞)那你为什么不赶紧回来看(读阴平,"守"着的意思)着他。(自以为聪明的告诫)别糊涂,他是你的男人,你的夫,你的一辈子靠山。
曾文清　(寂寞地)小孩子们,一块玩玩,你总是大惊小怪地说这些话。
曾思懿　(故意)谁大惊小怪,你就会替这种女人说偏心话。(不自主地往愫方身上一瞟)这种女人看见就知道想勾引男人,心里顶下作啦。瑞贞,你收拾好神桌,赶快叫霆儿穿马褂敬祖宗,少跟那个疯小姐混。

〔瑞贞又提起那一大包檀香木和柱香。

曾思懿　回来,哪个叫买这些檀香木?
曾瑞贞　(不语)
愫　方　(低声)表嫂——
曾思懿　(佯未听见,仍对瑞贞)你发财啦?谁叫你买这么一大堆废东西?哪个那么讨厌多事。
愫　方　(镇静地)是我,表嫂。

〔静默。

〔瑞贞由养心斋小门下。

曾思懿　(沉闷中凑出来)哎,真是的,你看我这个人,可不是心直口快,有口无心。莽张飞,心里一点事都存不住。(似乎是抱歉)哎,我要早知道是愫妹吩咐的——

愫　方　（沉静）姨，姨父说买来为晚上自己念经用的。
曾文清　爹前几天就说要人买了。
曾思懿　（顺嘴人情）我们这位老太爷就是脾气怪，难侍候。早对我吩咐下来，不早就买啦？（又亲热地）哎，愫妹妹，你不知道，文清跟我多么感激你。这家里要没有你，老太爷不知道要对我这做儿媳妇的发多少次脾气啦。（非常关心的口气，低声）昨天晚上是老太爷又不舒服了吧？
愫　方　（微颔首）嗯。
曾思懿　（对文清，得意地）你看，可不是！（对愫方）我就听老爷子屋里"喀儿喀儿"直咳嗽。我就跟文清说："可怜，老爷子大概又在气喘呢！"（满脸忧虑的神气）我一听就翻来覆去睡不着，我直推着文清说："你听，大半夜了，愫妹妹还下厨房拿水，给爹灌汤婆子呢。真是的……"
曾文清　爹爹犯什么病？
愫　方　（无力地）腿痛，要人捶。他说心里头气闷。
曾思懿　（口快）那一定是——
曾文清　（恳挚地）于是他老人家就叫你捶了一晚上？
愫　方　（悲哀地微笑）捶捶，姨父就多睡一会。
曾思懿　（惊讶）啊，怪不得一早上我看见愫妹还在捶呢。
曾文清　（深沉的同情）那么，你到现在还没有睡？
曾思懿　（翘起舌头）通宵不睡觉怎么成！（疼惜的样子）哎，你怎么不叫我来替呀。真是的，快回屋睡一会。（推着愫方）你体子又单薄，哪经得住熬夜。（一肚子的关怀的心肠）哎，这是怎么说的。走，我的好妹妹，睡一会，回头真病了，我真要急死了。
愫　方　（哀婉地）不用，我睡不着。
曾思懿　文清，你看真是再没有比愫妹再孝心的人了。我就爱愫妹这样的脾气，（对着愫方夸赞）不说话，待人好，心地厚道，总是和和气气，不言不语的。（忽转对文清）文清，我要是男的，我就娶愫妹这样的人，一辈子都是福气。
曾文清　（解救）愫妹，你不是给爹拿参汤的么？

485

愫　方　哦，哦，是的。
曾思懿　你早说呀，我早就预备好了。(端起那碗参汤)
曾文清　刚才霆儿不是说这碗参汤——
曾思懿　你少听他胡扯。咳，还是我热热拿去吧！(笑嘻嘻)这才叫作"丑媳妇也得见公婆"呢！再丑再不爱看，也是没法子啦。(走了两步回头)哦，厨房那两碗菜是不是你做给文清在路上吃的？
愫　方　啊——嗯——
曾思懿　(尖刻)文清，你看你多福气，愫妹待你多好啊！临走临走，愫妹一夜没睡，还赶着做两碗菜给你吃，你还不谢谢？

〔思懿笑着由养心斋小门走下。

〔静默，窗外天空断断续续地传来愉快的鸽哨声。

曾文清　(感愧的眼光，满眼含着泪，低声)愫方，我，我——
愫　方　(低头不语)
曾文清　(望望她也低下头，嗫嚅)陈奶妈来，来看我们来了。
愫　方　(忍着自己的哀痛)她，她在前院。

〔思懿蓦然又从书斋的小门匆忙探出身来。

曾思懿　(满面笑容，招手)文清，陈奶妈在外面找你呢。你快走了，还不跟她老人家说两句话？来呀，文清！

〔愫方望着文清毫无生气地随着思懿由书斋小门下。

〔冷冷的鸽哨响。

〔磷磷石道上独轮水车单调的轮轴声。

〔远处算命瞎子悠缓的铜钲声。

〔一两句遥远市街上的"酸梅的汤儿来……"

愫　方　(伫立发痴，蓦然坐在一张孤零零的矮凳上嘤嘤隐泣起来)

〔微风吹来，响动着墙上挂的画。

〔外面圆儿的声音：(放着风筝，拍手喊)飞呀，飞呀，向上飞呀！

〔陈奶妈带着小柱儿由大花厅通前院的门走进来。小柱儿不转睛地回头望着半空中的纸鸢，阳光迎面射着一张通红的圆脸。

陈奶妈　愫小姐！
小柱儿　(情不自禁，拍手)奶奶，金鱼上天了！金鱼上天了！(指着天外的天空

|||(惋惜大叫)哎呀,金鱼又从天上摔下来了。金鱼——
陈奶妈　(望见愫方独自在哭,回首低声)别嚷嚷,你出去看去吧!
　　　　〔小柱儿喜出望外,三脚两步走出去。陈奶妈悄悄走到愫方面前。
陈奶妈　(缓缓地)愫小姐,你怎么啦?
愫　方　(低头)我,我——(又低声抽咽)
　　　　〔半晌。
陈奶妈　(叹了一口气,怜惜地把手放在她微微在抽动着的肩上)愫小姐,别哭了,我走了大半年了,怎么我回来您还是在哭呀?
愫　方　(抬头)我真是想大哭一场,奶妈,这样活着,是干什么呀!(扑在桌上哭起来)
陈奶妈　(低下头,眼泪几乎也流下来)别哭了,我的愫小姐,去年我就劝你多少次,(沉痛地)嫁了吧,还是嫁人好。就是给人填房都好。(一面擦着自己的泪水,一面强笑着)我可说话没轻没重的,一个大姑娘在姨父家混一辈子成怎么回事啊。(愫方又隐泣起来)好歹,嫁了吧,我的愫小姐,人家的家总不是自己的家呀!(愫方哭出声来,陈奶妈低声秘密地)那位袁先生我刚才到前院偷偷相了一下,人倒是——
愫　方　(抽咽)奶妈,你,你别说这个。
陈奶妈　(温慈地)是,八字都拿去合了么?
愫　方　(恳求她不要再说下去)奶妈。
陈奶妈　(摇头)我们这位大奶奶是不容人的。我看,清少爷,可怜,天天受她的气,我一想起来,心里真是总说不出的心疼啊。(忧伤地)哎,世上真是没有如意的事啊,你看,你跟清少爷,你们这一对——
　　　　〔瑞贞由养心斋小门匆忙上。
曾瑞贞　愫姨,爷爷叫你。
愫　方　哦!(忙起身擦擦眼睛,就低首向书斋走)
曾瑞贞　爷爷在前面厢房里!(愫方又低头转身向通大客厅的门走,瑞贞看出她在哭,就随在后面,低声)愫姨,你——

487

〔愫方依然低头向前走。
〔后院大奶奶在喊——
〔后院大奶奶声：瑞贞！

曾瑞贞　（停步应一声）哎！
　　　　〔后院大奶奶声：（尖厉）你又跑到哪儿去了，瑞贞？
曾瑞贞　在这儿！（依然随着愫方后面走）
愫　方　（在大客厅门槛上停步）你去吧！
曾瑞贞　不。（愫方又走，二人走进大客厅内；愫方先由通前院的门走出去）
　　　　〔大奶奶由养心斋小门上。
曾思懿　瑞贞，你——（瞥见陈奶妈）啊，陈奶妈，（满脸笑容指着后院）快去吧，你的清少爷正到处找你呢！
陈奶妈　（喜不自禁）清少爷？哪儿？
曾思懿　院子里。
　　　　〔陈奶妈又非常高兴地颤巍巍地由书斋走下。
　　　　〔瑞贞从通大客厅的门悄悄走上来。
曾瑞贞　妈。
曾思懿　（狠狠盯看她）你耳朵聋了！（四下一望）我叫你喊的人呢！
曾瑞贞　我，我——
曾思懿　（厉声）滚！死人！（瑞贞低首由她面前走过，切齿）看你那死样子，（顿足）你怎么不死啊！
　　　　〔瑞贞默默由书斋小门下。
曾思懿　（同时走到大客厅喊）霆儿，霆儿！
　　　　〔曾霆由大客厅通前院的门上。
曾　霆　（一脸汗）妈。
曾思懿　（责备，冷冷地）妈叫你，知道么？
曾　霆　（歉笑）知道。
曾思懿　（气消了一半）快穿好袍子马褂给祖先上供去！（曾霆立刻转身，向书斋走，思懿一手拉住他，异常和蔼地）孩子，以后，你别跟那个袁小姐玩，野姑娘，没规没矩的。（一半鼓励，一半泄愤的样子）你要是嫌瑞贞不好，你中学毕了业我给你再娶一个。好好念书，为你妈妈争气，将来——

〔曾霆正听得不耐烦时，张顺由左边姑老爷的卧室走出，曾霆乘机由书斋小门溜下。

〔左面卧室内：（门开时）混蛋！滚！滚！（砰地门随着关上）

曾思懿 什么事，张顺？

张　顺 （也气呼呼地）大奶奶，张顺想跟您请长假。

曾思懿 又怎么啦？

张　顺 （指手画脚）我侍候不了这位姑老爷，一天百事不做，专找着我们当下人的祖宗八代地乱"卷"（骂的意思）。

曾思懿 （愤愤）他是条疯狗，跟他一般见识干什么？

张　顺 （盛气难息）不，您另找人吧！我每天搪账不必说——

〔突然又由隔壁传来一声"混账——"。一个女人喊着说："你别去！别去！"男人暴叫："撒开手，我要见她！"

曾思懿 （仿佛感到什么，立刻低声）张顺，这边来说，让他去喊去。

〔张顺随着大奶奶由书斋内小门走出。

〔同时几乎一阵闯进来的是扭持着的姑老爷和姑太太。江泰顿时甩开手，曾文彩目瞪口张地望着他。他手握着一束钞票，气呼呼地乱指。

〔姑老爷江泰是个专攻"化学"的老留学生，到了北平，就纵情欢乐，尽量享受北平舒适的生活，几乎和北平土生的公子哥儿的神气，毫无二致。他有三十七岁神色，带着几分潦倒模样，人看来是很精明的，却仿佛走到社会里就比不过与他同样聪明的朋友们。于是他时时刻刻想占些小便宜，而总不断地在大处吃人的亏。他心地并不算奸恶，回国后，颇想大大发展一下。他不知为什么抛弃本行，洋洋自喜地做了官。做了几次官都不十分得意，在最后一任里，他拉下很大的亏空，并且据说有侵吞公款的嫌疑，非常不名誉地下了任。他没剩多少钱，就和太太寄居在丈人家里，成天牢骚满腹，喝了两杯酒就在丈人家里使气。人愈穷，气愈盛，指桌骂人，摔碟子摔碗是常有的事。

〔但他也不是没有可爱的地方，他很直率，肯说老实话，有时也很公平，固然他常欺蔑他的病妻，在太太偶尔高兴，开始发两句和他不同的议论的时候，他总是轻蔑地对她说："你懂得什么？"他还有一件长处，北平的饭馆、戏园各种游乐的场所他几乎处处知道门路。而且他最讲究吃，他是个有名的饕餮，精于品味食物的美恶，举凡一切烹调秘方，他都讲得头头是道，说得有声有色，简直像一篇袁子才的小品散文。他也好吹嘘，总爱夸显过去他若何的阔绰豪放，怎样得到朋友们的崇拜和称赞，有时说得使人难以置信。

〔通常他是无时无刻不在谈着发财的门径的。但多半是纸上谈兵的淡话，只图口头上快意，决未想到实行。只有一次，他说要办实业，想开一个一本万利的肥皂厂，就在曾家的破花窖里砌炉举火，克日动工，熬开一大锅黄澄澄的浓汤，但制成时，一块块胰子软叽叽的像牛油，原来他的化学教科书不好，那节肥皂的制造方法没有写明白，于是那些锅儿灶儿就一直扔在破花窖里，再没有人提。

〔经过这一次失败后，有一阵他绝口不谈发财。但不久躲在房里又忍不住和他的妻轻轻叹息说："总有一天我能够发明一种像万金油似的药，那我就——"于是连续地又有许多发财的梦，但始终都是梦。看相批命也不甚灵，命中该交财运的年头，事实都不如此。最近他才忽然想起一个巨大的计划，他要经商，他劝他丈人拿钱到上海做出口生意，并且如果一时手下不便，可以先卖了房子，作为营利的资本。但他的岳父照例以为不可。却又怕他的"姑老爷"的脾气发作，就对他唯唯否否，弄得他十分不快。

〔他身材不高，宽前额，丰满的鼻翼，一副宽大的厚嘴唇，唇上微微有些黑髭，很漂亮的。他眼神有些浮动，和他举止说话一样。

〔他穿一套棕色西服，质料和剪裁都好，领带拖在前面。一绺头发在顶上翘起来，通身上下都不整齐。

〔他的夫人曾文彩有三十三岁，十年前是一位有名娇滴滴的蜡美人，温厚娴静，婚后数年颇得他丈夫的宠爱。后来一直卧病，容颜顿改。人也憔悴瘦弱，脸色比曾家一般人还要苍白，几乎一点也看不出昔日的风韵。她非常懦弱。任何事她都拿不定主意。在旧书房里读了几年书，她简直是崇拜她的丈夫，总是百依百顺地听她丈夫的吩咐，甘心受着她丈夫最近几年的轻蔑和欺凌。病久了，她进门有些颤抖，唇惨白失色，头发微乱，她穿一件半旧蓝灰色羽纱旗袍，青缎鞋也有些破旧。

曾文彩　（哀求地）你这样去，成什么样子？

江　泰　（睁圆了眼）给他钱！什么样子？住房，给房钱，吃饭，给饭钱。

曾文彩　（怯弱地）你不要这么嚷，弄得底下人听见笑话。

江　泰　（愤慨）这有什么可笑话？给完了钱，我们就搬家。（举起那钞票乱甩，怒喊）我叫你给他钱为什么不去？（拔步就走）我自己去交给你父亲！

曾文彩　（死命拉住他，颤抖像一只将死的蝴蝶）江泰，你给我留点面子，这是我的娘家！

〔思懿偷偷由书斋小门冒出头窃听。

江　泰　（吐了一口涎水）娘家，我看还不及住旅馆有情分呢。（指着后院）老头死了，你要是拿他一个大钱，我立刻就跟你离婚。

曾文彩　（哀诉地）你从哪儿听的这些闲话？哪个告诉你说嫂嫂嫌我们住在此地？又是谁说你想着你岳父的钱哪？

江　泰　（傲慢地）奇怪，我贪这几个钱？（愤怒）你们家里的人一个个都是混蛋，小人，没见过钱的，第一你那个大嫂！

曾文彩　（低声怯惧地）你喊什么？她说不定就在隔壁！

江　泰　（痛快淋漓）我喊，我就是给她听，看她怎么样？看她敢怎么样？我要打死她，我要一枪打死她！

〔大奶奶先真要挺身而出，听见这可怕的恐吓，又悄悄退回去。

曾文彩　（叹息）再怎么说也是亲戚。

江　泰　什么亲戚？（牢骚满腹）亲戚是狗屁！我有钱，我得意的时候，认识我。没有钱，下了台，你看他们那副鬼脸子，（愈想愈恨）混账！借我的钱买田产的时候，你问问他们记得不记得？我叫他们累得丢了官，下了台，你问问他们知道不知道？昨天我就跟老头通融三千块钱，你看老头——

曾文彩　（连忙回头）我跟爹说！

江　泰　（怒冲冲）你不要去！你少给我丢脸！你以为你父亲吃斋念佛就有人心么？伤天害理，自己的棺材抬在家里，漆都漆好了，偏把人家老姑娘坑在家里，不许嫁人！

曾文彩　（弱声弱气）你不要这样胡说！

江　泰　哼，（凶横地）我问你，他怕死不怕死？

曾文彩　（枯笑）老人家哪个不怕死？

江　泰　那么他既然知道他要死了，为什么屡次有人给愫小姐提婚，他总是东不是西不是挑剔，反对？

曾文彩　（忠厚地）那也是为她好。

江　泰　（睁圆眼睛）你胡扯——自私！自私！就是自私！一句话，眼不见为净！我立刻走！我立刻就滚蛋，滚他妈的蛋！

〔曾霆由书斋小门上。

曾　霆　姑姑，姑丈，爷爷请您们二位敬祖去。

江　泰　我不去。

曾文彩　霆儿，你别听他的，我们就去。

曾　霆　妈说等着姑姑跟姑丈点蜡呢。

江　泰　我不去，我江家的祖宗还没有祭呢。

曾文彩　（哀恳地）走，把衣服换了，穿上袍子马褂——

〔愫方由书斋小门上。她手里拿着一包婴儿的衣服。

愫　方　（找着）瑞贞呢？

曾文彩　不在这儿。

愫　方　表姐夫，还不去，姨父都在祖先堂屋等着呢！

曾文彩　（几乎是乞怜）看我的份上，你去一趟吧！

江　泰　（翻翻眼）你告诉他，我没有工夫侍候。

〔江泰头也不回，由大客厅通前院的门下。

曾文彩　（追在后面）江泰你别走，你听我说。

〔文彩追下。
〔曾霆欲由大客厅走出去。

愫　方　（哀缓地）霆儿，你别走。
曾　霆　愫姨。
愫　方　你——（欲说又止）
曾　霆　什么？
愫　方　（终于）你为什么不跟瑞贞好呢？
曾　霆　（不语）
愫　方　（沉重）你们是夫妻呀。
曾　霆　（痛苦地）您别提这句话吧。
愫　方　譬，譬如她是你的妹妹，你忍心成天——
曾　霆　（哀恳地）愫姨！

〔他们觉得有人来，回头看见瑞贞低着头仿佛忍着极端的痛苦，匆匆由书斋小门走进。

曾瑞贞　（抬头，突然望见曾霆）哦，你，你在这儿。
愫　方　（立刻）你们谈谈吧。（急向大客厅那面走）

〔前院袁圆在叫——
〔袁圆的喊声：快来呀，曾霆！
〔曾霆原来与瑞贞相对无语，听见喊声，立刻抢在愫方的前面，疾步走进大客厅。

愫　方　霆儿，你——

〔曾霆不回顾，忙由大客厅通前院的门走出。愫方回过头，脸上罩满哀伤，慢慢向瑞贞走来。

曾瑞贞　愫姨！（扑在愫方的怀里哭泣起来）
愫　方　（低声抚慰）不要哭，瑞贞。
曾瑞贞　（忍不住地抽咽）我，我不，我不。
愫　方　（拉着她）我看你回屋躺一躺去吧。
曾瑞贞　（摇头）不，他母亲还叫我侍候开饭呢。
愫　方　（不安地探问着）你怎么一早就出去了？
曾瑞贞　我有，有点事。

493

愫　方　（摸着她的脸哀怜地）我看你睡一会吧，你的眼通红的。
曾瑞贞　（惨凄）不，那他母亲更要以为我是装病了。
愫　方　（同情地）你还吐么？
曾瑞贞　还好。
愫　方　（无意地）瑞贞，还是让我，我替你说了吧。
曾瑞贞　（坚决）不，不。
愫　方　那么先告诉霆儿吧。
曾瑞贞　（抑郁）他懂什么？他是个孩子。
愫　方　（劝解）可为什么不说呢？
曾瑞贞　（摇头）愫姨，你不明白。
愫　方　（不了解）为什么呢？（欣悦之色）这又不是什么怕人晓得的事。
曾瑞贞　（痛苦地望着愫方）愫姨，我要是能像你一样，一辈子不结婚多好啊。
愫　方　（哀静地凝视）你怎么说些小孩子话？
曾瑞贞　（痛心）愫姨，我们是小孩子啊，到了年底我十八，曾霆才十七呀。我同他糊糊涂涂叫人送到一处。我们不认识，我们没有情感，我们在房屋里连话都没有说的。过了两年了。（痛苦地）可现在，现在又要——
愫　方　（淳厚地）那你的爷爷才喜欢呢。
曾瑞贞　是呀，愫姨！我就是问为什么呀？为什么爷爷要抱重孙子，就要拉上我们这两个可怜虫再生些小可怜虫呢？
愫　方　（安慰）人家说有了小孩就好了，有了小孩夫妻的感情就会好了的。
曾瑞贞　（沉重地摇着头）不，愫姨，我不相信，我们不会好的。（肯定）即使曾霆又对我好，我在这样的家庭也活不下去的。（憎恶地）我真是从心里怕看见这些长辈们的脸哪！（拉着愫方的手）愫姨，如果这家里再没有你，我老早就死了。
愫　方　（感动地）不要这么说话。你还小，生了孩子大家就高兴了。
曾瑞贞　（哀愁）愫姨，怎么会高兴？杜家的账到现在没法子还，爷爷都说要卖房子——

494

愫　方　（低头）嗯。

曾瑞贞　多一个就多一个负担，曾霆连中学都还没毕业。

愫　方　（慈爱地笑着）不要像个小大人似的想下去了。活着吃苦不为着小孩子们，还有什么呢？毛毛生下来，我来替你喂。我来帮你，不要怕，真到了没路可走的时候，我母亲还留下一点钱，我们还可用在小孩子身上的。

曾瑞贞　（十分感动）愫姨，你，你的心真是——

愫　方　（高兴得流眼泪）那么，瑞贞，我一会儿替你说了吧，我替你告诉，先告诉表嫂，她想着要抱孙孙，就不会待你那样了。

曾瑞贞　（连忙）不，不，你不懂，我就不愿意告诉我这位婆婆。不，不，你千万谁也不要告诉。（激动地）愫姨，只有你，只有你——啊，愫姨，我心里乱慌慌的，昨天晚上我梦见我的母亲又活起来了，我还在家里当女孩子。（痛苦地）哦，愫姨，我要是永远不嫁人，永远不长大多好啊！（又抽咽起来）

愫　方　（抚慰）不要哭，不要再流眼泪了。我给你看一点东西吧！（打开那个布包，露出美丽的小婴儿绒线衣服）瑞贞，你看能用么？

曾瑞贞　（望着那件玲珑的小衣服，说不出话来）啊？

愫　方　喜欢么？

曾瑞贞　（颤抖着）怎么你连这个都预备好了？（虽然有些羞涩，但也忍不住欣欣笑起来）还，还早得很呢。

愫　方　做着玩玩，我也是学着做。

曾瑞贞　（一件一件地翻弄，欣喜地）好看，好看，真好看。（陡然放下衣服）可愫姨，你没有钱，你为什么花这么许多钱，为，为着——

愫　方　（哀矜地）为着我爱你，瑞贞，你不生气吧，我们都是无父无母，看人家眼色过日子的人。

曾瑞贞　（低下头，紧紧握住愫方的手）愫姨。（泪泫然流下来）

愫　方　（哀婉地）你现在快做母亲了，要成大人了，为什么想不要孩子呢？有了孩子，他就会慢慢待你好的。（手帕轻轻擦着瑞贞眼睫下面的泪水）顺着他一点，他还是个小孩呢！（摇头，哀伤地）唉，你们两个都是小孩，十七八岁的人懂得什么哟。（慢慢握紧瑞贞的手，诚挚

　　　　　地）瑞贞，昨天晚上你对我讲的话，那是万万做不得的。
曾瑞贞　（低声）为什么要这个小东西呢？（凝视）他是不喜欢我的。
愫　方　（恳切地）瑞贞，他再怎么不喜欢你，孩子是没有罪过的。岁数大了，心思就变了，有个小孩，家里再怎么不好，心里也就踏实多了。（凝望着她）你真想听你那个女朋友的话到什么地方去么？（悲哀地）哎，哪里又真是我们的家呀？
曾瑞贞　（愤慨）我不要家，我不要这个家。
愫　方　（立刻按住她的手，摇头）不，你小，你不明白没有家的女人是怎么过的，（泫然）那心里头老是非常地寂寞的。（不能自已）我自小就——（突然又抑制住自己的愁苦，急转，哀痛地）瑞贞，你听我的，你万不要做那样的事，万不要打掉那孩子。
曾瑞贞　嗯。
愫　方　你刚才是又找那个坏医生去了？
曾瑞贞　（不语）
　　　　〔后院文清喊——
　　　　〔文清声：瑞贞！
愫　方　你要对我说实话。
曾瑞贞　（望她）嗯。
　　　　〔文清声：瑞贞！
愫　方　那你以后再也不要去。
曾瑞贞　（哀痛地）嗯。
愫　方　（沉挚）你说定了？
　　　　〔正当瑞贞微微颔首的时候，文清低首由书斋小门上。
曾文清　（扬头突见愫方）哦，你在这儿！（对瑞贞）瑞贞，你给我拿马褂来。
曾瑞贞　是，爹！
　　　　〔瑞贞进了文清的卧室。
　　　　〔半晌，二人相对无语。
曾文清　（长叹一声）愫方，我要走了，以后，你，你一个人——
　　　　〔蓦然由大客厅通前院的门兴高采烈地跑进来袁圆。
袁　圆　（连喊）曾伯伯，曾伯伯！

曾文清　（转身笑着）什么？
袁　圆　小柱儿说他奶奶送给你一对顶好看的鸽子。
曾文清　（指那笼子里的鸽子）在那里。
袁　圆　（提起来）咦，怎么就剩下一个啦？
曾文清　（哀痛）那个在半路上飞了。
袁　圆　（赞美地指着笼里的鸽子，天真地）这个有名字不？
曾文清　（缓缓点头）有。
袁　圆　（恳切地）叫什么？
曾文清　（沉静地）它，它叫"孤独"。
袁　圆　真好看！（撒娇似的哀求着）曾伯伯，你送给我？
曾文清　好。
袁　圆　（大喜）谢谢你！你真是个好伯伯！（提着鸽笼跳起就跑）小柱儿！小柱儿！
　　　　〔袁圆一路喊着由大客厅通前院的门走出去。
　　　　〔静默，天空鸽哨声。
曾文清　（费力地）谢谢你送给我的画。
愫　方　（低头不语）
曾文清　（慢慢由身上取出一张淡雅的信笺）昨天晚上我作了几首小东西。（有些羞怯地走到她的面前）在，在这里。
愫　方　（接在手中）
曾文清　（温厚地）回头看吧。
愫　方　（望着他）一会儿，我不能送行了。
　　　　〔思懿突由书斋小门上。
曾思懿　（惊讶）哟，你们在这儿。（对愫方）老爷子叫你呢。
愫　方　（仍然很大方地拿着那张纸）哦。（立刻走向书斋）
曾思懿　（瞥见她手上的诗笺，忽然眼珠一转）啊呀，地上还有一张纸！
愫　方　（不觉得回头）啊？
曾文清　（惴惴然）哪儿？（忙在地上寻望）
曾思懿　（尖刻笑）哦，就一张！（望着愫方）原来在手上呢！
　　　　〔外面曾老太爷的声音：（苍老地）愫方哪！

497

愫　方　唉！

　　　〔愫方由书斋小门下。

曾思懿　（脸沉下来）你们又在我背后闹些什么把戏。

曾文清　（惶然）怎么——没有。

曾思懿　你刚才给她什么？

曾文清　（推诿）没有什么。

曾思懿　（厉声）你放屁，你瞒不了我！你说，她手里拿的是什么？你说——

曾文清　我——

　　　〔瑞贞由右边卧室拿着马褂走出来。

曾瑞贞　爹，马褂！（文清接下）

曾思懿　（对瑞贞恶烦）快去吧，你的愫姨等着你。

　　　〔瑞贞由书斋小门下。

　　　〔文清默默穿马褂。

曾思懿　（叨叨）我一辈子是大方人，吃大方的亏。我不管你们在我背后闹些什么，（百般忍顺的模样）反正这家里早已不成一个家。"树倒猢狲散"，房子一卖，你带你的儿子媳妇一齐去过（"生活"的意思）也好，或者带你的宝贝愫妹妹过也好，我一个人到城外尼姑庵一进，带发修行，四大皆空。（怕他不信）你别以为我在跟你说白话，我早已看好了尼姑庵，都跟老尼姑说好了。

曾文清　（明知她说的是一套恐吓的假话，然而也忍不住气闷颤抖地）你这是何苦？你这是何苦？

曾思懿　（诉苦）我也算替你曾家生儿养女，辛苦了一场，我上上下下对得起你们曾家的人！过了八月节，这八月节，我把这家交给姑奶奶，明天我就进庙。（向卧室走）

　　　〔张顺由大客厅通前院的门急进。

张　顺　（急促）大奶奶，那漆棺材的要账的伙计——

曾思懿　叫他们找老太爷！

张　顺　（狼狈）可他们非请大奶奶——

曾思懿　（眼一翻）跟他们说大奶奶死了，刚断了气！

〔思懿进卧室。

曾文清 （望着卧室的门）

〔张顺叹了一口气由大客厅通前院门下。

曾文清 思懿！（推卧室门）开门！开门！你在干什么？
曾思懿 （气愤的口气）我在上吊！
曾文清 （敲门）你开门！开门！你心里在想着什么？你说呀，你打算——（回头一望，低声）爹来了！

〔果然是由书斋小门，瑞贞、愫方和陈奶妈簇拥着曾皓走进来。

〔曾皓，至多看来不过六十五，鬓发斑白，身体虚弱，黄黄的脸上微微有几根稀落惨灰的短须。一对昏瞀而无精神的眼睛，时常流着泪水，只在偶尔振起精神谈话时才约莫寻得出曾家人通有的清秀之气。他吝啬，自私，非常怕死，整天进吃补药，相信一切益寿延年的偏方。过去一直在家里享用祖上的遗产，过了几十年的舒适日子。偶尔出门做官，补过几次缺，都不久挂冠引退，重回到北平闭门纳福。老境坎坷，现在才逐渐感到困苦，子女们尤其使他失望，家中的房产，也所剩无几，自己又无什么治生的本领，所以心中百般懊恼。他非常注意浮面上的繁文缛礼，以为这是士大夫门第的必不可少的家教，往往故意夸张他在家里当家长的威严，但心中颇怕他的长媳。他晓得大奶奶尽管外表上对他做"奉承"文章，心里不知打些什么算盘。他也厌恶他的女婿的嚣张横肆，一年到头，总听见他在吵在出主意，在高谈阔论种种营利的勾当。曾老太爷一直不说他有钱的，但也不敢说没有钱。他的家几乎完全操在大奶奶的手心里，哭穷固然可以应付女婿，但真要是穷得露了骨，他想得到大奶奶的颜色是很难看的，虽然到现在为止，大奶奶还不敢对自己的公公当面有若何轻视的表示。然而他很怕，担心有一天子女就会因为他没有留下多少财产，做出一种可怕的颜色给他看。

〔自然，这也许是他神经过敏，但他确实感到贫穷对他，一个士大夫家庭中家长的地位都成了莫大的威胁。他有时不相信诗书礼义对他的子女究竟抱了多大的教化和影响。他想最稳妥的

499

方法是"容忍",然而"容忍"久了也使他气郁,所以终不免时而唠唠叨叨,牢骚一发,便不能自止,但多半时间他愿装痴扮聋,隐忍不讲。他的需要倒也简单,除了漆寿木、吃补药两点他不让步外,其余他尽量使自己不成为子孙的赘疣。他躲在屋内,写字读佛,不见无欲,既省钱,也省力。却有时事情闹到头上来,那么他就把多年忍住的脾气发作一下,但也与年壮气盛时大不相同,连发作的精神都很萎缩,他埋怨一切,他仿佛有一肚子的委屈要控诉,咒骂着子女们的不孝无能,叹惜着家庭不昌,毁谤着邻居们的粗野无礼,间或免不了这没落的士大夫家庭的教养,趣味种种,他唯一留下来的一点骄傲也行将消散。

〔他的自私常是不自觉的。譬如他对愫方,总以为自己在护养着一个无告的孤女。事实上愫方哀怜他,沉默地庇护他,多少忧烦的事隐瞒着他,为他遮蔽大大小小无数次的风雨。当他有时觉出她的心有些摇动时,他便猝然张皇得不能自主,几乎是下意识地故意慌乱而过分地显露老人失倚的种种衰弱和苦痛,期想更深地感动她的情感,成为他永远的奴隶。他无时无刻不在想着自己,怜悯着自己,这使他除了自己的不幸外,看不清其他周围的人也在痛苦。

〔他穿一件古铜色的长袍,肥大宽适。上套着一件愫方为他缝制的轻软的马褂——他是异常地怕冷的——都没有系领扣,下面穿着洋式翻口绒鞋,灰缎带扎着腿,他手里拿着一串精细的念珠。

〔愫方和瑞贞扶掖着他,旁边陈奶妈捧着盖碗。

曾　皓　(闭着眼睛听什么,连连点着头)嗯,嗯。
曾文清　(不安地)爹。
曾　皓　(陷在沉思里,似乎没有听见)
陈奶妈　(边说边笑,大家暂停住脚步子,听她的话,她很兴奋地对愫方)这一算可不是有十五年了?(对曾皓)这副棺材漆了十五年!(惊羡地)哎,这可漆了有多少道漆呀?

曾　　皓　（快慰）已经一百多道了。（被他们扶掖向长几那边走）

陈奶妈　（赞叹）怪不得那漆看着有（手一比）两三寸厚呢！（放下盖碗）

〔思懿由卧室走出，满面和顺的笑容，仿佛忘记刚才那一件事。

曾思懿　爹来了。（赶上扶着曾皓）这边坐吧，爹，舒服点！（把曾皓又扶到沙发那边，忙对瑞贞）少奶奶，把躺椅搬正！（扶曾皓坐下，思懿对文清）你还不把靠垫拿过来。

曾文清　哦！（到书斋内取靠垫，瑞贞也跟着拿）

曾　　皓　（闭目，摸弄着佛珠）慢慢漆吧！再漆上四五年也就勉强可以睡了。

〔瑞贞由书斋内拿来椅垫。

曾思懿　（指着，和蔼地）掖在背后，少奶奶。（仿佛看瑞贞掖得不好，弯下腰）嗐，我来吧。（对瑞贞）你去拿床毛毯，给爷盖上。

曾　　皓　（睁眼）不用了。（又闭目养神）

曾思懿　（更谦顺）您现在觉着好一点了吧。

曾　　皓　还好。

曾文清　（走上前）爹。

曾　　皓　（微颔首）嗯，（几乎是故意惊讶地）哦，你还没有走？

曾思懿　（望文清一眼，对曾皓）文清一会儿就要上车了。

曾　　皓　（对文清）你给祖先磕了头没有？

曾文清　没有。

曾　　皓　（不高兴）去，去，快去，拜完祖先再说。（咳嗽）

曾文清　是，爹。（向书斋小门走）

陈奶妈　（又得着一个机会和文清谈话）嗐，清少爷，我再陪陪你。

〔文清与陈奶妈同由书斋小门下。

曾　　皓　愫方，你出去把我的痰罐拿过来。

〔愫方刚转身举步向书斋走——

曾思懿　（立刻笑着说）别再劳累愫妹妹啦！我屋里有。瑞贞，你给爷拿去。（把盖碗茶捧给曾皓）爹，您喝茶吧！

〔瑞贞进思懿的卧室。

曾　　皓　（用茶漱口，愫方拿过一个痰桶，曾皓吐入）口苦得很！（又合眼）

愫　　方　您还晕么？

501

曾　皓　（望望她，又闭上眼，一半自语地）头昏口苦，这是肝阴不足啊！所以痰多气闷！（枯手慢推摩自己的胸口）

曾思懿　（殷勤）我看给爹请个西医看看吧。

曾　皓　（睁开眼，烦恶）哪个说的？

曾思懿　要不叫张顺请罗太医来！

曾　皓　（启目，摇头）不，罗太医好用唐朝的古方，那种金石虎狼之药，我的年纪，体质——（不愿说下去，叹口气，闭眼轻咳）

〔瑞贞由思懿的卧室上，把小痰罐递与曾皓，曾皓又一口粘痰吐进去，把痰罐拿在手中。

曾思懿　隔壁杜家又派一个账房来要那五万块钱啦。

曾　皓　哦！

曾思懿　还有今年这一年漆寿木的钱——

曾　皓　（烦躁）钱，钱！牛马，牛马，做一辈子的牛马，连病中还要操心，当牛马。

〔思懿也沉下脸。半晌。

愫　方　（安慰地）今年那寿木倒是漆得挺好的。

曾　皓　（不肯使大奶奶太难看，点头，微露喜色）嗯，嗯，等吧，等到明年春天再漆上两道川漆，再设法把杜家这笔账还清楚，我这辈就算作完了。（不觉叹一口气，望着瑞贞）那么运气好，明年里头我再能看见重孙——

曾思懿　（打起欢喜的笑容）是啊，刚才给祖先磕头，我还叫瑞贞心里念叨着，求祖宗保佑她早点有喜，好给爷爷抱重孙呢。

曾　皓　（浮肿的面孔泛着欢喜的皱纹）瑞贞，你心里说了没有？

曾瑞贞　（低头）

曾思懿　（推她，尖声）爷爷问你心里说了没有？

曾瑞贞　（背转）

愫　方　（劝慰）瑞贞！

曾瑞贞　（回头）说了，爷爷。

曾　皓　（满意地笑）说了就好。

〔外面曾文彩声：江泰，江泰！

曾思懿　（咕噜着）你瞧这孩子，你哭什么？

〔由大客厅通前院的门拉拉扯扯地走进来文彩和江泰。

曾文彩　（央求）江泰！江泰！（拉他走进）

江　泰　（说着走着，气愤愤地）好，我来，我来！你别拉着我！

〔大家都回头望他们，他们走到近前。

曾思懿　怎么啦？

曾文彩　爹！（回头低声对江泰）就这样跪着磕吧，别换衣服啦。

曾思懿　（故意笑着说出来）姑老爷给爹拜节呢。

曾　皓　（探身，做势要人扶起，以为他要磕头）哎，不用了，不用了，拜什么节啊？

〔江泰狠狠盯了思懿一眼，在曾皓已经欠起半身的时候，爱拜不拜地懒懒鞠了个半躬，自己就先坐下。

江　泰　（候曾皓坐定，四面望望，立刻）好，我有一句话,（指着）我屋旁边那土墙要塌，你们想收拾不收拾？——

曾文彩　（低声，急促地）你又怎么了？

江　泰　（对文彩）你别管！（转对思懿和曾皓）你们收拾不收拾？不收拾我就卷铺盖滚蛋。

曾　皓　（莫明其妙）怎么？

曾思懿　（软里透硬）不是这么说，姑老爷，我没有敢说不收拾，不过我听说爹要卖房子，做买卖，所以——

曾　皓　（挺身不悦）卖房子？

曾思懿　卖给隔壁杜家。

曾　皓　（微怒）哪个说的？这是哪个人说的？

曾思懿　（眼向江泰一瞟，冷笑）谁知道谁说的？

江　泰　（贸然）我说的！（望着曾皓，轻蔑的神色）我也不知道哪个说话不算话的人对我说的。

曾　皓　（在自己家里，当着自己的儿媳受这样抢白，实在有些忍不住）江泰，你这不是对长辈说话的样子。

江　泰　好，那么我走。（拔步就走）

曾文彩　（低声，几乎要哭出来）江泰，你还不坐下。

503

愫　方　（央求地）表姐夫！

〔江泰被他们暗暗拉着，不甘愿地又坐下。

〔半晌。沉静中文清由书斋小门悄悄走进来，站在一旁。

曾　皓　（望了文清一眼，颤抖）好，我说过，我说过，我是为我这些不肖的子孙才说的。现在家里景况不好，没有一个人能赚钱，（望文清愤愤地）大儿子第一个就不中用！隔壁那个暴发户杜家天天逼我们的债，他们硬要买我们的房子，难道我们就听他们再给一两万块钱，乖乖把房子送给他们么？（越说越气）这种开纱厂的暴发户，仗势欺人，什么东西都以为可以拿钱买，他连我这漆了十五年的寿木都托人要拿钱来买，（气得发抖）这种人真是一点书都没有读过。难道我自己要睡的棺材都要卖给他？（望文彩）文彩，你说？（对文清）文清，你这个做长子的人也讲讲？（文清低头）你们这做儿女的——

〔由书斋小门走进来陈奶妈。

陈奶妈　（高兴地）清少爷！（看见大奶奶对她指着曾皓摆手，吓得没有说来，就偷偷从通大客厅的门走出去）

曾　皓　这房子是先人的产业，一草一木都是祖上敬德公惨淡经营留下的心血，我们食于斯，居于斯，自小到大都是倚赖祖宗留下来这点福气，吃住不生问题。（拍着那沙发的扶手）你们纵然不知道爱惜，难道我忍心肯把房子卖给这种暴发户，卖给这种——

江　泰　（把手一举）我声明，不要把我算在里面，你们房子卖不卖，我从来没有想过。

曾　皓　（愣一愣，继续愤慨地）这种开纱厂的暴发户！这种连人家棺木都想买的东西，这种——

〔突然从隔壁邻院袭来震耳的鞭炮声。

曾　皓　（惊吓）这是什么？（几乎要起来，仿佛神经受不住这刺激）这是什么？什么？什么？

愫　方　（在鞭炮响声里，用力喊出）不要紧，这是放鞭！

曾　皓　（掩盖自己的耳朵，紧张地）关上门，关上门！

〔文清与瑞贞赶紧跑去关上通大客厅的门扇，鞭炮声略远，但

504

不断爆响。半天才歇。

曾文彩 （在爆竹声中倒吸一口长气）谁家放这么长的爆竹？

江　泰 （冷笑）哼！就是那暴发户的杜家放的。

曾　皓 （抬头）看看这暴发户！过一回八月节都要闹得像嫁女儿——

〔陈奶妈由通大客厅的门上。

陈奶妈 （拍手笑）愫小姐，这一家子可有趣！女儿管爹叫"老猴"，爹管女儿叫"小猴"，屋里还坐着一个像猩猩似的野东西，老猴画画，小猴直要爬到老猴头上翻筋斗，（笑得前翻后仰）屋里闹得要翻了天——

曾　皓 （莫明其妙）谁？

陈奶妈 还不是袁先生跟那位袁小姐，我看袁先生人脾气怪好的，直傻呵呵地笑——

曾思懿 陈奶妈，你到厨房看看去，赶快摆桌子开饭，今天老太爷正为着愫小姐请袁先生呢。

陈奶妈 哦，哦，好，好！

〔陈奶妈十分欢喜地由通大客厅走下。

曾思懿 （提出正事）媳妇听说袁先生不几天就要走了，不知道愫妹妹的婚事爹觉得——

曾　皓 （摇头，轻蔑地）这个人，我看——（江泰早猜中他的心思，异常不满地由鼻孔"哼"了一声，曾皓回头望他一眼，气愤地立刻对那正要走开的愫方）好，愫方，你先别走。乘你在这儿，我们大家谈谈。

愫　方 我要给姨父煎药去。

江　泰 （善意地嘲讽）咳，我的愫小姐，这药您还没有煎够？（迭连快说）坐下，坐下，坐下，坐下。

〔愫方又勉强坐下。

曾　皓 愫方，你觉得怎么样？

愫　方 （低声不语）

曾　皓 愫，你自己觉得怎么样？不要想到我，你应该替你自己想，我这个当姨父的，恐怕也照料不了你几天了，不过照我看，袁先生这个人哪——

505

曾思懿　（连忙）是呀，愫妹妹，你要多想想，不要屡次辜负姨父的好意，以后真是耽误了自己——

曾　皓　（也抢着说）思懿，你让她自己想想。这是她一辈子的事情，答应不答应都在她自己，（假笑）我们最好只做个参谋。愫方，你自己说，你以为如何？

江　泰　（忍不住）这有什么问题？袁先生并不是个可怕的怪物！他是研究人类学的学者，第一人好，第二有学问，第三有进款，这，这自然是——

曾　皓　（带着那种"稍安毋躁"的神色）不，不，你让她自己考虑。（转对愫方，焦急地）愫方，你要知道，我就有你这么一个姨侄女，我一直把你当我的亲女儿一样看，不肯嫁的女儿，我不是也一样养么？——

曾思懿　（抢说）就是啊！我的愫妹妹，嫁不了的女儿也不是——

曾文清　（再也忍不下去，只好拔起脚就向书斋走——）

曾思懿　（斜睨着文清）咦，走什么？走什么？

〔文清不顾，由书斋小门下。

曾　皓　文清，怎么？

曾思懿　（冷笑）大概他也是想给爹煎药呢！（回头对愫方又万分亲热地）愫妹妹，你放心，大家提这件事，也是为着你想。你就在曾家住一辈子，谁也不能说半句闲话。（阴毒地）嫁不出去的女儿不也是一样得养么？何况愫妹妹你父母不在，家里原底就没有一个亲人——

曾　皓　（当然听出她话里的根苗，不等她说完——）好了，好了，大奶奶请你不要说这么一大堆好心话吧。（思懿的脸突然罩上一层霜，曾皓转对愫方）那么愫方，你自己有个决定不？

曾思懿　（着急对愫方）你说呀！

曾文彩　（听了半天，一直都在点头，突然也和蔼地）说吧，愫妹妹，我看——

江　泰　（猝然，对自己的妻）你少说话！

〔文彩嘿然，愫方默立起，低头向通大客厅的门走。

曾　皓　愫方，你说话呀，小姐。你也说说你的意思呀。

506

愫　方　（摇头）我，我没有意思。

〔愫方由通大客厅的门下。

曾　皓　喷，这种事怎么能没有意见呢？

江　泰　（耐不下）你们要我说话不？

曾　皓　怎么？

江　泰　要我说，我就说。不要我说，我就走。

曾　皓　好，你说呀，你当然说说你的意见。

江　泰　（痛痛快快）那我就请你们不要再跟愫方为难，愫方心里怎么回事，难道你们看不出来？为什么要你一句我一句欺负一个孤苦伶仃的老小姐？为什么——

曾思懿　欺负？

曾文彩　江泰。

江　泰　（盛怒）我就是说你们欺负她，她这些年侍候你们老的，少的，活的，死的，老太爷，老太太，少奶奶，小少爷，一直都是她一个人管。她现在已经快过三十，为什么还拉着她，不放她，这是干什么？

曾　皓　你——

曾文彩　江泰！

江　泰　难道还要她陪着一同进棺材，把她烧成灰供祖宗？拿出点良心来！我说一个人要有点良心！我走了，这儿有封信，（把信硬塞在曾皓的膝上）你们拿去看吧！

曾文彩　江泰！

〔江泰气呼呼地由通大客厅的门下。

曾　皓　（满腹不快）这，这说的是什么？我，我从来没听过这种野话！（同时颤抖地撕开信，露出来钞票和简短的信纸）

〔曾皓看信时，张顺拿着碗筷悄悄走进来。瑞贞也走来帮他把方桌静静抬出，默默摆碗筷和凳子。

曾　皓　（匆促地读完那短信，气得脸发了青）这是什么意思？（举着那钞票）他要拿这几个房租钱给我！（对思懿）思懿，这是怎么回事？

曾思懿　（冷笑）我不知道他老人家又犯了些什么神经病？

507

曾文彩　（早已立起，看着那信，惶惑不安，哀诉着）爹，您千万别介他的意，他心里不快活，他这几年——

曾　皓　（愤然）江泰，我不说他，就说女婿是半子吧，他也是外姓人。（对文彩）你是我的女儿，你当然知道我们曾家人的脾气都是读书第一，从来没有谈过钱的话。好，你们愿意住在此地就住下去，不愿意住也随意，也无须乎拿什么房钱，饭钱，给父亲看——

曾文彩　（抽咽）爹，您就当错生了我这女儿，您就当——

曾　皓　（气得颤巍巍）呃，呃，在我们曾家甩这种阔女婿架子！

曾文彩　（早忍不下，哇地哭起来）哦，妈，你为什么丢下我死了。我的妈呀！

曾思懿　姑奶奶！

〔文彩哭着跑进自己的卧室。

曾　皓　（长叹一声）一群冤孽！说都说不得的。开饭，张顺，请袁先生来。

〔张顺由通大客厅门下。

〔文清由书斋小门上。

曾文清　爹！

曾　皓　要走了么？

曾文清　一点钟就上车。

曾　皓　你的烟戒了？

曾文清　（低头）戒了。

曾　皓　确实戒了？

曾文清　（悚然）确实戒了。

曾　皓　纸烟呢？

曾文清　（低头）也不抽了。

曾　皓　（望着他的黄黄的手指）又说瞎话！（训责地）你看，你的手指头叫纸烟熏成什么样子？（摇头叹息）你，你这样子怎么能见人做事！

曾文清　（不觉看看手指）回，回头洗。

曾　皓　霆儿呢？

曾思懿　（连忙跑到通大客厅门前喊）霆儿！你爷爷叫你。
曾　皓　他在干什么？
曾文清　大概陪袁小姐放风筝呢。
曾　皓　放风筝？为什么放着《昭明文选》不读，放什么风筝？
曾文清　霆儿！
　　　　〔曾霆慌慌张张由通大客厅的门跑上。
曾　皓　（厉容）跑什么？哪里学来这些野相？
曾　霆　（又止步）爷爷，袁伯伯正在画"北京人"，说就来。
曾　皓　哦，（对瑞贞）把酒筛好。
曾　霆　袁伯伯说，还想带一位客人来吃饭。
曾　皓　当然好，你告诉他，就一点家常菜，不嫌弃，就请过来。
曾　霆　哦！（立刻就走，走了一半又转身，顾虑地）不过，爷爷，他是"北京人"。
曾　皓　北京人不更好。（对文清又申斥地）你看，你管的什么儿子，到现在这孩子理路还是一点不清楚。
曾　霆　（踌躇）袁伯伯说要他换换衣服？
曾　皓　（烦恶）换什么衣服，你就请过来吧。你父亲一点钟就要上车的。
　　　　〔曾霆由通大客厅的门下。
曾　皓　奇怪，愫方上哪里去了？
曾思懿　大概为着袁先生做菜呢。
曾　皓　哦。
　　　　〔曾霆在门外大客厅内大喊。
　　　　〔曾霆的声音：我爷爷在屋里！我爷爷在屋里！
　　　　〔袁圆的声音：你跑，你跑！
　　　　〔砰地通大客厅的门扇大开，曾霆一边喊着一边跑进来，圆儿满头水淋淋的，提着一个空桶，手里拿着一串点着了的鞭炮。小柱儿也随在后面，一手拿着一根燃着的香，一手抱着那只鸽子。
曾　霆　（跑着）爷爷，她，她——
袁　圆　（笑喊）你跑！你跑！看你朝哪儿跑……

509

〔待曾霆几乎躲在皓坐的沙发背后，她把鞭炮扔在他们身下，就听着一声"噼啪"乱响，曾霆和曾皓都吓得大叫起来，袁圆大笑，小柱儿站在门口也哈哈不止。

曾　皓　你这，这女孩子怎么回事？
袁　圆　曾爷爷！
曾　皓　你怎么这样子胡闹？
袁　圆　（撒娇）你看，曾爷爷，（把湿淋淋的头发伸给他看，指霆）他先泼我这一桶水！
〔外面男人声音：（带着笑）小猴儿，你到哪儿去了？
袁　圆　（顽皮地）老猴儿，我在这儿呢！
〔圆儿笑着跳着由通大客厅的门跑出去。小柱儿连忙也跟出去。
曾　皓　（对思懿）你看，这种家教怎么配得上愫方？（转身对曾霆）刚才是你泼了她一桶水？
曾　霆　（怯惧地）她，她叫我泼她的。
曾　皓　跪下！
曾思懿　我看，爷爷——
曾　皓　跪下！（曾霆只得直挺挺跪下）也叫袁家人看看我们曾家的家教。
〔圆儿拉着她的"老猴儿"人类学者袁任敢兴高采烈地走进来。
〔"老猴儿"实在并不老，看去只有四十岁模样，不过老早就秃了顶，头顶油光光的只有几根毛，横梳过去，表示曾经还有过头发。他身材不高，可是红光满面，胸挺腰圆，穿着一身旧黄马裤，泥污的黑马靴，配上一件散领淡青衬衣，活像一个修理汽车的工人。但是他有一副幽默而聪明的眼睛，眼里时常闪出一种嘲讽的目光，偶尔也泄露着学者们常有的那种凝神入化的神思。嘴角常在微笑，仿佛他不止是研究人类的祖先，同时也嘲笑着人类何以又变得这般堕落。他有一副大耳轮，宽大的前额，衬上一对大耳朵，陷塌的狮子鼻，有时看来像一个小丑。
〔关于他个人的事，揣测很多，有的人说他结过婚，有的说他根本没有，圆儿只是个私生女，问起来他总一律神秘地微笑。他一生的生活是研究"北京人"的头骨，组织学术察勘队到西藏、蒙古掘化石，其余时间拿来和自己的女儿嬉皮笑脸没命地傻玩。似乎这个女儿也是从化石里蹦出来的，看他的样子，真不像懂得什么叫作男女的情感的事情。

袁　圆　（一路上谈）爹，小柱儿就给我拿来一根香，我就把鞭点上，爹，我就追，我就照他的腿上——

袁任敢　（点头，笑着听着）嗯，嗯，哦——（望见曾皓已经立起来欢迎他）曾老伯，真是谢谢，今天我们又来吃你来了。

曾　皓　过节，随便吃一点。（让座）请袁先生上座，上座，上座。

袁　圆　（望见了霆儿突然矮了一截，大喊）爹，你看，你看，他跪着呢！

曾　皓　别管他，请坐吧！

袁任敢　（望着霆儿，大惊）怎么？

曾　皓　我这小孙儿年幼无知，说是在令嫒头上泼了一桶水——

袁任敢　（欢笑）哎呀，起来吧，起来吧，那桶水是我递给他泼的——

曾　皓　（惊愕）你？——

曾思懿　（忍不住）起来吧，霆儿，谢谢袁老伯！

曾　霆　（立刻站起）谢谢袁老伯。

袁任敢　（对曾霆）对不起，对不起，下次你来泼我！

曾　皓　袁先生的客人呢？

袁　圆　（惊呼）爹，"北京人"还在屋里呢！

袁任敢　（粗豪地）我以为他已经来了。

　　　　〔圆儿说完，撒"鸭子"就跑出去。

曾　皓　（十分客气）啊，快请进来。（立起走向通大客厅的门）

袁任敢　您叫我们的时候，我正在画——哦，原来要他换好了衣服来的，可（指曾霆）他说您——

曾　皓　（又客气地）我就说吃便饭换什么衣服，真是太客气了。

袁任敢　是啊，所以我就没有——

　　　　〔圆儿由通大客厅的门——这门已关上的——跳出来。

袁　圆　（仿佛通报贵宾，大喊）"北京人"到！

　　　　〔大家都莫明其妙地站起探望。

曾　皓　啊。（望着门，满脸笑容）请，请，（话犹未了——）

511

〔暮然门开，如一个巨灵自天而降，陡地出现了这个"猩猩似的野东西"。

〔他约莫有七尺多高，熊腰虎背，大半裸身，披着半个兽皮，浑身上下毛茸茸的。两眼炯炯发光，嵌在深陷的眼眶内，塌鼻子，大嘴，下巴伸出去有如人猿，头发也似人猿一样，低低压在黑而浓的粗肩上。深褐色的皮肤下．筋肉一粒一粒凸出有如棕色的枣栗。他的巨大的手掌似乎轻轻一扭便可扭断了任何敌人的脖颈。他整个是力量，野得可怕的力量，充沛丰满的生命和人类日后无穷的希望都似在这个人身内藏蓄着。

〔曾家的人——除了瑞贞——都有些惊吓。

曾　皓　（没想到，几乎吓昏了）啊！（退后）
袁任敢　（忙走上前介绍）这是曾老太爷。
　　　　〔"北京人"点头。
曾　皓　这位是——
袁任敢　（笑着）这是我们的伙伴，最近就要跟我们一块到蒙古去的。
　　　　〔"北京人"走到台中，森森然望着曾皓和曾皓的子孙们。
袁　圆　（同时指着）曾爷爷，他是人类的祖先。曾爷爷，你的祖先就是这样！
袁任敢　（笑着）别胡扯，圆儿！（对曾皓）曾老伯，您不要生气！四十万年前的北京人倒是这样：要杀就杀，要打就打，喝鲜血，吃生肉，不像现在的北京人这么文明。
曾　皓　（惊惧）怎么这是北京人？
袁任敢　（有力地）真正的北京人！（忽然笑起来）哦，曾老伯，您不要闹糊涂了。这是假扮的，请来给我们研究队画的。他原来是我们队里一个顶好的机器工匠，因为他的体格头骨有点像顶早的北京人——
曾　皓　（清醒了一点）哦，哦，哦，那么请坐吧！（硬着头皮对"北京人"）请坐吧。
袁任敢　对不起，他是个哑巴，不会说话。（这时大家均按序入座，低声）他脾气有点暴躁，说打人就打人，还是不理他好。

曾　　皓　（毛骨悚然）哦，哦，（忙对瑞贞、霆儿）瑞贞，你们这边点坐，这边点坐！
　　　　　〔"北京人"了无笑容地端坐在上首，面对观众。
　　　　　〔张顺端进来一碗热菜，搁好即下。
曾　　皓　（举杯）今天一则因为过节，二则也因为大小儿要离开家，一直没跟袁先生领教，也就乘这个机会跟袁先生多叙叙，来，请，请。（望"北京人"）呃，令友——
袁任敢　多谢！
　　　　　〔"北京人"望一望，一饮而尽，大家惊讶。
袁任敢　我听说曾大先生非常懂得喝茶的道理——
　　　　　〔外面争吵声。
曾　　皓　瑞贞，你看看，这是谁？吵什么？
袁　　圆　（对瑞贞）我替你看看去！
　　　　　〔思懿对文清耳语，文清站起执酒壶，思懿随后向曾皓身边走来。袁圆早放下筷子由通大客厅的门跑下。
曾思懿　（持杯）媳妇给爹敬酒。
曾　　皓　（仍坐）不用了。
曾思懿　（恭顺的样子）文清跟爹辞行啦。
曾文清　（低声）爹，跟您辞行。
　　　　　〔文清跪下三叩首，瑞贞和霆儿都立起。"北京人"与袁任敢瞪眼，互相望望。外面在他们一个端坐一个跪叩的时候，又汹汹地怒吵起来。
　　　　　〔外面三四个人诮骂声：（你一句，我一句）你们给钱不给钱。大八月节，钱等了一大清早上了。这么大门口也不是白盖的。有钱再欠账，没有钱，你欠的什么账，别丢人！……
曾　　皓　这是什么？
曾思懿　隔壁人家吵嘴吧？
曾　　皓　（安下心，对袁任敢等）请，请啦。（"北京人"又独自喝下一盅，曾皓对曾霆与瑞贞，和蔼地）你们也该给你们父亲送行哪！（于是——）
　　　　　〔瑞贞，曾霆复立起来，执酒壶，到文清面前斟酒。

513

曾思懿　（非常精明练达的样子，教他们说）说"爹一路平安"。
瑞　贞
曾　霆　（同时呆板地）爹一路平安。
曾思懿　说"以后请您老人家常写家信"。
瑞　贞
曾　霆　（同时呆滞地）以后请您老人家常写家信。
曾思懿　（又教他们）"儿子儿媳妇不能时常伺候您老人家了"。
瑞　贞
曾　霆　（又言不由衷地）儿子儿媳妇不能时常伺候您老人家了。
　　　　〔说完了就要回座。
曾思懿　（连忙）磕头啊，傻孩子！（很得意地望着袁任敢）
　　　　〔曾霆与瑞贞双双跪下三叩首。文清立起，"北京人"与袁任敢瞪眼对望着，呼地又喝了盅酒，袁任敢为他斟满，他又喝空。静静的磕头中，外面又开始咒骂——
　　　　〔外面咒骂声：（还是你一嘴我一嘴，逐渐凶横）你们过的什么节？有钱过节，没有钱跟我们这小买卖人打什么哈哈。五月节的账到现在还没有还清，现在还一个"子儿"（钱的意思）不给。不到一千块钱就这么为难哪？
　　　　〔张顺的声音：（一面劝着）你们别在这儿嚷嚷！走！走！老太爷在这儿……
　　　　〔外面咒骂声：（讥讽地）老太爷就凶了，这摆的什么阔气！没有钱，还不跟我们一样，破落户！（一直吵下去不断——）
　　　　〔袁任敢也回头谛听。
曾思懿　别是隔壁的——
　　　　〔外面争吵声中，愫方忙由通大客厅的门疾步进来。
曾　皓　是谁？
愫　方　（喘息着，闪烁其词）没有谁。
曾思懿　（奸笑）袁先生，我介绍一下，这是愫小姐！（袁任敢立起，思懿又转对愫方）袁先生！
　　　　〔由通大客厅的门陈奶妈围着一个旧围裙，端一大盘菜急急慌

514

〔慌走进来，后随着小柱儿，一手抱着鸽子，一手拉着祖母的衣裾。

陈奶妈　（边说边走，烦躁地）别拉着，小柱儿，讨厌，别拉着我！（把菜放在桌上，几乎烫熟了手，连连地）好烫！

〔陈奶妈与小柱儿同由大客厅下。

愫　方　（低声）表嫂！
曾思懿　（举箸）袁先生，这碗菜是愫小姐——（愫方拉她的衣裾，思懿回头对愫方）啊？
曾　皓　（举箸）请！请！
愫　方　（同时惶惑）漆，漆棺材的——他，他们——

〔门蓦地大开，那一群矮胖凶恶的寿木商人甲、乙、丙、丁挤进来。张顺还在抵挡，圆儿也夹在后面。

张　顺　不成，不成，屋里有客！
甲、乙、丙、丁　（同时闯进来，凶横的野狗似的乱吠）你别管，我们要钱！不是要命！——老太爷——大奶奶！——老太爷，你有钱就拿出来。——没有钱——
曾　皓　下去！混账！
曾思懿　（同时厉声）回头说，滚出去！

〔文彩也从卧室里跑出来惊望。

甲、乙、丙、丁　（逼上前来混杂地）我们为什么滚？——欠钱还账，没钱就别造这个孽，——我们是小买卖人！——五月节的账都还没清。——别甩臭架子，——还钱，还钱！（曾皓气得发了呆，思懿冷笑，曾家的人都痴了一般，甲、乙吼叫，更相逼迫）别不言语，别装傻！（甲喊）你有钱漆棺材！（乙喊）没有钱漆什么棺材！（丙喊）我们家也有父有母，死了情愿拿芦席一卷！（甲喊，指着曾家的人）也不肯这么坐着挺尸！

〔袁任敢与"北京人"一直望着他们，这时——

袁任敢　（大吼一声）出去！
甲　　　（吓住）怎么？
袁任敢　（笑）我给你钱！

甲、乙、丙、丁 （固执）我们，我（指曾皓）——

〔"北京人"慢慢立起，一个巨无霸似的人猿，森然怒视，狺狺然沉重地向外挥手。

甲、乙、丙、丁 （倒吸一口气）好，给钱就得！给钱就得！

〔甲、乙、丙、丁仓皇退出。

〔"北京人"笨重地跨着巨步跟着出去，袁圆也出去，袁任敢随在后面。

曾　霆 （焦急）袁伯伯！
袁任敢 （点头微笑，摇摇手，颇有把握的样子）

〔袁任敢走出。

曾　皓 怎么，怎么回事？

〔突然听见外面一拳打在肉堆上的声音，接着一句惊愕的"你怎么打人"！接着东西摔破，一片乱糟糟叫喊咒骂，挨打呼痛的嚣声。

〔屋里人吓成一团。

曾　皓 关门，关门！

〔思懿赶紧跑去关门。

〔袁圆的声音：（仿佛在观战，狂叫助威）好，再一拳，再一拳！打得好！向后边揍！脚，脚踢！对，捶！再一捶！对呀，对，咬，用劲，再一拳！（最后胜利地大叫）好啊！（然后安静下来）

曾　霆 （忍不住走到门口，想开门外看）
曾思懿 （低声，紧张地）别出去，你要找死啊？

〔大家都屏息静听。袁任敢头发微乱，捋起袖管，满面浮着笑容，进来。

袁任敢 （慢慢地把袖管又捋下来）

〔"北京人"更野蛮可怖，脸上流着鲜血，跨着巨步若无事然走进来。后面袁圆满面崇拜的神色跟着这个可怕的英雄。

曾　皓 （低声）都，都走了？
袁任敢 打跑了！
袁　圆 （突然站在椅上把"北京人"的巨臂举起来）我们的"北京人"打的！

〔"北京人"转过头，第一次温和地露出狞笑。大家悚然望着他。曾皓凝坐如同得了瘫痪。

曾思懿 （突然打破这沉闷，快意地笑着）**快吃吧。**（对袁任敢）**这两碗菜是**（指着）**愫小姐下厨房特为袁先生做的！**（不觉对文清笑了一下）

〔大家又开始入座。

——闭　幕

第 二 幕

〔当天夜晚,约有十一点钟的光景,依然在曾宅小客厅里。
〔曾宅的近周,沉寂若死。远远在冷落的胡同里有算命的瞎子隔半天敲两下寂寞的铜钲,仿佛正缓步踱回家去。间或也有女人或者小孩的声音,这是在远远寥落的长街上凄凉地喊着的漫长的叫卖声。
〔屋内纱灯罩里的电灯暗暗地投下一个不大的光圈,四壁的字画古玩都隐隐地随着黟入黑暗里,墙上的墨竹也更显得模糊,有窗帷的地方都密密地拉严。从旧纱灯的一个宽缝,露出一道灯光正射在那通大客厅的门上。那些白纸糊的隔子门每扇都已关好,从头至地,除了每个隔扇下半截有段极短的木质雕饰外,现在是整个成了一片雪白而巨大的纸幕,隔扇与隔扇的隙间泄进来一线微光,纸幕上似乎有淡漠的人影隐约浮动。偶尔听见里面(大客厅)有人轻咳和谈话的声音。
〔靠左墙长条案上放着几只蜡台,有一只插着半截残烬的洋蜡烛。屋正中添了一个矮几子,几上搁了一个小小的红泥火炉,非常洁净,炉上坐着一把小洋铁水壶。炉火融融,在小炉口里闪烁着。水在壶里呻吟,像里面羁困着一个小人儿在哀哭。旁边有一张纤巧的红木桌,上面放着小而精致的茶具。围炉坐着苍白的文清,他坐在一张矮凳上出神。对面移过来一张小沙发,陈奶妈坐在那里,正拿着一把剪刀为坐在小凳上的小柱儿铰指甲。小柱儿打着盹。
〔书斋内有一盏孤零零的暗灯,灯下望见曾霆恹恹地独自低声诵读《秋声赋》。远远在深巷的尽头有木梆打更的声音。

陈奶妈 (一面铰着,一面念叨) 真的清少爷,你明天还是要走吗?

曾文清 (颔首)

陈奶妈 我看算了吧,既然误了一趟车,就索性在家里等两三天,看袁先生跟愫小姐这段事有个眉目再走。

曾文清　（摇首）

陈奶妈　你说袁先生今天看出来不？

曾文清　（低着头，勉强回答）我没留神。

陈奶妈　（笑着）我瞧袁先生看出来了，吃饭的时候他老望着愫小姐这边看。

曾文清　（望着奶妈，仿佛不明白她的话）

陈奶妈　清少爷你说这件事——

曾文清　（不觉长叹一声）

陈奶妈　（望了文清一下，又说不出）

〔小柱儿一磕头，突由微盹中醒来，打一个呵欠，嘴里不知说了句什么话，又昏昏忽忽地打起盹。

陈奶妈　（铰着小柱儿的指甲）唉，我也该回家的。（指小柱儿）他妈还在盼着我们今天晚上回去呢。（小柱儿头又往前一磕，她扶住他说）别动，我的肉，小心奶奶铰着你！（怜爱他）唉，这孩子也是真累乏了，走了一早晨又跟着这位袁小姐玩了一天，乡下的孩子不比城里的孩子，饿了就吃，累了就睡，真不像——（望着书斋内的霆儿，怜惜地，低声）孙少爷，孙少爷！

曾　霆　（一直在低诵）"……嗟夫，草木无情，有时飘零，人为动物，惟物之灵，百忧感其心，万事劳其形，有动乎中，必摇其精。而况思其力之所不及，忧其智之所不能……"

曾文清　让他读书吧，一会儿他爷爷要问他的。

〔深巷的更锣声。

陈奶妈　这么晚了还念书！大八月节的，哎，打三更了吧。

曾文清　嗯，可不是打三更了。

陈奶妈　乡下孩子到了这个时候都睡了大半觉了。（铰完了最后一个手指）好啦，起来睡去吧，别在这儿受罪了。

小柱儿　（擦擦眼睛）不，我不想睡。

曾文清　（微笑）不早啦，快十一点钟啦！

小柱儿　（抖擞精神）我不困。

519

陈奶妈　（又是生气又是爱）好，你就一晚上别睡。（对文清）真是乡下孩子进城，什么都新鲜。你看他就舍不得睡觉。

〔小柱儿由口袋里取出一块花生糖放在嘴里，不觉又把身旁那个"刮打嘴"抱起来看。

陈奶妈　唉，这个八月节晚上，又没有月亮。——怎么回子事？大奶奶又不肯出来。（叫）大奶奶！（对文清）她这阵子在屋里干什么？（立起）大奶奶，大奶奶！

曾文清　别，别叫她。

陈奶妈　清少爷，那，那你就进去吧。

曾文清　（摇头，哀伤地独自吟起陆游的《钗头凤》）"……东风恶，欢情薄，一怀愁绪，几年离索。错，错，错！……"

陈奶妈　（叹一口气）哎，这也是冤孽，清少爷，你是前生欠了大奶奶的债，今生该她来磨你。可，可到底怎么啦，她这一晚上一句话也没说——她要干什么？

曾文清　谁知道？她说胃里不舒服，想吐。

陈奶妈　（回头瞥见小柱儿又闲不住手，开始摸那红木矮几上的茶壶，叱责地）小柱儿，你放下，你屁股又痒痒啦！（小柱儿又规规矩矩地放好，陈转对文清）也怪，姑老爷不是嚷嚷今天晚上就要搬出去么？怎么现在——

曾文清　哎，他也不过是说说罢了。（忽然口气里带着忧怨）他也是跟我一样：我不说话，一辈子没有做什么；他吵得凶，一辈子也没有做什么。

〔文彩由书斋小门走进，手里拿着一支没点的蜡烛，和一副筷子，一碟从稻香村买来的清酱肉、酱黄豆、杂香之类的小菜。

曾文彩　（倦怠地）奶妈，你还没有睡？

陈奶妈　没有，怎么姑老爷又要喝酒了？

曾文彩　（掩饰）不，他不，是我。

曾文清　你？哎，别再让他喝了吧。

曾文彩　（叹了一口气，放下那菜碟子和筷子）哥哥，他今天晚上又对我哭起来了。

陈奶妈　姑老爷？

520

曾文彩　（忍不住掏出手帕，一眼眶的泪）他说他对不起我，他心里难过，他说他这一辈子都完了。我看他那个可怜的样子，我就觉得是我累的他。哎，是我的命不好，才叫他亏了款，丢了事。（眼泪流下来）奶妈，洋火呢？

陈奶妈　让我找——

曾文清　（由红木几上拿起一盒火柴）这儿！

〔陈奶妈接下，走起替文彩点上洋烛。

曾文彩　（由桌上拿起一个铜蜡台）他说闷得很，他想夜里喝一点酒。你想，哥哥，他心里又这么不快活，我——

曾文清　（长嘘一声）喝吧，一个人能喝酒也是好的。

陈奶妈　（把点好的蜡烛递给文彩）老爷子还是到十一点就关电灯么？

曾文彩　（把烛按在烛台里）嗯。（体贴）给他先点上蜡好，别待会儿喝了一半，灯"抽冷子"灭了，他又不高兴。

陈奶妈　我帮你拿吧。

曾文彩　不用了。

〔文彩拿着点燃的蜡烛和筷子菜碟走进自己的房里。

陈奶妈　（摇头）唉，做女人的心肠总是苦的。

〔文彩放下东西又忙忙自卧室走出。

曾文彩　江泰呢？

陈奶妈　刚进大客厅。

曾文清　大概正跟袁先生闲谈呢。

曾文彩　（已走到火炉旁边）哥哥，这开水你要不？

曾文清　（摇头，倦怠地）文彩，小心你的身体，不要太辛苦了。

曾文彩　（悲哀地微笑）不。

〔文彩提着开水壶由卧室下。文清又把一个宜兴泥的水罐放在炉上，慢吞吞地拨着火。

曾　霆　（早已拿起书本立起）爹，我到爷爷屋里去了。

曾文清　（低头放着他的陶罐）去吧。

陈奶妈　（走上前）孙少爷！（低声）你爷爷要问你爹，你可别说你爹没有走成。

521

小柱儿　（正好好坐着，忽然回头，机灵地）就说老早赶上火车走了。

陈奶妈　（好笑）谁告诉你的？

小柱儿　（小眼一挤）你自个儿告诉我的。

陈奶妈　这孩子！（对曾霆）走吧，孙少爷你背完书就回屋睡觉去。老爷子再要上书，就说陈奶妈催你歇着呢！

曾　霆　嗯。（向书斋走）

曾文清　霆儿？

曾　霆　干嘛？爹？

曾文清　（关心地）你这两天怎么啦？

曾　霆　（闪避）没有怎么，爹。

〔曾霆由书斋小门快快下。

陈奶妈　（看曾霆走出去，赞叹的样子，不觉回首指着小柱儿）你也学学人家，人家比你也就大两岁，念的书比你吃的饭米粒还要多。你呢，一顿就四大碗干饭，肚子里尽装的是——

小柱儿　（突然）奶奶，你听，谁在叫我呢？

陈奶妈　放屁！你别当我耳朵聋，听不见。

小柱儿　真的，你听呀，这不是袁小姐——

陈奶妈　哪儿？

小柱儿　你听。

陈奶妈　（谛听）人家袁小姐帮她父亲画画呢。

小柱儿　（故意作弄他的祖母）真的，你听："小柱儿，小柱儿！"这不是袁小姐？你听："小柱儿，你给我喂鸽子来！"（突然满脸顽皮的笑容）真的，奶奶，她叫我喂鸽子！（立刻撒"鸭子"就向大客厅跑）

陈奶妈　（追在后面笑着）这皮猴又想骗你奶奶。

〔小柱儿连笑带跑，正跑到那巨幕似的隔扇门前。按着曾宅到十一点就得灭灯的习惯，突然全屋暗黑！在那雪白而宽大的纸幕上由后面蓦地现出一个体巨如山的猿人的黑影，蹲伏在人的眼前，把屋里的人显得渺小而萎缩。只有那微弱的小炉里的火照着人们的脸。

小柱儿　（望见，吓得大叫）奶奶！（跑到奶奶怀里）

陈奶妈　哎哟，这，这是什么？
曾文清　（依然偎坐在小炉旁）不用怕，这是"北京人"的影子。
　　　　〔里面袁任敢的沉重的声音：这是人类的祖先，这也是人类的希望。那时候的人要爱就爱，要恨就恨，要哭就哭，要喊就喊，不怕死，也不怕生。他们整年尽着自己的性情，自由地活着，没有礼教来拘束，没有文明来捆绑，没有虚伪，没有欺诈，没有阴险，没有陷害，没有矛盾，也没有苦恼；吃生肉，喝鲜血，太阳晒着，风吹着，雨淋着，没有现在这么多人吃人的文明，而他们是非常快活的！
　　　　〔猛地隔扇打开了一扇，大客厅里的煤油灯洒进一片光，江泰拿着一根点好的小半截残蜡，和袁任敢走进来。江泰穿一件洋服坎肩，袁任敢还是那件棕色衬衣，袖口又掠起，口里叼着一个烟斗，冒出一缕缕的浓烟。
江　泰　（有些微醺，应着方才最后一句话，非常赞同地）而他们是非常快活的。
曾文清　（立起，对奶妈）点上蜡吧。
陈奶妈　嗯。（走去点蜡）
　　　　〔在大客厅里的袁圆：（同时）小柱儿，你来看。
小柱儿　嗳。（抽个空儿跑进大客厅，他顺手关了隔扇门，那一片巨大的白幕上又踞伏着那小山一样的"北京人"的巨影）
江　泰　（兴奋地放下蜡烛，咀嚼方才那一段话的意味，不觉连连地）而他们是非常快活的。对！对！袁先生，你的话真对，简直是不可更对。你看看我们过的是什么日子？成天垂头丧气，要不就成天胡发牢骚。整天是愁死，愁生，愁自己的事业没有发展，愁精神上没有出路，愁活着没有饭吃，愁死了没有棺材睡。整天地希望，希望，而永远没有希望！譬如（指文清）他——
曾文清　别再发牢骚，叫袁先生笑话了。
江　泰　（肯定）不，不，袁先生是个研究人类的学者，他不会笑话我们人的弱点的。坐，坐，袁先生！坐坐，坐着谈。（他与袁任敢围炉坐下，由红木几上拿起一支香烟，忽然）咦，刚才我说到哪里了？
袁任敢　（微笑）你说，（指着）"譬如他吧"——

523

江　泰　哦，譬如他吧，哦（对文清，苦恼地）我真不喜欢发牢骚，可你再不让我说几句，可我，我还有什么？我活着还有什么？（对袁任敢）好，譬如他，我这位内兄，好人，一百二十分的好人，我知道他就有情感上的苦闷。

曾文清　你别胡说啦。

江　泰　（黠笑）啊，你瞒不过我，我又不是傻子。（指文清对袁任敢爽快地）他有情感上的苦闷，他希望有一个满意的家庭，有一个真了解他的女人同他共处一生。（兴奋地）这点希望当然是自然的，对的，合理的，值得同情的，可是在二十年前他就发现了一个了解他的女人。但是他就因为胆小，而不敢找她；找到了她，又不敢要她。他就让这个女人由小孩而少女，由少女而老女，像一朵花似的把她枯死，闷死，他忍心让自己苦，人家苦，一直到今天，现在这个女人还在——

曾文清　（忍不住）你真喝多了！

江　泰　（笑着摇手）放心，没喝多，我只讲到这点为止，决不多讲。（对袁任敢）你想，让这么个人，成天在这样一个家庭里朽掉，像老坟里的棺材，慢慢地朽，慢慢地烂，成天就知道叹气做梦，忍耐，苦恼，懒，懒，懒得动也不动，爱不敢爱，恨不敢恨，哭不敢哭，喊不敢喊，这不是堕落，人类的堕落？那么，（指着自己）就譬如我——（划地一声点着了烟，边吸边讲）读了二十多年的书——

袁任敢　（叼着烟斗，微笑）我就猜着你一定还有一个"譬如我"的。

江　泰　（滔滔不绝）自然我决不尽批评人家，不说自己。譬如我吧，我爱钱，我想钱，我一直想发一笔大财，我要把我的钱，送给朋友用，散给穷人花。我要像杜甫的诗说的，盖起无数的高楼大厦，叫天下的穷朋友白吃白喝白住，研究科学，研究美术，研究文学，研究他们每个人喜欢的东西，为中国，为人类谋幸福。可是袁先生，我的运气不好，处处倒霉，碰钉子，事业一到我手里，就莫明其妙地弄到一塌糊涂。我们整天在天上计划，而整天在地下妥协。我们只会叹气，做梦，苦恼，活着只是给有用的人糟蹋粮食,我们是活死人,死活人,活人死!一句话,你说的,(指着自己的头)像我们这样的人才真是(指那"北京人"的巨影)他的不肖的子孙!

袁任敢 (一直十分幽默地点着头,此时举起茶杯微笑)请喝茶!

江　泰 (接下茶杯)对了,譬如喝茶吧,我的这位内兄最讲究喝茶。他喝起茶来要洗手,漱口,焚香,静坐。他的舌头不但尝得出这茶叶的性情,年龄,出身,做法,他还分得出这杯茶用的是山水,江水,井水,雪水还是自来水,烧的是炭火,煤火,或者柴火。茶对我们只是解渴生津,利小便,可一到他口里,他有一万八千个雅啦、俗啦的道理。然而这有什么用?他不会种茶,他不会开茶叶公司,不会做出口生意,就会一样,"喝茶"!喝茶喝得再怎么精,怎么好,还不是喝茶,有什么用?请问,有什么用?

〔文彩由卧室出。

曾文彩 泰!

江　泰 我就来。

陈奶妈 (走去推他)快去吧,姑老爷。

江　泰 (立起,仍舍不得就走)譬如我吧——

陈奶妈 别老"譬如我""譬如我"地说个没完了。袁先生都快嫌你唠叨了。

江　泰 喂,袁博士,你不介意我再发挥几句吧。

袁任敢 (微笑)哦,当然不,请"发挥"!

江　泰 所以譬如——(文彩又走来拉他回屋,他对文彩几乎是恳求地)文彩,你让我说,你让我说说吧!(对袁任敢)譬如我吧,我好吃,我懂得吃,我可以引你到各种顶好的地方去吃。(颇为自负,一串珠子似的讲下去)正阳楼的涮羊肉,便宜坊的焖炉鸭,同和居的烤馒头,东兴楼的乌鱼蛋,致美斋的烩鸭条。小地方哪,像灶温的烂肉面,穆柯寨的炒疙瘩,金家楼的汤爆肚,都一处的炸三角,以至于——

曾文彩 走吧!

江　泰　以至于月盛斋的酱羊肉，六必居的酱菜，王致和的臭豆腐，信远斋的酸梅汤，二妙堂的合碗酪，恩德元的包子，沙锅居的白肉，杏花春的花雕，这些个地方没有一个掌柜的我不熟，没有一个掌灶的、跑堂的、站柜台的我不知道，然而有什么用？我不会做菜，我不会开馆子，我不会在人家外国开一个顶大的李鸿章杂碎，赚外国人的钱。我就会吃，就会吃！（不觉谈到自己的痛处，捶胸）我做什么，就失败什么。做官亏款，做生意赔钱，读书对我毫无用处。（痛苦地）我成天住在丈人家里鬼混，好说话，好牢骚，好批评，又好骂人，简直管不住自己，专说人家不爱听的话。

曾文彩　（插嘴）泰！

江　泰　（有些抽噎）成天叫大家看着我不快活，不成材，背后骂我是个废物，啊，文彩，我真是你的大累赘，我从心里觉得对不起你呀！（突然不自禁地哭出）

曾文彩　（连叫）泰，泰，别难过，是我不好，我累了你。

陈奶妈　进去吧，又喝多了。

江　泰　（摇头）我没有，我没有，我心里难过，我心里难过，啊——

〔陈奶妈与文彩扶江泰由卧室下。

曾文清　（叹口气）您喝杯茶吧。

袁任敢　我已经灌了好几大碗凉开水了，我今天午饭吃多了，大先生，我有一件事拜托你——

曾文清　是——

袁任敢　我——

〔愫方一手持床毛毯，一手持蜡烛，由书斋小门上。

袁任敢　愫小姐。

愫　方　（点头）

曾文清　爹睡着了？

愫　方　（摇头）

曾文清　袁先生您的事？

〔江泰又由卧室走出，手里握着半瓶白兰地。

526

江　泰　（笑着）袁先生进来喝两杯不？

袁任敢　不，（指巨影）他还在等着我呢！

江　泰　（举瓶）好白兰地，文清，你？

曾文清　（不语，望了望愫方）

江　泰　（莫明其妙）哦，怎么，你们三位——

〔陈奶妈在内：姑老爷！

江　泰　（摇头，叹了口气）唉，没有人理我，没有人理我的哟。（由卧室下）

曾文清　袁先生，你方才说——

〔袁圆在屋内的声音：爹，爹！你快来看，北京人的影子我铰好了。

袁任敢　（望望愫方与文清）回头说吧。（幽默而又懂事地）没有什么事，我的小猴子叫我呢。

〔袁任敢打开那巨幕一般的门扇走进去，跟着泄出一道光又关上，白纸幕上依然映现着那个巨大无比的"北京人"的黑影。

〔寂静，远处木梆更锣声。

曾文清　（期待地）奶妈把纸条给你了？

愫　方　（默默点头）

曾文清　（低声）我，我就想再见你一面，我好走。

愫　方　（无意中望着文清的卧室的门）

曾文清　（指门）她关上门睡觉呢。（低头）

愫　方　（坐下）

曾文清　（突然）愫方！

愫　方　（又立起）

曾文清　怎么？

愫　方　姨父叫我拿医书来的。

〔陈奶妈由文彩卧室走出。

陈奶妈　愫小姐，您来了。（立刻向书斋小门走）

曾文清　奶妈上哪儿去？

陈奶妈　（掩饰）我去看看孙少爷书背完了不？

〔陈奶妈由书斋小门下，远远又是两下凄凉的更锣。

527

曾文清　愫方，明天我一定走了，这个家（顿）我不想再回来了。
愫　方　（肯定地）不回来是对的。
曾文清　嗯，我决不回来了。今天我想了一晚上，我真觉得是我，是我误了你这十几年。害了人，害了己，都因为我总在想，总在想着有一天，我们——（望见愫方蹙起眉头，轻轻抚摸前额）愫方，你怎么了？
愫　方　（疲倦地）我累得很。
曾文清　（恻然）可怜，愫方，我不敢想，我简直不敢再想你以后的日子怎么过。你就像那只鸽子似的，孤孤单单地困在笼子里，等，等，等到有一天——
愫　方　（摇头）不，不要说了！
曾文清　（伤心）为什么，为什么我们要东一个、西一个苦苦地这么活着？为什么我们不能长两个翅膀，一块儿飞出去呢？（摇着头）啊，我真是不甘心哪！
愫　方　（哀徐）这还不够么，要怎么样才甘心呢！
曾文清　（幽郁）愫方，你跟我一道到南方去吧！（立刻眉梢又有些踌躇）去吧！
愫　方　（摇头，哀伤地）还提这些事吗？
曾文清　（悔痛，低头缓缓地）要不你就，你就答应今天早上那件事吧。
愫　方　（愣住）为——为什么？
曾文清　（望着愫方，嘴角痛苦地拖下来）这次我出去，我一辈子也不想回来的。愫方，我就求你这一件事，你就答应我吧。你千万不要再在这个家里住下去。（恳切地）想想这所屋子除了耗子，吃人的耗子，啃我们字画的耗子还有什么？（愫方的眼睛悲哀地凝视着他）你心里是怎么打算？等着什么？你别再不说话，你对我说呀。（蓦地鼓起勇气，贸然）愫方，你，你还是嫁，嫁了吧，你赶快也离开这个牢吧。我看袁先生人是可托的，你——
愫　方　（缓缓立起）
曾文清　（也立起，哀求）你究竟怎么打算，你说呀。
愫　方　（向书斋小门走）
曾文清　（沉痛地）你不能不说就走，"是"，"不是"，你要对我说一句啊。

愫　方　（转身）文清！（手里递给他一封信，缓缓地走开。文清昏惑地把信接在手里）

〔陈奶妈由书斋小门急上。

陈奶妈　（迫促地）老爷子来了，就在后面。（推着文清）进去进去，省得麻烦。进去……

曾文清　奶妈，我——

〔陈奶妈嘴里唠唠叨叨地把文清推着进到他的卧室里，愫方呆立在那里。

〔曾皓由书斋小门上，他穿一件棉袍，围着一条绒围巾，拖着睡鞋，扶拐杖，提着一个小油灯走进。

曾　皓　（看见愫方，急切地）我等你好半天了——（对陈奶妈）刚才谁进去了？

陈奶妈　大奶奶。

曾　皓　（望见那红泥火炉）怎么，谁又在这里烧茶了？

陈奶妈　姑老爷，他刚才陪着袁先生在这里品茶呢。

曾　皓　（藐笑）嗤，这两个人懂得什么品茶！（突然望见门上的巨影）这是什么？

陈奶妈　袁先生画那个"北京人"呢。

曾　皓　（鄙夷地）什么"北京人"，简直是闹鬼。

陈奶妈　老爷子，回屋去睡吧。

曾　皓　不，我要在这儿看看，你睡去吧。

愫　方　奶妈，我给你把被铺好了。

陈奶妈　嗯，嗯。（感动）哎，愫小姐，你——（欣喜）好，我看看去。

〔陈奶妈由书斋小门下。曾皓开始每晚照例的巡视。

愫　方　（随着曾皓的后面）姨父，不早了，睡去吧，还看什么？

曾　皓　（一面在角落里探找，一面说）祖上辛辛苦苦留下来的房子，晚上火烛第一要小心，小心。（忽然）你看那地上冒着烟，红红的是什么？

愫　方　是烟头。

曾　皓　（警惕）你看这多危险！这一定又是江泰干的。总是这样，烟头总不肯灭掉。

愫　方　（拾起烟头，扔在火炉里）

曾　皓　这么长一节就不抽了，真是糟蹋东西。（四面嗅闻）愫方，你闻闻

529

仿佛有什么香味没有？

愫　方　没有。

曾　皓　（嗅闻）怪得很，仿佛有鸦，鸦片烟的味道。

愫　方　别是您今天水烟抽多了。

曾　皓　唉，老了，连鼻子都不中用了。（突然）究竟文清走了没有？

愫　方　走了。

曾　皓　你可不要骗我。

愫　方　是走了。

曾　皓　唉，走了就好。这一个大儿子也够把我气坏了，烟就戒了许多次，现在他好容易把烟戒了，离开了家——

愫　方　不早了，睡去吧。

曾　皓　（坐在沙发里怨诉）他们整天地骗我，上了年纪的人活着真没意思，儿孙不肖，没有一个孩子替我想。（凄惨地）家里没有一个体恤我，可怜我，心疼我。我牛马也做了几十年了，现在弄到个个人都盼我早死。

愫　方　姨父，您别这么想。

曾　皓　我晓得，我晓得。（怨恨地）我的大儿媳妇第一个不是东西，她就知道想法弄我的钱。今天正午我知道是她故意引这帮流氓进门，存心给我难堪。（切齿）你知道她连那寿木都不肯放在家里。父亲的寿木！这种不孝的人，这种没有一点心肝的女人！她还是书香门第的闺秀，她还是——

〔外面风雨袭来，树叶飒飒地响着。

曾　皓　她自己还想做人的父母，她——

愫　方　（由书斋小窗谛听）雨都下来了。姨父睡吧，别再说了。

曾　皓　（摇头）不，我睡不着。老了，儿孙不肖，一个人真可怜，半夜连一个伺候我的人都没有。（痛苦地摸着腿）啊！

愫　方　怎么了？

曾　皓　（微呻）痛啊，腿痛得很！

〔外面更锣木梆声。

愫　方　（拿来一个矮凳放好他的腿，把毛毯盖上，又拉过一个矮凳坐在旁边，为他轻轻捶

曾　　皓　（呻吟）好，好。脚冷得像冰似的，愫方，你把我的汤婆子灌好了没有？

愫　　方　灌好了。

曾　　皓　你姨妈生前顶好了，晚上有点凉，立刻就给我生起炭盆，热好了黄酒，总是老早把我的被先温好——（似乎突然记起来）我的汤婆子，你放在哪里了？

愫　　方　（捶着腿）已经放在您的被里了。（呵欠）

曾　　皓　（快慰）啊，老年人心里没有什么。第一就是温饱，其次就是顺心。你看，（又不觉牢骚起来）他们哪一个是想顺我的心？哪一个不是阴阳怪气？哪一个肯听我的话，肯为着老人家想一想？（望见愫方沉沉低下头去）愫方，你想睡了么？

愫　　方　（由微盹中惊醒）没有。

曾　　皓　（同情地）你真是累很了，昨天一夜没有睡，今天白天又伺候我一天，也难怪你现在累了。你睡去吧。（语声中带着怨望）我知道你现在听不下去了。

愫　　方　（擦擦眼睛，微微打了一个呵欠）不，姨父，我不要睡，我是在听呢。

曾　　皓　（又忍不住埋怨）难怪你，他们都睡了，老运不好，连自己的亲骨肉都不肯陪着我，嫌我讨厌。

愫　　方　（低头）不，姨父，我没有觉得，我没有——

曾　　皓　（唠叨）愫方，你也不要骗我，我也晓得，他们就是不在你的面前说些话，我也知道你早就耐不下去了。（呻吟）哎哟，我的头好昏哪。

愫　　方　并，并没有人在我面前说什么。我，我刚才只是有点累了。

曾　　皓　（絮絮叨叨）你年纪轻轻的，陪着我这么一个上了年纪的人，你心里委屈，我是知道的。（长叹）唉，跟着我有什么好处？一个钱没有，眼前固然没有快乐可言，以后也说不上有什么希望。（嗟怨）我的前途就，就是棺材，棺材，我——（捶着自己的腿）啊！

愫　　方　（捶重些，只好再解释）真的，姨父，我刚才就是有点累了。

曾　　皓　（一眶眼泪，望着愫方）你瞒不了我，愫方，（一半责怨，一半诉苦）我知

531

道你心里在怨我，你不是小孩子……

愫　方　姨父，我是愿意伺候您的。
曾　皓　(摇手)愫方，你别捶了。
愫　方　我不累。
曾　皓　(把她的手按住)不，别。你让我对你说几句话。(唠叨)我不是想苦你一辈子。我是在替你打算，你真地嫁了可靠的好人，我就是再没有人管，(愫方不觉把手抽出来)我也觉得心安，觉得对得起你，对得起你的母亲，我——
愫　方　不，姨父。(缓缓立起)
曾　皓　可是——(突然阴沉地)你的年纪说年轻也不算很——
愫　方　(低首痛心)姨父，你别说了，我并没有想离开您。
曾　皓　(狠心地)你让我说，你的年纪也不小了，一个老姑娘嫁人，嫁得再好也不过给人做填房，可是做填房如果遇见前妻的子女好倒也罢了，万一碰见尽是些不好的，你自己手上再没有钱，那种日子——
愫　方　(实在听不下去)姨父，我，我真是没有想过——
曾　皓　(苦笑)不过，给人做填房总比在家里待一辈子要好得多，我明白。
愫　方　(哀痛)我，我——
曾　皓　(絮烦)我明白，一个女人岁数一天一天地大了，高不成低不就，人到了三十岁了。(一句比一句狠重)父母不在，也没有人做主，孤孤单单，没有一个体己的人，真是有一天，老了，没有人管了，没有孩子，没有亲戚，老，老，老得像我——
愫　方　(悲哀而恐惧的目光，一直低声念着)不，不，(到此她突然大声哭起来)姨父，您为什么也这么说话，我没有想离开您老人家呀！
曾　皓　(苦痛地)我是替你想啊，替你想啊！
愫　方　(抽咽)姨父，不要替我想吧，我说过我是一辈子也不嫁人的呀！
曾　皓　(长叹一声)愫方，你不要哭，姨父也活不长了。

〔幽长的胡同内有算命的瞎子寂寞地敲着铜钲踱过去。

曾　皓　这是什么？
愫　方　算命的瞎子回家了。(默默擦着泪水)
曾　皓　不要哭啦，我也活不了几年了，我就是再麻烦你，也拖不了你几年了。我知道思懿、江泰他们心里都盼我死，死了好分我的钱，愫方，只有你是一个忠厚孩子！
愫　方　您，您不会的。(低泣起来)为什么您老是这么想，我今天并没有冒犯您老人家啊！
曾　皓　(抚着愫方的手)不，你好，你是好孩子。可他们都以为姨父是有钱的，(愫方又缓缓把手抽回去)他们看着我脸上都贴的是钞票，我的肚子里装的不是做父母的心肠，都装的是洋钱元宝啊。(咳)他们都等着我死。哎，上了年纪的人活着真没有意思啊！(抚摩自己的头)我的头好痛啊！(想立起)
愫　方　(扶起他)睡去吧。
曾　皓　(坐起，在袋里四下摸索)可我早就没有钱。我的钱早为你的姨母出殡，修坟，修补房子，为着每年漆我的寿木早用完了。(从袋里取出一本红色的银行存折)这是思懿天天想偷看的银行存折。(递在她的眼前)你看这里还有什么？愫方，可怜我死后连你都没留多少钱。(立起)——
愫　方　(哀痛地)姨父，我从来没有想过要您的钱哪！
　　　　〔瑞贞由书斋小门上。
曾瑞贞　爷爷，药煎好了，在您屋里。
曾　皓　哦。
　　　　〔更声，深巷犬吠声。
曾　皓　走吧。(瑞贞和愫方扶着他向书斋小门走)
　　　　〔曾霆拿一本线装书由书斋小门走进。
曾　霆　爷爷，抄完了，您还讲吧？
曾　皓　(摇头)不早了，(转头对瑞贞)瑞贞也不要来了，你们两个都回屋睡去吧。
　　　　〔愫方扶曾皓由书斋小门下，瑞贞呆望着那炉火。曾霆走到那巨影的下面，望了一望，又复逡巡退回。

533

曾　霆　（找话说）妈妈没有睡么？
曾瑞贞　大概睡了吧。
曾　霆　（犹疑）你怎么还不睡？
曾瑞贞　我刚给爷爷煮好药。（忽想呕吐，不觉坐下）
曾　霆　（有点焦急）你坐在这里干什么？
曾瑞贞　（手摸着胸口）没有什么，（失望地）要我走么？
曾　霆　（耐下）不，不。

〔淅沥的雨声，凄凉的"硬面饽饽"的叫卖声。

曾　霆　（望着窗外）雨下大了。
曾瑞贞　嗯，大了。

〔深巷中凄寂而沉重的声音喊着："硬面饽饽！"

曾　霆　（寂寞地）卖硬面饽饽的老头儿又来了。
曾瑞贞　（抬头）饿了么？
曾　霆　不。
曾瑞贞　（立起）你，你不要回屋去睡么？
曾　霆　我，我不。你累，你回去吧。
曾瑞贞　（低头）好。（缓缓向书斋小门走）
曾　霆　你哭，哭什么？
曾瑞贞　我没有。
曾　霆　（忽然同情地，一句一顿）你要钱——妈今天给我二十块钱——在屋里枕头上——你拿去吧。
曾瑞贞　（绝望地叹息）嗯。
曾　霆　（怜矜的神色微微带着勉强）你，你要不愿一个人回屋，你就在这里坐会儿。
曾瑞贞　不，我是要回屋的。（曾霆打了半个喷嚏，又忍住，瑞贞回头）你衣服穿少了吧？
曾　霆　我不冷。（瑞贞又向书斋小门走，曾霆忽然记起）哦，妈刚才说——
曾瑞贞　妈说什么？
曾　霆　妈说要你给她捶腿。
曾瑞贞　嗯。（转身向文清卧室走）

534

曾　霆　（突然止住她）不，你不要去。

曾瑞贞　（无神地）怎么？

曾　霆　（希望得着同感）你恨，恨这个家吧？

曾瑞贞　我？

曾　霆　（追问）你？

曾瑞贞　（抑郁地低下头来）

曾　霆　（失望，低声）你去吧。

〔瑞贞走了一半，忽然回头。

曾瑞贞　（一半希冀，一半担心）我想告诉你一件事。

曾　霆　什么事？

曾瑞贞　（有些赧然）我，我最近身上不大舒服。

曾　霆　（连忙）你为什么不早说？

曾瑞贞　我，我有点怕——

曾　霆　（爽快地）怕什么，你怎么不舒服？

曾瑞贞　（嗳嚅）我常常想吐，我觉得——

曾　霆　（懵懂）啊，就是吐啊。（立刻叫）妈！

曾瑞贞　（立刻止住他）你干什么？

曾　霆　（善意地）妈屋里有八卦丹，吃点就好。

曾瑞贞　（埋怨地）你！

曾　霆　（莫明其妙）怎么，说吧，还有什么不舒服？

曾瑞贞　（失望）没有什么，我，我——（向卧室走）

曾　霆　你又哭什么？

曾瑞贞　（止步）我，我没有哭。（突然抬头望曾霆，哀伤地）霆，你一点不知道你是个大人么？霆，我们是——

曾　霆　（急促地解释）我们是朋友。你跟我也说过我们是朋友，我们结婚不是自由的。你的女朋友说得对，我不是你的奴隶，你也不是我的奴隶。我们顶多是朋友，各人有各人的自由，各走各的路。你，你自己也相信这句话，是吧？

曾瑞贞　（忽然坚决地）嗯，我相信！

〔由右面大奶奶卧室内——

〔思懿的喊声：瑞贞！瑞贞！

曾　霆　妈叫你。
曾瑞贞　（愣一愣，转对曾霆）那么，我去了。
曾　霆　嗯。
〔瑞贞入右面卧室。
曾　霆　（抬头望望那巨大的猿人的影子，鼓起勇气，走到那巨影的前面，对着那隔扇门的隙缝，低声）袁圆，袁圆！
〔瑞贞又从大奶奶卧室走出。
曾　霆　（有些狼狈）怎么你——
曾瑞贞　妈叫我找愫姨。
〔瑞贞由书斋小门下，曾霆有些犹疑，叹一口气，又——
曾　霆　袁圆！袁圆！
〔隔扇门打开，泄出一道灯光，袁圆走出来，头插着花朵，身披着铺在地上的兽皮，短裤赤腿，上身几乎一半是裸露着，一手拿着一把大剪刀，一手拿着铰成猿人模样的马粪纸，笑嘻嘻地招呼着曾霆。
袁　圆　咦，你又来了？
曾　霆　你，你这是——
袁　圆　（不觉得）我在铰"北京人"的影子呢，（举着那"猿人"的纸模）你看！
曾　霆　（望着袁圆，目不转睛）不不，我说你的衣服穿得太少，你，你会冻着的。
袁　圆　（忽然放下那纸模和剪刀，叉着腰）你看我好看不？
曾　霆　（昏惑）好看。
袁　圆　（背着手）能够吃你的肉不？
曾　霆　（为她的神采所夺，不知所云地）能。
袁　圆　（近前）能够喝你的血不？
曾　霆　（嗫嚅）能。
袁　圆　（大叫一声由身后边取出一把可怕的玩具斧头，扬起来，跳在霆儿的前面长啸）啊！嚆！啊！（俨然是个可怕的母猿）
曾　霆　（吓糊涂）你要干什么？

袁　圆　（笑起来）我要杀人，你怕不怕？我像不像（指影）他？

曾　霆　（惊异）你要像他——这个野东西？

袁　圆　（一把拉着曾霆）走，进去看看。

曾　霆　（妒嫉地）不，我不，我不去。

袁　圆　（赞美地）进去看看，他真是一身都是毛，毛——（拉曾霆到门前）

曾　霆　不，不。

袁　圆　走，进去！

〔隔扇门忽然开了一扇，小柱儿也被袁家父女几乎剥成精光，装扮成一个小"原始人"模样走出来。他一手拿着一封信，臂上搭着自己的衣服，一手抱着袁圆叫他去喂的鸽子，露出一种不知是哭是笑的那份尴尬样子。门立刻关上，纸幕上映出那个巨影。

曾　霆　啊，这是什么？

袁　圆　（嬉笑）这是他（指影）的弟弟小"北京人"。

小柱儿　（憨气）袁小姐，（举着信）你的信，你掉在地上的信。

袁　圆　信？

曾　霆　（猛然由他手里把信抢过来，低头）

小柱儿　（袁圆眼一睁，大叫）你抢什么？

袁　圆　（对小柱儿解释）这是他写的信，（轻轻把小柱儿的手按下）小柱儿，别生气，我喜欢你。

小柱儿　（天真地）我也喜欢你。

曾　霆　（申斥）小柱儿！

小柱儿　（睁圆了眼）怎么喳？

袁　圆　（回头对曾霆，委婉地）曾霆，我也喜欢你，（走到两个中间）赶明儿个我们三个人老在一块玩，好不好？

小柱儿　（粗率）好。

袁　圆　（反身问）曾霆，你呢？

曾　霆　（婉转对小柱儿）你，你睡去吧！

小柱儿　（莽撞）你去睡！我不睡！

〔陈奶妈已由书斋小门上。

陈奶妈　（听见）哪个说不睡？
小柱儿　（惊怯回头）奶奶。
陈奶妈　（才看清楚小柱儿现在的模样，吃惊）你这是干什么？小柱儿，你怎么把衣裳都脱了？——
小柱儿　（指袁圆）她叫我脱的。
陈奶妈　袁小姐怎么叫他脱衣裳？
袁　圆　（很自然地）一个人为什么要穿那么多衣服呢？
陈奶妈　（冲到她面前，明明要发一顿脾气，但想不到袁圆依然在傻笑，只好毫无办法地）我的袁小姐！（又气又恼地）我看你怎么得了哦！（转身拉着小柱儿）走，睡觉去。
小柱儿　（一边走一边回头乞援）袁小姐！袁小姐！
袁　圆　（万分同情）去吧，（摇头叹气）玩不成了。
小柱儿　奶奶！（眼泪几乎流出来）
陈奶妈　走，还玩呢！
小柱儿　不，奶奶等等，还有（举着那鸽子）袁小姐的"孤独"。
陈奶妈　什么"鼓肚"？
小柱儿　（举起鸽子指点）
袁　圆　（跑过来）我的鸽子，我的小"孤独"！（一手由小柱儿手里取过来那鸽子）可怜的小柱儿，明天我带你玩，带你去爬山，浮水，你带我去放牛，耕地，打野鸟。这会儿你就，你就跟奶奶睡觉去吧！（望着小柱儿眼泪汪汪，随着奶奶倒退一步）哦，我的可怜的小"北京人"！
　　　　（突然拉转小柱儿，摇着他，在他脸上清脆而响亮地吻了一下）
陈奶妈　（大气）袁小姐！（对小柱儿）快走！
　　　　〔陈奶妈立刻拉起小柱儿像逃避魔鬼似的，忙忙由书斋小门下。
曾　霆　（愤愤）你，你怎么这样子？亲——
袁　圆　（莫明其妙）我不能亲小柱儿么？
曾　霆　（难忍）袁圆，你明天不带他？
袁　圆　为什么不带他？
曾　霆　（说不出理由，只好重复）不带他。
袁　圆　（眼一霎）那么我们带他，（指影）带这个"北京人"。

538

曾　霆　（摇头）不，也不带他。

袁　圆　（头一歪）为什么连他也不带？（突然想起一件事）啊，曾霆，我告诉你一个秘密，大秘密。（抱着鸽子跑到巨影下面的台阶前）你过来。

曾　霆　（拿着蜡烛跑过来）什么？（袁圆拉着他，并坐在台阶上。这两个小孩就在那巨大无比的"北京人"的影下低低交谈起来）

袁　圆　（低声）我爸爸刚才问我是"北京人"好玩，你好玩？

曾　霆　（心跳）他怎么问这个？他知道我——

袁　圆　你别管，爸爸就是这样，（轻轻点着他的头，笑着）我就说你好玩。

曾　霆　（喜不自禁）真的？

袁　圆　（肯定）当然。

曾　霆　（连忙）我，我写的（略举信）这信，你看见了？

袁　圆　（兴奋地）你别插嘴，后来爸又问我："你爱哪一个？"

曾　霆　（紧张）你，你怎么说？

袁　圆　（扬头问）你猜我怎么说？

曾　霆　（羞赧）我猜，猜不出。

袁　圆　（伶俐地）我说我不知道。

曾　霆　（松了一口气，然而欣愉地）你答得真好。

袁　圆　后来他就问我："你大了愿意嫁给哪一个？"（昂首指着这巨影）是这个样子的"北京人"，还是曾家的孙少爷？

曾　霆　（惶惑，也仰起头来，那"北京人"的影子也转了转身，仿佛低头望着这两个小孩。曾霆不觉吓了一跳，低声，恐怖地）嫁给这个"北京人"，还是——

袁　圆　（点头）就是他，还是（一手指点着他的心口）你？

曾　霆　你——说——呢？

袁　圆　我说，（吻了一下那"孤独"）——你不要生气，我说（直截了当）我要嫁给他，嫁给这个大猩猩！

曾　霆　为，为什么？

袁　圆　（崇拜地）他大，他是条老虎，他一拳能打死一百个人。

曾　霆　（想不到）可，可我——

袁　圆　你呀，（带着轻蔑）你是呀——（猛然跳起来，站在台阶上，大叫起来）耗子啊！

539

曾　霆　（也跳在一旁，震抖地）什么？什么？

袁　圆　（向墙边指）那儿，那儿！

曾　霆　哪儿？哪儿？

袁　圆　啊，进去了！（紧张地）刚才一个（比着）那么点的小耗子从我脚背上"出溜"一下穿过去。

曾　霆　（放下心，笑着）哦，耗子啊！你这么怕，我们家里多的是！

袁　圆　（忽有所得）啊，我想起来了，（高兴地拍手）你呀，就是这么一个小耗子！（拍他的肩）小耗子！

曾　霆　（不快）我，我想——

袁　圆　你想什么？

曾　霆　（贸然）你不，你不喜欢我么？

袁　圆　嗯，我喜欢你，当然喜欢你！（不觉又吻一下那"孤独"）你就是他！（指着那鸽子）你听话，你是这鸽子，你是我的"小可怜"。（她坐在阶上又吻起那"孤独"）

曾　霆　（十分感动，随着坐在阶上）那么你看了我这封长信——

袁　圆　（又闪来一个念头，忽然立起）曾霆，你想，那个小耗子再下小耗子，那个小小耗子有多小啊！

曾　霆　（痛苦地）袁家妹妹，你怎么只谈这个？我，我的信你看完了，（低头，又立刻抬起）你，你的心（低头）——

袁　圆　（懵懂地摸着自己）我的心？——

曾　霆　（突然）你读了我给你的诗，我信里面的诗了么？

袁　圆　（点头，天真地）念了！

曾　霆　（欣喜）念了？

袁　圆　（点头）嗯，我爸爸说你的字比我写得好。

曾　霆　（惊吓）你给你父亲看了？

袁　圆　（忽然聪明起来）你别红脸，我的小可怜，爸爸说你就写了两个白（别）字，比我好。

曾　霆　那么我给你的诗，你也——

袁　圆　（点头）嗯，我看不懂，我给爸爸看了，叫他讲给我听。

曾　霆　（更惊）他讲给你听！

袁　圆　（不懂）怎么？

曾　霆　没什么。你父亲，他，他讲给你听没有？

袁　圆　（摇头）没有，他就说不像活人作的，古，古得很。（抱歉地）他说，他也看不懂。

曾　霆　那么他还说什么？

〔瑞贞和愫方由书斋小门上，刚要走出书斋，瑞贞突然瞥见曾霆和袁圆，不由地停住脚，哀伤地呆立在书斋里。愫方手里握着一件婴儿的绒线衣服，也默然伫立。

袁　圆　（嗫嚅）他说（贸然）他叫我以后别跟你一块玩了。

曾　霆　（昏惑）以后不跟你在——

袁　圆　（安慰）不理他，明天我们俩还是一块儿放风筝去。

曾　霆　（低语）可，可是为什么？

袁　圆　（随口）愫姨刚才找我爸爸来了。

曾　霆　（吃惊）干什么？

袁　圆　她说你的太太已经有了小毛毛了。

曾　霆　（晴天里的霹雳）什么？

袁　圆　她说你就快成父亲了,（好奇地）真的么？

曾　霆　（落在雾里）我？

袁　圆　我爸爸等愫姨走了就跟我说，叫我以后别跟你玩了。

曾　霆　（依然晕眩）当父亲？

袁　圆　（忽然）我十五，你十几？

曾　霆　（发痴）十七。

袁　圆　（想引起他的笑颜）啊，十七岁你就要当父亲了。（拍手）十七岁的小父亲——你想,（忽然拉着他的手）小耗子再生下小小耗子多好玩啊。你说多——

曾　霆　（突然呜呜地哭起来）

袁　圆　别哭，曾霆，我们还是一块玩，不听我那个老猴儿的话。（低声）你别哭，明天我给你买可可糖，我们一块放风筝，不带小柱儿，也不带"北京人"。

曾　霆　（哭）不，不，我不想去。

541

袁　圆　别哭了，你再哭，我生气了。

曾　霆　（依然痛苦着）

袁　圆　曾霆，别哭了，你看，我把我的鸽子都送给你。（把"孤独"在他的面前举起）

曾　霆　（推开）不。（又抽噎）

袁　圆　那我就答应你，我一定不嫁给"北京人"，行不行？

曾　霆　（摇头）不，不，我想哭啊。

袁　圆　（劝慰地）真的，我不骗你，等我长大一点，就大一点点，我一定嫁给你，一定！

曾　霆　（摇头）不，你不懂！（低声呜咽，慢慢把信撕碎）

袁　圆　（天真地）你信上不是说要我吗？要我嫁给——

　　　　〔巨影后袁任敢的声音：圆儿！圆儿！

袁　圆　（低声）我爸爸叫我了，明天见，我明天等你一块放风筝，钓鱼，好吧？

　　　　〔巨影后袁任敢的声音：圆儿！圆儿！

袁　圆　来了，爸。（忙回头在曾霆的脸上轻轻吻了一下）曾霆！我的可怜的小耗子！（曾霆抬头望着她跑走）

　　　　〔圆儿打开隔扇门跑进，门又倏地关上。

　　　　〔斜风细雨，深巷里传来苍凉的"硬面饽饽"的叫卖声。

曾　霆　（又扑倒哀泣起来）

　　　　〔瑞贞缓缓由小书斋走出来，愫方依然在书斋里发痴。

曾瑞贞　（走到曾霆的身后，略弯身，轻轻拍着他的肩膀，哀怜地）不要哭了，袁小姐走了。

曾　霆　（抬头）愫，愫姨的话是真的？

曾瑞贞　（望着他，深深地一声叹气）

曾　霆　（大恸，怨愤地）哦，是哪个人硬要把我们两个拖在一起？（立起）我真是想（顿足）死啊！

　　　　〔曾霆向书斋小门跑出。

愫　方　霆儿！

　　　　〔曾霆头也不回，夺门而出。

542

曾瑞贞 （呆呆跌坐在凳子上）

愫　方 （走过来）瑞贞。

曾瑞贞 愫姨。

愫　方 （抚着她的头发）你，你别——

曾瑞贞 （猛然抱着愫方）我也真是想死啊！

愫　方 （温和地）瑞贞。

曾瑞贞 （忍不住一面流泪，一面怨诉着）愫姨，你为什么要告诉袁家伯伯呢？为什么要叫袁家小姐不跟他来往呢？

愫　方 （悲哀地）瑞贞，我太爱你，我看你苦，我实在忍不下去了。（昏惑地）我不知道我怎么跑去说的，我像个傻子似的跑去见了袁先生，我几乎不知道我说了些什么，我又昏昏糊糊跑出来了。瑞贞，如果霆儿从这以后能够——

曾瑞贞 （沉痛）你真傻呀，愫姨，他是不喜欢我的。你看不出来？他是一点也不喜欢我的！

愫　方 （哀伤地）不，他是个孩子，他有一天就会对你好的。唉！瑞贞，等吧，慢慢地等吧，日子总是有尽的。活着不是为着自己受苦，留给旁人一点快乐，还有什么更大的道理呢？等吧，他总会——

曾瑞贞 （立起摇头，沉缓地）不，愫姨，我等不下去了。我要走了，我已经等了两年了。

〔外面曾皓声：愫方，愫方！

愫　方 你上哪里去？

曾瑞贞 （痴望）我那女朋友告诉我，有这么一个地方，那里——

愫　方 （哀缓地）可是你的孩子，（把那小衣服递在瑞贞的眼前）——

曾瑞贞 （接下看看）那孩子，（长叹一声，不觉把衣服掷落地上）——

〔由书斋小门露出曾皓的上半身。

曾　皓 （举着蜡炬）愫方，快来，汤婆子漏了，一床都是水！

〔愫方与曾皓由书斋小门下。

〔思懿拿着账本由自己的卧室走出，瑞贞连忙从地上拾起小衣服藏起。

543

曾思懿　（瞥见愫方的背影）愫小姐！愫小姐！（对瑞贞）那不是你的愫姨么？
曾瑞贞　嗯。
曾思懿　怎么看见我又走了？
曾瑞贞　爷叫她有事。
曾思懿　（厉声）去找她来，说你爹找她有事。

〔瑞贞低头由书斋小门下，远处更锣声。文清由卧房走进，思懿走到八仙桌前数钱。

曾文清　（焦急地）你究竟要怎么样？
曾思懿　（翻眼）我不要怎么样。
曾文清　你要怎样？你说呀，说呀！
曾思懿　（故意做出一种忍顺的神色）我什么都看开了，人活着没有一点意思。早晚棺材一盖，两眼一瞪，什么都是假的。（走向自己的卧室）
曾文清　你要干什么？
曾思懿　（回头）干什么？我拿账本交账！

〔思懿走进屋内。

曾文清　（对门）你这是何苦，你这是何苦！你究竟想怎么样？你说呀！

〔思懿拿着账本又由卧室走进。

曾思懿　（翻眼）我不想怎么样。我只要你日后想着我这个老实人待你的好处。明天一见亮我就进尼姑庵，我已经托人送信了。
曾文清　哦，天哪，请你老实说了吧。你的真意是怎么回事，我不是外人，我跟你相处了二十年，你何苦这样？
曾思懿　（拿出方才愫方给文清的信，带着嘲蔑）哼，她当我这么好欺负。在我眼前就敢信啊诗啊地给你递起来。（突然狠恶地）还是那句话，我要你自己当着我的面把她的信原样退给她。
曾文清　（闪避地）我，我明天就会走了。
曾思懿　（严厉）那么就现在退给她。我已经替你请她来了。
曾文清　（惊恐）她，她来干什么？
曾思懿　（讽刺地）拿你写给她的情书啊！
曾文清　（苦闷地叫了一声）哦！（就想回转身跑到卧室）
曾思懿　（厉声）敢走！（文清停住脚，思懿切齿）不会偷油的耗子，就少在猫面前做馋相。这一点点颜色我要她——

〔幕地大客厅里的灯熄灭，那巨影也突然消失，袁圆换了睡衣，抱着那"孤独"，举着蜡，打开一扇门走进来，手里拿着一张纸条。

袁　圆　（活泼地）哟，（递信给文清）曾伯伯，我爸爸给你的信！（转对思懿指着）你们俩儿还没有睡，我们都要睡了。

〔袁圆转身就跳着进了屋，门倏地关上。

曾文清　（读完信长叹一声）唉。
曾思懿　怎么？
曾文清　（递信给她）袁先生说他的未婚妻就要到。
曾思懿　他有未婚妻？
曾文清　嗯，他请你替他找所好房子。
曾思懿　（读完，嘲讽地）哼，这么说，我们的愫小姐这次又——

〔愫方拿着蜡烛由书斋小门上。

愫　方　（低声）表哥找我？
曾文清　我——
曾思懿　是，愫妹。（把信递给文清）怎么样？
曾文清　哦。（想走）
曾思懿　（厉声）站住！你真地要逼我撒野？
曾文清　（衷恳地）愫方，你走吧，别听她。
愫　方　（回头望思懿，想转身）
曾思懿　（对愫方）别动！（对文清，阴沉地）拿着还给她！（文清屈服地伸手接下）
愫　方　（望着文清，僵立不动。文清痛苦地举起那信）
曾思懿　（狞笑）这是愫妹妹给文清的信吧？文清说当不起，请你收回。
愫　方　（颤抖地伸出手，把文清手中的信接下）
曾文清　（低头）

〔静寂。

〔愫方默默地由书斋小门走出。

曾文清　（回头望愫方走出门，忍不住倒坐在沙发上哽咽）
曾思懿　（低声，狠恶地）哭什么？你爹死了！

545

曾文清　（摇头）你不要这么逼我，我是活不久的。
曾思懿　（长叹一声）隔壁杜家的账房晚上又来逼账了，老头拿住银行折子，一个钱也不拿出来。文清，我们看谁先死吧，我也快叫人逼疯了。
　　　　〔思懿忙忙由书斋小门下。
　　　　〔文清失神地站起来，缓缓地向自己的卧室走。那边门内砰然一声，像是木杖掷在门上的声音。文彩喊着由她的卧室跑出。
曾文彩　（低声，恐惧地）哥哥！
曾文清　怎么？
曾文彩　他，他又发酒疯了！
曾文清　（无力地）那我，我怎么办？
曾文彩　（急促）哥哥，怎么办，你看怎么办？
　　　　〔突然屋内又有摔东西的声音和猎猎然骂人的声音。
曾文彩　（拉着文清的臂）你听他又摔东西了。
曾文清　（捧着自己的头）唉，让他摔去得了。
曾文彩　（心痛地）他，他疯了，他要打我，他要离婚——
曾文清　（惨笑）离婚？
　　　　〔江泰在屋内的声音：（拍桌）文彩！文彩！
曾文彩　哥哥！
　　　　〔江泰在屋内的声音：（拍桌大喊）文彩！文彩！文彩！
曾文彩　（拉着他）哥哥！你听！
曾文清　你别拉着我吧！
曾文彩　（焦急）他这样会出事的，会出事的，哥哥！
曾文清　放开我吧，我心里的事都闹不清啊！
　　　　〔文清摔开手，踉跄步入自己的卧室内。
　　　　〔文彩向自己的卧室走了两步，突然门开，跌进来醉醺醺的江泰，一只脚穿着拖鞋，那一只是光着。
江　泰　（不再是方才那样苦恼可怜的样子，倚着门口，瞪红了眼睛）你滚到哪里去了？你认识不认识我是江泰，我叫江泰，我叫你叫你，你怎么不来？

546

曾文彩　（苦痛）我，我，你——
江　泰　我住在你们家里，不是不花钱的。我在外面受了一辈子人家的气，在家里还要受你们曾家人的气么？我要喝就得买，要吃就得做！——谁欺负我，我就找谁！走，（拉着文彩的手）找他去！
曾文彩　（拦住他）你要找谁呀？
江　泰　曾皓，你的爹，他对不起我，我要找他算账。
曾文彩　明天，明天。父亲睡了。
江　泰　那么现在叫他滚起来。（走）
曾文彩　（拖住）你别去！
江　泰　你别管！
曾文彩　（忽然灵机一动，回头）啊呀，你看，爹来了！
江　泰　哪儿？
曾文彩　这儿！

〔文彩顺手把江泰又推进自己的卧室内，立刻把门反锁上。
〔江泰在屋内的声音：（击门）开门！开门！

曾文彩　哥哥！（连忙向卧室的门跑）哥哥！

〔江泰在屋内的声音：（捶门）开门，开门！
〔文彩走到文清卧室门口掀开门帘。

曾文彩　（似乎看见一件最可怕的事情）啊，天，你怎么还抽这个东西呀！

〔文清在屋内的声音：（长叹）别管我吧，你苦我也苦啊！
〔江泰在屋内的声音：（大吼叫）文彩！（乱捶门）开门，我要烧房子啦！我要烧房子，我要点火啦，我——（扑通一声仿佛全身跌倒地上）

曾文彩　（同时一面跑向自己的卧室，一面喊着）天啊，江泰，你醒醒吧，你还没有闹够，你别再吓死我了！（开了门）

〔文彩立刻进了自己的卧室，把门推严，里面只听得江泰低微呻吟的声音。
〔立刻由书斋小门上来曾皓，披着一件薄薄的夹袍，提着灯笼，由愫方扶掖着，颤巍巍地打着寒战。

曾　皓　（慌张地）出了什么事？什么事？（低声对愫方）你，你让我看看是

547

谁，是谁在吵。你快去给我拿棉袍来。

〔愫方由书斋小门下。江泰还在屋内低微地呻吟。突然门内文清一声长叹，曾皓瞥见他卧室的灯光，悄悄走到他的门前，掀开帘子望去。

〔文清在屋内的声音：（喑哑）谁？

曾　　皓　谁！（不可想象的打击）你！没走？

〔文清吓晕了头，昏沉沉地竟然拿着烟枪走出来。

曾　　皓　（退后）你怎么又，又——

曾文清　（低头）爸，我——

曾　　皓　（惊愕得说不出一句话，摇摇晃晃，向文清身边走来，文清吓得后退。逼到八仙桌旁，曾皓突然对文清跪下，痛心地）我给你跪下，你是父亲，我是儿子。我请你再不要抽，我给你磕响头，求你不——（一壁要叩下去）

曾文清　（突然意识到自己的罪恶，扔下烟枪）妈呀！

〔文清推开大客厅的门扇跑出，同时曾皓突然中了痰厥，瘫在沙发近旁。

〔同时愫方由书斋小门拿着棉袍忙上。

愫　　方　（惊吓）姨父！姨父！（扶他靠在沙发上）姨父，你怎么了？姨父！你醒醒！姨父！

曾　　皓　（睁开一半眼，细弱地）他，他走了么？

愫　　方　（颤抖）走了。

曾　　皓　（咬紧了牙）这种儿子怎么不（顿足）死啊！不（顿足）死啊！（想立起，舌头忽然有些弹）我舌头——麻——你——

愫　　方　（颤声）姨父，你坐下，我拿参汤去，姨父！

〔曾皓口张目瞪，不能应声，愫方慌忙由书斋小门跑下。

〔文彩在屋内的声音：（哭泣）江泰！江泰！

〔江泰在屋内的声音：（大吼）滚开呀，你！

〔文彩在屋内的声音：江泰！

〔江泰猛然打开门，回身就把门反锁上。

〔文彩在屋内的声音：你开门，开门！

江　泰　（在烛光摇曳中看见了曾皓坐在那里像入了定，江泰愤愤地）啊，你在这儿打坐呢！

曾　皓　（目瞪口张）

江　泰　你用不着这么斜眼看我，我明天一定走了，一定走了，我再不走运，养自己一个老婆总还养得起！（怨愤）可走以前，你得算账，算账。

〔文彩在屋内的声音：（急喊）开门！开门！你在跟谁说话？江泰！（捶门）开门，江泰，开门！（一直在江泰说话的间隔中喊着）

江　泰　你欠了我的，你得还！我一直没说过你，不能再装聋卖傻，我为了你才丢了我的官，为了你才亏了款。人家现在通缉我。我背了坏名声，我一辈子出不了头，这是你欠我这一笔债。你得还，你不能不理！你得还，你得给，你得再给我一个出头日子。你不能再这样不言语，那我可——喂（大声）你看清楚没有，我叫江泰！叫江泰！认清楚！你的女婿！你欠了我的债，曾皓，曾皓，你听见没有？

〔文彩在屋内的声音：（吓住）开门，开门！（一直大叫）爹！爹！别理他，他说胡话，他疯了。爹！爹！爹呀！开门，江泰，（夹在江泰的长话当中）开门，爹！爹！

江　泰　曾皓，你给不给，你究竟还不还？我知道你有的是存款，金子，银子，股票，地契。（忽然恳切地）哦，借给我三千块钱，就三千，我做了生意，我一定要还你，还给你利息，还给你本，你听见了没有？我要加倍还给你，江泰在跟你说话，曾老太爷，你留着那么多死钱干什么？你老了，你岁数不小了。你的棺材都预备好了，漆都漆了几百遍了，你——

〔文彩在屋内的声音：（同时捶门）开门！开门！

〔思懿拿着曾皓方才拿出过的红面存折，气愤愤地由书斋小门急上，望了望曾皓，就走到文彩的卧室前开门。

江　泰　（并未察觉有人进来，冷静地望着曾皓，低声厌恶地）你笑什么？你对我笑什么？（突然凶猛地）你怎么还不死啊？还不死啊？（疯了似的走到曾皓

549

前面，推摇那已经昏厥过去的老人的肩膀）

〔文彩满面泪痕，蓦地由卧室跑出来。

曾文彩　（拖着江泰力竭声嘶地）你这个鬼！你这个鬼！
江　泰　（一面被文彩向自己的卧室拉，一面依然激动地嚷着）你放开我，放开我，我要杀人，我杀了他，再杀我自己呀。

〔文彩终于把江泰拖入房内，门霍地关上。愫方捧着一碗参汤由书斋小门急上。思懿仍然阴沉沉地立在那里。

愫　方　（喂皓参汤）姨父，姨父，喝一点！姨父！

〔曾霆由书斋小门跑上。

曾　霆　怎么了？
愫　方　（喂不进去）爷爷不好了，赶快打电话找罗太医。
曾　霆　怎么？
愫　方　中了风，姨父！姨父！

〔曾霆由大客厅门跑下，同时陈奶妈仓皇由书斋小门上，一边还穿着衣服。

陈奶妈　（颤抖地）怎么啦老爷子？老爷子怎么啦？
愫　方　（急促地）你扶着他的头，我来灌。

〔老人喉里的痰涌上来。

陈奶妈　（扶着他）不成了，痰涌上来了。——牙关咬得紧，灌不下。
愫　方　姨父！姨父！

〔文清由大客厅门上。

曾文清　（步到老人的面前，愧痛地连叫着）爹！爹！我错了，我错了。

〔文彩由自己的卧室跑出来。

曾文彩　（抱着老人的腿）爹！爹！我的爹！
愫　方　姨父！姨父！
陈奶妈　老爷子！老爷子！
曾思懿　（突然）别再吵了，别等医生来，送医院去吧。
愫　方　（昂首）姨父不愿意送医院的。
曾思懿　（对陈奶妈）叫人来！

〔陈奶妈由大客厅门下。

550

曾文彩　（立刻匆促地）我到隔壁杜家借汽车去。
　　　　〔文彩由大客厅跑下。
愫　方　姨父！姨父！
曾文清　（哽咽）怎么了？（"怎么办？"的意思）怎么了？
曾思懿　哼，怎么了？（气愤地）你看，（把手里曾皓的红面存折摔在他的眼前）这怎么了？
　　　　〔陈奶妈带着张顺由大客厅门上。大客厅的尽头燃起灯光，雪白的隔扇的纸幕突然又现出一个正在行动的巨大猿人的影子，沉重地由远而近，对观众方向走来。
曾思懿　（指张顺）只有他？
陈奶妈　还有。
　　　　〔门倏地打开，浑身长着凶猛的黑毛的"北京人"像一座小山压在人的面前，赤着脚沉甸甸地走进来，后面跟着曾霆。
曾思懿　（对张顺）立刻抬到汽车上。
　　　　〔张顺对"北京人"做做手势，"北京人"对他看了一眼，就要抱起曾皓。
愫　方　（忽然一把拉着曾皓）不能进医院，姨父眼看着就不成了。
　　　　（老人说不出话，眼睛苦痛地望着）
　　　　〔"北京人"望着愫方停住手。
曾思懿　（拉开愫方，对张顺）抬！（张顺就要动手——）
　　　　〔"北京人"轻轻推开张顺，一个人像抱起一只老羊似的把曾皓举起，向大客厅走。
曾　霆　（哭起）爷！爷！
曾思懿　别哭了。
曾文清　（跟在后面）爹，我，我错了。
　　　　〔"北京人"走到门槛上。老人的苍白的手忽然紧紧抓着那门扇，坚不肯放。
曾　霆　（回头）走不了，爷爷的手抓着门不放。
曾思懿　用劲抬！（张顺连忙走上前去）
愫　方　（心痛地）他不肯离开家呀。（大家又在犹疑）

551

曾思懿　救人要紧，快抬！听我的话是听她的话，抬！

〔张顺推着"北京人"硬向前走。

愫　方　他的手！他的手！

曾思懿　（对曾霆）把手掰开。

曾　霆　我怕。

曾思懿　笨，我来！

曾文清　爹。

曾　霆　（恐惧）妈，爷爷的手，手！

〔思懿强自掰开他的手。

曾文清　（愤极对思懿）你这个鬼！你把父亲的手都弄出血来了。

曾思懿　抬！（低声，狠恶地）房子要卖，你愿意人死在家里？

〔大家随着"北京人"由大客厅门走出，只有文清留在后面。

〔木梆声。

〔隔壁醉人一声苦闷的呻吟。

〔苍凉的"硬面饽饽"声。

〔文清进屋立刻走出。他拿着一件旧外衣和一个破帽子，臂里夹一轴画，长叹一声，缓缓地由通大客厅的门走出，顺手把门掩上。

〔暗风挟着秋雨吹入，门又悄悄自启，四壁烛影憧憧，墙上的画轴也被刮起来飒飒地响着。

〔远远一两声凄凉的更锣。

——幕徐落

第三幕

第一景

在北平阴历九月梢尾的早晚，人们已经需要加上棉绒的寒衣。深秋的天空异常肃穆而爽朗。近黄昏时，古旧一点的庭园，就有成群成阵像一片片墨点子似的乌鸦，在老态龙钟的榆钱树的树巅上来回盘旋，此呼彼和，噪个不休。再晚些，暮色更深，乌鸦也飞进了自己的巢。在苍茫的尘雾里传来城墙上还未归营的号手吹着的号声。这来自遥远，孤独的角声，打在人的心坎上说不出的熨帖而又凄凉，像一个多情的幽灵独自追念着那不可唤回的渺若烟云的以往，又是惋惜，又是哀伤，那样充满了怨望和依恋，在薄寒的空气中不住地振抖。

天渐渐地开始短了，不到六点钟，石牌楼后面的夕阳在西方一抹淡紫的山气中隐没下去。到了夜半，就唰唰地刮起西风，园里半枯的树木飒飒地乱抖。赶到第二天一清早，阳光又射在屋顶辉煌的琉璃瓦上，天朗气清，地面上罩一层白霜，院子里，大街的人行道上都铺满了头夜的西风刮下来的黄叶。气候着实地凉了，大清早出来，人们的呼吸在寒冷的空气里凝成乳白色的热气，由菜市买来的菜蔬碰巧就结上一层薄薄的冰凌，在屋子里坐久了不动就觉得有些冻脚，窗纸上的苍蝇拖着迟重的身子飞飞就无力地落在窗台上。在往日到了这种天气，比较富贵的世家，如同曾家这样的门第，家里早举起了炕火，屋内暖洋洋的，绕着大厅的花隔扇与宽大的玻璃窗前放着许多盆盛开的菊花，有绿的，白的，黄的，宽瓣的，细瓣的，都是名种，它们有的放在花架上，有的放在地上，还有在糊着蓝纱的隔扇前的紫檀花架上的紫色千头菊悬崖一般地倒吊下来，这些都绚烂夺目地在眼前罗列着。主人高兴时就在花前饮酒赏菊，邀几位知己的戚友，吃着热气腾腾的羊肉火锅，或猜拳，或赋诗，酒酣耳热，顾盼自豪。真是无上的气概，无限的享受。

像往日那般欢乐和气概于今在曾家这间屋子里已找不出半点痕迹，惨淡的情况代替了当年的盛景。现在这深秋的傍晚——离第二幕有一个多月——更是处处显得零落衰败的样子,隔扇上的蓝纱都褪了色,有一两扇已经撕去了换上普通糊窗子用的高丽纸,但也泛黄了。隔扇前地上放着一盆白菊花,枯黄的叶子,花也干得垂了头。靠墙的一张旧红木半圆桌上放着一个深蓝色大花瓶,里面也插了三四朵快开败的黄菊。花瓣儿落在桌子上,这败了的垂了头的菊花在这衰落的旧家算是应应节令。许多零碎的摆饰都收了起来,墙上也只挂着一幅不知什么人画的山水,裱的绫子已成灰暗色,下面的轴子,只剩了一个。墙壁的纸已开始剥落。墙角倒悬那张七弦琴,琴上的套子不知拿去做了什么,橙黄的穗子仍旧沉沉地垂下来,但颜色已不十分鲜明,蜘蛛在上面织了网又从那儿斜斜地织到屋顶。书斋的窗纸有些破了,补上,补上又破了的。两张方凳随便地放在墙边,一张空着,一张放着一个做针线的笸箩。那扇八角窗的玻璃也许久没擦磨过,灰尘尘的。窗前八仙桌上放一个茶壶两个茶杯,桌边有一把靠椅。

一片淡淡的夕阳透过窗子微弱地洒在落在桌子上的菊花瓣上,同织满了蛛网的七弦琴的穗子上,暗淡淡的,忽然又像回光返照一般地明亮起来,但接着又暗了下去。外面一阵阵地噪着老鸦。独轮水车的轮声又在单调地"孜妞妞孜妞妞"地滚过去。太阳下了山,屋内渐渐地昏暗。

〔开幕时,姑奶奶坐在靠椅上织着毛线坎肩。她穿着一件旧黑洋绉的驼绒袍子,黑绒鞋。面色焦灼,手不时地停下来,似乎在默默地等待着什么。离她远远地在一张旧沙发上歪歪地靠着江泰,他正在拿着一本《麻衣神相》,十分入神地读,左手还拿了一面用红头绳缠拢的破镜子,翻翻书又照照自己的脸,放下镜子又仔细研究那本线装书。

〔他也穿着件旧洋绉驼绒袍子,灰里泛黄的颜色,袖子上有被纸烟烧破的洞,非常短而又宽大得不适体,棕色的西装裤子,裤脚拖在脚背上,拖一双旧千层底鞋。

〔半响。

〔陈奶妈拿着纳了一半的鞋底子打开书斋的门走进来。她的头发更斑白,脸上仿佛又多了些皱纹。因为年纪大了怕冷,她已经穿上一件灰布的薄棉袄,青洋缎带扎着腿。看见她来,文彩立刻放下手里的毛线活计站起来。

曾文彩　（非常关心地,低声问）怎么样啦?

陈奶妈　（听见了话又止了步,回头向窗外谛听。文彩满蓄忧愁的眼睛望着她,等她的回话。陈奶妈无可奈何地摇摇头）没有走,人家还是不肯走。

曾文彩　（失望地叹息了一声,又坐下拿起毛线坎肩,低头缓缓地织着）

　　　　〔江泰略回头,看了这两个妇人一眼,显着厌恶的神气,又转过身读他的《麻衣神相》。

陈奶妈　（长长地嘘出一口气,四面望了望,提起袖口擦抹一下眼角,走到方凳子前坐下,迎着黄昏的一点微光,默默地纳起鞋底）

江　泰　（忽然搓顿着两只脚,浑身寒瑟瑟的）

曾文彩　（抬起头望江泰）脚冷吗?

江　泰　（心烦）唔?（又翻他的相书,文彩又低下头织毛线）

　　　　〔半晌。

曾文彩　（斜觑江泰一下,再低下头织了两针,实在忍不住了）泰!

江　泰　（若有所闻,但仍然看他的书）

曾文彩　（又温和地）泰,你在干什么?

江　泰　（不理她）

　　　　〔陈奶妈看江泰一眼,不满意地转过头去。

曾文彩　（放下毛线）泰,几点了,现在?

江　泰　（拿起镜子照着,头也不回）不知道。

曾文彩　（只好看看外边的天色）有六点了吧?

江　泰　（放下镜子,回过头,用手指了一下,冷冷地）看钟!

曾文彩　钟坏了。

江　泰　（翻翻白眼）坏了拿去修!（又拿起镜子）

曾文彩　（怯弱地）泰,你再到客厅看看他们现在怎么样啦,好么?

江　泰　（烦躁地）我不管,我管不着,我也管不了,你们曾家的事也太复杂,我没法管。

曾文彩　（恳求）你再去看一下,好不好?看看他们杜家人究竟想怎么

555

样?

江　泰　怎么样?人家到期要曾家还,没有钱要你们府上的房子,没有房子要曾老太爷的寿木,那漆了几十年的楠木棺材。

曾文彩　(无力地)可这寿木是爹的命,爹的命!

江　泰　你既然知道这件事这么难办,你要我去干什么?

陈奶妈　(早已停下针在听,插进嘴)算了吧,反正钱是没有,房子要住——

江　泰　那棺材——

曾文彩　爹舍不得!

江　泰　(瞪瞪文彩)明白啦?(又拿起镜子)

曾文彩　(低头叹息,拿出手帕抹眼泪)

〔半晌。外面乌鸦噪声,水车"孜妞妞孜妞妞"滚过声。

陈奶妈　(纳着鞋底,时而把针放在斑白的头发上擦两下,又使劲把针扎进鞋底。这时她停下针,抬起头叹气)我走喽,走喽! 明天我也走喽,可怜今天老爷子过的是什么丧气生日! 唉,像这样活下去倒不如那天晚上……(忽然)要是往年祖老太爷做寿的时候,家里请客唱戏,院子里,客厅里摆满了菊花,上上下下都开着酒席,哪儿哪儿都是拜寿的客人,几里旮儿儿("角落")满世界都是寿桃,寿面,红寿帐子,哪像现在——

曾文彩　(一直在沉思着眼前的苦难,呆望着江泰,几乎没听见陈奶妈的话,此时打起精神对江泰,又温和地提起话头)泰,你在干什么?

江　泰　(翻翻眼)你看我在干什么?

曾文彩　(勉强地微笑)我说你一个人照什么?

江　泰　(早已不耐烦,立起来)我在照我的鼻子!你听清楚,我在照我的鼻子!鼻子!鼻子!鼻子!(拿起镜子和书走到一个更远的椅子上坐下)

曾文彩　你不要再叫了吧,爹这次的性命是捡来的。

江　泰　(总觉文彩故意跟他为难,心里又似恼怒,却又似毫无办法的样子,连连指着她)你看你!你看你!你看你! 每次说话的口气,言外之意总像是我那天把你父亲气病了似的。你问问现在谁不知道是你那位令兄,令嫂——

曾文彩　(只好极力辩解)谁这么疑心哪?(又低首弄心,温婉地)我说,爹今天刚从医院回来，你就当着给他老人家拜寿，到上屋看看他，好吧？

江　泰　（还是气鼓鼓地）我不懂，他既然不愿意见我，你为什么非要我见他不可？就算那天我喝醉啦，说错了话，得罪了他，上个月到医院也望了他一趟，他都不见我，不见我——

曾文彩　（解释）唉，他老人家现在心绪不好！

江　泰　那我心绪就好？

曾文彩　（困难地）可现在爹回了家，你难道就一辈子不见他？就当作客人吧，主人回来了，我们也应该问声好，何况你——

江　泰　（理屈却气壮，走到她的面前又指又点）你，你，你的嘴怎么现在学得这么刁？这么刁？我，我躲开你！好不好？

〔江泰赌气拿着镜子由书斋小门走出去。

曾文彩　（难过地）江泰！

陈奶妈　唉，随他——

〔江泰又匆匆进来在原处乱找。

江　泰　我的《麻衣神相》呢？（找着）哦，这儿。

〔江泰又走出。

曾文彩　江泰！

陈奶妈　（十分同情）唉，随他去吧，不见面也好。看见姑老爷，老爷子说不定又想起清少爷，心里更不舒服了。

曾文彩　（无可奈何，只得叹了口气）您的鞋底纳好了吧？

陈奶妈　（微笑）也就差一两针了。（放下鞋底，把她的铜边的老花镜取下来，揉揉眼睛）鞋倒是做好了，人又不在了。

曾文彩　（勉强挣出一句希望的话）人总是要回来的。

陈奶妈　（顿了一下，两手提起衣角擦泪水，伤心地）嗯，但——愿！

曾文彩　（凄凉地）奶妈，您明天别走吧，再过些日子，哥哥会回来的。

陈奶妈　（一月来的烦忧使她的面色失了来时的红润。她颤巍巍摇着头，干巴巴的瘪嘴激动得一抽一抽的。她心里实在舍不得，而口里却固执地说）不，不，我要走，我要走的。（立起把身边的针线什物往笸箩里收，一面揉揉她的红鼻头）说等吧，也等了一个多月了，愿也许了，香也烧了，还是没音没

557

信，可怜我的清少爷跑出去，就穿了一件薄夹袍——（向外喊）小柱儿！小柱儿！

曾文彩 小柱儿大概帮袁先生捆行李呢。

陈奶妈 （从笸箩里取出一块小包袱皮，包着那双还未完全做好的棉鞋）要，要是有一天他回来了，就赶紧带个话给我，我好从乡下跑来看他。（又不觉眼泪汪汪地）打，打听出个下落呢，姑小姐就把这双棉鞋绱好给他寄去——（回头又喊）小柱儿！——（对文彩）就说大奶妈给他做的，叫他给奶妈捎一个信。（闪出一丝笑容）那天，只要我没死，多远也要去看他去。（忍不住又抽咽起来）

曾文彩 （走过来抚慰着老奶妈）别，别这么难过！他在外面不会怎么样，（勉强地苦笑）三十六七快抱孙子的人，哪会——

陈奶妈 （泪眼婆婆）多大我也看他是个小孩子，从来也没出过门，连自己吃的穿的都不会料理的人——（一面喊，一面走向通大客厅的门）小柱儿，小柱儿！

〔小柱儿的声音：哎，奶奶！

陈奶妈 你在干什么哪？你还不收拾收拾睡觉，明儿个好赶路。

〔小柱儿的声音：愫小姐叫我帮她喂鸽子呢。

陈奶妈 （一面向大客厅走，一面唠叨）唉，愫小姐也是孤零零的可怜！可也白糟蹋粮食，这时候这鸽子还喂个什么劲儿！

〔陈奶妈由大客厅门走出。

曾文彩 （一半对着陈奶妈说，一半是自语，喟然）喂也是看在那爱鸽子的人！

〔外面又一阵乌鸦噪，她打了一个寒战，正拿起她的织物，——
〔江泰嗒然由书斋小门上。

江　泰 （忘记了方才的气焰，像在黄梅天，背上沾湿了雨一般，说不出的又是丧气，又是恼怒，又是悲哀的神色，连连地摇着头）没办法！没办法！真是没办法！这么大的一所房子，走东到西，没有一块暖和的地方。到今儿个还不生火，脚冻得要死。你那位令嫂就懂得弄钱，你的父亲就知道他的棺材。我真不明白这样活着有什么意义，有什么意义？

曾文彩 别埋怨了，怎么样日子总是要过的。

江　泰　闷极了我也要革命！（从似乎是开玩笑又似乎是发脾气的口气而逐渐激愤地喊起来）我也反抗，我也打倒，我也要学瑞贞那孩子交些革命党朋友，反抗，打倒，打倒，反抗！都滚他妈的蛋，革他妈的命！把一切都给他一个推翻！而，而，而——（突然摸着了自己的口袋，不觉挖苦挖苦自己，惨笑出来）我这口袋里就剩下一块钱——（摸摸又眨眨眼）不，连一块钱也没有，——（翻眼想想，低声）看了相！

曾文彩　江泰，你这——

江　泰　（忽然悲伤，"如丧考妣"的样子，长叹一声）要是我能发明一种像"万金油"似的药多好啊！多好啊！

曾文彩　（哀切地）泰，不要再这样胡思乱想，顺嘴里扯，你这样会弄成神经病的。

江　泰　（像没听见她的话，蓦地又提起神）文彩，我告诉你，今天早上我逛市场，又看了一个相，那个看相的也说我现在正交鼻运，要发财，连夸我的鼻子生得好，饱满，藏财。（十分认真地）我刚才照照我的鼻子，倒是生得不错！（直怕文彩驳斥）看相大概是有点道理，不然怎么我从前的事都说得挺灵呢？

曾文彩　那你也该出去找朋友啊！

江　泰　（有些自信）嗯！我一定要找，我要找我那些阔同学。（仿佛用话来唤起自己的行动的勇气）我就要找，一会儿我就去找！我大概是要走运了。

曾文彩　（鼓励地）江泰，只要你肯动一动你的腿，你不会不发达的。

江　泰　（不觉高兴起来）真的吗？（突然）文彩，我刚才到上房看你爹去了。

曾文彩　（也提起高兴）他，他老人家跟你说什么？

江　泰　（黠巧地）这可不怪我，他不在屋。

曾文彩　他又出屋了？

江　泰　嗯，不知道他——

〔陈奶妈由书斋小门上。

陈奶妈　（有些惶惶）姑小姐，你去看看去吧。

曾文彩　怎么？

陈奶妈　唉！老爷子一个人拄着个棍儿又到厢房看他的寿木去了。

559

曾文彩　哦——
陈奶妈　（哀痛地）老爷子一个人站在那儿，直对着那棺材流眼泪……
江　泰　愫小姐呢？
陈奶妈　大概给大奶奶在厨房蒸什么汤呢。——姑小姐，那棺材再也给不得杜家，您先去劝劝老爷子去吧。
曾文彩　（泫然）可怜爹，我，我去——（向书房走）
江　泰　（讥诮地）别，文彩，你先去劝劝你那好嫂子吧。
曾文彩　（一本正经）她正在跟杜家人商量着推呢。
江　泰　哼，她正在跟杜家商量着送呢。你叫她发点良心，别尽想把押给杜家的房子留下来，等她一个人日后卖好价钱，你父亲的棺材就送不出去了。记着，你父亲今天出院的医药费都是人家愫小姐拿出来的钱。你嫂子一个人躲在屋子里吃鸡，当着人装穷，就知道卖嘴，你忘了你爹那天进医院以前她咬你爹那一口啦，哼，你们这位令嫂啊——

〔思懿由书斋小门上。

陈奶妈　（听见足步声，回头一望，不觉低声）大奶奶来了。
江　泰　（默然，走在一旁）

〔思懿面色阴暗，蹙着眉头，故意显得十分为难又十分哀痛的样子。她穿件咖啡色起黑花的长袖绒旗袍，靠胳臂肘的地方有些磨光了，领子上的纽扣没扣，青礼服呢鞋。

曾文彩　（怯弱地）怎么样，大嫂？
曾思懿　（默默地走向沙发那边去）

〔半晌。

陈奶妈　（关切又胆怯地）杜家人到底肯不肯？
曾思懿　（仍默然坐在沙发上）
曾文彩　大嫂，杜家人——
曾思懿　（猛然扑在沙发的扶手上，有声有调地哭起来）文清，你跑到哪儿去了？文清，你跑了，扔下这一大家子，叫我一个人撑，我怎么办得了啊？你在家，我还有个商量，你不在家，碰见这种难人的事，我一个妇道还有什么主意哟！

〔江泰冷冷地站在一旁望着她。

陈奶妈　（受了感动）大奶奶，您说人家究竟肯不肯缓期呀？

曾思懿　（鼻涕眼泪抹着，抽咽着，数落着）你们想，人家杜家开纱厂的！鬼灵精！到了我们家这个时候，"墙倒众人推"，还会肯吗？他们看透了这家里没有一个男人，（江泰鼻孔哼了一声）老的老，小的小，他们不趁火打劫，逼得你非答应不可，怎么会死心啊？

曾文彩　（绝望地）这么说，他们还是非要爹的寿木不可？

曾思懿　（直拿手帕擦着红肿的眼，依然抽动着肩膀）你叫我有什么法子？钱，钱我们拿不出；房子，房子我们要住；一大家子的人张着嘴要吃。那寿木，杜家老太爷想了多少年，如今非要不可，非要——

江　泰　（靠着自己卧室的门框，冷言冷语地）那就送给他们得啦。

陈奶妈　（惊愕）啊，送给他们？

曾思懿　（不理江泰）并且人家今天就要——

曾文彩　（倒吸一口气）今天？

曾思懿　嗯，他们说杜家老太爷病得眼看着就要断气，立了遗嘱，点明——

江　泰　（替她说）要曾家老太爷的棺材！

曾文彩　（立刻）那爹怎么会肯？

陈奶妈　（插嘴）就是肯，谁能去跟老爷子说？

曾文彩　（紧接）并且爹刚从医院回来。

陈奶妈　（插进）今天又是老爷子的生日——

曾思懿　（突然又嚎起来）我，我就是说啊！文清，你跑到哪儿去了？到了这个时候，叫我怎么办啊？我这公公也要顾，家里的生活也要管，我现在是"忠孝不能两全"。文清，你叫我怎么办哪！

〔在大奶奶的哭嚎声中，书斋的小门打开。曾皓拄着拐杖，巍巍然地走进来。他穿着藏青"线春"的丝绵袍子，上面罩件黑呢马褂，黑毡鞋。面色黄枯，形容惨怆，但从他走路的样子看来，似乎已经恢复了健康。他尽量保持自己仅余那点尊严，从眼里看得出他在绝望中再做最后一次挣扎，然而他又多么厌恶眼前这一帮人。

561

〔大家回过头都立起来。江泰一看见,就偷偷沿墙溜进自己的屋里。

曾文彩　爹!(跑过去扶他)
曾　皓　(以手挥开,极力提起虚弱的嗓音)不要扶,让我自己走。(走向沙发)
曾思懿　(殷殷勤勤)爹,我还是扶您回屋躺着吧。
曾　皓　(坐在沙发上,对大家)坐下吧,都不要客气了。(四面望望)江泰呢?
曾文彩　他——(忽然想起)他在屋里,(惭愧地)等着爹,给爹赔不是呢。
曾　皓　老大还没有信息么?
曾思懿　(惨凄凄地)有人说在济南街上碰见他,又有人说在天津一个小客栈看见他——
曾文彩　哪里都找到了,也找不到一点影子。
曾　皓　那就不要找了吧。
曾文彩　(打起精神,安慰老人家)哥哥这次实在是后悔啦,所以这次在外面一定要创一番事业才——
曾　皓　(摇首)"知子莫若父",他没有志气,早晚他还是会——(似乎不愿再提起他,忽然对文彩)你叫江泰进来吧。
曾文彩　(走了一步,中心愧怍,不觉转身又向着父亲)爹,我,我们真没脸见爹,真是没——
曾　皓　唉,去叫他,不用说这些了。(对思懿)你也把霆儿跟瑞贞叫进来。

〔文彩至卧室前叫唤。思懿由书斋门走下。

曾文彩　江泰!江——
〔江泰立刻悄悄溜出来。
江　泰　(出门就看见曾皓正在望着他,不觉有些惭愧)爹,您,您——
曾　皓　(挥挥手)坐下,坐下吧,(江泰坐,曾皓对奶妈关心地)你告诉愫小姐,刚从医院回来,别去厨房再辛苦啦,歇一会去吧。
〔陈奶妈由通大客厅的门下。
曾文彩　(一直在望着江泰示意,一等陈奶妈转了身,低声)你还不站起来给爹赔个罪!
江　泰　(似立非立)我,我——

曾　皓　（摇手）过去的事不提了，不提了。

〔江泰又坐下。静默中，思懿领着霆儿与瑞贞由书斋小门上。瑞贞穿着一件灰底子小红花的布夹袍，霆儿的袍子上罩一件蓝布大褂。

曾　皓　（指指椅子，他们都依次坐下，除了瑞贞立在文彩的背后。曾皓哀伤地望了望）现在座中大概就缺少老大，我们曾家的人都在这儿了。（望望屋子，微微咳了一下）这房子是从你们的太爷爷敬德公传下来的，我们累代是书香门第，父慈子孝，没有叫人说过一句闲话。现在我们家里出了我这种不孝的子孙——

曾思懿　（有些难过）爹！——

〔大家肃然相望，又低下头。

曾　皓　败坏了曾家的门庭，教出一群不明事理，不肯上进，不知孝顺，连守成都做不到的儿女——

江　泰　（开始有些烦恶）

曾文彩　（抬起头来惭愧地）爹，爹，您——

曾　皓　这是我对不起我的祖宗，我没有面目再见我们的祖先敬德公！（咳嗽，瑞贞走过来捶背）

江　泰　（不耐，转身连连摇头，又唉声叹息起来，嘟哝着）哎，哎，真是这时候还演什么戏！演什么戏！

曾文彩　（低声）你又发疯了！

曾　皓　（徐徐推开瑞贞）不要管我。（转对大家）我不责备你们，责也无益。（满面绝望可怜的神色，而声调是恨恨的）都是一群废物，一群能说会道的废物。（忽然来了一阵勇气）江泰，你，你也是！——

〔江泰似乎略有表示。

曾文彩　（怕他发作）泰！

〔江泰默然，又不作声。

曾　皓　（一半是责备，一半是发牢骚）成天地想发财，成天地做梦，不懂得一点人情世故，同老大一样，白读书，不知什么害了你们，都是一对——（不觉大咳，自己捶了两下）

曾文彩　唉，唉！

江　泰　（只好无奈何地连连出声）这又何必呢，这又何必呢！

曾　皓　思懿，你是有儿女的人，已经做了两年的婆婆，并且都要当祖母啦，（强压自己的愤怒）我不说你。错误也是我种的根，错也不自今日始。（自己愈说愈凄惨）将来房子卖了以后，你们尽管把我当作死了一样，这家里没有我这个人，我，我——（泫然欲泣）

曾文彩　（忍不住大哭）爹，爹——

曾思懿　（早已变了颜色）爹，我不明白爹的话。

曾　皓　（没有想到）你，你——

曾文彩　（愤极）大嫂，你太欺侮爹了。

曾思懿　（反问）谁欺侮了爹？

曾文彩　（老实人也逼得出了声）一个人不能这么没良心。

曾思懿　谁没良心？谁没良心？天上有雷，眼前有爹！妹妹，我问你，谁？谁？

曾　霆　（同时苦痛地）妈！

曾文彩　（被她的气势所夺，气得发抖）你，你逼得爹没有一点路可走了。

江　泰　（无可奈何地）不要吵了，小姑子，嫂嫂们。

曾文彩　你逼得爹连他老人家的寿木都要抢去卖，你逼得爹——

曾　皓　（止住她）文彩！

曾思懿　（讥诮地）对了，是我逼他老人家，吃他老人家，（说说立起来）喝他老人家，成天在他老人家家里吃闲饭，一住就是四年，还带着自己的姑爷——

曾　霆　（在旁一直随身劝阻，异常着急）妈，您别——妈，您——妈——

江　泰　（也突然冒了火）你放屁！我给了钱！

曾　皓　（急喘，镇止他们）不要喊了！

曾思懿　（同时）你给了钱？哼，你才——

曾　皓　（在一片吵声中，顿足怒喊）思懿，别再吵！（突然一变几乎是哀号）我，我就要死了！

〔大家顿时安静，只听见思懿哀哀低泣。

〔天开始暗下来，在肃静的空气中，愫方由大客厅门上。她穿着深米色的哔叽夹袍，面庞较一个月前略瘦，因而她的眼睛更显得大而有光彩，我们可以看得出在那里面含着无限镇静，和平与坚定的神色。她右手持一盏洋油灯，左臂抱着两轴画。看见她进来，瑞贞连忙走近，替她接下手里的灯，同时低声仿佛在她耳旁微微说了一句话。愫方默默颔首，不觉悲哀地望望眼前那几张沉肃的脸，就把两轴画放进那只瓷缸里，又回身匆忙地由书斋门下。瑞贞一直望着她。

曾　皓　（叹息）你们这一群废物啊！到现在还有什么可吵的？

曾瑞贞　爷爷，回屋歇歇吧？

曾　皓　（感动地）看看瑞贞同霆儿还有什么脸吵？（慨然）别再说啦，住在一起也没有几天了。思懿，你，你去跟杜家的管事说，说叫——（有些困难）叫他们把那寿木抬走，先，先（凄惨地）留下我们这所房子吧。

曾文彩　爹！

曾　皓　杜家的意思刚才愫方都跟我说了！

曾文彩　哪个叫愫表妹对您说的？

曾思懿　（挺起来）我！

曾　皓　不要再计较这些事情啦！

江　泰　（迟疑）那么您，还是送给他们？

曾　皓　（点头）

曾思懿　（不好开口，却终于说出）可杜家人说今天就要。

曾　皓　好，好，随他们，让它给有福气的人睡去吧。（思懿就想出去说，不料曾皓回首对江泰）江泰，你叫他们赶快抬，现在就抬！（无限的哀痛）我，我不想明天再看见这晦气的东西！

〔曾皓低头不语，思懿只好停住脚。

江　泰　（怜悯之心油然而生）爹！（走了两步又停住）

曾　皓　去吧，去说去吧！

江　泰　（蓦然回头，走到曾皓的面前，非常善意地）爹，这有什么可难过的呢？人死就死了，睡个漆了几百道的棺材又怎么样呢？（原是语调里带着同情而又安慰的口气，但逐渐忘形，改了腔调，又按他一向的习惯，对着曾皓滔滔不绝地说起来）这种事您就没有看通，譬如说，您今天死啦，睡了就漆一道的棺材，又有什么关系呢？

曾文彩　（知道他的话又来了）江泰！

江　泰　（回头对文彩，嫌厌地）你别吵！（又转脸对曾皓，和颜悦色，十分真地劝解）那么您死啦，没有棺材睡又有什么关系呢？（指着点着）这都是一种习惯！一种看法！（说得逐渐高兴，渐次忘记了原来同情与安慰的善意，手舞足蹈地对着曾皓开了讲）譬如说，（坐在沙发上）我这么坐着好看，（灵机一动）那么，这么（忽然把条腿翘在椅背上）坐着，就不好看么？（对思懿）那么，大嫂，（陶醉在自己的言词里，像喝得微醺之后，几乎忘记方才的龃龉）我这是比方啊！（指着）你穿衣服好看，你不穿衣服，就不好看么？

曾思懿　姑老爷！

江　泰　（继续不断）这都未见得，未见得！这不过是一种看法！一种习惯！

曾　皓　（插嘴）江泰！

江　泰　（不容人插嘴，流水似的接下去）那么譬如我吧，（坐下）我死了，（回头对文彩，不知他是玩笑，还是认真）你就给我火葬，烧完啦，连骨头末都要扔在海里，再给它一个水葬！痛痛快快来一个死无葬身之地！（仿佛在堂上讲课一般）这不过也是一种看法，这也可以成为一种习惯，那么，爹，您今天——

曾　皓　（再也忍不住，高声拦住他）江泰！你自己愿意怎么死，怎么葬，都任凭尊便。（苦涩地）我大病刚好，今天也还算是过生日，这些话现在大可不必——

江　泰　（依然和平地，并不以为忤）好，好，好，您不赞成！无所谓，无所谓！人各有志！——其实我早知道我的话多余，我刚才说着的时候，心里就念叨着："别说啊！别说啊！"（抱歉地）可我的嘴总不由得——

曾思懿　（一直似乎在悲戚着）那姑老爷，就此打住吧。（立起）那么爹，我，我（不忍说出的样子，擦擦自己的眼角）就照您的吩咐跟杜家人说吧？

曾　皓　（绝望）好，也只有这一条路了。

曾思懿　唉！（走了两步）

曾文彩　（痛心）爹呀！

江　泰　（忽然立起）别，你们等等，一定等等。

〔江泰三脚两步跑进自己的卧室。思懿也停住了脚。

曾　皓　（莫明其妙）这又是怎么？

〔张顺由通大客厅大门上。

张　顺　杜家又来人说，阴阳生看好那寿木要在今天下半夜寅时以前，抬进杜公馆，他们问大奶奶……

曾文彩　你——

〔江泰拿着一顶破呢帽，提着手杖，匆匆地走出来。

江　泰　（对张顺，兴高采烈）你叫他们杜家那一批混账王八蛋再在客厅等一下，你就说钱就来，我们老太爷的寿木要留在家里当劈柴烧呢！

曾文彩　你怎么——

江　泰　（对曾皓，热烈地）爹，您等一下，我找一个朋友去。（对文彩）常鼎斋现在当了公安局长，找他一定有办法。（对曾皓，非常有把握地）这个老朋友跟我最好，这点小事一定不成问题。（有条有理）第一，他可以立刻找杜家交涉，叫他们以后不准再在此地无理取闹。第二，万一杜家不听调度，临时跟他通融（轻蔑的口气）这几个大钱也决无问题，决无问题。

曾文彩　（几乎不相信自己的耳朵）泰，真的可以？

江　泰　（敲敲手杖）自然自然，那么，爹，我走啦。（对思懿，扬扬手）大嫂，说在头里，我担保，准成！（提步就走）

曾思懿　（一阵风暴使她也有些昏眩）那么爹，这件事……

曾文彩　（欣喜）爹……

〔江泰跨进通大客厅的门槛一步，又匆匆回来。

江　泰　（对文彩，匆忙地把手一伸）我身上没钱。

曾文彩　（连忙由衣袋里拿出一小卷钞票）这里！

江　泰　（一看）三十！

〔江泰由通大客厅的门走出。

曾　皓　（被他撩得头昏眼花，现在才喘出一口气）江泰这个东西是怎么回事？

567

曾文彩　（一直是崇拜着丈夫的，现在惟恐人不相信，于是极力对曾皓）爹，您放心吧，他平时不怎么乱说话的。他现在说有办法，就一定有办法。

曾　皓　（将信将疑）哦！

曾思懿　（管不住）哼，我看他……（忽然又制止了自己，转对曾皓，不自然地笑着）那么也好，爹，这棺木的事……

曾　皓　（像是得了一点希望的安慰似的，那样叹息一声）也好吧，"死马当作活马医"，就照他的意思办吧。

张　顺　（不觉也有些喜色）那么，大奶奶，我就对他们……

曾思懿　（半天在抑压着自己的愠怒，现在不免颜色难看，恶声恶气地）去！要你去干什么！

　　　　〔思懿有些气汹汹地向大客厅快步走去。

曾　皓　（追说）思懿，还是要和和气气对杜家人说话，请他们无论如何，等一等。

曾思懿　嗯！

　　　　〔思懿由通大客厅的门下，张顺随着出去。

曾文彩　（满脸欣喜的笑容）瑞贞，你看你姑父有点疯魔吧，他到了这个时候才……

曾瑞贞　（心里有事，随声应）嗯，姑姑。

曾　皓　（又燃起希望，紧接着文彩的话）唉！只要把那寿木留下来就好了！（不觉回顾）霆儿，你看这件事有望么？

曾　霆　（也随声答应）有，爷爷。

曾　皓　（点头）但愿家运从此就转一转，——嗯，都说不定的哟！（想立起，瑞贞过来扶）你现在身体好吧？

曾瑞贞　好，爷爷。

曾　皓　（立起，望瑞贞，感慨地）你也是快当母亲的人喽！

　　　　〔文彩示意，叫霆儿也过来扶祖父，曾霆默默过来。

曾　皓　（望着孙儿和孙儿媳妇，忽然抱起无穷的希望）我瞧你们这一对小夫妻总算相得的，将来看你们两个撑起这个门户吧。

曾文彩　（对曾霆示意，叫他应声）霆儿！

曾　霆　（又应声，望望瑞贞）是，爷爷。

曾　皓　（对着曾家第三代人，期望的口气）这次棺木保住了，房子也不要卖，明年开了春，我为你们再出门跑跑看，为着你们的儿女我再当一次牛马！（用手帕擦着眼角）唉，只要祖先保佑我身体好，你们诚心诚意地为我祷告吧！（向书斋走）

曾文彩　（过来扶着曾皓，助着兴会）是啊，明年开了春，爹身体也好了，瑞贞也把重孙子给您生下来，哥哥也⋯⋯

〔书斋小门打开，门前现出愫方。她像是刚刚插完了花，水淋淋的手还拿着两朵插剩下的菊花。

愫　方　（一只手轻轻掠掉在脸前的头发，温和地）回屋歇歇吧，姨父，您的房间收拾好啦。

曾　皓　（快慰地）好，好！（一面对文彩点头应声，一面向外走）是啊，等明年开了春吧！——瑞贞，明年开了春，明年——

〔瑞贞扶着他到书斋门口，望着愫方，回头暗暗地指了指这间屋子。愫方会意，点点头，接过曾皓的手臂，扶着他出去，后面随着文彩。

〔霆儿立在屋中未动。瑞贞望望他，又从书斋门口默默走回来。

曾瑞贞　（低声）霆！

曾　霆　（几乎不敢望她的眼睛，悲戚地）你明天一早就走么？

曾瑞贞　（也不敢望他，低沉的声音，迟缓而坚定地）嗯。

曾　霆　是跟袁家的人一路？

曾瑞贞　嗯，一同走。

曾　霆　（四面望望，在口袋里掏着什么）那张字据我已经写好了。

曾瑞贞　（凝视曾霆）哦。

曾　霆　（掏出一张纸，不觉又四面看一下，低声读着）"离婚人谢瑞贞、曾霆，我们幼年结婚，意见不合，实难继续同居，今后二人自愿脱离夫妻——"

曾瑞贞　（心酸）不要再念下去了。

曾　霆　（迟疑一下，想着仿佛是应该办的手续，嗫嚅）那么签字，盖章，⋯⋯

曾瑞贞　回头在屋里办吧。

曾　霆　也，也好。

569

曾瑞贞　（衷心哀痛）霆，真对不起你，要你写这样的字据。
曾　霆　（说不出话，从来没有像今天对她这般依恋）不，这两年你在我们家也吃够了苦。（忽然）那个孩子不要了，你告诉过愫姨了吧？
曾瑞贞　（不愿提起的回忆）嗯，她给孩子做的衣服，我都想还给她了。怎么？
曾　霆　我想家里有一个人知道也好。
曾瑞贞　（关切地）霆，我走了以后，你，你干什么呢？
曾　霆　（摇头）不知道。（寂寞地）学校现在不能上了。
曾瑞贞　（同情万分）你不要失望啊。
曾　霆　不。
曾瑞贞　（安慰）以后我们可以常通信的。
曾　霆　好。（泪流下来）

〔外面圆儿嚷着：瑞贞！

曾瑞贞　（酸苦）不要难过，多少事情是要拿出许多痛苦才能买出一个"明白"呀。
曾　霆　这"明白"是真难哪！

〔圆儿吹着口哨，非常高兴的样子由通大客厅的门走进。她穿着灰、蓝、白三种颜色混在一起的毛织品的裙子，长短正到膝盖，上身是一件从头上套着穿的印度红的薄薄的短毛衫，两只腿仍旧是光着的，脚上穿着一双白帆布运动鞋。她像是刚在忙着收拾东西，头发有些乱，两腮也红红的，依然是那样活泼可喜。她一手举着一只鸟笼，里面关着那只鸽子"孤独"，一手提着那个大金鱼风筝，许多地方都撕破了，臂下还夹着用马粪纸铰好的二尺来长的"北京人"的剪影。

袁　圆　（大声）瑞贞，我父亲找了你好半天啦，他问你的行李——
曾瑞贞　（忙止住她，微笑）请你声音小点，好吧？
袁　圆　（只顾高兴，这时才忽然想起来，两面望一下，伸伸舌头，立刻憋住喉咙，满脸顽皮相，全用气音嘶出，一顿一顿地）我父亲——问你——同你的朋友们——行李——收拾好了没有？
曾瑞贞　（被她这种神气惹得也笑起来）收拾好了。

570

袁　圆　（还是嘶着喉咙）他说——只能——送你们一半路，——还问——（嘘出一口气，恢复原来的声音）可别扭死我了。还是跟我来吧，我父亲还要问你一大堆话呢。

曾瑞贞　（爽快地）好，走吧。

袁　圆　（并不走，却抱着东西走向曾霆，煞有介事的样子）曾霆，你爹不在家，（举起那只破旧的"金鱼"纸鸢）这个破风筝还给你妈！（纸鸢靠在桌边，又举起那鸽笼）这鸽子交给愫小姐！（鸽笼放在桌上，这才举起那"北京人"的剪影，笑嘻嘻地）这个"北京人"我送你做纪念，你要不要？

曾　霆　（似乎早已忘记了一个多月前对圆儿的情感，点点头）好。

袁　圆　（眨眨眼，像是心里又在转什么顽皮的念头）明天天亮我们走了，就给你搁在（指着通大客厅的门）这个门背后。（对瑞贞）走吧，瑞贞！

　　〔圆儿一手持着那剪影，一手推着瑞贞的背，向通大客厅的门走出。

　　〔这时思懿也由那门走进，正撞见她们。瑞贞望着婆婆愣了一下，就被圆儿一声"走"，推出去。

　　〔曾霆望她们出了门，微微叹了一声。

曾思懿　（斜着眼睛回望一下，走近曾霆）瑞贞这些日子常不在家，总是找朋友，你知道她在干些什么？

曾　霆　（望望她，又摇摇头）不知道。

曾思懿　（嫌她自己的儿子太不精明，但也毫无办法，抱怨地叹口气）哎，媳妇是你的呀，孩子！我也生不了这许多气了。（忽然）他们呢？

曾　霆　到上房去了。

曾思懿　（诉说，委屈地）霆儿，你刚才看见妈怎么受他们的气了。

曾　霆　（望望他的母亲，又低下头）

曾思懿　（掏出手帕）妈是命苦，你爹摔开我们跑了，你妈成天受这种气，都是为了你们哪！（擦擦泪润湿了的眼）

曾　霆　妈，别哭了。

曾思懿　（抚着曾霆）以后什么事都要告诉妈！（埋怨地）瑞贞有肚子要不是妈上个月看出来，你们还是不告诉我的。（指着）你们两个是存的什么心哪！（关切地）我叫瑞贞喝的那服安胎的药，她喝了没

571

曾　霆　没有。
曾思懿　不，我说的前天我从罗太医那里取来的那方子。
曾　霆　（心里难过，有些不耐）没有喝呀！
曾思懿　（勃然变色）为什么不喝呢？（厉声）叫她喝，要她喝！她再不听话，你告诉我，看我怎么灌她喝！她要觉得她自己不是曾家的人，她肚子里那块肉可是曾家的。现在为她肚子里那孩子，什么都由着她，她倒越说越来了。（忽然又低声）霆儿，你别糊涂，我看瑞贞这些日子是有点邪，鬼鬼祟祟，交些乱朋友——（更低声）我怕她拿东西出去，夜晚前后门我都下了锁，你要当心啊，我怕——

〔愫方端着一个药罐由通书斋小门进。

愫　方　（温婉地）罗太医那方子的药煎好了。
曾思懿　（望望她）
愫　方　（看她不说话，于是又——）就在这儿吃么？
曾思懿　（冷冷地）先搁在我屋里的小炭炉上温着吧！

〔愫方端着药由霆儿面前走过，进了思懿的屋子。

曾　霆　（望望那药罐里的药汤，诧异而又不大明白的神色）妈，怎么罗太医那个方子，您，您也在吃？
曾思懿　（脸色略变，有些尴尬，但立刻又镇静下来，含含糊糊地）妈，妈现在身体也不大好。（找话说）这几天倒是亏了你愫姨照护着——（立时又改了口气，咳了一声）不过孩子，（脸上又是一阵暗云，狠恶地）你愫姨这个人哪，（摇头）她呀，她才是——

〔愫方由卧室出。

愫　方　表嫂，姨父正叫着你呢！
曾思懿　（似理非理，点了点头。回头对霆）霆儿，跟我来。

〔霆儿随着思懿由书斋小门下。

〔天更暗了。外面一两声雁叫，凄凉而寂寞地掠过这深秋渐晚的天空。

愫　方　（轻轻叹息了一声，显出一点疲乏的样子。忽然看见桌上那只鸽笼，不觉伸手把它举起，凝望着那里面的白鸽——那个名叫"孤独"的鸽子——眼前似乎浮起一层湿润的忧愁，却又爱抚地对那鸽子微微露出一丝凄然的笑容——）

〔这时瑞贞提着一只装满婴儿衣服的小藤箱，把藤箱轻轻放在另外一张小桌上，又悄悄地走到愫方的身旁。

曾瑞贞　（低声）愫姨！

愫　方　（略惊，转身）你来了！（放下鸽笼）

曾瑞贞　你看见我搁在你屋里那封长信了么？

愫　方　（点头）嗯。

曾瑞贞　你不怪我？

愫　方　（悲哀而慈爱地笑着）不——（忽然）真地要走了么？

曾瑞贞　（依依地）嗯。

愫　方　（叹一口气，并非劝止，只是舍不得）别走吧！

曾瑞贞　（顿时激愤起来）愫姨，你还劝我忍下去？

愫　方　（仿佛在回忆着什么，脸上浮起一片光彩，缓慢而坚决地）我知道，人总该有忍不下去的时候。

曾瑞贞　（眼里闪着期待的神色，热烈地握着她的苍白的手指）那么，你呢？

愫　方　（焕发的神采又收敛下去，凄凄望着瑞贞，哀静地）瑞贞，不谈吧，你走了，我会更寂寞的。以后我也许用不着说什么话，我会更——

曾瑞贞　（更紧紧握着她的手，慢慢推她坐下）不，不，愫姨，你不能这样，你不能一辈子这样！（迫切地恳求）愫姨，我就要走了，你为什么不跟我说几句痛快话？你为什么不说你的——（暧昧的暮色里，瞥见愫方含着泪光的大眼睛，她突然抑止住自己）

愫　方　（缓缓地）你要我怎么说呢？

曾瑞贞　（不觉嗫嚅）譬如你自己，你，你——（忽然）你为什么不走呢？

愫　方　（落寞地）我上哪里去呢？

曾瑞贞　（兴奋地）可去的地方多得很。第一你就可以跟我们走。

愫　方　（摇头）不，我不。

曾瑞贞　（坐近她的身旁，亲密地）你看完了我给你的书了么？

愫　方　看了。

曾瑞贞　说得对不对？

573

愫　方　对的。

曾瑞贞　（笑起来）那你为什么不跟我们一道走呢？

愫　方　（声调低徐，却说得斩截）我不！

曾瑞贞　为什么？

愫　方　（凄然望望她）不！

曾瑞贞　（急切）可为什么呢？

愫　方　（想说，但又——这次只静静地摇摇头）

曾瑞贞　你总该说出个理由啊，你！

愫　方　（异常困难地）我觉得我，我在此地的事还没有了。（"了"字此处作"完结"讲）

曾瑞贞　我不懂。

愫　方　（微笑，立起）不要懂吧，说不明白的呀。

曾瑞贞　（追上去，索性——）那么你为什么不去找他？

愫　方　（有一丝惶惑）你说——

曾瑞贞　（爽朗）找他！找他去！

愫　方　（又镇定下来，一半像在沉思，一半像在追省，呆呆望着前面）为什么要找呢？

曾瑞贞　你不爱他吗？

愫　方　（低下头）

曾瑞贞　（一句比一句紧）那么为什么不想找他？你为什么不想？（爽朗地）愫姨，我现在不像从前那样呆了。这些话一个月前我决不肯问的。你大概也知道我晓得。（沉重）我要走了，此地再没有第三个人，这屋子就是你同我。愫姨，告诉我，你为什么不找他？为什么不？

愫　方　（叹一口气）见到了就快乐么？

曾瑞贞　（反问）那么你在这儿就快乐？

愫　方　我，我可以替他——（忽然觉得涩涩地说不出口，就这样顿住）

曾瑞贞　（急切）你说呀，我的愫姨，你说过你要跟我好好谈一次的。

愫　方　我，我说——（脸上逐渐闪耀着美丽的光彩，苍白的面颊泛起一层红晕。话逐渐由暗涩而畅适，衷心的感动使得她的声音都有些颤抖）——他走了，他的父亲我可以替他伺候，他的孩子我可以替他照料，他爱的字画我管，他爱的鸽子我喂。连他所不喜欢的人我都觉得该体贴，该喜欢，该爱，为着——

曾瑞贞　（插进逼问，但语气并未停止）为着？

愫　方　（颤动地）为着他所不爱的也都还是亲近过他的！（一气说完，充满了喜悦，连自己也惊讶这许久关在心里如今才形诸语言的情绪，原是这般难于置信的）

曾瑞贞　（倒吸一口气）所以你连霆的母亲，我那婆婆，你都拼出你的性命来照料，保护。

愫　方　（苦笑）你爹走了，她不也怪可怜的吗？

曾瑞贞　（笑着但几乎流下泪）真的愫姨，你就忘了她从前，现在，待你那种——

愫　方　（哀矜地）为什么要记得那些不快活的事呢，如果为着他，为着一个人，为着他——

曾瑞贞　（忍不住插嘴）哦，我的愫姨，这么一个苦心肠，你为什么不放在大一点的事情上去？你为什么处处忘不掉他？把你的心偏偏放在这么一个废人身上，这么一个无用的废——

愫　方　（如同刺着她的心一样，哀恳地）不要这么说你的爹呀。

曾瑞贞　（分辩）爷爷不也是这么说他？

愫　方　（心痛）不，不要这么说，没有人明白过他啊。

曾瑞贞　（喘一口气，哀痛地）那么你就这样预备一辈子不跟他见面啦？

愫　方　（突然慢慢低下头去）

曾瑞贞　（沉挚地）说呀，愫姨！

愫　方　（低到几乎听不见）嗯。

曾瑞贞　那当初你为什么让他走呢？

愫　方　（似乎在回忆，声调里充满了同情）我，我看他在家里苦，我替他难过呀。

曾瑞贞　（不觉反问）那么他离开了，你快乐？

愫　方　（低微）嗯。

曾瑞贞　（叹息）唉，两个人这样活下去是为什么呢？

575

愫　方　（哀痛的脸上掠过一丝笑的波纹）看见人家快乐，你不也快乐么？
曾瑞贞　（深刻地关心，缓缓地）你在家里就不惦着他？
愫　方　（低下头）
曾瑞贞　他在外面就不想着你？
愫　方　（眼泪默默流在苍白的面颊上）
曾瑞贞　就一生，一生这样孤独下去——两个人这样苦下去？
愫　方　（凝神）苦，苦也许；但是并不孤独的。
曾瑞贞　（深切感动）可怜的愫姨，我懂，我懂，我懂啊！不过我怕，我怕爹也许有一天会回来。他回来了，什么又跟从前一样，大家还是守着，苦着，看着，望着，谁也喘不出一口气，谁也——
愫　方　（打了一个寒战，蓦地坚决地摇着头）不，他不会回来的。
曾瑞贞　（固执）可万一他——
愫　方　（轻轻擦去眼角上的泪痕）他不会，他死也不会回来的。（低头望着那块湿了的手帕，低声缓缓地）他已经回来见过我！
曾瑞贞　（吃了一惊）爹走后又偷偷回来过？
愫　方　嗯。
曾瑞贞　（诧异起来）哪一天？
愫　方　他走后第二天。
曾瑞贞　（未想到，嘘一口气）哦！
愫　方　（怜悯地）可怜，他身上一个钱也没有。
曾瑞贞　（猜想到）你就把你所有的钱都给他了？
愫　方　不，我身边的钱都给他了。
曾瑞贞　（略略有点轻蔑）他收下了。
愫　方　（温柔地）我要他收下了。（回忆）他说他要成一个人，死也不再回来。（感动得不能自止地说下去）他说他对不起他的父亲，他的儿子，连你他都提了又提。他要我照护你们，看守他的家，他的字画，他的鸽子，他说着说着就哭起来，他还说他最放心不下的是——（泪珠早已落下，却又忍不住笑起来）瑞贞，他还像个孩子，哪像个连儿媳妇都有的人哪！
曾瑞贞　（严肃地）那么从今以后你决心为他看守这个家？（以下的问答几乎是

576

　　　　　　没有停顿，一气接下去）

愫　方　（又沉静下来）嗯。

曾瑞贞　（逼问）成天陪着快死的爷爷？

愫　方　（默默点着头）嗯。

曾瑞贞　（逼望着她）送他的终？

愫　方　（躲开瑞贞的眼睛）嗯。

曾瑞贞　（故意这样问）再照护他的儿子？

愫　方　（望瑞贞，微微皱眉）嗯。

曾瑞贞　侍候这一家子老小？

愫　方　（固执地）嗯。

曾瑞贞　（几乎是生了气）还整天看我这位婆婆的脸子？

愫　方　（不由得轻轻地打了一个寒战）喔！——嗯。

曾瑞贞　（反激）一辈子不出门？

愫　方　（又镇定下来）嗯。

曾瑞贞　不嫁人？

愫　方　嗯。

曾瑞贞　（追问）吃苦？

愫　方　（低沉）嗯。

曾瑞贞　（逼近）受气？

愫　方　（凝视）嗯。

曾瑞贞　（狠而重）到死？

愫　方　（低头，用手摸着前额，缓缓地）到——死！

曾瑞贞　（爆发，哀痛地）可我的好愫姨，你这是为什么呀？

愫　方　（抬起头）为着——

曾瑞贞　（质问的神色）嗯，为着——

愫　方　（困难地）为着，我不知道该怎么说——（忽然脸上显出异样美丽的笑容）为着，这才是活着呀！

曾瑞贞　（逼出一句话来）你真地相信爹就不会回来么？

愫　方　（微笑）天会塌么？

曾瑞贞　你真准备一生不离开曾家的门，这个牢！就为着这么一个梦，

577

一个理想，一个人——

愫　方　（悠悠地）也许有一天我会离开——

曾瑞贞　（迫待）什么时候？

愫　方　（笑着）那一天，天真的能塌，哑巴都急得说了话！

曾瑞贞　（无限的悯切）愫姨，把自己的快乐完全放在一个人的身上是危险的，也是不应该的。（感慨）过去我是个傻子，愫姨，你现在还——

〔室内一切渐渐隐入在昏暗的暮色里，乌鸦在窗外屋檐上叫两声又飞走了。在瑞贞说话的当儿，由远远城墙上断续送来未归营的号手吹着的号声，在凄凉的空气中寂寞地荡漾，一直到闭幕。

愫　方　不说吧，瑞贞。（忽然扬头，望着外面）你听，这远远吹的是什么？

曾瑞贞　（看出她不肯再谈下去）城墙边上吹的号。

愫　方　（谛听）凄凉得很哪！

曾瑞贞　（点头）嗯，天黑了，过去我一个人坐在屋里就怕听这个，听着就好像活着总是灰惨惨的。

愫　方　（眼里涌出了泪光）是啊，听着是凄凉啊！（猛然热烈地抓着瑞贞的手，低声）可瑞贞，我现在突然觉得真快乐呀！（抚摸自己的胸）这心好暖哪！真好像春天来了一样。（兴奋地）活着不就是这个调子么？我们活着就是这么一大段又凄凉又甜蜜的日子啊！（感动地流下泪）叫你想想忍不住要哭，想想又忍不住要笑啊！

曾瑞贞　（拿手帕替她擦泪，连连低声喊）愫姨，你怎么真的又哭了？愫姨，你——

愫　方　（倾听远远的号声）不要管我，你让我哭哭吧！（泪光中又强自温静地笑出来）可，我是在笑啊！瑞贞——（瑞贞不由得凄然地低下头，用手帕抵住鼻端。愫方又笑着想扶起瑞贞的头）——瑞贞，你不要为我哭啊！（温柔地）这心里头虽然是酸酸的，我的眼泪明明是因为我太高兴啦！——（瑞贞抬头望她一下，忍不住更抽咽起来。愫方抚摸瑞贞的手，又像是快乐，又像是伤心地那样低低地安慰着，申诉着）——别哭了，瑞贞，多少年我没说过这么多话了，今天我的心好像忽然打开了，又叫太阳照暖和了似的。瑞贞,你真好!不是你,我不会这么快活;不是你,我不会谈起了他,谈得这么多,又谈得这么好!(忽然更兴奋地)瑞贞,只要你觉得外边快活,你就出去吧,出去吧!我在这儿也是一样快活的。别哭了,瑞贞,你说这是牢吗?这不是呀,这不是呀,——

曾瑞贞　(抽咽着)不,不,愫姨,我真替你难过!我怕呀!你不要这么高兴,你的脸又在发烧,我怕——

愫　方　(恳求似的)瑞贞,不要管吧!我第一次这么高兴哪!(走近瑞贞放着小箱子的桌旁)瑞贞,这一箱小孩儿的衣服你还是带出去。(哀悯地)在外面还是尽量帮助人吧!把好的送给人家,坏的留给自己。什么可怜的人我们都要帮助,我们不是单靠吃米活着的啊!(打开那箱子)这些小衣服你用不着,就送给那些没有衣服的小孩子们穿吧。(忽然由里面抖出一件雪白的小毛线斗篷)你看这件斗篷好看吧?

曾瑞贞　好,真好看。

愫　方　(得意地又取出一顶小白帽子)这个好玩吧?

曾瑞贞　嗯,真好玩!

愫　方　(欣喜地又取出一件黄绸子小衣服)这件呢?

曾瑞贞　(也高起兴来,不觉拍手)这才真美哪!

愫　方　(更快乐起来,她的脸因而更显出美丽而温和的光彩)不,这不算好的,还有一件(忍不住笑,低头朝箱子里——)

〔凄凉的号声,仍不断地传来,这时通大客厅的门缓缓推开,暮色昏暗里显出曾文清。他更苍白瘦弱,穿一件旧的夹袍,臂里挟着那轴画,神色惨沮疲惫,低着头蹓蹓地踱进来。

〔愫方背向他,正高兴地低头取东西。瑞贞面朝着那扇门——

曾瑞贞　(一眼看见,像中了梦魇似的,喊不出声来)啊,这——

愫　方　(压不下的欢喜,两手举出一个非常美丽的大洋娃娃,金黄色的头发,穿着粉红色的纱衣服,她满脸是笑,期待地望着瑞贞)你看!(突然看见瑞贞的苍白紧张的脸,颤抖地)谁?

曾瑞贞　(呆望,低声)我看,天,天塌了。(突然回身,盖上自己的脸)

579

愫　方　（回头望见文清，文清正停顿着，仿佛看不大清楚似的向她们这边望）啊！

〔文清当时低下头，默默走进了自己的屋里。

〔他进去后，思懿就由书斋小门跑进。

曾思懿　（惊喜）是文清回来了么？

愫　方　（喑哑）回来了！

〔思懿立刻跑进自己的屋里。

〔愫方呆呆地愣在那里。

〔远远的号声随着风在空中寂寞的振抖。

——幕徐落

（落后即启，表示到第二景经过相当的时间）

第 二 景

〔离第三幕第一景有十个钟头的光景，是黎明以前那段最黑暗的时候，一盏洋油灯扭得很大，照着屋子里十分明亮。那破金鱼纸鸢早不知扔在什么地方了。但那只鸽笼还孤零零地放在桌子上，里面的白鸽子动也不动，把头偎在自己的毛羽里，似乎早已入了睡。屋里的空气十分冷，半夜坐着，人要穿上很厚的衣服才耐得住这秋尽冬来的寒气。外面西风正紧，院子里的白杨树响得像一阵阵的急雨，使人压不下一种悲凉凄苦的感觉。破了的窗纸也被吹得抖个不休。远远偶尔有更锣声，在西风的呼啸中，间或传来远处深巷里卖"硬面饽饽"的老人叫卖声，被那忽急忽缓的风，荡漾得时而清楚，时而模糊。

〔这一夜曾家的人多半没有上床，在曾家的历史中，这是一个最惨痛的夜晚。曾老太爷整夜都未合上眼，想着那漆了又漆，朝夕相处，有多少年的好寿木，再隔不到几个时辰就要拱手让给别人，心里真比在火边炙烤还要难忍。

〔杜家人说好要在"寅时"未尽——就是五点钟——以前"迎材"，把寿木抬到杜府。因此杜家管事只肯等到五点以前，而江泰从头晚五点跑出去交涉借款到现在还未归来。曾文彩一面焦急着丈夫的下落，同时又要到上房劝慰父亲，一夜晚随时出来，一问再问，到处去打电话，派人找，而江泰依然是毫无踪影。其余的人看到老太爷这般焦灼，也觉得不好不陪，自然有的人是诚心诚意望着江泰把钱借来，好把杜家这群狼虎一般的管事赶走。有的呢，只不过是嘴上孝顺，倒是怕江泰归来，万一借着了钱，把一笔生意打空了。同时在这夜晚，曾家也有的人，暗地在房里忙着收拾自己的行李，流着眼泪又怀着喜悦，抱着哀痛的心肠或光明的希望，追惜着过去，憧憬未来，这又是属于明日的"北京人"的事，和在棺木里打滚的人们不相干的。

〔在这间被凄凉与寒冷笼住了的屋子里，文清痴了一般地坐在沙发上，一动也不动。他换了一件深灰色杭绸旧棉袍，两手插在袖管里不作声。倦怠和绝望交替着在眼神里，眉峰间，嘴角边浮移，终于沉闷地听着远处的更锣声，风声，树叶声，和偶尔才肯留心到的，身旁思懿无尽无休的言语。

〔思懿换了一件蓝毛噶的薄棉袍，大概不知已经说了多少话，现在似乎说累了，正期待地望着文清答话。她一手拿着一碗药，一手拿着一只空碗，两只碗互相倒过来倒过去，等着这碗热药凉了好喝，最后一口把药喝光，就拿起另一杯清水漱了漱口。

曾思懿　（放下碗，又开始——）好了，你也算回来了。我也算对得起曾家的人了。（冷笑）总算没叫我们那姑奶奶猜中，没叫我把她哥哥逼走了不回来。

　　　　〔文清厌倦地抬头来望望她。

曾思懿　（斜眼看着文清，似乎十分认真地）怎么样？这件事——我可就这么说定了。（仿佛是不了解的神色）咦，你怎么又不说话呀？这我可没逼你老人家啊！

曾文清　（叹息，无可奈何地）你，你究竟又打算干什么吧？

曾思懿　（睁大了眼，像是又遭受不白之冤的样子）奇怪，顺你老人家的意思这又不对了。（做出那"把心一横"的神气）我呀，做人就做到家，今天我们那位姑奶奶当着爹，当着我的儿女，对我发脾气，我现在都为着你忍下去！刚才我也找她，低声下气地先跟她说了话，请她过来商量，大家一块儿来商量商量——

曾文清　（忍不住，抬头）商量什么？

曾思懿　咦，商量我们说的这件事啊？（认定自己看穿了文清的心思，讥刺地）这可不是小孩子见糖，心里想，嘴里说不要。我这个人顶喜欢痛痛快快的，心里想要什么，嘴里就说什么。我可不爱要吃羊肉又怕膻气的男人。

曾文清　（厌烦）天快亮了，你睡去吧。

曾思懿　（当作没听见，接着自己的语气）我刚才就爽爽快快跟我们姑奶奶讲——

曾文清　（惊愕）啊！你跟妹妹都说了——

曾思懿　（咧咧嘴）怎么？这不能说？

〔文彩由书斋小门上。她仍旧穿着那件驼绒袍子，不过加上了一件咖啡色毛衣。一夜没睡，形容更显憔悴，头发微微有些蓬乱。

曾文彩　（理着头发）怎么，哥哥，快五点了，你现在还不回屋睡去？

曾文清　（苦笑）不。

曾文彩　（转对思懿，焦急地）江泰回来了没有？

曾思懿　没有。

曾文彩　刚才我仿佛听见前边下锁开门。

曾思懿　（冷冷地）那是杜家派的杠夫抬寿木来啦。

曾文彩　唉！（心里逐渐袭来失望的寒冷，她打了一个寒战，蜷缩地坐在那张旧沙发里）哦，好冷！

曾思懿　（谛听，忍不住故意地）你听，现在又上了锁了！（提出那问题）怎么样？（虽然称呼得有些硬涩，但脸上却堆满了笑容）妹妹，刚才我提的那件事——

曾文彩　（心里像生了乱草，——茫然）什么？

曾思懿　（谄媚地笑着瞟了文清一眼）我说把愫小姐娶过来的事！

曾文彩　（想起来，却又不知思懿肚子里又在弄什么把戏，只好苦涩地笑了笑）这不大合适吧。

曾思懿　（非常豪爽地）这有什么不合适的呢？（亲热地）妹妹，您可别把我这个做嫂子的心看得（举起小手指一比）这么"不丁点儿"大，我可不是那种成天要守着男人，才能过日子的人。"贤慧"这两个字今生我也做不到，这一点点度量我还有。（又谦虚地）按说呢，这并谈不上什么度量不度量，表妹嫁表哥，亲上加亲，这也是天公地道，到处都有的事。

曾文彩　（老老实实）不，我说也该问问愫表妹的意思吧。

曾思懿　（尖刻地笑出声来）嗤，这还用的着问？她还有什么不肯的？我可是个老实人，爱说个痛快话，愫表妹这番心思，也不是我一个人看得出来。表妹道道地地是个好人，我不喜欢说亏心话。那么（对文清，似乎非常恳切的样子）"表哥"，你现在也该说句老实话了吧？亲姑奶奶也在这儿，你至少也该在妹妹面前，对我讲一句明白话吧。

曾文清　（望望文彩，仍低头不语）

曾思懿　（追问）你说明白了，我好替你办事啊！

曾文彩　（仿佛猜得出哥哥的心思，替他说）我看这还是不大好吧。

曾思懿　（眼珠一转）这又有什么不大好的？妹妹，你放心，我决不会委屈愫表妹，只有比从前亲，不会比从前远！（益发表现自己的慷慨）我这个人最爽快不过，半夜里，我就把从前带到曾家的首饰翻了翻，也巧，一翻就把我那副最好的珠子翻出来，这就算是我替文清给愫表妹下的定。（说着由小桌上拿起一对从古老的簪子上拆下来的珠子，递到文彩面前）妹妹，你看这怎么样？

曾文彩　（只好接下来看，随口称赞）倒是不错。

曾思懿　（逐渐说得高兴）我可急性子，连新房我都替文清看定了，一会袁家人上火车一走，空下屋子，我就叫裱糊匠赶紧糊。大家凑个热闹，帮我个忙，到不了两三天，妹妹也就可以吃喜酒啦。我呀，什么事都想到啦——（望着文清似乎是嘲弄，却又像是赞美的神气）我们文清心眼儿最好，他就怕亏待了他的愫表妹，我早就想过，以后啊，（索性说个畅快）哎，说句不好听的话吧，以后在家里就是："两头大"，（粗鄙地大笑起来）我们谁也不委屈谁！

曾文彩　（心里焦烦，但又不得不随着笑两声）是啊，不过我怕总该也问一问爹

583

吧?

〔张顺由书斋小门上,似乎刚从床上被人叫起来,睡眼蒙眬的,衣服都没穿整齐。

张　顺　（进门就叫）大奶奶!

曾思懿　（不理张顺,装作没听清楚文彩的话）啊?

曾文彩　我说该问问爹吧。

曾思懿　（更有把握地）嗐,这件事爹还用着问?有了这么个好儿媳妇,(话里有话)伺候他老人家不更"名正言顺"啦吗?（忽然）不过就是一样,在家里爱怎么称呼她,就怎么称呼。出门在外,她还是称呼她的"愫小姐"好,不能也"奶奶,太太"地叫人听着笑话——（又一转,瞥了文清一眼）其实是我倒无所谓,这也是文清的意思,文清的意思!（文清刚要说话,她立刻转过头来问张顺）张顺,什么事?

张　顺　老太爷请您。

曾思懿　老太爷还没有睡?

张　顺　是——

曾思懿　（对张顺）走吧!唉!

〔思懿急匆匆由书斋小门下,后面随着张顺。

曾文彩　（望着思懿走出去,才站起来,走到文清面前,非常同情的声调,缓缓地）哥哥,你还没有吃东西吧?

曾文清　（望着她,摇摇头,又失望地出神）

曾文彩　我给你拿点枣泥酥来。

曾文清　（连忙摇手,烦躁地）不,不,不,（又倦怠地）我吃不下。

曾文彩　那么哥哥,你到我屋里洗洗脸,睡一会好不好?

曾文清　（失神地）不,我不想睡。

曾文彩　（想问又不好问,但终于——）她,她这一夜晚为什么不让你到屋子里去?

曾文清　（惨笑）哼,她要我对她赔不是。

曾文彩　你呢?

曾文清　（绝望但又非常坚决的神色）当然不!（就合上眼）

584

曾文彩　（十分同情，却又毫无办法的口气）唉，天下哪有这种事，丈夫刚回来一会儿，好不到两分钟，又这样没完没了地——
　　　　〔外面西风呼呼地吹着，陈奶妈由书斋小门上，她的面色也因为一夜的疲倦而显得苍白，眼睛也有些凹陷。她披着一件大棉袄，打着呵欠走进来。

陈奶妈　（看着文清低头闭上眼靠着，以为他睡着了，对着文彩，低声）怎么清少爷睡着了？

曾文彩　（低声）不会吧。

陈奶妈　（走近文清，文清依然合着眼，不想作声。陈奶妈看着他，怜悯地摇摇头，十分疼爱地，压住嗓子回头对文彩）大概是睡着啦。（轻轻叹一口气，就把身上披的棉袄盖在他的身上）

曾文彩　（声音低而急）别，别，您会冻着的，我去拿，（向自己的卧室走）——

陈奶妈　（以手止住文彩，嘶着声音，匆促地）我不要紧。得啦，姑小姐，您还是到上屋看看老爷子去吧！

曾文彩　（焦灼地）怎么啦？

陈奶妈　（心痛地）叫他躺下他都不肯，就在屋里坐着又站起来，站起来又坐下，直问姑老爷回来了没有？姑老爷回来了没有？

曾文彩　（没有了主意）那怎么办？怎么办呢？江泰到现在一夜晚没有个影，不知道他跑到——

陈奶妈　（指头）唉，真造孽！（把文彩拉到一个离文清较远的地方，怕吵醒他）说起可怜！白天说，说把寿木送给人家容易；到半夜一想，这守了几十年的东西一会就要让人拿去——您想，他怎么会不急！怎么会不——
　　　　〔张顺由书斋小门上。

张　顺　姑奶奶！

陈奶妈　（忙指着似乎在沉睡着的文清，连连摇手）

张　顺　（立刻把声音放低）老太爷请。

曾文彩　唉！（走到两步，回头）愫小姐呢？

陈奶妈　刚给老爷子捶完腿——大概在屋里收拾什么呢。

曾文彩　唉。

585

〔文彩随着张顺由书斋小门下。

〔外面风声稍缓,树叶落在院子里,打着滚,发出沙沙的声音,更锣声渐渐地远了,远到听不见。隔巷又传来卖"硬面饽饽"苍凉单沉的叫卖声。

〔陈奶妈打着呵欠,走到文清身边。

陈奶妈　(低头向文清,看他还是闭着眼,不觉微微叫出,十分疼爱地)可怜的清少爷!

〔文清睁开了眼,依然是绝望而厌倦的目光,用手撑起身子——

陈奶妈　(惊愕)清少爷,你醒啦?
曾文清　(仿佛由恹恹的昏迷中唤醒,缓缓抬起头)是您呀,奶妈!
陈奶妈　(望着文清,不觉擦着眼角)是我呀,我的清少爷!(摇头望着他,疼惜地)可怜,真瘦多了,你怎么在这儿睡着了?
曾文清　(含含糊糊地)嗯,奶妈。
陈奶妈　唉,我的清少爷,这些天在外面真苦坏啦!(擦着泪)愫小姐跟我没有一天不惦记着你呀。可怜,愫小姐——
曾文清　(忽然抓着陈奶妈的手)奶妈,我的奶妈!
陈奶妈　(忍不住心酸)我的清少爷,我的肉,我的心疼的清少爷!你,你回来了还没见着愫小姐吧?
曾文清　(说不出口,只紧紧地握住陈奶妈干巴巴的手)奶妈!奶妈!
陈奶妈　(体贴到他的心肠,怜爱地)我已经给你找她来了。
曾文清　(惊骇,非常激动地)不,不,奶妈!
陈奶妈　造孽哟,我的清少爷,你哪像个要抱孙子的人哪,清少爷!
曾文清　(惶惑)不,不,别叫她,您为什么要——
陈奶妈　(看见书斋小门开启)别,别,大概是她来了!

〔愫方由书斋小门上。

〔她换了一件黑毛巾布的旗袍,长长的黑发,苍白的面容,冷静的神色,大的眼睛里稍稍露出难过而又疲倦的样子,像一个美丽的幽灵轻轻地走进房来。

〔文清立刻十分激动地站起来。

愫　方　陈奶妈!

陈奶妈　（故意做出随随便便的样子）愫小姐还没睡呀？
愫　方　嗯，（想不出话来）我，我来看看鸽子来啦。（就向搁着鸽笼的桌子走）
陈奶妈　（顺口）对了，看吧！（忽然想起）我也去瞅瞅孙少爷孙少奶奶起来没有？大奶奶还叫他们小夫妻俩给袁家人送行呢。（说着就向外面走）
曾文清　（举起她的棉袄，低低的声音）您的棉袄，奶妈！
陈奶妈　哦！棉袄，（笑对他们）你们瞧我这记性！
　　　　〔陈奶妈拿着棉袄，搭讪着由书斋小门下。
　　　　〔天未亮之前，风又渐渐地刮大起来，白杨树又像急雨一般地响着，远处已经听见第一遍鸡叫随着风在空中缭绕。
　　　　〔二人默对半天说不出话，文清愧恨地低下头，缓缓朝卧室走。
愫　方　（眼睛才从那鸽笼移开）文清！
曾文清　（停步，依然不敢回头）
愫　方　奶妈说你在找——
曾文清　（转身，慢慢抬头望愫方）
愫　方　（又低下头去）
曾文清　愫方！
愫　方　（不觉又痛苦地望着笼里的鸽子）
曾文清　（没有话说，凄凉地）这，这只鸽子还在家里。
愫　方　（点头，沉痛地）嗯，因为它已经不会飞了！
曾文清　（愣一愣）我——（忽然明白，掩面抽咽）
愫　方　（声音颤抖地）不，不——
曾文清　（依然在哀泣）
愫　方　（略近前一步，一半是安慰，一半是难过的口气）不，不这样，为什么要哭呢？
曾文清　（大恸，扑在沙发上）我为什么回来呀！我为什么回来呀！明明晓得绝不该回来的，我为什么又回来呀！
愫　方　（哀伤地）飞不动，就回来吧！
曾文清　（抽咽，诉说）不，你不知道啊——在外面——在外面的风浪——
愫　方　文清，你（取出一把钥匙递给文清）——

587

曾文清　啊！
愫　方　这是那箱子的钥匙。
曾文清　（不明白）怎么？
愫　方　（冷静地）你的字画都放在那箱子里。（慢慢将钥匙放在桌子上）
曾文清　（惊惶）你要怎么样啊，愫方——
　　　　〔半晌。外面风声，树叶声——
愫　方　你听！
曾文清　啊？
愫　方　外面的风吹得好大啊！
　　　　〔风声中外面仿佛有人在喊着：愫姨！愫姨！
愫　方　（谛听）外面谁在叫我啊？
曾文清　（也听，听不清）没，没有吧？
愫　方　（肯定，哀徐地）有，有！
　　　　〔思懿由书斋小门上。
曾思懿　（对愫方，似乎在讥讽，又似乎是一句无心的话）啊，我一猜你就到这儿来啦！（亲热地）愫表妹，我的腰又痛起来啦，回头你再给我推一推，好吧？嗐，刚才我还忘了告诉你，你表哥回来了，倒给你带了一样好东西来了。
曾文清　（窘极）你——
曾思懿　（不由分说，拿起桌上那副珠子，送到愫方面前）你看这副珠子多大呀，多圆哪！
曾文清　（警惕）思懿！
　　　　〔张顺由通书斋小门上，在门口望见主人正在说话，就停住了脚。
曾思懿　（同时——不顾文清的脸色，笑着）你表哥说，这是表哥送给表妹做——
曾文清　（激动得发抖，突然爆发，愤怒地）你这种人是什么心肠嗷！
　　　　〔文清说完，立刻跑进自己的卧室。
曾思懿　文清！
　　　　〔卧室门砰地关上。

588

曾思懿　（脸子一沉，冷冷地）哎，我真不知道我这个当太太的还该怎么做啦！

张　顺　（这时走上前，低声）大奶奶，杜家管事说寅时都要过啦，现在非要抬棺材不可了。

曾思懿　好，我就去。

〔张顺由通大客厅的门下。

曾思懿　（突然）好，愫表妹，我们回头说吧。（向通书斋的小门走了两步，又回转身，亲热地笑着）愫表妹，我怕我的胃气又要犯，你到厨房给我炒把热盐焐焐吧。

愫　方　（低下头）

〔思懿由书斋小门下。

愫　方　（呆立在那里，望着鸽笼）

〔外面风声。

〔瑞贞由通大客厅的门上。

曾瑞贞　愫姨！

愫　方　（不动）嗯。

曾瑞贞　（急切）愫姨！

愫　方　（缓缓回头，对瑞贞，哀伤地惋惜）快乐真是不常的呀，连一个快乐的梦都这样短！

曾瑞贞　（同情的声调）不早了，愫姨，走吧！

愫　方　（低沉）门还是锁着的，钥匙在——

曾瑞贞　（自信地）不要紧！"北京人"会帮我们的忙。

愫　方　（不大懂）北京人——？

〔外面的思懿在喊。

〔思懿的声音：愫表妹！愫表妹！

曾瑞贞　（推开通大客厅的门，指着门内——）就是他！

〔门后屹然立着那小山一般的"北京人"，他现在穿着一件染满机器上油泥的帆布工服，铁黑的脸，钢轴似的胳膊，宽大的手里握着一个钢钳子，粗重的眉毛下，目光炯炯，肃然可畏，但仔细看来，却带着和穆坦挚的微笑的神色，又叫人觉得蔼然可亲。

〔思懿的声音：（更近）愫表妹！愫表妹！

曾瑞贞　她来了！
　　　　〔瑞贞走到通大客厅的门背后躲起。"北京人"巍然站在门前。
　　　　〔思懿立刻由书斋小门上。

曾思懿　哦，你一个人还在这儿！爹要喝参汤，走吧。

愫　方　（点头，就要走）

曾思懿　（忽然亲热地）哦，愫表妹，我想起来了，我看，我就现在对你说了吧？（说着走到桌旁，把放在桌上的那副珠子拿起来。忽然瞥见了"北京人"，吃了一惊，对他）咦！你在这儿干什么？

"北京人"　（森然望着她）

曾思懿　（惊疑）问你！你在这儿干什么？

"北京人"　（又仿佛嘲讽而轻蔑地在嘴上露出个笑容）

愫　方　（沉静地）他是个哑巴。

曾思懿　（没办法，厌恶地盯了"北京人"一眼，对愫方）我们在外面说去吧。
　　　　〔思懿拉着愫方由书斋小门下。
　　　　〔瑞贞听见人走了，立刻又由通大客厅的门上。

曾瑞贞　走了？（望望，转对"北京人"，指着外面，一边说，一边以手做势）门，大门，——锁着，——没有钥匙！

"北京人"　（徐徐举起拳头，出人意外，一字一字，粗重而有力地）我——们——打——开！

曾瑞贞　（吃一惊）你，你——

"北京人"　（坦挚可亲地笑着）跟——我——来！（立刻举步就向前走）

曾瑞贞　（大喜）愫姨！愫姨！（忽又转身对"北京人"，亲切地）你在前面走，我们跟着来！

"北京人"　（点首）
　　　　〔"北京人"像一个伟大的巨灵，引导似的由通大客厅门走出。
　　　　〔同时愫方由书斋小门上，脸色非常惨白。

曾瑞贞　（高兴地跑过来）愫姨！愫姨！我告——（忽然发现愫方惨白的脸）你怎么脸发了青？怎么？她对你说了什么？

愫　方　（微微摇摇头）

曾瑞贞　（止不住那高兴）愫姨，我告诉你一件奇怪的事！哑巴真地说了话了！

愫　方　（沉重地）嗯，我也应该走了。
　　　　〔外面忽然传来一阵非常热闹的吹吹打打的锣鼓唢呐响，掩住了风声。

曾瑞贞　（惊愕，回头）这是干什么？

愫　方　大概杜家那边预备迎棺材呢？

曾瑞贞　（又笑着问）你的东西呢？

愫　方　在厢房里。

曾瑞贞　拿走吧？

愫　方　（点首）嗯。

曾瑞贞　愫姨，你——

愫　方　（凄然）不，你先走！

曾瑞贞　（惊异）怎么，你又——

愫　方　（摇头）不，我就来，我只想再见他一面！

曾瑞贞　（以为是——不觉气愤）谁？

愫　方　（恻然）可怜的姨父！

曾瑞贞　（才明白了）哦！（也有些难过）好吧，那我先走，我们回头在车站上见。
　　　　〔外面文彩喊着：江泰！江泰！
　　　　〔瑞贞立刻由通大客厅的门下。
　　　　〔愫方刚向书斋小门走了两步，文彩忙由书斋小门上，满脸的泪痕。

曾文彩　（焦急地）江泰还没有回来？

愫　方　没有。

曾文彩　他怎么还不回来？（说着就跌坐在沙发上呜咽起来）我的爹呀，我的可怜的爹呀！

愫　方　（急切地）怎么啦？

曾文彩　（一边用手帕擦泪，一边诉说着）杜家的人现在非要抬棺材，爹一死儿

591

不许！可怜，可怜他老人家像个小孩子似的抱着那棺材，死也不肯放。（又抽咽）我真不敢看爹那个可怜的样子！（抬头望着满眼露出哀怜神色的愫方）表妹，你去劝爹进来吧，别再在棺材旁边看啦！

愫　方　（凄然向书斋小门走）

〔愫方由书斋小门下。

曾文彩　（同时独自——）爹，爹，你要我们这种儿女干什么哟！（立起，不由得）哥哥！哥哥！（向文清卧室走）我们这种人有什么用，有什么用啊！

〔忽然外面爆竹声大作。

曾文彩　（不觉停住脚回头望）

〔张顺由书斋小门上，眼睛也红红的。

曾文彩　这是什么？

张　顺　（又是气又是难过）杜家那边放鞭迎寿材呢！我们后门也打开啦，棺材已经抬起来了。

〔在爆竹声中，听见了许多杠夫抬着棺木，整齐的脚步声，和低沉的"唉喝，唉喝"的声音，同时还掺杂着杜家的管事们督促着照料着的叫喊声。书斋窗户里望见许多灯笼匆忙地随着人来回移动。

〔这时陈奶妈和愫方扶着曾皓由书斋小门走进。曾皓面色白得像纸，眼睛里布满了红丝。在极度的紧张中，他几乎颠狂了一般，说什么也不肯进来。陈奶妈一边擦着眼泪，一边不住地劝慰，拉着，推着。愫方悲痛地望着曾皓的脸。他们后面跟着思懿。她也拿了手帕在擦着眼角，不知是在擦沙，还是擦泪水。

陈奶妈　（连连地）进来吧，老爷子！别看了！进来吧——

曾　皓　（回头呼唤，声音喑哑）等等！叫他们再等等！等等！（颤巍巍转对思懿，言语失了伦次）你再告诉他们，说钱就来，人就来，钱就拿人来！等等！叫他们再等等！

愫　方　姨父！你——

〔愫方把曾皓扶在一个地方倚着，看见老人这般激动地喘息，

〔忽然想起要为他拿什么东西，立刻匆匆由书斋小门下。

陈奶妈　（不住地劝解）老爷子，让他们去吧，（恨恨地）让他们拿去挺尸去吧！

曾　皓　（几乎是乞怜）你去呀，思懿！

曾思懿　（这时她也不免有些难过，无奈何地只得用仿佛在哄骗着小孩子的口气）爹！有了钱我们再买副好的。

曾　皓　（愤极）文彩，你去！你去！（顿足）江泰究竟来不来？他来不来？

曾文彩　（一直在伤痛着——连声应）他来，他来呀，我的爹！

〔外面爆竹声更响，抬棺木的脚步声仿佛越走越近，就要从眼前过似的。

曾　皓　（不觉喊起来）江泰！江泰！（又像是对着文彩，又像是对着自己）他到哪儿去啦？他到哪儿去啦？

〔这时通大客厅的门忽然推开，江泰满脸通红，头发散乱，衣服上一身的皱褶，摇摇晃晃地走进来。

〔爆竹声渐停。

曾　皓　（几乎不相信自己的眼睛）江泰，你来了！

江　泰　（小丑似的，似笑非笑，似哭非哭，不知是得意还是懊丧的神气，含糊地对着他点了点头）我——来——了！

曾　皓　（忘其所以）好，来得好！张顺，叫他们等着！给他们钱，让他们滚！去，张顺。

〔张顺立刻由书斋小门下。

曾文彩　（同时走到江泰面前）借，借的钱呢！（伸出手）

江　泰　（手一拍，兴高采烈）在这儿！（由口袋里掏出一卷"手纸"，"拍"一声掷在她的手掌里）在这儿！

曾文彩　你，你又——

江　泰　（同时回头望门口）进来！滚进来！

〔果然由通大客厅的门口走进一个警察，后面随着曾霆，非常惭愧的颜色，手里替他拿着半瓶"白兰地"。

江　泰　（手脚不稳，而理直气壮）就是他！（又指点着，清清楚楚地）就——是——他！（转身对曾家的人们申辩）我在北京饭店开了一个房间，住了一

	天，可今天他偏说我拿了东西，拿了他们的东西——
曾　皓	这——
警　察	（非常懂事地）对不起，昨儿晚上委屈这位先生在我们的派出所——
江　泰	你放屁！北京饭店！
警　察	（依然非常有礼貌地）派出所。
江　泰	（大怒）北京饭店！（指着警察）你们的局长我认识！（说着走着，一刹时怒气抛到九霄云外）你看，这是我的家，我的老婆！（莫明其妙地顿时忘记了方才的冲突，得意地）我的岳父曾皓先生！（忽然抬头，笑起来）你看哪！（指屋）我的房子！（一面笑着望着警察，一面含含糊糊地指着点着，仿佛在引导人家参观）我的桌子！（到自己卧室门前）我的门！（于是就糊里糊涂走进去，嘴里还在说道）我的——（忽然不很重的"扑通"一声——）
曾文彩	泰，你——（跑进自己的卧室）
警　察	诸位现在都看见了，我也跟这位少爷交代明白啦。（随随便便举起手行个礼）
	〔警察由通大客厅的门下。
	〔外面的人：（高兴地）抬罢！（接着哄然一笑，立刻又响起沉重的脚步声）
曾　皓	（突又转身）
陈奶妈	您干什么？
曾　皓	我看——看——
陈奶妈	得啦，老爷子——
	〔曾皓走在前面，陈奶妈赶紧去扶，思懿也过去扶着。陈奶妈与曾皓由书斋小门下。
	〔外面的喧嚣声，脚步声，随着转弯抹角，渐行渐远。
曾思懿	（将曾皓扶到门口，又走回来，好奇地）霆儿，那警察说什么？
曾　霆	他说姑爹昨天晚上醉醺醺地到洋铺子买东西，顺手就拿了人家一瓶酒。
曾思懿	叫人当面逮着啦？
曾　霆	嗯，不知怎么，姑爹一晚上在派出所还喝了一半，又不知怎

么，姑爹又把自己给说出来了，这（举起那半瓶酒）这是剩下那半瓶"白兰地"！（把酒放在桌子上，就苦痛地坐在沙发上）

曾思懿　（幸灾乐祸）这倒好，你姑爹现在又学会一手啦。（向卧室门走）文清，（近门口）文清，刚才我已经跟你的愫表妹说了，看她样子倒也挺高兴。以后好啦，你也舒服，我也舒服。你呢，有你的愫表妹陪你；我呢，坐月子的时候，也有个人伺候！

曾　霆　（母亲的末一句话，像一根钢针戳入他的耳朵里，触电一般蓦然抬起头）妈，您说什么？

曾思懿　（不大懂）怎么——

曾　霆　（徐徐立起）您说您也要——呃——

曾思懿　（有些惭色）嗯——

曾　霆　（恐惧地）生？

曾思懿　（脸上表现出那件事实）怎么？

曾　霆　（对他母亲绝望地看了一眼，半晌，狠而重地）唉，生吧！

〔曾霆突然由通大客厅的门跑下。

曾思懿　霆儿！（追了两步）霆儿！（痛苦地）我的霆儿！

〔文彩由卧室匆匆地出来。

曾文彩　爹呢？

曾思懿　（呆立）送寿木呢！

〔文彩刚要向书斋小门走去，陈奶妈扶着曾皓由书斋小门上。曾皓在门口不肯走，向外望着喊着。文彩立刻追到门前。外面的灯笼稀少了，那些杠夫们已经走得很远。

曾　皓　（脸向着门外，遥遥地喊）不成，那不成！不是这样抬法！

陈奶妈　（同时）得啦，老爷子，得啦！

曾文彩　（不住地）爹！爹！

曾　皓　（依依瞭望着那正在抬行的棺木，叫着，指着）不成！那碰不得呀！（对陈奶妈）叫他别，别碰着那土墙，那寿木盖子是四川漆！不能碰！碰不得！

曾思懿　别管啦，爹，碰坏了也是人家的。

曾　皓　（被她提醒，静下来发愣，半晌，忽然大恸）亡妻呀！我的亡妻呀！你死

595

得好，死得早，没有死的，连，连自己的棺木都——(顿足)活着要儿孙干什么哟，要这群像耗子似的儿孙干什么哟！(哀痛地跌坐在沙发上)

〔訇然一片土墙倒塌声。

〔大家沉默。

曾文彩　(低声)土墙塌了。

〔静默中，江泰由自己的卧室摇摇晃晃地又走出来。

江　泰　(和颜悦色，抱着绝大的善意，对着思懿)我告诉过你，八月节我就告诉过你，要塌！要塌！现在，你看，可不是——

〔思懿厌恶地看他一眼，突然转身由书斋小门走下。

江　泰　(摇头)哎，没有人肯听我的话！没有人理我的哟！没有人理我的哟！

〔江泰一边说着，一边顺手又把桌上那半瓶"白兰地"拿起来，又进了屋。

曾文彩　(着急)江泰！(跟着进去)

〔远远鸡犬又在叫。

陈奶妈　唉！

〔这时仿佛隔壁忽然传来一片女人的哭声。愫方套上一件灰羊毛坎肩，手腕上搭着自己要带走的一条毯子，一手端了碗参汤，由书斋小门进。

曾　皓　(抬头)谁在哭？

陈奶妈　大概杜家老太爷已经断了气了，我瞧瞧去。

〔曾皓又低下头。

〔陈奶妈匆匆由书斋小门下。

〔鸡叫。

愫　方　(走近曾皓，静静地)姨父。

曾　皓　(抬头)啊？

愫　方　(温柔地)您要的参汤。(递过去)

曾　皓　我要了么？

愫　方　嗯。(搁在曾皓的手里)

〔圆儿突然由通大客厅的门悄悄上，她仍然穿着那身衣服，只是上身又加了一件跟裙子一样颜色的短大衣，领子上松松地系着一块黑底子白点子的绸巾，手里拿着那"北京人"的剪影。

袁　圆　（站在门口，低声，急促地）天就亮了，快走吧！
愫　方　（点点头）
〔袁圆笑嘻嘻的，立刻拿着那剪影缩回去，关上门。
曾　皓　（喝了一口，就把参汤放在沙发旁边的桌上，微弱地长嘘了一声）唉！（低头合上眼）
愫　方　（关心地）您好点吧？
曾　皓　（含糊地）嗯，嗯——
愫　方　（哀怜地）我走了，姨父。
曾　皓　（点头）你去歇一会儿吧。
愫　方　嗯，（缓缓地）我去了。
曾　皓　（疲惫到极点，像要睡的样子，轻微地）好。
〔愫方转身走了两步，回头望望那衰弱的老人的可怜的样子，忍不住又回来把自己要带走的毯子轻轻地给他盖上。
曾　皓　（忽然又含糊地）回头就来呀。
愫　方　（满眼的泪光）就来。
曾　皓　（闭着眼）再来给我捶捶。
愫　方　（边退边说，泪止不住地流下来）嗯，再来给您捶，再来给您捶，再——来——（似乎听见又有什么人要进来，立刻转身向通大客厅的门走）
〔愫方刚一走出，文彩由卧室进。
曾文彩　（看见曾皓在打瞌睡，轻轻地）爹，把参汤喝了吧，凉了。
曾　皓　不，我不想喝。
曾文彩　（悲哀地安慰着）爹，别难过了！怎么样的日子都是要过的。（流下泪来）等吧，爹，等到明年开了春，爹的身体也好了，重孙子也抱着了，江泰的脾气也改过来了，哥哥也回来找着好事了——
〔文清卧室内忽然仿佛有人"哼"了一声，从床上掉下的声音。
曾文彩　（失声）啊！（转对曾皓）爹，我去看看去。
〔文彩立刻跑进文清的卧室。

597

〔陈奶妈由书斋小门上。

曾　皓　（虚弱地）杜家——死了？
陈奶妈　死了，完啦。
曾　皓　眼睛好痛啊！给我把灯捻小了吧。
〔陈奶妈把洋油灯捻小，屋内暗下来，通大厅的纸隔扇上逐渐显出那猿人模样的"北京人"的巨影，和在第二幕时一样。

陈奶妈　（抬头看着，自语）这个皮猴袁小姐，临走临走还——
〔文彩慌张跑出。

曾文彩　（低声，急促地）陈奶妈，陈奶妈！
陈奶妈　啊！
曾文彩　（惧极，压住喉咙）您先不要叫，快告诉大奶奶！哥哥吞了鸦片烟，脉都停了！
陈奶妈　（惊恐）啊！（要哭——）
曾文彩　（推着她）别哭，奶妈，快去！
〔陈奶妈由书斋小门跑下。

曾文彩　（强自镇定，走向曾皓）爹，天就要亮了，我扶着您睡去吧。
曾　皓　（立起，走了两步）刚才那屋里是什么？
曾文彩　（哀痛地）耗子，闹耗子。
曾　皓　哦。
〔文彩扶着曾皓，向通书斋小门缓缓地走，门外面鸡又叫，天开始亮了，隔巷有骡车慢慢地滚过去，远远传来两声尖锐的火车汽笛声。

——幕徐落

图书在版编目（CIP）数据

曹禺戏剧选 / 曹禺著. — 北京：北京十月文艺出版社，2021.1
ISBN 978-7-5302-2102-0

Ⅰ.①曹… Ⅱ.①曹… Ⅲ.①话剧剧本—作品集—中国—现代 Ⅳ.①I234

中国版本图书馆 CIP 数据核字（2020）第 222168 号

曹禺戏剧选
CAOYU XIJU XUAN
曹禺　著

出　　版	北京出版集团
	北京十月文艺出版社
地　　址	北京北三环中路 6 号
邮　　编	100120
网　　址	www.bph.com.cn
发　　行	新经典发行有限公司
	电话（010）68423599
经　　销	新华书店
印　　刷	北京盛通印刷股份有限公司
版　　次	2021 年 1 月第 1 版
	2021 年 1 月第 1 次印刷
开　　本	880 毫米 ×1230 毫米 1/32
印　　张	19
字　　数	544 千字
书　　号	ISBN 978-7-5302-2102-0
定　　价	69.80 元

质量监督电话　010-58572393
如有印装质量问题，由本社负责调换。

版权所有，未经书面许可，不得转载、复制、翻印，违者必究。